Ernst Theodor Amadeus Hoffmann, geboren am 24. 1. 1776 in Königsberg, ist am 25. 6. 1822 in Berlin gestorben.

Der von Ralph-Rainer Wuthenow edierte Band ist eine Ergänzung zum Insel-E. T. A. Hoffmann, enthält er doch eine Reihe von Erzählungen, die im Insel-E. T. A. Hoffmann nicht aufgenommen werden konnten. Unter anderem: Ignaz Denner, Die Jesuiterkirche in G., Das öde Haus, Der Magnetiseur und eine Vampirgeschichte. In einem längeren Essay mit dem Titel »Hoffmanns Wirklichkeit oder Die Fremdheit des Vertrauten« behandelt Wuthenow die Rezeptionsgeschichte des E. T. A. Hoffmannschen Werks, besonders des Teils, der das Phantastische zum Gegenstand hat: »Nicht allein Edgar Allan Poe und Gérard de Nerval sind, wie man weiß, stark von Hoffmann beeinflußt worden, auch der frühe Balzac, nicht zuletzt Baudelaire, der in der *Prinzessin Brambilla* den ›Katechismus der modernen Ästhetik‹ finden wollte. Neben Heine ist Hoffmann bis heute einer der meistgelesenen, heißt meistübersetzten Autoren deutscher Sprache im Ausland. Seltsam kontrastiert damit allerdings die Wirkung, die er in Deutschland selbst, der Widerhall, den er bei seinen Landsleuten gefunden hat. Denn obwohl viel gelesen und zweifellos in starkem Maße von Heranwachsenden, hat er im ganzen doch mehr Ablehnung als Zustimmung gefunden. . . .«

insel taschenbuch 245

E. T. A. Hoffmann

Der unheimliche Gast

E. T. A. Hoffmann
Der unheimliche Gast und andere phantastische Erzählungen

Herausgegeben von
Ralph-Rainer Wuthenow

Insel

insel taschenbuch 245
1. Auflage 1977

Vertrieb durch den Suhrkamp Taschenbuch Verlag
Umschlag nach Entwürfen von Willy Fleckhaus
Satz: Filmsatz Otto Gutfreund & Sohn, Darmstadt
Druck: Ebner, Ulm · Printed in Germany

Inhalt

Der Magnetiseur

Eine Familienbegebenheit

Träume sind Schäume

»Träume sind Schäume«, sagte der alte Baron, indem er die Hand nach der Klingelschnur ausstreckte, um den alten Kasper herbeizurufen, der ihm ins Zimmer leuchten sollte; denn es war spät geworden, ein kalter Herbstwind strich durch den übel verwahrten Sommersaal, und Marie, in ihren Shawl fest eingewickelt, schien mit halbgeschlossenen Augen sich des Einschlummerns nicht mehr erwehren zu können. – »Und doch«, fuhr er fort, die Hand wieder zurückziehend und aus dem Lehnstuhl vorgebeugt beide Arme auf die Knie stützend, »und doch erinnere ich mich manches merkwürdigen Traumes aus meiner Jugendzeit!« – »Ach, bester Vater«, fiel Ottmar ein, »welcher Traum ist denn *nicht* merkwürdig, aber nur die, welche irgend eine auffallende Erscheinung verkündigen – mit Schillers Worten: die Geister, die den großen Geschicken voranschreiten – die uns gleich mit Gewalt in das dunkle geheimnisvolle Reich stoßen, dem sich unser befangener Blick nur mit Mühe erschließt, nur die ergreifen uns mit einer Macht, deren Einwirkung wir nicht ableugnen können.« –

»Träume sind Schäume«, wiederholte der Baron mit dumpfer Stimme, »und selbst in diesem Weidspruch der Materialisten, die das Wunderbarste ganz natürlich, das Natürlichste aber oft abgeschmackt und unglaublich finden«, erwiderte Ottmar, »liegt eine treffende Allegorie.« – »Was wirst du in dem alten verbrauchten Sprichwort wieder Sinniges finden?« fragte gähnend Maria. – Lachend erwiderte Ottmar mit Prosperos Worten: »Zieh deiner Augen Fransenvorhang auf, und hör' mich freundlich an! – Im Ernst, liebe Maria, wärst du weniger schläfrig, so würdest du selbst schon geahnet haben, daß, da von einer über alle Maßen herrlichen Erscheinung im menschlichen Leben, nämlich vom Traume, die Rede ist, ich mir bei der Zusammenstellung mit *Schaum* auch nur den edelsten denken kann, den es gibt. – Und das ist denn doch offenbar der Schaum des gärenden, zischenden, brausenden Champagners, den du abzunippen auch nicht verschmähst, unerachtet du sonst recht jüngferlich und zünferlich allen Rebensaft schnöde verachtest. Sieh die tausend kleinen Bläschen, die perlend im Glase aufsteigen und oben im Schaume sprudeln, das sind die Geister, die sich ungeduldig von der irdischen Fessel loslösen; und so lebt und webt im Schaum das höhere geistige Prinzip, das frei von dem Drange des Materiellen frisch die Fittiche regend in dem fernen und allen verheißenen himmlischen Reiche sich zu dem verwandten höheren Geistigen freudig gesellt und alle wundervollen Erscheinungen in ihrer tiefsten Bedeutung wie das Bekannteste aufnimmt und erkennt. Es mag daher auch der Traum von *dem* Schaum, in welchem unsere Lebensgeister, wenn der Schlaf unser extensives Leben befängt, froh und frei aufsprudeln, erzeugt werden und ein höheres intensives Leben beginnen, in dem wir alle Erscheinungen der uns fernen Geisterwelt nicht nur ahnen, sondern wirklich erkennen, ja in dem wir über Raum und Zeit schweben.« »Mich dünkt«, unterbrach ihn der alte Baron, wie sich von einer Erinnerung, in die er versunken, gewaltsam losreißend, »ich höre deinen Freund Alban sprechen. Ihr kennt mich als euern unzubekehrenden Gegner; so ist das alles, was du soeben gesagt, recht schön anzuhören, und gewisse empfindliche oder empfindelnde Seelen mögen sich daran ergötzen, allein schon der Einseitigkeit wegen unwahr. Nach dem, was du da von der Verbindung mit der Geisterwelt und was weiß ich schwärmtest, sollte man glauben, der Traum müsse den Menschen in den glückseligsten Zustand versetzen; aber alle die Träume, welche ich deshalb merkwürdig nenne, weil der Zufall ihnen eine gewisse Einwirkung in mein Leben gab – Zufall nenne ich nämlich ein gewisses Zusammentreffen an und für sich selbst fremdartiger Begebenheiten, die nun sich zu einer Totalerscheinung verbinden – alle diese Träume, sage ich, waren unangenehm, ja qualvoll, daß ich oft darüber erkrankte, wiewohl ich mich alles Nachgrübelns darüber enthielt, da es damals noch nicht Mode war, auf alles, was die Natur weise uns fern gerückt hat, Jagd zu machen.« – »Sie wissen, bester Vater«, erwiderte Ottmar, »wie ich über das alles, was Sie Zufall, Zusammentreffen der Umstände und sonst nennen, mit meinem Freunde Alban denke. – Und was die Mode des Nachgrübelns betrifft, so mag mein guter Vater daran denken, daß diese Mode, als in der Natur des Menschen begründet, uralt ist. Die Lehrlinge zu Sais« – »Halt«, fuhr der Baron auf, »vertiefen wir uns weiter nicht in ein Gespräch, das ich heute um so mehr zu meiden Ursache habe, als ich mich gar nicht aufgelegt fühle, es mit deinem überbrausenden Enthusiasmus für das Wunderbare aufzunehmen. Nicht leugnen kann ich, daß mich gerade heute am neunten September eine Erinnerung aus meinen Jugendjahren befängt, die ich nicht los werden kann, und sollte ich euch das Abenteuer erzählen, so würde Ottmar den Beweis darin finden, wie ein Traum oder ein träumerischer Zustand, der sich auf eine ganz eigene Weise an die Wirklichkeit knüpfte, von dem feindlichsten Einfluß auf mich war.« »Vielleicht, bester Vater«, sagte Ottmar, »geben Sie mir und meinem Alban einen herrlichen Beitrag zu den vielfachen Erfahrungen, die die jetzt aufgestellte Theorie des magnetischen Einflusses, die von der Untersuchung des Schlafs und des Träumens ausgeht, bestätigen.« – »Schon das Wort magnetisch macht mich erbeben«, zürnte der Baron; »aber jeder nach seiner Weise, und wohl euch, wenn die Natur es leidet, daß ihr mit täppischen Händen an ihrem Schleier zupft und ihre Neugierde nicht mit eurem Untergange bestraft.« »Lassen Sie uns, bester Vater!« erwiderte Ottmar, nicht über Dinge streiten, die aus der innersten Überzeugung hervorgehen; aber die Erinnerung aus Ihrer Jugendzeit, darf sich denn die nicht in Worten aussprechen?« – Der Baron setzte sich tief in den Lehnstuhl zurück, und indem er, wie er zu tun pflegte, wenn sein Innerstes angeregt wurde, den seelenvollen Blick in die Höhe richtete, fing er an:

»Ihr wißt, daß ich meine militärische Bildung auf der Ritterakademie in B. erhielt. Unter den dort angestellten Lehrern befand sich nun ein Mann, der mir ewig unvergeßlich bleiben wird; ja ich kann noch jetzt an ihn nicht denken ohne innern Schauer, ohne Entsetzen, möcht' ich sagen. Es ist mir oft, als würde er gespenstisch durch die Tür hineinschreiten. – Seine Riesengröße wurde noch auffallender durch die Hagerkeit seines Körpers, der nur aus Muskeln und Nerven zu bestehen schien; er mochte in jüngern Jahren ein schöner Mann gewesen sein, denn noch jetzt warfen seine großen schwarzen Augen einen brennenden Blick, den man kaum ertragen konnte; ein tiefer Funfziger hatte er die Kraft und die Gewandtheit eines Jünglings; alle seine Bewegungen waren rasch und entschieden. Im Fechten auf Stoß und Hieb war er dem Geschicktesten überlegen, und das wildeste Pferd drückte er zusammen, daß es unter ihm ächzte. Er war ehemals Major in dänischen Diensten gewesen und hatte, wie man sagte, deshalb flüchten müssen, weil er seinen General im Duell erstochen. Manche behaupteten, dies sei nicht im Duell geschehen, sondern auf ein beleidigendes Wort vom General habe er, ehe dieser sich zur Wehr setzen konnte, ihm den Degen durch den Leib gerannt. Genug, er war aus Dänemark herübergeflüchtet und mit dem Majors-Rang bei der Ritterakademie zum höhern Unterricht in der Fortifikation angestellt. Im höchsten Grade jähzornig, konnte ihn ein Wort, ein Blick in Wut setzen, er bestrafte die Zöglinge mit ausgedachter Grausamkeit, und doch hing alles an ihm auf eine ganz unbegreifliche Weise. So katte einmal die gegen alle Regel und Ordnung harte Behandlung eines Zöglings die Aufmerksamkeit der Obern erregt, und es wurde eine Untersuchung verfügt; aber gerade dieser Zögling klagte sich nur selbst an und sprach so eifrig für den Major, daß er aller Schuld entbunden werden mußte. Bisweilen hatte er

Tage, in denen er sich selbst nicht ähnlich war. Der sonst harte polternde Ton seiner tiefen Stimme hatte dann etwas unbeschreiblich sonores, und von seinem Blick konnte man sich nicht losreißen. Gutmütig und weich übersah er jede kleine Ungeschicklichkeit, und wenn er diesem oder jenem, dem etwas besonders gelungen, die Hand drückte, so war es, als habe er ihn wie durch eine unwiderstehliche Zauberkraft zu seinem Leibeigenen gemacht, denn den augenblicklichen schmerzvollsten Tod hätte er gebieten können, und sein Wort wäre erfüllt worden. Auf solche Tage folgte aber gewöhnlich ein schrecklicher Sturm, vor dem jeder sich verbergen oder flüchten mußte. Dann zog er in aller Frühe seine rote dänische Staatsuniform an lief mit Riesenschritten, gleichviel war es Sommer oder Winter, in dem großen Garten, der sich an das Palais der Ritterakademie anschloß, rastlos den ganzen Tag umher. Man hörte ihn mit schrecklicher Stimme und mit den heftigsten Gestikulationen dänisch sprechen – er zog den Degen – er schien es mit einem fürchterlichen Gegner zu tun zu haben – er empfing – er parierte Stöße – endlich war durch einen wohlberechneten Stoß der Gegner gefallen, und unter den gräßlichsten Flüchen und Verwünschungen schien er den Leichnam mit den Füßen zu zermalmen. Nun flüchtete er mit unglaublicher Schnelle durch die Alleen, er erkletterte die höchsten Bäume und lachte dann höhnisch herab, daß uns, die wir es bis in das Zimmer hören konnten, das Blut in den Adern erstarrte. Gewöhnlich tobte er auf diese Art vierundzwanzig Stunden, und man bemerkte, daß er in der Tag- und Nachtgleiche jedesmal von diesem Paroxismus befallen wurde. Den Tag darauf schien er von allem, was er unternommen, auch nicht das mindeste zu ahnen, nur war er störrischer, jähzorniger, härter als je, bis er wieder in jene gutmütige Stimmung geriet. Ich weiß nicht, woher die wunderlichen, abenteuerlichen Gerüchte kamen, die von ihm unter den Dienstboten der Akademie und sogar in der Stadt unter dem gemeinen Volke verbreitet wurden. So hieß es von ihm, er könne das Feuer besprechen und

Krankheiten durch das Auflegen der Hände, ja durch den bloßen Blick heilen, und ich erinnere mich, daß er einmal Leute, die durchaus von ihm auf diese Art geheilt sein wollten, mit Stockschlägen verjagte. Ein alter Invalide, der zu meiner Aufwartung bestimmt war, äußerte ganz unverhohlen, daß man wohl wisse, wie es mit dem Herrn Major nicht natürlich zugehe, und daß vor vielen Jahren einmal im Sturm auf der See der böse Feind zu ihm getreten und ihm Rettung aus der Todesnot, sowie übermenschliche Kraft allerlei Wunderbares zu wirken verheißen, welches er denn angenommen und sich dem Bösen ergeben habe; nun habe er oft harte Kämpfe mit dem Bösen zu bestehen, den man bald als schwarzer Hund, bald als ein anderes häßliches Tier im Garten umherlaufen sehe, aber über kurz oder lang werde der Major doch gewiß auf eine schreckliche Weise unterliegen müssen. So albern und abgeschmackt mir diese Erzählungen vorkamen, so konnte ich mich doch eines gewissen innern Schauers nicht erwehren, und unerachtet ich die ganz besondere Zuneigung, die der Major mir allein vor allen andern bewies, mit getreuer Anhänglichkeit erwiderte, so mischte sich doch in mein Gefühl für den sonderbaren Mann ein unbegreifliches Etwas, das mich unaufhörlich verfolgte, und das ich mir selbst nicht erklären konnte. Es war, als würde ich von einem höhern Wesen gezwungen, treu an dem Mann zu halten, als würde der Augenblick des Aufhörens meiner Liebe auch der Augenblick des Unterganges sein. Erfüllte mich nun mein Beisammensein mit ihm auch mit einem gewissen Wohlbehagen, so war es doch wieder eine gewisse Angst, das Gefühl eines unwiderstehlichen Zwanges, das mich auf eine unnatürliche Art spannte, ja das mich innerlich erbeben machte. War ich lange bei ihm gewesen, ja hatte er mich besonders freundlich behandelt und mir, wie er dann zu tun pflegte, mit starr auf mich geheftetem Blick, meine Hand in der seinigen festhaltend, allerlei Seltsames erzählt, so konnte mich jene ganz eigne wunderbare Stimmung bis zur höchsten Erschöpfung treiben. Ich fühlte mich krank und matt zum Umsinken. – Ich übergehe alle die sonderbaren Auftritte, die ich mit meinem Freunde und Gebieter hatte, wenn er sogar an meinen kindischen Spielen teilnahm und fleißig an der unüberwindlichen Festung mit bauen half, die ich in dem Garten nach den strengsten Regeln der Befestigungskunst anlegte, – ich komme zur Hauptsache. – Es war, wie ich mich genau erinnere, in der Nacht vom achten auf den neunten September im Jahre 17 –, als ich lebhaft, als geschähe es wirklich, träumte, der Major öffne leise die Tür, käme langsam an mein Bett geschritten und lege, mich mit seinen hohlen schwarzen Augen auf furchtbare Weise anstarrend, die rechte Hand auf meine Stirn über die Augen, und doch könne ich ihn vor mir stehen sehn. – Ich ächzte vor Beklemmung und Entsetzen – da sprach er mit dumpfer Stimme: »Armes Menschenkind, erkenne deinen Meister und Herrn! – Was krümmst und windest du dich in deiner Knechtschaft, die du vergebens abzuschütteln strebst? – Ich bin dein Gott, der dein Innerstes durchschaut, und alles, was du darin jemals verborgen hast oder verbergen willst, liegt hell und klar vor mir. Damit du aber nicht wagst, an meiner Macht über dich, du Erdenwurm, zu zweifeln, will ich auf eine dir selbst sichtbare Weise in die geheimste Werkstatt deiner Gedanken eindringen.« – Plötzlich sah ich ein spitzes glühendes Instrument in seiner Hand, mit dem er in mein Gehirn fuhr. Über den fürchterlichen Schrei des Entsetzens, den ich ausstieß, erwachte ich in Angstschweiß gebadet – ich war der Ohnmacht nahe. Endlich erholte ich mich, aber eine dumpfe, schwüle Luft erfüllte das Zimmer, es war mir, als höre ich die Stimme des Majors, der wie aus weiter Ferne mich mehrmals bei dem Vornamen rief. Ich hielt dies für die Nachwirkung des gräßlichen Traums; ich sprang aus dem Bette, ich öffnete die Fenster, um die freie Luft hineinströmen zu lassen in das schwüle Zimmer. Aber welch ein Schreck ergriff mich, als ich in der mondhellen Nacht den Major in seiner Staatsuniform, ganz so wie er mir im Traum erschienen, durch die Hauptallee nach dem Gattertor, das aufs freie Feld führte, schreiten sah; er riß es auf, ging hindurch, warf die Flügel hinter sich zu, daß Riegel und Angel klirrend und rasselnd zusammensprangen und das Getöse weit in der stillen Nacht widerhallte. – Was war das, was will der Major in der Nacht draußen im Felde? dachte ich, und es überfiel mich eine unbeschreibliche Angst und Unruhe. Wie von unwiderstehlicher Gewalt getrieben zog ich mich schnell an, weckte den guten Inspektor, einen frommen Greis von siebzig Jahren, den Einzigen, den der Major selbst in seinem ärgsten Paroxismus scheute und schonte, und erzählte ihm meinen Traum sowie den Vorgang nachher. Der Alte wurde sehr aufmerksam und sagte: auch ich habe das Gattertor stark zuwerfen gehört, es aber für Täuschung gehalten; auf jeden Fall möge wohl etwas Besonderes mit dem Major vorgegangen und deshalb es gut sein, in seinem Zimmer nachzusehen. Die Hausglocke weckte Zöglinge und Lehrer, und wir gingen mit Lichtern wie in feierlicher Prozession durch den langen Gang nach den Zimmern des Majors. Die Tür war verschlossen, und vergebliche Versuche, sie mit dem Hauptschlüssel zu öffnen, überzeugten uns, daß von innen der Riegel vorgeschoben war. Auch die Haupttür, durch die der Major hätte gehen müssen, um in den Garten zu kommen, war verschlossen und verriegelt wie den Abend zuvor. Man erbrach endlich, als alles Rufen ohne Antwort blieb, die Tür des Schlafzimmers, und – mit starrem gräßlichen Blick, blutigen Schaum vor dem Munde, lag der Major in seiner roten dänischen Staatsuniform, den Degen mit zusammengekrampfter Hand festhaltend, tot auf der Erde! – Alle Versuche, ihn wieder in das Leben zu bringen, blieben fruchtlos.« – Der Baron schwieg – Ottmar war im Begriff, etwas zu sagen, doch unterließ er es und schien, die Hand an die Stirn gelegt, alles, was er vielleicht über die Erzählung äußern wollte, erst im Innern zu regeln und zu ordnen. Maria unterbrach das Stillschweigen, indem sie rief: »Ach, bester Vater! – welche schauerliche Begebenheit, ich sehe den fürchterlichen Major in seiner dänischen Uniform vor mir stehen, den Blick starr auf mich gerichtet; um meinen Schlaf in dieser Nacht

ist es geschehen.« – Der Maler Franz Bickert, nun schon seit fünfzehn Jahren im Hause des Barons als wahrer Hausfreund, hatte, wie er manchmal pflegte, bisher an dem Gespräch keinen Anteil genommen, sondern war mit über den Rücken zusammengeflochtenen Armen, allerlei skurrile Gesichter schneidend und wohl gar bisweilen einen possierlichen Sprung versuchend, auf und ab geschritten. Nun brach er los: »die Baronesse hat ganz recht, – wozu schauerliche Erzählungen, wozu abenteuerliche Begebenheiten gerade vor dem Schlafengehen? Das ist wenigstens ganz gegen meine Theorie vom Schlafen und Träumen, die sich auf die Kleinigkeit von ein paar Millionen Erfahrungen stützt. – Wenn der Herr Baron nur lauter Unglücksträume hatte, so war es bloß, weil er meine Theorie nicht kannte und also danach nicht verfahren konnte. Wenn Ottmar von magnetischen Einflüssen – Planetenwirkung und was weiß ich spricht, so mag er nicht unrecht haben, aber meine Theorie schmiedet den Panzer, den kein Mondstrahl durchdringt.« – »Nun, so bin ich denn wirklich auf deine vortreffliche Theorie begierig«, sagte Ottmar. »Laß den Franz nur reden«, fiel der Baron ein, »er wird uns bald von allem, was und wie er will, überzeugen.« Der Maler setzte sich Marien gegenüber, und indem er mit komischem Anstande und mit einem höchst skurrilen süßlichen Lächeln eine Prise nahm, fing er an:
»Geehrte Versammlung! Träume sind Schäume, das ist ein altes körnichtes, recht ehrlich deutsches Sprichwort, aber Ottmar hat es so fein gewendet, so subtilisiert, daß ich, indem er sprach, in meinem Haupte ordentlich die Bläschen fühlte, die aus dem Irdischen entwickelt aufstiegen, um sich mit dem höheren geistigen Prinzip zu vermählen. Aber ist es denn nicht wider unser Geist, der den Hefen bereitet, aus dem jene subtileren Teile, die auch nur das Erzeugnis eines und desselben Prinzips sind, emporsteigen? – Findet unser Geist in sich selbst allein alle Elemente, alles Zubehör, woraus er, um in dem Gleichnis zu bleiben, jenen Hefen bereitet, oder kommt ihm außerhalb ihm Liegendes dabei zu

Hülfe? frage ich ferner und antworte schnell: Die ganze Natur mit allen ihren Erscheinungen steht ihm nicht sowohl bei, als sie selbst in Raum und Zeit die Werkstatt darbietet, in welcher er, sich ein freier Meister wähnend, nur als Arbeiter für ihre Zwecke schafft und wirkt. Wir stehen mit allen Außendingen mit der ganzen Natur in solch enger psychischer und physischer Verbindung, daß das Loslösen davon, sollte es möglich sein, auch unsere Existenz vernichten würde. Unser sogenanntes intensives Leben wird von dem extensiven bedingt, es ist nur ein Reflex von diesem, in dem aber die Figuren und Bilder, wie in einem Hohlspiegel aufgefangen, sich oft in veränderten Verhältnissen und daher wunderlich und fremdartig darstellen, unerachtet auch wieder diese Karikaturen im Leben ihre Originale finden. Ich behaupte keck, daß niemals ein Mensch im Innern etwas gedacht oder geträumt hat, wozu sich nicht die Elemente in der Natur finden ließen; aus ihr heraus kann er nun einmal nicht. – Abgesehen von äußern unabwendbaren Eindrücken, die unser Gemüt aufregen und in eine unnatürliche Spannung versetzen, z. B. plötzlicher Schreck – großes Herzeleid u. s. w., so meine ich, daß unser Geist, hält er sich bescheiden in den ihm angewiesenen Schranken, aus den angenehmsten Erscheinungen des Lebens bequem den Hefen bereiten kann, aus dem dann die Bläschen aufsteigen, die nach Ottmars Ausspruch den Schaum des Traums bilden. Ich meinesteils, dessen gute Laune vorzüglich abends unverwüstlich ist, wie man mir einräumen wird, präpariere förmlich die Träume der Nacht, indem ich mir tausend närrische Dinge durch den Kopf laufen lasse, die mir dann nachts meine Fantasie in den lebendigsten Farben auf eine höchst ergötzliche Weise darstellt; am liebsten sind mir aber meine theatralischen Darstellungen.« »Was meinst du damit?« fragte der Baron. »Wir sind«, fuhr Bickert fort, »im Traum, wie schon ein geistreicher Schriftsteller bemerkt hat, die herrlichsten Schauspieldichter und Schauspieler, indem wir jeden außer uns liegenden Charakter mit allen seinen individuellsten Zügen richtig auffassen und mit der vollendetsten Wahrheit darstellen. Darauf baue ich denn und denke so manchmal an die vielfachen komischen Abenteuer auf meinen Reisen, an manche komische Charaktere, mit denen ich lebte, und da gibt mir denn nachts meine Fantasie, indem sie diese Personen mit allen ihren närrischen Zügen und Albernheiten auftreten läßt, das ergötzlichste Schauspiel von der Welt. Es ist, als habe ich mir abends vorher nur den Cannevas, die Skizze des Stücks, gegeben, und im Traum würde dann alles mit Feuer und Leben nach des Dichters Willen improvisiert. Ich trage die ganze Sacchische Truppe in mir, die das Gozzische Märchen mit allen aus dem Leben gegriffenen Nuancen so lebendig darstellt, daß das Publikum, welches ich auch wieder selbst repräsentiere, daran als an etwas Wahrhaftiges glaubt. – Wie gesagt, von diesen gleichsam willkürlich erregten Träumen rechne ich jeden ab, den eine besondere, durch äußere Zufälle herbeigeführte Gemütsstimmung oder ein äußerer physischer Eindruck erzeugt. So werden alle diejenigen Träume, welche beinahe jeden bisweilen quälen, als da sind: vom Turm fallen, enthauptet werden u. s. w. von irgend einem physischen Schmerz erzeugt, den der Geist, im Schlaf von dem animalischen Leben mehr getrennt und für sich allein arbeitend, nach seiner Weise deutet und ihm die fantastische Ursache gibt, die gerade in die Reihe seiner Vorstellungen paßt. Ich erinnere mich, im Traum in einer lustigen Punschgesellschaft gewesen zu sein; ein mir wohlbekannter Bramarbas von Offizier zog unaufhörlich einen Studenten auf, bis dieser ihm ein Glas ins Gesicht warf; nun entstand eine allgemeine Schlägerei, und ich, der ich Frieden stiften wollte, wurde hart an der Hand verwundet, so daß der brennende Schmerz mich weckte, – und siehe da! – meine Hand blutete wirklich, denn an einer starken, in der Bettdecke verborgenen Nadel, hatte ich sie aufgerissen.« »Ei, Franz!« rief der Baron, »das war kein angenehmer Traum, den du dir bereitet.« »Ach, ach!« sagte der Maler mit kläglicher Stimme, »wer kann dafür, was uns oft das Schicksal als Strafe auferlegt. Auch ich habe freilich schreckliche, qualvolle, entsetzliche Träume gehabt, die mir Angstschweiß auspreßten, die mich außer mich selbst setzten.« »Heraus damit«, rief Ottmar, »und sollte es deine Theorie über den Haufen werfen.« »Aber um des Himmels willen«, klagte Maria, »wollt ihr denn meiner gar nicht schonen?« »Nein«, rief Franz, nun keine Schonung mehr! – Auch ich habe das Entsetzliche geträumt, so gut wie einer. – War ich nicht bei der Prinzessin von Amaldasongi zum Tee eingeladen? hatte ich nicht den herrlichsten Tressenrock an mit gestickter Weste? sprach ich nicht das reinste Italienisch? – *lingua toscana in bocca romana* – war ich nicht verliebt in die herrliche Frau, wie es einem Künstler wohl ansteht? sagte ich ihr nicht die erhabensten, göttlichsten, poetischsten Dinge, als ein zufällig abwärts gerichteter Blick mich zu meinem Entsetzen wahrnehmen ließ, daß ich mich zwar auf das sorgfältigste hofmäßig eingekleidet, aber das Beinkleid vergessen hatte?« – »Noch ehe jemand über die Unart zürnen konnte«, fuhr Bickert in Begeisterung fort: »Gott! was soll ich noch von manchen Höllenqualen meiner Träume sagen! War ich nicht wieder in mein zwanzigstes Jahr zurückgegangen und wollte auf dem Ball mit den gnädigen Fräuleins sehr tanzen? hatte ich nicht mein letztes Geld daran gewandt, einem alten Rock durch schickliches Umkehren einige Neuheit geben zu lassen und ein Paar weißseidene Strümpfe zu kaufen? – und als ich endlich glücklich vor der Tür des von tausend Lichtern und schön geputzten Menschen schimmernden Saals angekommen und mein Billet abgegeben, öffnete da nicht ein teuflischer Hund von Portier ein kleines Ofenloch und sagte zum Erdrosseln höflich: ich möge doch nur gefälligst hineinspazieren, denn da müßte man durch, um in den Saal zu kommen? Aber alles dieses sind Kleinigkeiten gegen den gräßlichen Traum, der mich gestern Nacht geängstiget und gefoltert hat. Ach! – ich war ein Bogen Kavalierpapier, ich saß recht in der Mitte als Wasserzeichen, und jemand – es war ja eigentlich ein weltbekannter Satan von Dichter, aber mag's bei jemand bleiben – dieser Jemand also hatte eine unmenschlich lange, übel-zweispaltig-zahnicht-geschnittene Truthahnsfeder und kratzte auf mir Armen herum, indem er diabolische holperichte Verse niederschrieb. Hat nicht ein anderer anatomischer Satan mich einmal zu seiner Lust wie eine Gliederpuppe auseinandergenommen und nun allerlei teuflische Versuche angestellt? – Z. B. wie es wohl aussehen würde, wenn mir aus dem Nacken ein Fuß wüchse oder der rechte Arm sich zum linken Bein gesellte?« – Der Baron und Ottmar unterbrachen den Maler durch ein schallendes Gelächter, die ernste Stimmung war verschwunden, und der Baron fing an: »Sag' ich es denn nicht, daß in unserm kleinen Familienzirkel der alte Franz der wahrhafte Maitre de Plaisir ist? – Wie pathetisch fing er nicht seine Diskussion über unser Thema an, und umso herrlicher war die Wirkung des humoristischen Scherzes, den er zuletzt ganz unerwartet losbrannte, und der wie mit einer gewaltsamen Explosion unsern feierlichen Ernst zerstörte; mit einem Ruck waren wir aus der Geisterwelt heraus in das wirkliche, lebendige, frohe Leben.« »Glaubt ja nicht«, erwiderte Bickert, »daß ich als euer Pagliasso Spaß gemacht habe, um euch aufzuheitern. Nein! jene abscheulichen Träume haben mich wirklich gequält, und es mag sein, daß ich sie mir unbewußt auch selbst bereitet habe.« »Unser Franz«, fiel Ottmar ein, »hat Rücksichts seiner Theorie des Entstehens der Träume manche Erfahrung für sich, indessen war sein Vortrag, was den Zusammenhang und die Folgerungen aus hypothetischen Prinzipen betrifft, eben nicht zu rühmen. Überdem gibt es eine höhere Art des Träumens, und nur *diese* hat der Mensch in dem gewissen beseelenden und beseligenden Schlafe, der ihm vergönnt, die Strahlen des Weltgeistes, dem er sich näher geschwungen, in sich zu ziehen, die ihn mit göttlicher Kraft nähren und stärken.« »Gebt acht«, sagte der Baron, »Ottmar wird gleich wieder auf seinem Steckenpferde sitzen, um einen Ritt in das unbekannte Reich zu machen, welches wir Ungläubigen, wie er behauptet, nur von ferne, wie Moses das gelobte Land, erblicken können. Aber wir wollen es ihm schwer machen, uns zu verlassen – es ist eine recht unfreundliche Herbstnacht, wie wäre es, wenn wir noch ein Stündchen zusammenblieben, wenn wir Feuer in den Kamin legen ließen und Maria uns nach ihrer Art einen köstlichen Punsch bereitete, den wir vorderhand wenigstens als den Geist annehmen könnten, der unsere muntere Laune nährte und stärkte.« – Bikkert schaute wie mit verklärtem Blick zum Himmel hinauf, stark seufzend, und neigte sich dann schnell in demütig bittender Stellung zu Marien herab. Maria, die so lange ziemlich stumm und in sich gekehrt dagesessen, lachte, wie sie selten zu tun pflegte, recht herzlich über des alten Malers possierliche Stellung und stand dann schnell auf, um alles nach des Barons Wünschen sorglich zu veranstalten. Bickert trippelte geschäftig hin und her, er half Kasparn das Holz herbeitragen, und indem er, auf einem Knie ruhend, in seitwärts gedrehter Stellung die Flamme anblies, rief er Ottmarn unaufhörlich zu, sich doch als sein gelehriger Schüler zu zeigen und schnell ihn als gute Studie zu zeichnen mit genauer Beachtung des Feuereffekts und der schönen Reflexe, in denen jetzt sein Gesicht erglühe. Der alte Baron wurde immer heiterer und ließ sich sogar, welches nur in den gemütlichsten Stunden geschah, sein langes türkisches Rohr, dem ein seltener Bernstein zum Mundstück diente, reichen. – Als nun der feine flüchtige Duft des türkischen Tabaks durch den Saal zog und Maria auf den Zucker den sie selbst in Stücke zerschlagen, den Zitronensaft in den silbernen Punschnapf tröpfelte, war es allen, als ginge ihnen ein freundlicher heimatlicher Geist auf, und das innere Wohlbehagen, das er erzeuge, müsse den Genuß des Augenblicks so anregen und beleben, daß alles *Vorher* und *Nachher* farblos und unbeachtet bliebe. – »Wie ist es doch so eigen«, fing der Baron an, »daß Marien die Bereitung des Punsches immer so wohl gerät, ich mag ihn kaum anders genießen. Ganz vergebens ist ihr genauester Unterricht über das Verhältnis der Bestandteile und was weiß ich sonst. – So hatte einmal in meiner Gegenwart ganz nach Mariens Weise unsere launische Katinka den Punsch bereitet, aber ich habe kein Glas herunterbringen können; es ist, als ob Maria noch eine Zauberformel über den Trank spräche, die ihm eine besondere magische Kraft gäbe.« »Ist es denn anders?« rief Bickert, »es ist der Zauber der Zierlichkeit, der Anmut, mit dem Maria alles, was sie tut, belebt; schon das Bereiten *sehen* des Punsches macht ihn herrlich und schmackhaft.« »Sehr galant«, fiel Ottmar ein, »aber mit deiner Erlaubnis, liebe Schwester! nicht ganz wahr. Ich stimme darin dem guten Vater bei, daß alles, was du bereitest, was durch deine Hände gegangen, auch mir bei dem Genuß, bei der Berührung ein inneres Wohlbehagen erregt. Den Zauber, der dies bewirkt, suche ich aber in tieferen geistigen Beziehungen und nicht in deiner Schönheit und Anmut, wie Bickert, der natürlicherweise alles nur darauf bezieht, weil er dir den Hof gemacht hat schon seit deinem achten Jahr.« »Was ihr nur noch heute aus mir machen werdet«, rief Maria mit heiterm Ton; »kaum habe ich die nächtlichen Fantasien und Erscheinungen überstanden, so findest du in mir selbst etwas Geheimnisvolles, und wenn ich auch weder an den fürchterlichen Major noch sonst an irgend einen Doppelgänger mehr denke, so laufe ich doch Gefahr, mir selbst gespenstisch zu werden und vor meinem eigenen Bilde im Spiegel zu erschrecken.« »Das wäre denn doch arg«, sagte der Baron lachend, »wenn ein sechzehnjähriges Mädchen nicht mehr in den Spiegel sehen dürfte, ohne Gefahr ihr eigenes Bild für eine gespenstische Erscheinung zu halten. Aber wie kommt es, daß wir heute von dem fantastischen Zeuge nicht loskommen können?« »Und daß«, erwiderte Ottmar, »Sie selbst, guter Vater, mir unwillkürlich jeden Augenblick Gelegenheit geben, mich über alle jene Dinge auszusprechen, die Sie als unnütze, ja sündliche Geheimniskrämerei geradehin verwerfen und deshalb meinen guten Alban – gestehen Sie es nur – nicht recht leiden mögen. Den Forschungstrieb, den Drang zum Wissen, den die Natur selbst in uns legte, kann sie nicht strafen, und es scheint vielmehr, als ob, je nachdem er in uns tätig wirkt, wir desto fähiger würden, auf einer Stufenleiter, die sie uns selbst hingestellt hat, zum Höheren emporzuklimmen.« – »Und wenn wir uns recht hoch glauben«, fiel Bickert ein, »schändlich hinunterzupurzeln und an dem Schwindel, der uns ergriff, zu bemerken, daß die subtile Luft in der obern Region für unsere schweren Köpfe nicht taugt.« »Ich weiß nicht«, antwortete Ottmar, »was ich aus dir, Franz! seit einiger Zeit, ja ich möchte sagen, seitdem Alban im Hause ist, machen soll. Sonst hingst du mit ganzer Seele, mit dem ganzen Gemüte am Wunderbaren, du sannst über die farbigen Flecken, über die sonderbaren Figuren auf Schmetterlingsflügeln, auf Blumen, auf Steinen nach, du« – »Halt«, rief der Baron, »nicht lange dauert's, so sind wir in unser altes Kapitel geraten. Alles das, was du mit deinem mystischen Alban aus allen Winkeln, ja ich möchte sagen, gleichsam aus einer fantastischen Rumpelkammer zusammensuchst, um daraus ein künstliches Gebäude, dem jedes feste Fundament fehlt, aufzuführen, rechne ich zu den Träumen, die nach meinem Grundsatz Schäume sind und bleiben. Der Schaum, den das Getränk aufwirft, ist unhaltbar, geschmacklos, kurz, ebensowenig das höhere Resultat der innern Arbeit als die Späne, welche dem Drechsler wegfliegen, die, hat der Zufall ihnen auch eine gewisse Form gegeben, man doch wohl nie für das Höhere halten wird, welches der Künstler bei seiner Arbeit bezweckte. Übrigens ist mir Bickerts Theorie so einleuchtend, daß ich mich ihrer praktisch zu bedienen suchen werde.« »Da wir doch nun einmal von den Träumen nicht loskommen«, sagte Ottmar, »so sei es mir erlaubt, eine Begebenheit zu erzählen, die mir neulich Alban mitteilte, und die uns alle in der gemütlichen Stimmung erhalten wird, in der wir uns jetzt befinden.« »Nur unter der Bedingung«, erwiderte der Baron, »magst du erzählen: daß du von dem letzern überzeugt bist, und daß Bickert frei seine Anmerkungen dreinwerfen darf.« »Sie sprechen mir aus der Seele, lieber Vater!« sagte Maria, »denn Albans Erzählungen sind gemeinhin, wenn auch nicht schrecklich und schauderhaft, doch auf eine solche seltsame Weise spannend, daß der Eindruck zwar in gewisser Art wohltätig ist, aber man sich doch erschöpft fühlt.« »Meine gute Maria wird mit mir zufrieden sein«, erwiderte Ottmar, »und Bickerts Anmerkungen darf ich mir deshalb verbitten, weil er in meiner Erzählung eine Bestätigung seiner Theorie des Träumens zu finden glauben wird. Mein guter Vater soll sich aber überzeugen, wie unrecht er meinem guten Alban und der Kunst tut, welche auszuüben ihn Gott die Macht verliehen.« »Ich werde«, sagte Bickert, »jede Anmerkung, die schon auf die Zunge gekommen, mit Punsch herabspülen, aber Gesichter schneiden muß ich frei können, soviel ich will, das lasse ich mir nicht nehmen.« »Das sei dir vergönnt«, rief der Baron, und Ottmar fing nun ohne weitere Vorrede zu erzählen an:

»Meinem Alban wurde auf der Universität in J. ein Jüngling bekannt, dessen vorteilhaftes Äußere bei dem ersten Blick jeden einnahm, und er daher überall mit Zutrauen und Wohlwollen empfangen wurde. Das gleiche Studium der Arzneikunde und der Umstand, daß beide im regen Eifer für ihre Wissenschaft in einem Frühkollegium immer die ersten der sich Versammelnden waren und sich zu einander gesellten, führte bald ein näheres Verhältnis herbei, das endlich, da Theobald (so nannte Alban seinen Freund) mit ganzer Seele, mit dem treuesten Gemüt sich hingab, in die engste Freundschaft überging. Theobald entwikkelte immer mehr einen überaus zarten, beinahe weiblich weichlichen Charakter und eine idyllische Schwärmerei, welche in der jetzigen Zeit, die wie ein geharnischter Riese, nicht dessen achtend, was die donnernden Tritte zermalmen, vorüberschreitet, sich so kleinlich, so süßlich ausnahm, daß die mehrsten ihn darob verlachten. Nur Alban, seines Freundes zartes Gemüt schonend, verschmähte es nicht, ihm in seine kleinen fantastischen Blumengärten zu folgen, wiewohl er nicht unterließ, ihn dann auch oft wieder in die rauhen Stürme des wirklichen Lebens zurückzuführen und so jeden Funken von Kraft und Mut, der vielleicht im Innern glimmte, zur Flamme zu entzünden. Alban glaubte um so mehr dies seinem Freunde schuldig zu sein, als er die Universitätsjahre für die einzige Zeit halten mußte, die dem Manne in jetziger Zeit so nötige Kraft, tapfern Widerstand zu leisten, da wo unvermutet wie ein Blitz aus heitrer Luft das Unglück einschlägt, in Theobald zu wecken und zu stärken. Theobalds Lebensplan war nämlich ganz nach seiner einfachen, nur die nächste Umgebung beachtenden Sinnesart zugeschnitten. Nach vollendeten Studien und erlangter Doktorwürde wollte er in seine Vaterstadt zurückkehren, dort die Tochter seines Vormundes (er war elternlos), mit der er aufgewachsen, heiraten und, im Besitz eines beträchtlichen Vermögens, ohne Praxis zu suchen, nur sich selbst und der Wissenschaft leben. Der wieder erweckte tierische Magnetismus sprach seine ganze Seele an, und indem er unter Albans Leitung eifrig alles, was je darüber geschrieben, studierte und selbst auf Erfahrungen ausging, wandte er sich bald, jedes physische Medium, als der tiefen Idee rein psychisch wirkender Naturkräfte zuwider, verwerfend, zu dem sogenannten Barbareiischen Magnetismus oder der älteren Schule der Spiritualisten.« – Sowie Ottmar das Wort: Magnetismus aussprach, zuckte es auf Bickerts Gesicht, erst leise, dann aber crescendo durch alle Muskeln, so daß zuletzt wie ein Fortissimo solch eine über alle Maßen tolle Fratze dem Baron ins Gesicht guckte, daß dieser im Begriff war, hell aufzulachen, als Bickert aufsprang und anfangen wollte zu dozieren; in dem Augenblick reichte ihm Ottmar ein Glas Punsch, das er in voller Bosheit hineinschluckte, während Ottmar in seiner Erzählung fortfuhr: »Alban war früher, und zwar als noch ganz in der Stille sich nur hier und da die Lehre von dem tierischen Magnetismus fortpflanzte, dem Mesmerismus mit Leib und Seele ergeben und verteidigte selbst die Herbeiführung der gewaltsamen Krisen, welche Theobald mit Abscheu erfüllten. Indem nun beide Freunde ihre verschiedenen Meinungen in dieser Materie zum Gegenstande mannigfacher Diskussionen machten, kam es, daß Alban, der manche von Theobald gemachte Erfahrung nicht leugnen konnte, und den Theobalds liebliche Schwärmerei von dem rein psychischen Einflusse unwillkürlich hinriß, sich auch mehr zum psychischen Magnetismus hinneigte und zuletzt der neueren Schule, die wie die Puysegursche beide Arten verbindet, ganz anhing, ohne daß der sonst so leicht fremde Überzeugungen auffassende Theobald auch nur im mindesten von seinem System abwich, sondern beharrlich jedes physische Medium verwarf. Seine ganze Muße – und daher sein Leben wollte er dazu verwenden, soviel als möglich in die geheimnisvollen Tiefen der psychischen Einwirkungen zu dringen, und fortwährend seinen Geist fester und fester darauf fixierend, sich rein erhaltend von allem dem Widerstrebenden, ein würdiger Lehrling der Natur zu werden. In dieser Hinsicht sollte sein kontemplatives Leben eine Art Priestertum sein und ihn wie in immer höheren Weihen zum Betreten der inneren Gemächer in dem großen Isistempel heiligen. Alban, der von des Jünglings frommem Gemüte alles hoffte, bestärkte ihn in diesem Vorsatz, und als nun endlich Theobald seinen Zweck erreicht und in die Heimat zurückkehrte, war Albans letztes Wort: er solle treu bleiben dem, was er begonnen. – Bald darauf erhielt Alban von seinem Freunde einen Brief, dessen Mangel an Zusammenhang von der Verzweiflung, ja von der innern Zerrüttung zeugte, die ihn ergriffen. Sein ganzes Lebensglück, schrieb er, sei dahin, in den Krieg müsse er, denn dort wäre das Mädchen seiner Seele hingezogen aus stiller Heimat, und nur der Tod könne ihn von dem Elend, in dem er dahinschmachte, erlösen. Alban hatte nicht Ruh', nicht Rast; auf der Stelle reiste er zu seinem Freunde, und es gelang ihm nach mehreren vergeblichen Versuchen, den Unglücklichen wenigstens bis zu einem gewissen Grade zu beruhigen. – Bei dem Durchmarsch fremder Truppen, so erzählte die Mutter der Geliebten Theobalds, wurde ein italienischer Offizier in das Haus einquartiert, der sich bei dem ersten Blick auf das heftigste in das Mädchen verliebte, und der mit dem Feuer, das seiner Nation eigen, sie bestürmend, und dabei mit allem ausgestattet, was der Weiber Herz befängt, in wenigen Tagen ein solches Gefühl in ihr erweckte, daß der arme Theobald ganz vergessen war und sie nur in dem Italiener lebte und webte. Er mußte fort in den Krieg, und nun verfolgte das Bild des Geliebten, wie er in gräßlichen Kämpfen blute, wie er, zu Boden geworfen, sterbend ihren Namen rufe, unaufhörlich das arme Mädchen, so daß sie in eine wirkliche Verstandesverwirrung geriet und den unglücklichen Theobald, als er wiederkehrte und die frohe Braut in seine Arme zu schließen hoffte, gar nicht wiedererkannte. Kaum war es Alban gelungen, Theobald wieder ins Leben zurückzuführen, als er ihm das untrügliche Mittel vertraute, das er ersonnen, ihm die Geliebte wiederzugeben, und Theobald fand Albans Rat so aus seiner innersten Überzeugung entnommen, daß er keinen Augenblick an dem glücklichsten Erfolg zweifelte; er gab sich allem gläubig hin, was der Freund als wahr erkannt hatte. – Ich weiß, Bickert!« (unterbrach sich hier Ottmar) »was du jetzt sagen willst, ich fühle deine Pein, es ergötzt mich die komische Verzweiflung, in der du jetzt das Glas Punsch ergreifst, das dir Maria so freundlich reicht. Aber schweige, ich bitte dich – dein sauersüßes Lächeln ist die schönste Anmerkung, viel besser als jedes Wort, jede Redensart, die du nur ersinnen könntest, um mir allen Effekt zu verderben. Aber was ich euch zu sagen habe, ist so herrlich und so wohltuend, daß du selbst zum gemütvollsten Anteil bekehrt werden wirst. Also merk' auf, und Sie, bester Vater! werden mir auch eingestehen, daß ich mein Wort im ganzen Umfange erfülle.« Der Baron ließ es bei einem: hm, hm, bewenden, und Maria schaute Ottmarn mit klarem Blick ins Auge, indem sie gar lieblich das Köpfchen auf die Hand stützte, so daß die blonden Locken in üppiger Fülle über den Arm wallten. – »Waren des Mädchens Tage«, fuhr Ottmar in seiner Erzählung fort, »qualvoll und schrecklich, so waren die Nächte geradezu verderbend. Alle schrecklichen Bilder, die sie tagsüber verfolgten, traten dann mit verstärkter Kraft hervor. Mit herzzerschneidendem Ton rief sie den Namen ihres Geliebten, und in halberstickten Seufzern schien sie bei seinem blutigen Leichnam die Seele auszuatmen. Wenn nun eben nächtlich die schrecklichsten Träume das arme Mädchen ängsteten, führte die Mutter Theobald an ihr Bett. Er setzte sich daneben hin, und den Geist mit der ganzen Kraft des Willens auf sie fixierend, schaute er sie mit festem Blicke an. Nachdem er dies einige Mal wiederholt, schien der Eindruck ihrer Träume schwächer zu werden, denn der Ton, mit dem sie sonst den Namen des Offiziers gewaltsam hervorschrie, hatte nicht mehr das die ganze Seele Durchdringende, und tiefe Seufzer machten der gepreßten Brust Luft. – Nun legte Theobald auf ihre Hand die seinige und nannte leise, ganz leise seinen Namen. Bald zeigte sich die Wirkung. Sie nannte nun den Namen des Offiziers abgebrochen, es war, als müßte sie sich auf jede Silbe, auf jeden Buchstaben besinnen, als dränge sich etwas Fremdes in die Reihe ihrer Vorstellungen. – Bald darauf sprach sie gar nicht mehr, nur eine Bewegung der Lippen zeigte, daß sie sprechen wollte und wie durch irgend eine äußere Einwirkung daran verhindert würde. Dies hatte wieder einige Nächte hindurch gedauert; nun fing Theobald an, ihre Hand in der seinigen festhaltend und mit leiser Stimme in abgebrochenen Sätzen zu sprechen. Es war die frühe Kinderzeit, in die er sich zurückversetzte. Bald sprang er mit Augusten (erst jetzt fällt mir wieder der Name des Mädchens ein) in des Onkels großem Garten umher und pflückte von den höchsten Bäumen die schönsten Kirschen für sie, denn immer das Beste wußte er den Blicken der anderen Kinder zu entziehen und es ihr zuzustecken. Bald hatte er den Onkel mit Bitten so lange gequält, bis er ihm das schöne teure Bilderbuch mit den Trachten fremder Nationen hervorgelangt. Nun durchblätterten beide Kinder, auf einem Lehnstuhl zusammen knieend über den Tisch gelehnt, das Buch. Immer war ein Mann und eine Frau in der Gegend ihres Landes abgebildet, und immer waren es Theobald und Auguste. In solchen fremden Gegenden, seltsamlich gekleidet, wollten sie allein sein und mit den schönen Blumen und Kräutern spielen. – Wie erstaunte die Mutter, als Auguste in einer Nacht zu sprechen begann und ganz in Theobalds Ideen einging. Auch sie war das siebenjährige Mädchen, und nun spielten beide ihre Kinderspiele durch. Auguste führte selbst die charaktervollsten Begebenheiten ihrer Kindheit herbei. Sie war immer sehr heftig und lehnte sich oft gegen ihre ältere Schwester, die übrigens von wirklich bösartiger Natur sie unverdienterweise quälte, förmlich auf, welches manchen tragikomischen Vorfall veranlaßte. So saßen die drei Kinder einmal an einem Winterabend beisammen, und die ältere Schwester, übellauniger als je, quälte die kleine Auguste mit ihrem Eigensinn, daß diese vor Zorn und Unmut weinte. Theobald zeichnete wie gewöhnlich allerlei Figuren, denen er dann eine sinnige Deutung zu geben wußte; um besser zu sehen, wollte er das Licht putzen, löschte es aber unversehens aus; da benutzte Auguste schnell die Gelegenheit und gab zur Wiedervergeltung des erlittenen Verdrusses der älteren Schwester eine derbe Ohrfeige. Das Mädchen lief weinend und schreiend zum Vater, dem Onkel Theobalds, und klagte, wie Theobald das Licht ausgelöscht und sie dann geschlagen habe. Der Onkel eilte herbei, und als er Theobald seine gehässige Bosheit vorhielt, leugnete dieser, der die Schuldige wohl kannte, die Tat keinesweges. Auguste war zerrissen von innerem Gram, als sie ihren Theobald beschuldigen hörte, er habe, um alles auf sie schieben zu können, erst das Licht ausgelöscht und dann geschlagen; aber je mehr sie weinte, desto mehr tröstete sie der Onkel, daß nun ja doch der Täter entdeckt und alle List des boshaften Theobalds vereitelt sei. Als nun der Onkel zur harten Strafe schritt, da brach ihr das Herz, sie klagte sich an, sie gestand alles, allein in diesem Selbstbekenntnis fand der Onkel nur die überschwengliche Liebe des Mädchens zu dem Knaben, und gerade Theobalds Standhaftigkeit, der sich mit wahrhaftem Heroismus glücklich fühlte, für Augusten zu leiden, gab ihm den Anlaß, ihn als den halsstarrigsten Buben bis aufs Blut zu züchtigen. Augustens Schmerz war grenzenlos, alle ihre Heftigkeit, ihr gebieterisches Wesen war verschwunden, der sanfte Theobald war nun ihr Gebieter, dem sie sich willig schmiegte; mit ihrem Spielzeug, mit ihren schönsten Puppen konnte er schalten und walten, und wenn er sonst, um nur bei ihr bleiben zu dürfen, sich fügen mußte, Blätter und Blumen für ihre kleine Küche zu suchen, so ließ sie es sich jetzt gefallen, ihm durchs Gesträuch auf dem mutigen Steckenhengst zu folgen. Aber so wie das Mädchen jetzt mit ganzer Seele an ihm hing, so war es auch, als habe das für sie erlittene Unrecht Theobalds Zuneigung zur glühendsten Liebe entzündet. Der Onkel bemerkte alles, aber nur dann, als er in späteren Jahren zu seinem Erstaunen den wahren Zusammenhang jenes Vorfalls erfuhr, zweifelte er nicht länger an der tiefen Wahrheit der wechselseitigen Liebe, die die Kinder geäußert, und billigte mit ganzer Seele die innigste Verbindung, in die sie für ihr ganzes Leben treten zu wollen erklärten. Eben jener tragikomische Vorfall sollte auch jetzt das Paar aufs neue vereinigen. – Auguste fing seine Darstellung von dem Moment an, als der Onkel zürnend hineinfuhr, und Theobald unterließ nicht, richtig in seine Rolle einzugreifen. Bis jetzt war Auguste am Tage still und in sich gekehrt gewesen, aber an dem Morgen nach jener Nacht äußerte sie ganz unerwartet der Mutter, wie sie seit einiger Zeit lebhaft von Theobald träume, und warum er denn nicht käme, ja nicht einmal schriebe. Immer mehr stieg diese Sehnsucht, und nun zögerte Theobald nicht länger, als käme er erst jetzt von der Reise, vor Augusten zu erscheinen; sorgfältig hatte er nämlich seit dem schrecklichen Augenblick, als Auguste ihn nicht wiederkannte, vermieden, sich vor ihr sehen zu lassen. Auguste empfing ihn mit der höchsten Aufwallung der innigsten Liebe. Bald nachher gestand sie unter vielen Tränen, wie sie sich gegen ihn vergangen; wie es einem Fremden auf eine seltsame Weise gelungen, sie von ihm abwendig zu machen, so daß sie, wie von einer fremden Gewalt befangen, ganz aus ihrem eigenen Wesen herausgetreten sei, aber Theobalds wohltätige Erscheinung in lebhaften Träumen habe die feindlichen Geister, die sie bestrickt, verjagt; ja sie müsse gestehen, daß sie jetzt nicht einmal des Fremden äußere Gestalt sich ins Gedächtnis zurückrufen könne, und nur Theobald lebe in ihrem Innern. Alban und Theobald, beide waren überzeugt, daß Augusten der wirkliche Wahnsinn, von dem sie ergriffen worden, gänzlich verlassen hatte, und kein Hindernis stand der Vereinigung des –«

So wollte Ottmar seine Erzählung endigen, als Maria mit einem dumpfen Schrei ohnmächtig vom Stuhle in die Arme des schnell herbeigesprungenen Bickert sank. Der Baron fuhr entsetzt auf, Ottmar eilte Bickerten zu Hülfe, und beide brachten Marien auf das Sofa. Sie lag totenbleich da, jede Spur des Lebens war auf dem krampfhaft verzogenen Gesichte verschwunden. – »Sie ist tot, sie ist tot!« schrie der Baron. – »Nein«, rief Ottmar, »sie soll leben, sie muß leben. Alban wird helfen.« – »Alban! Alban! kann *der* Tote erwecken«, schrie Bickert auf; in dem Augenblick öffnete sich die Tür, und Alban trat herein. Mit dem ihm eignen imponierenden Wesen trat er schweigend vor die Ohnmächtige. Der Baron sah ihm mit zornglühendem Gesichte ins Auge – keiner vermochte zu sprechen. Alban schien nur Marien zu gewahren; er heftete seinen Blick auf sie; »Maria, was ist Ihnen?« sprach er mit feierlichem Ton, und es zuckte durch ihre Nerven. Jetzt faßte er ihre Hand. Ohne sich von ihr wegzuwenden, sagte er: »Warum dieses Erschrecken meine Herren? der Puls geht leise, aber gleich – ich finde das Zimmer voll Dampf, man öffne ein Fenster, gleich wird sich Maria von dem unbedeutenden ganz gefahrlosen Nervenzufall erholen.« Bickert tat es, da schlug Maria die Augen auf; ihr Blick fiel auf Alban. »Verlaß mich, entsetzlicher Mensch, ohne Qual will ich sterben«, lispelte sie kaum hörbar, und indem sie, sich von Alban abwendend, das Gesicht in die Sofakissen verbarg, sank sie in einen tiefen Schlaf, wie man an den schweren Atemzügen bemerken konnte. Ein seltsames, furchtbares Lächeln durchflog Albans Gesicht; der Baron fuhr auf, er schien etwas mit Heftigkeit sagen zu wollen. Alban faßte ihn scharf ins Auge, und mit einem Tone, in dem des Ernstes unerachtet eine gewisse höhnende Ironie lag, sprach er: »Ruhig, Herr Baron! die Kleine ist etwas ungeduldig, aber erwacht sie aus ihrem wohltätigen Schlafe, welches genau morgens um sechs Uhr geschehen wird, so gebe man ihr zwölf von diesen Tropfen, und alles ist vergessen.« – Er reichte Ottmarn das Fläschchen, das er aus der Tasche gezogen, und verließ langsamen Schrittes den Saal.

»Da haben wir den Wunder-Doktor!« rief Bickert, als man die schlafende Marie in ihr Zimmer gebracht und Ottmar den Saal verlassen hatte. – »Der tiefsinnige Blick des Geistersehers – das feierliche Wesen – das prophetische Voraussagen – das Fläschchen mit dem Wunderelixier. – Ich habe nur gepaßt, ob er nicht wie Schwedenborg vor unsern Augen in der Luft verdampfen, oder wenigstens wie Beireis mit dem urplötzlich aus Schwarz in Rot umgefärbten Frack zum Saal hinausschreiten würde.« – »Bickert«, antwortete der Baron, der starr und stumm in den Lehnstuhl gedrückt Marien wegbringen gesehen: »Bickert! was ist aus unserm frohen Abend geworden! – aber gefühlt im Innern habe ich es, daß mich noch heute etwas Unglückliches treffen, ja daß ich noch Alban aus besonderm Anlaß sehen würde. – Und gerade in dem Augenblick, als ihn Ottmar zitierte, erschien er wie der waltende Schutzgeist. Sage mir, Bickert! – kam er nicht durch jene Tür?« – »Allerdings«, erwiderte Bickert, »und erst jetzt fällt es mir ein, daß er wie ein zweiter Cagliostro uns ein Kunststückchen gemacht hat, das uns in der Angst und Not ganz entgangen; die einzige Tür des Vorzimmers da drüben habe ich ja von innen verschlossen, und hier ist der Schlüssel, – einmal habe ich mich aber doch geirrt und sie offen gelassen.« – Bickert untersuchte die Tür, und zurückkehrend rief er mit Lachen: »Der Cagliostro ist fertig, die Tür ist richtig fest verschlossen wie vorher.« »Hm«, sagte der Baron, »der Wunder-Doktor fängt an, in einen gemeinen Taschenspieler überzugehen.« »Es tut mir leid«, erwiderte Bickert, »Alban hat den allgemeinen Ruf eines geschickten Arztes, und wahr ist es, daß, als unsere Marie, die sonst so gesund gewesen, an den heillosen Nervenübeln erkrankte und alle Mittel scheiterten, sie durch Albans magnetische Kur in wenigen Wochen geheilt wurde. – Schwer entschlossest du dich dazu, nur auf vieles Zureden Ottmars, und weil du die herrliche Blume, die sonst ihr Haupt keck und frei zur Sonne emporrichtete, immer mehr hinwelken sahst.« »Glaubst du, daß ich wohl getan habe, Ottmarn nachzugeben?« fragte der Baron. »In jener Zeit allerdings«, erwiderte Bickert, »aber Albans verlängerte Gegenwart ist mir gerade nicht angenehm; und was den Magnetismus betrifft« – »den verwirfst du ganz und gar«, fiel der Baron ein. »Mit nichten«, antwortete Bickert. »Nicht Zeuge mancher dadurch herbeigeführten Erscheinung hätte ich sein dürfen, um daran zu glauben, – ja ich fühle es nur zu sehr, wie alle die wunderbaren Beziehungen und Verknüpfungen des organischen Lebens der ganzen Natur in ihm liegen. All' unser Wissen darüber ist und bleibt aber Stückwerk, und sollte der Mensch den völligen Besitz dieses tiefen Naturgeheimnisses erlangen, so käme es mir vor, als habe die Mutter unversehens ein schneidendes Werkzeug verloren, womit sie manches Herrliche zur Lust und Freude ihrer Kinder geformt; die Kinder fänden es, verwundeten sich aber selbst damit, im blinden Eifer, es der Mutter im Formen und Bilden nachmachen zu wollen.« »Meine innerste Meinung hast du richtig ausgesprochen«, sagte der Baron, »was aber besonders den Alban betrifft, so liegt es dunkel in meiner Seele, wie ich mir all' die besonderen Gefühle, die mich in seiner Nähe befangen, zusammenreimen und erklären soll; zuweilen glaube ich über ihn ganz im klaren zu sein. – Seine tiefe Wissenschaft machte ihn zum Schwärmer, aber sein Eifer, sein Glück erwirbt ihm Achtung! Allein, nur wenn ich ihn nicht sehe, erscheint er mir so; nahet er sich mir, so ist jenes Bild aus der Perspektive gerückt, und deformierte Züge, die mit einer furchtbaren Charakteristik im Einzelnen sich doch nicht zum Ganzen fügen wollen, erfüllen mich mit Grauen. Als Ottmar ihn vor mehreren Monaten als seinen innigsten Freund zu uns brachte, war es mir, als habe ich ihn irgend einmal schon gesehen; seine Feinheit, sein gewandtes Betragen gefielen mir, aber im ganzen war mir seine Gegenwart nicht wohltuend. Bald darauf und zwar, wie es mir schon oft schwer aufs Herz gefallen, gleich nach Albans Erscheinung erkrankte, wie du weißt, Maria auf eine ganz seltsame Weise, und ich muß es gestehen, Alban, als er endlich herbeigerufen wurde, unterzog sich der Kur mit einem beispiellosen Eifer, mit einer Ergebenheit, mit einer Liebe und Treue, die ihm bei dem glücklichsten Erfolg die höchste, unzweideutigste Liebe und Achtung erwerben mußte. Ich hätte ihn mit Gold überschütten mögen, aber jedes Wort des Dankes wurde mir schwer; ja, in eben dem Grade, als die magnetische Kur anschlug, erfüllte sie mich mit Abscheu, und Alban wurde mir mit jedem Tag verhaßter. Zuweilen war es mir, als könne er mich aus der dringendsten Lebensgefahr retten, ohne auch nur im mindesten für sich bei mir zu gewinnen. Sein feierliches Wesen, seine mystischen Reden, seine Charlatanerien, wie er z. B. die Ulmen, die Linden und was weiß ich noch was für Bäume magnetisiert, wenn er, mit ausgestreckten Armen nach Norden gerichtet, von dem Weltgeist neue Kraft in sich zieht; alles spannt mich auf eine gewisse Weise, trotz der herzlichen Verachtung, die ich dagegen spüre. Aber, Bickert! merk' wohl auf! – Die sonderbarste Erscheinung dünkt mir, daß, seitdem Alban hier ist, ich öfter als je an meinen dänischen Major, von dem ich vorhin erzählt habe, denken muß. – Jetzt, eben jetzt, als er so höhnisch, so wahrhaft diabolisch lächelte und mich mit seinen großen schwarzen Augen anstarrte, da stand der Major ganz vor mir – die Ähnlichkeit ist auffallend.« – »Und«, fiel Bickert ein, »so ist mit einem Mal deine seltsame Empfindung, deine Idiosynkrasie erklärt. Nicht Alban, nein, der dänische Major ist es, der dich ängstigt und quält; der wohltuende Arzt trägt die Schuld seiner Habichtsnase und seiner schwarzen feurigen Augen; beruhige dich ganz und schlage dir alles Böse aus dem Sinn. – Alban mag ein Schwärmer sein, aber er will gewiß das Gute und vollbringt es, und so lasse man ihm seine Charlatanerien als ein unschädliches Spielwerk und achte ihn als den geschickten, tiefschauenden Arzt.« – Der Baron stand auf und sagte, indem er Bickerts beide Hände faßte, »Franz, das hast du gegen deine innnere Überzeugung gesprochen; es soll ein Palliativmittel sein für meine Angst, für meine Unruhe. – Aber – tief liegt es in meiner Seele; Alban ist mein feindlicher Dämon – Franz, ich beschwöre dich! sei achtsam – rate – hilf – stütze, wenn du an meinem morschen Familiengebäude etwas wanken siehst. Du verstehst mich – kein Wort weiter.«

Die Freunde umarmten sich, und Mitternacht war längst vorüber, als jeder gedankenvoll mit unruhigem, aufgeregtem Gemüt in sein Zimmer schlich. Punkt sechs Uhr erwachte Maria, wie es Alban vorausgesagt, man gab ihr zwölf Tropfen aus dem Fläschchen, und zwei Stunden später trat sie heiter und blühend in das Gesellschaftszimmer, wo der Baron, Ottmar und Bickert sie freudig empfingen. Alban hatte sich in sein Zimmer eingeschlossen und sagen lassen, wie ihn eine dringende Korrespondenz den ganzen Tag darin festhalten werde.

Mariens Brief an Adelgunde

So hast Du Dich endlich aus den Stürmen, aus den Bedrängnissen des bösen Krieges gerettet und eine sichere Freistatt gefunden? – Nein! ich kann es Dir nicht sagen, geliebte Herzensfreundin, was ich empfand, als ich nach so langer, langer Zeit endlich Deine kleinen niedlichen Schriftzüge wiedererblickte. Vor lauter Ungeduld hätte ich beinahe den festgesiegelten Brief zerrissen. Erst habe ich gelesen und gelesen, und ich wußte doch nicht, was darin gestanden, bis ich endlich ruhiger wurde und nun mit Entzücken erfuhr, daß Dein teurer Bruder, mein geliebter Hypolit, wohl ist, daß ich ihn bald wiedersehen werde. Also keiner meiner Briefe hat Dich erreicht? Ach, liebe Adelgunde! Deine Marie ist recht krank gewesen, recht sehr krank, aber nun ist alles wieder besser, wiewohl mein Übel von einer solchen mir selbst unbegreiflichen Art war, daß ich noch jetzt mich ordentlich entsetze, wenn ich daran denke, und Ottmar und der Arzt sagen, diese Empfindung sei eben auch noch Krankheit, die von Grund aus gehoben werden müsse. Verlange nicht, daß ich Dir sagen soll, was mir eigentlich gefehlt hat; ich weiß es selbst nicht; kein Schmerz, kein mit Namen zu sagendes Leiden, und doch alle Ruhe, alle Heiterkeit hin. – Alles kam mir verändert vor. – Laut gesprochene Worte, Fußtritte bohrten wie Stacheln in meinen Kopf. Zuweilen hatte alles um mich herum, leblose Dinge, Stimme und Klang und neckte und quälte mich mit wundersamen Zungen; seltsame Einbildungen rissen mich heraus aus dem wirklichen Leben. Kannst Du es Dir denken, Adelgundchen, daß die närrischen Kindermärchen vom grünen Vogel, vom Prinzen Fakardin von Trebisond und was weiß ich sonst, die uns Tante Klara so hübsch zu erzählen wußte, nun auf eine für mich schreckbare Weise ins Leben traten, denn ich selbst unterlag ja den Verwandlungen, die der böse Zauberer über mich verhängte – ja es ist wohl lächerlich zu sagen, wie diese Albernheiten so feindselig auf mich wirkten, daß ich zusehends matter und kraftloser wurde. Indem ich mich oft über ein Unding, über ein Nichts bis zum Tode betrüben und wieder eben über solch ein Nichts bis zur Ausgelassenheit erfreuen konnte, zehrte sich mein Selbst auf in den gewaltsamen Ausbrüchen einer innern mir unbekannten Kraft. – Gewisse Dinge, die ich sonst gar nicht beachtete, fielen mir jetzt nicht allein auf, sondern konnten mich recht quälen. So hatte ich einen solchen Abscheu gegen Lilien, daß ich jedesmal ohnmächtig wurde, sobald, war es auch in weiter Ferne, eine blühte; denn aus ihren Kelchen sah ich glatte, glänzende, züngelnde Basiliske auf mich zuspringen. Doch was trachte ich Dir, liebe Adelgunde, auch nur eine Idee von dem Zustande zu geben, den ich nicht Krankheit nennen möchte, wenn er mich nicht immer mehr und mehr ermattet hätte; mit jedem Tage schwächer werdend, sah ich den Tod vor Augen. – Nun muß ich

Dir aber etwas Besonderes sagen – nämlich, was mein Genesen betrifft, das habe ich einem herrlichen Mann zu danken, den Ottmar schon früher ins Haus gebracht, und der in der Residenz unter all' den großen und geschickten Ärzten der einzige sein soll, der das Geheimnis besitzt, eine solche sonderbare Krankheit wie die meinige schnell und sicher zu heilen. – Das Besondere ist aber, daß in meinen Träumen und Erscheinungen immer ein schöner ernster Mann im Spiele war, der unerachtet seiner Jugend mir wahrhafte Ehrfurcht einflößte, und der bald auf diese, bald auf jene Weise, aber immer in langen Talaren gekleidet, mit einer diamantnen Krone auf dem Haupte, mir wie der romantische König in der märchenhaften Geisterwelt erschien und allen bösen Zauber löste. Ich mußte ihm lieb und innig verwandt sein, denn er nahm sich meiner besonders an, und ich war ihm dafür mit meinem Leben verpflichtet. Bald kam er mir vor wie der weise Salomo, und dann mußte ich auch wieder auf ganz ungereimte Weise an den Sarastro in der Zauberflöte denken, wie ich ihn in der Residenz gesehen. – Ach, liebe Adelgunde, wie erschrak ich nun, als ich auf den ersten Blick in Alban jenen romantischen König aus meinen Träumen erkannte. – Alban ist nämlich eben der seltene Arzt, den Ottmar schon vor langer Zeit einmal als seinen Herzensfreund aus der Residenz mitbrachte; indessen war er mir damals bei dem kurzen Besuch so gleichgültig geblieben, daß ich mich nachher nicht einmal seines Äußern zu entsinnen wußte. – Alsdann aber, als er wiederkam, zu meiner Heilung berufen, wußte ich mir selbst von der innern Empfindung, die mich durchdrang, nicht Rechenschaft zu geben. – So wie Alban überhaupt in seiner Bildung, in seinem ganzen Betragen eine gewisse Würde, ich möchte sagen etwas Gebietendes, hat, das ihn über seine Umgebung erhebt, so war es mir gleich, als er seinen ernsten durchdringenden Blick auf mich richtete: ich müßte alles unbedingt tun, was er gebieten würde, und als ob er meine Genesung nur recht lebhaft wollen dürfe, um mich ganz herzustellen. Ottmar sagte: ich solle durch den sogenannten Magnetismus geheilt werden, und Alban werde durch gewisse Mittel mich in einem exaltierten Zustand setzen, in dem ich schlafend und in diesem Schlaf erwachend, selbst meine Krankheit genau einsehen und die Art meiner Kur bestimmen werde. Du glaubst nicht, liebe Adelgunde, welch ein eignes Gefühl von Angst – Furcht, ja Grausen und Entsetzen mich durchbebte, wenn ich an den bewußtlosen und doch höher lebenden Zustand dachte, und doch war es mir nur zu klar, daß ich mich vergebens dagegen sträuben würde, was Alban beschlossen. – Jene Mittel sind angewendet worden, und ich habe meiner Scheu, meiner Furcht zum Trotz nur wohltätige Folgen gespürt. – Meine Farbe, meine Munterkeit ist wiedergekehrt, und statt der entsetzlichen Spannung, in der mir oft das Gleichgültigste zur Qual wurde, befinde ich mich in einem ziemlich ruhigen Zustande. Jene närrischen Traumbilder sind verschwunden, und der Schlaf erquickt mich, indem selbst das tolle Zeug, was mir oft darin vorkommt, statt mich zu quälen, mich belebt und erheitert. – Denke einmal, liebe Adelgunde, ich träume jetzt oft: ich könne mit geschlossenen Augen, als sei mir ein anderer Sinn aufgegangen, Farben erkennen, Metalle unterscheiden, lesen u. s. w., sobald es nur Alban verlange; ja oft gebietet er mir, mein Inneres zu durchschauen und ihm alles zu sagen, was ich darin erblicke, und ich tue es mit der größten Bestimmtheit; zuweilen muß ich plötzlich an Alban denken, er steht vor mir, und ich versinke nach und nach in einen träumerischen Zustand, dessen letzter Gedanke, in dem mein Bewußtsein untergeht, mir fremde Ideen bringt, welche mit besonderem, ich möchte sagen, golden glühendem Leben mich durchstrahlen, und ich weiß, daß Alban diese göttlichen Ideen in mir denkt, denn er ist dann selbst in meinem Sein wie der höhere belebende Funke, und entfernt er sich, was nur geistig geschehen kann, da die körperliche Entfernung gleichgültig ist, so ist alles erstorben. Nur in diesem *mit Ihm* und *in Ihm* Sein kann ich wahrhaftig leben, und es müßte, wäre es ihm möglich, sich mir geistig ganz zu entziehn, mein

Selbst in toter Öde erstarren; ja, indem ich dieses schreibe, fühle ich nur zu sehr, daß nur Er es ist, der mir den Ausdruck gibt, mein Sein in ihm wenigstens anzudeuten. – Ich weiß nicht, Adelgundchen, ob ich Dir nicht fremdartig oder vielleicht als eine fantastische Schwärmerin erscheine, ob Du mich überhaupt verstehst, und es war mir, als ob eben jetzt leise und wehmütig der Name: Hypolit, über Deine Lippen gleite. – Glaube mir, daß Hypolit nie inniger von mir geliebt wurde, ich nenne ihn oft im frommen Gebet um sein Heil. – Die heiligen Engel mögen ihn schirmen vor jedem feindlichen Streich, der ihm in wilder Feldschlacht droht. Aber, seitdem Alban mein Herr und Meister ist, dünkt es mich, nur durch *Ihn* könne ich meinen Hypolit stärker und inniger lieben, und als habe ich die Macht, mich wie sein Schutzgeist zu ihm zu schwingen und ihn mit meinem Gebet wie mit einem Seraphsfittich zu umhüllen, so daß der Mord ihn vergebens listig spähend umschleicht. Alban, der hohe, herrliche Mann, führt mich als die durch das höhere Leben geweihte Braut in seine Arme; aber nicht ohne seinen Meister darf das Kind sich in die Stürme der Welt wagen. – Erst seit wenigen Tagen erkenne ich ganz Albans wahrhaftige Größe. – Aber glaubst du wohl, liebe Adelgunde, daß, als ich noch kränker und über alle Maßen reizbar war, sich oft niedrige Zweifel gegen meinen Herrn und Meister in meiner Brust erhoben? – Da hielt ich es denn für gesündigt gegen Liebe und Treue, wenn selbst im Gebet für meinen Hypolit Albans Gestalt in meinem Innern aufstieg, zürnend und drohend, daß ich ohne ihn mich hinauswagen wolle aus dem Kreise, den er mir beschrieben, wie ein böses Kind, das des Vaters Warnung vergessend hinauslaufe aus dem friedlichen Garten in den Wald, wo feindliche Tiere blutgierig hinter den grünen anmutigen Büschen lauern. Ach, Adelgunde! – diese Zweifel quälen mich schrecklich. Lache mich recht aus, wenn ich Dir sage, daß ich sogar auf den Gedanken geriet: Alban wolle mich künstlich umstricken und unter dem Schein des heiligen Wunders irdische Liebe in meinem Innern entzünden. –

Ach, Hypolit! – Neulich saßen wir, der Vater, der Bruder, der alte Bickert und ich, traulich abends beisammen; Alban war, wie es seine Gewohnheit ist, noch auf weitem Spaziergange begriffen. Es war die Rede von Träumen, und der Vater sowie Bickert wußten davon allerlei Wunderbares und Ergötzliches zu sagen. Da nahm auch Ottmar das Wort und erzählte, wie nach Albans Rat und unter seiner Leitung es einem seiner Freunde gelungen sei, eines Mädchens innige Liebe dadurch zu gewinnen, daß er ohne ihr Wissen, wenn sie schlief, in ihrer Nähe war und ihre innersten Gedanken durch magnetische Mittel auf sich leitete. Dazu kam, daß der Vater und auch mein alter treuer Bickert sich, wie sie noch nie in meiner Gegenwart getan, bestimmt und hart gegen den Magnetismus und auch in gewisser Art gegen Alban erklärten – alle Zweifel gegen den Meister erwachten mit doppelter Stärke in meiner Seele – wie wenn er sich geheimer höllischer Mittel bediente, mich zu seiner Sklavin zu fesseln; wie wenn er dann geböte, ich solle, nur *ihn* in Sinn und Gedanken tragend, Hypolit lassen? Ein nie gekanntes Gefühl ergriff mich mit tötender Angst; ich sah Alban in seinem Zimmer mit unbekannten Instrumenten und häßlichen Pflanzen und Tieren und Steinen und blinkenden Metallen umgeben, wie er in krampfhafter Bewegung seltsame Kreise mit den Armen und Händen beschrieb. Sein Gesicht, sonst so ruhig und ernst, war zur grausigen Larve verzogen, und aus seinen glutroten Augen schlängelten sich in ekelhafter Schnelle blanke, glatte Basiliske, wie ich sie sonst in den Lilienkelchen zu erblicken wähnte. Da war es, als gleite ein eiskalter Strom über meinen Rücken hin, ich erwachte aus meinem Ohnmacht ähnlichen Zustande; Alban stand vor mir – aber, du heiliger Gott! – nicht *er* war's, nein! jene entsetzliche Larve, die meine Einbildung geschaffen! – Wie habe ich am andern Morgen mich vor mir selbst geschämt! – Alban war mit meinen Zweifeln gegen ihn bekannt, und nur in seiner gütigen Milde hat er mir wohl verschwiegen, daß er es auch wohl wußte, wie ich ihn selbst mir gebildet, denn er lebt ja in meinem Innern

und weiß meine geheimsten Gedanken, die ich in Frömmigkeit und Demut auch nicht trachte, ihm zu verschweigen. Übrigens machte er aus meinem krankhaften Anfall nicht viel, sondern schob alles auf den Dunst des türkischen Tabaks, den mein Vater an jenem Abend geraucht. Du hättest nur sehen sollen, mit welchem gütigen Ernst, mit welcher väterlichen Sorgfalt mich jetzt der herrliche Meister behandelte. Er ist nicht allein der Körper, den er gesund zu erhalten weiß, nein!« – es ist der Geist, den er dem höhern Leben zuführt. Könnte meine liebe, treue Adelgunde nur hier sein und sich an dem wahrhaft frommen Leben erlaben, das wir in friedlicher Stille führen. Bickert ist noch der frohe Alte wie immer, nur mein Vater und Ottmar sind zuweilen in sonderbarer Verstimmung; den im treibenden Leben wühlenden Männer mag oft unsere Einförmigkeit nicht zusagen. – Alban spricht ganz herrlich über die Sagen und Mythen der alten Ägypter und Indier; oft versinke ich darüber, zumal unter den großen Buchen im Park, unwillkürlich in einen Schlaf, von dem ich wie neu belebt erwache. Ich komme mir dann beinahe vor wie die Miranda in Shakespears Sturm, die von Prospero vergebens ermuntert wird, seine Erzählung zu hören. Recht mit Prosperos Worten sagte neulich Ottmar zu mir: »Gib deiner Müdigkeit nach – du kannst nicht anders.«
Nun, Adelgundchen! hast Du mein inneres Leben ganz, ich habe Dir alles erzählt, und das tut meinem Herzen wohl. Beiliegende Zeilen für Hypolit u. s. w.

Fragment von Albans Brief an Theobald

––– zurückgeblieben ist. Die Frömmigkeit schließt das *Frommtun* in sich, und jedes Frommtun ist eine Heuchelei, sei es auch nicht sowohl um andere zu betrügen, als sich selbst an dem Reflex des in unechtem Golde blinkernden Strahlenscheins zu ergötzen, mit dem man sich zum Heiligen gekrönt hat. – Regten sich denn in Deiner eigenen Brust nicht manchmal Gefühle, die Du, mein lieber Bramin! mit dem, was Du aus Gewohnheit und bequem in dem Geleise bleibend, das die verjährte Ammenmoral eingefurcht hat, als gut und weise erkennen willst, nicht zusammenreimen konntest? Alle diese Zweifel gegen die Tugendlehre der Mutter Gans, alle diese über die künstlichen Ufer des durch Moralsysteme eingedämmten Stroms überbrausenden Neigungen, der unwiderstehliche Drang, den Fittich, den man kräftig befiedert an den Schultern fühlt, frisch zu schütteln und sich dem Höhern zuzuschwingen, sind *die* Anfechtungen des Satans, vor denen die aszetischen Schulmeister warnen. Wir sollen wie gläubige Kinder die Augen zudrücken, um an dem Glanz und Schimmer des heil. Christs, den uns die Natur überall in den Weg stellt, nicht zu erblinden. – Jede Neigung, die den höheren Gebrauch der inneren Kräfte in Anspruch nimmt, kann nicht verwerflich sein, sondern muß, eben aus der menschlichen Natur entsprungen und in ihr begründet, nach der Erfüllung des Zwecks unseres Daseins streben. Kann dieser denn ein anderer sein als die höchstmöglichste, vollkommenste Ausbildung und Anwendung unserer physischen und psychischen Kräfte? – Ich weiß, daß ohne weiter zu reden ich Dich, mein lieber Bramin! (so, und nicht anders, muß ich Dich nach Deinen Lebensansichten nennen) schon zum Widerspruch gereizt habe, da Dein ganzes Tun und Treiben der innigen Meinung entgegenstrebt, die ich nur angedeutet.– Sei indessen überzeugt, daß ich Dein kontemplatives Leben und Deine Bemühungen, durch immer geschärfteres Anschauen in die Geheimnisse der Natur einzudringen, achte; aber statt Dich an dem Glanz des diamantnen Schlüssels in stiller untätiger Betrachtung zu erfreuen, ergreife ihn keck und kühn und öffne die geheimnisvolle Pforte, vor der Du sonst stehen bleiben wirst in Ewigkeit. – Du bist zum Kampfe gerüstet, was weilst Du in träger Ruhe? – Alle Existenz ist Kampf und geht aus dem Kampfe hervor. In einem fortsteigenden Klimax wird dem Mächtigern der Sieg zuteil, und mit dem unterjochten Vasallen vermehrt er seine Kraft. – Du weißt, lieber Theobald! wie ich immer diesen Kampf auch im geistigen Leben statuiert, wie ich keck behauptet, daß eben die geheimnisvolle geistige Übermacht dieses oder jenes Schoßkindes der Natur, die Herrschaft, die er sich anmaßen darf, ihm auch Nahrung und Kraft zu immer höherem Schwunge gibt. Die Waffe, mit der wir, denen die Kraft und Übermacht inwohnt, diesen geistigen Kampf gegen das untergeordnete Prinzip kämpfen und uns dasselbe unterjochen, ist uns, ich möchte sagen, sichtbarlich in die Hand gegeben. Wie ist es doch gekommen, daß man jenes Eindringen, jenes gänzliche Inunsziehen und Beherrschen des außer uns liegenden geistigen Prinzips durch uns bekannt gewordene Mittel Magnetismus genannt hat, da diese Benennung nicht genügt oder vielmehr, als von einer einzelnen physisch wirkenden Kraft hergenommen, gar nicht das bezeichnet, was wir darunter verstanden wissen wollen. Es mußte gerade ein Arzt sein, der zuerst von meinem Geheimnisse zur Welt sprach, das eine unsichtbare Kirche wie ihren besten Schatz im Stillen aufbewahrte, um eine ganz untergeordnete Tendenz als den einzigen Zweck der Wirkung aufzustellen, denn so wurde der Schleier gewebt, den die blöden Augen der Ungeweihten nicht durchdringen. – Ist es denn nicht lächerlich zu glauben, die Natur habe uns den wunderbaren Talisman, der uns zum König der Geister macht, anvertraut, um Zahnweh oder Kopfschmerz oder was weiß ich sonst zu heilen? – Nein, es ist die unbedingte Herrschaft über das geistige Prinzip des Lebens, die wir, immer vertrauter werdend mit der gewaltigen Kraft jenes Talismans, erzwingen. Sich unter seinem Zauber schmiegend, muß das unterjochte fremde Geistige nur in Uns existieren und mit seiner Kraft nur uns nähren und stärken! – Der Fokus, in dem sich alles Geistige sammelt, ist Gott! – Je mehr Strahlen sich zur Feuerpyramide sammeln – desto näher ist der Fokus! – Wie breiten sich diese Strahlen aus – sie umfassen das organische Leben der ganzen Natur, und es ist der Schimmer des

Geistigen, der uns in Pflanze und Tier unsere durch dieselbe Kraft belebten Genossen erkennen läßt. – Das Streben nach jener Herrschaft ist das Streben nach dem Göttlichen, und das Gefühl der Macht steigert in dem Verhältnis seiner Stärke den Grad der Seligkeit. Der Inbegriff aller Seligkeit ist im Fokus! – Wie klein und erbärmlich erscheint mir alles Geschwätz über jene herrliche Kraft, die den Geweihten verliehen, und es ist wohl zu begreifen, daß nur die höhere Ansicht als der Ausdruck der inneren Weihe auch die höhere Wirksamkeit herbeiführt. – Nach allem diesem wirst Du glauben müssen, daß mir bei der Anwendung alle physischen Mittel fremd geworden, allein es ist dem nicht so. Hier ist es, wo wir noch im Dunkeln tappen, solange uns die geheime Verbindung des Geistigen mit dem Körper nicht klar vor Augen liegt, und ich möchte sagen, die physischen Hülfsmittel sind uns nur wie Zeichen des Herrschers in die Hand gegeben, denen sich unbekannte Vasallen unterwerfen. – Ich weiß selbst nicht, wie ich dazu gekommen bin, Dir, mein Theobald! so viel über einen Gegenstand zu sagen, von dem ich ungern spreche, da ich es fühle, wie nur die aus einer besondern innern geistigen Organisation entsprießende Überzeugung den leeren Worten Gewicht und Nachdruck geben muß. Deinen Vorwurf, einer lebhaft aufwallenden Neigung gefolgt zu sein und gegen Deine sogenannten moralischen Ansichten gesündigt zu haben, wollte ich beantworten, und jetzt erst werde ich gewahr, daß ich Dir neulich meine Verhältnisse in dem Hause des Barons viel zu rhapsodisch entwickelte, um nicht mißverstanden zu werden. – Ich gebe mir Zeit und Mühe, manches von meinem Eintritt in dies Haus nachzuholen, und wenn mein lieber frommer Bramin in einem höher beschwingten Augenblick mir nur einigermaßen in mein Gebiet folgen will, so werde ich von aller Schuld gereinigt sein. –

Ottmar ist nun einmal einer von den vielen Menschen, die, nicht ohne Geist und Verstand, ja selbst mit einer enthusiastischen Lebendigkeit, alles Neue im Gebiet der Wissenschaft auffassen;

aber eben dieses Auffassen ist ihr letzter Zweck, und es ist nur die Kenntnis der Form, die sie, der inneren Kraft sich freuend, mit leichter Mühe erringen. Mit dieser Kenntnis ist ihr Geist, dem selbst die Ahnungen des Innern fremd bleiben, zufrieden; dem Gemüt, das man ihnen nicht absprechen kann, fehlt Tiefe. – Ottmar hat sich, wie Du weißt, an mich gedrängt, und, indem er mir wie der Koryphäus einer ganz überzahlreichen Klasse von jungen Leuten, wie sie jetzt so häufig angetroffen werden, erschien, ergötzte es mich, mit ihm höhnend zu spielen. Mein Zimmer hat er mit einer Ehrfurcht betreten, als sei es das innerste heiligste Gemach im Tempel zu Sais, und da er sich als mein Schüler willig unter meine Zuchtrute schmiegte, hielt ich es für billig, ihm manches unschuldige Spielzeug anzuvertrauen, das er triumphierend den Knaben vorwies und recht groß tat mit der Liebe des Meisters. – Als ich seinen Bitten nachgab und ihn auf seines Vaters Gut begleitete, fand ich in dem Baron, seinem Vater, einen störrischen Alten, umgeben von einem wunderlichen humoristischen alten Maler, der manchmal den weinerlichen moralischen Pagliasso macht. – Was ich Dir über den Eindruck, den Marie auf mich machte, früher gesagt habe, weiß ich nicht mehr; aber ich fühle es in diesem Augenblick, daß es schwer sein wird, mich so darüber auszusprechen, daß ich von Dir ganz verstanden werde. – In Wahrheit, ich muß mich darauf beziehen, daß Du mich kennst, ja daß Du von jeher mein ganzes Tun und Treiben in den höheren Tendenzen, die dem Volke ewig verschlossen, begriffen. Du bist daher überzeugt, daß eine schlanke Gestalt, die wie eine herrliche Pflanze in zartem Wuchs üppige Blätter und Blüten treibend, aufgeschossen; ein blaues Auge, das emporblickend sich nach dem zu sehnen scheint, was die fernen Wolken verschleiern, – kurz, daß ein engelschönes Mädchen mich nicht in den süßlich schmachtenden Zustand des lächerlichen Amoroso versetzen kann. – Es war einzig und allein die augenblickliche Erkenntnis der geheimen geistigen Beziehung zwischen Marien und mir, die mich mit dem wunderbarsten Gefühl durchbebte. Der innigsten Wonne mischte sich ein schneidender, stechender Grimm bei, den die Opposition in Marien erzeugte – eine fremde feindliche Kraft widerstrebte meiner Einwirkung und hielt Mariens Geist befangen. Mit ganzer Macht meinen Geist darauf fixierend, wurde ich den Feind gewahr, und in vollem Kampf suchte ich alle Strahlen, die aus Mariens Innern mir zuströmten, wie in einem Brennspiegel aufzufangen. Der alte Maler beachtete nicht mehr, als die übrigen es taten; er schien die innere Spannung, die Marie in mir hervorgebracht, zu ahnen. Vielleicht war es mein Blick, der mich verriet, denn so zwängt der Körper den Geist ja ein, daß die leiseste seiner Bewegungen in den Nerven oszillierend nach außen wirkt und die Gesichtszüge – wenigstens den Blick des Auges verändert. Wie ergötzte es mich aber, daß er die Sache so gemein nahm; er sprach unaufhörlich von dem Grafen Hypolit, Mariens verlobtem Bräutigam, und daß er die bunte Musterkarte von allen seinen Tugenden recht mit Behagen vor mir ausbreitete, diente mir nur dazu, die läppischen Verhältnisse, welche die Menschen in einfältiger kindischer Tätigkeit anknüpfen, im Innersten zu belachen und mich meiner tiefern Erkenntnis jener Verbindungen, die die Natur knüpft, und der Kraft diese zu hegen und zu pflegen, zu erfreuen. – Marien ganz in mein Selbst zu ziehen, ihre ganze Existenz, ihr Sein so in dem meinigen zu verweben, daß die Trennung davon sie vernichten muß, das war der Gedanke, der mich hoch beseligend nur die Erfüllung dessen aussprach, was die Natur wollte. Diese innigste geistige Verbindung mit dem Weibe, in Seligkeitsgefühl jeden andern als den höchsten ausgeschrieenen tierischen Genuß himmelhoch überflügelnd, ziemt dem Priester der Isis, und Du kennst mein System in diesem Punkt, ich darf nichts weiter darüber sagen. Die Natur organisierte das Weib in allen seinen Tendenzen passiv. – Es ist das willige Hingeben, das begierige Auffassen des fremden außerhalb liegenden, das Anerkennen und Verehren des höheren Prinzips, worin das wahrhaft kindliche Gemüt besteht, das nur dem

Weibe eigen, und das ganz zu beherrschen, ganz in sich aufzunehmen, die höchste Wonne ist. – Von diesen Augenblicken an blieb ich, unerachtet ich mich wieder, wie Du weißt, von dem Gute des Barons entfernte, Marien geistig nah', und welcher Mittel ich mich bediente, insgeheim mich auch körperlich ihr zu nahen, um kräftiger zu wirken, mag ich Dir nicht sagen, da manches sich peinlich ausnehmen würde, unerachtet es zu dem vorgesetzten Zweck führte. – Maria fiel bald darauf in einen fantastischen Zustand, den Ottmar natürlicherweise für eine Nervenkrankheit halten mußte, und ich kam wieder als Arzt in das Haus, wie ich es vorausgesehen. – Maria erkannte in mir *den*, der ihr schon oft in der Glorie der beherrschenden Macht als ihr Meister im Traume erschienen, und alles, was sie nur dunkel geahnet, sah sie nun hell und klar mit ihres Geistes Augen. – Nur meines Blicks, meines festen Willens bedurfte es, sie in den sogenannten somnambulen Zustand zu versetzen, der nichts anders war als das gänzliche Hinaustreten aus sich selbst und das Leben in der höheren Sphäre des Meisters. Es war *mein* Geist, der sie dann willig aufnahm und ihr die Schwingen gab, dem Kerker, mit dem sie die Menschen überbaut hatten, zu entschweben. Nur in diesem Sein in mir kann Maria fortleben, und sie ist ruhig und glücklich. – Hypolits Bild kann in ihr nur noch in schwachen Umrissen existieren, und auch diese sollen bald in Duft zerfließen. Der Baron und der alte Maler sehen mich mit feindlichen Blicken an, aber es ist herrlich, wie sich auch da die Kraft bewährt, die mir die Natur verliehen. Ein unheimliches Gefühl mag es sein, daß sie widerstrebend doch den Meister erkennen müssen. Du weißt, auf welche wunderbare Weise ich mir einen Schatz geheimer Kenntnisse gesammelt. Nie hast Du das Buch lesen mögen, unerachtet es Dich überrascht haben würde, wie noch in keinem der physikalischen Lehrbücher solche herrliche Kombinationen mancher Naturkräfte und ihrer Wirkung so wie hier entwickelt sind. Ich verschmähe es nicht, manches sorglich zu bereiten; und kann man es denn Trug nennen, wenn der gaffende Pöbel über etwas erschrickt und staunt, das er mit Recht für wunderbar hält, da die Kenntnis der nächsten Ursache nicht das Wundervolle, sondern nur die Überraschung vernichtet? – Hypolit ist Obrister in . . .en Diensten, mithin im Felde; ich wünsche nicht seinen Tod; er mag zurückkommen, und mein Triumph wird herrlicher sein, denn der Sieg ist gewiß. Sollte sich der Gegner kräftiger zeigen, als ich es gedacht, so wirst Du mir im Gefühl meiner Kraft zutrauen, daß etc. ––

Das einsame Schloß

Das Gewitter war vorüber, und in rotem Feuer brennend, brach die sinkende Sonne durch die finsteren Wolken, die schnell fliehend in den tiefen Gründen verdampften. Der Abendwind rührte seine Fittiche, und wie in schwellenden Wogen strömten die Wohlgerüche, die aus Bäumen, Blumen, Gräsern emporstiegen, durch die warme Luft. Als ich aus dem Walde trat, lag das freundliche Dorf, dessen Nähe mir der Postillon verheißen, dicht vor mir im blumigen Wiesengrunde, und hoch hervor ragten die gotischen Türme des Schlosses, dessen Fenster im Schein der Sonne glühten, als wollten innere Flammen hervorbrechen. Glockengeläute und geistlicher Gesang tönten zu mir herüber; in der Ferne sah ich einen feierlichen Leichenzug auf der Straße von dem Schlosse her nach dem Kirchhofe wallen; als ich endlich ankam, war der Gesang verstummt; man hatte nach der dortigen Sitte den Sarg geöffnet, vor dem Grabe niedergesetzt, und der Pfarrer hielt den Leichen-Sermon. Sie waren im Begriff den Deckel auf den Sarg zu heben, als ich hinzutrat und den Toten erblickte. Es war ein hochbejahrter Mann, der mit heiterm Gesicht unentstellt dalag, als schlummerte er sanft und friedlich. Der alte Bauer sagte tief gerührt: »Sieh', wie unser alter Franz so schön daliegt; Gott schenke mir ein so frommes Ende – ja! – selig sind, die in dem Herrn entschlafen.« – Mir war es, als sei dies die rechte Totenfeier für den frommen Entschlafenen, und des Bauers einfache Worte die herrlichste Leichenrede. – Sie senkten den Sarg hinab, und als nun die Erdschollen mit dumpfem Klang hinabfielen, ergriff mich die bitterste Wehmut, als läge der Herzensfreund in der toten kalten Erde. – Eben wollte ich den Berg hinaufsteigen, auf dem das Schloß lag, als mir der Pfarrer entgegentrat, bei dem ich mich nach dem Toten, den man eben zu Grabe getragen, erkundigte. Der alte Maler Franz Bickert, der seit drei Jahren allein in dem verödeten Schloß gewohnt und den Kastellan gemacht hatte, war es, den man beerdigt hatte. Ich wünschte in das Schloß zu gehen; der Geistliche hatte bis zur Ankunft des Bevollmächtigten des jetzigen Besitzers die Schlüssel übernommen, und ich trat nicht ohne Schauer in die verödeten weiten Säle, wo sonst fröhliche Menschen gehauset, und worin nun eine Totenstille herrschte. Bickert hatte sich in den letzten drei Jahren, die er wie ein Einsiedler in dem Schlosse zubrachte, auf eine wunderliche Weise mit der Kunst beschäftigt. Ohne alle Hülfe, selbst was die mechanischen Vorrichtungen betrifft, unternahm er es, den ganzen obern Stock, in welchem er selbst ein Zimmer bewohnte, im gotischen Stil auszumalen, und auf den ersten Blick ahnte man in den fantastischen Zusammenstellungen fremdartiger Dinge, wie sie dem Charakter der gotischen Verzierungen eigen, tiefsinnige Allegorien. Sehr oft wiederholt war eine häßliche Teufelsgestalt, die ein schlafendes Mädchen belauscht. – Ich eilte nach Bickerts Zimmer. – Der Lehnstuhl stand noch so abgerückt vom Tische, auf dem eine angefangene Zeichnung lag, als sei Bickert eben von der Arbeit aufgestanden; ein grauer Überrock hing auf der Lehne, und ein kleines graues Mützchen lag neben der Zeichnung. – Es war, als werde im Augenblick der Alte mit dem freundlichen frommen Gesichte, über das selbst die Qual des Todes keine Macht gehabt, hineintreten und den Fremden mit offener Gutherzigkeit in seiner Werkstatt bewillkommen. – Ich eröffnete dem Geistlichen meinen Wunsch, mehrere Tage, ja vielleicht Wochen im

Schlosse zu wohnen. Das schien ihm befremdlich; er äußerte wie leid es ihm täte, meinen Wunsch nicht erfüllen zu können, da bis zur Ankunft des Bevollmächtigten die gerichtliche Siegelung vorgenommen werden müsse, und kein Fremder im Schlosse wohnen dürfe. »Wie aber«, fuhr ich fort, »wenn ich dieser Bevollmächtigte selbst wäre?« indem ich ihm die ausgedehnte Vollmacht des Barons von F., als des jetzigen Besitzers, vorwies. Er erstaunte nicht wenig und überschüttete mich mit Höflichkeitsbezeugungen. Er bot mir Zimmer im Pfarrgebäude an, da mir die Wohnung im öden Schlosse doch wahrscheinlich nicht zusagen werde. Ich lehnte dies ab; ich blieb im Schlosse, und es waren Bickerts nachgelassene Papiere, die mich in den Stunden der Muße auf das Anziehendste beschäftigten. – Bald fanden sich ein paar Blätter vor, die in kurzen hingeworfenen Notizen nach Art eines Tagebuchs Aufschluß über die Katastrophe gaben, in der ein ganzer Zweig einer bedeutenden Familie unterging. Durch die Zusammenstellung mit einem ziemlich humoristischen Aufsatz: Träume sind Schäume, und den Fragmenten zweier Briefe, die dem Maler auf ganz eigne Weise zu Händen gekommen sein müssen, rundet sich das Ganze. –

Aus Bickerts Tagebuch

Hab' ich mich denn nicht trotz dem h. Antonius mit dreitausend Teufeln herumgebalgt und mich ebenso tapfer gehalten? – Sieht man dem Volke keck ins Auge, so verdunstet es von selbst in Staub und Rauch. – Könnte Alban in meiner Seele lesen, so würde er eine förmliche Abbitte und Ehrenerklärung darin finden, daß ich ihm alles Satanische aufgebürdet, was alle allzurege Fantasie mir in grellen Farben dargestellt, zu eigner Buße und Belehrung! – Er ist da! – frisch – gesund – herrlich blühend – Apollos Locken, Jovis hohe Stirn – ein Aug' wie Mars, des Göt-

ter-Herolds Stellung – ja ganz wie Hamlet den Helden schildert. – Maria ist nicht mehr auf der Erde, sie schwebt im strahlenden Himmel – Hypolit und Maria – welch ein Paar!
Aber trauen kann ich ihm doch nicht – warum verschließt er sich in sein Zimmer? – warum schleicht er in der Nacht auf den Zehen umher wie der lauernde Mord? – ich kann ihm nicht trauen! – Zuweilen ist es mir, als müßte ich ihm in möglichster Kürze und Schnelligkeit meinen Stockdegen durch den Leib rennen und nachher höflich sagen: »*pardonnez*!« – Ich kann ihm nicht trauen!
Sonderbares Ereignis! – Als ich meinen Freund, mit dem ich in die Nacht hinein manches vom Herzen zum Herzen gesprochen, über den Korridor in sein Zimmer begleitete, rauschte ein hagere Figur im weißen Schlafrock mit dem Licht in der Hand vorüber. – Der Baron schrie auf: »– Der Major! – Franz! – der Major!« – Es war unbestritten Alban, und nur die Beleuchtung von unten herauf mochte sein Gesicht, welches alt und häßlich schien, verzerren. – Er kam von der Seite, wie aus Mariens Zimmern. Der Baron bestand darauf, zu ihr zu gehen. Sie schlief ruhig wie ein frommer Engel Gottes. – Morgen ist endlich der lang ersehnte Tag! – Glücklicher Hypolit! – Aber jene Erscheinung erfüllt mich mit Grausen, unerachtet ich mich zu überzeugen bemühe, daß es Alban war. – Sollte der feindliche Dämon, der sich dem Baron schon in früher Jugend verkündete, nun wie ein über ihn waltendes böses Prinzip wieder sichtbarlich und das Gute entzweiend ins Leben treten? Doch weg mit den finstern Ahnungen! – Überzeuge dich, Franz! daß das häßliche träumerische Zeug oft das Erzeugnis des verdorbenen Magens ist. – Sollte man nicht Diavolinis verschlucken, um sich gegen die Unbill böser Träume zu verwahren?

Gerechter Gott! – Sie ist hin – hin! Ew. Hochgeboren soll ich melden, wie es mit dem Tode der holdseligen Baronesse Marie zugegangen, des Familien-Archivs wegen – ich habe durchaus wenig Sinn für diplomatische Geschäfte. – Hätte mir Gott nicht das bißchen Faust verliehen des Malens halber! – Aber so viel ist gewiß, daß sie in dem Augenblick, als Hypolit sie vor dem Altar in seine Arme schließen wollte, tot – tot – tot niedersank – das übrige empfehle ich der Gerechtigkeit Gottes. –

Ja, du warst es! – Alban – hämischer Satan! – Du hast sie gemordet mit höllischen Künsten; welcher Gott hat es Hypolit offenbart! – Du bist entflohen, aber flieh' nur – verbirg dich im Mittelpunkt der Erde, die Rache wird dich auffinden und zermalmen.

Nein, ich kann dich nicht entschuldigen, Ottmar! – Du warst es, der sich von dem Satan verlocken ließ, von Dir fordert Hypolit die Geliebte seiner Seele! – Sie haben heute zu harte Worte gewechselt, der Zweikampf ist unvermeidlich.

Hypolit ist geblieben! – Wohl ihm! er sieht sie wieder. – Unglücklicher Ottmar! – Unglücklicher Vater!

Exeunt omnes! – Friede und ewige Ruhe den Verstorbenen! – Heute am neunten September in der Mitternachtsstunde starb mein Freund in meinen Armen! – Wie bin ich doch so wunderbar getröstet, da ich weiß, daß ich ihn bald wiedersehe. – Die Nachricht, daß Ottmar auf erhabene Weise gebüßt, durch den Heldentod in der Schlacht, zerschnitt den letzten Faden, der den Geist noch an das Irdische knüpfte. – Hier im Schlosse will ich bleiben, in den Zimmern will ich wandeln, wo sie lebten und mich liebten. – Oft werd' ich ihre Stimme hören – manches freundliche Wort der holdseligen frommen Maria, mancher gemütliche Scherz des unwandelbaren Freundes wird wie ein Geisterruf widerhallen und mich aufrecht und stark erhalten, des Lebens Bürde leicht zu tragen. – Es gibt für mich keine Gegenwart mehr, nur der Vergangenheit glückliche Tage schließen sich an das ferne Jenseits, das mich oft in wunderbaren

Träumen und lieblichem Schimmer, aus dem die geliebten Freunde lächelnd mir zuwinken, umfängt. – Wann! – wann werde ich zu Euch hinüber wallen?

Und er ist hinüber!

Ignaz Denner

Vor alter längst verfloßner Zeit lebte in einem wilden, einsamen Forst des Fuldaischen Gebiets ein wackrer Jägersmann, Andres mit Namen. Er war sonst Leibjäger des Herrn Grafen Aloys von Vach gewesen, den er auf weiten Reisen durch das schöne Welschland begleitet und einmal, als sie auf den unsichern Wegen in dem Königreich Neapel von Straßenräubern angefallen wurden, durch seine Klugheit und Tapferkeit aus großer Lebensgefahr gerettet hatte. In dem Wirtshause zu Neapel, wo sie eingekehrt waren, befand sich ein armes bildschönes Mädchen, die von dem Hauswirt, der sie als eine Waise aufgenommen, gar hart behandelt und zu den niedrigsten Arbeiten in Hof und Küche gebraucht wurde. Andres suchte sie, so gut er sich ihr verständlich machen konnte, mit trostreichen Worten aufzurichten, und das Mädchen faßte solche Liebe zu ihm, daß sie sich nicht mehr von ihm trennen, sondern mitziehen wollte nach dem kalten Deutschland. Der Graf von Vach, gerührt von Andres' Bitten und Giorginas Tränen, erlaubte, daß sie sich zu dem geliebten Andres auf den Kutschenbock setzen und so die beschwerliche Reise machen durfte. Schon ehe sie über die Grenzen von Italien hinausgekommen, ließ sich Andres mit seiner Giorgina trauen, und als sie dann nun endlich zurückgekehrt waren auf die Güter des Grafen von Vach, glaubte dieser den treuen Diener recht zu belohnen, da er ihn zu seinem Revierjäger ernannte. Mit seiner Giorgina und einem alten Knecht zog er in den einsamen rauhen Wald, den er schützen sollte wider die Freijäger und Holzdiebe. Statt des gehofften Wohlstandes, den ihm der Graf von Vach verheißen, führte er aber ein beschwerliches, mühseliges, dürftiges Leben und geriet bald in Kummer und Elend. Der kleine Lohn an barem Gelde, den er von dem Grafen erhielt, reichte kaum hin, sich und seine Giorgina zu kleiden; die geringen Gefälle, die ihm bei Holzverkäufen zukamen, waren selten und ungewiß, und den Garten, auf dessen Bebauung und Benutzung er angewiesen, verwüsteten oft die Wölfe und die wilden Schweine, er mochte mit seinem Knecht auf der Hut sein, wie er wollte, so daß bisweilen in einer Nacht die letzte Hoffnung des Lebensunterhalts vereitelt ward. Dabei war sein Leben stets bedroht von den Holzdieben und Freischützen. Jeder Lockung widerstand er als ein wackrer frommer Mann, der lieber darben als ungerechtes Gut an sich bringen wollte, und verwaltete sein Amt getreulich und tapfer; deshalb stellten sie ihm nach auf gefährliche Weise, und nur seine treuen Doggen schützten ihn vor nächtlichem Überfall des Raubgesindels. Giorgina, des Klimas und der Lebensweise in dem wilden Forst ganz ungewohnt, welkte zusehends hin. Ihre bräunliche Gesichtsfarbe verwandelte sich in fahles Gelb, ihre lebhaften blitzenden Augen wurden düster, und ihr voller, üppiger Wuchs magerte mit jedem Tage mehr ab. Oft erwachte sie in mondheller Nacht. Schüsse krachten in der Ferne durch den Wald, die Doggen heulten, leise erhob sich der Mann vom Lager und schlich mit dem Knecht murmelnd hinaus in den Forst. Dann betete sie inbrünstig zu Gott und zu den Heiligen, daß sie und ihr treuer Mann errettet werden möchten aus dieser schrecklichen Einöde und aus der steten Todesgefahr. Die Geburt eines Knaben warf Giorgina endlich auf das Krankenlager, und immer schwächer und schwächer werdend sah sie ihr Ende vor Augen. Dumpf in sich hinbrütend, schlich der unglückliche Andres umher; alles Glück war mit der Krankheit seines Weibes von ihm gewichen. Wie neckendes gespenstisches Wesen guckte das Wild aus den Büschen, sowie er sein Gewehr abdrückte, war es verstoben in der Luft. Er konnte kein Tier mehr treffen, und nur sein Knecht, ein geübter Schütze, beschaffte das Wild, welches er dem Grafen von Vach zu liefern gehalten war. Einst saß er an Giorginas Bette, den starren Blick auf das geliebte Weib gerichtet, die ermattet zum Tode kaum mehr atmete. In dumpfem, lautlosem Schmerz hatte er ihre Hand gefaßt und hörte nicht das

Ächzen des Knaben, der nahrungslos verschmachten wollte. Der Knecht ging schon am frühen Morgen nach Fulda, um für das letzte Ersparnis einige Erquickung für die Kranke herbeizuschaffen. Kein menschliches tröstendes Wesen war weit und breit zu finden, nur der Sturm heulte in schneidenden Tönen des entsetzlichen Jammers durch die schwarzen Tannen, und die Doggen winselten wie in trostloser Klage um den unglücklichen Herrn. Da hörte Andres auf einmal es vor dem Hause daherschreiten wie menschliche Fußtritte. Er glaubte, es wäre der zurückkehrende Knecht, unerachtet er ihn nicht so früh erwarten konnte, aber die Hunde sprangen heraus und bellten heftig. Es mußte ein Fremder sein. Andres ging selbst vor die Tür: da trat ihm ein langer hagerer Mann entgegen, in grauem Mantel, die Reisemütze tief ins Gesicht gedrückt. »Ei«, sagte der Fremde: »wie bin ich doch hier im Walde so irre gegangen! Der Sturm tobt von den Bergen herab, wir bekommen ein schrecklich Wetter. Möchtet Ihr nicht erlauben, lieber Herr! daß ich in Euer Haus eintreten und mich von dem beschwerlichen Wege erholen und erquicken dürfte zur weitern Reise?« »Ach Herr«, erwiderte der betrübte Andres, »Ihr kommt in ein Haus der Not und des Elends, und außer dem Stuhl auf dem Ihr ausruhen könnt, vermag ich kaum Euch irgend eine Erquickung anzubieten; meinem armen kranken Weibe mangelt es selbst daran, und mein Knecht, den ich nach Fulda geschickt, wird erst am späten Abend etwas zur Labung herbeibringen.« Unter diesen Worten waren sie in die Stube getreten. Der Fremde legte seine Reisemütze und seinen Mantel ab, unter dem er ein Felleisen und Kistchen trug. Er zog auch ein Stilett und ein Paar Terzerole hervor, die er auf den Tisch legte. Andres war an Giorginas Bett getreten, sie lag in bewußtlosem Zustande. Der Fremde trat ebenfalls hinzu, schaute die Kranke lange mit scharfen bedächtigen Blicken an und ergriff ihre Hand, den Puls sorglich erforschend. Als nun Andres voll Verzweiflung ausrief: »Ach Gott, nun stirbt sie wohl!« da sagte der Fremde: »Mit nichten, lieber Freund! seid ganz ruhig. Eurem Weibe fehlt nichts als kräftige, gute Nahrung, und vor der Hand wird ihr ein Mittel, das zugleich reizt und stärkt, die besten Dienste tun. Ich bin zwar kein Arzt, sondern vielmehr ein Kaufmann, allein doch in der Arzneiwissenschaft nicht unerfahren und besitze aus uralter Zeit her manches Arcanum, welches ich mit mir führe und auch wohl verkaufe.« Damit öffnete der Fremde sein Kistchen, holte eine Phiole heraus, tröpfelte von dem ganz dunkelroten Liquor etwas auf Zucker und gab es der Kranken. Dann holte er aus dem Felleisen eine kleine geschliffene Flasche köstlichen Rheinweins und flößte der Kranken ein paar Löffel voll ein. Den Knaben befahl er nur dicht an der Mutter Brust gelehnt ins Bette zu legen und beide der Ruhe zu überlassen. Dem Andres war es zumute, als sei ein Heiliger herabgestiegen in die Einöde, ihm Trost und Hülfe zu bringen. Anfangs hatte ihn der stechende, falsche Blick des Fremden abgeschreckt, jetzt wurde er durch die sorgliche Teilnahme, durch die augenscheinliche Hülfe, die er der armen Giorgina leistete, zu ihm hingezogen. Er erzählte dem Fremden unverhohlen, wie er eben durch die Gnade, die ihm sein Herr, der Graf von Vach, angedeihen lassen wollen, in Not und Elend geraten sei, und wie er wohl Zeit seines Lebens nicht aus drückender Armut und Dürftigkeit kommen werde. Der Fremde tröstete ihn dagegen und meinte, wie oft ein unverhofftes Glück dem Hoffnungslosesten alle Güter des Lebens bringe, und daß man wohl etwas wagen müsse, das Glück selbst sich dienstbar zu machen. »Ach lieber Herr!« erwiderte Andres, »ich vertraue Gott und der Fürsprache der Heiligen, zu denen wir, ich und mein treues Weib, jeden Tag mit Inbrunst beten. Was soll ich denn tun, um mir Geld und Gut zu verschaffen? Ist es mir nach Gottes Weisheit nicht beschieden, so wäre es ja sündlich, danach zu trachten; soll ich aber noch in dieser Welt zu Gütern gelangen, welches ich meines armen Weibes halber wünsche, die ihr schönes Vaterland verlassen, um mir in diese wilde Einöde zu folgen, so kommt es wohl, ohne daß ich Leib und Leben wage um schnödes weltliches Gut.« Der Fremde lächelte bei diesen Reden des frommen Andres auf ganz seltsame Weise und war im Begriff, etwas zu erwidern, als Giorgina mit einem tiefen Seufzer aus dem Schlaf, in den sie versunken, erwachte. Sie fühlte sich wunderbarlich gestärkt; auch der Knabe lächelte hold und lieblich an ihrer Brust. Andres war außer sich vor Freude, er weinte, er betete, er jubelte durch das Haus. Der Knecht war indessen zurückgekommen und bereitete, so gut er es vermochte, von den mitgebrachten Lebensmitteln das Mahl, an dem nun der Fremde teilnehmen sollte. Der Fremde kochte selbst eine Kraftsuppe für Giorgina, und man sah, daß er allerlei Gewürz und andere Ingredienzien hineinwarf, die er bei sich getragen. Es war später Abend geworden, der Fremde mußte daher bei dem Andres übernachten, und er bat, daß man ihm in derselben Stube, wo Andres und Giorgina schliefen, ein Strohlager bereiten möge. Das geschah. Andres, den die Besorgnis um Giorgina nicht schlafen ließ, bemerkte, wie der Fremde beinahe bei jedem stärkeren Atemzuge Giorginas auffuhr, wie er stündlich aufstand, leise sich ihrem Bette näherte, ihren Puls erforschte und ihr Arznei eintröpfelte.

Als der Morgen angebrochen, war Giorgina wieder zusehends besser geworden. Andres dankte dem Fremden, den er seinen Schutzengel nannte, aus der Fülle seines Herzens. Auch Giorgina äußerte, wie ihn wohl auf ihr inbrünstiges Gebet Gott selbst gesendet habe zu ihrer Rettung. Dem Fremden schienen diese lebhaften Ausbrüche des Danks in gewisser Weise beschwerlich zu fallen; er war sichtlich verlegen und äußerte ein Mal über das andere, wie er ja ein Unmensch sein müsse, wenn er nicht der Kranken mit seiner Kenntnis und den Arzneimitteln, die er bei sich führe, habe beistehen sollen. Übrigens sei nicht Andres, sondern *er* zum Dank verpflichtet, da man ihn der Not unerachtet, die im Hause herrsche, so gastlich aufgenommen, und er wolle auch keineswegs diese Pflicht unerfüllt lassen. Er zog einen wohlgefüllten Beutel hervor und nahm einige Goldstücke heraus, die er dem Andres hinreichte. »Ei, Herr«, sagte Andres, »wie und wofür sollte ich denn so vieles Geld von Euch annehmen? Euch in meinem Hause zu beherbergen, da Ihr Euch in dem wilden weitläufigen Forst verirrt hattet, das war ja Christenpflicht, und dünkte Euch das irgend eines Dankes wert, so habt Ihr mich ja überreich, ja mehr, als ich es nur mit Worten sagen mag, dadurch belohnt, daß Ihr als ein weiser, kunsterfahrener Mann mein liebes Weib vom augenscheinlichen Tode rettetet. Ach Herr! was Ihr an mir getan, werde ich Euch ewiglich nicht vergessen, und Gott möge es mir verleihen, daß ich die edle Tat Euch mit meinem Leben und Blut lohnen könne.« Bei diesen Worten des wackern Andres fuhr es wie ein rascher funkelnder Blitz aus den Augen des Fremden. »Ihr müßt, braver Mann«, sprach er, »durchaus das Geld annehmen. Ihr seid das schon Euerm Weibe schuldig, der Ihr damit bessere Nahrungsmittel und Pflege verschaffen könnt; denn dieser bedarf sie nunmehr, um nicht wieder in ihren vorigen Zustand zurückzufallen und Euerm Knaben Nahrung geben zu können.« »Ach, Herr«, erwiderte Andres, »verzeiht es, aber eine innere Stimme sagt mir, daß ich Euer unverdientes Geld nicht nehmen darf. Diese innere Stimme, der ich wie der höhern Eingebung meines Schutzheiligen immer vertraut, hat mich bisher sicher durch das Leben geführt und mich beschützt vor allen Gefahren des Leibes und der Seele. Wollt Ihr großmütig handeln und an mir Armen ein übriges tun, so laßt mir ein Fläschlein von Eurer wundervollen Arznei zurück, damit durch ihre Kraft mein Weib ganz genese.« Giorgina richtete sich im Bette auf, und der schmerzvolle, wehmütige Blick, den sie auf Andres warf, schien ihn anzuflehen, diesmal nicht so strenge auf sein inneres Widerstreben zu achten, sondern die Gabe des mildtätigen Mannes anzunehmen. Der Fremde bemerkte das und sprach: »Nun, wenn Ihr denn durchaus mein Geld nicht annehmen wollt, so schenke ich es Euerm lieben

Weibe, die meinen guten Willen, Euch aus der bittern Not zu retten, nicht verschmähen wird.« Damit griff er noch einmal in den Beutel, und sich der Giorgina nähernd, gab er ihr wohl noch einmal so viel Geld, als er vorhin dem Andres angeboten hatte. Giorgina sah das schöne funkelnde Gold mit vor Freude leuchtenden Augen, sie konnte kein Wort des Dankes herausbringen, die hellen Tränen schossen ihr die Wangen herab. Der Fremde wandte sich schnell von ihr weg und sprach zu Andres: »Seht, lieber Mann! Ihr könnet meine Gabe getrost annehmen, da ich nur etwas von großem Überfluß Euch mitteile. Gestehen will ich Euch, daß ich das nicht bin, was ich scheine. Nach meiner schlichten Kleidung, und da ich wie ein dürftiger wandernder Krämer zu Fuß reise, glaubt Ihr gewiß, daß ich arm bin und mich nur kümmerlich von kleinem Verdienst auf Messen und Jahrmärkten nähre; ich muß Euch jedoch sagen, daß ich durch glücklichen Handel mit den trefflichsten Kleinodien, den ich seit vielen Jahren treibe, ein sehr reicher Mann geworden und nur die einfache Lebensweise aus alter Gewohnheit beibehalten habe. In diesem kleinen Felleisen und dem Kistchen bewahre ich Juwelen und köstliche, zum Teil noch im grauen Altertum geschnittene Steine, welche viele, viele Tausende wert sind. Ich habe diesmal in Frankfurt sehr glückliche Geschäfte gemacht, so daß das wohl noch lange nicht der hundertste Teil des Gewinns sein mag, was ich Euerm lieben Weibe schenkte. Überdem gebe ich Euch das Geld keineswegs umsonst, sondern verlange von Euch dafür allerlei Gefälligkeiten. Ich wollte wie gewöhnlich von Frankfurt nach Kassel gehen und kam von Schlüchtern aus vom richtigen Wege ab. Indessen habe ich gefunden, daß der Weg durch diesen Forst, den sonst die Reisenden scheuen, gerade für einen Fußgänger recht anmutig ist, weshalb ich denn künftig auf gleicher Reise immer diese Straße einschlagen und bei Euch einsprechen will. Ihr werdet daher mich jährlich zweimal bei Euch eintreffen sehen; nämlich zu Ostern, wenn ich von Frankfurt nach Kassel wandere, und im späten Herbst, wenn ich von der Leipziger

Michaelismesse nach Frankfurt und von dort nach der Schweiz und wohl auch nach Welschland gehe. Dann sollt Ihr mich für gute Bezahlung – einen – zwei, auch wohl drei Tage bei Euch beherbergen, und das ist die erste Gefälligkeit, um die ich Euch ersuche.«

»Ferner bitte ich Euch, dieses kleine Kistchen, worin Waren sind, die ich in Kassel nicht brauche, und das mir beim Wandern hinderlich ist, zu behalten, bis ich künftigen Herbst wieder bei Euch einspreche. Nicht verhehlen will ich, daß die Waren viele Tausende wert sind, aber ich mag Euch deshalb doch kaum größere Sorglichkeit empfehlen, da ich nach der Treue und Frömmigkeit, die Ihr an den Tag legt, Euch zutraue, daß Ihr auch das Geringste, was ich Euch zurückließe, sorgfältig aufbewahren würdet; zumal werdet Ihr das bei Sachen von solch großem Werte, als die sind, welche in dem Kistchen verschlossen, sicherlich tun. Seht, das ist der zweite Dienst, den ich von Euch fordere. Das Dritte, was ich verlange, wird Euch wohl am schwersten fallen, unerachtet es mir jetzt am nötigsten tut. Ihr sollt Euer liebes Weib nur auf diesen Tag verlassen und mich aus dem Forst bis auf die Straße nach Hirschfeld geleiten, wo ich bei Bekannten einsprechen und dann meine Reise nach Kassel fortsetzen will. Denn außer dem, daß ich des Weges im Forst nicht recht kundig bin und mich daher zum zweitenmal verirren könnte, ohne von einem so wackern Mann, wie Ihr es seid, aufgenommen zu werden, ist es auch in der Gegend nicht recht geheuer. Euch als einem Jägersmann aus der Gegend wird man nichts anhaben, aber ich als einsamer Wanderer könnte wohl gefährdet werden. Man sprach in Frankfurt davon, daß eine Räuberbande, die sonst die Gegend von Schaffhausen unsicher machte sich bis nach Straßburg herauf ausdehnte, nunmehr sich ins Fuldaische geworfen haben soll, da die von Leipzig nach Frankfurt reisenden Kaufleute ihnen reicheren Gewinnst versprachen, als sie dort finden konnten. Wie leicht wär' es möglich, daß sie mich schon von Frankfurt aus als reichen Juwelenhändler kennten. Hab' ich also ja durch die Rettung Eures Weibes Dank verdient, so könnt Ihr mich dadurch reichlich lohnen, daß Ihr aus diesem Forste mich auf Weg und Steg leitet.« Andres war mit Freuden bereit, alles zu erfüllen, was man von ihm verlangte, und machte sich gleich, wie es der Fremde wünschte, zur Wanderung fertig, indem er seine Jägeruniform anzog, seine Doppelbüchse und seinen tüchtigen Hirschfänger umschnallte und dem Knecht befahl, zwei von den Doggen anzukuppeln. Der Fremde hatte unterdessen das Kistchen geöffnet und die prächtigsten Geschmeide, Halsketten – Ohrringe – Spangen herausgenommen, die er auf Giorginas Bette ausbreitete, so daß sie ihre Verwunderung und Freude gar nicht bergen konnte. Als nun aber der Fremde sie aufforderte, doch eine der schönsten Halsketten umzuhängen, die reichen Spangen auf ihre wunderschön geformten Arme zu streifen, und ihr dann einen kleinen Taschenspiegel vorhielt, worin sie sich nach Herzenslust beschauen konnte, so daß sie in kindischer Lust aufjauchzte, da sagte Andres zu dem Fremden: »Ach, lieber Herr! wie möget Ihr doch in meinem armen Weibe solche Lüsternheit erregen, daß sie sich mit Dingen putzt, die ihr nimmermehr zukommen und auch gar nicht anstehen. Nehmt mir es nicht übel, Herr! aber die einfache rote Korallenschnur, die meine Giorgina um den Hals gehängt hatte, als ich sie zum erstenmal in Neapel sah, ist mir tausendmal lieber als das funkelnde blitzende Geschmeide, das mir recht eitel und trügerisch vorkommt.« »Ihr seid auch gar zu streng«, erwiderte der Fremde höhnisch lächelnd, »daß Ihr Euerm Weibe nicht einmal in ihrer Krankheit die unschuldige Freude lassen wollt, sich mit meinen schönen Geschmeiden herauszuputzen, die keineswegs trügerisch, sondern wahrhaft echt sind. Wißt Ihr denn nicht, daß eben den Weibern solche Dinge rechte Freude verursachen? Und was Ihr da sagt, daß solcher Prunk Eurer Giorgina nicht zukomme, so muß ich das Gegenteil behaupten. Euer Weib ist hübsch genug, sich so herauszuputzen, und Ihr wißt ja nicht, ob sie nicht einmal auch noch reich genug sein wird, dergleichen Schmuck selbst zu besitzen und zu tragen.« Andres sprach mit sehr ernstem nachdrücklichen Ton: »Ich bitte Euch, Herr! führt nicht solche geheimnisvolle verfängliche Reden! Wollt Ihr denn mein armes Weib betören, daß sie von eitlem Gelüst nach solchem weltlichem Prunk und Staat befangen nur drückender unsere Armut fühle und um alle Lebensruhe, um alle Heiterkeit gebracht werde? Packt nur Eure schönen Sachen ein, lieber Herr! ich will sie Euch treulich bewahren, bis Ihr zurückkommt. Aber sagt mir nun, wenn, wie es der Himmel verhüten möge! Euch unterdessen ein Unglück zustoßen sollte, so daß Ihr nicht mehr zurückkehrtet in mein Haus, wohin soll ich dann das Kistchen abliefern, und wie lange soll ich auf Euch warten, ehe ich die Juwelen *dem* einhändige, den Ihr mir nennen werdet, so wie ich Euch jetzt um Euern Namen bitte?« »Ich heiße«, erwiderte der Fremde, »Ignaz Denner und bin, wie Ihr schon wisset, Kauf- und Handelsmann. Ich habe weder Weib noch Kinder, und meine Verwandte wohnen im Walliser Lande. *Die* kann ich aber keineswegs lieben und achten, da sie sich, als ich noch arm und bedürftig war, um mich gar nicht gekümmert haben. Sollte ich in drei Jahren mich nicht sehen lassen, so behaltet das Kistchen ruhig an Euch, und da ich wohl weiß, daß beide, Ihr und Giorgina, Euch sträuben werdet das reiche Vermächtnis von mir anzunehmen, so schenke ich jenem Fall das Kästchen mit Kleinodien Euerm Knaben, dem ich, wenn Ihr ihn firmen laßt, den Namen Ignatius beizugeben bitte.« Andres wußte in der Tat nicht, was er aus der seltenen Freigebigkeit und Großmut des fremden Mannes machen sollte. Er stand ganz verstummt vor ihm, indes Giorgina ihm für seinen guten Willen dankte und versicherte, zu Gott und den Heiligen fleißig beten zu wollen, daß sie ihn auf seinen weiten beschwerlichen Reisen beschützen und ihn stets glücklich in ihr Haus zurückführen möchten. Der Fremde lächelte, so wie es seine Art war, auf seltsame Weise und meinte, daß wohl das Gebet einer schönen Frau mehr Kraft haben möge als das seinige. Das Beten wolle er daher ihr überlassen und übri-

gens seinem kräftigen abgehärteten Körper und seinen guten Waffen vertrauen.
Dem frommen Andres mißfiel diese Äußerung des Fremden höchlich; indessen verschwieg er das, was er darauf zu erwidern schon im Begriff stand, und trieb vielmehr den Fremden an, jetzt die Wanderung durch den Forst zu beginnen, da er sonst erst in später Nacht in sein Haus zurückkehren und seine Giorgina in Furcht und Angst setzen würde.
Der Fremde sagte beim Abschied noch Giorginen: daß er ausdrücklich ihr erlaube, sich, wenn es ihr Vergnügen mache, mit seinen Geschmeiden zu schmücken, da es ihr ja ohnedies in diesem einsamen wilden Forst an jeder Belustigung mangle. Giorgina errötete vor innerm Vergnügen, da sie freilich die ihrer Nation eigne Lust an glänzendem Staat und vorzüglich an kostbaren Steinen nicht unterdrücken konnte. – Nun schritten Denner und Andres rasch vorwärts durch den finstern öden Wald. In dem dicksten Gebüsch schnupperten die Doggen umher und klafften, den Herrn mit klugen, beredten Augen anschauend. »Hier ist es nicht geheuer«, sprach Andres, spannte den Hahn seiner Büchse und schritt mit den Hunden bedächtig vor dem fremden Kaufmann her. Oft war es ihm, als rausche es in den Bäumen, und bald erblickte er in der Ferne finstre Gestalten, die gleich wieder in dem Gebüsch verschwanden. Er wollte seine Doggen loskuppeln. »Tut das nicht, lieber Mann!« rief Denner, »denn ich kann Euch versichern, daß wir nicht das mindeste zu fürchten haben.« Kaum hatte er diese Worte gesprochen, als nur wenige Schritte von ihnen ein großer schwarzer Kerl mit struppigen Haaren und großem Knebelbart, eine Büchse in der Hand, aus dem Gebüsch heraustrat. Andres machte sich schußfertig: »Schießt nicht, schießt nicht!« rief Denner; der schwarze Kerl nickte ihm freundlich zu und verlor sich in den Bäumen. Endlich waren sie aus dem Walde heraus, auf der lebhaften Landstraße. »Nun danke ich Euch herzlich für Euer Geleite«, sprach Denner; »kehrt nur jetzt in Eure Wohnung zurück; sollten Euch wieder

solche Gestalten aufstoßen, wie wir sie gesehen, so zieht ruhig Eure Straße fort, ohne Euch darum zu kümmern. Tut, als wenn Ihr gar nichts bemerktet, behaltet Eure Doggen am Strick, Ihr werdet ohne alle Gefahr Eure Wohnung erreichen.« Andres wußte nicht, was er von dem allen und von dem wunderlichen Kaufmann denken sollte, der wie ein Geisterbeschwörer den Feind zu bannen und von sich abzuhalten schien. Er konnte nicht begreifen, warum er denn erst sich habe durch den Wald geleiten lassen. Getrost schritt Andres durch den Forst zurück, es stieß ihm durchaus nichts Verdächtiges auf, und er kam wohlbehalten in sein Haus, wo ihm seine Giorgina, die sich munter und kräftig aus dem Bette gemacht, voll Freude in die Arme fiel. –

Durch die Freigebigkeit des fremden Kaufmanns bekam die kleine Haushaltung des Andres eine ganz andere Gestalt. Kaum war nämlich Giorgina ganz genesen, als er mit ihr nach Fulda ging und außer den nötigsten Bedürfnissen noch manches Stück einkaufte, das ihrer häuslichen Einrichtung abging, und wodurch diese das Ansehen eines gewissen Wohlstandes erhielt. Dazu kam, daß seit dem Besuch des Fremden die Freijäger und Holzdiebe aus der Gegend gebannt schienen und Andres seinem Posten ruhig vorstehen konnte. Auch sein Jagdglück war wiedergekehrt, so daß er wie sonst beinahe niemals einen Fehlschuß tat. Der Fremde stellte sich zu Michaelis wieder ein und blieb drei Tage. Der hartnäckigen Weigerung der Wirtsleute unerachtet war er doch wieder so freigebig wie das erste Mal. Er versicherte, es sei nun einmal seine Absicht, sie in Wohlstand zu versetzen und so sich selbst das Absteigequartier im Walde freundlicher und angenehmer zu machen.

Nun konnte die bildhübsche Giorgina sich besser kleiden; sie gestand dem Andres, daß sie der Fremde mit einer zierlich gearbeiteten Nadel, wie sie die Mädchen und Weiber in mancher Gegend Italiens durch das in Zöpfen zusammengeflochtene ausgewirbelte Haar zu stecken pflegen, beschenkt habe. Andres zog ein finstres Gesicht, aber in dem Augenblick war Giorgina zur

Tür herausgesprungen, und nicht lange dauerte es, so kehrte sie zurück ganz so gekleidet und geschmückt, wie Andres sie in Neapel gesehen hatte. Die schöne goldne Nadel prangte in dem schwarzen Harr, in das sie mit malerischem Sinn bunte Blumen geflochten, und Andres mußte sich nun selbst gestehen, daß der Fremde sein Geschenk recht sinnig gewählt hatte, um seine Giorgina wahrhaft zu erfreuen.
Andres äußerte dies unverhohlen, und Giorgina meinte, daß der Fremde wohl ihr Schutzengel sei, der sie aus der tiefsten Dürftigkeit zum Wohlstande erhebe, und daß sie gar nicht begreife, wie Andres so wortkarg, so verschlossen gegen den Fremden und überhaupt so traurig, so in sich gekehrt bleiben könne. »Ach, liebes Herzensweib!« sprach Andres, »die innere Stimme, welche mir damals so laut sagte, daß ich durchaus nichts von dem Fremden annehmen dürfe, die schweigt bis jetzt keinesweges. Ich werde oft von innern Vorwürfen gemartert; es ist mir, als ob mit dem Gelde des Fremden unrechtes Gut in mein Haus gekommen sei, und deshalb kann mich nichts recht freuen, was dafür angeschafft wurde. Ich kann mich jetzt wohl öfter mit einer kräftigen Speise, mit einem Glase Wein erlaben; glaube mir aber, liebe Giorgina! war einmal ein guter Holzverkauf vorgefallen, und hatte mir der liebe Gott ein paar ehrlich verdiente Groschen mehr beschert als gewöhnlich, dann schmeckte mir ein Glas geringen Weins viel besser als jetzt der gute Wein, den der Fremde uns mitbringt. Ich kann mich mit diesem sonderbaren Kaufmann durchaus nicht befreunden, ja es ist mir in seiner Gegenwart oft ganz unheimlich zumute. Hast du wohl bemerkt, liebe Giorgina! daß er niemanden fest anzuschauen vermag? Und dabei blitzt es zuweilen aus seinen tiefliegenden kleinen Augen so sonderbar heraus, und dann kann er bei unsern schlichten Reden oft so – bübisch möcht' ich sagen, lachen, daß es mich eiskalt überläuft. – Ach, möchten nur nicht meine innern Gedanken wahr werden, aber oft ist es mir, als liege allerlei schwarzes Unheil im Hintergrunde, das nun der Fremde mit einem Mal her-

vorrufen werde, nachdem er uns in seinen künstlichen Schlingen gefangen.«

Giorgina suchte ihrem Mann die schwarzen Vorstellungen auszureden, indem sie versicherte, wie sie oft in ihrem Vaterlande und vorzüglich bei ihren Pflegeeltern im Wirtshause Personen kennen gelernt, deren Äußeres noch viel widriger gewesen sei, unerachtet es am Ende grundgute Menschen waren. Andres schien getröstet, im Innern beschloß er aber auf der Hut zu sein.

Der Fremde sprach bei Andres wieder ein, als sein Knabe, ein wunderschönes Kind, ganz der Mutter Ebenbild, gerade neun Monate alt geworden. Es war Giorginas Namenstag; sie hatte den Kleinen fremdartig und sonderbar herausgeputzt, sich selbst in ihre liebe neapolitanische Tracht geworfen und ein besseres Mahl als gewöhnlich bereitet, wozu der Fremde eine Flasche köstlichen Weins aus dem Felleisen hergab. Als sie nun fröhlich bei Tische saßen und der kleine Knabe mit solch wunderbar verständigen Augen umherblickte, hub der Fremde an: »Euer Kind verspricht in der Tat mit seinem besondern Wesen schon jetzt recht viel, und es ist schade, daß ihr nicht imstande sein werdet, es gehörig zu erziehen. Ich hätte Euch wohl einen Vorschlag zu tun, ihr werdet ihn aber verwerfen wollen, unerachtet ihr bedenken möchtet, daß er nur euer Glück, euern Wohlstand bezweckt. Ihr wißt, daß ich reich und ohne Kinder bin, ich fühle eine ganz besondere Liebe und Zuneigung zu euerm Knaben – Gebt mir ihn! – Ich bringe ihn nach Straßburg, wo er von einer Freundin von mir, einer alten ehrbaren Frau, auf das beste erzogen werden und mir sowie euch große Freude machen soll. Ihr werdet mit euerm Kinde einer großen Last frei; doch müßt ihr euern Entschluß schnell fassen, da ich genötigt bin, noch heute abend abzureisen. Auf meinen Armen trage ich das Kind bis in das nächste Dorf; dort nehme ich dann ein Fuhrwerk.« Bei diesen Worten des Fremden riß Giorgina das Kind, das er auf seinen Knien geschaukelt hatte, hastig fort und drückte es an ihren Busen, indem ihr die Tränen in die Augen traten. »Seht, lieber Herr!« sprach Andres, »wie meine Frau Euch auf Euern Vorschlag antwortet, und ebenso bin auch ich gesinnt. Eure Absicht mag recht gut sein; aber wie möget Ihr doch uns das Liebste rauben wollen, das wir auf Erden besitzen? wie möget Ihr doch das eine Last nennen, was unser Leben aufheitern würde, wären wir auch noch in der tiefsten Dürftigkeit, aus der uns Eure Güte gerissen? Seht, lieber Herr, Ihr sagtet selbst, daß Ihr ohne Frau und ohne Kinder wäret; Euch ist daher wohl die Seligkeit fremd, die gleichsam aus der Glorie des offnen Himmelreichs herabströmt auf Mann und Weib bei der Geburt eines Kindes. Es ist ja die reinste Liebe und Himmelswonne selbst, von der die Eltern erfüllt werden, wenn sie ihr Kind schauen, das stumm und still an der Mutter Brust liegend doch mit gar beredten Zungen von ihrer Liebe, von ihrem höchsten Lebensglück spricht. – Nein, lieber Herr! so groß auch die Wohltaten sind, die Ihr uns erzeigt habt, so wiegen sie doch lange nicht das auf, was uns unser Kind wert ist; denn wo gäbe es Schätze der Welt, die diesem Besitz gleichzustellen? Scheltet uns daher nicht undankbar, lieber Herr! daß wir Euch Euer Ansinnen so ganz und gar abschlagen. Wäret Ihr selbst Vater, so bedürfte es weiter gar keiner Entschuldigung für uns.« – »Nun, nun«, erwiderte der Fremde, indem er finster seitwärts blickte, »ich glaubte euch wohlzutun, indem ich euern Sohn reich und glücklich machte. Seid ihr nicht damit zufrieden, so ist davon weiter nicht die Rede.« – Giorgina küßte und herzte den Knaben, als sei er aus großer Gefahr errettet und ihr wiedergegeben worden. Der Fremde strebte sichtlich wieder unbefangen und heiter zu scheinen; man merkte es indessen doch nur zu deutlich, wie sehr ihn die Weigerung seiner Wirtsleute, ihm den Knaben zu geben, verdrossen hatte. Statt, wie er gesagt, noch denselben Abend fortzureisen, blieb er wieder drei Tage, in welchen er jedoch nicht so wie sonst bei Giorgina verweilte, sondern mit Andres auf die Jagd zog und sich bei dieser Gelegenheit viel von dem Grafen Aloys von Vach erzählen ließ. Als in der Folge

Ignaz Denner wieder bei seinem Freunde Andres einsprach, dachte er nicht mehr an seinen Plan, den Knaben mit sich zu nehmen. Er war nach seiner Art freundlich wie vorher und fuhr fort, Giorgina reichlich zu beschenken, die er noch überdem wiederholt aufforderte, so oft sie Lust habe sich mit den Juwelen aus dem Kistchen, das er Andres in Verwahrung gegeben, zu schmücken, welches sie auch wohl dann und wann heimlich tat. Oft wollte Denner wie sonst mit dem Knaben spielen; dieser sträubte sich aber und weinte, durchaus mochte er nicht mehr zu dem Fremden gehen, als wisse er etwas von dem feindlichen Anschlag, ihn seinen Eltern zu entführen. – Zwei Jahre hindurch hatte der Fremde nun auf seinen Wanderungen den Andres besucht, und Zeit und Gewohnheit hatten die Scheu, das Mißtrauen wider Denner endlich überwunden, so daß Andres seinen Wohlstand ruhig und heiter genoß. Im Herbst des dritten Jahres, als die Zeit, in der Denner gewöhnlich einzusprechen pflegte, schon vorüber war, pochte es in einer stürmischen Nacht hart an Andres' Tür, und mehrere rauhe Stimmen riefen seinen Namen. Erschrocken sprang er aus dem Bette; als er aber zum Fenster herausfrug, wer ihn in finstrer Nacht so störe, und wie er gleich seine Doggen loslassen werde, um solche ungebetene Gäste wegzuhetzen, da sagte einer, er möge nur aufmachen, ein Freund sei da, und Andres erkannte Denners Stimme. Als er nun mit dem Licht in der Hand die Haustür öffnete, trat ihm Denner allein entgegen. Andres äußerte, wie es ihm vorgekommen, als ob mehrere Stimmen seinen Namen gerufen hätten; Denner meinte dagegen, daß den Andres das Heulen des Windes getäuscht haben müsse. Als sie in die Stube traten, erstaunte Andres nicht wenig, als er den Denner näher betrachtete und seinen ganz veränderten Anzug gewahr wurde. Statt der grauen schlichten Kleidung und des Mantels trug er ein dunkelrotes Wams und einen breiten ledernen Gurt, in dem ein Stilett und vier Pistolen staken; außerdem war er noch mit einem Säbel bewaffnet, selbst das Gesicht schien verändert, indem auf der sonst glatten Stirn nun buschichte Augenbrauen lagen und ein starker schwarzer Bart sich über Lippe und Wangen zog. »Andres!« sprach Denner, indem er ihn mit seinen funkelnden Augen anblitzte, »Andres! als ich vor beinahe drei Jahren dein Weib vom Tode errettet hatte, da wünschest du, daß Gott es dir verleihen möge, mir die erzeigte Wohltat mit seinem Blut und Leben lohnen zu können. Dein Wunsch ist erfüllt, denn es ist nunmehr der Augenblick gekommen, in dem du mir deine Dankbarkeit, deine Treue beweisen kannst. Kleide dich an; nimm deine Büchse und komme mit mir, nur wenige Schritte von deiner Wohnung sollst du das übrige erfahren.« Andres wußte nicht, was er von Denners Zumutung halten sollte; der Worte, die er ihm vorhielt, indessen wohl eingedenk, versicherte er, wie er bereit sei, alles nur mögliche für ihn zu unternehmen, sobald es nicht der Rechtschaffenheit, Tugend und Religion zuwiderlaufe. »Darüber kannst du ganz ruhig sein«, rief Denner, indem er ihm lächelnd auf die Schulter klopfte; und da er bemerkte, daß Giorgina aufgesprungen war und vor Angst zitternd und bebend ihren Mann umklammerte, nahm er sie bei den Armen und sprach, sie sanft zurückziehend: »Laßt Euern Mann nur immer mit mir ziehen, in wenigen Stunden ist er wieder gesund bei Euch und bringt Euch vielleicht was Schönes mit. Hab' ich es denn jemals böse mit euch gemeint? Habe ich selbst dann, wenn ihr mich verkanntet, nicht immer euch Gutes erzeigt? Wahrhaftig, ihr seid recht besondere mißtrauische Leute.« Andres zauderte noch immer sich anzukleiden, da wandte Denner sich zu ihm und sprach mit zornigem Blick: »Ich hoffe, du wirst deine Zusage halten, denn es gilt nunmehr, das zu beweisen mit der Tat, was du gesprochen!« Schnell war nun Andres angekleidet, und indem er mit Denner zur Türe herausschritt, sprach er noch einmal: »Alles, lieber Herr! will ich für Euch tun, doch etwas Unrechtes werdet Ihr wohl von mir nicht fordern, da ich auch das Kleinste, was wider mein Gewissen liefe, nicht vollbringen würde.« Denner antwortete nichts, sondern schritt rasch vorwärts. Sie waren durch das Dickicht gedrungen bis auf einen ziemlich geräumigen Rasenplatz; da pfiff Denner dreimal, daß der Ton ringsumher aus den schaurigen Klüften widerhallte, und überall in den Büschen flackerten Windlichter auf, und es rauschte und klirrte in den dunklen Gängen, bis sich schwarze gräßliche Gestalten gespenstisch hervordrängten und den Denner im Kreise umringten. Einer aus dem Kreise trat hervor und sprach auf Andres hindeutend: »Das ist ja wohl unser neuer Geselle, nicht wahr, Hauptmann?« »Ja«, antwortete Denner, »ich hab' ihn aus dem Bette geholt, er soll sein Probestück machen, es kann nun gleich vorwärts gehen.« Andres erwachte bei diesen Worten wie aus dumpfer Betäubung, kalter Schweiß stand ihm auf der Stirne; aber er ermannte sich und rief heftig: »Was, du schändlicher Betrüger, für einen Kaufmann gabst du dich aus und treibst ein höllisches, verruchtes Gewerbe und bist ein verworfener Räuber? Nimmermehr will ich dein Geselle sein und teilnehmen an deinen Schandtaten, zu denen du mich wie der Satan selbst auf künstliche hämische Weise verlocken wolltest! Laß mich gleich fort, du frevelicher Bösewicht, und räume mit deiner Rotte dies Gebiet, sonst verrate ich deine Schlupfwinkel der Obrigkeit, und du bekommst den Lohn für deine Schandtaten; denn nun weiß ich es wohl, daß du selbst der schwarze Ignaz bist, der mit seiner Bande an der Grenze gehauset und geraubt und gemordet hat. – Gleich lasse mich fort, ich will dich nie mehr schauen.« Denner lachte laut auf. »Was, du feiger Bube!« sprach er: »du unterstehst dich, mir zu trotzen, dich meinem Willen, meinem Machtwort entziehen zu wollen? Bist du nicht längst schon unser Geselle? lebst du nicht schon seit beinahe drei Jahren von unserm Gelde? schmückt sich dein Weib nicht mit unserm Raube? Nun stehst du unter uns und willst nicht arbeiten dafür, was du genossen? Folgst du uns nicht, zeigst du dich nicht gleich als unsern rüstigen Kumpan, so lasse ich dich gebunden in unsere Höhle werfen, und meine Gesellen ziehen nach deiner Wohnung, zünden sie an und ermorden dein Weib und deinen Knaben. Doch ich werde wohl diese Maßregel, die nur eine Folge deiner Halsstarrigkeit sein würde, nicht ergreifen dürfen. Nun! – wähle! – es ist Zeit, wir müssen fort!« – Andres sah nun wohl ein, daß die mindeste Weigerung seiner geliebten Giorgina und dem Knaben das Leben kosten würde; den verräterischen, bübischen Denner im Innern zur Hölle verfluchend, beschloß er daher, in seinen Willen sich scheinbar zu fügen, rein von Diebstahl und Mord zu bleiben und das tiefere Eindringen in die Schlupfwinkel der Bande nur dazu zu benutzen, bei der ersten günstigen Gelegenheit ihre Aufhebung und Einziehung zu bewirken. Nach diesem im stillen gefaßten Entschluß erklärte er dem Denner, wie trotz seines innern Widerstrebens doch die Dankbarkeit für Giorginas Rettung ihn verpflichte, etwas zu wagen, und er wolle daher die Expedition mitmachen, wobei er nur bitte, ihn als einen Neuling soviel möglich mit dem tätigen Anteil daran zu verschonen. Denner lobte seinen Entschluß, indem er hinzufügte, wie er keineswegs verlange, daß er förmlich zur Bande übertreten solle, vielmehr müsse er Revierjäger bleiben; denn so wäre er ihm und der Bande schon jetzt von großem Nutzen gewesen, was denn auch künftig der Fall sein würde.

Es war auf nichts Geringeres abgesehen, als die Wohnung eines reichen Pachters, die von dem Dorfe abgelegen unfern dem Walde stand, zu überfallen und auszuplündern. Man wußte, daß der Pachter außer dem vielen Gelde und den Kostbarkeiten, die er besaß, eben jetzt für verkauftes Getreide eine sehr bedeutende Summe eingenommen hatte, die er bei sich bewahrte, und um so mehr versprachen sich die Räuber einen reichen Fang. Die Windlichter wurden ausgelöscht, und still zogen die Räuber durch die engen Schleichwege, bis sie dicht an dem Gebäude standen, welches einige von der Bande umringten. Andere dagegen stiegen über die Mauer und sprengten von innen das Hoftor; einige wurden auf Wache ausgestellt, und unter diesen befand sich Andres. Bald hörte er, wie die Räuber die Türen erbrachen und ins Haus stürmten, er vernahm ihr Fluchen, ihr Geschrei, das Geheul der Gemißhandelten. Es fiel ein Schuß; der Pachter, ein beherzter Mann, mochte sich zur Wehre setzen – dann wurde es stiller – aufgesprengte Schlösser klirrten, Räuber schleppten Kisten zum Hoftor heraus. Einer von des Pachters Leuten mußte in der Finsternis entwischt und ins Dorf gerannt sein; denn auf einmal tönte die Sturmglocke durch die Nacht, und bald darauf strömten Haufen mit hellauflodernden Lichtern die Straße herauf nach der Pachterwohnung. Nun fiel Schuß auf Schuß, die Räuber sammelten sich im Hofe und streckten alles nieder, was sich der Mauer näherte. Sie hatten ihre Windfackeln angezündet. Andres, der auf einer Anhöhe stand, konnte alles übersehen. Mit Entsetzen erblickte er unter den Bauern Jäger in der Liverei seines Herrn, des Grafen von Vach! – Was sollte er tun? – Sich zu ihnen zu begeben, war unmöglich, nur die schnellste Flucht konnte ihn retten; aber wie festgezaubert stand er da, hinstarrend in den Pachterhof, wo das Gefecht immer mörderischer wurde; denn durch eine kleine Pforte an der andern Seite waren die Vachschen Jäger gedrungen und mit den Räubern handgemein geworden. Die Räuber mußten zurück, sie drängten sich fechtend durch das Tor nach der Gegend hin, wo Andres stand. Er sah Dennern, der unaufhörlich lud und schoß und niemals fehlte. Ein junger reichgekleideter Mann, von Vachschen Jägern umgeben, schien den Anführer zu machen; auf ihn legte Denner an, aber noch ehe er abdrückte, stürzte er, von einer Kugel getroffen, mit einem dumpfen Schrei nieder. Die Räuber flohen – schon stürzten die Vachschen Jäger herbei, da sprang, wie von unwiderstehlicher Macht getrieben, Andres herbei und rettete Dennern, den er, stark wie er war, auf die Schultern warf und schnell forteilte. Ohne verfolgt zu werden, erreichte er glücklich den Wald. Nur einzelne Schüsse fielen hin und wieder, und bald wurde es ganz still; ein Zeichen, daß es den Räubern, die nicht verwundet auf dem Platze liegen geblieben, geglückt war, in den Wald zu entkommen, und daß es den Jägern und Bauern nicht ratsam schien, in das Dickicht einzubrechen. »Setze mich nur nieder, Andres!« sprach Denner, »ich bin in den Fuß verwundet und verdammt, daß ich umstürzte, denn, unerachtet mich die Wunde sehr schmerzt, glaub' ich doch nicht einmal, daß sie bedeutend ist.« Andres tat es, Denner holte eine kleine Phiole aus der Tasche, und als er sie öffnete, strahlte ein helles Licht heraus, bei dem Andres die Wunde genau untersuchen konnte: Denner hatte recht; nur ein starker Streifschuß hatte den rechten Fuß getroffen, der stark blutete. Andres verband die Wunde mit seinem Schnupftuch, Denner ließ seine Pfeife ertönen, aus der Ferne wurde geantwortet, und nun bat er den Andres, ihn sachte den schmalen Waldweg heraufzuführen, denn bald würden sie an Ort und Stelle sein. Wirklich dauerte es auch nicht lange, so sahen sie den Schein von Windlichtern durch das dunkle Gebüsch brechen und hatten jenen Rasenplatz erreicht, von dem sie ausgegangen, und wo sie die übriggebliebenen Räuber bereits versammelt fanden. Alle jauchzten vor Freude auf, als Denner unter sie trat, und rühmten den Andres, der, tief in sich gekehrt, kein Wort vorzubringen vermochte. Es fand sich, daß über die Hälfte der Bande tot oder hart verwundet auf dem Platze liegen geblieben war; indessen hatten einige von den Räubern, die dazu bestimmt waren, den Raub in Sicherheit zu bringen, mitten im Gefecht wirklich mehrere Kisten mit kostbarem Gerät sowie eine ansehnliche Summe Geld fortzuschaffen gewußt, so daß, unerachtet das Unternehmen schlimm ausgegangen, doch die Beute ansehnlich blieb. Als nun das Nötige besprochen, wandte sich Denner, den man unterdessen ordentlich verbunden hatte, und der kaum irgend einen Schmerz mehr zu fühlen schien, zu Andres und sprach: »Ich habe dein Weib vom Tode errettet, du hast mich in dieser Nacht der Gefangenschaft entzogen und mich folglich auch von dem mir gewissen Tode befreit, wir sind quitt! du kannst in deine Wohnung zurückkehren. In den nächsten Tagen, vielleicht schon morgen, verlassen wir die Gegend; du magst daher ganz ruhig darüber sein, daß wir dir Ähnliches so wie heute zumuten werden. Du bist ja so ein gottesfürchtiger Narr und uns nicht brauchbar. Es ist indessen billig, daß du teil am heutigen Raube nehmest und überdem für meine Rettung belohnt werdest. Nimm daher diesen Beutel mit Gold und behalte mich in gutem Andenken; denn übers Jahr hoffe ich bei dir einzusprechen.« »Gott, der Herr, soll mich behüten«, erwiderte Andres heftig, »daß ich auch nur einen Pfennig von Eurem schändlichen Raub nehmen sollte. Habt Ihr mich doch nur durch die abscheulichsten Drohungen gezwungen mitzugehen, welches ich ewiglich bereuen werde. Wohl mag es Sünde gewesen sein, daß ich dich, du schändlicher Bösewicht! der gerechten Strafe entzogen habe; aber Gott im Himmel mag es mir nach seiner Langmut verzeihen. Es war, als flehe in dem Augenblick meine Giorgina um dein Leben, da du das ihrige errettet, und ich konnte nicht anders, als daß ich dich mit Gefahr meines Lebens und meiner Ehre, ja das Wohl und Weh meines Weibes und meines Kindes aufs Spiel setzend, der Gefahr entriß. Denn sprich, was wäre aus mir, wenn man mich verwundet, ja was wäre aus meinem armen Weibe, meinem Knaben geworden, wenn man mich erschlagen unter deiner verruchten Mörderbande gefunden hätte? – Aber sei überzeugt, daß, wenn du die Gegend nicht verlässest, wenn nur ein einziger hier geschehener Raub oder Mord mir kund wird, ich augenblicklich nach Fulda gehe und der Obrigkeit deine Schlupfwinkel verrate.« – Die Räuber wollten über den Andres herfallen, um ihn für seine Reden zu züchtigen; Denner verbot es ihnen jedoch, indem er sagte: »Laßt doch den albernen Kerl schwatzen, was tut das uns?« – »Andres«, fuhr Denner fort, »du bist in meiner Gewalt sowie dein Weib und dein Knabe. Du sowohl als diese sollen aber ungefährdet bleiben, wenn du mir versprichst, dich ruhig in deiner Wohnung zu halten und über deine Mitwissenschaft von dem Vorfall dieser Nacht gänzlich zu schweigen. Das Letzte rate ich dir um so mehr, als meine Rache dich furchtbar treffen und überdem die Obrigkeit dir selbst wohl deine Hülfe bei der Tat sowie, daß du schon lange von meinem Reichtum genossest, nicht so hingehen lassen würde. Dagegen verspreche ich dir noch einmal, daß ich die Gegend gänzlich räumen will und wenigstens von mir und meiner Bande hier kein Unternehmen mehr ausgeführt werden soll.« Nachdem Andres notgedrungen diese Bedingungen des Räuberhauptmanns eingegangen war und feierlich versprochen hatte zu schweigen, wurde er von zwei Räubern durch wildverwachsne Fußsteige auf den breiten Waldweg geführt, und es war längst heller Morgen worden, als er in sein Haus trat und die vor Sorge und Angst totenbleiche Giorgina umarmte. Er sagte ihr nur im allgemeinen, daß sich Denner als der verruchteste Bösewicht offenbart, und er daher alle Gemeinschaft mit ihm abgebrochen habe; nie solle er mehr seine Schwelle betreten. »Aber das Juwelenkästchen?« unterbrach ihn Giorgina. Da fiel es dem Andres wie eine schwere Last aufs Herz. An die Kleinodien, die Denner bei ihm zuückgelassen, hatte er nicht gedacht, und erklärlich schien es ihm, daß Dennern auch nicht ein Wort darüber entfallen war. Er ging mit sich zu Rate, was er wohl mit diesem Kästchen anfangen solle. Zwar dachte er daran, es nach Fulda zu bringen und der Obrigkeit zu übergeben; wie sollte er aber den Besitz desselben beschönigen, ohne sich wenigstens dringender Gefahr auszusetzen, das dem Denner einmal gegebene Wort zu brechen? – Er beschloß endlich, diesen Schatz getreulich zu bewahren, bis der Zufall ihm Gelegenheit darbieten würde, es Dennern wieder zuzustellen oder besser noch es, ohne sein Wort zu brechen, an die Obrigkeit zu bringen. –

Der Überfall der Pachterwohnung hatte nicht geringen Schreck in der ganzen Gegend verursacht; denn es war das kühnste Wagestück, das die Räuber seit Jahren unternommen und ein sichrer Beweis, daß die Bande, welche sich erst durch gemeine Diebereien, dann durch das Anhalten und Berauben einzelner Reisenden kund tat, bedeutend verstärkt haben mußte. Nur dem Zufall, daß der Neffe des Grafen von Vach, von mehreren Leuten seines Oheims begleitet, eben in dem Dorfe, das unfern der Pachterwohnung lag, übernachtete und auf den ersten Lärm den Bauern, die gegen die Räuber auszogen, zu Hülfe eilte, hatte der

Pachter die Rettung seines Lebens und des größten Teils seiner Barschaft zu verdanken. Drei von den Räubern, die auf dem Platz geblieben waren, lebten noch den andern Tag und gaben Hoffnung, von ihren Wunden zu genesen. Man hatte sie sorgfältig verbunden und in das Dorfgefängnis gesperrt; als man indessen am frühen Morgen des dritten Tages sie abführen wollte, fand man sie durch viele Stiche ermordet, ohne daß man hätte erraten können, wie das zugegangen. Jede Hoffnung der Gerichte, von den Gefangenen näheren Aufschluß über die Bande zu erhalten, war daher vereitelt. Andres schauderte im Innern, als er das alles erzählen hörte, als er vernahm, wie mehrere Bauern und Jäger des Grafen von Vach zum Teil getötet, zum Teil schwer verwundet worden. Starke Patrouillen von Fuldaischen Reitern durchstreiften den Wald und sprachen öfters bei ihm ein; jeden Augenblick mußte Andres befürchten, daß man Dennern selbst oder wenigstens einen von der Bande einbringen und dieser ihn dann als Genosse jener kühnen Freveltat erkennen und angeben werde. Zum erstenmal in seinem Leben fühlte er die folternde Qual des bösen Gewissens, und doch hatte ihn nur die Liebe zu seinem Weibe, zu dem Knaben gezwungen, dem frevelichen Ansinnen Denners nachzugeben.

Alle Nachforschungen blieben fruchtlos, es war unmöglich, den Räubern auf die Spur zu kommen, und Andres überzeugte sich bald, daß Denner Wort gehalten und die Gegend mit seiner Bande verlassen hatte. Das Geld, welches er noch von Denners Geschenken übrig behalten, sowie die goldene Nadel legte er zu den Kleinodien in das Kistchen; denn er wollte nicht noch mehr Sünde auf sich laden und von geraubtem Gelde sich gütlich tun. So kam es denn, daß Andres bald wieder in die vorige Dürftigkeit und Armut geriet; aber immer mehr erheiterte sich sein Inneres, je längere Zeit verstrich, ohne daß irgend etwas sein ruhiges Leben verstört hätte. Nach zwei Jahren gebar ihm sein Weib noch einen Knaben, ohne jedoch wie das erstemal zu erkranken, wiewohl sie sich herzlich nach jener bessern Kost und Pflege sehnte, die ihr damals so wohl getan. Andres saß einst in der Abenddämmerung traulich mit seinem Weibe zusammen, die den jüngstgeborenen Knaben an der Brust hatte, während der ältere sich mit dem großen Hunde herumbalgte, der als Liebling seines Herrn wohl in der Stube sein durfte. Da kam der Knecht hinein und sagte, wie ein Mensch, der ihm ganz verdächtig vorkomme, schon jetzt beinahe einer Stunde um das Haus herumschleiche. Andres war im Begriff mit seiner Büchse hinauszugehen, als er vor dem Hause seinen Namen rufen hörte. Er öffnete das Fenster und erkannte auf den ersten Blick den verhaßten Iganz Denner, der sich wieder in den grauen Kaufmannshabit geworfen hatte und ein Felleisen unter dem Arme trug. »Andres«, rief Denner, »du mußt mir diese Nacht Herberge geben in deinem Hause, morgen ziehe ich weiter.« »Was? Du unverschämter verruchter Bösewicht?« rief Andres in vollem Zorn, »du wagst es, dich wieder hier sehen zu lassen? Habe ich dir nicht treulich Wort gehalten, nur damit du dein Versprechen erfüllen und auf immer diese Gegend verlassen solltest? Du darfst nicht mehr meine Schwelle betreten – entferne dich schnell, oder ich schieße dich mörderischen Buben nieder! – Doch warte, ich will dir dein Gold, dein Geschmeide, womit du Satan mein Weib verblenden wolltest, hinabwerfen; dann magst du schnell forteilen. Ich lasse dir drei Tage Zeit, spüre ich aber dann nur auf irgend eine Weise deine und deiner Bande Gegenwart, so eile ich schnell nach Fulda und entdecke alles, was ich weiß, der Obrigkeit. Magst du nun deine Drohungen gegen mich und mein Weib erfüllen wollen, ich verlasse mich auf den Beistand Gottes und werde dich Bösewicht mit meinem guten Gewehr zu treffen wissen.« Nun holte Andres schnell das Kästchen herbei, um es hinabzuwerfen; als er aber ans Fenster trat, war Denner verschwunden, und unerachtet die Doggen die ganze Gegend rings ums Haus durchspüren mußten, war es doch nicht möglich ihn aufzufinden. Andres sah nun wohl ein, wie er, Denners Bosheit ausgesetzt, nun in großer Gefahr schwebe; er war daher allnächtlich auf seiner Hut, indessen blieb alles ruhig, und Andres überzeugte sich, daß Denner nur allein den Wald durchstrichen hatte. Um indessen seinen ängstlichen Zustand zu enden, ja um sein Gewissen zu beruhigen, das ihn mit Vorwürfen quälte, beschloß er nun nicht länger zu schweigen, sondern dem Rat in Fulda sein ganzes unverschuldetes Verhältnis mit Denner zu berichten und zugleich das Kistchen mit den Kleinodien abzuliefern. Andres wußte wohl, daß er ohne Strafe nicht abkommen würde, jedoch verließ er sich auf sein reuiges Bekenntnis eines Fehltritts, zu dem ihn der verruchte Ignaz Denner wie der Satan selbst verlockt und gezwungen, sowie auf die Fürsprache seines Herrn, des Grafen von Vach, der dem treuen Diener ein günstiges Zeugnis nicht versagen konnte. Er hatte mit seinem Knechte mehrmals den Wald durchstreift, und nie war ihm etwas Verdächtiges aufgestoßen; für sein Weib war daher jetzt keine Gefahr vorhanden, und er wollte nun ungesäumt nach Fulda gehen, um seinen Vorsatz auszuführen. An dem Morgen, als er sich zur Reise bereit gemacht, kam ein Bote von dem Grafen von Vach, der ihn augenblicklich auf das Schloß seines Herrn mitgehen hieß. Statt nach Fulda wanderte er also fort mit dem Boten nach dem Schloß, nicht ohne Bangigkeit, was wohl dieser ganz ungewöhnliche Ruf seines Herrn zu bedeuten haben werde. Als er in dem Schloß angekommen, mußte er gleich in das Zimmer des Grafen treten. »Freue dich, Andres«, rief dieser ihm entgegen, »dich hat ein ganz unerwartetes Glück getroffen. Erinnerst du dich wohl noch unsers alten mürrischen Hauswirts in Neapel, des Pflegevaters deiner Giorgina? Der ist gestorben; aber auf dem Sterbebette hatte ihn doch das Gewissen gerührt wegen der abscheulichen Behandlung des armen verwaisten Kindes, und deshalb hat er ihr zweitausend Dukaten vermacht, die bereits in Wechselbriefen in Frankfurt angekommen sind, und die du bei meinem Bankier heben kannst. Willst du dich gleich nach Frankfurt aufmachen, so lasse ich dir auf der Stelle das nötige Zertifikat ausfertigen, damit dir das Geld ohne Anstand ausgezahlt werde.«

Den Andres machte die Freude sprachlos, und der Graf von Vach ergötzte sich nicht wenig an dem Entzücken seines treuen Dieners. Andres beschloß, als er sich gefaßt hatte, seinem Weibe eine unvermutete Freude zu bereiten; er nahm daher seines Herrn gnädiges Anerbieten an und machte sich, nachdem er die Urkunde zu seiner Legitimation erhalten, auf den Weg nach Frankfurt.

Seinem Weibe ließ er sagen, wie ihn der Graf mit wichtigen Aufträgen verschickt habe und er daher einige Tage ausbleiben werde. – Als er in Frankfurt angekommen, wies ihn der Bankier des Grafen, bei dem er sich meldete, an einen andern Kaufmann, der mit der Auszahlung des Legats beauftragt sein sollte. Andres fand ihn endlich und erhielt die ansehnliche Summe wirklich ausgezahlt. Immer nur an Giorgina denkend, immer danach trachtend, ihre Freude recht vollkommen zu machen, kaufte er für sie allerlei schöne Sachen und auch eine goldene Nadel, *der* ganz gleich, welche ihr Denner geschenkt hatte, und da er nun das schwere Felleisen nicht wohl als Fußgänger fortbringen konnte, verschaffte er sich ein Pferd. So trat er nun, nachdem er sechs Tage abwesend gewesen, wohlgemut seine Rückreise an. Bald hatte er den Forst und seine Wohnung erreicht. Er fand das Haus fest verschlossen. Laut rief er den Knecht, seine Giorgina, niemand antwortete: die Hunde winselten im Hause eingesperrt. Da ahnete er großes Unglück und schlug heftig an die Tür und schrie laut: »Giorgina! – Giorgina!« – Nun rauschte es am Bodenfenster, Giorgina schaute heraus und rief: »Ach Gott! – Ach Gott! Andres bist du es? – Gepriesen sei die Macht des Himmels, daß du nur wieder da bist.« Als Andres nun durch die geöffnete Tür eintrat, fiel ihm sein Weib totenbleich und laut heulend in die Arme. Regungslos stand er da; endlich faßte er sein Weib, die mit erschlafften Gliedern zu Boden sinken wollte, und trug sie in die Stube. Aber wie mit eisigen Krallen packte ihn das Entsetzen bei dem gräßlichen Anblick. Die ganze Stube voller Blutflecke an dem Boden, an den Wänden, sein jüngster Knabe mit zerschnittener Brust tot auf seinem Bettchen! – »Wo ist George, wo ist George?« schrie Andres endlich auf in wilder Verzweiflung, aber in dem Augenblick hörte er, wie der Knabe die Treppe herabtrippelte und nach dem Vater rief. – Zerbrochene Gläser, Flaschen, Teller lagen umher. Der große schwere Tisch, sonst an der Wand stehend, war in die Mitte des Zimmers gerückt, eine sonderbar geformte Kohlpfanne, mehrere Phiolen und eine Schüssel mit geronnenem Blut standen auf demselben. Andres nahm sein Knäblein aus dem Bette. Giorgina verstand ihn, sie holte Tücher herbei, in die sie den Leichnam wickelten und im Garten begruben. Andres schnitt ein kleines Kreuz aus Eichenholz und setzte es auf den Grabhügel. Kein Wort, kein Laut entfloh den Lippen der unglücklichen Eltern. In dumpfem, düsterem Schweigen hatten sie die Arbeit vollendet und saßen nun vor dem Hause in der Abenddämmerung, den starren Blick in die Ferne gerichtet. Erst den andern Tag konnte Giorgina den Verlauf dessen, was sich in Andres' Abwesenheit zugetragen, erzählen. Am vierten Tage, nachdem Andres sein Haus verlassen, hatte der Knecht zur Mittagszeit wieder allerlei verdächtige Gestalten durch den Wald wanken gesehen, und Giorgina deshalb des Mannes Rückkehr herzlich gewünscht. Mitten in der Nacht wurde sie durch lautes Toben und Schreien dicht vor dem Hause aus dem Schlafe geweckt, der Knecht stürzte herein und verkündete voller Schreck, daß das ganze Haus von Räubern umringt und an eine Gegenwehr gar nicht zu denken sei. Die Doggen wüteten, aber bald schien es, als würden sie beschwichtigt, und man rief laut: »Andres! – Andres!« – Der Knecht faßte sich ein Herz, öffnete ein Fenster und rief herab, daß der Revierjäger Andres nicht zu Hause sei. »Nun, es tut nichts«, antwortete eine Stimme von unten herauf, »öffne nur die Tür, denn wir müssen bei euch einkehren, Andres wird bald nachfolgen.« Was blieb dem Knecht übrig, als die Tür zu öffnen; da strömte der helle Haufe der Räuber herein und begrüßte Giorgina als die Frau ihres Kameraden, dem der Hauptmann Freiheit und Leben zu danken habe. Sie verlangten, daß Giorgina ihnen ein tüchtiges Essen bereiten möge, weil sie nachts ein schweres Stück Arbeit vollbracht, das aber herrlich gelungen sei. Zitternd und bebend machte Giorgina in der Küche ein großes Feuer an und bereitete das Mahl, wozu sie Wildbret, Wein und allerlei andere Ingredienzien von einem der Räuber empfing, der der Küchen- und Kellermeister der Bande zu sein schien. Der Knecht mußte den Tisch decken und das Geschirr herbeibringen. Er nahm den Augenblick wahr und schlich sich fort zu seiner Frau in die Küche. »Ach wißt Ihr wohl«, fing er voller Entsetzen an, »was für eine Tat die Räuber in dieser Nacht verübt haben? Nach langer Abwesenheit und nach langer Vorbereitung haben sie vor etlichen Stunden das Schloß des Herrn Grafen von Vach überfallen und nach tapferer Gegenwehr mehrere seiner Leute und ihn selbst getötet, das Schloß aber angezündet.« Giorgina schrie unaufhörlich: »Ach, mein Mann, wenn mein Mann nur auf dem Schlosse gewesen wäre – Ach, der arme Herr!« – Die Räuber tobten und sangen unterdessen in der Stube und ließen sich den Wein wohl schmecken, bis ihnen das Mahl aufgetragen wurde. Der Morgen fing schon an zu dämmern, als der verhaßte Denner erschien; nun wurden die Kisten und Felleisen, die sie auf ihren Packpferden mitgebracht hatten, geöffnet. Giorgina hörte, wie sie vieles Geld zählten, und wie die Silbergeschirre klirrten; es schien alles verzeichnet zu werden. Endlich, als es schon lichter Tag geworden, brachen die Räuber auf, nur Denner blieb zurück. Er nahm eine freundliche leutselige Miene an und sprach zu Giorgina: »Ihr seid wohl recht erschreckt worden, liebe Frau; denn Euer Mann scheint Euch nicht gesagt zu haben, daß er schon seit geraumer Zeit unser Kamerad geworden. Es tut mir in der Tat leid, daß er nicht zu Hause gekommen ist; er muß einen andern Weg eingeschlagen und uns verfehlt haben. Er war mit uns auf dem Schlosse des Bösewichts, des Grafen von Vach, der uns vor zwei Jahren auf alle nur mögliche Weise verfolgt hat, und an dem in voriger Nacht wir Rache nahmen. – Er fiel kämpfend von Eures Mannes Hand. Beruhigt Euch nur, liebe Frau, und sagt dem Andres, daß er mich nun so bald nicht wieder sehen würde, da die Bande sich auf einige Zeit trennt. Heute abend verlasse ich Euch. – Ihr habt lauter hübsche Kinder, liebe Frau! Das ist ja wieder ein herrlicher Knabe.« Mit diesen Worten nahm er den Kleinen von Giorginas Arm und wußte mit ihm so freundlich zu spielen, daß das Kind lachte und jauchzte und gern bei ihm blieb, bis er es wieder der Mutter zurückgab. Schon war es Abend geworden, als Denner zu Giorgina sagte: »Ihr merkt wohl, daß ich, unerachtet ich kein Weib und keine Kinder habe, welches mir manchmal recht nahe geht, doch gar zu gern mit kleinen Kindern spiele und tändle. Gebt mir doch Euern Kleinen auf die wenigen Augenblicke, die ich noch bei Euch zubringe. Nicht wahr? der Kleine ist jetzt gerade neun Wochen alt.« Giorgina bejahte das und gab, jedoch nicht ohne inneres Widerstreben, den kleinen Knaben Dennern hin, der sich mit ihm vor die Haustür setzte und Giorgina bat, ihm nun das Abendessen zu bereiten, weil er in einer Stunde fort müßte. Kaum war Giorgina in die Küche getreten, als sie sah, wie Denner mit dem Kinde auf dem Arm in die Stube ging. Bald darauf verbreitete sich ein seltsam riechender Dampf durch das Haus, der aus der Stube zu quillen schien. Giorgina wurde von unbeschreiblicher Angst ergriffen; sie lief schnell nach der Stube und fand die Tür von innen verriegelt. Es war ihr, als höre sie das Kind leise wimmern. »Rette, rette mein Kind aus den Klauen des Bösewichts!« so schrie sie, eine gräßliche Tat ahnend, dem Knecht entgegen, der eben in das Haus trat. Dieser ergriff schnell die Axt und sprengte die Tür. Dicker stinkender Dampf schlug ihnen entgegen. Mit einem Sprunge war Giorgina im Zimmer; der Knabe lag nackt über einer Schüssel, in die sein Blut tröpfelte. Sie sah nur noch, wie der Knecht mit der Axt ausholte, um den Denner zu treffen, wie dieser dem Schlage auswich, den Knecht unterlief und mit ihm rang. Es war ihr, als höre sie jetzt mehrere Stimmen dicht vor den Fenstern, bewußtlos sank sie zu Boden. Als sie wieder erwachte, war es finstere

Nacht worden, aber ganz betäubt vermochte sie nicht die erstarrten Glieder zu regen. Endlich wurde es Tag, und nun sah sie mit Entsetzen, wie das Blut im Zimmer schwamm. Stücke von Denners Kleidern lagen überall umher – ein ausgerissener Schopf von des Knechts Haaren – die Axt blutig daneben – der Knabe vom Tische herabgeschleudert mit zerschnittener Brust. Aufs neue wurde Giorgina ohnmächtig, sie glaubte zu sterben, aber sie erwachte wie aus dem Todesschlummer, als es schon Mittag geworden. Sie raffte sich mühsam auf, sie rief laut den Georg, aber als niemand antwortete, glaubte sie, auch Georg sei ermordet. Die Verzweiflung gab ihr Kräfte, sie floh aus dem Zimmer in den Hof und schrie laut: »Georg! – Georg!« Da antwortete es mit matter kläglicher Stimme vom Bodenfenster herab: »Mutter, ach liebe Mutter, bist du denn da? Komm herauf zu mir! mich hungert sehr!« – Schnell sprang jetzt Georgina hinauf und fand den Kleinen, der vor Angst bei dem Lärm im Hause in die Bodenkammer gekrochen war und nicht gewagt hatte herauszukommen. Mit Entzücken drückte Giorgina den Kleinen an die Brust. Sie verschloß das Haus und wartete nun von Stunde zu Stunde in der Bodenkammer auf Andres, den sie auch verloren glaubte. Der Knabe hatte von oben herab gesehen, wie mehrere Männer ins Haus gingen und mit Dennern einen toten Menschen heraustrugen. – Endlich bemerkte auch Giorgina das Geld und die schönen Sachen, die Andres mitgebracht hatte. »Ach, so ist es doch wahr?« schrie sie entsetzt auf, »so bist du doch« – Andres ließ sie nicht ausreden, sondern erzählte ausführlich, welches Glück sie betroffen, und wie er in Frankfurt gewesen sei, wo er sich ihre Erbschaft habe auszahlen lassen. Der Neffe des ermordeten Grafen von Vach war nun Besitzer der Güter worden; bei diesem wollte sich Andres melden, getreulich alles Geschehene erzählen, Denners Schlupfwinkel entdecken und bitten, ihn seines Dienstes zu entlassen, der ihm soviel Not und Gefahr bringe. Giorgina durfte mit dem Knaben im Hause nicht zurückbleiben. Andres beschloß daher, seine besten leicht fortzuschaffenden Sachen auf einen kleinen Leiterwagen zu packen, das Pferd vorzuspannen und so mit seinem Weibe und Kinde eine Gegend auf immer zu verlassen, die ihm nur die schrecklichsten Erinnerungen erregen und überdem niemals Ruhe und Sicherheit gewähren konnte. Der dritte Tag war zur Abreise bestimmt, und eben packten sie einen Kasten, als ein starkes Pferdegetrappel immer näher und näher kam. Andres erkannte den Vach'schen Förster, der bei dem Schlosse wohnte; hinter ihm ritt ein Kommando Fuldaischer Dragoner. »Nun da finden wir ja den Bösewicht gerade bei der Arbeit, seinen Raub in Sicherheit zu bringen.« rief der Kommissarius des Gerichts, der mitgekommen. Andres erstarrte vor Staunen und Schreck. Giorgina war halb ohnmächtig. Sie fielen über ihn her, banden ihn und sein Weib mit Stricken und warfen sie auf den Leiterwagen, der schon vor dem Hause stand. Giorgina jammerte laut um den Knaben und flehte um Gotteswillen, daß man ihn ihr mitgeben möge. »Damit du deine Brut auch noch ins höllische Verderben bringen kannst?« sprach der Kommissarius und riß den Knaben mit Gewalt aus Giorginas Armen. Schon sollte es fortgehen, da trat der alte Förster, ein rauher, aber biederer Mann, noch einmal an den Wagen und sagte: »Andres, Andres, wie hast du dich denn von dem Satan verlocken lassen, solche Freveltaten zu begehen? Immer warst du ja sonst so fromm und ehrlich!« »Ach lieber Herr!« schrie Andres auf im höchsten Jammer, »so wahr Gott im Himmel lebt, so wie ich dereinst selig zu sterben hoffe, ich bin unschuldig. Ihr habt mich ja gekannt von früher Jugend her; wie sollte ich, der ich niemald Unrechtes getan, solch ein abscheulicher Bösewicht geworden sein? – denn ich weiß wohl, daß Ihr mich für einen verruchten Räuber und Teilnehmer an der Freveltat haltet, die auf dem Schlosse meines geliebten unglücklichen Herrn verübt worden ist. Aber ich bin unschuldig bei meinem Leben und meiner Seligkeit.« »Nun«, sagte der alte Förster, »wenn du unschuldig bist, so wird das an den Tag kommen, mag auch noch so viel wider dich sprechen. Deines Knaben und des Besitztums, was du zurücklässest, will ich mich getreulich annehmen, so daß, wenn deine und deines Weibes Unschuld erwiesen, du den Jungen frisch und munter und deine Sachen unversehrt wiederfinden sollst.« Das Geld nahm der Kommissarius des Gerichts in Beschlag. Unterweges frug Andres Giorginen, wo sie denn das Kästchen verwahrt habe; sie gestand, wie es ihr jetzt leid tue, daß sie es dem Denner überliefert, da es jetzt der Obrigkeit hätte übergeben werden können. In Fulda trennte man den Andres von seinem Weibe und warf ihn in ein tiefes finstres Gefängnis. Nach einigen Tagen wurde er zum Verhör geführt. Man beschuldigte ihn der Teilnahme an dem Vachschen Schlosse verübten Raubmorde und ermahnte ihn die Wahrheit zu gestehen, da schon alles wider ihn so gut als ausgemittelt sei. Andres erzählte nun getreulich alles, was sich ihm zugetragen, von dem ersten Eintritt des abscheulichen Denners in sein Haus bis zu dem Augenblick seiner Verhaftung. Er klagte sich selbst voll Reue des einzigen Vergehens an, daß er, um Weib und Kind zu retten, bei der Plünderung des Pachters zugegen war und den Denner von der Gefangennehmung befreite, und beteuerte seine gänzliche Unschuld rücksichts des letzten von der Dennerschen Bande verübten Raubmordes, da er zu ebenderselben Zeit in Frankfurt gewesen sei. Jetzt öffneten sich die Türen des Gerichtssaals, und der abscheuliche Denner wurde hereingeführt. Als er den Andres erblickte, lachte er auf in teuflischem Hohn und sprach: »Nun, Kamerad, hast du dich auch erwischen lassen? Hat dir deines Weibes Gebet denn nicht herausgeholfen?« Die Richter forderten Denner auf, sein Bekenntnis rücksichts des Andres zu wiederholen, und er sagte aus, daß eben der Vachsche Revierjäger Andres, der jetzt vor ihm stehe, schon seit fünf Jahren mit ihm verbunden und das Jägerhaus sein bester und sicherster Schlupfwinkel gewesen sei. Andres habe immer den ihm gebührenden Anteil vom Raube erhalten, wiewohl er nur zweimal tätig bei den Räubereien mitgewirkt. Einmal nämlich bei der Beraubung des Pachters, wo er ihn, den Denner, aus der dringendsten Gefahr errettet, und dann bei dem Unternehmen gegen den Grafen Aloys von Vach, der eben durch einen glücklichen Schuß des Andres getötet worden sei. – Andres geriet in Wut, als er diese schändliche Lüge hörte. »Was?« schrie er, »du verruchter teuflischer Bösewicht, du wagst es, mich der Ermordung meines lieben armen Herrn anzuklagen, die du selbst verübt?« – Ja! ich weiß es, nur du selbst bist solcher Tat fähig; aber deine Rache verfolgt mich, weil ich aller Gemeinschaft mit dir entsagt habe, weil ich drohte, dich als einen verruchten Räuber und Mörder niederzuschießen sowie du meine Schwelle betreten würdest. Darum hast du mit deiner Bande mein Haus überfallen, als ich abwesend war; darum hast du mein armes unschuldiges Kind und meinen braven Knecht ermordet! – Aber du wirst der schrecklichen Strafe des gerechten Gottes nicht entgehen, sollte ich auch deiner Bosheit unterliegen.« Nun wiederholte Andres sein voriges Bekenntnis unter den heiligsten Beteuerungen der Wahrheit; aber Denner lachte höhnisch und meinte, warum er denn aus allzu großer Furcht vor dem Tode noch erst das Gericht zu belügen sich unterfange, und daß es sich schlecht mit der Frömmigkeit, von der er soviel Aufhebens mache, vereinbare, daß er Gott und die Heiligen zur Bekräftigung seiner falschen Aussagen anrufe. – Die Richter wußten in der Tat nicht, was sie von dem Andres, dessen Miene und Sprache die Wahrheit seiner Aussage zu bestätigen schien sowie von Denners kalter Festigkeit denken sollten. – Nun wurde Giorgina vorgeführt, die in namenlosem Jammer laut weinend auf den Mann zustürzte. Sie wußte nur Unzusammenhängendes zu erzählen, und unerachtet sie den Denner des entsetzlichen Mordes ihres Knaben anklagte, schien Denner doch keinesweges entrüstet, sondern behauptete, wie er schon früher getan, daß Giorgina nie etwas von den Unternehmungen ihres Mannes gewußt habe, sondern ganz unschuldig sei. Andres wurde in sein Gefängnis zurückgeführt. Einige Tage nachher sagte ihm der ziemlich gutmütige Gefangenwärter, daß sein Weib, da sowohl Denner als die übrigen Räuber fortwährend ihre Unschuld behauptet, sonst auch nichts wider sie ausgemittelt worden, der Haft entlassen sei. Der junge Graf von Vach, ein edelmütiger Herr, der sogar an seiner, des Andres, Schuld zu zweifeln schiene, habe Kaution gestellt, und der alte Förster Giorginen in einem schönen Wagen abgeholt. Vergebens habe Giorgina gebeten, ihren Mann sehen zu dürfen; das sei ihr vom Gericht gänzlich abgeschlagen worden. Den armen Andres tröstete diese Nachricht nicht wenig, da mehr als sein Unglück ihm seines Weibes elender Zustand im Gefängnis zu Herzen ging. Sein Prozeß verschlimmerte sich indessen von Tage zu Tage. Es war erwiesen, daß eben, wie Denner es angegeben, seit fünf Jahren Andres in einen gewissen Wohlstand geriet, dessen Quelle nur die Teilnahme an den Räubereien sein konnte. Ferner gestand Andres selbst seine Abwesenheit von Hause während der auf dem Vachschen Schlosse verübten Tat, und seine Angabe wegen seiner Erbschaft und seines Aufenthalts in Frankfurt blieb verdächtig, weil er den Namen des Kaufmanns, von dem er das Geld ausgezahlt erhalten haben wollte, durchaus nicht anzugeben wußte. Der Bankier des Grafen von Vach sowie der Hauswirt in Frankfurt, bei dem Andres eingekehrt war, versicherten einstimmig, wie sie sich des beschriebenen Revierjägers gar nicht erinnern könnten; der Gerichtshalter des Grafen von Vach, der das Zertifikat für den Andres ausgefertigt hatte, war gestorben, und niemand von den Vachschen Dienern wußte etwas von der Erbschaft, da der Graf nichts davon geäußert, Andres aber auch davon geschwiegen, weil er, aus Frankfurt zurückkehrend, sein Weib mit dem Gelde überraschen wollte. So bieb alles, was Andres vorbrachte, um nachzuweisen, daß er zur Zeit des Raubes in Frankfurt gewesen und das Geld ehrlich erworben sei, unausgemittelt. Denner blieb dagegen bei seiner frühern Behauptung, und ihm stimmten sämtliche Räuber, die eingefangen worden, in allem bei. Alles dieses hätte aber die Richter noch nicht so von der Schuld des unglücklichen Andres überzeugt als die Aussage von zwei Vachschen Jägern, die bei dem Schein der

Flammen ganz genau den Andres erkannt und gesehen haben wollten, wie von ihm der Graf niedergestreckt wurde. Nun war Andres in den Augen des Gerichts ein verstockter, heuchlerischer Bösewicht, und gestützt auf das Resultat aller jener Aussagen und Beweise, wurde ihm die Tortur zuerkannt, um seinen starren Sinn zu beugen und ihn zum Geständnis zu bringen. Schon über ein Jahr schmachtete Andres im Kerker, der Gram hatte seine Kräfte aufgezehrt und sein sonst robuster, starker Körper war schwach und ohnmächtig geworden. Der schreckliche Tag, an dem die Pein ihm das Geständnis einer Tat, welche er niemals begangen, abdringen sollte, kam heran. Man führte ihn in die Folterkammer, wo die entsetzlichen, mit sinnreicher Grausamkeit erfundenen Instrumente lagen, und die Henkersknechte sich bereiteten, den Unglücklichen zu martern. Nochmals wurde Andres ermahnt, die Tat, deren er so dringend verdächtig, ja deren er durch das Zeugnis jener Jäger überführt worden, zu gestehen. Er beteuerte wiederum seine Unschuld und wiederholte alle Umstände seiner Bekanntschaft mit Dennern in denselben Worten, wie er es im ersten Verhör getan. Da ergriffen ihn die Knechte, banden ihn mit Stricken und marterten ihn, indem sie seine Glieder ausrenkten und Stacheln einbohrten in das gedehnte Fleisch. Andres vermochte nicht die Qual zu ertragen: vom Schmerz gewaltsam zerrissen, den Tod wünschend gestand er alles, was man wollte, und wurde ohnmächtig in den Kerker zurückgeschleppt. Man stärkte ihn, wie es nach erlittener Tortur gewöhnlich, mit Wein, und er fiel in einen zwischen Wachen und Schlafen hinbrütenden Zustand. Da war es ihm, als lösten sich die Steine aus der Mauer, und als fielen sie krachend herab auf den Boden des Kerkers. Ein blutroter Schimmer drang durch, und in ihm trat eine Gestalt hinein, die, unerachtet sie Denners Züge hatte, ihm doch nicht Denner zu sein schien. Glühender funkelten die Augen, schwärzer starrte das struppige Haar auf der Stirn empor, und tiefer senkten sich die finsteren Augenbrauen in die dicke Muskel herab, die über der krummgebogenen Habichtsnase lag. Auf gräßlich seltsame Weise war das Gesicht verschrumpft und verzerrt und die Kleidung fremd und abenteuerlich, wie er Dennern niemals gesehen. Ein feuerroter, mit Gold stark verbrämter weiter Mantel hing in bauschichten Falten der Gestalt über die Schultern, ein breiter niedergekrempter spanischer Hut mit herabhängender roter Feder saß schief auf dem Kopfe, ein langer Stoßdegen hing an der Seite, und unter dem linken Arm trug die Gestalt ein kleines Kistchen. So schritt der gespenstische Unhold auf Andres zu, in hohlem dumpfen Ton sprechend: »Nun, Kamerad, wie hat dir die Folter geschmeckt? Du hast das alles bloß deinem Eigensinn zu verdanken; hättest du dich als zur Bande gehörig bekannt, so wärst du nun schon gerettet. Versprichst du aber, dich mir und meiner Leitung ganz zu ergeben, und gewinnst du es über dich, von diesen Tropfen zu trinken, die aus deines Kindes Herzblut gekocht sind, so bist du augenblicklich aller Qual entledigt. Du fühlst dich gesund und kräftig, und für deine weitere Rettung will ich dann sorgen.« – Andres konnte vor Schreck, Angst und Ermattung nicht sprechen; er sah, wie seines Kindes Blut in der Phiole, die ihm die Gestalt hinhielt, in roten Flämmchen spielte; inbrünstig betete er zu Gott und den Heiligen, daß sie ihn retten möchten aus den Klauen des Satans, der ihn verfolge und um die ewige Seligkeit bringen wolle, die er zu erlangen hoffe, sollte er auch eines schimpflichen Todes sterben. Nun lachte die Gestalt, daß es im Kerker widergellte, und verschwand im dicken Dampf. Andres erwachte endlich aus dumpfer Betäubung, er vermochte sich aufzurichten vom Lager; aber wie ward ihm, als er sah, daß das Stroh, was unter seinem Haupte gelegen, sich stärker und und stärker zu rühren begann und endlich weggeschoben wurde. Er gewahrte, daß ein Stein aus dem Fußboden von unten herausgedrängt worden, und hörte mehrmals seinen Namen leise rufen. Er erkannte Denners Stimme und sprach: »Was willst du von mir? Laß mich ruhen, ich habe mit dir nichts zu schaffen!« »Andres«, sprach Denner, »ich bin durch mehrere Gewölbe gedrungen, um dich zu retten; denn, wenn du auf den Richtplatz kommst, von dem ich errettet wurde, bist du verloren. Bloß um deines Weibes willen, die mir mehr angehört, als du wohl denken magst, helfe ich dir. Du bist ein mutloser Feigling. Was hat dir nun dein erbärmliches Leugnen gefruchtet? Bloß, daß du vom Vachschen Schloß nicht zu rechter Zeit nach Hause zurückkehrtest und ich mich zu lange bei deinem Weibe aufhielt, ist schuld, daß man mich auffing. Da! – nimm die Feile und die Säge, befreie dich in künftiger Nacht von den Ketten und durchsäge das Schloß der Kerkertüre; schleiche durch den Gang! Die äußere Tür linker Hand wird offen stehen, und draußen wirst du einen von uns finden, der dich weiter geleitet. Halte dich gut!« Andres nahm die Säge und die Feile, die ihm Denner hineinreichte, und hob dann den Stein wieder in die Öffnung. Er war entschlossen, *das* zu tun, wozu ihn die innere Stimme des Gewissens aufforderte. – Als es Tag geworden und der Gefangenenwärter hineintrat, da sagte er, wie er sehnlich wünsche, vor den Richter geführt zu werden, indem er Wichtiges zu entdecken habe. Noch an demselben Vormittage wurde sein Verlangen erfüllt, weil man nicht anders glaubte, als daß Andres neue, bisher noch unbekannt gebliebene Freveltaten der Bande gestehen werde. Andres überreichte den Richtern die von Dennern erhaltenen Instrumente und erzählte den Vorgang der Nacht. »Unerachtet ich gewiß und wahrhaftig unschuldig leide, so soll mich doch Gott behüten, daß ich danach trachten sollte, meine Freiheit auf unerlaubte Weise zu erlangen; denn das würde mich ja dem verruchten Denner, der mich in Schande und Tod gestürzt hat, in die Hände liefern, und ich dann erst durch mein sündliches, freveliches Unternehmen die Strafe verdienen, die ich jetzt unschuldig leiden werde.« So beschloß Andres seinen Vortrag. Die Richter schienen erstaunt und von Mitleid für den Unglücklichen durchdrungen, wiewohl sie durch die mannigfachen Tatsachen, die wider ihn sprachen, zu sehr von seiner Schuld überzeugt waren, um sein jetziges Benehmen nicht auch für zweifelhaft zu halten. Die Aufrichtigkeit des Andres und vorzüglich der Umstand, daß nach jener Anzeige der von Denner beabsichtigten Flucht in der Stadt und zwar in der nächsten Umgebung des Gefängnisses wirklich noch einige von der Bande ertappt und aufgegriffen wurden, hatte jedoch den wohltätigen Einfluß auf ihn, daß er aus dem unterirdischen Kerker, in den er gesperrt gewesen, herausgenommen wurde und eine lichte Gefängnisstube neben der Wohnung des Gefangenwärters erhielt. Da brachte er seine Zeit mit Gedanken an sein treues Weib, an seinen Knaben und mit gottseligen Betrachtungen hin, und bald fühlte er sich ermutigt, das Leben auch auf schmerzliche Weise wie eine Bürde abzuwerfen. Nicht genug konnte sich der Gefangenwärter über den frommen Verbrecher wundern, und er mußte notgedrungen beinahe an seine Unschuld glauben.

Endlich, nachdem beinahe noch ein Jahr verflossen, war der schwierige verwickelte Prozeß wider Denner und seine Mitschuldigen geschlossen. Es hatte sich gefunden, daß die Bande bis an die Grenze von Italien ausgebreitet war und schon seit geraumer Zeit überall raubte und mordete. Denner sollte gehängt und dann sein Körper verbrannt werden. Auch dem unglücklichen Andres war der Strang zuerkannt; seiner Reue halber, und da er durch das Bekenntnis der ihm von Denner geratenen Flucht die Entdeckung des Anschlags der Bande, durchzubrechen, veranlaßt hatte, durfte jedoch sein Körper herabgenommen und auf der Gerichtsstätte verscharrt werden.

Der Morgen, an dem Denner und Andres hingerichtet werden sollten, war angebrochen; da ging die Tür des Gefängnisses auf, und der junge Graf von Vach trat hinein zum Andres, der auf den Knien lag und still betete. »Andres«, sprach der Graf, »du mußt sterben. Erleichtere dein Gewissen noch durch ein offenes Geständnis! Sage mir, hast du deinen Herrn getötet? Bist du wirklich der Mörder meines Oheims?« – Da stürzten dem Andres die Tränen aus den Augen, und er wiederholte nochmals alles, was er vor Gericht ausgesagt, ehe ihm die unleidliche Qual der Tortur eine Lüge auspreßte. Er rief Gott und die Heiligen an, die Wahrheit seiner Aussage und seine gänzliche Unschuld an dem Tode des geliebten Herrn zu bekräftigen.

»So ist hier«, fuhr der Graf von Vach fort, »ein unerklärliches Geheimnis im Spiele. Ich selbst, Andres, war von deiner Unschuld überzeugt, unerachtet vieles wider dich sprach; denn ich wußte ja, daß du von Jugend auf der treuste Diener meines Oheims gewesen bist und ihn selbst einmal in Neapel mit Gefahr deines Lebens aus Räuberhänden errettet hast. Allein nur noch gestern haben mir die beiden alten Jäger meines Oheims, Franz und Nikolaus, geschworen, daß sie dich leibhaftig unter den Räubern gesehen und genau bemerkt hätten, wie du selbst meinen Oheim niederstrecktest.« Andres wurde von den peinlichsten, schrecklichsten Gefühlen durchbohrt; es war ihm, als wenn der Satan selbst seine Gestalt angenommen habe, um ihn zu verderben; denn auch Denner hatte ja sogar im Kerker davon gesprochen, daß er den Andres wirklich gesehen, und so schien selbst die falsche Beschuldigung vor Gericht auf innerer wahrer Überzeugung zu beruhen. Andres sagte dies alles unverhohlen, indem er hinzusetzte, daß er sich der Schickung des Himmels ergebe, nach welcher er den schmählichen Tod eines Verbrechers sterben solle, daß aber, sei es auch lange Zeit nachher, seine Unschuld gewiß an den Tag kommen werde. Der Graf von Vach schien tief erschüttert; er konnte kaum noch dem Andres sagen, daß nach seinem Wunsche der Tag der Hinrichtung seinem unglücklichen Weibe verschwiegen geblieben sei, und daß sie sich nebst dem Knaben bei dem alten Förster aufhalte. Die Rathausglocke erklang dumpf und schauerlich in abgemessenen Pulsen. Andres wurde angekleidet, und der Zug ging mit den gewöhnlichen Feierlichkeiten unter dem Zuströmen unzähligen Volks nach der Richtstätte. Andres betete laut und rührte durch sein frommes Betragen alle, die ihn sahen. Denner hatte die Miene des trotzigen verstockten Bösewichts. Er schaute munter und kräftig um sich und lachte oft den armen Andres tückisch und schadenfroh an. Andres sollte zuerst hingerichtet werden; er bestieg gefaßt mit dem Henker die Leiter, da kreischte ein Weib auf und sank ohnmächtig einem alten Mann in die Arme. Andres blickte hin, es war Giorgina; laut erflehte er vom Himmel Fassung und Stärke. »Dort, dort sehe ich dich wieder, mein armes unglückliches Weib, ich sterbe unschuldig!« rief er, indem er den Blick sehnsuchtsvoll zum Himmel erhob. Der Richter rief dem Henker zu, er möge sich fördern, denn es entstand ein Murren unter dem Volke, und es flogen Steine nach Dennern, der ebenfalls schon die Leiter bestiegen hatte und die Zuschauer verhöhnte ob ihres Mitleids mit dem frommen Andres. Der Henker legte dem Andres den Strick um den Hals, da scholl es aus der Ferne her: »Halt – halt – um Christus willen halt! – Der Mann ist unschuldig! – ihr richtet einen Unschuldigen hin!« – »Halt – halt!« schrieen tausend Stimmen, und kaum vermochte die Wache zu steuern dem Volk, das hinzudrang und den Andres von der Leiter herabreißen wollte. Näher sprengte nun der Mann zu Pferde, der erst gerufen hatte, und Andres erkannte auf den ersten Blick in dem Fremden den Kaufmann, der ihm in Frankfurt Giorginas Erbschaft ausgezahlt hatte. Seine Brust wollte zerspringen vor Freude und Seligkeit, kaum konnte er sich aufrecht erhalten, als er von der Leiter herabgestiegen. Der Kaufmann sagte dem Richter, daß zu derselben Zeit, als der Raubmord im Vachschen Schlosse verübt worden, Andres in Frankfurt, also viele Meilen davon entfernt, gewesen sei, und daß er dies vor Gericht auf die unzweifelhafteste Weise durch Urkunden und Zeugen dartun wolle. Da rief der Richter: »Die Hinrichtung des Andres kann keineswegs geschehen; denn dieser höchstwichtige Umstand beweiset, wenn er ausgemittelt wird, die völlige Unschuld des Angeklagten. Man führe ihn sogleich nach dem Gefängnisse zurück.« Denner hatte alles von der Leiter herab ruhig angesehen; als aber der Richter diese Worte gesprochen, da rollten seine glühenden Augen, er knirschte mit den Zähnen, er heulte in wilder Verzweiflung, daß es gräßlich wie der namenlose Jammer des wütenden Wahnsinns durch die Lüfte hallte: »Satan, Satan! du hast mich betrogen – weh mir! weh mir! es ist aus – aus – alles verloren!« Man brachte ihn von der Leiter herab, er fiel zu Boden und röchelte dumpf: »Ich will alles bekennen – ich will alles bekennen!« Auch *seine* Hinrichtung wurde verschoben und er ins Gefängnis zurückgeführt, wo ihm jedes Entspringen unmöglich gemacht worden. Der Haß seiner Wächter war die beste Schutzwehr gegen die Schlauheit seiner Verbündeten. – Wenige Augenblicke nachher, als Andres bei dem Gefangenwärter angekommen, lag Giorgina in seinen Armen. »Ach Andres, Andres«, rief sie, »nun habe ich dich ganz wieder, da ich weiß, daß du unschuldig bist; denn auch ich habe an deiner Redlichkeit, an deiner Frömmigkeit gezweifelt!« – Unerachtet man Giorginen den Tag der Hinrichtung verschwiegen, war sie doch, von unbeschreiblicher Angst, von seltsamer Ahnung getrieben, nach Fulda geeilt und gerade auf die Richtstätte gekommen, als ihr Mann die verhängnisvolle Leiter bestieg, die ihn zum Tode führen sollte. Der Kaufmann war die ganze lange Zeit der Untersuchung über auf Reisen in Frankreich und Italien gewesen und jetzt über Wien und Prag zurückgekehrt. Der Zufall oder vielmehr eine besondere Schickung des Himmels wollte, daß er gerade in dem entscheidendsten Augenblick auf dem Richtplatze ankam und den armen Andres von dem schmählichen Tode des Verbrechers rettete. Im Gasthofe erfuhr er die ganze Geschichte des Andres, und es fiel ihm gleich schwer aufs Herz, daß Andres wohl derselbe Revierjäger sein könne, der vor zwei Jahren eine Erbschaft, die seinem Weibe von Neapel aus zugefallen, erhob. Schnell eilte er fort und überzeugte sich, als er nur Andres sah, sogleich von der Wahrheit seiner Vermutung. Durch die eifrigen Bemühungen des wackern Kaufmanns und des jungen Grafen von Vach wurde Andres Aufenthalt in Frankfurt bis auf die Stunde ausgemittelt, dadurch aber seine völlige Unschuld an dem Raubmorde dargetan. Denner selbst gestand nun die Richtigkeit der Angabe des Andres über das Verhältnis mit ihm und meinte nur, der Satan müsse ihn geblendet haben; denn in der Tat hätte er geglaubt, Andres fechte auf dem Vachschen Schloß an seiner Seite. Für die erzwungene Teilnahme an der Ausplünderung des Pachterhofes sowie für die gesetzwidrige Rettung Denners hatte nach dem Ausspruch der Richter Andres genug gebüßt durch das lange harte Gefängnis und durch die ausgestandene Marter und Todesangst; er wurde daher durch Urteil und Recht von jeder weiteren Strafe freigesprochen und eilte mit seiner Giorgina auf das Vachsche Schloß, wo ihm der edle wohltätige Graf im Nebengebäude eine Wohnung einräumte, von ihm nur die geringen Jagddienste fordernd, die des Grafen persönliche Liebhaberei norwendig machte. Auch die Gerichtskosten bezahlte der Graf, so daß Andres und Giorgina in dem ungekränkten Besitz ihres Vermögens blieben.

Der Prozeß wider den verruchten Ignaz Denner nahm jetzt eine ganz andere Wendung. Die Begebenheit auf der Gerichtsstätte schien ihn ganz umgewandelt zu haben. Sein höhnender teuflischer Stolz war gebeugt, und aus seinem zerknirschten Innern brachen Geständnisse hervor, die den Richtern das Haar sträubten. Denner klagte sich selbst mit allen Zeichen tiefer Reue des Bündnisses mit dem Satan an, das er von seiner frühen Jugendzeit unterhalten, und so wurde vorzüglich hierauf die fernere Untersuchung mit dem Zutritt dazu verordneter Geistlichkeit gerichtet. Über seine früheren Lebensverhältnisse erzählte Denner so viel Sonderbares, daß man es für das Erzeugnis wahnsinniger Überspannung hätte halten müssen, wenn nicht durch die Erkundigungen, die man in Neapel, seinem angeblichen Geburtsort, einziehen ließ, alles bestätigt worden wäre. Ein Auszug aus den von dem geistlichen Gericht in Neapel verhandelten Akten ergab über Denners Herkunft folgende merkwürdige Umstände.

Vor langen Jahren lebte in Neapel ein alter wunderlicher Doktor, Trabacchio mit Namen, den man seiner geheimnisvollen, stets glücklichen Kuren wegen insgemein den Wunderdoktor zu nennen pflegte. Es schien, als wenn das Alter nichts über ihn vermöge; denn er schritt rasch und jugendlich daher, unerachtet mehrere Eingeborne ihm nachrechnen konnten, daß er an die achtzig Jahre alt sein müßte. Sein Gesicht war auf eine seltsame grausige Weise verzerrt und verschrumpft, und seinen Blick konnte man kaum ohne innern Schauer ertragen, wiewohl er oft den Kranken wohl tat, so daß man sagte, bloß durch den scharf auf den Kranken gehefteten Blick heile er oftmals schwere hartnäckige Übel. Über seinen schwarzen Anzug warf er gewöhnlich einen weiten roten Mantel mit goldnen Tressen und Troddeln, unter dessen bauschichten Falten der lange Stoßdegen hervorragte. So lief er mit einer Kiste seiner Arzneien, die er selbst bereitete, durch die Straßen von Neapel zu seinen Kranken und jeder wich ihm scheu aus. Nur in der höchsten Not wandte man sich an ihn, aber niemals schlug er es aus, einen Kranken zu besuchen, hatte er dabei auch nicht sonderlichen Gewinn zu hoffen. Mehrere Weiber starben ihm schnell; immer waren sie ausnehmend schön und insgemein Landdirnen gewesen. Er sperrte sie ein und erlaubte ihnen nur unter Begleitung einer alten ekelhaft häßlichen Frau die Messe zu hören. Diese Alte war unbestechlich; jeder noch so listig angelegte Versuch junger Lüstlinge, den schönen Frauen des Doktor Trabacchio näher zu kommen, blieb fruchtlos. Unerachtet Doktor Trabacchio von Reichen sich gut bezahlen ließ, so stand doch seine Einnahme mit dem Reichtum an Geld und Kleinodien den er in seinem Hause aufgehäuft hatte, und den er niemanden verhehlte, in keinem Verhältnis. Dabei war er zu Zeiten freigebig bis zur Verschwendung und hatte die Gewohnheit, jedesmal, wenn ihm eine Frau gestorben, ein Gastmahl zu geben, dessen Aufwand wohl doppelt soviel betrug als die reichste Einnahme, die ihm seine Praxis ein ganzes Jahr hindurch verschaffte. Mit seiner letzten Frau hatte er einen Sohn erzeugt, den er ebenso einsperrte wie seine Weiber; niemand bekam ihn zu sehen. Nur bei dem Gastmahl, das er nach dem Tode dieser Frau gab, saß der kleine dreijährige Knabe an seiner Seite, und alle Gäste waren über die Schönheit und die Klugkeit des Kindes, das man, verriet sein körperliches Ansehen nicht sein Alter, seinem Benehmen nach wenigstens für zwölfjährig hätte halten können. Eben bei diesem Gastmahl äußerte der Doktor Trabacchio, daß, da nunmehr sein Wunsch einen Sohn zu haben, erreicht sei, er nicht mehr heiraten werde. Sein übermäßiger Reichtum, aber noch mehr sein geheimnisvolles Wesen, seine wunderbaren Kuren, die bis ins Unglaubliche gingen, da bloß einigen von ihm bereiteten und eingeflößten Tropfen, ja oft bloß seiner Betastung, seinem Blick die hartnäckigsten Krankheiten wichen, gaben endlich Anlaß zu allerlei seltsamen Gerüchten, die sich in Neapel verbreiteten. Man hielt den Doktor Trabacchio für einen Alchymisten, für einen Teufelsbeschwörer, ja man gab ihm endlich schuld, daß er mit dem Satan im Bündnis stehe. Die letzte Sage entstand aus einer seltsamen Begebenheit, die sich mit einigen Edelleuten in Neapel zutrug. Diese kehrten einst spät in der Nacht von einem Gastmahl zurück und gerieten, da sie im Weinrausch den Weg verfehlt, in eine einsame Gegend. Da rauschte und raschelte es vor ihnen, und sie wurden mit Entsetzen gewahr, daß ein großer leuchtendroter Hahn, ein zackicht Hirschgeweihe auf dem Kopfe tragend, mit ausgebreiteten Flügeln daherschritt und sie mit menschlichen funkelnden Augen anstarrte. Sie drängten sich in eine Ecke, der Hahn schritt vorüber, und ihm folgte eine große Figur im glänzenden goldverbrämten Mantel. Sowie die Gestalten vorüber waren, sagte einer von den Edelleuten leise: »Das war der Wunderdoktor Trabacchio.« Alle nüchtern geworden durch den entsetzlichen Spuk ermutigten sich und folgten dem angeblichen Doktor mit dem Hahn, dessen Leuchten den genommenen Weg zeigte. Sie sahen, wie die Gestalten wirklich auf das Haus des Doktors, das auf einem fernen leeren öden Platz stand, zuschritten. Vor dem Hause angekommen, rauschte der Hahn in die Höhe und schlug mit den Flügeln an das große Fenster über dem Balkon, das sich klirrend öffnete; die Stimme eines alten Weibes meckerte: »Kommt

– kommt nach Haus – kommt nach Haus – warm ist das Bett, und Liebchen wartet lange schon – lange schon!« Da war es, als stiege der Doktor auf einer unsichtbaren Leiter empor und rauschte nach dem Hahn durch das Fenster, welches zugeschlagen wurde, daß es die einsame Straße entlang klirrte und dröhnte. Alles war im schwarzen Dunkel der Nacht verschwunden, und die Edelleute standen stumm und starr vor Grausen und Entsetzen. Dieser Spuk, die Überzeugung der Edelleute, daß die Gestalt, der der teuflische Hahn vorleuchtete, niemand anders als der verrufene Doktor Trabacchio gewesen, war für das geistliche Gericht, dem alles zu Ohren kam, genug, dem satanischen Wundermann sorglich in aller Stille nachzuspüren. Man brachte in der Tat heraus, daß in den Zimmern des Doktors sich oft ein roter Hahn befand, mit dem er auf wunderliche Weise zu sprechen und zu disputieren schien, als sprächen Gelehrte über zweifelhafte Gegenstände ihres Wissens. Das geistliche Gericht war im Begriff, den Doktor Trabacchio einzuziehen als einen verruchten Hexenmeister; aber das weltliche Gericht kam dem geistlichen zuvor und ließ den Doktor durch die Sbirren aufheben und ins Gefängnis schleppen, da er eben von dem Besuch eines Kranken heimkehrte. Die Alte war schon früher aus dem Hause geholt worden, den Knaben hatte man nicht finden können. Die Türen der Zimmer wurden verschlossen und versiegelt, Wachen rings um das Haus gestellt. – Folgendes war der Grund dieses gerichtlichen Verfahrens. Seit einiger Zeit starben mehrere angesehene Personen in Neapel und in der umliegenden Gegend und zwar nach der Ärzte einstimmigem Urteil an Gift. Dies hatte viele Untersuchungen veranlaßt, die fruchtlos blieben, bis endlich ein junger Mensch in Neapel, ein bekannter Lüstling und Verschwender, dessen Oheim vergiftet worden, die gräßliche Tat mit dem Zustand eingestand, daß er das Gift von dem alten Weibe, der Haushälterin Trabacchios, gekauft habe. Man spürte der Alten nach und ertappte sie, als sie eben ein festverschlossenes kleines Kistchen forttragen wollte, in dem man kleine Phiolen fand, die mit den Namen von allerlei Arzneimitteln versehen waren, unerachtet sie flüssiges Gift enthielten. Die Alte wollte nichts eingestehen; als man ihr indessen mit der Tortur drohte, da bekannte sie, daß der Doktor Trabacchio schon seit vielen Jahren jenes künstliche Gift, das unter dem Namen Aqua Toffana bekannt sei, bereite, und daß der geheime Verkauf dieses Gifts, der durch sie bewirkt worden, beständig seine reichste Erwerbsquelle gewesen. Ferner sei es nur zu gewiß, daß er mit dem Satan im Bündnis stehe, der in verschiedenen Gestalten bei ihm einkehre. Jedes seiner Weiber habe ihm ein Kind geboren, ohne daß es jemand außer dem Hause geahnet. Das Kind habe er denn allemal, nachdem es neun Wochen oder neun Monate alt geworden, unter besonderen Zurüstungen und Feierlichkeiten auf unmenschliche Weise geschlachtet, indem er ihm die Brust aufgeschnitten und das Herz herausgenommen. Jedesmal sei der Saten bei dieser Operation, bald in dieser bald in jener Gestalt meistens aber als Fledermaus mit menschlicher Larve, erschienen und habe mit breiten Flügeln das Kohlfeuer angefacht, bei dem Trabacchio aus des Kindes Herzblut köstliche Tropfen bereitet, die jeder Siechheit kräftig widerständen. Die Weiber hätte Trabacchio bald nachher auf diese oder jene heimliche Weise getötet, so daß der schärfste Blick des Arztes wohl nie auch die kleinste Spur der Ermordung habe auffinden können. Nur Trabacchios letztes Weib, die ihm einen Sohn geboren, der noch lebe, sei des natürlichen Todes gestorben. –

Der Doktor Trabacchio gestand alles unverhohlen ein und schien eine Freude daran zu finden, das Gericht mit den schauerlichen Erzählungen seiner Untaten und vorzüglich der nähern Umstände seines entsetzlichen Bündnisses mit dem Satan in Verwirrung zu setzen. Die Geistlichen, welche dem Gericht beiwohnten, gaben sich alle nur ersinnliche Mühe, den Doktor zur Reue und zur Erkenntnis seiner Sünden zu bringen; aber es blieb vergebens, da Trabacchio sie nur verhöhnte und verlachte.

Beide, die Alte und Trabacchio, wurden zum Scheiterhaufen verurteilt. – Man hatte unterdessen das Haus des Doktors untersucht und alle seine Reichtümer hervorgeholt, die nach Abzug der Gerichtskosten an die Hospitäler verteilt werden sollten. In Trabacchios Bibliothek fand man nicht ein einziges verdächtiges Buch, und noch viel weniger gab es Gerätschaften, die auf die satanische Kunst, die der Doktor getrieben, hätten hindeuten sollen. Nur ein verschlossenes Gewölbe, dessen viele durch die Mauer herausragende Röhren das Laboratorium verrieten, widerstand, als man es öffnen wollte, aller Kunst und aller Gewalt. Ja, wenn Schlosser und Maurer unter der Aufsicht des Gerichts sich eifrig bemühten, endlich durchzubrechen, so daß wohl der Zweck erreicht worden wäre, da kreischten im Innern des Gewölbes entsetzliche Stimmen, es rauschte auf und nieder, wie mit eiskalten Flügeln schlug es an die Gesichter der Arbeiter, und ein schneidender Zugwind pfiff in gellenden gräßlichen Tönen durch den Gang, so daß von Grausen und Entsetzen ergriffen alle flohen und am Ende niemand mehr sich an die Tür des Gewölbes wagen wollte, aus Frucht wahnsinnig zu werden vor Angst und Schrecken. Den Geistlichen, die sich der Tür nahten, ging es nicht besser, und es blieb nichts übrig, als die Ankunft eines alten Dominikaners aus Palermo zu erwarten, dessen Standhaftigkeit und Frömmigkeit bisher alle Künste des Satans weichen mußten. Als dieser Mönch sich nun in Neapel befand, war er bereit, den teuflischen Spuk in Trabacchios Gewölbe zu bekämpfen, und verfügte sich hin, ausgerüstet mit Kreuz und Weihwasser, begleitet von mehreren Geistlichen und Gerichtspersonen, die aber weit von der Tür entfernt blieben. Der alte Dominikaner ging betend auf die Tür los; aber da erhob sich heftiger das Rauschen und Brausen, und die entsetzlichen Stimmen verworfener Geister lachten gellend heraus. Der Geistliche ließ sich jedoch nicht irre machen; er betete kräftiger, das Kruzifix emporhaltend und die Tür mit Weihwasser besprengend. »Man gebe mir ein Brecheisen!« rief er laut; zitternd reichte es ihm ein Maurerbursche hin, aber kaum setzte es der alte Mönch an die Türe, als sie mit furchtbar erschütterndem Knall aufsprang. Blaue Flammen leckten überall an den Wänden des Gewölbes herauf, und eine betäubende, erstickende Hitze strömte aus dem Innern. Demunerachtet wollte der Dominikaner hineintreten; da stürzte der Boden des Gewölbes ein, daß das ganze Haus erdröhnte, und Flammen prasselten aus dem Abgrunde hervor, die wütend um sich griffen und alles rings umher erfaßten. Schnell mußte der Dominikaner mit seiner Begleitung fliehen, um nicht zu verbrennen oder verschüttet zu werden. Kaum waren sie auf der Straße, als das ganze Haus des Doktor Trabacchio in Flammen stand. Das Volk lief zusammen und jauchzte und jubelte, als es des verruchten Hexenmeisters Wohnung brennen sah, ohne auch nur das mindeste zur Rettung zu tun. Schon war das Dach eingestürzt, das inwendige Holzwerk flammte zu den Wänden heraus, und nur die starken Balken des obern Stocks widerstanden noch der Gewalt des Feuers. Aber vor Entsetzen schrie das Volk auf, als es Trabacchios zwölfjährigen Sohn mit einem Kistchen unter dem Arm einen dieser glimmenden Balken entlang schreiten sah. Nur einen Moment dauerte diese Erscheinung, sie verschwand plötzlich in den hochaufschlagenden Flammen. – Der Doktor Trabacchio schien sich herzinniglich zu freuen, als er diese Begebenheit erfuhr, und ging mit verwegener Frechheit zum Tode. Als man ihn an den Pfahl band, lachte er hell auf und sagte zu dem Henker, der ihn mordlustig recht fest anschnürte: »Sieh dich vor, Geselle, daß diese Stricke nicht an deinen Fäusten brennen.« Dem Mönch, der sich ihm zuletzt noch nahen wollte, rief er mit fürchterlicher Stimme zu: »Fort! – zurück von mir! Glaubst du denn, daß ich so dumm sein werde, euch zu Gefallen einen schmerzlichen Tod zu leiden? – noch ist meine Stunde nicht gekommen.« – Nun fing das angezündete Holz an zu prasseln; kaum erreichte aber die Flamme den Trabacchio, als es hell aufloderte wie Strohfeuer und von einer fernen Anhöhe ein gellendes Hohngelächter sich hören ließ. Alles schaute hin, und

Grausen ergriff das Volk, als es den Doktor Trabacchio leibhaftig in dem schwarzen Kleide, dem goldverbrämten Mantel, den Stoßdegen an der Seite, den niedergekrempten spanischen Hut mit der roten Feder auf dem Kopfe, das Kistchen unter dem Arm, ganz wie er sonst durch die Straßen von Neapel zu laufen pflegte, erblickte. Reiter, Sbirren, hundert andere aus dem Volk stürzten hin nach dem Hügel, aber Trabacchio war und blieb verschwunden. Die Alte gab ihren Geist auf unter den entsetzlichsten Qualen, unter den gräßlichsten Verwünschungen ihres verruchten Herrn, mit dem sie unzählige Verbrechen geteilt. –

Der sogenannte Ignaz Denner war nun kein anderer als eben der Sohn des Doktors, der sich damals durch die höllischen Künste seines Vaters mit einem Kistchen der seltensten und geheimnisvollsten Kostbarkeiten aus den Flammen rettete. Schon seit der frühesten Jugend unterrichtete ihn der Vater in den geheimen Wissenschaften, und seine Seele war dem Teufel verschrieben, noch ehe er sein volles Bewußtsein erlangt. Als man den Doktor Trabacchio ins Gefängnis warf, blieb der Knabe in dem geheimnisvollen verschlossenen Gewölbe unter den verworfenen Geistern, die des Vaters höllischer Zauber hineingebannt; da aber endlich dieser Zauber der Macht des Dominikaners weichen mußte, ließ der Knabe die verborgenen mechanischen Kräfte wirken, und Flammen entzündeten sich, die in wenigen Minuten das ganze Haus in Brand steckten, während der Knabe selbst unversehrt durch das Feuer fort zum Tore hinaus in den Wald eilte, den ihm der Vater bezeichnet hatte. Nicht lange dauerte es, so erschien auch Doktor Trabacchio und floh schnell mit dem Sohne, bis sie wohl an drei Tagesreisen von Neapel in die Ruinen eines alten römischen Gebäudes kamen, wo der Eingang zu einer weiten geräumigen Höhle versteckt lag. Hier wurde der Doktor Trabacchio von einer zahlreichen Räuberbande, mit der er längst in Verbindung gestanden, und der er durch seine geheime Wissenschaft die wesentlichsten Dienste geleistet, mit lautem Jubel empfangen. Die Räuber wollten ihn mit nichts Geringerem lohnen als mit der Krönung zum Räuberkönige, wodurch er sich zum Oberhaupt aller Banden, die in Italien und dem südlichen Deutschland verbreitet waren, aufgeschwungen hätte. Der Doktor Trabacchio erklärte, diese Würde nicht annehmen zu können, da er der besondern Konstellation wegen, die über ihn walte, nunmehr ein ganz unstetes Leben führen müsse und von keinem Verhältnis gebunden werden könne; doch werde er noch immer den Räubern mit seiner Kunst und Wissenschaft beistehn und sich dann und wann sehen lassen. Da beschlossen die Räuber, den zwölfjährigen Trabacchio zum Räuberkönige zu wählen, und damit war der Doktor höchlich zufrieden, so daß der Knabe von Stund an unter den Räubern blieb und, als er funfzehn Jahr alt worden, schon als wirkliches Oberhaupt mit ihnen auszog. Sein ganzes Leben war von nun an ein Gewebe von Greueltaten und Teufelskünsten, in welche ihn der Vater, der sich oftmals blicken ließ und zuweilen wochenlang einsam mit seinem Sohne in der Höhle blieb, immer mehr einweihte. Die kräftigen Maßregeln des Königs von Neapel gegen die Räuberbanden, die immer kecker und verwegener wurden, noch mehr aber die entstandenen Zwistigkeiten der Räuber hoben endlich das gefährliche Bündnis unter *einem* Oberhaupte auf, und den Trabacchio selbst, der sich durch seinen Stolz und durch seine Grausamkeit verhaßt gemacht hatte, konnten seine vom Vater erlernte Teufelskünste nicht vor den Dolchen seiner Untergebenen schützen. Er floh nach der Schweiz, gab sich den Namen Ignaz Denner und besuchte als reisender Kaufmann die Messen und Jahrmärkte in Deutschland, bis sich aus den zerstreuten Gliedern jener großen Bande eine kleinere bildete, die den vormaligen Räuberkönig zu ihrem Oberhaupt wählte. Trabacchio versicherte, wie sein Vater noch zur Stunde lebe, ihn noch im Gefängnis besucht und Rettung von der Gerichtsstätte versprochen habe. Nur dadurch, daß, wie er nun wohl einsehe, göttliche Schickung den Andres vom Tode errettet, sei die Macht seines

Vaters entkräftet worden, und er wolle nun als reuiger Sünder allen Teufelskünsten abschwören und geduldig die gerechte Todesstrafe erleiden. –
Andres, der alles dieses aus dem Munde des Grafen von Vach erfuhr, zweifelte keinen Augenblick, daß es wohl eben Trabacchios Bande gewesen, die ehemals im Neapolitanischen seinen Herrn anfiel, so wie er überzeugt war, daß der alte Doktor Trabacchio selbst im Gefängnis ihm wie der leibhaftige Satan erschien und verlocken wollte zum bösen Beginnen. Nun sah er erst recht ein, in welch großer Gefahr er geschwebt hatte seit der Zeit, als Trabacchio in sein Haus getreten; wiewohl er noch immer nicht begreifen konnte, warum es denn der Verruchte so ganz und gar auf ihn und sein Weib gemünzt hatte, da der Vorteil, den er aus seinem Aufenthalt in dem Jägerhause zog, nicht so bedeutend sein konnte.
Andres befand sich nach den entsetzlichen Stürmen nun in ruhiger glücklicher Lage, allein zu erschütternd hatten jene Stürme getobt, um nicht in seinem ganzen Leben dumpf nachzuhallen. Außerdem, daß Andres, sonst ein starker, kräftiger Mann, durch den Gram, durch das lange Gefängnis, ja durch den unsäglichen Schmerz der Tortur körperlich zugrunde gerichtet, siech und krank daherschwankte und kaum noch die Jagd treiben konnte, so welkte auch Giorgina, deren südliche Natur von dem Grame, von der Angst, von dem Entsetzen wie von brennender Glut aufgezehrt wurde, zusehends hin. Keine Hülfe war für sie mehr vorhanden, sie starb wenige Monate nach ihres Mannes Rückkehr. Andres wollte verzweifeln, und nur der wunderschöne kluge Knabe, der Mutter getreues Ebenbild, vermochte ihn zu trösten. Um dieses willen tat er alles, um sein Leben zu erhalten und sich soviel als möglich zu kräftigen, so daß er nach Verlauf von beinahe zwei Jahren wohl an Gesundheit zugenommen und manchen lustigen Jägergang in den Forst unternehmen konnte. – Der Prozeß wider den Trabacchio hatte endlich sein Ende erreicht, und er war, so wie vor alter Zeit sein

Vater, zum Tode durchs Feuer verdammt worden, den er in weniger Zeit erleiden sollte.
Andres kam eines Tages, als die Abenddämmerung schon eingebrochen, mit seinem Knaben aus dem Forst zurück; schon war er dem Schlosse nahe, als er ein klägliches Gewimmer vernahm, das aus dem ihm nahen ausgetrockneten Feldgraben zu kommen schien. Er eilte näher und erblickte einen Menschen, der in elende schmutzige Lumpen gehüllt im Graben lag und unter großen Schmerzen den Geist aufgeben zu wollen schien. Andres warf Flinte und Büchsensack ab und zog mit Mühe den Unglücklichen heraus; aber als er nun dem Menschen ins Gesicht blickte, erkannte er mit Entsetzen den Trabacchio. Zurückschaudernd ließ er von ihm ab; aber da wimmerte Trabacchio dumpf: »Andres, Andres, bist du es? um der Barmherzigkeit Gottes willen, der ich meine Seele empfohlen, habe Miteleid mit mir! Wenn du mich rettest, rettest du eine Seele von ewiger Verdammnis; denn bald ereilt mich ja der Tod, und noch nicht vollendet ist meine Buße!« »Verdammter Heuchler«, schrie Andres auf; »Mörder meines Kindes, meines Weibes, hat dich nicht der Satan wieder hergeführt, damit du mich vielleicht noch verderbest? Ich habe mit dir nichts zu schaffen. Stirb und vermodere wie ein Aas, Verruchter!« Andres wollte ihn zurückstoßen in den Graben; da heulte Trabacchio in wildem Jammer: »Andres! du rettest den Vater deines Weibes, deiner Giorgina, die für mich betet am Throne des Höchsten!« Andres schauderte zusammen; mit Giorginas Namen fühlte er sich von schmerzlicher Wehmut ergriffen. Mitleid mit dem Mörder seiner Ruhe, seines Glücks durchdrang ihn, er faßte den Trabacchio, lud ihn mit Mühe auf und trug ihn nach seiner Wohnung, wo er ihn mit stärkenden Mitteln erquickte. Bald erwachte Trabacchio aus der Ohnmacht, in die er versunken. –
In der Nacht vor der Hinrichtung ergriff den Trabacchio die entsetzlichste Todesangst; er war überzeugt, daß ihn nichts mehr von der namenlosen Marter des Feuertodes retten würde. Da

faßte und rüttelte er in wahnsinniger Verzweiflung die Eisenstäbe des Gitterfensters, und zerbröckelt blieben sie in seinen Händen. Ein Strahl der Hoffnung fiel in seine Seele. Man hatte ihn in einen Turm dicht neben dem trocknen Stadtgraben gesperrt; er schaute in die Tiefe, und der Entschluß, sich hinabzustürzen und so sich zu retten oder zu sterben, war auf der Stelle gefaßt. Der Ketten hatte er sich bald mit geringer Anstrengung entledigt. Als er sich hinauswarf, vergingen ihm die Sinne, er erwachte, als die Sonne hell strahlte. Da sah er, wie er zwischen Strauchwerk in hohes Gras gefallen, aber an allen Gliedern verstaucht und verrenkt, vermochte er sich nicht zu regen und zu rühren. Schmeißfliegen und anderes Ungeziefer setzten sich auf seinen halbnackten Körper und stachen und leckten sein Blut, ohne daß er sie abwehren konnte. So brachte er einen martervollen Tag hin. Erst des Nachts gelang es ihm, weiter zu kriechen, und er war glücklich genug, an eine Stelle zu kommen, wo sich etwas Regenwasser gesammelt hatte, welches er begierig einschlürfte. Er fühlte sich gestärkt und vermochte mühsam hinanzuklimmen und sich fortzuschleichen, bis er den Forst erreichte, der unfern von Fulda anhob und sich beinahe bis an das Vachsche Schloß erstreckte. So war er bis in die Gegend gekommen, wo ihn Andres mit dem Tode ringend fand. Die entsetzliche Anstrengung der letzten Kraft hatte ihn ganz erschöpft, und wenige Minuten später hätte ihn Andres sicherlich tot gefunden. Ohne daran zu denken, was künftig mit dem Trabacchio, der der Obrigkeit entflohen, werden sollte, brachte ihn Andres in ein einsames Zimmer und pflegte ihn auf alle nur mögliche Weise, aber so behutsam ging er dabei zu Werke, daß niemand die Anwesenheit des Fremden ahnte; denn selbst der Knabe, gewohnt dem Vater blindlings zu gehorchen, verschwieg getreulich das Geheimnis. Andres frug nun den Trabacchio, ob er denn gewiß und wahrhaftig Giorginas Vater sei. »Allerdings bin ich das«, erwiderte Trabacchio. »In der Gegend von Neapel entführte ich einst ein bildschönes Mädchen, die mir eine Tochter gebar. Nun weißt du schon, Andres, daß eines der größten Kunststücke meines Vaters die Bereitung eines köstlichen wundersamen Liquors war, wozu das Hauptingredienz das Herzblut von Kindern ist, die neun Wochen, neun Monate oder neun Jahre alt und von den Eltern dem Laboranten freiwillig anvertraut sein müssen. Je näher die Kinder mit dem Laboranten in Beziehung stehen, desto wirkungsvoller entsteht aus ihrem Herzblut Lebenskraft, stete Verjüngung, ja selbst die Bereitung des künstlichen Goldes. Deshalb schlachtete mein Vater seine Kinder, und ich war froh, das Töchterlein, das mir mein Weib geboren, auf solche verruchte Weise höheren Zwecken opfern zu können. Noch kann ich nicht begreifen, auf welche Weise mein Weib die böse Absicht ahnte; aber sie war vor Ablauf der neunten Woche verschwunden, und erst nach mehrern Jahren erfuhr ich, daß sie in Neapel gestorben sei und ihre Tochter Giorgina bei einem grämlichen geizhalsigen Gastwirt erzogen würde. Ebenso wurde mir ihre Verheiratung mit dir und dein Aufenthalt bekannt. Nun kannst du dir erklären, Andres, warum ich deinem Weibe gewogen war, und warum ich, ganz erfüllt von meinem verruchten Teufelskünsten, deinen Kindern so nachstellte. – Aber dir, Andres, dir allein und deiner wunderbaren Rettung durch Gottes Allmacht verdanke ich meine tiefe Reue, meine innere Zerknirschung. Übrigens ist das Kistchen mit Kleinodien, das ich deinem Weibe gab, dasjenige, welches ich auf des Vaters Geheiß aus den Flammen rettete, du kannst es getrost aufbewahren für deinen Knaben.« »Das Kistchen«, fiel Andres ein, »hat Euch ja Giorgina wiedergegeben an jenem schrecklichen Tage, da Ihr den gräßlichen Mord verübtet?«

»Allerdings«, erwiderte Trabacchio; »allein ohne daß es Giorgina wußte, kam es wieder in euern Besitz. Seht nur nach in der großen schwarzen Truhe, die in Euerm Hausflur steht, da werdet Ihr das Kistchen auf dem Boden finden.« Andres suchte in der Truhe und fand das Kistchen wirklich ganz in dem Zustande wieder, wie er es damals zum erstenmal von Trabacchio in Verwahrung erhalten. –

Andres fühlte in sich unheimlichen Unmut, ja er konnte sich des Wunsches nicht erwehren, daß Trabacchio tot gewesen sein möge, als er ihn im Graben fand. Freilich schien Trabacchios Reue und Buße wahrhaft zu sein; denn ohne seine Klause zu verlassen, brachte er seine Zeit nur damit hin, in andächtigen Büchern zu lesen, und seine einzige Ergötzlichkeit war die Unterhaltung mit dem kleinen Georg, den er über alles zu lieben schien. Andres beschloß indessen doch auf seiner Hut zu sein und eröffnete bei erster Gelegenheit das ganze Geheimnis dem Grafen von Vach, der über das seltene Spiel des Schicksals nicht wenig verwundert war. So vergingen einige Monate, der Spätherbst war eingetreten, und Andres mehr auf der Jagd als sonst. Der Kleine blieb gewöhnlich bei dem Großvater und einem alten Jäger, der um das Geheimnis wußte. Eines Abends war Andres von der Jagd zurückgekehrt, als der alte Jäger hineintrat und nach seiner treuherzigen Weise anfing: »Herr, Ihr habt einen bösen Kumpan im Hause. Zu dem kommt der Gottseibeiuns! durchs Fenster und geht wieder ab in Rauch und Dampf.« Dem Andres wurde es bei dieser Rede zumut, als hätt' ihn ein Blitzstrahl getroffen. Er wußte nur zu genau, was das zu bedeuten hatte; als ihm der alte Jäger weiter erzählte, wie er schon mehrere Tage hintereinander in später Abenddämmerung in Trabacchios Zimmer seltsame Stimmen gehört, die wie im Zank durcheinander geplappert, und heute zum zweitenmal habe es ihm, indem er Trabacchios Türe schnell geöffnet, geschienen, als rausche eine Gestalt im roten goldverbrämten Mantel zum Fenster hinaus. In vollem Zorn eilte Andres herauf zum Trabacchio, hielt ihm vor, was sein Jäger ausgesagt, und kündigte ihm an, daß er sich's gefallen lassen müsse, ins Schloßgefängnis gesperrt zu werden, wenn er nicht allen bösen Tritten entsage. Trabacchio blieb ruhig und erwiderte im wehmütigen Ton: »Ach, lieber Andres! nur zu wahr ist es, daß mein Vater, dessen Stündlein noch immer

nicht gekommen, mich auf unerhörte Weise peinigt und quält. Er will, daß ich mich ihm wieder zuwende und der Frömmigkeit, dem Heil meiner Seele entsage, allein ich bin standhaft geblieben und glaube nicht, daß er wiederkehren wird, da er gesehen, daß er nicht mehr über mich Macht hat. Bleibe ruhig, lieber Sohn Andres! und laß mich bei dir als ein frommer Christ versöhnt mit Gott sterben!« In der Tat schien auch die feindliche Gestalt auszubleiben, indessen war es, als würden Trabacchios Augen wieder glühender, er lächelte zuweilen so seltsam höhnisch wie sonst. Während der Betstunde, die Andres jeden Abend mit ihm zu halten pflegte, schien er oft krampfhaft zu erzittern; zuweilen strich eine seltsam pfeifende Zugluft durch das Zimmer, welche die Blätter der Gebetbücher raschelnd umschlug, ja die Bücher selbst dem Andres aus den Händen warf. »Gottloser Trabacchio, verruchter Satan! *Du* bist es, der hier höllischen Spuk treibt! Was willst du von mir? hebe dich weg, denn du hast keine Macht über mich! – hebe dich weg!« – So rief Andres mit starker Stimme! Da lachte es höhnisch durch das Zimmer hin und schlug wie mit schwarzen Fittichen an das Fenster. Und doch war es nur der Regen, der an das Fenster geschlagen, und der Herbstwind, der durch das Zimmer geheult, wie Trabacchio meinte, als das Unwesen wieder einmal recht arg war und Georg vor Angst weinte.
»Nein«, rief Andres: »Euer gottloser Vater könnte hier nicht so herumspuken, wenn Ihr aller und jeder Gemeinschaft mit ihm entsagt hättet. Ihr müßt fort von mir. Eure Wohnung ist Euch längst bereitet. Ihr müßt fort ins Schloßgefängnis; dort möget Ihr Euern Spuk treiben, wie Ihr wollt.« Trabacchio weinte heftig, er bat um aller Heiligen willen, ihn im Hause zu dulden, und Georg, ohne zu begreifen, was das alles wohl bedeute, stimmte in seine Bitten ein. »So bleibt denn noch morgen hier«, sagte Andres, »ich will sehen, wie es mit der Betstunde gehen wird, wenn ich heimkomme von der Jagd.« Am andern Tage gab es herrliches Herbstwetter, und Andres versprach sich eine reiche

Beute. Als er von dem Anstand zurückkehrte, war es ganz finster geworden. Er fühlte sich im innersten Gemüt besonders bewegt; seine merkwürdigen Schicksale, Giorginas Bild, sein ermordeter Knabe traten ihm so lebendig vor Augen, daß er tief in sich gekehrt immer langsamer und langsamer den Jägern nachschlenderte, bis er sich endlich unversehends auf einem Nebenwege allein im Forst befand. Im Begriff zurückzukehren in den breiten Waldweg, wurde er ein blendendes Licht gewahr, welches durch das dicke Gebüsch flackerte. Da ergriff ihn eine wunderbare verworrene Ahnung großer Greueltat, die verübt werde; er drang durch das Dickicht, er war dem Feuer nahe, da stand des alten Trabacchio Gestalt im goldverbrämten Mantel, den Stoßdegen an der Seite, den niedergekrempten Hut mit roter Feder auf dem Kopfe, das Arzneikistchen unterm Arm. Mit glühenden Augen blickte die Gestalt in das Feuer, das wie in rot und blau flammenden Schlangen unter einer Retorte hervorloderte. Vor dem Feuer lag Georg nackt ausgebreitet auf einer Art Rost, und der verruchte Sohn des satanischen Doktors hatte hoch das funkelnde Messer erhoben zum Todesstoß. Andres schrie auf vor Entsetzen; aber sowie der Mörder sich umblickte, sauste schon die Kugel aus Andres' Büchse, und Trabacchio stürzte mit zerschmettertem Gehirn über das Feuer hin, das im Augenblick erlosch. Die Gestalt des Doktors war verschwunden. Andres sprang hinzu, stieß den Leichnam beiseite, band den armen Georg los und trug ihn schnell fort bis ins Haus. Dem Knaben fehlte nichts; nur die Todesangst hatte ihn ohnmächtig gemacht. Den Andres trieb es heraus in den Wald, er wollte sich von Trabacchios Tode überzeugen und den Leichnam gleich verscharren; er weckte daher den alten Jäger, der in tiefen, wahrscheinlich von Trabacchio bewirkten Schlaf gesunken, und beide gingen mit Laterne, Hacke und Spaten an die nicht weit entlegene Stelle. Da lag der blutige Trabacchio; aber sowie Andres sich näherte, richtete er sich mit halbem Leibe auf, starrte ihn gräßlich an und röchelte dumpf: »Mörder! Mörder des Vaters deines Weibes, aber

meine Teufel sollen dich quälen!« »Fahre zur Hölle, du satanischer Bösewicht«, schrie Andres, der dem Entsetzen, das ihn übermannen wollte, widerstand; »fahre hin zur Hölle, du, der du den Tod hundertfältig verdient hast, dem ich den Tod gab, weil er verruchten Mord an meinem Kinde, an dem Kinde seiner Tochter verüben wollte! Du hast nur Buße und Frömmigkeit geheuchelt um schändlichen Verrats willen, aber nun bereitet der Satan manche Qual deiner Seele, die du ihm verkauft.« Da sank Trabacchio heulend zurück, und immer dumpfer und dumpfer wimmernd gab er seinen Geist auf. Nun gruben die beiden Männer ein tiefes Loch, in das sie Trabacchios Körper warfen. »Sein Blut komme nicht über mich!« sprach Andres, »aber ich konnte nicht anders, ich war dazu ausersehen von Gott, meinen Georg zu retten und hundertfältige Frevel zu rächen. Doch will ich für seine Seele beten und ein kleines Kreuz auf sein Grab stellen.« Als andern Tages Andres dieses Vorhaben ausführen wollte, fand er die Erde aufgewühlt, der Leichnam war verschwunden. Ob das nun von wilden Tieren oder wie sonst bewirkt, blieb in Zweifel. Andres ging mit seinem Knaben und dem alten Jäger zum Grafen von Vach und berichtete treulich die ganze Begebenheit. Der Graf von Vach billigte die Tat des Andres, der zur Rettung seines Sohnes einen Räuber und Mörder niedergestreckt hatte, und ließ den ganzen Verlauf der Sache niederschreiben und im Archiv des Schlosses aufbewahren. –

Die schreckliche Begebenheit hatte den Andres tief im Innersten erschüttert, und wohl mochte er sich deshalb, wenn die Nacht eingebrochen, schlaflos auf dem Lager wälzen. Aber wenn er so zwischen Wachen und Träumen hinbrütete, da hörte er es im Zimmer knistern und rauschen, und ein roter Schein fuhr hindurch und verschwand wieder. Sowie er anfing zu horchen und zu schauen, da murmelte es dumpf: »Nun bist du Meister – du hast den Schatz – du hast den Schatz – gebeut über die Kraft, sie ist dein! –« Dem Andres war es, als wolle ein unbekanntes Gefühl ganz eigner Wohlbehaglichkeit und Lebenslust in ihm aufgehen;

aber sowie die Morgenröte durch die Fenster brach, da ermannte sich Andres und betete, wie er es zu tun gewohnt, kräftig und inbrünstig zu dem Herrn, der seine Seele erleuchtete. »Ich weiß, was nun noch meines Amts und Berufs ist, um den Versucher zu bannen und die Sünde abzuwenden von meinem Hause!« – So sprach Andres, nahm Trabacchios Kistchen und warf es, ohne es zu öffnen, in eine tiefe Bergschlucht. Nun genoß Andres eines ruhigen heitern Alters, das keine feindliche Macht zu zerstören vermochte.

a. die Nase.
b. die Stirn.
c. die Augen.
d. Dallashsche Beafsteek u Portwein.
e. der Ironische Zug oder die Mährchen Muskel
f. das lange Kinn. missrathene Schauspiele (Blandina etc)
g. Neuaptirte Haare oder Geistererscheinungen
h. Ein Halstuch
i. Ein Kragen
k. Ein Rokaermel mit willkührlichen Falten
l. Der Backenbart oder übernachtige Gedanken eines Mondsüchtigen
m. die Mephistophelesmusk. oder Rachgier u Mordlust – Elixiere des Teufels.
n. fehlt.
o. Das Ohr oder Kreislers Lehrbrief der weder gehört noch verstanden word.
p. Und so weiter

Die Jesuiterkirche in G.

In eine elende Postchaise gepackt, die die Motten, wie die Ratten Prosperos Fahrzeug, aus Instinkt verlassen hatten, hielt ich endlich, nach halsbrecherischer Fahrt halbgerädert, vor dem Wirtshause auf dem Markte in G. Alles Unglück, das mir selbst hätte begegnen können, war auf meinen Wagen gefallen, der zerbrochen bei dem Postmeister der letzten Station lag. Vier magere abgetriebene Pferde schleppten nach mehreren Stunden endlich mit Hülfe mehrerer Bauern und meines Bedienten das baufällige Reisehaus herbei; die Sachverständigen kamen, schüttelten die Köpfe und meinten, daß eine Hauptreparatur nötig sei, die zwei, auch wohl drei Tage dauern könne. Der Ort schien mir freundlich, die Gegend anmutig, und doch erschrak ich nicht wenig über den mir gedrohten Aufenthalt. Warst du, günstiger Leser! jemals genötigt, in einer kleinen Stadt, wo du niemanden – niemanden kanntest, wo du jedem fremd bliebst, drei Tage zu verweilen, und hat nicht irgend ein tiefer Schmerz den Drang nach gemütlicher Mitteilung in dir weggezehrt, so wirst du mein Unbehagen mit mir fühlen. In dem Wort geht ja erst der Geist des Lebens auf in allem um uns her; aber die Kleinstädter sind wie ein in sich selbst verübtes, abgeschlossenes Orchester eingespielt und eingesungen, nur ihre eignen Stücke gehen rein und richtig, jeder Ton des Fremden dissoniert ihren Ohren und bringt sie augenblicklich zum Schweigen. – Recht mißlaunig schritt ich in meinem Zimmer auf und ab; da fiel mir plötzlich ein, daß ein Freund in der Heimat, der ehemals ein paar Jahre hindurch in G. gewesen, oft von einem gelehrten geistreichen Manne sprach, mit dem er damals viel umgegangen. Auch des Namens erinnerte ich mich: es war der Professor im Jesuiter-Kollegio Aloysius Walther. Ich beschloß, hinzugehen und meines Freundes Bekanntschaft für mich selbst zu nutzen. Man sagte mir im Kollegio, daß Professor Walther zwar eben lese, aber in kurzer Zeit endigen werde, und stellte mir frei, ob ich wiederkommen oder in den äußeren Sälen verweilen wolle. Ich wählte das letzte. Überall sind die Klöster, die Kollegien, die Kirchen der Jesuiten in jenem italienischen Stil gebaut, der auf antike Form und Manier gestützt die Anmut und Pracht dem heiligen Ernst, der religiösen Würde vorzieht. So waren auch hier die hohen, luftigen, hellen Säle mit reicher Architektur geschmückt, und sonderbar genug stachen gegen Heiligenbilder, die hie und da an den Wänden zwischen ionischen Säulen hingen, die Superporten ab, welche durchgehends Genientänze oder gar Früchte und Leckerbissen der Küche darstellten. – Der Professor trat ein, ich erinnerte ihn an meinen Freund und nahm auf die Zeit meines gezwungenen Aufenthalts seine Gastlichkeit in Anspruch. Ganz, wie ihn mein Freund beschrieben, fand ich den Professor; hellgesprächig – weltgewandt – kurz, ganz in der Manier des höheren Geistlichen, der wissenschaftlich ausgebildet oft genug über das Brevier hinweg in das Leben geschaut hat, um genau zu wissen, wie es darin hergeht. Als ich sein Zimmer auch mit moderner Eleganz eingerichtet fand, kam ich auf meine vorigen Bemerkungen in den Sälen zurück, die ich gegen den Professor laut werden ließ. »Es ist wahr«, erwiderte er, »wir haben jenen düstern Ernst, jene sonderbare Majestät des niederschmetternden Tyrannen, die im gotischen Bau unsere Brust beklemmt, ja wohl ein unheimliches Grauen erregt, aus unseren Gebäuden verbannt, und es ist wohl verdienstlich, unsern Werken die regsame Heiterkeit der Alten anzueignen.« »Sollte aber«, erwiderte ich, »nicht eben jene heilige Würde, jene hohe zum Himmel strebende Majestät des gotischen Baues recht von dem wahren Geist des Christentums erzeugt sein, der, übersinnlich, dem sinnlichen, nur in dem Kreis des Irdischen bleibenden Geiste der antiken Welt geradezu widerstrebt?« – Der Professor lächelte. »Ei«, sprach er, »das höhere Reich soll man erkennen in dieser Welt, und diese Erkenntnis darf geweckt werden durch heitere Symbole, wie sie das Leben, ja der aus jenem Reich ins irdische Leben herabgekommene Geist darbietet. Unsere Heimat ist wohl dort droben; aber solange wir hier hausen, ist unser Reich auch von dieser Welt.« Ja wohl, dachte ich: in allem, was ihr tatet, bewieset ihr, daß euer Reich von dieser Welt, ja nur allein von dieser Welt ist. Ich sagte aber das, was ich dachte, keineswegen dem Professor Aloysius Walther, welcher also fortfuhr: »Was Sie von der Pracht unserer Gebäude hier am Orte sagen, möchte sich wohl nur auf die Annehmlichkeit der Form beziehen. Hier, wo der Marmor unerschwinglich ist, wo große Meister der Malerkunst nicht arbeiten mögen, hat man sich der neuern Tendenz gemäß mit Surrogaten behelfen müssen. Wir tun viel, wenn wir uns zum polierten Gips versteigen, mehrenteils schafft nur der Maler die verschiedenen Marmorarten, wie es eben jetzt in unserer Kirche geschieht, die, Dank sei es der Freigebigkeit unserer Patronen, neu dekoriert wird.« Ich äußerte den Wunsch, die Kirche zu sehen; der Professor führte mich hinab, und als ich in den korinthischen Säulengang, der das Schiff der Kirche formte, eintrat, fühlte ich wohl den nur zu freundlichen Eindruck der zierlichen Verhältnisse. Dem Hochaltare links war ein hohes Gerüste errichtet, auf dem ein Mann stand, der die Wände in Giallo antik übermalte. »Nun wie geht es, Berthold?« rief der Professor hinauf. Der Maler wandte sich nach uns um, aber gleich fuhr er wieder fort zu arbeiten, indem er mit dumpfer, beinahe unvernehmbarer Stimme sprach: »Viel Plage – krummes verworrenes Zeug – Kein Lineal zu brauchen – Tiere – Affen – Menschengesichter – Menschengesichter – o, ich elender Tor!« Das Letzte rief er laut mit einer Stimme, die nur der tiefste im Innersten wühlende Schmerz erzeugt; ich fühlte mich auf die seltsamste Weise angeregt, jene Worte und der Ausdruck des Gesichts, der Blick, womit er zuvor den Professor anschaute, brachten mir das ganze zerrissene Leben eines unglücklichen Künstlers vor Augen. Der Mann mochte kaum über vierzig Jahr alt sein; seine Gestalt, war sie auch durch den unförmlichen schmutzigen Maleranzug entstellt, hatte was unbeschreiblich Edles, und der tiefe Gram konnte nur das Gesicht entfärben, das Feuer, was in den schwarzen Augen strahlte, aber nicht auslöschen. Ich frug den Professor, was es mit dem Maler wohl für eine Bewandtnis hätte. »Es ist ein fremder Künstler«, erwiderte er, »der sich gerade zu der Zeit hier einfand, als die Reparatur der Kirche beschlossen worden. Er unternahm die Arbeit, die wir ihm antrugen, mit Freuden, und in der Tat war seine Ankunft ein Glücksfall für uns; denn weder hier noch in der Gegend weit umher hätten wir einen Maler auftreiben können, der für alles, dessen es hier zu malen bedarf, so tüchtig gewesen wäre. Übrigens ist es der gutmütigste Mensch von der Welt, den wir alle recht lieben, und so kommt es denn, daß er in unserm Kollegio, gut aufgenommen wurde. Außer dem ansehnlichen Honorar, das er für seine Arbeit erhält, verköstigen wir ihn; dies ist aber für uns ein sehr geringer Aufwand, denn er ist beinahe zu mäßig, welches freilich seinem kränklichen Körper zusagen mag.«

»Aber«, fiel ich ein, »er schien heute so mürrisch – so aufgeregt.«

»Das hat seine besondere Ursache«, erwiderte der Professor, »doch lassen Sie uns einige schöne Gemälde der Seiten-Altäre anschauen, die vor einiger Zeit ein glücklicher Zufall uns verschaffte. Nur ein einziges Original, ein Dominichino, ist dabei, die anderen sind von unbekannten Meistern der italienischen Schule, aber, sind Sie vorurteilsfrei, so werden Sie gestehen müssen, daß jedes den berühmtesten Namen tragen dürfte.« Ich fand es ganz so, wie der Professor gesagt hatte. Es war seltsam, daß das einzige Original gerade zu den schwächern Stücken gehörte, war es nicht wirklich das schwächste, und daß dagegen die Schönheit mancher Gemälde ohne Namen mich unwiderstehlich hinriß. Über das Gemälde eines Altars war eine Decke herabgelassen; ich frug nach der Ursache. »Dies Bild«, sprach der Professor, »ist das schönste, was wir besitzen, es ist das Werk eines jungen Künstlers der neueren Zeit – gewiß sein letztes, denn sein Flug ist gehemmt – Wir mußten in diesen Tagen das Gemälde aus gewissen Gründen verhängen lassen, doch bin ich vielleicht morgen oder übermorgen imstande, es Ihnen zu zeigen.« – Ich wollte weiter fragen, indessen schritt der Professor rasch durch den Gang fort, und das war genug, um seine Unlust zu zeigen, mir weiter zu antworten. Wir gingen in das Kollegium zurück, und gern nahm ich des Professors Einladung an, der mit mir nachmittags einen nahegelegenen Lustort besuchen wollte. Spät kehrten wir heim, ein Gewitter war aufgestiegen, und kaum langte ich in meiner Wohnung an, als der Regen herabströmte. Es mochte wohl schon Mitternacht sein, da klärte sich der Himmel auf, und nur noch entfernt murmelte der Donner. Durch die geöffneten Fenster wehte die laue, mit Wohlgerüchen geschwängerte Luft in das dumpfe Zimmer, ich konnte der Versuchung nicht widerstehen, unerachtet ich müde genug war, noch einen Gang zu machen; es glückte mir, den mürrischen Hausknecht, der schon seit zwei Stunden schnarchen mochte, zu erwecken und ihn zu bedeuten, daß es kein Wahnsinn sei, noch um Mitternacht spazieren zu gehen, bald befand ich mich auf der Straße. Als ich bei der Jesuiterkirche vorüberging, fiel mir das blendende Licht auf, das durch ein Fenster strahlte. Die kleine Seitenpforte war nur angelehnt, ich trat hinein und wurde gewahr, daß vor einer hohen Blende eine Wachsfackel brannte. Näher gekommen bemerkte ich, daß vor der Blende ein Netz von Bindfaden aufgespannt war, hinter dem eine dunkle Gestalt eine Leiter hinauf- und hinuntersprang und in die Blende etwas hineinzuzeichnen schien. Es war Berthold, der den Schatten des Netzes mit schwarzer Farbe genau überzog. Neben der Leiter auf einer hohen Staffelei stand die Zeichnung eines Altars. Ich erstaunte über den sinnreichen Einfall. Bist du, günstiger Leser, mit der edlen Malerkunst was weniges vertraut, so wirst du ohne weitere Erklärung sogleich wissen, das es mit dem Netz, dessen Schattenstriche Berthold in die Blende hineinzeichnete, für eine Bewandtnis hat. Berthold sollte in die Blende einen hervorspringenden Altar malen. Um die kleine Zeichnung richtig in das Große zu übertragen, mußte er beides, den Entwurf und die Fläche, worauf der Entwurf ausgeführt werden sollte, dem gewöhnlichen Verfahren gemäß mit einem Netz überziehn. Nun war es aber keine Fläche, sondern eine halbrunde Blende, worauf gemalt werden sollte; die Gleichung der Quadrate, die die krummen Linien des Netzes auf der Höhlung bildeten, mit den geraden des Entwurfs und die Berichtigung der architektonischen Verhältnisse, die sich herausspringend darstellen sollten, war daher nicht anders zu finden als auf jene einfache geniale Weise. Wohl hütete ich mich vor die Fackel zu treten und mich so durch meinen Schlagschatten zu verraten, aber nahe genug zur Seite stand ich, um den Maler genau zu beobachten. Er schien mir ganz ein anderer, vielleicht war es nur Wirkung des Fackelscheins, aber sein Gesicht war gerötet, seine Augen blitzten vor innerm Wohlbehagen, und als er seine Linien fertig gezeichnet, stellte er sich mit in die Seite gestemmten Händen vor die Blende hin und pfiff, die Arbeit beschauend, ein muntres Liedchen. Nun wandte er sich um und riß das aufgespannte Netz herunter. Da fiel ihm meine Gestalt ins Auge, »He da! he da!« rief er laut: »seid Ihr es, Christian?« – Ich trat auf ihn zu, erklärte ihm, was mich in die Kirche gelockt, und den sinnreichen Einfall mit dem Schattennetz hochpreisend, gab ich mich als Kenner und Ausüber der edlen Malerkunst zu erkennen. Ohne mir darauf weiter zu antworten, sprach Berthold: »Christian ist auch weiter nichts als ein Faulenzer; treu wollte er aushalten bei mir die ganze Nacht hindurch, und nun liegt er gewiß irgendwo auf dem Ohr! – Mein Werk muß vorrücken, denn morgen malt sich's vielleicht hier in der Blende teufelmäßig schlecht – und allein kann ich doch jetzt nichts machen.« Ich erbot mich, ihm behülflich zu sein. Er lachte laut auf, faßte mich bei beiden Schultern und rief: »Das ist ein exzellenter Spaß; was wird Christian sagen, wenn er morgen merkt, daß er ein Esel ist und ich seiner gar nicht bedurft habe? Nun so kommt, fremder Geselle und Bruder, helft mir erst fein bauen.« Er zündete einige Kerzen an, wir liefen durch die Kirche, schleppten Böcke und Bretter herbei, und bald stand ein hohes Gerüst in der Blende. »Nun frisch zugereicht«, rief Berthold, indem er heraufstieg. Ich erstaunte über die Schnelligkeit, mit der Berthold die Zeichnung ins Große übertrug; keck zog er seine Linien, niemals gefehlt, immer richtig und rein. An dergleichen Dinge in früherer Zeit gewöhnt half ich dem Maler treulich, indem ich, bald oben bald unter ihm stehend, die langen Lineale in die angedeuteten Punkte einsetzte und festhielt, die Kohlen spitz schliff und ihm zureichte usw. »Ihr seid ja gar ein wackerer Gehülfe«, rief Berthold ganz fröhlich, »und Ihr«, erwiderte ich, »in der Tat einer der geübtesten Architektur-Maler, die es geben mag; habt Ihr denn bei Eurer fertigen kecken Faust nie andere Malerei getrieben als diese? – Verzeiht meine Frage.« »Was meint Ihr denn eigentlich?« sprach Berthold. »Nun«, erwiderte ich, »ich meine, daß Ihr zu etwas Besserem taugt, als Kirchenwände mit Marmorsäulen zu bemalen. Architektur-Malerei bleibt doch immer etwas Untergeordnetes; der Historien-Maler, der Landschafter steht unbedingt höher. Geist und Fantasie, nicht in die engen Schranken geometrischer Linien gebannt, erheben sich in freiem Fluge. Selbst das einzige Fantastische Eurer Malerei, die sinnetäuschende Perspektive, hängt von genauer Berechnung ab, und so ist die Wirkung das Erzeugnis nicht des genialen Gedankens sondern nur mathematischer Spekulation.« Der Maler hatte, während ich dies sprach, den Pinsel abgesetzt und den Kopf in die Hand gestützt. »Unbekannter Freund«, fing er jetzt mit dumpfer feierlicher Stimme an: »unbekannter Freund, du frevelst, wenn du die verschiedenen Zweige der Kunst in Rangordnung stellen willst wie die Vasallen eines stolzen Königs. Und noch größerer Frevel ist es, wenn du nur die Verwegenen achtest, welche taub für das Klirren der Sklavenkette, fühllos für den Druck des Irdischen sich frei, ja selbst sich Gott wähnen und schaffen und herrschen wollen über Licht und Leben. – Kennst du die Fabel von dem Prometheus, der Schöpfer sein wollte und das Feuer vom Himmel stahl, um seine toten Figuren zu beleben? – Es gelang ihm, lebendig schritten die Gestalten daher, und aus ihren Augen strahlte jenes himmlische Feuer, das in ihrem Innern brannte; aber rettungslos wurde der Frevler, der sich angemaßt, Göttliches zu fahen, verdammt zu ewiger fürchterlicher Qual. Die Brust, die das Göttliche geahnt, in der die Sehnsucht nach dem Überirdischen aufgegangen, zerfleischte der Geier, den die Rache geboren, und der sich nun nährte von dem eignen Innern des Vermessenen. Der das Himmlische gewollt, fühlte ewig den irdischen Schmerz.« – Der Maler stand in sich versunken da. »Aber«, rief ich: »aber, Berthold, wie beziehen Sie das alles auf ihre Kunst? Ich glaube nicht, daß irgend jemand es für vermessenen Frevel halten kann, Menschen zu bilden, sei es durch Malerei oder Plastik.« Wie in bitterm Hohn lachte Berthold auf: »Ha ha – Kinderspiel ist kein Frevel! – Kinderspiel ist's, wie sie's machen, die Leute, die getrost ihre Pinsel in die Farbentöpfe stecken und eine Leinwand beschmieren mit der wahrhaftigen Begier, Menschen darzustellen; aber es kommt so heraus, als habe, wie es in jenem Trauerspiele steht, irgend ein Handlanger der Natur versucht, Menschen zu bilden, und es sei ihm mißlungen. – Das sind keine freveliche Sünder, das sind nur arme unschuldige Narren! Aber Herr! – wenn man nach dem Höchsten strebt – nicht Fleischeslust wie Titian – nein das Höchste der göttlichen Natur, der Prometheusfunken im Menschen – Herr! – es ist eine Klippe – ein schmaler Strich, auf dem man steht – der Abgrund ist offen! – über ihm schwebt der kühne Segler, und ein teuflischer Trug läßt ihn unten – unten *das* erblicken, was er oben über den Sternen erschauen wollte!« – Tief seufzte der Maler auf, er fuhr mit der Hand über die Stirn und blickte dann in die Höhe. »Aber was schwatze ich mit Euch, Geselle, da drunten für tolles Zeug und male nicht weiter? – Schaut her, Geselle, das nenne ich treu und ehrlich gezeichnet. Wie herrlich ist die Regel! – alle Linien einen sich zum bestimmten Zweck, zu bestimmter deutlich gedachter Wirkung. Nur das Gemessene ist rein menschlich; was drüber geht, vom Übel. Das Übermenschliche muß Gott oder Teufel sein; sollten beide nicht in der Mathematik von Menschen übertroffen werden? Sollt' es nicht denkbar sein, daß Gott uns ausdrücklich erschaffen hätte, um das, was nach gemessenen erkennbaren Regeln darzustellen ist, kurz, das rein Kommensurable, zu besorgen für seinen Hausbedarf, so wie wir unsrerseits wieder Sägemühlen und Spinnmaschinen bauen als mechanische Werkmeister unseres Bedarfs. Professor Walther behauptete neulich, daß gewisse Tiere bloß erschaffen wären, um von andern gefressen zu werden, und das käme doch am Ende zu unserm Nutzen heraus, so wie z. B. die Katzen den angebornen Instinkt hätten, Mäuse zu fressen, damit diese uns nicht den Zucker, der zum Frühstück bereit läge, wegknappern sollten. Am Ende hat der Professor recht – Tiere und wir selbst sind gut eingerichtete Maschinen, um gewisse Stoffe zu verarbeiten und zu verkneten für den Tisch des unbekannten Königs – Nun frisch – frisch, Geselle – reiche mir die Töpfe! – Alle Töne hab' ich gestern beim lieben Sonnenlicht abgestimmt, damit mich der Fackelschein nicht trüge, sie stehn numeriert im Winkel. Reich' mir Numero eins, mein Junge! – Grau in Grau! – Und was wäre das trockne mühselige Leben, wenn der Herr des Himmels uns nicht so manches bunte Spielzeug in die Hände gegeben hätte! – Wer artig ist, trachtet nicht wie der neugierige Bube, den Kasten zu zerbrechen, in dem es orgelt, wenn er die äußere Schraube dreht. – Man sagt, es ist ganz natürlich, daß es drinnen klingt; denn ich drehe ja die Schraube! – Indem ich dies Gebälk richtig aus dem Augenpunkt aufgezeichnet, weiß ich bestimmt, daß es sich dem Beschauer plastisch darstellt – Numero zwei heraufgereicht, Junge! Nun male ich es aus in den regelrecht abgestimmten Farben – es erscheint vier Ellen zurücktretend. Das weiß ich alles gewiß; o! man ist erstaunlich klug – Wie kommt es, daß die Gegenstände in der Ferne sich verkleinern? Die einzige dumme Frage eines Chinesen könnte selbst den Professor Eytelwein in Verlegenheit setzen; doch könnte er sich mit dem orgelnden Kasten helfen und sprechen, er habe manchmal an der Schraube gedreht und immer dieselbe Wirkung erfahren – Violett Numero eins, Junge! – ein anderes Lineal – dicken ausgewaschenen Pinsel! Ach, was ist all' unser Ringen und Streben nach dem Höheren anderes als das unbeholfene bewußtlose Hantieren des Säuglings, der die Amme verletzt, die ihn wohltätig nährt! – Violett Numero zwei – frisch Junge! – das Ideal ist ein schnöder lügnerischer Traum vom gärenden Blute erzeugt. – Die Töpfe weg, Junge – ich steige herab. – Der Teufel narrt uns mit Puppen, denen er Engelsfittiche angeleimt.« – Nicht möglich ist es mir, alles das wörtlich zu wiederholen, was Berthold sprach, indem er rasch fortmalte und mich ganz wie seinen Handlanger brauchte. In der angegebenen Manier fuhr er fort, die Beschränktheit alles irdischen Beginnens auf das Bitterste zu verhöhnen; ach, er schaute in die Tiefe eines auf den Tod verwundeten Gemüts, dessen Klage sich nur in schneidender Ironie erhebt. Der Morgen dämmerte, der Schein der Fackel verblaßte vor den hereinbrechenden Sonnenstrahlen. Berthold malte eifrig fort, aber er wurde stiller und stiller, und nur einzelne Laute – zuletzt nur Seufzer, entflohen der gepreßten Brust. Er hatte den ganzen Altar mit gehöriger Farbenabstufung angelegt, und schon jetzt, ohne weiter ausgeführt zu sein, sprang das Gemälde wunderbar hervor. »In der Tat herrlich – ganz herrlich«, rief ich voll Bewunderung aus. »Meinen Sie«, sprach Berthold mit matter Stimme: »meinen Sie, daß etwas daraus werden wird? – Ich gab mir wenigstens alle Mühe richtig zu zeichnen; aber nun kann ich nicht mehr.« – »Keinen Pinselstrich weiter, lieber Berthold!« sprach ich: »es ist beinahe unglaublich, wie Sie mit einem solchen Werk in wenigen Stunden so weit vorrücken konnten; aber Sie greifen sich zu sehr an und verschwenden Ihre Kraft.« »Und doch«, erwiderte Berthold, »sind das meine glücklichsten Stunden. – Vielleicht schwatzte ich zu viel, aber es sind ja nur Worte, in die sich der das Innere zerreißende Schmerz auflöst.« »Sie scheinen sich sehr unglücklich zu fühlen, mein armer Freund«, sprach ich: »irgend ein furchtbares Ereignis trat feind-

lich zerstörend in Ihr Leben!« – Der Maler trug langsam seine Gerätschaften in die Kapelle, löschte die Fackel aus, kam dann auf mich zu, faßte meine Hand und sprach mit gebrochener Stimme: »Könnten Sie einen Augenblick Ihres Lebens ruhigen, heitern Geistes sein, wenn Sie sich eines gräßlichen, nie zu sühnenden Verbrechens bewußt wären?« – Erstarrt blieb ich stehen. Die hellen Sonnenstrahlen fielen in des Malers leichenblasses zerstörtes Gesicht, und er war beinahe gespenstisch anzusehen, als er fortwankte durch die kleine Pforte in das Innere des Kollegiums.
Kaum erwarten konnte ich am folgenden Tage die Stunde, die mir Professor Walther zum Wiedersehen bestimmt hatte. Ich erzählte ihm den ganzen Auftritt der vorigen Nacht, der mich nicht wenig aufgeregt hatte; ich schilderte mit den lebendigsten Farben des Malers wunderliches Benehmen und verschwieg kein Wort, das er gesprochen, selbst das nicht, was ihn selbst betroffen. Je mehr ich aber auf des Professors Teilnahme hoffte, desto gleichgültiger schien er mir, ja er lächelte selbst über mich auf eine höchst widrige Weise, als ich nicht nachließ, von Berthold zu reden und in ihn zu dringen, mir ja alles, was er von dem Unglücklichen wüßte, zu sagen. »Er ist ein wunderlicher Mensch, dieser Maler«, fing der Professor an: »sanft – gutmütig – arbeitsam – nüchtern, wie ich Ihnen schon früher sagte, aber schwachen Verstandes; denn sonst hätte er sich nicht durch irgend ein Ereignis im Leben, sei es selbst ein Verbrechen, das er beging, herabstimmen lassen vom herrlichen Historienmaler zum dürftigen Wandpinsler.« Der Ausdruck Wandpinsler ärgerte mich so wie des Professors Gleichgültigkeit überhaupt. Ich suchte ihm darzutun, daß noch jetzt Berthold ein höchst achtungswerter Künstler und der höchsten regsamen Teilnahme wert sei. »Nun«, fing der Professor endlich an: »wenn Sie einmal unser Berthold in solch hohem Grade interessiert, so sollen Sie alles, was ich von ihm weiß, und das ist nicht wenig, ganz genau erfahren. Zur Einleitung dessen lassen Sie uns gleich in die Kirche ge-

hen! Da Berthold die ganze Nacht hindurch mit Anstrengung gearbeitet hat, wird er heute vormittags rasten. Wenn wir ihn in der Kirche fänden, wäre mein Zweck verfehlt.« Wir gingen nach der Kirche, der Professor ließ das Tuch von dem verhängten Gemälde herunternehmen, und in zauberischem Glanze ging vor mir ein Gemälde auf, wie ich es nie gesehen. Die Komposition war wie Raphaels Stil, einfach und himmlisch erhaben! – Maria und Elisabeth in einem schönen Garten auf einem Rasen sitzend, vor ihnen die Kinder Johannes und Christus mit Blumen spielend, im Hintergrunde seitwärts eine betende männliche Figur! – Marias holdes himmlisches Gesicht, die Hoheit und Frömmigkeit ihrer ganzen Figur erfüllten mich mit Staunen und tiefer Verwunderung. Sie war schön, schöner als je ein Weib auf Erden, aber so wie Raphaels Maria in der Dresdner Galerie verkündete ihr Blick die höhere Macht der Gottes-Mutter. Ach! mußte vor diesen wunderbaren, von tiefem Schatten umflossenen Augen nicht in des Menschen Brust die ewigdürstende Sehnsucht aufgehen? Sprachen die weichen halbgeöffneten Lippen nicht tröstend wie in holden Engels-Melodien von der unendlichen Seligkeit des Himmels? – Nieder mich zu werfen in den Staub vor ihr, der Himmels-Königin, trieb mich ein unbeschreibliches Gefühl – keines Wortes mächtig konnte ich den Blick nicht abwenden von dem Bilde ohnegleichen. Nur Maria und die Kinder waren ganz ausgeführt, an der Figur Elisabeths schien die letzte Hand zu fehlen, und der betende Mann war noch nicht übermalt. Näher getreten erkannte ich in dem Gesicht dieses Mannes Bertholds Züge. Ich ahnte, was mir der Professor gleich darauf sagte! »Dieses Bild«, sprach er, »ist Bertholds letzte Arbeit, das wir vor mehreren Jahren aus N. in Oberschlesien, wo es von einem unserer Kollegen in einer Versteigerung gekauft wurde, erhielten. Unerachtet es nicht vollendet ist, ließen wir es doch statt des elenden Altarblatts, das sonst hier stand, einfügen. Als Berthold angekommen war und dies Gemälde erblickte, schrie er laut auf und stürzte bewußtlos zu Boden. Nachher vermied er sorgfältig es anzublicken und vertraute mir, daß es seine letzte Arbeit in diesem Fache sei. Ich hoffte ihn nach und nach zur Vollendung des Bildes zu überreden, aber mit Entsetzen und Abscheu wies er jeden Antrag der Art zurück. Um ihn nur einigermaßen heiter und kräftig zu erhalten, mußte ich das Bild verhängen lassen, solange er in der Kirche arbeitet. Fiel es ihm nur von ungefähr ins Auge, so lief er, wie von unwiderstehlicher Macht getrieben, hin, warf sich laut schluchzend nieder, bekam seinen Paroxysmus und war auf mehrere Tage unbrauchbar.« – »Armer – armer unglücklicher Mann!« – rief ich aus, »welch eine Teufelsfaust griff so grimmig zerstörend in dein Leben.« »O!« sprach der Professor: »die Hand samt dem Arm ist ihm an den Leib gewachsen – Ja ja! – er selbst war gewiß sein eigner Dämon – sein Luzifer, der in sein Leben mit der Höllenfackel hineinleuchtete. Wenigstens geht das aus seinem Leben sehr deutlich hervor.« Ich bat den Professor, mir doch nur jetzt gleich alles zu sagen, was er über des unglücklichen Malers Leben wüßte. »Das würde viel zu weitläufig sein und viel zu viel Atem kosten«, erwiderte der Professor. »Verderben wir uns den heitern Tag nicht mit dem trüben Zeuge! Lassen Sie uns frühstücken und dann nach der Mühle gehen, wo uns ein tüchtig zubereitetes Mittagsmahl erwartet.« Ich hörte nicht auf, in den Professor zu dringen, und nach vielem Hin- und Herreden kam es endlich heraus, daß gleich nach der Ankunft Bertholds sich ein Jüngling, der auf dem Kollegio studierte, mit voller Liebe an ihn anschloß, daß diesem Berthold nach und nach die Begebenheiten seines vertraute, die der junge Mann sorglich aufschrieb und dem Professor Walther das Manuskript übergab. »Es war«, sprach der Professor: »solch ein Enthusiast wie Sie mein Herr, mit Ihrer Erlaubnis! Aber das Aufschreiben der wunderlichen Begebenheiten des Malers diente ihm in der Tat zur trefflichen Stilübung.« Mit vieler Mühe erhielt ich von dem Professor das Versprechen, daß er mir abends nach geendeter Lustpartie das Manuskript anvertrauen wolle. Sei es, daß es die gespannte Neugierde war, oder war der

Professor wirklich selbst daran schuld, kurz, niemals hab' ich mehr Langeweile empfunden, als *den* Tag. Schon die Eiskälte des Professors rücksichts Bertholds war mir fatal; aber seine Gespräche, die er mit den Kollegen, die an dem Mahl teilnahmen, führte, überzeugten mich, daß trotz aller Gelehrsamkeit, aller Weltgewandtheit, sein Sinn fürs Höhere gänzlich verschlossen und er der krasseste Materialist war, den es geben konnte. Das System von dem Fressen und Gefressenwerden, wie es Berthold anführte, hatte er wirklich adoptiert. Alles geistige Streben, Erfindungs-, Schöpfungskraft leitete er aus gewissen Konjunkturen der Eingeweide und des Magens her, und dabei kramte er noch mehr närrische abnorme Einfälle aus. Er behauptete z. B. sehr ernsthaft, daß jeder Gedanke durch die Begattung zweier Fäserchen im menschlichen Gehirne erzeugt würde. Ich begriff, auf welche Weise der Professor mit solchen tollen Dingen den armen Berthold, der in verzweifelnder Ironie alle günstige Einwirkung des Höheren anfocht, quälen und in die noch blutenden Wunden spitze Dolche einsetzen mußte. Endlich am Abend gab mir der Professor ein paar beschriebene Bogen mit den Worten: »Hier, lieber Enthusiast, ist das Studenten-Machwerk. Es ist nicht übel geschrieben, aber höchst sonderbar, und wider alle Regel rückt der Herr Verfasser, ohne es weiter anzudeuten, Reden des Malers wörtlich in der ersten Person ein. Übrigens mache ich Ihnen mit dem Aufsatz, über den ich von Amtswegen verfügen kann, ein Geschenk, da ich weiß, daß Sie kein Schriftsteller sind. Der Verfasser der Fantasiestücke in Callots Manier hätte es eben nach seiner tollen Manier arg zugeschnitten und gleich drucken lassen, welches ich nicht von Ihnen zu erwarten habe.«

Der Professor Aloysius Walther wußte nicht, daß er wirklich den reisenden Enthusiasten vor sich hatte, wiewohl er es hätte merken können, und so gebe ich dir, mein günstiger Leser! des Jesuiten-Studenten kurze Erzählung von dem Maler Berthold. Die Weise, wie er sich mir zeigte, wird dadurch ganz erklärt, und du, o mein Leser! wirst dann auch gewahren, wie des Schicksals wunderliches Spiel uns oft zu verderblichem Irrtum treibt.

»Laßt Euern Sohn nur getrost nach Italien reisen! Schon jetzt ist er ein wackrer Künstler, und es fehlt ihm hier in D. keineswegs an Gelegenheit, nach den trefflichsten Originalen jeder Art zu studieren, aber dennoch darf er nicht hier bleiben. Das freie Künstlerleben muß ihm in dem heiteren Kunstlande aufgehen, sein Studium wird dort sich erst lebendig gestalten und den eignen Gedanken erzeugen. Das Kopieren allein hilft ihm nun nichts mehr. Mehr Sonne muß die aufsprießende Pflanze erhalten, um zu gedeihen und Blüt' und Frucht zu tragen. Euer Sohn hat ein reines wahrhaftiges Künstlergemüt, darum seid um alles übrige unbesorgt!« So sprach der alte Maler Stephan Birkner zu Bertholds Eltern. Die rafften alles zusammen, was ihr dürftiger Haushalt entbehren konnte, und statteten den Jüngling aus zur langen Reise. So ward Bertholds heißester Wunsch, nach Italien zu gehen, erfüllt.

»Als mir Birkner den Entschluß meiner Eltern verkündete, sprang ich hoch auf vor Freude und Entzücken. – Wie im Traum ging ich umher die Tage hindurch bis zu meiner Abreise. Es war mir nicht möglich, auf der Galerie einen Pinsel anzusetzen. Der Inspektor, alle Künstler, die in Italien gewesen, mußten mir erzählen von dem Lande, wo die Kunst gedeiht. Endlich war Tag und Stunde gekommen. Schmerzlich war der Abschied von den Eltern, die von düstrer Ahnung gequält, daß sie mich nicht wiedersehen würden, mich nicht lassen wollten. Selbst der Vater, sonst ein entschlossener fester Mann, hatte Mühe, Fassung zu erringen. ›Italien – Italien wirst du sehen,‹ riefen die Kunstbrüder, da loderte, von tiefer Wehmut nur stärker entzündet, das Verlangen auf, und rasch schritt ich fort – vor der Eltern Hause schien mir die Bahn des Künstlers zu beginnen.« –

Berthold, in jedem Fache der Malerei vorbereitet, hatte sich doch vorzüglich der Landschaftsmalerei ergeben, die er mit Liebe und

Eifer trieb. In Rom glaubte er reiche Nahrung für diesen Zweig der Kunst zu finden; es war dem nicht so. Gerade in dem Kreis der Künstler und Kunstfreunde, in dem er sich bewegte, wurde ihm unaufhörlich vorgeredet, daß der Historienmaler allein auf der höchsten Spitze stehe und ihm alles übrige untergeordnet sei. Man riet ihm, wolle er ein bedeutender Künstler werden, doch nur gleich von seinem Fach abzugehen und sich dem Höheren zuzuwenden, und dies, verbunden mit dem nie sonst gefühlten Eindruck, den Raphaels mächtige Fresko-Gemälde im Vatikan auf ihn machten, bestimmte ihn wirklich, die Landschaft zu verlassen. Er zeichnete nach jenen Raphaels, er kopierte kleine Ölgemälde anderer berühmter Meister; alles fiel bei seiner tüchtigen Praktik recht wohl und schicklich aus, aber nur zu sehr fühlte er, daß das Lob der Künstler und Kenner ihn nur trösten, aufmuntern sollte. Er sah es ja selbst, daß seinen Zeichnungen, seinen Kopien alles Leben des Originals fehle. Raphaels, Correggios, himmlische Gedanken begeisterten (so glaubte er) zum eignen Schaffen, aber sowie er sie in der Fantasie festhalten wollte, verschwammen sie wie im Nebel, und alles, was er auswendig zeichnete, hatte wie jedes nur undeutlich, verworren Gedachte kein Regen, keine Bedeutung. Über dieses vergebliche Ringen und Streben schlich trüber Unmut in seine Seele, und oft entrann er den Freunden, um in der Gegend von Rom Baumgruppen – einzelne landschaftliche Partien heimlich zu zeichnen und zu malen. Aber auch dies geriet nicht mehr wie sonst, und zum erstenmal zweifelte er an seinem wahren Künstlerberuf. Die schönsten Hoffnungen schienen untergehn zu wollen. »Ach, mein hochverehrter Freund und Lehrer,« schrieb Berthold an Birkner, »Du hast mir Großes zugetraut, aber – hier, wo es erst recht licht werden sollte in meiner Seele, bin ich inne worden, daß das, was Du wahrhaftes Künstlergenie nanntest, nur etwa Talent – äußere Fertigkeit der Hand war. Sage meinen Eltern, daß ich bald zurückkehren würde, um irgend ein Handwerk zu erlernen, das mich künftig ernähre usw.« Birkner schrieb zu-

rück: »O, könnte ich doch bei Dir sein, mein Sohn! um Dich aufzurichten in Deinem Unmut. Aber glaube mir, Deine Zweifel sind es gerade, die für Dich, für Deinen Künstlerberuf sprechen. Der, welcher in stetem unwandelbaren Vertrauen auf seine Kraft immer fortzuschreiten gedenkt, ist ein blöder Tor, der sich selbst täuscht; denn ihm fehlt ja der eigentliche Impuls zum Streben, der nur in dem Gedanken der Mangelhaftigkeit ruht. Harre aus! – Bald wirst Du Dich erkräftigen und dann ruhig, nicht durch das Urteil, durch den Rat der Freunde, die Dich zu verstehen vielleicht gar nicht imstande, gezügelt, *den* Weg fortwandeln, den Dir Deines Ichs eigne Natur vorgeschrieben. Ob Du Landschafter bleiben, ob Du Historienmaler werden willst, wirst Du dann selbst entscheiden können und an keine feindliche Absonderung der Zweige *eines* Stammes denken.«
Es begab sich, daß gerade zu der Zeit, als Berthold diesen tröstenden Brief von seinem alten Lehrer und Freunde erhielt, sich Philipp Hackerts Ruhm in Rom verbreitet hatte. Einige von ihm dort aufgestellte Stücke von wunderbarer Anmut und Klarheit bewährten des Künstlers Ruf, und selbst die Historienmaler gestanden, es läge auch in dieser reinen Nachahmung der Natur viel Großes und Vortreffliches. Berthold schöpfte Atem – er hörte nicht mehr seine Lieblingskunst verhöhnen, er sah einen Mann, der sie trieb, hochgestellt und verehrt; wie ein Funke fiel es in seine Seele, daß er nach Neapel wandern und unter Hackert studieren müsse. Ganz jubilierend schrieb er an Birkner und an seine Eltern, daß er nun nach hartem Kampf den rechten Weg gefunden habe und bald in seinem Fach ein tüchtiger Künstler zu werden hoffe. Freundlich nahm der ehrliche deutsche Hackert den deutschen Schüler auf, und bald strebte dieser dem Lehrer in regem Schwunge nach. Berthold erlangte große Fertigkeit, die verschiedenen Baum- und Gesträucharten der Natur getreu darzustellen; auch leistete er nicht Geringes in dem Dunstigen und Duftigen, wie es auf Hackertschen Gemälden zu finden. Das erwarb ihm vieles Lob, aber auf ganz eigene Weise schien es ihm

bisweilen, als wenn seinen, ja selbst den Landschaften des Lehrers etwas fehle, das er nicht zu nennen wußte, und das ihm doch in Gemälden Claude Lorrains, ja selbst in Salvator Rosas rauhen Wüsteneien entgegentrat. Es erhoben sich allerlei Zweifel gegen den Lehrer in ihm, und er wurde vorzüglich ganz unmutig, wenn Hackert mit angestrengter Mühe totes Wild malte, das ihm der König zugeschickt. Doch überwand er bald dergleichen, wie er glaubte, freveliche Gedanken und fuhr fort, mit frommer Hingebung und deutschem Fleiß nach seines Lehrers Muster zu arbeiten, sodaß er in kurzer Zeit es ihm beinahe gleichtat. So kam es denn, daß er auf Hackerts ausdrücklichen Anlaß eine große Landschaft, die er treu nach der Natur gemalt hatte, zu einer Ausstellung, die mehrenteils aus Hackertschen Landschaften und Stilleben bestand, hergeben mußte. Alle Künstler und Kenner bewunderten des Jünglings treue saubre Arbeit und priesen ihn laut. Nur ein ältlicher, sonderbar gekleideter Mann sagte selbst zu Hackerts Gemälden kein Wort, sondern lächelte nur bedeutsam, wenn die Lobeserhebungen der Menge recht ausgelassen und toll daherbrausten. Berthold bemerkte deutlich, wie der Fremde, als er vor seiner Landschaft stand, mit einer Miene des tiefsten Bedauerns den Kopf schüttelte und dann sich entfernen wollte. Berthold etwas aufgebläht durch das allgemeine Lob, das ihm zuteil geworden, konnte sich des innern Ärgers über den Fremden nicht erwehren. Er trat auf ihn zu und frug, indem er die Worte schärfer betonte als gerade nötig: »Ihr scheint mit dem Bilde nicht zufrieden, mein Herr, unerachtet es doch wackre Künstler und Kenner nicht ganz übel finden wollen? Sagt mir gefälligst, woran es liegt, damit ich die Fehler nach Euerm gütigen Rat abändere und bessere.« Mit scharfem Blicke schaute der Fremde Berthold an und sprach sehr ernst: »Jüngling, aus dir hätte viel werden können.« Berthold erschrak bis ins Innerste vor des Mannes Blick und seinen Worten; er hatte nicht den Mut, etwas weiter zu sagen oder ihm zu folgen, als er langsam zum Saale hinausschritt. Hackert trat bald darauf selbst hinein, und

Berthold eilte, ihm den Vorfall mit dem wunderlichen Mann zu erzählen. »Ach!« rief Hackert lachend: »Laß dir das ja nicht zu Herzen gehen! Das war ja unser brummiger Alter, dem nichts recht ist, der alles tadelt; ich begegnete ihm auf dem Vorsaal. Er ist auf Malta von griechischen Eltern geboren, ein reicher wunderlicher Kauz, gar kein übler Maler; aber alles, was er macht, hat ein fantastisches Ansehen, welches wohl daher rührt, weil er über jede Darstellung durch die Kunst ganz tolle absurde Meinungen und sich ein künstlerisches System gebaut hat, das den Teufel nichts taugt. Ich weiß recht gut, daß er gar nichts auf mich hält, welches ich ihm gern verzeihe, da er mir wohlerworbnen Ruhm nicht streitig machen wird.« Dem Berthold war es zwar, als habe der Malteser irgend einen wunden Fleck seines Innersten schmerzhaft berührt, aber so wie der wohltätige Wundarzt, um zu forschen und zu heilen; indessen schlug er sich das bald aus dem Sinn und arbeitete fröhlich fort wie zuvor.

Das große wohlgelungene, allgemein bewunderte Bild hatte ihm Mut gemacht, das Gegenstück zu beginnen. Einen der schönsten Punkte in Neapels reicher Umgebung wählte Hackert selbst aus, und so wie jenes Bild den Sonnenuntergang darstellte, sollte diese Landschaft im Sonnenaufgang gehalten werden. Berthold bekam viel fremde Bäume, viel Weinberge, vorzüglich aber viel Nebel und Duft zu malen.

Auf der Platte eines großen Steins, eben in jenem von Hackert gewählten Punkte, saß Berthold eines Tages, den Entwurf des großen Bildes nach der Natur vollendend. »Wohl getroffen in der Tat!« sprach es neben ihm. Berthold blickte auf, der Malteser sah in sein Blatt hinein und fügte mit sarkastischem Lächeln hinzu: »nur eins habt Ihr vergessen, lieber junger Freund! Schaut doch dort herüber nach der grün berankten Mauer des fernen Weinbergs! Die Türe steht halb offen; das müßt Ihr ja anbringen mit gehörigem Schlagschatten – die halbgeöffnete Türe macht erstaunliche Wirkung!« »Ihr spottet,« erwiderte Berthold, »ohne Ursache, mein Herr! Solche Zufälligkeiten sind keinesweges so verächtlich, wie Ihr glaubt, und deshalb mag sie mein Meister wohl anbringen. Erinnert Euch doch nur des aufgehängten weißen Tuchs in der Landschaft eines alten niederländischen Malers, das nicht fehlen darf, ohne die Wirkung zu verderben. Aber Ihr scheint überhaupt kein Freund der Landschaftsmalerei, der ich mich nun einmal ganz ergeben habe mit Leib und Seele, und darum bitt' ich Euch, laßt mich ruhig fortarbeiten.« »Du bist in großem Irrtum befangen, Jüngling,« sprach der Malteser. »Noch einmal sage ich, aus dir hätte viel werden können; denn sichtlich zeugen deine Werke das rastlose Bestreben nach dem Höheren, aber nimmer wirst du dein Ziel erreichen, denn der Weg, den du eingeschlagen, führt nicht dahin. Merk wohl auf, was ich dir sagen werde! Vielleicht glückt es mir, die Flamme in deinem Innern, die du, Unverständiger! zu überbauen trachtest, anzufachen, daß sie hell auflodert und dich erleuchtet; dann wirst du den wahren Geist, der in dir lebt, zu erschauen vermögen. Hältst du mich denn für so töricht, daß ich die Landschaft dem historischen Gemälde unterordne, daß ich nicht das gleiche Ziel, nach dem beide, Landschafter und Historienmaler, streben sollen, erkenne? – Auffassung der Natur in der tiefsten Bedeutung des höhern Sinns, der alle Wesen zum höheren Leben entzündet, das ist der heilige Zweck aller Kunst. Kann denn das bloße genaue Abschreiben der Natur jemals dahin führen? – Wie ärmlich, wie steif und gezwungen sieht die nachgemalte Handschrift einer fremden Sprache aus, die der Abschreiber nicht verstand und daher den Sinn der Züge, die er mühsam abschnörkelte, nicht zu deuten wußte. So sind die Landschaften deines Meisters korrekte Abschriften eines in ihm fremder Sprache geschriebenen Originals. – Der Geweihte vernimmt die Stimme der Natur, die in wunderbaren Lauten aus Baum, Gebüsch, Blume, Berg und Gewässer von unerforschlichem Geheimnis spricht, die in seiner Brust sich zu frommer Ahnung gestalten; dann kommt wie der Geist Gottes selbst die Gabe über ihn, diese Ahnung sichtlich in seine Werke zu übertragen. Ist dir, Jüngling! denn bei dem Beschauen der Landschaften alter Meister nicht ganz wunderbarlich zumute geworden? Gewiß hast du nicht daran gedacht, daß die Blätter des Lindenbaums, daß die Pinien, die Platanen der Natur getreuer, daß der Hintergrund duftiger, das Wasser klarer sein könnte; aber der Geist, der aus dem Ganzen wehte, hob dich empor in ein höheres Reich, dessen Abglanz du zu schauen wähntest. – Daher studiere die Natur zwar auch im Mechanischen fleißig und sorgfältig, damit du die Praktik des Darstellens erlangen mögest, aber halte die Praktik nicht für die Kunst selbst. Bist du eingedrungen in den tiefern Sinn der Natur, so werden selbst in deinem Innern ihre Bilder in hoher glänzender Pracht aufgehen.« – Der Malteser schwieg; als aber Berthold tief ergriffen, gebückten Hauptes, keines Wortes mächtig dastand, verließ ihn der Malteser mit den Worten: »Ich habe dich durchaus nicht verwirren wollen in deinem Beruf; aber ich weiß, daß ein hoher Geist in dir schlummert; ich rief ihn an mit starken Worten, damit er erwache und frisch und frei seine Fittiche rege. Lebe wohl!« –

Dem Berthold war es so, als habe der Malteser nur dem, was in seiner Seele gärte und brauste, Worte gegeben; die innere Stimme brach hervor – Nein! Alles dieses Streben – dieses Mühen ist das ungewisse, trügerische Umhertappen des Blinden, weg – weg mit allem, was mich geblendet bis jetzt! – Er war nicht imstande, auch nur einen Strich weiter an dem Bilde zu zeichnen. Er verließ seinen Meister und streifte voll wilder Unruhe umher und flehte laut, daß die höhere Erkenntnis, von der der Malteser gesprochen, ihm aufgehen möge. –

»Nur in süßen Träumen war ich glücklich – selig. Da wurde alles wahr, was der Malteser gesprochen. Ich lag von zauberischen Düften umspielt im grünen Gebüsch, und die Stimme der Natur ging vernehmbar im melodisch klingenden Wehen durch den dunklen Wald. – ›Horch – horch auf – Geweihter! – Vernimm die Urtöne der Schöpfung, die sich gestalten zu Wesen deinem Sinn empfänglich.‹ – Und indem ich die Akkorde deutlicher und deutlicher erklingen hörte, war es, als sei ein neuer Sinn in mir erwacht, der mit wunderbarer Klarheit das erfaßte, was mir unerforschlich geschienen. – Wie in seltsamen Hieroglyphen zeichnete ich das mir aufgeschlossene Geheimnis mit Flammenzügen in die Lüfte; aber die Hieroglyphen-Schrift war eine wunderherrliche Landschaft, auf der Baum, Gebüsch, Blume, Berg und Gewässer wie in lautem wonnigem Klingen sich regten und bewegten.« –

Doch eben nur im Traume kam solche Seligkeit über den armen Berthold, dessen Kraft gebrochen, und der im Innersten verwirrter war als in Rom, da er Historienmaler werden wollte. Schritt er durch den dunklen Wald, so überfiel ihn ein unheimliches Grauen; trat er heraus und schaute in die fernen Berge, so griff es wie mit eiskalten Krallen in seine Brust – sein Atem stockte – er wollte vergehen vor innerer Angst. Die ganze Natur, ihm sonst freundlich lächelnd, ward ihm zum bedrohlichen Ungeheuer, und ihre Stimme, die sonst in des Abendwindes Säuseln, in dem Plätschern des Baches, in dem Rauschen des Gebüsches mit süßem Wort ihn begrüßte, verkündete ihm nun Untergang und Verderben. Endlich wurde er, je mehr ihn jene holden Träume trösteten, desto ruhiger, doch mied er es im Freien allein zu sein, und so kam es, daß er sich zu ein paar muntern deutschen Malern gesellte und mit ihnen häufig Ausflüge nach den schönsten Gegenden Neapels machte.

Einer von ihnen, wir wollen ihn Florentin nennen, hatte es in dem Augenblick nicht sowohl auf tiefes Studium seiner Kunst als auf heitern Lebensgenuß abgesehen, seine Mappe zeugte davon. – Gruppen tanzender Bauermädchen – Prozessionen – ländliche Feste – alles das wußte Florentin, so wie es ihm aufstieß, mit sichrer leichter Hand schnell aufs Blatt zu werfen. Jede Zeichnung, war sie auch kaum mehr als Skizze, hatte Leben und Bewegung. Dabei war Florentins Sinn keineswegs für das Höhere verschlossen; im Gegenteil drang er mehr als je ein moderner Maler tief ein in den frommen Sinn der Gemälde alter Meister. In sein Malerbuch hatte er die Fresko-Gemälde einer alten Klosterkirche in Rom, ehe die Mauern eingerissen wurden, in bloßen Umrissen hineingezeichnet. Sie stellten das Martyrium der heiligen Katharina dar. Man konnte nichts Herrlicheres, reiner Aufgefaßtes sehen als jene Umrisse, die auf Berthold einen ganz eignen Eindruck machten. Er sah Blitze leuchten durch die finstre Öde, die ihn umfangen, und es kam dahin, daß er für Florentins heiteren Sinn empfänglich wurde und, da dieser zwar den Reiz der Natur, in ihr aber beständig mehr das menschliche Prinzip mit reger Lebendigkeit auffaßte, eben dieses Prinzip für den Stützpunkt erkannte, an den er sich halten müsse, um nicht gestaltlos im leeren Raum zu verschwimmen. Während Florentin irgend eine Gruppe, der er begegnete, schnell zeichnete, hatte Berthold des Freundes Malerbuch aufgeschlagen und versuchte Katharinas wunderholde Gestalt nachzubilden, welches ihm endlich so ziemlich glückte, wiewohl er so wie in Rom vergebens darnach strebte, seine Figuren dem Original gleich zu beleben. Er klagte dies dem, wie er glaubte, an wahrer Künstlergenialität ihm weit überlegenen Florentin und erzählte zugleich, wie der Malteser zu ihm über die Kunst gesprochen. »Ei, lieber Bruder Berthold!« sprach Florentin: »der Malteser hat in der Tat recht, und ich stelle die wahre Landschaft den tief bedeutsamen heiligen Historien, wie sie die alten Maler darstellen, völlig gleich. Ja, ich halte sogar dafür, daß man erst durch das Darstellen der uns näher liegenden organischen Natur sich stärken müsse, um Licht zu finden in ihrem nächtlichen Reich. Ich rate dir, Berthold, daß du dich gewöhnst, Figuren zu zeichnen und in ihnen deine Gedanken zu ordnen; vielleicht wird es dann heller um dich werden.« Berthold tat so, wie ihm der Freund geboten, und es war ihm, als zögen die finstern Wolkenschatten, die sich über sein Leben gelegt, vorüber.

»Ich mühte mich, das, was nur wie dunkle Ahnung tief in meinem Innern lag, wie in jenem Traum hieroglyphisch darzustellen, aber die Züge dieser Hieroglyphen-Schrift waren menschliche Figuren, die sich in wunderlicher Verschlingung um einen Lichtpunkt bewegten. – Dieser Lichtpunkt sollte die herrlichste Gestalt sein, die je eines Bildners Fantasie aufgegangen; aber vergebens strebte ich, wenn sie im Traume von Himmelsstrahlen umflossen mir erschien, ihre Züge zu erfassen. Jeder Versuch, sie darzustellen, mißlang auf schmähliche Weise, und ich verging in heißer Sehnsucht.« – Florentin bemerkte den bis zur Krankheit aufgeregten Zustand des Freundes, er tröstete ihn, so gut er es vermochte. Oft sagte er ihm, daß dies eben die Zeit des Durchbruchs zur Erleuchtung sei; aber wie ein Träumer schlich Berthold einher, und alle seine Versuche blieben nur ohnmächtige Anstrengungen des kraftlosen Kindes.

Unfern Neapel lag die Villa eines Herzogs, die, weil sie die schönste Aussicht nach dem Vesuv und ins Meer hinein gewährte, den fremden Künstlern, vorzüglich den Landschaftern, gastlich geöffnet war. Berthold hatte hier öfters gearbeitet, öfter noch in einer Grotte des Parks zur guten Zeit sich dem Spiel seiner fantastischen Träume hingegeben. Hier in dieser Grotte saß er eines Tages, von glühender Sehnsucht, die seine Brust zerriß, gemartert, und weinte heiße Tränen, daß der Stern des Himmels seine dunkle Bahn erleuchten möge; da rauschte es im Gebüsch, und die Gestalt eines hochherrlichen Weibes stand vor der Grotte.

»Die vollen Sonnenstrahlen fielen in das Engelsgesicht. – Sie schaute mich an mit unbeschreiblichem Blick. – Die heilige Katharina – Nein, mehr als sie – mein Ideal, mein Ideal war es! – Wahnsinnig vor Entzücken stürzte ich nieder, da verschwebte die Gestalt freundlich lächelnd! – Erhört war mein heißestes Gebet! –«

Florentin trat in die Grotte, er erstaunte über Berthold, der mit verklärtem Blick ihn an sein Herz drückte. – Tränen stürzten ihm aus den Augen – »Freund – Freund!« stammelte er: »ich bin glücklich – selig – sie ist gefunden – gefunden!« Rasch schritt er fort in seine Werkstatt – er spannte die Leinwand auf, er fing an zu malen. Wie von göttlicher Kraft beseelt, zauberte er mit der vollen Glut des Lebens das überirdische Weib, wie es ihm erschienen, hervor. – Sein Innerstes war von diesem Augenblicke ganz umgewendet. Statt des Trübsinns, der an seinem Herzmark gezehrt hatte, erhob ihn Frohsinn und Heiterkeit. Er studierte mit Fleiß und Anstrengung die Meisterwerke der alten Maler. Mehrere Kopien gelangen ihm vortrefflich, und nun fing er an selbst Gemälde zu schaffen, die alle Kenner in Erstaunen setzten. An Landschaften war nicht mehr zu denken, und Hackert bekannte selbst, daß der Jüngling nun erst seinen eigentlichen Beruf gefunden habe. So kam es, daß er mehrere große Werke, Altarblätter für Kirchen, zu malen bekam. Er wählte mehrenteils heitere Gegenstände christlicher Legenden, aber überall strahlte die wunderherrliche Gestalt seines Ideals hervor. Man fand, daß Gesicht und Gestalt der Prinzessin Angiola T . . . . zum Sprechen ähnlich sei, man äußerte dies dem jungen Maler selbst, und Schlauköpfe gaben spöttisch zu verstehen, der deutsche Maler sei von dem Feuerblick der wunderschönen Donna tief ins Herz getroffen. Berthold war hoch erzürnt über das alberne Gewäsch der Leute, die das Himmlische in das Gemeinirdische herabziehen wollten. »Glaubt ihr denn,« sprach er, »daß solch ein Wesen wandeln könne hier auf Erden? In einer wunderbaren Vision wurde mir das Höchste erschlossen; es war der Moment der Künstlerweihe.« – Berthold lebte nun froh und glücklich, bis nach Bonapartes Siegen in Italien sich die französische Armee dem Königreich Neapel nahte, und die alle ruhigen glücklichen Verhältnisse furchtbar zerstörende Revolution ausbrach. Der König hatte mit der Königin Neapel verlassen, die Citta war angeordnet. Der General-Vikar schloß mit dem französischen General einen schmachvollen Waffenstillstand, und bald kamen die französischen Kommissarien, um die Summe, die gezahlt werden sollte, in Empfang zu nehmen. Der General-Vikar entfloh, um der Wut des Volks, das sich von ihm, von der Citta, von allen, die ihm Schutz gewähren konnten gegen den andringenden

Feind, verlassen glaubte, zu entgehen. Da waren alle Bande der Gesellschaft aufgelöst; in wilder Anarchie verhöhnte der Pöbel Ordnung und Gesetz, und unter dem Geschrei: *»Viva la santa fede«* rannten seine wahnsinnigen Horden durch die Straßen, die Häuser der Großen, von welchen sie sich an den Feind verkauft wähnten, plündernd und in Brand steckend. Vergebens waren die Bemühungen Moliternos und Rocca Romanas, Günstlinge des Volks und zu Anführern gewählt, die Rasenden zu bändigen. Die Herzoge della Torre und Clemens Filomarino waren ermordet, aber noch war des wütenden Pöbels Blutdurst nicht gestillt. – Berthold hatte sich aus einem brennenden Hause nur halb angekleidet gerettet, er stieß auf einen Haufen des Volks, der mit angezündeten Fackeln und blinkenden Messern nach dem Palast des Herzogs von T. eilte. Ihn für ihresgleichen haltend drängten sie ihn mit sich fort – *»viva la santa fede«* brüllten die Wahnsinnigen, und in wenigen Minuten waren der Herzog – die Bedienten, alles was sich widersetzte, ermordet, und der Palast loderte hoch in Flammen auf. – Berthold war immer fort und fort in den Palast hineingedrängt. – Dicker Rauch wallte durch die langen Gänge. – Er lief schnell durch die aufgesprengten Zimmer, aufs neue in Gefahr, in den Flammen umzukommen – vergebens den Ausgang suchend. – Ein schneidendes Angstgeschrei schallt ihm entgegen – er stürzt durch den Saal. – Ein Weib ringt mit einem Lazzarone, der es mit starker Faust erfaßt hat und im Begriff ist, ihm das Messer in die Brust zu stoßen – Es ist die Prinzessin – es ist Bertholds Ideal! – Bewußtlos vor Entsetzen springt Berthold hinzu – den Lazzarone bei der Gurgel packen – ihn zu Boden werfen, ihm sein eignes Messer in die Kehle stoßen – die Prinzessin in die Arme nehmen – mit ihr fliehen durch die flammenden Säle – die Treppen hinab – fort fort, durch das dickste Volksgewühl – alles das ist die Tat eines Moments! – Keiner hielt den fliehenden Berthold auf, mit dem blutigen Messer in der Hand, vom Dampfe schwarz gefärbt, in zerrissenen Kleidern sah das Volk in ihm den Mörder und Plünderer und gönnte ihm seine Beute. In einem öden Winkel der Stadt unter einem alten Gemäuer, in das er wie aus Instinkt, sich vor der Gefahr zu verbergen, gelaufen, sank er ohnmächtig nieder. Als er erwachte, kniete die Prinzessin neben ihm und wusch ihm seine Stirne mit kaltem Wasser. »O Dank!« – lispelte sie mit wunderlieblicher Stimme: »Dank den Heiligen, daß du erwacht bist, du mein Retter, mein Alles!« – Berthold richtete sich auf, er wähnte zu träumen, er blickte mit starren Augen die Prinzessin an – ja, sie war es selbst – die herrliche Himmelsgestalt, die den Götterfunken in seiner Brust entzündet. – »Ist es möglich – ist es wahr – lebe ich denn?« rief er aus. »Ja, du lebst,« sprach die Prinzessin – »du lebst für mich; was du nicht zu hoffen wagtest, geschah wie durch ein Wunder. O, ich kenne dich wohl, du bist der deutsche Maler Berthold, du liebtest mich ja und verherrlichtest mich in deinen schönsten Gemälden. – Konnte ich denn dein sein? – Aber nun bin ich es immerdar und ewig. – Laß uns fliehen, o laß uns fliehen!« – Ein sonderbares Gefühl, wie wenn jählinger Schmerz süße Träume zerstört, durchzuckte Berthold bei diesen Worten der Prinzessin. Doch als das holde Weib ihn mit den vollen schneeweißen Armen umfing, als er sie ungestüm an seinen Busen drückte, da durchbebten ihn süße nie gekannte Schauer, und im Wahnsinn des Entzückens höchster Erdenlust rief er aus: – »O, kein Trugbild des Traumes – nein! es ist mein Weib, das ich umfange, es nie zu lassen – das meine glühende dürstende Sehnsucht stillt!«

Aus der Stadt zu fliehen, war unmöglich; denn vor den Toren stand das französische Heer, dem das Volk, war es gleich schlecht bewaffnet und ohne alle Anführung, zwei Tage hindurch den Einzug in die Stadt streitig machte. Endlich gelang es Berthold, mit Angiola von Schlupfwinkel zu Schlupfwinkel und dann aus der Stadt zu fliehen. Angiola, von heißer Liebe zu ihrem Retter entbrannt, verschmähte es in Italien zu bleiben, die Familie sollte sie für tot halten und so Bertholds Besitz ihr gesichert bleiben. Ein diamantnes Halsband und kostbare Ringe, die sie getragen, waren hinlänglich, in Rom (bis dahin waren sie langsam fortgepilgert) sich mit allen nötigen Bedürfnissen zu versehen, und so kamen sie glücklich nach M. im südlichen Deutschland, wo Berthold sich niederzulassen und durch die Kunst sich zu ernähren gedachte. – War's denn nicht ein nie geträumtes, nie geahnetes Glück, daß Angiola, das himmlisch-schöne Weib, das Ideal seiner wonnigsten Künstlerträume sein werden müßte, unerachtet sich alle Verhältnisse des Lebens wie eine unübersteigbare Mauer zwischen ihm und der Geliebten auftürmten? – Berthold konnte in der Tat dies Glück kaum fassen und schwelgte in namenlosen Wonnen, bis lauter und lauter die innere Stimme ihn mahnte, seiner Kunst zu gedenken. In M. beschloß er seinen Ruf durch ein großes Gemälde zu begründen, das er für die dortige Marienkirche malen wollte. Der einfache Gedanke, Maria und Elisabeth in einem schönen Garten auf einem Rasen sitzend, die Kinder Christus und Johannes vor ihnen im Grase spielend, sollte der ganze Vorwurf des Bildes sein, aber vergebens war alles Ringen nach einer reinen geistigen Anschauung des Gemäldes. So wie in jener unglücklichen Zeit der Krisis verschwammen ihm die Gestalten, und nicht die himmlische Maria, nein, ein irdisches Weib, ach seine Angiola selbst, stand auf greuliche Weise verzerrt vor seines Geistes Augen. – Er gedachte Trotz zu bieten der unheimlichen Gewalt, die ihn zu erfassen schien, er bereitete die Farben, er fing an zu malen; aber seine Kraft war gebrochen, all sein Bemühen, so wie damals, nur die ohnmächtige Anstrengung des unverständigen Kindes. Starr und leblos blieb, was er malte, und selbst Angiola – Angiola, sein Ideal, wurde, wenn sie ihm saß und er sie malen wollte, auf der Leinwand zum toten Wachsbilde, daß ihn mit gläsernen Augen anstierte. Da schlich sich immer mehr und mehr trüber Unmut in seine Seele, der alle Freude des Lebens wegzehrte. Er wollte – er konnte nicht weiter arbeiten, und so kam es, daß er in Dürftigkeit geriet, die ihn desto mehr niederbeugte, je weniger Angiola auch nur ein Wort der Klage hören ließ.

»Der immer mehr in mein Innerstes hereinzehrende Gram, erzeugt von stets getäuschter Hoffnung, wenn ich immer vergebens Kräfte aufbot, die nicht mehr mein waren, versetzte mich bald in einen Zustand, der dem Wahnsinne gleich zu achten war. Mein Weib gebar mir einen Sohn, das vollendete mein Elend, und der lange verhaltene Groll brach aus in hell aufflammenden Haß. *Sie, sie* allein schuf mein Unglück. Nein – Sie war nicht das Ideal, das mir erschien, nur mir zum rettungslosen Verderben hätte sie trügerisch jenes Himmelsweibes Gestalt und Gesicht geborgt. In wilder Verzweiflung fluchte ich ihr und dem unschuldigen Kinde. – Ich wünschte beider Tod, damit ich erlöst werden möge von der unerträglichen Qual, die wie mit glühenden Messern in mir wühlte! – Gedanken der Hölle stiegen in mir auf. Vergebens las ich in Angiolas leichenblassem Gesicht, in ihren Tränen mein rasendes freveliches Beginnen – »du hast mich um mein Leben betrogen, verruchtes Weib,« brüllte ich auf und stieß sie mit dem Fuße von mir, wenn sie ohnmächtig niedersank und meine Knie umfaßte.« –

Bertholds grausames wahnsinniges Betragen gegen Weib und Kind erregte die Aufmerksamkeit der Nachbaren, die es der Obrigkeit anzeigten. Man wollte ihn verhaften, als aber die Polizeidiener in seine Wohnung traten, war er samt Frau und Kind spurlos verschwunden. Berthold erschien bald darauf zu N. in Oberschlesien; er hatte sich seines Weibes und Kindes entledigt und fing voll heitern Mutes an das Bild zu malen, das er in M. vergebens begonnen hatte. Aber nur die Jungfrau Maria und die Kinder Christus und Johannes konnte er vollenden, dann fiel er in eine furchtbare Krankheit, die ihn dem Tode, den er wünschte, nahe brachte. Um ihn zu pflegen, hatte man alle seine Gerätschaften und auch jenes unvollendete Gemälde verkauft, und er zog, nachdem er nur einigermaßen sich wieder erkräftigt, als ein siecher, elender Bettler von dannen. – In der Folge nährte er sich dürftig durch Wandmalerei, die ihm hie und da übertragen wurde.

»Bertholds Geschichte hat etwas Entsetzliches und Grauenvolles,« sprach ich zu dem Professor, »ich halte ihn, unerachtet er es nicht geradezu ausgesprochen, für den ruchlosen Mörder seines unschuldigen Weibes und seines Kindes.« »Es ist ein wahnsinniger Tor,« erwiderte der Professor, »dem ich den Mut zu solcher Tat gar nicht zutraue. Über diesen Punkt läßt er sich niemals deutlich aus, und es ist die Frage, ob er sich nicht bloß einbildet, an dem Tode seiner Frau und seines Kindes schuld zu sein; er malt eben wieder Marmor, erst in künftiger Nacht vollendet er den Altar, dann ist er bei guter Laune, und Sie können vielleicht mehr über jenen kitzlichen Punkt von ihm herausbekommen.« – Ich muß gestehen, daß, dachte ich es mir lebhaft, um Mitternacht mit Berthold allein in der Kirche mich zu befinden, mir, nachdem ich seine Geschichte gelesen, ein leiser Schauer durch die Glieder lief. Ich meinte, er könnte mitunter was weniges der Teufel sein, trotz seiner Gutmütigkeit und seines treuherzigen Wesens, und wollte mich deshalb lieber gleich mittags im lieben heitern Sonnenschein mit ihm abfinden.

Ich fand ihn auf dem Gerüste mürrisch und in sich gekehrt, Marmoradern sprenkelnd; zu ihm heraufgestiegen, reichte ich ihm stillschweigend die Töpfe. Erstaunt sah er sich nach mir um: »Ich bin ja Ihr Handlanger,« sprach ich leise, das zwang ihm ein Lächeln ab. Nun fing ich an von seinem Leben zu sprechen, so daß er merken mußte, ich wisse alles, und er schien zu glauben, er habe mir alles selbst in jener Nacht erzählt. Leise – leise kam ich auf die gräßliche Katastrophe, dann sprach ich plötzlich: »Also in heillosem Wahnsinn mordeten Sie Weib und Kind?« – Da ließ er Farbentopf und Pinsel fallen und rief, mich mit gräßlichem Blick anstarrend und beide Hände hoch erhebend: »Rein sind diese Hände vom Blute meines Weibes, meines Sohnes! Noch ein solches Wort, und ich stürze mich mit Euch hier vom Gerüste herab, daß unsere Schädel zerschellen auf dem steinernen Boden der Kirche!« – Ich befand mich in dem Augenblick wirklich in seltsamer Lage, am besten schien es mir, mit ganz Fremden hineinzufahren. »O sehn Sie doch, lieber Berthold,« sprach ich so ruhig und kalt, als es mir möglich war, »wie das häßliche Dunkelgelb auf der Wand dort so verfließt.« Er schaute hin, und indem er das Gelb mit dem Pinsel verstrich, stieg ich leise das Gerüste herab, verließ die Kirche und ging zum Professor, um mich über meinen bestraften Vorwitz tüchtig auslachen zu lassen.

Mein Wagen war repariert, und ich verließ G., nachdem mir der Professor Aloysius Walther feierlich versprochen, sollte sich etwas Besonderes mit Berthold ereignen, mir es gleich zu schreiben.

Ein halbes Jahr mochte vergangen sein, als ich wirklich von dem Professor einen Brief erhielt, in welchem er sehr weitschweifig unser Beisammensein in G. rühmte. Über Berthold schrieb er mir folgendes: »Bald nach Ihrer Abreise trug sich mit unserm wunderlichen Maler viel Sonderbares zu. Er wurde plötzlich ganz heiter und vollendete auf die herrlichste Weise das große Altarblatt, welches nun vollends alle Menschen in Erstaunen setzt. Dann verschwand er, und da er nicht das Mindeste mitgenommen und man ein paar Tage darauf Hut und Stock unfern des O-Stromes fand, glauben wir alle, er habe sich freiwillig den Tod gegeben.«

Kunz. Mediz Direktor. Pfeufer. Hoffmann.

gez. v. E. T. W. Hoffmann — rad. v. A. Hoffmann

Das öde Haus

Man war darüber einig, daß die wirklichen Erscheinungen im Leben oft viel wunderbarer sich gestalteten als alles, was die regste Fantasie zu erfinden trachte. »Ich meine,« sprach Lelio, »daß die Geschichte davon hinlänglichen Beweis gibt, und daß eben deshalb die sogenannten historischen Romane, worin der Verfasser in seinem müßigen Gehirn bei ärmlichem Feuer ausgebrütete Kindereien den Taten der ewigen, im Universum waltenden Macht beizugesellen sich unterfängt, so abgeschmackt und widerlich sind.« »Es ist,« nahm Franz das Wort, »die tiefe Wahrheit der unerforschlichen Geheimnisse, von denen wir umgeben, welche uns mit einer Gewalt ergreift, an der wir den über uns herrschenden, uns selbst bedingenden Geist erkennen.« »Ach!« fuhr Lelio fort, »die Erkenntnis, von der du sprichst! – Ach, das ist ja eben die entsetzlichste Folge unserer Entartung nach dem Sündenfall, daß diese Erkenntnis, uns fehlt!« »Viele,« unterbrach Franz den Freund, »viele sind berufen und wenige auserwählt! Glaubst du denn nicht, daß das Erkennen, das beinahe noch schönere Ahnen der Wunder unseres Lebens manchem verliehen ist wie ein besonderer Sinn? Um nur gleich aus der dunklen Region, in die wir uns verlieren könnten, heraufzuspringen in den heitren Augenblick, werf' ich euch das skurrile Gleichnis hin, daß Menschen, denen die Sehergabe, das Wunderbare zu schauen, mir wohl wie die Fledermäuse bedünken wollen, an denen der gelehrte Anatom Spalanzani einen vortrefflichen sechsten Sinn entdeckte, der als schalkhafter Stellvertreter nicht allein alles, sondern viel mehr ausrichtet als alle übrige Sinne zusammengenommen.« »Ho ho,« rief Franz lächelnd, »so wären denn die Fledermäuse eigentlich recht die gebornen natürlichen Somnambulen! Doch in dem heitern Augenblick dessen du gedachtest, will ich Posto fassen und bemerken, daß jener sechste bewundrungswürdige Sinn vermag an jeder Erscheinung, sei es Person, Tat oder Begebenheit, sogleich dasjenige Exzentrische zu schauen, zu dem wir in unserm gewöhnlichen Leben keine Gleichung finden und es daher wunderbar nennen. Was ist denn aber gewöhnliches Leben? – Ach, das Drehen in dem engen Kreise, an den unsere Nase überall stößt, und doch will man wohl Courbetten versuchen im taktmäßigen Paßgang des Alltagsgeschäfts. Ich kenne jemanden, dem jene Sehergabe, von der wir sprechen, ganz vorzüglich eigen scheint. Daher kommt es, daß er oft unbekannten Menschen, die irgend etwas Verwunderliches in Gang, Kleidung, Ton, Blick haben, tagelang nachläuft, daß er über eine Begebenheit, über eine Tat, leichthin erzählt, keiner Beachtung wert und von niemanden beachtet, tiefsinnig wird, daß er antipodische Dinge zusammenstellt und Beziehungen herausfantasiert, an die niemand denkt.« Lelio rief laut: »halt, halt, das ist ja unser Theodor, der ganz was Besonderes im Kopfe zu haben scheint, da er mit solch seltsamen Blicken in das Blaue herausschaut.« »In der Tat,« fing Theodor an, der so lange geschwiegen, »in der Tat waren meine Blicke seltsam, solang darin der Reflex des wahrhaft Seltsamen, das ich im Geiste schaute. Die Erinnerung eines unlängst erlebten Abenteuers« – »O erzähle, erzähle,« unterbrachen ihn die Freunde. »Erzählen,« fuhr Theodor fort, »möcht' ich wohl, doch muß ich zuvörderst dir, lieber Lelio, sagen, daß du die Beispiele, die meine Sehergabe dartun sollten, ziemlich schlecht wähltest. Aus Eberhards Synonymik mußt du wissen, daß *wunderlich* alle Äußerungen der Erkenntnis und des Begehrens genannt werden, die sich durch keinen vernünftigen Grund rechtfertigen lassen, *wunderbar* aber dasjenige heißt, was man für unmöglich, für unbegreiflich hält, was die bekannten Kräfte der Natur zu übersteigen oder, wie ich hinzufüge, ihrem gewöhnlichen Gange entgegen zu sein scheint. Daraus wirst du entnehmen, daß du vorhin rücksichts meiner angeblichen Sehergabe das Wunderliche mit dem Wunderbaren verwechseltest. Aber gewiß ist es, daß das anscheinend Wunderliche

aus dem Wunderbaren sproßt, und daß wir nur oft den wunderbaren Stamm nicht sehen, aus dem die wunderlichen Zweige mit Blättern und Blüten hervorsprossen. In dem Abenteuer, das ich euch mitteilen will, mischt sich beides, das Wunderliche und Wunderbare, auf, wie mich dünkt, recht schauerliche Weise.«
Mit diesen Worten zog Theodor sein Taschenbuch hervor, worin er, wie die Freunde wußten, allerlei Notizen von seiner Reise her eingetragen hatte, und erzählte, dann und wann in dies Buch hineinblickend, folgende Begebenheit, die der weiteren Mitteilung nicht unwert scheint:
Ihr wißt (so fing Theodor an), daß ich den ganzen vorigen Sommer in ***n zubrachte. Die Menge alter Freunde und Bekannten, die ich vorfand, das freie gemütliche Leben, die mannigfachen Anregungen der Kunst und der Wissenschaft, das alles hielt mich fest. Nie war ich heitrer, und meiner alten Neigung, oft allein durch die Straßen zu wandeln und mich an jedem ausgehängten Kupferstich, an jedem Anschlagzettel zu ergötzen oder die mir begegnenden Gestalten zu betrachten, ja wohl manchem in Gedanken das Horoskop zu stellen, hing ich hier mit Leidenschaft nach, da nicht allein der Reichtum der ausgestellten Werke der Kunst und des Luxus sondern der Anblick der vielen herrlichen Prachtgebäude unwiderstehlich mich dazu antrieb. Die mit Gebäuden jener Art eingeschlossene Allee, welche nach dem ***ger Tore führt, ist der Sammelplatz des höheren, durch Stand oder Reichtum zum üppigeren Lebensgenuß berechtigten Publikums. In dem Erdgeschoß der hohen breiten Paläste werden meistenteils Waren des Luxus feilgeboten, indes in den obern Stockwerken Leute der beschriebenen Klasse hausen. Die vornehmsten Gasthäuser liegen in dieser Straße, die fremden Gesandten wohnen meistens darin, und so könnt ihr denken, daß hier ein besonderes Leben und Regen mehr als in irgend einem andern Teile der Residenz stattfinden muß, die sich eben auch hier volkreicher zeigt, als sie es wirklich ist. Das Zudrängen nach diesem Orte macht es, daß mancher sich mit einer kleineren

Wohnung, als sein Bedürfnis eigentlich erfordert, begnügt, und so kommt es, daß manches von mehreren Familien bewohnte Haus einem Bienenkorbe gleicht. Schon oft war ich die Allee durchwandelt, als mir eines Tages plötzlich ein Haus ins Auge fiel, das auf ganz wunderliche seltsame Weise von allen übrigen abstach. Denkt euch ein niedriges, vier Fenster breites, von zwei hohen schönen Gebäuden eingeklemmtes Haus, dessen Stock über dem Erdgeschoß nur wenig über die Fenster im Erdgeschoß des nachbarlichen Hauses hervorragt, dessen schlecht verwahrtes Dach, dessen zum Teil mit Papier verklebte Fenster, dessen farblose Mauern von gänzlicher Verwahrlosung des Eigentümers zeugen. Denkt euch, wie solch ein Haus zwischen mit geschmackvollem Luxus ausstaffierten Prachtgebäuden sich ausnehmen muß. Ich blieb stehen und bemerkte bei näherer Betrachtung, daß alle Fenster dicht verzogen waren, ja daß vor die Fenster des Erdgeschosses eine Mauer aufgeführt schien, daß die gewöhnliche Glocke an dem Torwege, der an der Seite angebracht zugleich zur Haustüre diente, fehlte, und daß an dem Torwege selbst nirgends ein Schloß, ein Drücker zu entdecken war. Ich wurde überzeugt, daß dieses Haus ganz unbewohnt sein müsse, da ich niemals, niemals, so oft und zu welcher Tageszeit ich auch vorübergehen mochte, auch nur die Spur eines menschlichen Wesens darin wahrnahm. Ein unbewohntes Haus in dieser Gegend der Stadt! Eine wunderliche Erscheinung, und doch findet das Ding vielleicht darin seinen natürlichen einfachen Grund, daß der Besitzer, auf einer lange dauernden Reise begriffen oder auf fernen Gütern hausend, dies Grundstück weder vermieten noch veräußern mag, um, nach ***n zurückkehrend, augenblicklich seine Wohnung dort aufschlagen zu können. – So dacht' ich, und doch weiß ich selbst nicht, wie es kam, daß bei dem öden Hause vorüberschreitend ich jedesmal wie festgebannt stehen bleiben und mich in ganz verwunderliche Gedanken nicht sowohl vertiefen als verstricken mußte. – Ihr wißt es ja alle, ihr wackern Kumpane meines fröhlichen Jugendlebens, ihr wißt es ja alle, wie ich mich von jeher als Geisterseher gebärdete und wie *mir* nur einer wunderbaren Welt seltsame Erscheinungen ins Leben treten wollten, die ihr mit derbem Verstande wegzuleugnen wußtet! – Nun! zieht nur eure schlauen spitzfündigen Gesichter, wie ihr wollt, gern zugestehen darf ich ja, daß ich oft mich selbst recht arg mystifiziert habe, und daß mit dem öden Hause sich dasselbe ereignen zu wollen schien, aber – am Ende kommt die Moral, die euch zu Boden schlägt, horcht nur auf! – Zur Sache! – Eines Tages und zwar in der Stunde, wenn der gute Ton gebietet, in der Allee auf und ab zu gehen, stehe ich, wie gewöhnlich in tiefen Gedanken hinstarrend, vor dem öden Hause. Plötzlich bemerke ich, ohne gerade hinzusehen, daß jemand neben mir sich hingestellt und den Blick auf mich gerichtet hatte. Es ist Graf P., der sich schon in vieler Hinsicht als mir geistesverwandt kundgetan hat, und sogleich ist mir nichts gewisser, als daß auch ihm das Geheimnisvolle des Hauses aufgegangen war. Um so mehr fiel es mir auf, daß, als ich von dem seltsamen Eindruck sprach, den dies verödete Gebäude hier in der belebtesten Gegend der Residenz auf mich gemacht hatte, er sehr ironisch lächelte, bald war aber alles erklärt. Graf P. war viel weiter gegangen als ich, aus manchen Bemerkungen, Kombinationen etc. hatte er die Bewandtnis herausgefunden, die es mit dem Hause hatte, und eben diese Bewandtnis lief auf eine solche ganz seltsame Geschichte heraus, die nur die lebendigste Fantasie des Dichters ins Leben treten lassen konnte. Es wäre wohl recht, daß ich euch die Geschichte des Grafen, die ich noch klar und deutlich im Sinn habe, mitteilte, doch schon jetzt fühle ich mich durch das, was sich wirklich mit mir zutrug, so gespannt, daß ich unaufhaltsam fortfahren muß. Wie war aber dem guten Grafen zu Mute, als er mit der Geschichte fertig erfuhr, daß das verödete Haus nichts anders enthalte als die Zuckerbäckerei des Konditors, dessen prachtvoll eingerichteter Laden dicht anstieß. Daher waren die Fenster des Erdgeschosses, wo die Öfen eingerichtet, vermauert und die zum Aufbewahren des Gebacknen im obern

Stock bestimmten Zimmer mit dicken Vorhängen gegen Sonne und Ungeziefer verwahrt. Ich erfuhr, als der Graf mir dies mitteilte, so wie er die Wirkung des Sturzbades, oder es zupfte wenigstens der allem Poetischen feindliche Dämon den Süßträumenden empfindlich und schmerzhaft bei der Nase. – Unerachtet der prosaischen Aufklärung mußte ich doch noch immer vorübergehend nach dem öden Hause hinschauen, und noch immer gingen im leisen Frösteln, das mir durch die Glieder bebte, allerlei seltsame Gebilde von dem auf, was dort verschlossen. Durchaus konnte ich mich nicht an den Gedanken der Zuckerbäckerei, des Marzipans, der Bonbons, der Torten, der eingemachten Früchte usw. gewöhnen. Eine seltsame Ideen-Kombination ließ mir das alles erscheinen wie süßes beschwichtigendes Zureden. Ungefähr: »Erschrecken Sie nicht, Bester! wir alle sind liebe, süße Kinderchen, aber der Donner wird gleich ein bißchen einschlagen.« Dann dachte ich wieder: »Bist du nicht ein recht wahnsinniger Tor, daß du das Gewöhnlichste in das Wunderbare zu ziehen trachtest, schelten deine Freunde dich nicht mit Recht einen überspannten Geisterseher?« – Das Haus blieb, wie es bei der angeblichen Bestimmung auch nicht anders sein konnte, immer unverändert, und so geschah es, daß mein Blick sich daran gewöhnte und die tollen Gebilde, die sonst ordentlich aus den Mauern hervorzuschweben schienen, allmählich verschwanden. Ein Zufall weckte alles, was eingeschlummert, wieder auf. – Daß, unerachtet ich mich, so gut es gehen wollte, ins Alltägliche gefügt hatte, ich doch nicht unterließ, das fabelhafte Haus im Auge zu behalten, das könnt ihr euch bei meiner Sinnesart, die nun einmal mit frommer ritterlicher Treue am Wunderbaren festhält, wohl denken. So geschah es, daß ich eines Tages, als ich wie gewöhnlich zur Mittagsstunde in der Allee lustwandelte, meinen Blick auf die verhängten Fenster des öden Hauses richtete. Da bemerkte ich, daß die Gardine an dem letzten Fenster dicht neben dem Konditorladen sich zu bewegen begann. Eine Hand, ein Arm kam zum Vorschein. Ich riß meinen

Operngucker heraus und gewahrte nun deutlich die blendend weiße, schön geformte Hand eines Frauenzimmers, an deren kleinem Finger ein Brillant mit ungewöhnlichem Feuer funkelte, ein reiches Band blitzte an dem in üppiger Schönheit geründeten Arm. Die Hand setzte eine hohe, seltsam geformte Krystallflasche hin auf die Fensterbank und verschwand hinter dem Vorhange. Erstarrt blieb ich stehen, ein sonderbar bänglich wonniges Gefühl durchströmte mit elektrischer Wärme mein Inneres, unverwandt blickte ich herauf nach dem verhängnisvollen Fenster, und wohl mag ein sehnsuchtsvoller Seufzer meiner Brust entflohen sein. Ich wurde endlich wach und fand mich umringt von vielen Menschen allerlei Standes, die so wie ich mit neugierigen Gesichtern heraufguckten. Das verdroß mich, aber gleich fiel mir ein, daß jedes Hauptstadtvolk jenem gleiche, das zahllos vor dem Hause versammelt nicht zu gaffen und sich darüber zu verwundern aufhören konnte, daß eine Schlafmütze aus dem sechsten Stock herabgestürzt, ohne eine Masche zu zerreißen. – Ich schlich mich leise fort, und der prosaische Dämon flüsterte mir sehr vernehmlich in die Ohren, daß soeben die reiche, sonntäglich geschmückte Konditorsfrau eine geleerte Flaschen feinen Rosenwassers o. s. auf die Fensterbank gestellt. – Seltner Fall! – mir kam urplötzlich ein sehr gescheuter Gedanke. – Ich kehrte um und geradezu ein in den leuchtenden Spiegelladen des dem öden Hause nachbarlichen Konditors. – Mit kühlendem Atem den heißen Schaum von der Chokolade wegblasend fing ich leicht hingeworfen an: »In der Tat, Sie haben da nebenbei Ihre Anstalt sehr schön erweitert.« – Der Konditor warf noch schnell ein paar bunte Bonbons in die Viertel-Tüte, und diese dem lieblichen Mädchen, das darnach verlangt, hinreichend, lehnte er sich mit aufgestemmtem Arm weit über den Ladentisch herüber und schaute mich mit solch lächelnd fragendem Blick an, als habe er mich gar nicht verstanden. Ich wiederholte, daß er sehr zweckmäßig in dem benachbarten Hause seine Bäckerei angelegt, wiewohl das dadurch verödete Gebäude in der lebendigen Reihe der übrigen düster und traurig absteche. »Ei, mein Herr!« fing nun der Konditor an, »wer hat Ihnen denn gesagt, daß das Haus nebenan uns gehört? – Leider blieb jeder Versuch, es zu akquirieren, vergebens, und am Ende mag es auch gut sein, denn mit dem Hause nebenan hat es eine eigne Bewandtnis.« – Ihr, meine treuen Freunde, könnt wohl denken, wie mich des Konditors Antwort spannte, und wie sehr ich ihn bat, mir mehr von dem Hause zu sagen. »Ja, mein Herr!« sprach er, »recht Sonderliches weiß ich selbst nicht davon, soviel ist aber gewiß, daß das Haus der Gräfin von S. gehört, die auf ihren Gütern lebt und seit vielen Jahren nicht in ***n gewesen ist. Als noch keins der Prachtgebäude existierte, die jetzt unsere Straße zieren, stand dies Haus, wie man mir erzählt hat, schon in seiner jetzigen Gestalt da, und seit der Zeit wurd' es nur gerade vor dem gänzlichen Verfall gesichert. Nur zwei lebendige Wesen hausen darin, ein steinalter menschenfeindlicher Hausverwalter und ein grämlicher, lebenssatter Hund, der zuweilen auf dem Hinterhofe den Mond anheult. Nach der allgemeinen Sage soll es in dem öden Gebäude häßlich spuken, und in der Tat, mein Bruder (der Besitzer des Ladens) und ich, wir beide haben in der Stille der Nacht, vorzüglich zur Weihnachtszeit, wenn uns unser Geschäft hier im Laden wach erhielt, oft seltsame Klagelaute vernommen, die offenbar sich hier hinter der Mauer im Nebenhause erhoben. Und dann fing es an, so häßlich zu scharren und zu rumoren, daß uns beiden ganz graulich zumute wurde. Auch ist es nicht lange her, daß sich zur Nachtzeit ein solch sonderbarer Gesang hören ließ, den ich Ihnen nun gar nicht beschreiben kann. Es war offenbar die Stimme eines alten Weibes, die wir vernahmen, aber die Töne waren so gellend klar und liefen in bunten Kadenzen und langen schneidenden Trillern so hoch hinauf, wie ich es, unerachtet ich doch in Italien, Frankreich und Deutschland soviel Sängerinnen gekannt, noch nie gehört habe. Mir war so, als würden französische Worte gesungen, doch konnt' ich das nicht genau unterscheiden und überhaupt das tolle gespenstige Singen nicht lange anhören, denn mir standen die Haare zu Berge. Zuweilen, wenn das Geräusch auf der Straße nachläßt, hören wir auch in der hintern Stube tiefe Seufzer und dann ein dumpfes Lachen, das aus dem Boden hervor zu dröhnen scheint, aber das Ohr an die Wand gelegt, vernimmt man bald, daß es eben auch im Hause nebenan so seufzt und lacht. – Bemerken Sie« – (er führte mich in das hintere Zimmer und zeigte durchs Fenster) »bemerken Sie jene eiserne Röhre, die aus der Mauer hervorragt, die raucht zuweilen so stark, selbst im Sommer, wenn doch gar nicht geheizt wird, daß mein Bruder schon oft wegen Feuersgefahr mit dem alten Hausverwalter gezankt hat, der sich aber damit entschuldigt, daß er sein Essen koche, was *der* aber essen mag, das weiß der Himmel, denn oft verbreitet sich, eben wenn jene Röhre recht stark raucht, ein sonderbarer, ganz eigentümlicher Geruch« – Die Glastüre des Ladens knarrte, der Konditor eilte hinein und warf mir, nach der hineingetretenen Figur hinnikkend, einen bedeutenden Blick zu. – Ich verstand ihn vollkommen. Konnte denn die sonderbare Gestalt jemand anders sein als der Verwalter des geheimnisvollen Hauses? – Denkt euch einen kleinen dürren Mann mit einem mumienfarbnen Gesichte, spitzer Nase, zusammengekniffenen Lippen, grünfunkelnden Katzenaugen, stetem wahnsinnigem Lächeln, altmodig mit aufgetürmtem Toupet und Klebelöckchen, frisiertem, stark gepudertem Haar, großem Haarbeutel, Postillon d'Amour, kaffeebraunem altem verbleichtem, doch wohlgeschontem, gebürstetem Kleide, grauen Strümpfen, großen abgestumpften Schuhen mit Steinschnällchen. Denkt euch, daß diese kleine dürre Figur doch, vorzüglich was die übergroßen Fäuste mit langen starken Fingern betrifft, robust geformt ist und kräftig nach dem Ladentisch hinschreitet, dann aber, stets lächelnd und starr hinschauend nach den in Krystallgläsern aufbewahrten Süßigkeiten, mit ohnmächtiger klagender Stimme herausweint: »Ein paar eingemachte Pomeranzen – ein paar Makronen – ein paar Zuckerkastanien usw.« Denkt euch das und urteilt selbst, ob hier Grund war, Seltsames zu ahnen oder nicht. Der Konditor suchte alles, was der Alte gefordert, zusammen. »Wiegen Sie, wiegen Sie, verehrter Herr Nachbar,« jammerte der seltsame Mann, holte ächzend und keuchend einen kleinen ledernen Beutel aus der Tasche und suchte mühsam Geld hervor. Ich bemerkte, daß das Geld, als er es auf den Ladentisch aufzählte, aus verschiedenen alten, zum Teil schon ganz aus dem gewöhnlichen Kurs gekommenen Münzsorten bestand. Er tat dabei sehr kläglich und murmelte: »Süß – süß – süß soll nun alles sein – süß meinethalben; der Satan schmiert seiner Braut Honig ums Maul – puren Honig.« Der Konditor schaute mich lachend an und sprach dann zu dem Alten: »Sie scheinen nicht recht wohl zu sein, ja, ja das Alter, das Alter, die Kräfte nehmen ab immer mehr und mehr.« Ohne die Miene zu ändern, rief der Alte mit erhöhter Stimme: »Alter? – Alter? – Kräfte abnehmen? – Schwach – matt werden! Ho ho – ho ho – ho ho!« Und damit schlug er die Fäuste zusammen, daß die Gelenke knackten, und sprang, in der Luft ebenso gewaltig die Füße zusammenklappend, hoch auf, daß der ganze Laden dröhnte und alle Gläser zitternd erklangen. Aber in dem Augenblick erhob sich auch ein gräßliches Geschrei, der Alte hatte den schwarzen Hund getreten, der hinter ihm hergeschlichen, dicht an seine Füße geschmiegt, auf dem Boden lag. »Verruchte Bestie! satanischer Höllenhund,« stöhnte leise im vorigen Ton der Alte, öffnete die Tüte und reichte dem Hunde eine große Makrone hin. Der Hund, der in ein menschliches Weinen ausgebrochen, war sogleich still, setzte sich auf die Hinterpfoten und knapperte an der Makrone wie ein Eichhörnchen. Beide waren zu gleicher Zeit fertig, der Hund mit seiner Makrone, der Alte mit dem Verschließen und Einstecken seiner Tüte. »Gute Nacht, verehrter Herr Nachbar,« sprach er jetzt, reichte dem Konditor die Hand und drückte die des Konditors so, daß er laut aufschrie vor Schmerz. »Der alte schwächliche Greis wünscht Ihnen eine gute Nacht, bester Herr Nachbar Konditor,« wiederholte er dann und schritt zum Laden heraus, hinter ihm der schwarze

Hund, mit der Zunge die Makronenreste vom Maule weglekkend. Mich schien der Alte gar nicht bemerkt zu haben, ich stand da ganz erstarrt vor Erstaunen. »Sehn Sie,« fing der Konditor an, »sehen Sie, so treibt es der wunderliche Alte hier zuweilen, wenigstens in vier Wochen zwei, dreimal, aber nichts ist aus ihm herauszubringen, als daß er ehemals Kammerdiener des Grafen von S. war, daß er jetzt hier das Haus verwaltet und jeden Tag (schon seit vielen Jahren) die Gräflich S-sche Familie erwartet, weshalb auch nichts vermietet werden kann. Mein Bruder ging ihm einmal zu Leibe wegen des wunderlichen Getöns zur Nachtzeit, da sprach er aber sehr gelassen: »ja! – die Leute sagen alle, es spuke im Hause, glauben Sie es aber nicht, es tut nicht wahr sein.« – Die Stunde war gekommen, in der der gute Ton gebot, diesen Laden zu besuchen, die Tür öffnete sich, elegante Welt strömte hinein, und ich konnte nicht weiter fragen. –

So viel stand nun fest, daß die Nachrichten des Grafen P. über das Eigentum und die Benutzung des Hauses falsch waren, daß der alte Verwalter daselbe seines Leugnens unerachtet nicht allein bewohnte, und daß ganz gewiß irgend ein Geheimnis vor der Welt dort verhüllt werden sollte. Mußte ich denn nicht die Erzählung von dem seltsamen schauerlichen Gesange mit dem Erscheinen des schönen Arms am Fenster in Verbindung setzen? Der Arm saß nicht, konnte nicht sitzen an dem Leibe eines alten verschrumpften Weibes, der Gesang nach des Konditors Beschreibung nicht aus der Kehle des jungen blühenden Mädchens kommen. Doch für das Merkzeichen des Arms entschieden, konnt' ich leicht mich selbst überreden, daß vielleicht nur eine akustische Täuschung die Stimme alt und gellend klingen lassen, und daß ebenso vielleicht nur des vom Graulichen befangenen Konditors trügliches Ohr die Töne so vernommen. – Nun dacht' ich an den Rauch, den seltsamen Geruch, an die wunderlich geformte Krystallflasche, die ich sah, und bald stand das Bild eines herrlichen, aber in verderblichen Zauberdingen befangenen Geschöpfs mir lebendig vor Augen. Der Alte wurde mir zum fatalen Hexenmeister, zum verdammten Zauberkerl, der vielleicht ganz unabhängig von der Gräflich S-schen Familie geworden nun auf seine eigne Hand in dem verödeten Hause Unheilbringendes Wesen trieb. Meine Fantasie war im Arbeiten, und noch in selbiger Nacht, nicht sowohl im Traum, als im Delirieren des Einschlafens, sah ich deutlich die Hand mit dem funkelnden Diamant am Finger, den Arm mit der glänzenden Spange. Wie aus dünnen grauen Nebeln trat nach und nach ein holdes Antlitz mit wehmütig flehenden blauen Himmelsaugen, dann die ganze wunderherrliche Gestalt eines Mädchens in voller anmutiger Jugendblüte hervor. Bald bemerkte ich, daß das, was ich für Nebel hielt, der feine Dampf war, der aus der Krystallflasche, die die Gestalt in den Händen hielt, in sich kreiselndem Gewirbel emporstieg. »O, du holdes Zauberbild,« rief ich voll Entzücken, »o, du holdes Zauberbild, tu' es mir kund, wo du weilst, was dich gefangen hält? – O, wie du mich so voll Wehmut und Liebe anblickst! – Ich weiß es, die schwarze Kunst ist es, die dich befangen, du bist die unglückselige Sklavin des boshaften Teufels, der herumwandelt kaffeebraun und behaarbeutelt in Zuckerladen und in gewaltigen Sprüngen alles zerschmeißen will und Höllenhunde tritt, die er mit Makronen füttert, nachdem sie den satanischen Murki im Fünfachteltakt abgeheult. – O, ich weiß ja alles, du holdes, anmutiges Wesen! – Der Diamant ist der Reflex innerer Glut! – ach, hätt'st du ihn nicht mit deinem Herzblut getränkt, wie könnt' er so funkeln, so tausendfarbig strahlen in den allerherrlichsten Liebestönen, die je ein Sterblicher vernommen. – Aber ich weiß es wohl, das Band, was deinen Arm umschlingt, ist das Glied einer Kette, von der der Kaffeebraune spricht, sie sei magnetisch – Glaub' es nicht, Herrliche! – ich sehe ja, wie sie herabhängt in die von blauem Feuer glühende Retorte. – Die werf' ich um, und du bist befreit! – Weiß ich denn nicht alles – weiß ich denn nicht alles, du Liebliche? Aber nun, Jungfrau! – nun öffne den Rosenmund, o sage« – In dem Augenblick griff eine knotige Faust über meine Schulter weg nach der Krystallflasche, die in tausend Stücke zersplittert in der Luft verstäubte. Mit einem leisen Ton dumpfer Wehklage war die anmutige Gestalt verschwunden in finstrer Nacht. – Ha! – ich merk' es an euerm Lächeln, daß ihr schon wieder in mir den träumerischen Geisterseher findet, aber versichern kann ich euch, daß der ganze Traum, wollt ihr nun einmal nicht abgehen von dieser Benennung, den vollendeten Charakter der Vision hatte. Doch da ihr fortfahrt, mich so im prosaischen Unglauben anzulächeln, so will ich lieber gar nichts mehr davon sagen, sondern nur rasch weitergehen. – Kaum war der Morgen angebrochen, als ich voll Unruhe und Sehnsucht nach der Allee lief und mich hinstellte vor das öde Haus! – Außer den innern Vorhängen waren noch dichte Jalousien vorgezogen. Die Straße war noch völlig menschenleer, ich trat dicht an die Fenster des Erdgeschosses und horchte und horchte, aber kein Laut ließ sich hören, still blieb es wie im tiefen Grabe. – Der Tag kam herauf, das Gewerbe rührte sich, ich mußte fort. Was soll ich euch damit ermüden, wie ich viele Tage hindurch das Haus zu jeder Zeit umschlich, ohne auch nur das mindeste zu entdecken, wie alle Erkundigung, alles Forschen zu keiner bestimmten Notiz führte, und wie endlich das schöne Bild meiner Vision zu verblassen begann. – Endlich, als ich einst am späten Abend von einem Spaziergange heimkehrend bei dem öden Hause herangekommen, bemerkte ich, daß das Tor halb geöffnet war; ich schritt heran, der Kaffeebraune guckte heraus. Mein Entschluß war gefaßt. »Wohnt nicht der Geheime Finanzrat Binder hier in diesem Hause?« So frug ich den Alten, indem ich, ihn beinahe zurückdrängend, in den von einer Lampe matt erleuchteten Vorsaal trat. Der Alte blickte mich an mit seinem stehenden Lächeln und sprach leise und gezogen: »Nein, *der* wohnt nicht hier, hat niemals hier gewohnt, wird niemals hier wohnen, wohnt auch in der ganzen Allee nicht. – Aber die Leute sagen, es spuke hier in diesem Hause, jedoch kann ich versichern, daß es nicht wahr ist, es ist ein ruhiges, hübsches Haus, und morgen zieht die gnädige Gräfin von S. ein und – Gute Nacht, mein lieber

Herr!« – Damit manövrierte mich der Alte zum Hause hinaus und verschloß hinter mir das Tor. Ich vernahm, wie er keuchend und hustend mit dem klirrenden Schlüsselbunde über den Flur wegscharrte und dann Stufen, wie mir vorkam, *herab*stieg. Ich hatte in der kurzen Zeit so viel bemerkt, daß der Flur mit alten bunten Tapeten behängt, und wie ein Saal mit großen, mit rotem Damast beschlagenen Lehnsesseln möbliert war, welches denn doch ganz verwunderlich aussah.

Nun gingen, wie geweckt durch mein Eindringen in das geheimnisvolle Haus, die Abenteuer auf! – Denkt euch, denkt euch, sowie ich den andern Tag in der Mittagsstunde die Allee durchwandere und mein Blick schon in der Ferne sich unwillkürlich nach dem öden Hause richtet, sehe ich an dem letzten Fenster des obern Stocks etwas schimmern. – Näher getreten bemerke ich, daß die äußere Jalousie ganz, der innere Vorhang halb aufgezogen ist. Der Diamant funkelt mir entgegen. – O Himmel! gestützt auf den Arm blickt mich wehmütig flehend jenes Antlitz meiner Vision an. – War es möglich, in der auf und abgewogenen Masse stehen zu bleiben? – In dem Augenblick fiel mir die Bank ins Auge, die für die Lustwandler in der Allee in der Richtung des öden Hauses, wiewohl man sich darauf niederlassend dem Hause den Rücken kehrte, angebracht war. Schnell sprang ich in die Allee, und mich über die Lehne der Bank wegbeugend, konnt' ich nun ungestört nach dem verhängnisvollen Fenster schauen. Ja! Sie war es, das anmutige, holdselige Mädchen, Zug für Zug! – Nur schien ihr Blick ungewiß. – Nicht nach mir, wie es vorhin schien, blickte sie, vielmehr hatten die Augen etwas Totstarres, und die Täuschung eines lebhaft gemalten Bildes wäre möglich gewesen, hätten sich nicht Arm und Hand zuweilen bewegt. Ganz versunken in den Anblick des verwunderlichen Wesens am Fenster, das mein Innerstes so seltsam aufregte, hatte ich nicht die quäkende Stimme des italienischen Tabulettkrämers gehört, der mir vielleicht schon lange unaufhörlich seine Waren anbot. Er zupfte mich endlich am Arm; schnell mich umdrehend, wies ich ihn ziemlich hart und zornig ab. Er ließ aber nicht nach mit Bitten und Quälen. Noch gar nichts habe er heute verdient, nur ein paar Bleifedern, ein Bündelchen Zahnstocher möge ich ihm abkaufen. Voller Ungeduld, den Überlästigen nur geschwind los zu werden, griff ich in die Tasche nach dem Geldbeutel. Mit den Worten: »Auch hier hab' ich noch schöne Sachen!« zog er den untersten Schub seines Kastens heraus und hielt mir einen kleinen runden Taschenspiegel, der in dem Schub unter anderen Gläsern lag, in kleiner Entfernung seitwärts vor. – Ich erblickte das öde Haus hinter mir, das Fenster und in den schärfsten, deutlichsten Zügen die holde Engelsgestalt meiner Vision. – Schnell kauft' ich den kleinen Spiegel, der mir es nun möglich machte, in bequemer Stellung, ohne den Nachbarn aufzufallen, nach dem Fenster hinzuschauen. – Doch, indem ich nun länger und länger das Gesicht im Fenster anblickte, wurd' ich von einem seltsamen, ganz unbeschreiblichen Gefühl, das ich beinahe waches Träumen nennen möchte, befangen. Mir war es, als lähme eine Art Starrsucht nicht sowohl mein ganzes Regen und Bewegen als vielmehr nur meinen Blick, den ich nun niemals mehr würde abwenden können von dem Spiegel. Mit Beschämung muß ich euch bekennen, daß mir jenes Ammenmärchen einfiel, womit mich in früher Kindheit meine Wart'frau augenblicklich zu Bette trieb, wenn ich mich etwa gelüsten ließ, abends vor dem großen Spiegel in meines Vaters Zimmer stehen zu bleiben und hinein zu gucken. Sie sagte nämlich, wenn Kinder nachts in den Spiegel blickten, gucke ein fremdes garstiges Gesicht heraus, und der Kinder Augen blieben dann erstarrt stehen. Mir war das ganz entsetzlich graulich, aber in vollem Grausen konnt' ich doch oft nicht unterlassen, wenigstens nach dem Spiegel hinzublinzeln, weil ich neugierig war auf das fremde Gesicht. Einmal glaubt' ich ein Paar gräßliche glühende Augen aus dem Spiegel fürchterlich herausfunkeln zu sehen, ich schrie auf und stürzte dann ohnmächtig nieder. In diesem Zufall brach eine langwierige Krankheit aus, aber noch jetzt ist es mir, als hätten jene Augen mich wirklich angefunkelt. – Kurz, alles dieses tolle Zeug aus meiner frühen Kindheit fiel mir ein, Eiskälte bebte durch meine Adern – ich wollte den Spiegel von mir schleudern – ich vermocht' es nicht – nun blickten mich die Himmelsaugen der holden Gestalt an – ja, ihr Blick war auf mich gerichtet und strahlte bis ins Herz hinein. – Jenes Grausen, das mich plötlich ergriffen, ließ von mir ab und gab Raum dem wonnigen Schmerz süßer Sehnsucht, die mich mit elektrischer Wärme durchglüht. »Sie haben da einen niedlichen Spiegel,« sprach eine Stimme neben mir. Ich erwachte aus dem Traum und war nicht wenig betroffen, als ich neben mir von beiden Seiten mich zweideutig anlächelnde Gesichter erblickte. Mehrere Personen hatten auf derselben Bank Platz genommen, und nichts war gewisser, als daß ich ihnen mit dem starren Hineinblicken in den Spiegel und vielleicht auch mit einigen seltsamen Gesichtern, die ich in meinem exaltiertem Zustande schnitt, auf meine Kosten ein ergötzliches Schauspiel gegeben. »Sie haben da einen niedlichen Spiegel,« wiederholte der Mann, als ich nicht antwortete, mit einem Blick, der jener Frage noch hinzufügte: »Aber sagen Sie mir, was soll das wahnsinnige Hineinstarren, erscheinen Ihnen Geister« etc. Der Mann, schon ziemlich hoch in Jahren, sehr sauber gekleidet, hatte im Ton der Rede, im Blick etwas ungemein Gutmütiges und Zutrauen Erweckendes. Ich nahm gar keinen Anstand, ihm geradehin zu sagen, daß ich im Spiegel ein wundervolles Mädchen erblickt, das hinter mir im Fenster des öden Hauses gelegen. – Noch weiter ging ich, ich fragte den Alten, ob er nicht auch das holde Antlitz gesehen. »Dort drüben? – in dem alten Hause – in dem letzten Fenster?« so fragte mich nun wieder ganz verwundert der Alte. »Allerdings, allerdings,« sprach ich; da lächelte der Alte sehr und fing an: »nun das ist doch eine wunderliche Täuschung – nun, meine alten Augen – Gott ehre mir meine alten Augen. Ei ei, mein Herr, wohl habe ich mit unbewaffnetem Auge das hübsche Gesicht dort im Fenster gesehen, aber es war ja ein, wie es mir schien, recht gut und lebendig in Öl gemaltes Portrait.« Schnell drehte ich mich um nach dem Fenster, alles war verschwunden, die Jalousie heruntergelassen. »Ja!« fuhr der Alte fort, »ja, mein Herr, nun ist's zu spät, sich davon zu überzeugen, denn eben nahm der Bediente, der dort, wie ich weiß, als Kastellan das Absteigequartier der Gräfin von S. ganz allein bewohnt, das Bild, nachdem er es abgestäubt, vom Fenster fort und ließ die Jalousie herunter.« »War es denn gewiß ein Bild?« fragte ich nochmals ganz bestürzt. »Trauen Sie meinen Augen,« erwiderte der Alte. »Daß Sie nur den Reflex des Bildes im Spiegel sahen, vermehrte gewiß sehr die optische Täuschung und – wie ich noch in Ihren Jahren war, hätt' ich nicht auch das Bild eines schönen Mädchens kraft meiner Fantasie ins Leben gerufen?« »Aber Hand und Arm bewegten sich doch,« fiel ich ein. »Ja, ja, sie regten sich, alles regte sich,« sprach der Alte, lächelnd und sanft mich auf die Schulter klopfend. Dann stand er auf und verließ mich, höflich sich verbeugend, mit den Worten: »Nehmen Sie sich doch vor Taschenspiegeln in acht, die so häßlich lügen. – Ganz gehorsamster Diener.« – Ihr könnt denken, wie mir zu Mute war, als ich mich so als einen törichten, blödsichtigen Fantasten behandelt sah. Mir kam die Überzeugung, daß der Alte recht hatte, und daß nur in mir selbst das tolle Gaukelspiel aufgegangen, das mich mit dem öden Hause, zu meiner eignen Beschämung, so garstig mystifizierte.

Ganz voller Unmut und Verdruß lief ich nach Hause, fest entschlossen, mich ganz loszusagen von jedem Gedanken an die Mysterien des öden Hauses und wenigstens einige Tage hindurch die Allee zu vermeiden. Dies hielt ich treulich, und kam noch hinzu, daß mich den Tag über dringend gewordene Geschäfte am Schreibtisch, an den Abenden aber geistreiche fröhliche Freunde in ihrem Kreise festhielten, so muß es wohl geschehen, daß ich beinahe gar nicht mehr an jene Geheimnisse dachte. Nur begab es sich in dieser Zeit, daß ich zuweilen aus dem Schlaf auffuhr, wie plötzlich durch äußere Berührung geweckt, und dann war es mir doch deutlich, daß nur der Gedanke an das geheimnisvolle Wesen, das ich in meiner Vision und in dem Fenster des öden Hauses erblickt, mich geweckt hatte. Ja selbst während der Arbeit, während der lebhaftesten Unterhaltung mit meinen Freunden, durchfuhr mich oft plötzlich ohne weitern Anlaß jener Gedanke wie ein elektrischer Blitz. Doch waren dies nur schnell vorübergehende Momente. Den kleinen Taschenspiegel, der mir so täuschend das anmutige Bildnis reflektiert, hatte ich zum prosaischen Hausbedarf bestimmt. Ich pflegte mir vor demselben die Halsbinde festzuknüpfen. So geschah es, daß er mir, als ich einst dies wichtige Geschäft abtun wollte, blind schien und ich ihn nach bekannter Methode anhauchte, um ihn dann hell zu polieren. – Alle meine Pulse stockten, mein Innerstes bebte vor wonnigem Grauen! – ja, so muß ich das Gefühl nennen, das mich übermannte, als ich, sowie mein Hauch den Spiegel überlief, im bläulichen Nebel das holde Antlitz sah, das mich mit jenem wehmütigem, das Herz durchbohrendem Blick anschaute! – Ihr lacht? – Ihr seid mit mir fertig, ihr haltet mich für einen unheilbaren Träumer, aber sprecht, denkt, was ihr wollt, genug, die Holde blickte mich an aus dem Spiegel, aber sowie der Hauch zerrann, verschwand das Gesicht in dem Funkeln des Spiegels. – Ich will euch nicht ermüden, ich will euch nicht herzählen alle Momente, die sich, einer aus dem andern, entwickelten. Nur so viel will ich sagen, daß ich unaufhörlich die Versuche mit dem Spiegel erneuerte, daß es mir oft gelang, das geliebte Bild durch meinen Hauch hervorzurufen, daß aber manchmal die anstrengtesten Bemühungen ohne Erfolg blieben. Dann rannte ich wie wahnsinnig auf und ab vor dem öden Hause und starrte in die Fenster, aber kein menschliches Wesen wollte sich zeigen. – Ich lebte nur in dem Gedanken an Sie, alles übrige war abgestorben für mich, ich vernachlässigte meine Freunde, meine Studien. – Dieser Zustand, wollte er in mildern Schmerz, in träumerische Sehnsucht übergehen, ja schien es, als wolle das Bild an Leben und Kraft verlieren, wurde oft bis zur höchsten Spitze gesteigert durch Momente, an die ich noch jetzt mit tiefem Entsetzen denke. – Da ich von einem *Seelen*zustande rede, der mich hätte ins Verderben stürzen können, so ist für euch, ihr Ungläubigen, da nichts zu belächeln und zu bespötteln, hört und fühlt mit mir, was ich ausgestanden. – Wie gesagt, oft, wenn jenes Bild ganz verblaßt war, ergriff mich ein körperliches Übelbefinden, die Gestalt trat, wie sonst niemals, mit einer Lebendigkeit, mit einem Glanz hervor, daß ich sie zu erfassen wähnte. Aber dann kam es mir auf grauliche Weise vor, ich sei selbst die Gestalt und von den Nebeln des Spiegels umhüllt und umschlossen. Ein empfindlicher Brustschmerz und dann gänzliche Apathie endigte den peinlichen Zustand, der immer eine das innerste Mark wegzehrende Erschöpfung hinterließ. In diesen Momenten mißlang jeder Versuch mit dem Spiegel, hatte ich mich aber erkräftigt, und trat dann das Bild wieder lebendig aus dem Spiegel hervor, so mag ich nicht leugnen, daß sich damit ein besonderer, mir sonst fremder physischer Reiz verband. – Diese ewige Spannung wirkte gar verderblich auf mich ein, blaß wie der Tod und zerstört im ganzen Wesen schwankte ich umher, meine Freunde hielten mich für krank, und ihre ewigen Mahnungen brachten mich endlich dahin, über meinen Zustand, so wie ich es nur vermochte, ernstlich nachzusinnen. War es Absicht oder Zufall, daß einer der Freunde, welcher Arzneikunde studierte, bei einem Besuch Reils Buch über Geisteszerrüttungen zurückließ. Ich fing an zu lesen, das Werk zog mich unwiderstehlich an, aber wie ward mir, als ich in allem, was über fixen Wahnsinn gesagt wird, mich selbst widerfand! – Das tiefe Entsetzen, das ich, mich selbst auf dem Wege zum Tollhause erblickend, empfand, brachte mich zur Besinnung und zum festen Entschluß, den ich rasch ausführte. Ich steckte meinen Taschenspiegel ein und eilte schnell zu dem Doktor K., berühmt durch seine Behandlung und Heilung der Wahnsinnigen, durch sein tieferes Eingehen in das psychische Prinzip, welches oft sogar körperliche Krankheiten hervorzubringen und wieder zu heilen vermag. Ich erzählte ihm alles, ich verschwieg ihm nicht den kleinsten Umstand und beschwor ihn mich zu retten von dem ungeheuern Schicksal, von dem bedroht ich mich glaubte. Er hörte mich sehr ruhig an, doch bemerkte ich wohl in seinem Blick tiefes Erstaunen. »Noch,« fing er an, »noch ist die Gefahr keinesweges so nahe, als Sie glauben, und ich kann mit Gewißheit behaupten, daß ich sie ganz abzuwenden vermag. Daß Sie auf unerhörte Weise psychisch angegriffen sind, leidet gar keinen Zweifel, aber die völlige klare Erkenntnis dieses Angriffs irgend eines bösen Prinzips gibt Ihnen selbst die Waffen in die Hand, sich dagegen zu wehren. Lassen Sie mir Ihren Taschenspiegel, zwingen Sie sich zu irgend einer Arbeit, die Ihre Geisteskräfte in Anspruch nimmt, meiden Sie die Allee, arbeiten Sie von der Frühe an, solange Sie es nur auszuhalten vermögen, dann aber, nach einem tüchtigen Spaziergange, fort in die Gesellschaft Ihrer Freunde, die Sie so lange vermißt. Essen Sie nahrhafte Speisen, trinken Sie starken kräftigen Wein. Sie sehen, daß ich bloß die fixe Idee, das heißt, die Erscheinung des Sie betörenden Antlitzes im Fenster des öden Hauses und im Spiegel vertilgen, Ihren Geist auf andere Dinge leiten und Ihren Körper stärken will. Stehen Sie selbst meiner Absicht redlich bei.« – Es wurde mir schwer, mich von dem Spiegel zu trennen, der Arzt, der ihn schon genommen, schien es zu bemerken, er hauchte ihn an und frug, indem er mir ihn vorhielt: »Sehen Sie etwas?« »Nicht das Mindeste,« erwiderte ich, wie es sich auch in der Tat verhielt. »Hauchen *Sie* den Spiegel an,« sprach dann der Arzt, indem er mir den Spiegel in die Hand gab. Ich tat es, das Wunderbild trat deutlicher als je hervor. »Da ist sie,« rief ich laut. Der Arzt schaute hinein und sprach dann: »Ich sehe nicht das Mindeste, aber nicht verhehlen mag ich Ihnen, daß ich in dem Augenblick, als ich in Ihren Spiegel sah, einen unheimlichen Schauer fühlte, der aber gleich vorüberging. Sie bemerken, daß ich ganz aufrichtig bin und eben deshalb wohl Ihr ganzes Zutrauen verdiene. Wiederholen Sie doch den Versuch.« Ich tat es, der Arzt umfaßte mich, ich fühlte seine Hand auf dem Rückenwirbel. – Die Gestalt kam wieder, der Arzt, mit mir in den Spiegel schauend, erblaßte, dann nahm er mir den Spiegel aus der Hand, schaute nochmals hinein, verschloß ihn in dem Pult und kehrte erst, als er einige Sekunden hindurch die Hand vor der Stirn schweigend dagestanden, zu mir zurück. »Befolgen Sie,« fing er an, »befolgen Sie genau meine Vorschriften. Ich darf Ihnen bekennen, daß jene Momente, in denen Sie, außer sich selbst gesetzt, Ihr eignes Ich in physischem Schmerz fühlten, mir noch sehr geheimnisvoll sind, aber ich hoffe Ihnen recht bald mehr darüber sagen zu können.« – Mit festem, unabänderlichem Willen, so schwer es mir auch ankam, lebte ich zur Stunde den Vorschriften des Arztes gemäß, und so sehr ich auch bald den wohltätigen Einfluß anderer Geistesanstrengung und der übrigen verordneten Diät verspürte, so blieb ich doch nicht frei von jenen furchtbaren Anfällen, die mittags um zwölf Uhr, viel stärker aber nachts um zwölf Uhr sich einzustellen pflegten. Selbst in munterer Gesellschaft bei Wein und Gesang war es oft, als durchführen plötzlich mein Inneres spitzige glühende Dolche, und alle Macht des Geistes reichte dann nicht hin zum Widerstande, ich mußte mich entfernen und durfte erst wiederkehren, wenn ich aus dem ohnmachtähnlichen Zustande erwacht. – Es begab sich, daß ich mich einst bei einer Abendgesellschaft befand, in der über psychische Einflüsse und Wirkungen, über das dunkle unbekannte Gebiet des Magnetismus gesprochen wurde. Man kam vorzüglich auf die Möglichkeit der Einwirkung eines entfernten psychischen Prinzips, sie wurde aus vielen Beispielen bewiesen, und vorzüglich führte ein junger dem Magnetismus ergebener Arzt an, daß er wie mehrere andere oder vielmehr wie *alle* kräftige Magnetiseurs es vermöge, aus der Ferne bloß durch den festfixierten Gedanken und Willen auf seine Somnambulen zu wirken. Alles was Kluge, Schubert, Bartels u. m. darüber gesagt haben, kam nach und nach zum Vorschein. »Das Wichtigste,« fing endlich einer der Anwesenden, ein als scharfsinniger Beobachter bekannter Mediziner, an, »das Wichtigste von allem bleibt mir immer, daß der Magnetismus manches Geheimnis, das wir als gemeine schlichte Lebenserfahrung nun eben für kein Geheimnis erkennen wollen, zu erschließen scheint. Nur müssen wir freilich behutsam zu Werke gehn. – Wie kommt es denn, daß ohne allen äußern oder innern uns bekannten Anlaß, ja unsere Ideenkette zerreißend, irgend eine Person oder wohl gar das treue Bild irgend einer Begebenheit so lebendig, so sich unsers ganzen Ichs bemeisternd uns in den Sinn kommt, daß wir selbst darüber erstaunen. Am merkwürdigsten ist es, daß wir oft im Traume auffahren. Das ganze Traumbild ist in den schwarzen Abgrund versunken, und im neuen, von jenem Bilde ganz unabhängigen Traum tritt uns mit voller Kraft des Lebens ein Bild entgegen, das uns in ferne Gegenden versetzt und plötzlich scheinbar uns ganz fremd gewordene Personen, an die wir seit Jahren nicht mehr dachten, uns entgegenführt. Ja, noch mehr! oft schauen wir auf eben die Weise ganz fremde unbekannte Personen, die wir vielleicht Jahre nachher erst kennen lernen. Das bekannte: ›Mein Gott, der Mann, die Frau kommt mir so zum Erstaunen bekannt vor, ich dächt', ich hätt' ihn, sie, schon irgendwo gesehen,‹ ist vielleicht, da dies oft schlechterdings unmöglich, die dunkle Erinnerung an ein solches Traumbild. Wie, wenn dies plötzliche Hineinspringen fremder Bilder in unsere Ideenreihe, die uns gleich mit besonderer Kraft zu ergreifen pflegen, eben durch ein fremdes psychisches Prinzip veranlaßt würde? Wie, wenn es dem fremden Geiste unter gewissen Umständen möglich wäre, den magnetischen Rapport auch ohne Vorbereitung so herbeizuführen, daß wir uns willenlos ihm fügen müßten?« »So kämen wir,« fiel ein anderer lachend ein, »mit einem gar nicht zu großen Schritt auf die Lehre von Verhexungen, Zauberbildern, Spiegeln und andern unsinnigen abergläubischen Fantastereien längst verjährter alberner Zeit.« »Ei,« unterbrach der Mediziner den Ungläubigen, »keine Zeit kann verjähren, und noch viel weniger hat es jemals eine alberne Zeit gegeben, wenn wir nicht etwa jede Zeit, in der Menschen zu denken sich unterfangen mögen, mithin auch die unsrige, für albern erkennen wollen. – Es ist ein eignes Ding, etwas geradezu wegleugnen zu wollen, was oft sogar durch streng juristisch geführten Beweis festgestellt ist, und so wenig ich der Meinung bin, daß in dem dunklen geheimnisvollen Reiche, welches unseres Geistes Heimat ist, auch nur ein einziges, unserm blödem Auge recht hell leuchtendes Lämpchen brennt, so ist doch so viel gewiß, daß uns die Natur das Talent und die Neigung der Maulwürfe nicht versagt hat. Wir suchen, verblindet wie wir sind, uns weiter zu arbeiten auf finstern Wegen. Aber so wie der Blinde auf Erden an dem flüsternden Rauschen der Bäume, an dem Murmeln und Plätschern des Wassers die Nähe des Waldes, der ihn in seinen kühlenden Schatten aufnimmt, des Baches, der den Durstenden labt, erkennt und so das Ziel seiner Sehnsucht erreicht, so ahnen wir an dem tönenden Flügelschlag unbekannter, uns mit Geisteratem berührender Wesen, daß der Pilgergang uns zur Quelle des Lichts führt, vor dem unsere Augen sich auftun!« – Ich konnte mich nicht länger halten: »Sie statuieren also,« wandte ich mich zu dem Mediziner, »die Einwirkung eines fremden geistigen Prinzips, dem man sich willenlos fügen muß?« »Ich halte,« erwiderte der Mediziner, »ich halte, um nicht zu weit zu gehen, diese Einwirkung nicht allein für möglich, sondern auch andern, durch den magnetischen Zustand deutlicher gewordenen Operationen des psychischen Prinzips für ganz homogen.« »So könnt' es auch,« fuhr ich fort, »dämonischen Kräften verstattet sein, feindlich verderbend auf uns zu wirken?« »Schnöde Kunststücke gefallner Geister,« erwiderte der Mediziner lächelnd. – »Nein, denen wollen wir nicht erliegen. Und überhaupt bitt' ich, meine Andeutungen für nichts anders zu nehmen als eben nur für Andeutungen, denen ich noch hinzufüge, daß ich keinesweges an *unbedingte* Herrschaft eines geistigen Prinzips über das andere glauben, sondern vielmehr annehmen will, daß entweder irgend eine Abhängigkeit, Schwäche des innern Willens, oder eine Wechselwirkung stattfinden muß, die jener Herrschaft Raum gibt.« »Nun erst,« fing ein ältlicher Mann an, der so lange geschwiegen und nur aufmerksam zugehört, »nun erst kann ich mich mit Ihren seltsamen Gedanken über Geheimnisse, die uns verschlossen bleiben sollen, einigermaßen befreunden. Gibt es geheimnisvolle tätige Kräfte, die mit bedrohlichen Angriffen auf uns zutreten, so kann uns dagegen nur irgend eine Abnormität im geistigen Organism Kraft und Mut zum sieghaften Widerstande rauben. Mit einem Wort, nur geistige Krankheit – die Sünde macht uns untertan dem dämonischen Prinzip. Merkwürdig ist es, daß von den ältesten Zeiten her die den Menschen im Innersten verstörendste Gemütsbewegung es war, an der sich dämonische Kräfte übten. Ich meine nichts anders als die Liebesverzauberungen, von denen alle Chroniken voll sind. In tollen Hexenprozessen kommt immer dergleichen vor, und selbst in dem Gesetzbuch eines sehr aufgeklärten Staats wird von den Liebestränken gehandelt, die insofern auch rein psychisch zu wirken bestimmt sind, als sie nicht Liebeslust im allgemeinen erwecken, sondern unwiderstehlich an eine bestimmte Person bannen sollen. Ich werde in diesen Gesprächen an eine tragische Begebenheit erinnert, die sich in meinem eignen Hause vor weniger Zeit zutrug. Als Bonaparte unser Land mit seinen Truppen überschwemmt hatte, wurde ein Obrister von der italienischen Nobelgarde bei mir einquartiert. Er war einer von den wenigen Offizieren der sogenannten großen Armee, die sich durch ein stilles bescheidnes edles Betragen auszeichneten. Sein todbleiches Gesicht, seine düstern Augen zeugten von Krankheit oder tiefer Schwermut. Nur wenige Tage war er bei mir, als sich auch der besondere Zufall kund tat, von dem er behaftet. Eben befand ich mich auf seinem Zimmer, als er plötzlich mit tiefen Seufzern die Hand auf die Brust oder vielmehr auf die Stelle des Magens legte, als empfinde er tödliche Schmerzen. Er konnte bald nicht mehr sprechen, er war genötigt sich in den Sofa zu werfen, dann aber verloren plötzlich seine Augen die Sehkraft, und er erstarrte zur bewußtlosen Bildsäule. Mit einem Ruck, wie aus dem Traume auffahrend, erwachte er endlich, aber vor Mattigkeit konnte er mehrere Zeit hindurch sich nicht regen und bewegen. Mein Arzt, den ich ihm sandte, behandelte ihn, nachdem andere Mittel fruchtlos geblieben, magnetisch, und dies schien zu wirken; wiewohl der Arzt bald davon ablassen mußte, da er selbst beim Magnetisieren des Kranken von einem unerträglichen Gefühl des Übelseins ergriffen wurde. Er hatte übrigens des Obristen Zutrauen gewonnen, und dieser sagte ihm, daß in jenen Momenten sich ihm das Bild eines Frauenzimmers nahe, die er in Pisa gekannt; dann würde es ihm, als wenn ihre glühenden Blicke in sein Inneres führen, und er fühle die unerträglichsten Schmerzen, bis er in völlige Bewußtlosigkeit versinke. Aus diesem Zustande bleibe ihm ein dumpfer Kopfschmerz und eine Abspannung, als habe er geschwelgt im Liebesgenuß, zurück. Nie ließ er sich über die näheren Verhältnisse aus, in denen er vielleicht mit jenem Frauenzimmer stand. Die Truppen sollten aufbrechen, gepackt stand der Wagen des Obristen vor der Türe, er frühstückte, aber in dem Augenblicke, als er ein Glas Madera zum Munde führen wollte, stürzte er mit einem dumpfen Schrei vom Stuhle herab. Er war tot. Die Ärzte fanden ihn vom Nervenschlag getroffen. Einige Wochen nachher wurde ein an den Obristen adressierter Brief bei mir abgegeben. Ich hatte gar kein Bedenken ihn zu öffnen, um vielleicht ein Näheres von den Verwandten des Obristen zu erfahren und ihnen Nachricht von seinem plötzlichen Tode geben zu können. Der Brief kam von Pisa und enthielt ohne Unterschrift die wenigen Worte: ›Unglückseliger! Heute, am 7. – um zwölf Uhr Mittag sank Antonia, dein trügerisches Abbild mit liebenden Armen umschlingend, tot nieder!‹ – Ich sah den Kalender nach, in dem ich des Obristen Tod angemerkt hatte, und fand, daß Antonias Todesstunde auch die seinige gewesen.« – Ich hörte nicht mehr, was der Mann noch seiner Geschichte hinzusetzte; denn in dem Entsetzen, das mich ergriffen, als ich in des italienischen Obristen Zustand den meinigen erkannte, ging mit wütendem Schmerz eine solche wahnsinnige Sehnsucht nach dem unbekannten Bilde auf, daß ich, davon überwältigt, aufspringen und hineilen mußte nach dem verhängnisvollen Hause. Es war mir in der Ferne, als säh' ich Lichter blitzen durch die festverschlossenen Jalousien, aber der Schein verschwand, als ich näher kam. Rasend vor dürstendem Liebesverlangen stürzte ich auf die Tür; sie wich meinem Druck, ich stand auf dem matt erleuchteten Hausflur, von einer dumpfen, schwülen Luft umfangen. Das Herz pochte mir vor seltsamer Angst und Ungeduld, da ging ein langer schneidender, aus weiblicher Kehle strömender Ton durch das Haus, und ich weiß selbst nicht, wie es geschah, daß ich mich plötzlich in einem mit vielen Kerzen hellerleuchteten Saale befand, der in altertümlicher Pracht mit vergoldeten Möbeln und seltsamen japanischen Gefäßen verziert war. Starkduftendes Räucherwerk wallte in blauen Nebelwolken auf mich zu. »Willkommen – willkommen, süßer Bräutigam – die Stunde ist da, die Hochzeit nah!« – So rief laut und lauter die Stimme eines Weibes, und ebensowenig, als ich weiß, wie ich plötzlich in den Saal kam, ebensowenig vermag ich zu sagen, wie es sich begab, daß plötzlich aus dem Nebel eine hohe jugendliche Gestalt in reichen Kleidern hervorleuchtete. Mit dem wiederholten gellenden Ruf: »Willkommen, süßer Bräutigam,« trat sie mit ausgebreiteten Armen mir entgegen – und ein gelbes, von Alter und Wahnsinn gräßlich verzerrtes Antlitz starrte mir in die Augen. Von tiefem Entsetzen durchbebt wankte ich zurück; wie durch den glühenden, durchbohrenden Blick der Klapperschlange festgezaubert, konnte ich mein Auge nicht abwenden von dem greulichen alten Weibe, konnte ich keinen Schritt weiter mich bewegen. Sie trat näher auf mich zu, da war es mir, als sei das scheußliche Gesicht nur eine Maske von dünnem Flor, durch den die Züge jenes holden Spiegelbildes durchblickten. Schon fühlt' ich mich von den Händen des Weibes berührt, als sie laut aufkreischend vor mir zu Boden sank und hinter mir eine Stimme rief: »Hu hu! – treibt schon wieder der Teufel sein Bockspiel mit Ew. Gnaden, zu Bette, zu Bette, meine Gnädigste, sonst setzt es Hiebe, gewaltige Hiebe!« – Ich wandte mich rasch um und erblickte den alten Hausverwalter im bloßen Hemde, eine tüchtige Peitsche über dem Haupte schwingend. Er wollte losschlagen auf die Alte, die sich heulend am Boden krümmte. Ich fiel ihm in den Arm, aber mich von sich schleudernd rief er: »Donnerwetter, Herr, der alte Satan hätte Sie ermordet, kam ich nicht dazwischen – fort, fort, fort.« – Ich stürzte zum Saal heraus, vergebens sucht' ich in dikker Finsternis die Tür des Hauses. Nun hört' ich die zischenden Hiebe der Peitsche und das Jammergeschrei der Alten. Laut wollte ich um Hülfe rufen, als der Boden unter meinen Füßen schwand, ich fiel eine Treppe herab und traf auf eine Tür so hart, daß sie aufsprang und ich der Länge nach in ein kleines Zimmer stürzte. An dem Bette, das jemand soeben verlassen zu haben schien, an dem kaffeebraunen, über einem Stuhl gehängten Rocke mußte ich augenblicklich die Wohnung des alten Hausverwalters erkennen. Wenige Augenblicke nachher polterte es die Treppe herab, der Hausverwalter stürzte herein und hin zu meinen Füßen. »Um aller Seligkeit willen,« flehte er mit aufgehobenen Händen, »um aller Seligkeit willen, wer Sie auch sein mögen, wie der alte gnädige Hexensatan Sie auch hierher gelockt haben mag, verschweigen Sie, was hier geschehen, sonst komme ich um Amt und Brot! – Die wahnsinnige Exzellenz ist abgestraft und liegt gebunden im Bette. O schlafen Sie doch, geehrtester Herr! recht sanft und süß. – Ja ja, das tun Sie doch fein – eine schöne warme Juliusnacht, zwar kein Mondschein, aber beglückter Sternenschimmer. – Nun ruhige, glückliche Nacht.« – Unter diesen Reden war der Alte aufgesprungen, hatte ein Licht genommen, mich herausgebracht aus dem Souterrain, mich zur Türe hinausgeschoben und diese fest verschlossen. Ganz verstört eilt' ich nach Hause, und ihr könnt wohl denken, daß ich, zu tief von dem grauenvollen Geheimnis ergriffen, auch nicht den mindesten nur wahrscheinlichen Zusammenhang der Sache mir in den ersten Tagen denken konnte. Nur so viel war gewiß, daß, hielt mich so lange ein böser Zauber gefangen, dieser jetzt in der

Tat von mir abgelassen hatte. Alle schmerzliche Sehnsucht nach dem Zauberbilde in dem Spiegel war gewichen, und bald gemahnte mich jener Auftritt im öden Gebäude wie das unvermutete Hineingeraten in ein Tollhaus. Daß der Hausverwalter zum tyrannischen Wächter einer wahnsinnigen Frau von vornehmer Geburt, deren Zustand vielleicht der Welt verborgen bleiben sollte, bestimmt worden, daran war nicht zu zweifeln, wie aber der Spiegel – das tolle Zauberwesen überhaupt – doch weiter – weiter!
Später begab es sich, daß ich in zahlreicher Gesellschaft den Grafen P. fand, der mich in eine Ecke zog und lachend sprach: »Wissen Sie wohl, daß sich die Gemeinnisse unseres öden Hauses zu enthüllen anfangen?« Ich horchte hoch auf, aber indem der Graf weiter erzählen wollte, öffneten sich die Flügeltüren des Eßsaals, man ging zur Tafel. Ganz vertieft in Gedanken an die Geheimnisse, die mir der Graf entwickeln wollte, hatte ich einer jungen Dame den Arm geboten und war mechanisch der in steifem Zeremoniell sehr langsam daherschreitenden Reihe gefolgt. Ich führe meine Dame zu dem offnen Platz, der sich uns darbietet, schaue sie nun erst recht an und – erblicke mein Spiegelbild in den getreusten Zügen, so daß gar keine Täuschung möglich ist. Daß ich im Innersten erbebte, könnt ihr euch wohl denken, aber ebenso muß ich euch versichern, daß sich auch nicht der leiseste Anklang jener verderblichen wahnsinnigen Liebeswut in mir regte, die mich ganz und gar befing, wenn mein Hauch das wunderbare Frauenbild aus dem Spiegel hervorrief. – Meine Befremdung, noch mehr, mein Erschrecken muß lesbar gewesen sein in meinem Blick, denn das Mädchen sah mich ganz verwundert an, so daß ich für nötig hielt, mich so, wie ich nur konnte, zusammen zu nehmen und so gelassen als möglich anzuführen, daß eine lebhafte Erinnerung mich gar nicht zweifeln lasse, sie schon irgendwo gesehen zu haben. Die kurze Abfertigung, daß dies wohl nicht gut der Fall sein könne, da sie gestern erst und zwar das erstemal in ihrem Leben nach ***n gekommen, machte mich

im eigentlichen Sinn des Worts etwas verblüfft. Ich verstummte. Nur der Engelsblick, den die holdseligen Augen des Mädchens mir zuwarfen, half mir wieder auf. Ihr wißt, wie man bei derlei Gelegenheit die geistigen Fühlhörner ausstrecken und leise, leise tasten muß, bis man die Stelle findet, wo der angegebene Ton wiederklingt. So macht' ich es und fand bald, daß ich ein zartes, holdes, aber in irgend einem psychischen Überreiz verkränkeltes Wesen neben mir hatte. Bei irgend einer heitern Wendung des Gesprächs, vorzüglich wenn ich zur Würze wie scharfen Cayenne-Pfeffer irgend ein keckes bizarres Wort hineinstreute, lächelte sie zwar, aber seltsam schmerzlich wie zu hart berührt. »Sie sind nicht heiter, meine Gnädige, vielleicht der Besuch heute Morgen.« – So redete ein nicht weit entfernt sitzender Offizier meine Dame an, aber in dem Augenblick faßte ihn sein Nachbar schnell beim Arm und sagte ihm etwas ins Ohr, während eine Frau an der andern Seite des Tisches, Glut auf den Wangen und im Blick, laut der herrlichen Oper erwähnte, deren Darstellung sie in Paris gesehen und mit der heutigen vergleichen werde. – Meiner Nachbarin stürzten die Tränen aus den Augen: »Bin ich nicht ein albernes Kind,« wandte sie sich zu mir. Schon erst hatte sie über Migräne geklagt. »Die gewöhnliche Folge des nervösen Kopfschmerzes,« erwiderte ich daher mit unbefangenem Ton, »wofür nichts besser hilft als der muntre kecke Geist, der in dem Schaum dieses Dichtergetränks sprudelt.« Mit diesen Worten schenkte ich Champagner, den sie erst abgelehnt, in ihr Glas ein, und indem sie davon nippte, dankte ihr Blick meiner Deutung der Tränen, die sie nicht zu bergen vermochte. Es schien heller geworden in ihrem Innern, und alles wäre gut gegangen, wenn ich nicht zuletzt unversehends hart an das vor mir stehende englische Glas gestoßen, so daß es in gellender schneidender Höhe ertönte. Da erbleichte meine Nachbarin bis zum Tode, und auch mich ergriff ein plötzliches Grauen, weil der Ton mir die Stimme der wahnsinnigen Alten im öden Hause schien. – Während daß man Kaffee nahm, fand ich Gelegenheit, mich dem Grafen P. zu nähern; er merkte gut, warum. »Wissen Sie wohl, daß Ihre Nachbarin die Gräfin Edwine von S. war? – Wissen Sie wohl, daß in dem öden Hause die Schwester ihrer Mutter, schon seit Jahren unheilbar wahnsinnig, eingesperrt gehalten wird? – Heute Morgen waren beide, Mutter und Tochter, bei der Unglücklichen. Der alte Hausverwalter, der einzige, der den gewaltsamen Ausbrüchen des Wahnsinns der Gräfin zu steuern wußte, und dem daher die Aufsicht über sie übertragen wurde, liegt todkrank, und man sagt, daß die Schwester endlich dem Doktor K. das Geheimnis anvertraut, und daß dieser noch die letzten Mittel versuchen wird, die Kranke, wo nicht herzustellen, doch von der entsetzlichen Tobsucht, in die sie zuweilen ausbrechen soll, zu retten. Mehr weiß ich vor der Hand nicht.« – Andere traten hinzu, das Gespräch brach ab. – Doktor K. war nun gerade derjenige, an den ich mich meines rätselhaften Zustandes halber gewandt, und ihr möget euch wohl vorstellen, daß ich, sobald es sein konnte, zu ihm eilte und alles, was mir seit der Zeit widerfahren, getreulich erzählte. Ich forderte ihn auf, zu meiner Beruhigung so viel, als er von der wahnsinnigen Alten wisse, zu sagen, und er nahm keinen Anstand, mir, nachdem ich ihm strenge Verschwiegenheit gelobt, folgendes anzuvertrauen:

Angelika, Gräfin von Z., (so fing der Doktor an) unerachtet in die Dreißig vorgerückt, stand noch in der vollsten Blüte wunderbarer Schönheit, als der Graf von S., der viel jünger an Jahren, sie hier in ***n bei Hofe sah und sich in ihren Reizen so verfing, daß er zur Stunde die eifrigsten Bewerbungen begann und selbst, als zur Sommerszeit die Gräfin auf die Güter ihres Vaters zurückkehrte, ihr nachreiste, um seine Wünsche, die nach Angelikas Benehmen durchaus nicht hoffnungslos zu sein schienen, dem alten Grafen zu eröffnen. Kaum war Graf S. aber dort angekommen, kaum sah er Angelikas jüngere Schwester Gabriele, als er wie aus einer Bezauberung erwachte. In verblühter Farblosigkeit stand Angelika neben Gabrielen, deren Schönheit und Anmut den Grafen S. unwiderstehlich hinriß, und so kam es, daß er, ohne Angelika weiter zu beachten, um Gabrielens Hand warb, die ihm der alte Graf Z. um so lieber zusagte, als Gabriele gleich die entschiedenste Neigung für den Grafen S. zeigte. Angelika äußerte nicht den mindesten Verdruß über die Untreue ihres Liebhabers. »Er glaubt mich verlassen zu haben. Der törichte Knabe! er merkt nicht, daß nicht ich, daß er mein Spielzeug war, das ich wegwarf!« – So sprach sie in stolzem Hohn, und in der Tat, ihr ganzes Wesen zeigte, daß es wohl Ernst sein mochte mit der Verachtung des Ungetreuen. Übrigens sah man, sobald das Bündnis Gabrielens mit dem Grafen von S. ausgesprochen war, Angeilka sehr selten. Sie erschien nicht bei der Tafel, und man sagte, sie schweife einsam im nächsten Walde umher, den sie längst zum Ziel ihrer Spaziergänge gewählt hatte. – Ein sonderbarer Vorfall störte die einförmige Ruhe, die im Schlosse herrschte. Es begab sich, daß die Jäger des Grafen von Z., unterstützt von den in großer Anzahl aufgebotenen Bauern, endlich eine Zigeunerbande eingefangen hatten, der man die Mordbrennereien und Räubereien, welche seit kurzer Zeit so häufig in der Gegend vorfielen, schuld gab. An eine lange Kette geschlossen, brachte man die Männer, gebunden auf einem Wagen gepackt die Weiber und Kinder auf den Schloßhof. Manche trotzige Gestalt, die mit wildem funkelnden Blick wie ein gefesselter Tiger keck umherschaute, schien den entschlossenen Räuber und Mörder zu bezeichnen, vorzüglich fiel aber ein langes, hageres, entsetzliches Weib, in einen blutroten Shawl vom Kopf bis zu Fuß gewickelt, ins Auge, die aufrecht im Wagen stand und mit gebietender Stimme rief: man solle sie herabsteigen lassen, welches auch geschah. Der Graf von Z. kam auf den Schloßhof und befahl eben, wie man die Bande abgesondert in den festen Schloßgefängnissen verteilen solle, als mit fliegenden Haaren, Entsetzen und Angst in bleichem Gesicht, Gräfin Angelika aus der Tür hinausstürzte und, auf die Kniee geworfen, mit schneidender Stimme rief: »Diese Leute los – diese Leute los – sie sind unschuldig, unschuldig – Vater, laß diese Leute los! – ein Tropfen Bluts vergossen an einem von diesen, und ich stoße mir dieses Messer in die Brust!« – Damit schwang die Gräfin ein spiegelblankes Messer in den Lüften und sank ohnmächtig nieder. »Ei, mein schönes Püppchen, mein trautes Goldkind, das wußt' ich ja wohl, daß du es nicht leiden würdest!« – So meckerte die rote Alte. Dann kauerte sie nieder neben der Gräfin und bedeckte Gesicht und Busen mit ekelhaften Küssen, indem sie fortwährend murmelte: »Blanke Tochter, blanke Tochter – wach' auf, wach' auf, der Bräutigam kommt – hei hei, blanker Bräutigam kommt.« Damit nahm die Alte eine Phiole hervor, in der ein kleiner Goldfisch in silberhellem Spiritus auf und ab zu gaukeln schien. Diese Phiole hielt die Alte der Gräfin an das Herz, augenblicklich erwachte sie, aber kaum erblickte sie das Zigeunerweib, als sie aufsprang, das Weib heftig und brünstig umarmte und dann mit ihr davoneilte in das Schloß hinein. Der Graf von Z. – Gabriele, ihr Bräutigam, die unterdessen erschienen, schauten ganz erstarrt und von seltsamen Grauen ergriffen das alles an. Die Zigeuner blieben ganz gleichgültig und ruhig, sie wurden nun abgelöst von der Kette und einzeln gefesselt in die Schloßgefängnisse geworfen. Am andern Morgen ließ der Graf von Z. die Gemeinde versammeln, die Zigeuner wurden vorgeführt, der Graf erklärte laut, daß sie ganz unschuldig wären an allen Räubereien, die in der Gegend verübt, und daß er ihnen freien Durchzug durch sein Gebiet verstatte, worauf sie entfesselt und zum Erstaunen aller mit Pässen wohl versehen entlassen wurden. Das rote Weib wurde vermißt. Man wollte wissen, daß der Zigeunerhauptmann, kenntlich an den goldnen Ketten um den Hals und dem roten Federbusch an dem spanisch niedergekrempten Hut, nachts auf dem Zimmer des Grafen gewesen. Einige Zeit nachher ward es unbezweifelt dargetan, daß die Zigeuner an den Rauben und Morden in dem Gebiet umher in der Tat auch nicht den mindesten Anteil hatten. – Gabrieles Hochzeit rückte heran, mit Erstaunen bemerkte sie eines Tages, daß mehrere Rüstwagen mit Möbeln, Kleidungsstücken, Wäsche, kurz, mit einer ganz vollständigen Hauseinrichtung bepackt wurden und abfuhren. Andern Morgens erfuhr sie, daß Angelika, begleitet von dem Kammerdiener des Grafen S. und einer vermummten Frau, die der alten roten Zigeunerin ähnlich gesehen, nachts abgereist sei. Graf Z. löste das Rätsel, indem er erklärte, daß er sich aus gewissen Ursachen genötigt gesehen, den freilich seltsamen Wünschen Angelikas nachzugehen und ihr nicht allein das in ***n belegne Haus in der Allee als Eigentum zu schenken, sondern auch zu erlauben, daß sie dort einen eignen, ganz unabhängigen Haushalt führe, wobei sie sich bedungen, daß keiner aus der Familie, ihn selbst nicht ausgenommen, ohne ihre ausdrückliche Erlaubnis das Haus betreten solle. Der Graf von S. fügte hinzu, daß auf Angelikas dringenden Wunsch er seinen Kammerdiener ihr überlassen müssen, der mitgereiset sei nach ***n. Die Hochzeit wurde vollzogen, Graf S. ging mit seiner Gemahlin nach D., und ein Jahr verging ihnen in ungetrübter Heiterkeit. Dann fing aber der Graf an, auf ganz eigne Weise zu kränkeln. Es war, als wenn ihm ein geheimer Schmerz alle Lebenslust, alle Lebenskraft raube, und vergebens waren alle Bemühungen seiner Gemahlin, das Geheimnis ihm zu entreißen, das sein Innerstes verderblich zu verstören schien. – Als endlich tiefe Ohnmachten seinen Zustand lebensgefährlich machten, gab er den Ärzten nach und ging angeblich nach Pisa. – Gabriele konnte nicht mitreisen, da sie ihrer Niederkunft entgegensah, die indessen erst nach mehrern Wochen erfolgte. – »Hier,« sprach der Arzt, »werden die Mitteilungen der Gräfin Gabriele von S. so rhapsodisch, daß nur ein tieferer Blick den näheren Zusammenhang auffassen kann. – Genug – ihr Kind, ein Mädchen, verschwindet auf unbegreifliche Weise aus der Wiege, alle Nachforschungen bleiben vergebens – ihre Trostlosigkeit geht bis zur Verzweiflung, als zur selbigen Zeit Graf von Z. ihr die entsetzliche Nachricht schreibt, daß er den Schwiegersohn, den er auf dem Wege nach Pisa glaubte, in ***n und zwar in Angelikas

Hause vom Nervenschlage zum Tode getroffen, gefunden; daß Angelika in furchtbaren Wahnsinn geraten sei, und daß er solchen Jammer wohl nicht lange tragen werde. – Sowie Gabriele von S. nur einige Kräfte gewonnen, eilt sie auf die Güter des Vaters; in schlafloser Nacht das Bild des verlornen Gatten, des verlornen Kindes vor Augen, glaubt sie ein leises Wimmern vor der Tür des Schlafzimmers zu vernehmen; ermutigt zündet sie die Kerzen des Armleuchters bei der Nachtlampe an und tritt heraus. – Heiliger Gott! niedergekauert zur Erde, in den roten Shawl gewickelt starrt das Zigeunerweib mit stierem, leblosen Blick ihr in die Augen – in den Armen hält sie ein kleines Kind, das so ängstlich wimmert; das Herz schlägt der Gräfin hoch auf in der Brust! – es ist ihr Kind! – es ist die verlorne Tochter! – Sie reißt das Kind der Zigeunerin aus den Armen, aber in diesem Augenblick kugelt diese um wie eine leblose Puppe. Auf das Angstgeschrei der Gräfin wird alles wach, man eilt hinzu, man findet das Weib tot auf der Erde, kein Belebungsmittel wirkt, und der Graf läßt sie einscharren. – Was bleibt übrig, als nach ***n zur wahnsinnigen Angelika zu eilen und vielleicht dort das Gheimnis mit dem Kinde zu erforschen. Alles hat sich verändert. Angelikas wilde Raserei hat alle weibliche Dienstboten entfernt, nur der Kammerdiener ist geblieben. Angelika ist ruhig und vernünftig geworden. Als der Graf die Geschichte von Gabrielens Kinde erzählt, schlägt sie die Hände zusammen und ruft mit lautem Lachen: ›Ist's Püppchen angekommen? – richtig angekommen? – eingescharrt, eingescharrt? O Jemine, wie prächtig sich der Goldfasan schüttelt! wißt ihr nichts vom grünen Löwen mit den blauen Glutaugen?‹ – Mit Entsetzen bemerkt der Graf die Rückkehr des Wahnsinns, indem plötzlich Angelikas Gesicht die Züge des Zigeunerweibes anzunehmen scheint, und beschließt, die Arme mitzunehmen auf die Güter, welches der alte Kammerdiener widerrät. In der Tat bricht auch der Wahnsinn Angelikas in Wut und Raserei aus, sobald man Anstalten macht, sie aus dem Hause zu entfernen. – In einem lichten Zwischenraum beschwört Angelika mit heißen Tränen den Vater, sie in dem Hause sterben zu lassen, und tiefgerührt bewilligt er dies, wiewohl er das Geständnis, das dabei ihren Lippen entflieht, nur für das Erzeugnis des aufs neue ausbrechenden Wahnsinns hält. Sie bekennt, daß Graf S. in ihre Arme zurückgekehrt, und daß das Kind, welches die Zigeunerin ins Haus des Grafen von Z. brachte, die Frucht dieses Bündnisses sei. – In der Residenz glaubt man, daß der Graf von Z. die Unglückliche mitgenommen hat auf die Güter, indessen sie hier tiefverborgen und der Aufsicht des Kammerdieners übergeben in dem verödeten Hause bleibt. – Graf von Z. ist gestorben vor einiger Zeit, und Gräfin Gabriele von S. kam mit Edmonden her, um Familienangelegenheiten zu berichtigen. Sie durfte es sich nicht versagen, die unglückliche Schwester zu sehen. Bei diesem Besuch muß sich Wunderliches ereignet haben, doch hat mir die Gräfin nichts darüber vertraut, sondern nur im allgemeinen gesagt, daß es nun nötig geworden, dem alten Kammerdiener die Unglückliche zu entreißen. Einmal habe er, wie es herausgekommen, durch harte grausame Mißhandlungen den Ausbrüchen des Wahnsinns zu steuern gesucht, dann aber durch Angelikas Vorspieglung, daß sie Gold zu machen verstehe, sich verleiten lassen, mit ihr allerlei sonderbare Operationen vorzunehmen und ihr alles Nötige dazu herbeizuschaffen.« – »Es würde wohl« (so schloß der Arzt seine Erzählung) »ganz überflüssig sein, *Sie*, gerade *Sie* auf den tiefern Zusammenhang aller dieser seltsamen Dinge aufmerksam zu machen. Es ist mir gewiß, daß *Sie* die Katastrophe herbeigeführt haben, die der Alten Genesung oder baldigen Tod bringen wird. Übrigens mag ich jetzt nicht verhehlen, daß ich mich nicht wenig entsetzte, als ich, nachdem ich mich mit Ihnen in magnetischen Rapport gesetzt, ebenfalls das Bild im Spiegel sah. Daß dies Bild Edmonde war, wissen wir nun beide.« –

Ebenso, wie der Arzt glaubte, für mich nichts hinzufügen zu dürfen, ebenso halte ich es für ganz unnütz, mich nun noch darüber etwa zu verbreiten, in welchem geheimen Verhältnis Angelika, Edmonde, ich und der alte Kammerdiener standen, und wie mystische Wechselwirkungen ein dämonisches Spiel trieben. Nur so viel sage ich noch, daß mich nach diesen Begebenheiten ein drückendes, unheimliches Gefühl aus der Residenz trieb, welches erst nach einiger Zeit mich plötzlich verließ. Ich glaube, daß die Alte in dem Augenblick, als ein ganz besonderes Wohlsein mein Innerstes durchströmte, gestorben ist. – So endete Theodor seine Erzählung. Noch manches sprachen die Freunde über Theodors Abenteuer und gaben ihm recht, daß sich darin das Wunderliche mit dem Wunderbaren auf seltsame grauliche Weise mische. – Als sie schieden, nahm Franz Theodors Hand und sprach, sie leise schüttelnd, mit beinahe wehmütigem Lächeln: »Gute Nacht, du Spalanzanische Fledermaus!«

Eine Spukgeschichte

»Die Geschichte hat das Eigentümliche, daß sie von glaubhaften Personen verbürgt ist, und daß ich ihr allein die aufgeregte, oder wenn ihr wollt, verstörte Stimmung zuschreiben muß, die Lothar vorhin an mir bemerken wollte.«

Cyprian stand auf und ging, wie er zu tun pflegte, wenn irgend etwas so sein ganzes inneres Gemüt erfüllte, daß er die Worte ordnen mußte, um es auszusprechen, im Zimmer einigemal auf und ab.

Die Freunde lächelten sich schweigend an. Man las in ihren Blikken: Was werden wir nur wieder Abenteuerliches hören! – Cyprian setzte sich und begann:

»Ihr wißt, daß ich mich vor einiger Zeit und zwar kurz vor dem letzten Feldzuge auf dem Gute des Obristen von P. befand. Der Obriste war ein muntrer jovialer Mann, so wie seine Gemahlin die Ruhe, die Unbefangenheit selbst.

Der Sohn befand sich, als ich dorten war, bei der Armee, so daß die Familie außer dem Ehepaar nur noch aus zwei Töchtern und einer alten Französin bestand, die eine Art von Gouvernante vorzustellen sich mühte, unerachtet die Mädchen schon über die Zeit des Gouvernierens hinaus schienen. Die älteste war ein munteres Ding, bis zur Ausgelassenheit lebendig, nicht ohne Geist, aber so wie sie nicht fünf Schritte gehen konnte, ohne wenigstens drei Entrechats zu machen, so sprang sie auch im Gespräch, in all ihrem Tun rastlos von einem Dinge zum andern. Ich hab' es erlebt, daß sie in weniger als zehn Minuten stickte – las – zeichnete – sang – tanzte – daß sie in einem Moment weinte um den armen Cousin, der in der Schlacht geblieben, und die bittern Tränen noch in den Augen in ein hell aufquiekendes Gelächter ausbrach, als die Französin unversehens ihre Tabaksdose über den kleinen Mops ausschüttete, der sofort entsetzlich zu niesen begann, worauf die Alte lamentierte: ›*Ah che fatalita! – ah carino – poverino!*‹ – Sie pflegte nämlich mit besagtem Mops nur in italienischer Zunge zu reden, da er aus Padua gebürtig – und dabei war das Fräulein die lieblichste Blondine, die es geben mag, und in allen ihren seltsamen Kapriccios voll Anmut und Liebenswürdigkeit, so daß sie überall einen unwiderstehlichen Zauber übte, ohne es zu wollen.

Das seltsamste Widerspiel bildete die jüngere Schwester, Adelgunde geheißen. Vergebens ringe ich nach Worten, euch den ganz eignen wunderbaren Eindruck zu beschreiben, den das Mädchen auf mich machte, als ich sie zum ersten Male sah. Denkt euch die schönste Gestalt, das wunderherrlichste Antlitz. Aber eine Totenblässe liegt auf Lipp' und Wangen, und die Gestalt bewegt sich leise, langsam, gemessenen Schrittes, und wenn dann ein halblautes Wort von den kaum geöffneten Lippen ertönt und im weiten Saal verklingt, fühlt man sich von gespenstischen Schauern durchbebt. – Ich überwand wohl bald diese Schauer und mußte, als ich das tief in sich gekehrte Mädchen zum Sprechen vermocht, mir selbst gestehen, daß das Seltsame, ja Spukhafte dieser Erscheinung nur im Äußern liege, keineswegs sich aber aus dem Innern heraus offenbare. In dem Wenigen, was das Mädchen sprach, zeigte sich ein zarter weiblicher Sinn, ein heller Verstand, ein freundliches Gemüt. Keine Spur irgendeiner Überspannung war zu finden, wiewohl das schmerzliche Lächeln, der tränenschwere Blick wenigstens irgendeinen physischen Krankheitszustand, der auch auf das Gemüt des zarten Kindes feindlich einwirken mußte, vermuten ließ. Sehr sonderbar fiel es mir auf, daß die Familie, keinen, selbst die alte Französin nicht, ausgeschlossen, beängstet schien, sowie man mit dem Mädchen sprach, und versuchte, das Gespräch zu unterbrechen, sich darin manchmal auf gar erzwungene Weise einmischend. Das Seltsamste war aber, daß, sowie es abends acht Uhr geworden, das Fräulein erst von der Französin, dann von Mutter, Schwester, Vater gemahnt wurde, sich in ihr Zimmer zu begeben, wie man kleine Kinder zu Bette treibt, damit sie nicht übermüden, sondern fein ausschlafen. Die Französin begleitete sie, und so kam es, daß beide niemals das Abendessen, welches um neun angerichtet wurde, abwarten durften. – Die Obristin, meine Verwunderung wohl bemerkend, warf einmal, um jeder Frage vorzubeugen, leicht hin, daß Adelgunde viel kränkle, daß sie vorzüglich abends um neun Uhr von Fieberanfällen heimgesucht werde, und daß daher der Arzt geraten, sie zu dieser Zeit der unbedingtesten Ruhe zu überlassen. – Ich fühlte, daß es noch eine ganz andere Bewandtnis damit haben müsse, ohne irgend Deutliches ahnen zu können. Erst heute erfuhr ich den wahren entsetzlichen Zusammenhang der Sache und das Ereignis, das den kleinen glücklichen Familienkreis auf furchtbare Weise verstört hat. –

Adelgunde war sonst das blühendste, munterste Kind, das man nur sehen konnte. Ihr vierzehnter Geburtstag wurde gefeiert, eine Menge Gespielinnen waren dazu eingeladen. – Die sitzen in dem schönen Boskett des Schloßgartens im Kreise umher und scherzen und lachen und kümmern sich nicht darum, daß immer finstrer und finstrer der Abend heraufzieht, da die lauen Juliuslüfte erquickend wehen und erst jetzt ihre Lust recht aufgeht. In der magischen Dämmerung beginnen sie allerlei seltsame Tänze, indem sie Elfen und andere flinke Spukgeister vorstellen wollen. ›Hört,‹ ruft Adelgunde, als es im Boskett ganz finster geworden, ›hört, Kinder, nun will ich euch einmal als die weiße Frau erscheinen, von der unser alte verstorbene Gärtner so oft erzählt hat. Aber da müßt ihr mit mir kommen bis ans Ende des Gartens, dorthin, wo das alte Gemäuer steht.‹ – Und damit wickelt sie sich in ihren weißen Shawl und schwebt leichtfüßig fort durch den Laubgang, und die Mädchen laufen ihr nach in vollem Schäkern und Lachen. Aber kaum ist Adelgunde an das alte, halb eingefallene Gewölbe gekommen, als sie erstarrt – gelähmt an allen Gliedern stehen bleibt. Die Schloßuhr schlägt neun. ›Seht ihr nichts,‹ ruft Adelgunde mit dem dumpfen hohlen Ton des tiefsten Entsetzens, ›seht ihr nichts – die Gestalt – die dicht vor mir steht – Jesus! – sie streckt die Hand nach mir aus – seht ihr denn nichts?‹ – Die Kinder sehen nicht das mindeste, aber alle erfaßt Angst und Grauen. Sie rennen fort bis auf eine, die, die beherzteste, sich ermutigt, auf Adelgunden zuspringt, sie in die Arme fassen will. Aber in dem Augenblick sinkt Adelgunde todähnlich zu Boden. Auf des Mädchens gellendes Angstgeschrei eilt alles aus dem Schlosse herzu. Man bringt Adelgunde hinein. Sie erwacht endlich aus der Ohnmacht und erzählt, an allen Gliedern zitternd, daß, kaum sei sie vor das Gewölbe getreten, dicht vor ihr eine luftige Gestalt, wie in Nebel gehüllt, gestanden und die Hand nach ihr ausgestreckt habe. – Was war natürlicher, als daß man die ganze Erscheinung den wunderbaren Täuschungen des dämmernden Abendlichts zuschrieb. Adelgunde erholte sich in derselben Nacht so ganz und gar von ihrem Schreck, daß man durchaus keine böse Folgen befürchtete, sondern die ganze Sache für völlig abgetan hielt. – Wie ganz anders begab sich alles! – Kaum schlägt es den Abend darauf neun Uhr, als Adelgunde mitten in der Gesellschaft, die sie umgibt, entsetzt aufspringt und ruft: ›Da ist es – da ist es – seht ihr denn nichts! – dicht vor mir steht es!‹ – Genug, seit jenem unglückseligen Abende behauptete Adelgunde, sowie es abends neune schlug, daß die Gestalt dicht vor ihr stehe und einige Sekunden weile, ohne daß irgendein Mensch außer ihr auch nur das mindeste wahrnehmen konnte oder in irgendeiner psychischen Empfindung die Nähe eines unbekannten geistigen Prinzips gespürt haben sollte. Nun wurde die arme Adelgunde für wahnsinnig gehalten, und die Familie schämte sich in seltsamer Verkehrtheit dieses Zustandes der Tochter, der Schwester. Daher jene sonderbare Art, sie zu behandeln, deren ich erst erwähnte. Es fehlte nicht an Ärzten und an Mitteln, die das arme Kind von der fixen Idee, wie man die von ihr behauptete Erscheinung zu nennen beliebte, befreien sollten, aber alles blieb vergebens, und sie bat unter vielen Tränen, man möge sie doch nur in Ruhe lassen, da die Gestalt, die in ihren ungewissen, unkenntlichen Zügen an und vor sich selbst gar nichts Schreckliches habe, ihr kein Entsetzen mehr errege, wiewohl es jedesmal nach der Erscheinung ihr zumute sei, als wäre ihr Innerstes mit allen Gedanken hinausgewendet und schwebe körperlos außer ihr selbst umher, wovon sie krank und matt werde. – Endlich machte der Obrist die Bekanntschaft eines berühmten Arztes, der in dem Ruf stand, Wahnsinnige auf eine überaus pfiffige Weise zu heilen. Als der Obrist diesem entdeckt hatte, wie es sich mit der armen Adelgunde begebe, lachte er laut auf und meinte, nichts sei leichter, als diesen Wahnsinn zu heilen, der bloß in der überreizten Einbildungskraft seinen Grund finde. Die Idee der Erscheinung des Gespenstes sei mit dem Ausschlagen der neunten Abendstunde so fest verknüpft, daß die innere Kraft des Geistes sie nicht mehr trennen könne, und es käme daher nur darauf an, diese Trennung von außen her zu bewirken. Dies könne aber nun wieder sehr leicht dadurch geschehen, daß man das Fräulein in der Zeit täusche und die neunte Stunde vorübergehen lasse, ohne daß sie es wisse. Wäre dann das Gespenst nicht erschienen, so würde sie selbst ihren Wahn einsehen, und physische Erkräftigungsmittel würden dann die Kur glücklich vollenden. – Der unselige Rat wurde ausgeführt! – In einer Nacht stellte man sämtliche Uhren im Schlosse, ja selbst die Dorfuhr, deren dumpfe Schläge herabsummten, um eine Stunde zurück, so daß Adelgunde, sowie sie am frühen Morgen erwachte, in der Zeit um eine Stunde irren mußte. Der Abend kam heran. Die kleine Familie war wie gewöhnlich in einem heiter verzierten Eckzimmer versammelt, kein Fremder zugegen. Die Obristin mühte sich, allerlei Lustiges zu erzählen, der Obrist fing an, wie es seine Art war, wenn er vorzüglich bei Laune, die alte Französin ein wenig aufzuziehen, worin ihm Auguste (das ältere Fräulein) beistand. Man lachte, man war fröhlicher als je. – Da schlägt die Wanduhr achte (es war also die neunte Stunde), und leichenblaß sinkt Adelgunde in den Lehnsessel zurück – das Nähzeug entfällt ihren Händen! Dann erhebt sie sich, alle Schauer des Entsetzens im Antlitz, starrt hin in des Zimmers öden Raum, murmelt dumpf und hohl: – ›Was! – eine Stunde früher? – ha, seht ihr's? – seht ihr's? – da steht es dicht vor mir – dicht vor mir!‹ – Alle fahren auf, vom Schrecken erfaßt, aber als niemand auch nur das mindeste gewahrt, ruft der Obrist: ›Adelgunde! – fasse dich! es ist nichts, es ist ein Hirngespinst, ein Spiel deiner Einbildungskraft, was dich täuscht, wir sehen nichts, gar nichts, und müßten wir, ließe sich wirklich dicht vor dir eine Gestalt erschauen, müßten wir sie nicht ebensogut wahrnehmen als du? – Fasse dich – fasse dich Adelgunde!‹ – ›O Gott – o Gott,‹ seufzt Adelgunde, ›will man mich denn wahnsinnig machen! – Seht, da streckt es den weißen Arm lang aus nach mir – es winkt.‹ – Und wie willenlos, unverwandten starren Blickes greift nun Adelgunde hinter sich, faßt einen kleinen Teller, der zufällig auf dem Tische steht, reicht ihn vor sich hin in die Luft, läßt ihn los – und der Teller, wie von unsichtbarer Hand getragen, schwebt langsam im Kreise der Anwesenden umher und läßt sich dann leise auf den Tisch nieder! – Die Obristin, Auguste lagen in tiefer Ohnmacht, der ein hitziges Nervenfieber folgte. Der Obrist nahm sich mit aller Kraft zusammen, aber man merkte wohl an seinem verstörten Wesen die tiefe feindliche Wirkung jenes unerklärlichen Phänomens.

Die alte Französin hatte, auf die Knie gesunken, das Gesicht zur Erde gebeugt, still gebetet, sie blieb so wie Adelgunde frei von allen bösen Folgen. In kurzer Zeit war die Obristin hingerafft. Auguste überstand die Krankheit, aber wünschenswerter war gewiß ihr Tod als ihr jetziger Zustand. – Sie, die volle herrliche Jugendlust selbst, wie ich sie erst beschrieben, ist von einem Wahnsinn befallen, der mir wenigstens grauenvoller, entsetzlicher vorkommt als irgendeiner, den jemals eine fixe Idee erzeugte. Sie bildet sich nämlich ein, sie sei jenes unsichtbare körperlose Gespenst Adelgundens, flieht daher alle Menschen oder hütet sich wenigstens, sobald ein anderer zugegen, zu reden, sich zu bewegen. Kaum wagt sie es, zu atmen, denn fest glaubt sie, daß, verrate sie ihre Gegenwart auf diese, jene Weise, jeder vor Entsetzen des Todes sein müsse. Man öffnet ihr die Türe, man setzt ihr Speisen hin, dann schlüpft sie verstohlen hinein und heraus – ißt ebenso heimlich u. s. w. Kann ein Zustand qualvoller sein? –

Der Obrist ganz Gram und Verzweiflung folgte den Fahnen zum neuen Feldzuge. Er blieb in der siegreichen Schlacht bei W. – Merkwürdig, höchst merkwürdig ist es, daß Adelgunde seit jenem verhängnisvollen Abende von dem Fantom befreit ist. Sie pflegt getreulich die kranke Schwester, und ihr steht die alte Französin bei. So wie Sylvester mir heute sagte, ist der Oheim der armen Kinder hier, um mit unserm wackern R – über die Kurmethode, die man allenfalls bei Augusten versuchen könne, zu Rate zu gehen. – Gebe der Himmel, daß die unwahrscheinliche Rettung möglich.«

Cyprian schwieg, und auch die Freunde blieben still, indem sie gedankenvoll vor sich hinschauten. Endlich brach Lothar los: »Das ist ja eine ganz verdammte Spukgeschichte! – Aber ich kann's nicht leugnen, mir bebt die Brust, unerachtet mir das ganze Ding mit dem schwebenden Teller kindisch und abgeschmackt bedünken will.« »Nicht so rasch,« nahm Ottmar das Wort, »nicht so rasch, lieber Lothar! – Du weißt, was ich von Spukgeschichten halte, du weißt, daß ich mich gegen alle Visionärs damit brüste, daß die Geisterwelt, unerachtet ich sie oft mit verwogener Keckheit in die Schranken rief, noch niemals sich bemühte, mich für meinen Frevel zu züchtigen, aber Cyprians Erzählung gibt einen ganz andern Punkt zu bedenken als den der bloßen chimärischen Spukerei. – Mag es mit Adelgundens Fantom, mag es mit dem schwebenden Teller dann nun eine Bewandtnis gehabt haben, welche es wolle, genug, die Tatsache bleibt stehen: daß sich an jenem Abende in dem Kreise der Familie des Obristen von P. etwas zutrug, worüber drei Personen zu gleicher Zeit in einen solchen verstörten Gemütszustand gerieten, der bei einer den Tod, bei der andern Wahnsinn herbeiführte, wollen wir nicht auch, wenigstens *mittelbar*, den Tod des Obristen jenem Ereignis zuschreiben. Denn eben fällt mir ein, von Offizieren gehört zu haben, der Obrist sei beim Angriff plötzlich, wie von Furien getrieben, ins feindliche Feuer hineingesprengt. Nun ist aber auch die Geschichte mit dem Teller so ohne alle Staffierung gewöhnlicher Spukgeschichten, selbst die Stunde allem spukischen Herkommen entgegen und das Ganze so ungesucht, so einfach, daß gerade in der Wahrscheinlichkeit, die das Unwahrscheinlichste dadurch erhält, für mich das Grauenhafte liegt. Doch, nehmen wir an, daß Adelgundens Einbildung Vater, Mutter, Schwester mit fortriß, daß der Teller nur innerhalb ihres Gehirns im Kreise umherschwebte, wäre diese Einbildung, in einem Moment wie ein elektrischer Schlag drei Personen zum Tode treffend, nicht eben der entsetzlichste Spuk, den es geben könnte?«

»Allerdings,« sprach Theodor, »und ich teile mit dir, Ottmar, das lebhafte Gefühl, daß gerade in der Einfachheit der Geschichte ihre tiefsten Schauer liegen. – Ich kann mir es denken, daß ich den plötzlichen Schreck irgendeiner grauenhaften Erscheinung wohl ertragen könnte, das unheimliche, den äußern Sinn in Anspruch nehmende Treiben eines unsichtbaren Wesens würde mich dagegen unfehlbar wahnsinnig machen. Es ist das Gefühl der gänzlichen hülflosesten Ohnmacht, das den Geist zermalmen müßte. Ich erinnere mich, daß ich dem tiefsten Grausen kaum widerstehen konnte, daß ich wie ein einfältiges verschüchtertes Kind nicht allein in meinem Zimmer schlafen mochte, als ich einst von einem alten Musiker las, den ein entsetzlicher Spuk mehrere Zeit hindurch verfolgte und ihn auch beinahe zum hellen Wahnsinn trieb. Nachts spielte nämlich ein unsichtbares Wesen auf feinem Flügel die wunderbarsten Kompositionen mit der Kraft und Fertigkeit des vollendeten Meisters. Er hörte jeden Ton, er sah, wie die Tasten niedergedrückt wurden, wie die Saiten zitterten, aber nicht den leisesten Schimmer einer Gestalt.« –

»Nein,« rief Lothar, »nein, es nicht auszuhalten, wie das Tolle wieder unter uns lustig fortwuchert! – Ich hab' es euch gestanden, daß mir der verdammte Teller das Innerste aufgeregt hat . Ottmar hat recht; hält man sich nur an das Resultat irgendeines Ereignisses, das sich wirklich begeben, so ist dies Resultat der gräßlichste Spuk, den es geben kann. Ich verzeihe deshalb unserm Cyprian die verstörte Stimmung, die er beim Eintreten merken ließ, die aber jetzt schon ziemlich nachgelassen. Doch jetzt kein Wort mehr von allem gespenstischen Unwesen. –

Das fremde Kind

Der Herr von Brakel auf Brakelheim

Es war einmal ein Edelmann, der hieß Herr Thaddäus von Brakel und wohnte in dem kleinen Dörfchen Brakelheim, das er von seinem verstorbenen Vater, dem alten Herrn von Brakel, geerbt hatte, und das mithin sein Eigentum war. Die vier Bauern, die außer ihm noch in dem Dörfchen wohnten, nannten ihn den gnädigen Herrn, unerachtet er wie sie mit schlicht ausgekämmten Haaren einherging und nur Sonntags, wenn er mit seiner Frau und seinen beiden Kindern, Felix und Christlieb geheißen, nach dem benachbarten Dorfe zur Kirche fuhr, statt der groben Tuchjacke, die er sonst trug, ein feines grünes Kleid und eine rote Weste mit goldenen Tressen anlegte, welches ihm recht gut stand. Ebendieselben Bauern pflegten auch, fragte man sie: wo komme ich denn hin zum Herrn von Brakel? jedesmal zu antworten: »Nur immer vorwärts durch das Dorf den Hügel herauf, wo die Birken stehen, da ist des gnädigen Herrn sein Schloß!« Nun weiß doch jedermann, daß ein Schloß ein großes hohes Gebäude sein muß mit vielen Fenstern und Türen, ja wohl gar mit Türmen und funkelnden Windfahnen, von dem allen war aber auf dem Hügel mit den Birken gar nichts zu spüren, vielmehr stand da nur ein niedriges Häuschen mit wenigen kleinen Fenstern, das man kaum früher, als dicht davor angekommen, erblicken konnte. Geschieht es aber wohl, daß man vor dem hohen Tor eines großen Schlosses plötzlich still steht und, angehaucht von der herausströmenden eiskalten Luft, angestarrt von den toten Augen der seltsamen Steinbilder, die wie grauliche Wächter sich an die Mauer lehnen, alle Lust verliert, hineinzugehen, sondern lieber umkehrt, so war das bei dem kleinen Hause des Herrn Thaddäus von Brakel ganz und gar nicht der Fall. Hatten nämlich schon im Wäldchen die schönen schlanken Birken mit ihren belaubten Ästen wie mit zum Gruß ausgestreckten Armen uns freundlich zugewinkt, hatten sie im frohen Rauschen und Säuseln uns zugewispert: »Willkommen, willkommen unter uns!« so war es denn nun vollends bei dem Hause, als riefen holde Stimmen aus den spiegelhellen Fenstern, ja überall aus dem dunklen dicken Weinlaube, das die Mauern bis zum Dach herauf bekleidete, süßtönend heraus: »Komm doch nur herein, komm doch nur herein, du lieber müder Wanderer, hier ist es gar hübsch und gastlich!« Das bestätigten denn auch die Nest hinein, Nest hinaus lustig zwitschernden Schwalben, und der alte stattliche Storch schaute ernst und klug vom Rauchfange herab und sprach: »Ich wohne nun schon manches liebe Jahr hindurch zur Sommerszeit hier, aber ein besseres Logement finde ich nicht auf Erden, und könnte ich nur die mir angeborene Reiselust bezwingen, wär's nur nicht zur Winterszeit hier so kalt und das Holz so teuer, niemals rührt' ich mich von der Stelle.« – So anmutig und hübsch, wenn auch gleich gar kein Schloß, war das Haus des Herrn von Brakel.

Der vornehme Besuch

Die Frau von Brakel stand eines Morgens sehr früh auf und buk einen Kuchen, zu dem sie viel mehr Mandeln und Rosinen verbrauchte als selbst zum Osterkuchen, weshalb er auch viel herrlicher geriet als dieser. Währenddessen klopfte und bürstete der Herr von Brakel seinen grünen Rock und seine rote Weste aus, und Felix und Christlieb wurden mit den besten Kleidern angetan, die sie nur besaßen. »Ihr dürft,« so sprach dann der Herr von Brakel zu den Kindern, »ihr dürft heute nicht herauslaufen in den Wald wie sonst, sondern müßt in der Stube ruhig sitzenbleiben, damit ihr sauber und hübsch ausseht, wenn der gnädige Herr Onkel kommt!« – Die Sonne war hell und freundlich aufgetaucht aus dem Nebel und strahlte golden hinein in die Fenster, im Wäldchen sauste der Morgenwind, und Fink und Zeisig und Nachtigall jubilierten durcheinander und schmetterten die lustigsten Liedchen. Christlieb saß still und in sich gekehrt am Tische: bald zupfte sie die roten Bandschleifen an ihrem Kleidchen zurecht, bald versuchte sie emsig fortzustricken, welches heute nicht recht gehen wollte. Felix, dem der Papa ein schönes Bilderbuch in die Hände gegeben, schaute über die Bilder hinweg nach dem schönen Birkenwäldchen, in dem er sonst jeden Morgen ein paar Stunden nach Herzenslust herumspringen durfte. »Ach, draußen ist's so schön,« seufzte er in sich hinein, doch als nun vollends der große Hofhund, Sultan geheißen, klaffend und knurrend vor dem Fenster herumsprang, eine Strecke nach dem Walde hinlief, wieder umkehrte und aufs neue knurrte und bellte, als wolle er dem kleinen Felix zurufen: »Kommst du denn nicht heraus in den Wald? was machst du denn in der dumpfigen Stube?« da konnte sich Felix gar nicht lassen vor Ungeduld. »Ach, liebe Mama, laß mich doch nur ein paar Schritte hinausgehen!« So rief er laut, aber die Frau von Brakel erwiderte: »Nein, nein, bleibe nur fein in der Stube. Ich weiß schon, wie es geht, sowie du hinausläufst, muß Christlieb hinterdrein, und dann husch husch durch Busch und Dorn, hinauf auf die Bäume! Und dann kommt ihr zurück, erhitzt und beschmutzt, und der Onkel sagt: was sind das für häßliche Bauernkinder, so dürfen keine Brakels aussehen, weder große noch kleine.« Felix klappte voll Ungeduld das Bilderbuch zu und sprach, indem ihm die Tränen in die Augen traten, kleinlaut: »Wenn der gnädige Herr Onkel von häßlichen Bauernkindern redet, so hat er wohl nicht Vollrads Peter oder Hentschels Anneliese oder alle unsere Kinder hier im Dorfe gesehen, denn ich wüßte doch nicht, wie es hübschere Kinder geben sollte als diese.« »Jawohl,« rief Christlieb, wie plötzlich aus einem Traume erwacht, »und ist nicht auch des Schulzen Grete ein hübsches Kind, wiewohl sie lange nicht solche schöne rote Bandschleifen hat als ich?« Sprecht nicht solch dummes Zeug,« rief die Mutter halb erzürnt, »ihr versteht das nicht, wie es der gnädige Onkel meint.« – Alle weitere Vorstellungen, wie es grade heute gar zu herrlich im Wäldchen sei, halfen nichts, Felix und Christlieb mußten in der Stube bleiben, und das war um so peinlicher, als der Gastkuchen, der auf dem Tische stand, die süßesten Gerüche verbreitete und doch nicht früher angeschnitten werden durfte, bis der Onkel angekommen. »Ach, wenn er doch nur käme, wenn er doch nur endlich käme!« so riefen beide Kinder und weinten beinahe vor Ungeduld. Endlich ließ sich ein starkes Pferdegetrappel vernehmen, und eine Kutsche fuhr vor, die so blank und mit goldenen Zieraten reich geschmückt war, daß die Kinder in das größte Erstaunen gerieten, denn sie hatten dergleichen noch gar nicht gesehen. Ein großer hagerer Mann glitt an den Armen des Jägers, der den Kutschenschlag geöffnet, heraus in die Arme des Herrn von Brakel, an dessen Wange er zweimal sanft die seinige legte und leise lispelte: »Bon jour, mein lieber Vetter, nur gar keine Umstände, bitte ich.« Unterdessen hatte der Jäger noch eine kleine dicke Dame mit sehr roten Backen und zwei Kinder, einen Knaben und ein Mädchen, aus der Kutsche zur Erde hinabgleiten lassen, welches er sehr geschickt zu machen wußte, so daß jeder auf die Füße zu stehen kam. Als sie nun alle standen, traten, wie es ihnen von Vater und Mutter eingeschärft worden, Felix und Christlieb hinzu, faßten jeder eine Hand des langen hagern Mannes und sprachen, dieselbe küssend: »Sein Sie uns recht schön willkommen, lieber gnädiger Herr Onkel!« dann machten sie es mit den Händen der kleinen dicken Dame ebenso und sprachen: »Sein Sie uns recht schön willkommen, liebe gnädige Frau Tante!« Dann traten sie zu den Kindern, blieben aber ganz verblüfft stehen, denn solche Kinder hatten sie noch niemals gesehen. Der Knabe trug lange Pumphosen und ein Jäckchen von scharlachrotem Tuch, über und über mit goldenen Schnüren und Tressen besetzt, und einen kleinen blanken Säbel an der Seite, auf dem Kopf aber eine seltsame rote Mütze mit einer weißen Feder, unter der er mit seinem blaßgelben Gesichtchen und den trüben, schläfrigen Augen blöd und scheu hervorkuckte. Das Mädchen hatte zwar ein weißes Kleidchen an wie Christlieb, aber mit erschrecklich viel Bändern und Spitzen, auch waren ihre Haare ganz seltsam in Zöpfe geflochten und spitz in die Höhe heraufgewunden, oben funkelte aber ein blankes Krönchen. Christlieb faßte sich ein Herz und wollte die Kleine bei der Hand nehmen, die zog aber die Hand schnell zurück und zog solch ein verdrüßliches, weinerliches Gesicht, daß Christlieb ordentlich davor erschrak und von ihr abließ. Felix wollte auch nur des Knaben schönen Säbel ein bißchen näher besehen und faßte darnach, aber der Junge fing an zu schreien: »Mein Säbel, mein Säbel, er will mir den Säbel nehmen,« und lief zum hagern Mann, hinter den er sich versteckte. Felix wurde darüber rot im Gesicht und sprach ganz erzürnt: »Ich will dir ja deinen Säbel nicht nehmen – dummer Junge!« Die letzten Worte murmelte er nur so zwischen den Zähnen, aber der Herr von Brakel hatte wohl alles gehört und schien sehr verlegen darüber zu sein, denn er knöpfelte an der Weste hin und her und rief: »Ei Felix!« Die dicke Dame sprach: »Adelgundchen, Herrmann, die Kinder tun euch ja nichts, seid doch nicht so blöde;« der hagere Herr lispelte aber: »Sie werden schon Bekanntschaft machen,« ergriff die Frau von Brakel bei der Hand und führte sie ins Haus, ihr folgte Herr von Brakel mit der dicken Dame, an deren Schleppkleid sich Adelgundchen und Herrmann hingen. Christlieb und Felix gingen hinterdrein. »Jetzt wird der Kuchen angeschnitten,« flüsterte Felix der Schwester ins Ohr. »Ach ja, ach ja,« erwiderte diese voll Freude, »und dann laufen wir auf und davon in den Wald,« fuhr Felix fort, »und bekümmern uns um die fremden blöden Dinger nicht,« setzte Christlieb hinzu. Felix machte einen Luftsprung, so kamen sie in die Stube. Adelgunde und Herrmann durften keinen Kuchen essen, weil sie, wie die Eltern sagten, das nicht vertragen könnten, sie erhielten dafür jeder einen kleinen Zwieback, den der Jäger aus einer mitgebrachten Schachtel herausnehmen mußte. Felix und Christlieb bissen tapfer in das derbe Stück Kuchen, das die gute Mutter jedem gereicht, und waren guter Dinge.

Wie es weiter bei dem vornehmen Besuche herging

Der hagere Mann, Cyprianus von Brakel geheißen, war zwar der leibliche Vetter des Herrn Thaddäus von Brakel, indessen weit vornehmer als dieser. Denn außerdem, daß er den Grafen-Titel führte, trug er auch auf jedem Rock, ja sogar auf dem Pudermantel einen großen silbernen Stern. Deshalb hatte, als er schon ein Jahr früher, jedoch ganz alleine ohne die dicke Dame, die seine Frau war, und ohne die Kinder, bei dem Herrn Thaddäus von Brakel, seinem Vetter, auf eine Stunde einsprach, Felix ihn auch gefragt: »Hör' mal, gnädiger Herr Onkel, du bist wohl König geworden?« Felix hatte nämlich in seinem Bilderbuche einen abgemalten König, der einen dergleichen Stern auf der Brust trug, und so mußte er wohl glauben, daß der Onkel nun auch König geworden sei, weil er das Zeichen trug. Der Onkel hatte damals sehr über die Frage gelacht und geantwortet: »Nein, mein Söhnchen, König bin ich nicht, aber des Königs treuster Diener und Minister, der über viele Leute regiert. Gehörtest du zu der Gräflich von Brakelschen Linie, so könntest du vielleicht auch künftig solch einen Stern tragen wie ich, aber so bist du freilich nur ein simpler Von, aus dem nicht viel Rechtes werden wird.« Felix hatte den Onkel gar nicht verstanden, und Herr Thaddäus von Brakel meinte, das sei auch gar nicht vonnöten. – Jetzt erzählte der Onkel seiner dicken Frau, wie ihn Felix für den König gehalten, da rief sie: »O süße liebe rührende Unschuld!« Und nun mußten beide, Felix und Christlieb, hervor aus dem Winkel, wo sie unter Kichern und Lachen den Kuchen verzehrt hatten. Die Mutter säuberte beiden sogleich den Mund von manchen Kuchenkrumen und Rosinenresten und übergab sie so dem gnädigen Onkel und der gnädigen Tante, die sie unter lauten Ausrufungen: »O süße liebe Natur, o ländliche Unschuld!« küßten und ihnen große Tüten in die Hände drückten. Dem Herrn Thaddäus von Brakel und seiner Frau standen die Tränen in den Augen über die Güte der vornehmen Verwandten. Felix hatte indessen die Tüte geöffnet und Bonbons darin gefunden, auf die er tapfer zubiß, welches ihm Christlieb sogleich nachmachte. »Söhnchen, mein Söhnchen,« rief der gnädige Onkel, »so geht das nicht, du verdirbst dir ja die Zähne, du mußt fein so lange an dem Zukkerwerke lutschen, bis es im Munde zergeht.« Da lachte aber Felix beinahe laut auf und sprach: »Ei, lieber gnädiger Onkel, glaubst du denn, daß ich ein kleines Wickelkind bin und lutschen muß, weil ich noch keine tüchtige Zähne habe zum Beißen?« Und damit steckte er ein neues Bonbon in den Mund und biß so gewaltig zu, daß es knitterte und knatterte. »O liebliche Naivität,« rief die dicke Dame, der Onkel stimmte ein, aber dem Herrn Thaddäus standen die Schweißtropfen auf der Stirne; er war über Felixens Unart ganz beschämt, und die Mutter raunte ihm ins Ohr: »Knirsche nicht so mit den Zähnen, unartiger Junge!« Das machte den armen Felix, der nichts Übles zu tun glaubte, ganz bestürzt, er nahm das noch nicht ganz verzehrte Bonbon langsam aus dem Munde, legte es in die Tüte und reichte diese dem Onkel hin, indem er sprach: »Nimm nur deinen Zucker wieder mit, wenn ich ihn nicht essen soll!« Christlieb, gewohnt in allem Felixens Beispiel zu folgen, tat mit ihrer Tüte dasselbe. Das war dem Herrn Thaddäus zu arg, er brach los: »Ach, mein geehrtester gnädiger Herr Vetter, halten Sie nur dem einfältigen Jungen die Tölpelei zugute, aber freilich auf dem Lande und in so beschränkten Verhältnissen – Ach, wer nur solche gesittete Kinder erziehen könnte wie Sie!« – Der Graf Cyprianus lächelte selbstgefällig und vornehm, indem er auf Herrmann und Adelgunde hinblickte. Die hatten längst ihren Zwieback verzehrt und saßen nun stumm und still auf ihren Stühlen, ohne eine Miene zu verziehen, ohne sich zu rühren und zu regen. Die dicke Dame lächelte ebenfalls, indem sie lispelte: »Ja, lieber Herr Vetter, die Erziehung unserer lieben Kinder liegt uns mehr als alles am Herzen.« Sie gab dem Grafen Cyprianus einen Wink, der sich alsbald an Herrmann und Adelgunden wandte und allerlei Fragen an sie richtete, die sie mit der größten Schnelligkeit beantworteten: Da war von vielen Städten, Flüssen und Bergen die Rede, die viele tausend Meilen ins Land hinein liegen sollten und die seltsamsten Namen trugen. Ebenso wußten beide ganz genau zu beschreiben, wie die Tiere aussähen, die in wilden Gegenden der entferntesten Himmelsstriche wohnen sollten. Dann sprachen sie von fremden Gebüschen, Bäumen und Früchten, als ob sie sie selbst gesehn, ja wohl die Früchte selbst gekostet hätten. Herrmann beschrieb ganz genau, wie es vor dreihundert Jahren in einer großen Schlacht zugegangen, und wußte alle Generale, die dabei zugegen gewesen, mit Namen zu nennen. Zuletzt sprach Adelgunde sogar von den Sternen und behauptete, am Himmel säßen allerlei seltsame Tiere und Figuren. Dem Felix wurde dabei ganz angst und bange, er näherte sich der Frau von Brakel und fragte leise ins Ohr: »Ach, Mama! liebe Mama! was ist denn das alles, was die dort schwatzen und plappern?« »Halt's Maul, dummer Junge,« raunte ihm die Mutter zu, »das sind die Wissenschaften.« Felix verstummte. »Das ist erstaunlich, das ist unerhört! in dem zarten Alter!« so rief der Herr von Brakel einmal über das andere, die Frau von Brakel aber seufzete: »O mein Herr Jemine! o was sind das für Engel! o was soll denn aus unsern Kleinen werden, hier auf dem öden Lande.« Als nun der Herr von Brakel in die Klagen der Mutter mit einstimmte, tröstete beide der Graf Cyprianus, indem er versprach, binnen einiger Zeit ihnen einen gelehrten Mann zuzuschicken, der ganz umsonst den Unterricht der Kinder übernehmen werde. Unterdessen war die schöne Kutsche wieder vorgefahren. Der Jäger trat mit zwei großen Schachteln hinein, die nahmen Adelgunde und Herrmann und überreichten sie der Christlieb und dem Felix. »Lieben Sie Spielsachen, mon cher? hier habe ich Ihnen welche mitgebracht von der feinsten Sorte,« so sprach Herrmann sich zierlich verbeugend. Felix hatte die Ohren hängen lassen, er ward traurig, selbst wußte er nicht warum. Er hielt die Schachtel gedankenlos in den Händen und murmelte: »Ich heiße nicht Mon schär, sondern Felix und auch nicht *Sie*, sondern *du*.« – Der Christlieb war auch das Weinen näher als das Lachen, unerachtet aus der Schachtel, die sie von Adelgunden erhalten, die süßesten Düfte strömten wie von allerlei schönen Näschereien. An der Türe sprang und bellte nach seiner Gewohnheit Sultan, Felixens getreuer Freund und Liebling, Herrmann entsetzte sich so sehr vor dem Hunde, daß er schnell in die Stube zurücklief und laut zu weinen anfing. »Er tut dir ja nichts,« sprach Felix, »er tut dir ja nichts, warum heulst und schreist du so? es ist ja nur ein Hund, und du hast ja schon die schrecklichsten Tiere gesehen? Und wenn er auch auf dich zufahren wollte, du hast ja einen Säbel?« Felixens Zureden half gar nichts, Herrmann schrie immerfort, bis ihn der Jäger auf den Arm nehmen und in die Kutsche tragen mußte. Adelgunde, plötzlich von dem Schmerz des Bruders ergriffen, oder Gott weiß aus welcher andern Ursache, fing ebenfalls an, heftig zu heulen, welches die arme Christlieb so anregte, daß sie auch zu schluchzen und zu weinen begann. Unter diesem Geschrei und Gejammer der drei Kinder fuhr der Graf Cyprianus von Brakel ab von Brakelheim, und so endete der vornehme Besuch.

Die neuen Spielsachen

Sowie die Kutsche mit dem Grafen Cyprianus von Brakel und seiner Familie den Hügel herabgerollt war, warf der Herr Thaddäus schnell den grünen Rock und die rote Weste ab, und als er ebenso schnell die weite Tuchjacke angezogen und zwei bis dreimal mit dem breiten Kamm die Haare durchfahren hatte, da holte er tief Atem, dehnte sich und rief: »Gott sei gedankt!« Auch die Kinder zogen schnell ihre Sonntagsröckchen aus und fühlten sich froh und leicht. »In den Wald, in den Wald!« rief Felix, indem er seine höchsten Luftsprünge versuchte. »Wollt ihr denn nicht erst sehen, was euch Herrmann und Adelgunde mitgebracht haben?« So sprach die Mutter, und Christlieb, die schon während des Ausziehens die Schachteln mit neugierigen Augen betrachtet hatte, meinte, daß das wohl erst geschehen könne, nachher sei es ja wohl noch Zeit genug, in den Wald zu laufen. Felix war sehr schwer zu überreden. Er sprach: »Was kann uns denn der alberne pumphosichte Junge mitsamt seiner bebänderten Schwester Großes mitgebracht haben? Was die Wissenschaften betrifft, J nun, die plappert er gut genug weg, aber erst schwatzt er von Löw' und Bär und weiß, wie man die Elefanten fängt, und dann fürchtet er sich vor meinem Sultan, hat einen Säbel an der Seite und heult und schreit und kriecht unter den Tisch. Das mag mir ein schöner Jäger sein!« »Ach, lieber guter Felix, laß uns doch nur ein ganzes kleines bißchen die Schachteln öffnen!« So bat Christlieb, und da ihr Felix alles nur mögliche zu Gefallen tat, so gab er das in den Wald Laufen vor der Hand auf und setzte sich mit Christlieb geduldig an den Tisch, auf dem die Schachteln standen. Sie wurden von der Mutter geöffnet, aber da – Nun, o meine vielgeliebten Leser! Euch allen ist es gewiß schon so gut geworden, zur Zeit des fröhlichen Jahrmarkts oder doch gewiß zu Weihnachten, von den Eltern oder andern lieben Freunden mit allerlei schmucken Sachen reichlich beschenkt zu werden. Denkt euch, wie ihr vor Freude jauchzet, als blanke Soldaten, komische Männchen mit Drehorgeln, schön geputzte Puppen, zierliche Gerätschaften, herrliche bunte Bilderbücher u. a. m. um euch lagen und standen! Solche große Freude wie ihr damals hattet jetzt Felix und Christlieb, denn eine ganz reiche Bescherung der niedlichsten glänzendsten Sachen ging aus den Schachteln hervor, und dabei gab es noch allerlei Naschwerk, so daß die Kinder einmal über das andere die Hände zusammenschlugen und ausriefen: »Ei, wie schön ist das!« Nur eine Tüte mit Bonbons legte Felix mit Verachtung beiseite, und als Christlieb bat, den gläsernen Zucker doch wenigstens nicht zum Fenster heraus zu werfen, wie er es eben tun wollte, ließ er zwar davon ab, öffnete aber die Tüte und warf einige Bonbons dem Sultan hin, der indessen hineingeschwänzelt war. Sultan roch daran und wandte dann unmutig die Schnauze weg. »Siehst du wohl, Christlieb,« rief Felix nun triumphierend, »siehst du wohl, nicht einmal Sultan mag das garstige Zeug fressen.« Übrigens machte dem Felix von den Spielsachen nichts mehr Freude als ein stattlicher Jägersmann, der, wenn man ein kleines Fädchen, das hinten unter seiner Jacke hervorragte, anzog, die Büchse anlegte und in ein Ziel schoß, das drei Spannen weit vor ihm angebracht war. Nächstdem schenkte er seine Liebe einem kleinen Männchen, das Komplimente zu machen verstand und auf einer Harfe quinkelierte, wenn man an einer Schraube drehte; vor allen Dingen gefiel ihm aber eine Flinte und ein Hirschfänger, beides von Holz und übersilbert sowie eine stattliche Husaren-Mütze und eine Patrontasche. Christlieb hatte große Freude an einer sehr schön geputzten Puppe und einem saubern vollständigen Hausrat. Die Kinder vergaßen Wald und Flur und ergötzten sich an den Spielsachen bis in den späten Abend hinein. Dann gingen sie zu Bette.

Was sich mit den neuen Spielsachen im Walde zutrug

Tages darauf fingen die Kinder es wieder da an, wo sie es abends vorher gelassen hatten: das heißt, sie holten sie Schachteln herbei, kramten ihre Spielsachen aus und ergötzten sich daran auf mancherlei Weise. Ebenso wie gestern schien die Sonne hell und freundlich in die Fenster hinein, wisperten und lispelten die vom laufenden Morgenwind begrüßten Birken, jubilierten Zeisig, Fink und Nachtigall in den schönsten lustigsten Liedlein. Da wurd' es dem Felix bei seinem Jäger, seinem kleinen Männchen, seiner Flinte und Patrontasche ganz enge und wehmütig ums

Herz. »Ach,« rief er auf einmal, »ach, draußen ist's doch schöner, komm, Christlieb! laß uns in den Wald laufen.« Christlieb hatte eben die große Puppe ausgezogen und war im Begriff, sie wieder anzukleiden, welches ihr viel Vergnügen machte, deshalb wollte sie nicht heraus, sondern bat: »Lieber Felix, wollen wir denn nicht noch hier ein bißchen spielen?« »Weißt du was, Christlieb,« sprach Felix, »wir nehmen das Beste von unsern Spielsachen mit hinaus. Ich schnalle meinen Hirschfänger um und hänge das Gewehr über die Schulter, da seh' ich aus wie ein Jäger. Der kleine Jäger und Harfenmännlein können mich begleiten, du, Christlieb, kannst deine große Puppe und das Beste von deinen Gerätschaften mitnehmen. Komm nur, komm!« Christlieb zog hurtig die Puppe vollends an, und nun liefen beide Kinder mit ihren Spielsachen hinaus in den Wald, wo sie sich auf einem schönen grünen Plätzchen lagerten. Sie hatten eine Weile gespielt, und Felix ließ eben das Harfenmännlein sein Stückchen orgeln, als Christlieb anfing: »Weißt du wohl, lieber Felix, daß dein Harfenmann gar nicht hübsch spielt? Hör nur, wie das hier im Walde häßlich klingt, das ewige Ting-Ting-Ping-Ping, die Vögel kucken so neugierig aus den Büschen, ich glaube, sie halten sich ordentlich auf über den albernen Musikanten, der hier zu ihrem Gesange spielen will.« Felix drehte stärker und stärker an der Schraube und rief endlich: »Du hast recht, Christlieb! es klingt abscheulich, was der kleine Kerl spielt, was können mir seine Dienerchen helfen – ich schäme mich ordentlich vor dem Finken dort drüben, der mich mit solch schlauen Augen anblinzelt. – Aber der Kerl soll besser spielen – soll besser spielen!« – Und damit drehte Felix so stark an der Schraube, daß Krackkrack – der ganze Kasten in tausend Stücke zerbrach, auf dem das Harfenmännlein stand, und seine Arme zerbröckelt herabfielen. »Oh – Oh!« rief Felix; »Ach, das Harfenmännlein!« rief Christlieb. Felix beschaute einen Augenblick das zerbrochene Spielwerk, sprach dann: »Es war ein dummer alberner Kerl, der schlechtes Zeug aufspielte und Gesichter und Diener machte wie

Vetter Pumphose« und warf den Harfenmann weit fort in das tiefste Gebüsch. »Da lob' ich mir meinen Jägersmann,« sprach er weiter, »der schießt einmal über das andere ins Ziel.« Nun ließ Felix den kleinen Jäger tüchtig exerzieren. Als das eine Weile gedauert, fing Felix an: »Dumm ist's doch, daß der kleine Kerl immer nur nach dem Ziele schießt, welches, wie Papa sagt, gar keine Sache für einen Jägersmann ist. Der muß im Walde schießen nach Hirschen – Rehen – Hasen und sie treffen im vollen Lauf. – Der Kerl *soll* nicht mehr nach dem Ziele schießen.« Damit brach Felix die Zielscheibe los, die vor dem Jäger angebracht war. »Nun schieß' ins Freie,« rief er, aber er mochte an dem Fädchen ziehen, soviel als er wollte, schlaff hingen die Arme des kleinen Jägers herab. Er legte nicht mehr die Büchse an, er schoß nicht mehr los. »Ha ha,« rief Felix, »nach dem Ziel, in der Stube, da konntest du schießen, aber im Walde, wo des Jägers Heimat ist, da geht's nicht. Fürchtest dich auch wohl vor Hunden und würdest, wenn einer käme, davonlaufen mitsamt deiner Büchse wie Vetter Pumphose mit seinem Säbel! – Ei, du einfältiger nichtsnutziger Bursche,« damit schleuderte Felix den Jäger dem Harfenmännlein nach ins tiefe Gebüsch. »Komm! laß uns ein wenig laufen,« sprach er dann zu Christlieb. »Ach ja, lieber Felix,« erwiderte diese, »meine hübsche Puppe soll mitlaufen, das wird ein Spaß sein.« Nun faßte jeder, Felix und Christlieb, die Puppe an einem Arm, und so ging's fort in vollem Laufe durchs Gebüsch den Hügel herab und fort und fort bis an den mit hohem Schilf umkränzten Teich, der noch zu dem Besitztum des Herrn Thaddäus von Brakel gehörte, und wo er zuweilen wilde Enten zu schießen pflegte. Hier standen die Kinder still, und Felix sprach: »Laß uns ein wenig passen, ich habe ja nun eine Flinte, wer weiß, ob ich nicht im Röhricht eine Ente schießen kann, so gut wie der Vater.« In dem Augenblick schrie aber Christlieb laut auf: »Ach, meine Puppe, was ist aus meiner schönen Puppe geworden!« Freilich sah das arme Ding ganz miserabel aus. Weder Christlieb noch Felix hatten im Laufen die Puppe beachtet, und so war es gekommen, daß sie sich an dem Gestripp die Kleider ganz und gar zerrissen, ja beide Beinchen gebrochen hatte. Von dem hübschen Wachsgesichtchen war auch beinahe keine Spur, so zerfetzt und häßlich sah es aus. »Ach, meine Puppe, meine schöne Puppe!« klagte Christlieb. »Da siehst du nun,« sprach Felix, »was für dumme Dinger uns die fremden Kinder mitgebracht haben. Das ist ja eine ungeschickte einfältige Trine, deine Puppe, die nicht einmal mit uns laufen kann, ohne sich gleich alles zu zerreißen und zu zerfetzen – gib sie nur her.« Christlieb reichte die verunstaltete Puppe traurig dem Bruder hin und konnte sich eines lauten Schreies: »Ach, ach!« nicht enthalten, als der sie ohne weiteres fortschleuderte in den Teich. »Gräme dich nur nicht,« tröstete Felix die Schwester, »gräme dich nur ja nicht um das alberne Ding, schieße ich eine Ente, so sollst du die schönsten Federn bekommen, die sich nur in den bunten Flügeln finden wollen.« Es rauschte im Röhricht, da legte stracks Felix seine hölzerne Flinte an, setzte sie aber in demselben Augenblick wieder ab und schaute nachdenklich vor sich hin. »Bin ich nicht auch *selbst* ein törichter Junge,« fing er dann leise an, »gehört denn nicht zum Schießen Pulver und Blei, und habe ich denn beides? – Kann ich denn auch wohl Pulver in eine hölzerne Flinte laden? – Wozu ist überhaupt das dumme hölzerne Ding? – Und der Hirschfänger? – Auch von Holz! – der schneidet und sticht nicht – des Vetters Säbel war gewiß auch von Holz, deshalb mochte er ihn nicht ausziehn, als er sich vor dem Sultan fürchtete. Ich merke schon, Vetter Pumphose hat mich nur zum besten gehabt mit seinen Spielsachen, die was vorstellen wollen und nichtsnütziges Zeug sind.« Damit schleuderte Felix Flinte, Hirschfänger und zuletzt noch die Patrontasche in den Teich. Christlieb war doch betrübt über den Verlust der Puppe, und auch Felix konnte sich des Unmuts nicht erwehren. So schlichen sie nach Hause, und als die Mutter frug: »Kinder, wo habt ihr eure Spielsachen,« erzählte Felix ganz treuherzig, wie schlimm er mit dem Jäger, mit dem Harfenmännlein, mit Flinte, Hirschfänger und Patrontasche, wie schlimm Christlieb mit der Puppe angeführt worden. »Ach,« rief die Frau von Brakel halb erzürnt, »ihr einfältigen Kinder, ihr wißt nur nicht mit den schönen zierlichen Sachen umzugehen.« Der Herr Thaddäus von Brakel, der Felixens Erzählung mit sichtbarem Wohlgefallen angehört hatte, sprach aber: »Lasse die Kinder nur gewähren, im Grunde genommen ist's mir recht lieb, daß sie die fremdartigen Spielsachen, die sie nur verwirrten und beängstigten, los sind.« Weder die Frau von Brakel noch die Kinder wußten, was der Herr von Brakel mit diesen Worten eigentlich sagen wollte.

Das fremde Kind

Felix und Christlieb waren in aller Frühe nach dem Walde gelaufen. Die Mutter hatte es ihnen eingeschärft, ja recht bald wiederzukommen, weil sie nun viel mehr in der Stube sitzen und viel mehr schreiben und lesen müßten als sonst, damit sie sich nicht gar zu sehr zu schämen brauchten vor dem Hofmeister, der nun nächstens kommen werde, deshalb sprach Felix: »Laß uns nun das Stündchen über, das wir draußen bleiben dürfen, recht tüchtig springen und laufen!« Sie begannen auch gleich, sich als Hund und Häschen herumzujagen, aber so wie dieses Spiel erregten auch alle übrigen Spiele, die sie anfingen, nach wenigen Sekunden ihnen nur Überdruß und Langeweile. Sie wußten selbst gar nicht, wie es denn nur kam, daß ihnen gerade heute tausend ärgerliches Zeug geschehen mußte. Bald flatterte Felixens Mütze, vom Winde getrieben, ins Gebüsch, bald strauchelte er und fiel auf die Nase im besten Rennen, bald blieb Christlieb mit den Kleidern hängen am Dornstrauch oder stieß sich den Fuß am spitzen Stein, daß sie laut aufschreien mußte. Sie gaben bald alles Spielen auf und schlichen mißmütig durch den Wald. »Wir wollen nur in die Stube kriechen,« sprach Felix, warf sich aber, statt weiterzugehen, in den Schatten eines schönen Baums. Christlieb folgte seinem Beispiel. Da saßen die Kinder nun voller Unmut und starrten stumm in den Boden hinein. »Ach,« seufzete Christlieb endlich leise, »ach, hätten wir doch noch die schönen Spielsachen!« – »Die würden,« murrte Felix, »die würden uns gar nichts nützen, wir müßten sie doch nur wieder zerbrechen und verderben. Höre, Christlieb! – die Mutter hat doch wohl recht – die Spielsachen waren gut, aber wir wußten nur nicht damit umzugehen, und das kommt daher, weil uns die Wissenschaften fehlen.« »Ach, lieber Felix,« rief Christlieb, »du hast recht, könnten wir die Wissenschaften so hübsch auswendig wie der blanke Vetter und die geputzte Muhme, ach, da hättest du noch deinen Jäger, dein Harfenmännlein, da läg' meine schöne Puppe nicht im Ententeich! – wir ungeschickten Dinger – ach, wir haben keine Wissenschaften!« und damit fing Christlieb an, jämmerlich zu schluchzen und zu weinen, und Felix stimmte mit ein, und beide Kinder heulten und jammerten, daß es im Walde widertönte: »Wir armen Kinder, wir haben keine Wissenschaften!« Doch plötzlich hielten sie inne und fragten voll Erstaunen: »Siehst du's, Christlieb?« – »Hörst du's, Felix?« – Aus dem tiefsten Schatten des dunkeln Gebüsches, das den Kindern gegenüber lag, blickte ein wundersamer Schein, der wie sanfter Mondesstrahl über die vor Wonne zitternden Blätter gaukelte, und durch das Säuseln des Waldes ging ein süßes Getön, wie wenn der Wind über Harfen hinstreift und im Liebkosen die schlummernden Akkorde weckt. Den Kindern wurde ganz seltsam zumute, aller Gram war von ihnen gewichen, aber die Tränen standen ihnen in den Augen vor süßem, nie gekanntem Weh. So wie lichter und lichter der Schein durch das Gebüsch strahlte, so wie lauter und lauter die wundervollen Töne erklangen, klopfte den Kindern höher das Herz, sie starrten hinein in den Glanz, und ach! sie gewahrten, daß es das von der Sonne hell erleuchtete holde Antlitz des lieblichsten Kindes war, welches ihnen aus dem Gebüsch zulächelte und zuwinkte. »O komm doch nur zu uns –

komm doch nur zu uns, du liebes Kind!« so riefen beide, Christlieb und Felix, indem sie aufsprangen und voll unbeschreiblicher Sehnsucht die Hände nach der holden Gestalt ausstreckten. »Ich komme – ich komme,« rief es mit süßer Stimme aus dem Gebüsch, und leicht, wie vom säuselnden Morgenwinde getragen, schwebte das fremde Kind herüber zu Felix und Christlieb.

Wie das fremde Kind mit Felix und Christlieb spielte

»Ich hab' euch wohl aus der Ferne weinen und klagen gehört,« sprach das fremde Kind, »und da hat es mir recht leid um euch getan, was fehlt euch denn, liebe Kinder?« »Ach, wir wußten es selbst nicht recht,« erwiderte Felix, »aber nun ist es mir so, als wenn nur du uns gefehlt hättest.« – »Das ist wahr,« fiel Christlieb ein, »nun du bei uns bist, sind wir wieder froh! Warum bist du aber auch so lange ausgeblieben?« – Beiden Kindern war es in der Tat so, als ob sie schon lange das fremde Kind gekannt und mit ihm gespielt hätten, und als ob ihr Unmut nur daher gerührt hätte, daß der liebe Spielkamerad sich nicht mehr blicken lassen. »Spielsachen,« sprach Felix weiter, »haben wir nun freilich gar nicht, denn ich einfältiger Junge habe gestern die schönsten, die Vetter Pumphose mir geschenkt hatte, schändlich verdorben und weggeschmissen, aber spielen wollen wir doch wohl.« »Ei, Felix« sprach das fremde Kind, indem es laut auflachte, »ei, wie magst du nur so sprechen. Das Zeug, das du weggeworfen hast, das hat gewiß nicht viel getaugt, du sowie Christlieb, ihr seid ja beide ganz umgeben von dem herrlichsten Spielzeuge, das man nur sehen kann.« »Wo denn? – Wo denn?« – riefen Christlieb und Felix. – »Schaut doch um euch,« sprach das fremde Kind. – Und Felix und Christlieb gewahrten, wie aus dem dicken Grase, aus dem wolligen Moose allerlei herrliche Blumen wie mit glänzenden Augen hervorguckten, und dazwischen funkelten bunte Steine und krystallne Muscheln, und goldene Käferchen tanzten auf und nieder und summten leise Liedchen. – »Nun wollen wir einen Palast bauen, helft mir hübsch die Steine zusammentragen!« so rief das fremde Kind, indem es, zur Erde gebückt, bunte Steine aufzulesen begann. Christlieb und Felix halfen, und das fremde Kind wußte so geschickt die Steine zu fügen, daß sich bald hohe Säulen erhoben, die in der Sonne funkelten wie poliertes Metall, und darüber wölbte sich ein luftiges goldenes Dach. – Nun küßte das fremde Kind die Blumen, die aus dem Boden hervorguckten, da rankten sie im süßen Gelispel in die Höhe, und sich in holder Liebe verschlingend, bildeten sie duftende Bogengänge, in denen die Kinder voll Wonne und Entzücken umhersprangen. Das fremde Kind klatschte in die Hände, da sumste das goldene Dach des Palastes – Goldkäferchen hatten es mit ihren Flügeldecken gewölbt – auseinander, und die Säulen zerflossen zum rieselnden Silberbach, an dessen Ufer sich die bunten Blumen lagerten und bald neugierig in seine Wellen guckten, bald ihre Häupter hin und her wiegend auf sein kindisches Plaudern horchten. Nun pflückte das fremde Kind Grashalme und brach kleine Ästchen von den Bäumen, die es hinstreute vor Felix und Christlieb. Aber aus den Grashalmen wurden bald die schönsten Puppen, die man nur sehen konnte, und aus den Ästchen kleine allerliebste Jäger. Die Puppen tanzten um Christlieb herum und ließen sich von ihr auf den Schoß nehmen und lispelten mit feinen Stimmchen: »Sei uns gut, sei uns gut, liebe Christlieb.« Die Jäger tummelten sich und klirrten mit den Büchsen und bliesen auf ihren Hörnern und riefen: »Hallo! – Hallo! zur Jagd, zur Jagd!« – Da sprangen Häschen aus den Büschen und Hunde ihnen nach, und die Jäger knallten hinterdrein! – Daß war eine Lust – Alles verlor sich wieder, Christlieb und Felix riefen: »Wo sind die Puppen, wo sind die Jäger.« Das fremde Kind sprach: »Oh! die stehen euch alle zu Gebote, die sind jeden Augenblick bei euch, wenn ihr nur wollt, aber möchtet ihr nicht lieber jetzt ein bißchen durch den Wald laufen?« –

»Ach ja, ach ja!« riefen beide, Felix und Christlieb. Da faßte das fremde Kind sie bei den Händen und rief: »Kommt, kommt!« und damit ging es fort. Aber das war ja gar kein Laufen zu nennen! – Nein! Die Kinder schwebten im leichten Fluge durch Wald und Flur, und die bunten Vögel flatterten laut singend und jubilierend um sie her. Mit einem Mal ging es hoch – hoch in die Lüfte. »Guten Morgen, Kinder! Guten Morgen, Gevatter Felix!« rief der Storch im Vorbeistreifen! »Tut mir nichts, tut mir nichts – ich freß' euer Täublein nicht!« kreischte der Geier, sich in banger Scheu vor den Kindern durch die Lüfte schwingend. – Felix jauchzte laut, aber der Christlieb wurde bange. »Mir vergeht der Atem – ach, ich falle wohl!« so rief sie, und in demselben Augenblick ließ sich das fremde Kind mit den Gespielen nieder und sprach: »Nun singe ich euch das Waldlied zum Abschiede für heute, morgen komm' ich wieder.« Nun nahm das Kind ein kleines Waldhorn hervor, dessen goldne Windungen beinahe anzusehen waren wie leuchtende Blumenkränze, und begann darauf so herrlich zu blasen, daß der ganze Wald wundersam von den lieblichen Tönen widerhallte, und dazu sangen die Nachtigallen, die wie auf des Waldhorns Ruf herbeiflatterten und sich dicht neben dem Kinde in die Zweige setzten, ihre herrlichsten Lieder. Aber plötzlich verhallten die Töne mehr und mehr, und nur ein leises Säuseln quoll aus den Gebüschen, in die das fremde Kind hingeschwunden. »Morgen – morgen kehr' ich wieder!« so rief es aus weiter Ferne den Kindern zu, die nicht wußten, wie ihnen geschehen, denn solch innere Lust hatten sie nie empfunden. »Ach, wenn es doch nur schon wieder *morgen* wäre,« so sprachen beide, Felix und Christlieb, indem sie voller Hast zu Hause liefen, um den Eltern zu erzählen, was sich im Walde begeben.

Was der Herr von Brakel und die Frau von Brakel zu dem fremden Kinde sagten, und was sich weiter mit demselben begab

»Beinahe möchte ich glauben, daß den Kindern das alles nur geträumt hat!« So sprach der Herr Thaddäus von Brakel zu seiner Gemahlin, als Felix und Christlieb, ganz erfüllt von dem fremden Kinde, nicht aufhören konnten, sein holdes Wesen, seinen anmutigen Gesang, seine wunderbaren Spiele zu preisen. »Denk' ich aber wieder daran,« fuhr Herr von Brakel fort, »daß beide doch nicht auf einmal und auf gleiche Weise geträumt haben können, so weiß ich am Ende selbst nicht, was ich von dem allen denken soll.« »Zerbrich dir den Kopf nicht, o mein Gemahl!« erwiderte die Frau von Brakel, »ich wette, das fremde Kind ist niemand anders als Schulmeisters Gottlieb aus dem benachbarten Dorfe. Der ist herübergelaufen und hat den Kindern allerlei tolles Zeug in den Kopf gesetzt, aber das soll er künftig bleiben lassen.« Herr von Brakel war gar nicht der Meinung seiner Gemahlin, um indessen mehr hinter die eigentliche Bewandtnis der Sache zu kommen, wurden Felix und Christlieb herbeigerufen und aufgefordert, genau anzugeben, wie das Kind ausgesehen habe, und wie es gekleidet gewesen sei. Rücksichts des Aussehens stimmten beide überein, daß das Kind ein lilienweißes Gesicht, rosenrote Wangen, kirschrote Lippen, blauglänzende Augen und goldgelocktes Haar habe und so schön sei, wie sie es gar nicht aussprechen könnten; in Ansehnung der Kleider wußten sie aber nur so viel, daß das Kind ganz gewiß nicht eine blaugestreifte Jacke, eben solche Hosen und eine schwarzlederne Mütze trage wie Schulmeisters Gottlieb. Dagegen klang alles, was sie über den Anzug des Kindes ungefähr zu sagen vermochten, ganz fabelhaft und unklug. Christlieb behauptete nämlich, das Kind trage ein wunderschönes leichtes glänzendes Kleidchen von Rosenblättern; Felix meinte dagegen, das Kleid des Kindes funkle in hellem goldenen Grün wie Frühlingslaub im Sonnenschein. Daß das Kind, fuhr Felix weiter fort, irgendeinem Schulmeister angehören könne, daran sei gar nicht zu denken, denn zu gut verstehe sich der Knabe auf die Jägerei, stamme gewiß aus der Heimat aller Wald- und Jagdlust und werde der tüchtigste Jägersmann werden, den es wohl gebe. »Ei, Felix,« unterbrach ihn Christlieb, »wie kannst du nur sagen, daß das kleine liebe Mädchen ein Jägersmann werden soll. Auf das Jagen mag sie sich auch wohl verstehen, aber gewiß noch viel besser auf die Wirtschaft im Hause, sonst hätte sie mir nicht so hübsch die Puppen angekleidet und so schöne Schüsseln bereitet!« So hielt Felix das fremde Kind für einen Knaben, Christlieb behauptete dagegen, es sei ein Mädchen, und beide konnten darüber nicht einig werden. – Die Frau von Brakel sagte, es lohnt gar nicht, daß man sich mit den Kindern auf solche Narrheiten einläßt, der Herr von Brakel meinte dagegen: »Ich dürfte ja nur den Kindern nachgehen in den Wald und erlauschen, was denn das für ein seltsames Wunderkind ist, das mit ihnen spielt, aber es ist mir so, als könnte ich den Kindern dadurch eine große Freude verderben, und deshalb will ich es nicht tun.« Andern Tages, als Felix und Christlieb zu gewöhnlicher Zeit in den Wald liefen, wartete das fremde Kind schon auf sie, und wußte es gestern herrliche Spiele zu beginnen, so schuf es vollends heute die anmutigsten Wunder, so daß Felix und Christlieb einmal über das andere vor Freude und Entzücken laut aufjauchzten. Lustig und sehr hübsch zugleich war es, daß das fremde Kind während des Spielens so zierlich und gescheut mit den Bäumen, Gebüschen, Blumen, mit dem Waldbach zu sprechen wußte. Alle antworteten auch so vernehmlich, daß Felix und Christlieb alles verstanden. Das fremde Kind rief ins Erlengebüsch hinein: »Ihr schwatzhaftes Volk, was flüstert und wispert ihr wieder untereinander?« Da schüttelten stärker sich die Zweige und lachten und lispelten: »Ha – ha ha – wir freuen uns über die artigen Dinge, die uns Freund Morgenwind heute zugeraunt hat, als er von den blauen Bergen vor den Sonnenstrahlen daherrauschte. Er brachte uns tausend Grüße und Küsse von der goldnen Königin und einige tüchtige Flügelschläge voll der süßesten Düfte.« »O schweigt doch,« so unterbrachen die Blumen das Geschwätz der Büsche, »o schweigt doch von dem Flatterhaften, der mit den Düften prahlt, die seine falschen Liebkosungen uns entlocken. Laßt die Gebüsche lispeln und säuseln, ihr Kinder, aber schaut uns an, horcht auf uns, wir lieben euch gar zu sehr und putzen uns heraus mit den schönsten glänzendsten Farben Tag für Tag nur, damit wir euch recht gefallen.« – »Und lieben wir euch denn nicht auch, ihr holden Blumen?« So sprach das fremde Kind, aber Christlieb kniete zur Erde nieder und streckte beide Arme weit aus, als wollte sie all die herrlichen Blumen, die um sie her sproßten, umarmen, indem sie rief: »Ach, ich lieb' euch ja allzumal!« – Felix sprach: »Auch mir gefallt ihr wohl, in euren glänzenden Kleidern, ihr Blumen, aber doch halt' ich es mit dem Grün, mit den Büschen, mit den Bäumen, mit dem Walde, er muß euch doch schützen und schirmen, ihr kleinen bunten Kindlein!« Da sauste es in den hohen schwarzen Tannen: »Das ist ein wahres Wort, du tüchtiger Junge, und du mußt dich nicht vor uns fürchten, wenn der Gevatter Sturm dahergezogen kommt und wir ein bißchen ungestüm mit dem groben Kerl zanken.« »Ei,« rief Felix, »knarrt und stöhnt und sauset nur recht wacker, ihr grünen Riesen, dann geht ja dem tüchtigen Jägersmann erst das Herz recht auf.« »Da hast du ganz recht,« so rauschte und plätscherte der Waldbach, »da hast du ganz recht, aber wozu immer jagen, immer rennen im Sturm und im wilden Gebraus! – Kommt! setzt euch fein ins Moos und hört mir zu. Von fernen, fernen Landen aus tiefem Schacht komm ich her – ich will euch schöne Märchen erzählen und immer was Neues, Well' auf Welle und immerfort und fort. Und die schönsten Bilder zeig' ich euch, schaut mir nur recht ins blanke Spiegelantlitz – duftiges Himmelblau – goldenes Gewölk – Busch und Blum' und Wald – euch selbst, ihr holden Kinder, zieh' ich liebend hinein tief in meinen Busen!« – »Felix, Christlieb,« so sprach das fremde Kind, indem es mit wundersamer

Holdseligkeit um sich blickte, »Felix, Christlieb, o hört doch nur, wie alles uns liebt. Aber schon steigt das Abendrot auf hinter den Bergen, und Nachtigall ruft mich nach Hause.« »O laß uns noch ein bißchen fliegen,« bat Felix. »Aber nur nicht so sehr hoch, da schwindelt's mir gar zu sehr,« sprach Christlieb. Da faßte wie gestern das fremde Kind beide, Felix und Christlieb, bei den Händen, und nun schwebten sie auf im goldenen Purpur des Abendrots, und das lustige Volk der bunten Vögel schwärmte und lärmte um sie her – das war ein Jauchzen und Jubeln! – In den glänzenden Wolken wie in wogenden Flammen erblickte Felix die herrlichsten Schlösser von lauter Rubinen und andern funkelnden Edelsteinen: »Schau, o schau doch, Christlieb,« rief er voll Entzücken, »das sind prächtige, prächtige Häuser, nur tapfer laß uns fliegen, wir kommen gewiß hin.« Christlieb gewahrte auch die Schlösser und vergaß alle Furcht, indem sie nicht mehr hinab, sondern unverwandt in die Ferne blickte. »Das sind meine lieben Luftschlösser,« sprach das fremde Kind, »aber hin kommen wir heute wohl nicht mehr!« – Felix und Christlieb waren wie im Traume und wußten selbst nicht, wie es geschah, daß sie unversehens sich zu Hause bei Vater und Mutter befanden.

Von der Heimat des fremden Kindes

Das fremde Kind hatte auf dem anmutigsten Platz im Walde zwischen säuselndem Gebüsch, dem Bach unfern, ein überaus herrliches Gezelt von hohen schlanken Lilien, glühenden Rosen und bunten Tulipanen erbaut. Unter diesem Gezelt saßen mit dem fremden Kinde Felix und Christlieb und horchten darauf, was der Waldbach allerlei seltsames Zeug durcheinanderplauderte. »Recht verstehe ich doch nicht,« fing Felix an, »was der dort unten erzählt, und es ist mir so, als wenn du selbst, mein lieber, lieber Junge, alles, was er nur so unverständlich murmelt, recht hübsch mir sagen könntest. Überhaupt möcht' ich dich doch wohl fragen, wo du denn herkommst und wo du immer so schnell hinverschwindest, daß wir selbst niemals wissen, wie das geschieht?« – »Weißt du wohl, liebes Mädchen,« fiel Christlieb ein, »daß Mutter glaubt, du seist Schulmeisters Gottlieb?« »Schweig doch nur, dummes Ding,« rief Felix, »Mutter hat den lieben Knaben niemals gesehen, sonst würde sie gar nicht von Schulmeisters Gottlieb gesprochen haben. – Aber nun sage mir geschwind, du lieber Junge, wo du wohnst, damit wir zu dir ins Haus kommen können zur Winterszeit, wenn es stürmt und schneit und im Walde nicht Steg nicht Weg zu finden ist.« »Ach ja!« sprach Christlieb, »nun mußt du uns fein sagen, wo du zu Hause bist, wer deine Eltern sind und hauptsächlich, wie du denn eigentlich heißest.« Das fremde Kind sah sehr ernst, beinahe traurig vor sich hin und seufzte aus tiefer Brust. Dann, nachdem es einige Augenblicke geschwiegen, fing es an: »Ach, liebe Kinder, warum fragt ihr nach meiner Heimat? Ist es denn nicht genug, daß ich tagtäglich zu euch komme und mit euch spiele? – Ich könnte euch sagen, daß ich dort hinter den blauen Bergen, die wie krauses, zackiges Nebelgewölk anzusehen sind, zu Hause bin, aber wenn ihr tagelang und immer fort und fort laufen wolltet, bis ihr auf den Bergen stündet, so würdet ihr wieder ebenso fern ein neues Gebürge schauen, hinter dem ihr meine Heimat suchen müßtet, und wenn ihr auch dieses Gebürge erreicht hättet, würdet ihr wiederum ein neues erblicken, und so würde es euch immer fort und fort gehen, und ihr würdet niemals meine Heimat erreichen.« »Ach,« rief Christlieb weinerlich aus, »ach, so wohnst du wohl viele hundert hundert Meilen von uns und bist nur zum Besuch in unserer Gegend?« »Sieh nur, liebe Christlieb!« fuhr das fremde Kind fort, »wenn du dich recht herzlich nach mir sehnst, so bin ich gleich bei dir und bringe dir alle Spiele, alle Wunder aus meiner Heimat mit, und ist denn das nicht ebenso gut, als ob wir in meiner Heimat selbst zusammensäßen und miteinander spielten?« »Das nun wohl eben nicht,« sprach

Felix, »denn ich glaube, daß deine Heimat ein gar herrlicher Ort sein muß, ganz voll von den herrlichen Dingen, die du uns mitbringst. Du magst mir nun die Reise dahin so schwürig vorstellen, wie du willst, sowie ich es nur vermag, mache ich mich doch auf den Weg. So durch Wälder streichen und auf ganz wilden verwachsenen Pfaden Gebürge erklettern, durch Bäche waten, über schroffes Gestein und dornicht Gestrüpp, das ist so recht Waidmanns Sache – ich werd's schon durchführen.« »Das wirst du auch,« rief das fremde Kind, indem es freudig lachte, »und wenn du es dir so recht fest vornimmst, dann ist es so gut, als hättest du es schon wirklich ausgeführt. Das Land, in dem ich wohne, ist in der Tat so schön und herrlich, wie ich es gar nicht zu beschreiben vermag. Meine Mutter ist es, die als Königin über dieses Reich voller Glanz und Pracht herrscht.« – »So bist du ja ein Prinz.« – »So bist du ja eine Prinzessin« – riefen zu gleicher Zeit verwundert, ja beinahe erschrocken, Felix und Christlieb. »Allerdings,« sprach das fremde Kind. »So wohnst du wohl in einem schönen Palast?« fragte Felix weiter. »Jawohl,« erwiderte das fremde Kind, »noch viel schöner ist der Palast meiner Mutter als die glänzenden Schlösser, die du in den Wolken geschaut hast, denn seine schlanken Säulen aus purem Kristall erheben sich hoch – hoch hinein in das Himmelsblau, das auf ihnen ruht wie ein weites Gewölbe. Unter dem segelt glänzendes Gewölk mit goldnen Schwingen hin und her, und das purpurne Morgen- und Abendrot steigt auf und nieder, und in klingenden Kreisen tanzen die funkelnden Sterne. – Ihr habt, meine lieben Gespielen, ja wohl schon von Feen gehört, die, wie es sonst kein Mensch vermag, die herrlichsten Wunder hervorrufen können, und ihr werdet es auch wohl schon gemerkt haben, daß meine Mutter nichts anders ist als eine Fee. Ja! das ist sie wirklich und zwar die mächtigste, die es gibt. Alles, was auf der Erde webt und lebt, hält sie mit treuer Liebe umfangen, doch zu ihrem innigen Schmerz wollen viele Menschen gar nichts von ihr wissen. Vor allen liebt meine Mutter aber die Kinder, und daher kommt es, daß die Feste, die sin in ihrem Reiche den Kindern bereitet, die schönsten und herrlichsten sind. Da geschieht es denn wohl, daß schmucke Geister aus dem Hofstaate meiner Mutter keck sich durch die Wolken schwingen und von einem Ende des Palastes bis zum andern einen in den schönsten Farben schimmernden Regenbogen spannen. Unter dem bauen sie den Thron meiner Mutter aus lauter Diamanten, die aber so anzusehen sind und so herrlich duften wie Lilien, Nelken und Rosen. Sowie meine Mutter den Thron besteigt, rühren die Geister ihre goldnen Harfen, ihre krystallenen Zimbeln, und dazu singen die Kammersänger meiner Mutter mit solch wunderbaren Stimmen, daß man vergehen möchte vor süßer Lust. Diese Sänger sind aber schöne Vögel, größer noch als Adler, mit ganz purpurnem Gefieder, wie ihr sie wohl noch nie gesehen habt. Aber sowie die Musik losgegangen, wird alles im Palast, im Walde, im Garten laut und lebendig. Viele tausend blank geputzte Kinder tummeln sich im Jauchzen und Jubeln umher. Bald jagen sie sich durchs Gebüsch und werfen sich neckend mit Blumen, bald klettern sie auf schlanke Bäumchen und lassen sich vom Winde hin und her schaukeln, bald pflücken sie goldglänzende Früchte, die so süß und herrlich schmecken wie sonst nichts auf der Erde, bald spielen sie mit zahmen Rehen – mit andern schmucken Tieren, die ihnen aus dem Gebüsch entgegenspringen; bald rennen sie keck den Regenbogen auf und nieder oder besteigen gar als kühne Reiter die schönen Gold-Fasanen, die sich mit ihnen durch die glänzenden Wolken schwingen.« »Ach, das muß herrlich sein, ach, nimm uns mit in deine Heimat, wir wollen immer dort bleiben!« – So riefen Felix und Christlieb voll Entzücken, das fremde Kind sprach aber: »mitnehmen nach meiner Heimat kann ich euch in der Tat nicht, es ist zu weit, ihr müßtet so gut und unermüdlich fliegen können wie ich selbst. Felix und Christlieb wurden ganz traurig und blickten schweigend zur Erde nieder.

»Überhaupt,« fuhr das fremde Kind fort, »überhaupt möchtet ihr euch in meiner Heimat vielleicht gar nicht so gut befinden, als ihr es euch nach meiner Erzählung vorstellt. Ja, der Aufenthalt könnte euch sogar verderblich sein. Manche Kinder vermögen nicht den Gesang der purpurroten Vögel, so herrlich er auch ist, zu ertragen, so daß er ihnen das Herz zerreißt und sie augenblicklich sterben müssen. Andere, die gar zu keck auf den Regenbogen rennen, gleiten aus und stürzen herab, und manche sind sogar albern genug, im besten Fliegen dem Goldfasan, der sie trägt, weh zu tun. Das nimmt denn der sonst friedliche Vogel dem dummen Kinde übel und reißt ihm mit seinem scharfen Schnabel die Brust auf, so daß es blutend aus den Wolken herabfällt. Meine Mutter härmt sich gar sehr ab, wenn Kinder auf solche Weise, freilich durch ihre eigne Schuld, verunglücken. Gar zu gern wollte sie, daß alle Kinder auf der ganzen Welt die Lust ihres Reichs genießen möchten, aber wenn viele auch tüchtig fliegen können, so sind sie nachher doch entweder zu keck oder zu furchtsam und verursachen ihr nur Sorge und Angst. Eben deshalb erlaubt sie mir, daß ich hinausfliegen aus meiner Heimat und tüchtigen Kindern allerlei schöne Spielsachen daraus mitbringen darf, wie ich es denn auch mit euch gemacht habe.«

»Ach,« rief Christlieb, »ich könnte gewiß keinem schönen Vogel Leides tun, aber auf dem Regenbogen rennen möchte ich doch nicht.« »Das wäre,« – fiel ihr Felix ins Wort, – »das wäre nun gerade meine Sache, und eben deshalb möchte ich zu deiner Mutter Königin. Kannst du nicht einmal den Regenbogen mitbringen?«

»Nein,« erwiderte das fremde Kind, »das geht nicht an, und ich muß dir überhaupt sagen, daß ich mich nur ganz heimlich zu euch stehlen darf. Sonst war ich überall sicher, als sei ich bei meiner Mutter, und es war überhaupt so, als sei überall ihr schönes Reich ausgebreitet, seit der Zeit aber, daß ein arger Feind meiner Mutter, den sie aus ihrem Reiche verbannt hat, wild umherschwärmt, bin ich vor arger Nachstellung nicht geschützt.« »Nun,« rief Felix, indem er aufsprang und den Dornenstock, den er sich geschnitzt, in der Luft schwenkte, »nun den wollt' ich denn doch sehen, der dir hier Leides zufügen sollte. Fürs erste hätt' er es mit mir zu tun, und denn rief ich Papa zu Hülfe, der ließe den Kerl einfangen und in den Turm sperren.« »Ach,« erwiderte das fremde Kind, »sowenig der arge Feind in meiner Heimat mir etwas antun kann, so gefährlich ist er mir außerhalb derselben, er ist gar mächtig, und wider ihn hilft nicht Stock, nicht Turm.« »Was ist denn das für ein garstig Ding, das dich so bange machen kann?« fragte Christlieb. »Ich habe euch gesagt,« fing das fremde Kind an, »daß meine Mutter eine mächtige Königin ist, und ihr wißt, daß Königinnen sowie Könige einen Hofstaat und Minister um sich haben.« »Jawohl,« sprach Felix, »der Onkel Graf ist selbst solch ein Minister und trägt einen Stern auf der Brust. Deiner Mutter Minister tragen auch wohl recht funkelnde Sterne?« »Nein,« erwiderte das fremde Kind, »nein, das eben nicht, denn die mehrsten sind selbst ganz und gar funkelnde Sterne, und andere tragen gar keine Röcke, worauf sich so etwas anbringen ließe. Daß ich's nur sage, alle Minister meiner Mutter sind mächtige Geister, die teils in der Luft schweben, teils in Feuerflammen, teils in den Gewässern wohnen und überall das ausführen, was meine Mutter ihnen gebietet. Es fand sich vor langer Zeit ein fremder Geist bei uns ein, der nannte sich Pepasilio und behauptete, er sei ein großer Gelehrter, er wisse mehr und würde größere Dinge bewirken als alle übrige. Meine Mutter nahm ihn in die Reihe ihrer Minister auf, aber bald entwickelte sich immer mehr seine innere Tücke. Außerdem, daß er alles, was die übrigen Minister taten, zu vernichten strebte, so hatte er es vorzüglich darauf abgesehen, die frohen Feste der Kinder recht hämisch zu verderben. Er hatte der Königin vorgespiegelt, daß er die Kinder erst recht lustig und gescheut machen wollte, statt dessen hing er sich zentnerschwer an den Schweif der Fasanen, so daß sie sich nicht aufschwingen konnten, zog er die Kinder, wenn sie auf Rosenbüschen hinaufgeklettert, bei den Beinen herab, daß sie sich die Nasen blutig schlugen, zwang er die, welche lustig laufen und springen wollten, auf allen Vieren mit zur Erde gebeugtem Haupte herumzukriechen. Den Sängern stopfte er allerlei schädliches Zeug in die Schnäbel, damit sie nur nicht singen sollten, denn Gesang konnte er nicht ausstehen, und die armen zahmen Tierchen wollte er, statt mit ihnen zu spielen, auffressen, denn nur dazu, meinte er, wären sie da. Das Abscheulichste war aber wohl, daß er mit Hülfe seiner Gesellen die schönen funkelnden Edelsteine des Palastes, die bunt schimmernden Blumen, die Rosen und Lilienbüsche, ja selbst den glänzenden Regenbogen mit einem ekelhaften schwarzen Saft zu überziehn wußte, so daß alle Pracht verschwunden und alles tot und traurig anzusehen war. Und wie er dies vollbracht, erhob er ein schallendes Gelächter und schrie, nun sei erst alles so, wie es sein solle, denn er habe es beschrieben. Als er nun vollends erklärte, daß er meine Mutter nicht als Königin anerkenne, sondern daß ihm allein die Herrschaft gebühre, und sich in der Gestalt einer ungeheuren Fliege mit blitzenden Augen und vorgestrecktem scharfen Rüssel emporschwang in abscheulichem Summen und Brausen auf den Thron meiner Mutter, da erkannte sie sowie alle, daß der hämische Minister, der sich unter dem schönen Namen Pepasilio eingeschlichen, niemand anders war als der finstere mürrische Gnomen-König Pepser. Der Törichte hatte aber die Kraft sowie die Tapferkeit seiner Gesellen viel zu hoch in Anschlag gebracht. Die Minister des Luftdepartements umgaben die Königin und fächelten ihr süße Düfte zu, indem die Minister des Feuerdepartements in Flammenwogen auf und nieder rauschten und die Sänger, deren Schnäbel gereinigt, die volltönendsten Gesänge anstimmten, so, daß die Königin den häßlichen Pepser weder sah noch hörte noch seinen vergifteten übelriechenden Atem spürte. In dem Augenblick auch faßte der Fasanenfürst den bösen Pepser mit dem leuchtenden Schnabel und drückte ihn so gewaltig zusammen, daß er vor Wut und Schmerz laut aufkreischte, dann ließ er ihn aus der Höhe von dreitausend Ellen zur Erde niederfallen. Er konnte sich nicht regen noch bewegen, bis auf sein wildes Geschrei seine Muhme, die große blaue Kröte, herbeikroch, ihn auf den Rücken nahm und nach Hause schleppte. Fünfhundert lustige kecke Kinder erhielten tüchtige Fliegenklatschen, mit denen sie Pepsers häßliche Gesellen, die noch umherschwärmten und die schönen Blumen verderben wollten, totschlugen. Sowie nun Pepser fort war, zerfloß der schwarze Saft, womit er alles überzogen, von selbst, und bald blühete und glänzte und strahlte alles so herrlich und schön wie zuvor. Ihr könnt denken, daß der garstige Pepser nun in meiner Mutter Reich nichts mehr vermag, aber er weiß, daß ich mich oft hinauswage, und verfolgt mich rastlos unter allerlei Gestalten, so daß ich ärmstes Kind oft auf der Flucht nicht weiß, wo ich mich hin verbergen soll, und darum, ihr lieben Gespielen, entfliehe ich oft so schnell, daß ihr nicht spürt, wo ich hingekommen. Dabei muß es denn auch bleiben, und wohl kann ich euch sagen, daß, sollte ich es auch unternehmen, mich mit euch in meine Heimat zu schwingen, Pepser uns gewiß aufpassen und uns totmachen würde.« Christlieb weinte bitterlich über die Gefahr, in der das fremde Kind immer schweben mußte. Felix meinte aber: »Ist der garstige Pepser weiter nichts als eine große Fliege, so will ich ihm mit Papas großer Fliegenklatsche schon zu Leibe gehn, und habe ich ihm eins tüchtig auf die Nase versetzt, so mag Muhme Kröte zusehen, wie sie ihn nach Hause schleppt.«

Wie der Hofmeister angekommen war und die Kinder sich vor ihm fürchteten

In vollem Sprunge eilten Felix und Christlieb nach Hause, indem sie unaufhörlich riefen: »Ach, das fremde Kind ist ein schöner Prinz! – Ach, das fremde Kind ist eine schöne Prinzessin!« Sie wollten das jauchzend den Eltern verkünden, aber wie zur Bildsäule erstarrt blieben sie in der Haustüre stehen, als ihnen Herr Thaddäus von Brakel entgegentrat und an seiner Seite einen fremden verwunderlichen Mann hatte, der halb vernehmlich in sich hineinbrummte: »Das sind mir saubere Rangen!« – »Das ist der Herr Hofmeister,« sprach Herr von Brakel, indem er den Mann bei der Hand ergriff, »das ist der Herr Hofmeister, den euch der gnädige Onkel geschickt hat. Grüßt ihn fein artig!« – Aber die Kinder sahen den Mann von der Seite an und konnten sich nicht regen und bewegen. Das kam daher, weil sie solch eine wunderliche Gestalt noch niemals geschaut. Der Mann mochte kaum mehr als einen halben Kopf höher sein als Felix, dabei war er aber untersetzt; nur stachen gegen den sehr starken breiten Leib die kleinen ganz dünnen Spinnenbeinchen seltsam ab. Der unförmige Kopf war beinahe viereckig zu nennen und das Gesicht fast gar zu häßlich, denn außerdem, daß zu den dicken braunroten Backen und dem breiten Maule die viel zu lange spitze Nase gar nicht passen wollte, so glänzten auch die kleinen hervorstechenden Glasaugen so graulich, daß man ihn gar nicht gern ansehen mochte. Übrigens hatte der Mann eine pechschwarze Perücke auf den viereckichten Kopf gestülpt, war auch von Kopf bis zu Fuß pechschwarz gekleidet und hieß: Magister Tinte. Als nun die Kinder sich nicht rückten und rührten, wurde die Frau von Brakel böse und rief: »Potztausend, ihr Kinder, was ist denn das? der Herr Magister wird euch für ganz ungeschliffene Bauernkinder halten müssen. – Fort! gebt dem Herrn Magister fein die Hand!« Die Kinder ermannten sich und taten, was die Mutter befohlen, sprangen aber, als der Magister ihre Hände faßte, mit dem lauten Schrei: »O weh, o weh!« zurück. Der Magister lachte hell auf und zeigte eine heimlich in der Hand versteckte Nadel vor, womit er die Kinder, als sie ihm die Hände reichten, gestochen. Christlieb weinte, Felix aber grollte den Magister von der Seite an: »Versuche das nur noch einmal, kleiner Dickbauch.« – »Warum taten Sie das, lieber Herr Magister Tinte,« fragte etwas mißmutig der Herr von Brakel. Der Magister erwiderte: »Das ist

nun einmal so meine Art, ich kann davon gar nicht lassen.« Und dabei stemmte er beide Hände in die Seite und lachte immerfort, welches aber zuletzt so widerlich klang wie der Ton einer verdorbenen Schnarre. »Sie scheinen ein spaßhafter Mann zu sein, lieber Herr Magister Tinte,« sprach der Herr von Brakel, aber ihm sowohl als der Frau von Brakel, vorzüglich den Kindern wurde ganz unheimlich zumute. »Nun, nun,« rief der Magister, »wie steht's denn mit den kleinen Krabben, schon tüchtig in den Wissenschaften vorgerückt? – Wollen doch gleich sehen.« – Damit fing er an, den Felix und die Christlieb so zu fragen, wie es der Onkel Graf mit seinen Kindern getan. Als nun aber beide versicherten, daß sie die Wissenschaften noch gar nicht auswendig wüßten, da schlug der Magister Tinte die Hände über dem Kopf zusammen, daß es klatschte, und schrie wie besessen: »Das ist was Schönes! – keine Wissenschaften. – Das wird Arbeit geben! Wollens aber schon kriegen!« Felix sowie Christlieb, beide schrieben eine saubere Handschrift und wußten aus manchen alten Büchern, die ihnen der Herr von Brakel in die Hände gab, und die sie emsig lasen, manche schöne Geschichte zu erzählen, das achtete aber der Magister Tinte für gar nichts, sondern meinte, das alles wäre nur dummes Zeug. – Ach! nun war an kein in den Wald laufen mehr zu denken! – Statt dessen mußten die Kinder beinahe den ganzen Tag zwischen den vier Wänden sitzen und dem Magister Tinte Dinge nachplappern, die sie nicht verstanden. Es war ein wahres Herzeleid! – Mit welchen sehnsuchtsvollen Blicken schauten sie nach dem Walde! Oft war es ihnen, als hörten sie mitten unter den lustigen Liedern der Vögel, im Rauschen der Bäume des fremden Kindes süße Stimme rufen: »Wo seid ihr denn, Felix – Christlieb – ihr lieben Kinder! wo seid ihr denn! wollt ihr nicht mehr mit mir spielen? – Kommt doch nur! – ich habe euch einen schönen Blumenpalast gebaut – da setzen wir uns hinein, und ich schenk' euch die herrlichsten buntesten Steine – und dann schwingen wir uns auf in die Wolken und bauen selbst funkelnde Luftschlösser! – Kommt doch! Kommt doch nur!« Darüber wurden die Kinder mit allen ihren Gedanken ganz hingezogen nach dem Walde und sahen und hörten nicht mehr auf den Magister. Der wurde aber denn ganz zornig, schlug mit beiden Fäusten auf den Tisch und brummte und summte und schnarrte und knarrte: »Pim – Sim – Prr – Srrr – Knurr – Krrr – Was ist das! aufgepaßt!« Felix hielt das aber nicht lange aus, er sprang auf und rief: »Laß mich los mit deinem dummen Zeuge, Herr Magister Tinte, fort will ich in den Wald – such' dir den Vetter Pumphose, das ist was für den! – Komm, Christlieb, das fremde Kind wartet schon auf uns.« – Damit ging es fort, aber der Magister Tinte sprang mit ungemeiner Behendigkeit hinterher und erfaßte die Kinder dicht vor der Haustüre. Felix wehrte sich tapfer, und der Magister Tinte war im Begriff, zu unterliegen, da dem Felix der treue Sultan zu Hülfe geeilt war. Sultan, sonst ein frommer gesitteter Hund, hatte gleich vom ersten Augenblick an einen entschiedenen Abscheu gegen den Magister Tinte bewiesen. Sowie dieser ihm nur nahekam, knurrte er und schlug mit dem Schweif so heftig um sich, daß er den Magister, den er geschickt an die dünnen Beinchen zu treffen wußte, beinahe umgeschmissen hätte. Sultan sprang hinzu und packte den Magister, der Felix bei beiden Schultern hielt, ohne Umstände beim Rockkragen. Der Magister Tinte erhob ein klägliches Geschrei, auf das Herr Thaddäus von Brakel schnell hinzueilte. Der Magister ließ ab von Felix, Sultan von dem Magister. »Ach, wir sollen nicht mehr in den Wald,« klagte Christlieb, indem sie bitterlich weinte. So sehr auch der Herr von Brakel den Felix ausschalt, taten ihm doch die Kinder leid, die nicht mehr in Flur und Hain herumschwärmen sollten. Der Magister Tinte mußte sich dazu verstehen, täglich mit den Kindern den Wald zu besuchen. Es ging ihm schwer ein. »Hätten Sie nur, Herr von Brakel,« sprach er, »einen vernünftigen Garten mit Buchsbaum und Staketen am Hause, so könnte man in der Mittagsstunde mit den Kindern spazierengehen, was in aller Welt sollen wir aber in dem wilden Walde?« – Die Kinder waren auch ganz unzufrieden, und die sprachen nun wieder: Was soll uns der Magister Tinte in unserm lieben Walde?« –

Wie die Kinder mit dem Herrn Magister Tinte im Walde spazierengingen, und was sich dabei zutrug

»Nun? – gefällt es dir nicht in unserm Walde, Herr Magister?« So fragte Felix den Magister Tinte, als sie daherzogen durch das rauschende Gebüsch. Der Magister Tinte, zog aber ein saures Gesicht und rief: »Dummes Zeug, hier ist kein ordentlicher Steg und Weg, man zerreißt sich nur die Strümpfe und kann vor dem häßlichen Gekreisch der dummen Vögel gar kein vernünftiges Wort sprechen.« »Haha, Herr Magister,« sprach Felix, »ich merk' es schon, du verstehst dich nicht auf den Gesang und hörst es auch wohl gar nicht einmal, wenn der Morgenwind mit den Büschen plaudert und der alte Waldbach schöne Märchen erzählt.« »Und,« fiel Christlieb dem Felix ins Wort, »sag' es nur, Herr Magister, du liebst auch wohl nicht die Blumen?« Da wurde der Herr Magister noch kirschbrauner im Antlitz, als er schon von Natur war, er schlug mit den Händen um sich und schrie ganz erbost: »Was sprecht ihr da für tolles albernes Zeug? – wer hat euch die Narrheiten in den Kopf gesetzt? das fehlte noch, daß Wälder und Bäche dreist genug wären, sich in vernünftige Gespräche zu mischen, und mit dem Gesange der Vögel ist es auch nichts; Blumen lieb' ich wohl, wenn sie fein in Töpfe gesteckt sind und in der Stube stehen, dann duften sie, und man erspart das Räucherwerk. Doch im Walde wachsen ja gar keine Blumen.« »Aber Herr Magister,« rief Christlieb, »siehst du denn nicht die lieben Maiblümchen, die dich recht mit hellen freundlichen Augen ankucken?« – »Was was,« schrie der Magister – »Blumen? Augen? – ha ha ha – schöne Augen – schöne Augen! Die nichtsnutzigen Dinger riechen nicht einmal!« – Und damit bückte sich der Magister Tinte zur Erde nieder, riß einen ganzen

Strauß Maiblümchen samt den Wurzeln heraus und warf ihn fort ins Gebüsch. Den Kindern war es, als ginge in dem Augenblick ein wehmütiger Klagelaut durch den Wald; Christlieb mußte bitterlich weinen, Felix biß unmutig die Zähne zusammen. Da geschah es, daß ein kleiner Zeisig dem Magister Tinte dicht bei der Nase vorbeiflatterte, sich dann auf einen Zweig setzte und ein lustiges Liedchen anstimmte. »Ich glaube gar,« sprach der Magister, »ich glaube gar, das ist ein Spottvogel?« Und damit nahm er einen Stein von der Erde auf, warf ihn nach dem Zeisig und traf den armen Vogel, daß er zum Tode verstummt von dem grünen Zweige herabfiel. Nun konnte Felix sich gar nicht mehr halten. »Ei, du abscheulicher Herr Magister Tinte,« rief er ganz erbost, »was hat dir der arme Vogel getan, daß du ihn totschmeißest? – O, wo bist du denn, du holdes fremdes Kind, o komm doch nur, laß uns weit weit fortfliegen, ich mag nicht mehr bei dem garstigen Menschen sein; ich will fort nach deiner Heimat!« – Und mit vollem Schluchzen und Weinen stimmte Christlieb ein: »O du liebes holdes Kind, komm doch nur, komm doch nur zu uns. Ach! Ach! – rette uns – rette uns, der Herr Magister Tinte macht uns ja tot wie die Blumen und Vögel!« – »Was ist das mit dem fremden Kinde,« rief der Magister. Aber in dem Augenblick säuselte es stärker im Gebüsch, und in dem Säuseln erklangen wehmütige herzzerschneidende Töne, wie von dumpfen, in weiter Ferne angeschlagenen Glocken. – In einem leuchtenden Gewölk, das sich herabließ, wurde das holde Antlitz des fremden Kindes sichtbar – dann schwebte es ganz hervor, aber es rang die kleinen Händchen, und Tränen rannen wie glänzende Perlen aus den holden Augen über die rosichten Wangen. »Ach,« jammerte das fremde Kind, »ach, ihr lieben Gespielen, ich kann nicht mehr zu euch kommen – ihr werdet mich nicht wiedersehen – lebt wohl! lebt wohl! – Der Gnome Pepser hat sich eurer bemächtigt, o ihr armen Kinder, lebt wohl – lebt wohl!« – Und damit schwang sich das fremde Kind hoch in die Lüfte. Aber hinter den Kindern brummte und summte und knarrte und schnarrte es auf entsetzliche grausige Weise. Der Magister Tinte hatte sich umgestaltet in eine große scheußliche Fliege, und recht abscheulich war es, daß er dabei doch noch ein menschliches Gesicht und sogar auch einige Kleidungsstücke behalten. Er schwebte langsam und schwerfällig auf, offenbar um das fremde Kind zu verfolgen. Von Entsetzen und Graus erfaßt, rannte Felix und Christlieb fort aus dem Walde. Erst auf der Wiese wagten sie, emporzuschauen. Sie wurden einen glänzenden Punkt in den Wolken gewahr, der wie ein Stern funkelte und herabzuschweben schien. »Das ist das fremde Kind,« rief Christlieb. Immer größer wurde der Stern, und dabei hörten sie ein Klingen wie von schmetternden Trompeten. Bald konnten sie nun erkennen, daß der Stern ein schöner, in gleißendem Goldgefieder prangender Vogel war, der, die mächtigen Flügel schüttelnd und laut singend, sich auf den Wald herabsenkte. »Ha,« schrie Felix, »das ist der Fasanenfürst, der beißt den Herrn Magister Tinte tot – ha, ha, das fremde Kind ist geborgen, und wir sind es auch! – Komm, Christlieb – schnell laß uns nach Hause laufen und dem Papa erzählen, was sich zugetragen.«

Wie der Herr von Brakel den Magister Tinte fortjagte

Der Herr von Brakel und die Frau von Brakel, beide saßen vor der Türe ihres kleinen Hauses und schauten in das Abendrot, das schon hinter den blauen Bergen in goldenen Strahlen aufzuschimmern begann. Vor ihnen stand auf einem kleinen Tisch das Abendessen aufgetragen, das aus nichts anderem als einem tüchtigen Napf voll herrlicher Milch und einer Schüssel mit Butterbröten bestand. »Ich weiß nicht,« fing der Herr von Brakel an, »ich weiß nicht, wo der Magister Tinte so lange mit den Kindern ausbleibt. Erst hat er sich gesperrt und durchaus nicht in den Wald gehen wollen, und jetzt kommt er gar nicht wieder heraus. Überhaupt ist das ein ganz wunderlicher Mann, der Herr Magister Tinte, und es ist mir beinahe so, als sei es besser gewesen, er wäre ganz davongeblieben. Daß er gleich anfangs die Kinder so heimtückisch stach, das hat mir gar nicht gefallen, und mit seinen Wissenschaften mag es auch nicht weit her sein, denn allerlei seltsame Wörter und unverständliches Zeug plappert er her und weiß, was der Großmogul für Kamaschen trägt; kommt er aber heraus, so vermag er nicht die Linde vom Kastanienbaum zu unterscheiden und hat sich überhaupt ganz albern und abgeschmackt. Die Kinder können unmöglich Respekt vor ihm haben.« »Mir geht es,« erwiderte die Frau von Brakel, »mir geht es ganz wie dir, lieber Mann! So sehr es mich freute, daß der Herr Vetter sich unserer Kinder annehmen wollte, so sehr bin ich jetzt davon überzeugt, daß das auf andere und bessere Weise hätte geschehen können, als daß er uns den Herrn Magister Tinte über den Hals schickte. Wie es mit seinen Wissenschaften stehen mag, das weiß ich nicht, aber so viel ist gewiß, daß das kleine schwarze dicke Männlein mit den kleinen dünnen Beinchen mir immer mehr und mehr zuwider wird. Vorzüglich ist es garstig, daß der Magister so entsetzlich naschhaftig ist. Keine Neige Bier oder Milch kann er stehen sehen, ohne sich darüber her zu machen, merkt er nun vollends den geöffneten Zuckerkasten, so ist er gleich bei der Hand und schnuppert und nascht solange an dem Zucker, bis ich ihm den Deckel vor der Nase zuschlage; dann ist er auf und davon und ärgert sich und brummt und summt ganz seltsam und fatal.« Der Herr von Brakel wollte fortfahren im Gespräch, als Felix und Christlieb in vollem Rennen durch die Birken kamen. »Heisa! – heisa!« – schrie Felix unaufhörlich, »heisa heisa! der Fasanenfürst hat den Herrn Magister Tinte totgebissen!« »Ach – ach, Mama,« rief Christlieb atemlos, »ach! – der Herr Magister Tinte ist kein Herr Magister, das ist der Gnomen-König Pepser, eigentlich aber eine abscheuliche große Fliege, die eine Perücke trägt und Schuhe und Strümpfe.« Die Eltern staunten die Kinder an, die nun ganz aufgeregt und erhitzt durcheinander von dem fremden Kinde, von seiner Mutter, der

Feen-Königin, von dem Gnomen-König Pepser und von dem Kampf des Fasanenfürsten mit ihm erzählten. »Wer hat euch denn die tollen Dinge in den Kopf gesetzt, habt ihr geträumt oder was geschah sonst mit euch?« So fragte Herr von Brakel einmal über das andere; aber die Kinder blieben dabei, daß sich alles so zugetragen, wie sie es erzählten, und daß der häßliche Pepser, der sich für den Herrn Magister Tinte fälschlich ausgegeben, tot im Walde liegen müsse. Die Frau von Brakel schlug die Hände über den Kopf zusammen und rief ganz traurig: »Ach, Kinder, Kinder, was soll aus euch werden, wenn euch solche entsetzliche Dinge in den Sinn kommen und ihr euch davon nichts ausreden lassen wollt!« – Aber der Herr von Brakel wurde sehr nachdenklich und ernsthaft. »Felix,« sprach er endlich, »Felix, du bist nun schon ein ganz verständiger Junge, und ich kann es dir wohl sagen, daß auch mir der Herr Magister Tinte von Anfang an ganz seltsam und verwunderlich vorgekommen ist. Ja, es schien mir oft, als habe es mit ihm eine besondere Bewandtnis und er sei gar nicht so wie andere Magister. Noch mehr! – ich sowohl als die Mutter, beide sind wir mit dem Herrn Magister Tinte nicht ganz zufrieden, die Mutter vorzüglich, weil er ein Naschmaul ist, alle Süßigkeiten beschnuppert und dabei so häßlich brummt und summt, er wird daher auch wohl nicht lange bei uns bleiben können. Aber nun, lieber Junge, besinne dich einmal, gesetzt auch, es gebe solche garstige Dinger, wie Gnomen sein sollen, wirklich in der Welt, besinne dich einmal, ob ein Herr Magister wohl eine Fliege sein kann?« – Felix schaute dem Herrn von Brakel mit seinen blauen klaren Augen ernsthaft ins Gesicht. Der Herr von Brakel wiederholte die Frage: »Sag', mein Junge! kann wohl ein Herr Magister eine Fliege sein?« Da sprach Felix: »Ich habe sonst nie daran gedacht und hätte es auch wohl nicht geglaubt, wenn mir es nicht das fremde Kind gesagt und ich es mit eigenen Augen gesehen hätte, daß Pepser eine garstige Fliege ist und sich nur für den Magister Tinte ausgegeben hat. – Und Vater,« fuhr Felix weiter fort, als Herr von Brakel wie einer, der vor Verwunderung gar nicht weiß, was er sagen soll, stillschweigend den Kopf schüttelte, »und, Vater, sage, hat dir der Herr Magister Tinte selbst nicht einmal entdeckt, daß er eine Fliege sei? – habe ich's denn nicht selbst gehört, daß er dir hier vor der Türe sagte, er sei auf der Schule eine muntre Fliege gewesen? Nun, was nun einmal ist, das muß man, denk' ich, auch bleiben. Und daß der Herr Magister, wie die Mutter zugesteht, so ein Naschmaul ist und an allem Süßen schnuppert, nun, Vater! wie machen's denn die Fliegen anders? und das häßliche Summen und Brummen.« »Schweig,« rief der Herr von Brakel ganz erzürnt, »mag der Herr Magister Tinte sein, was er will, aber so viel ist gewiß, daß der Fasanenfürst ihn nicht togebissen hat, denn dort kommt er eben aus dem Walde!« Auf dieses Wort schrien die Kinder laut auf und flüchteten ins Haus hinein. In der Tat kam der Magister Tinte den Birkengang herauf, aber ganz verwildert mit funkelnden Augen, zerzauster Perücke, im abscheulichen Summen und Brummen sprang er von einer Seite zur andern hoch auf und prallte mit dem Kopf gegen die Bäume an, daß man es krachen hörte. So herangekommen, stürzte er sich sofort in den Napf, daß die Milch überströmte, die er einschlürfte mit widrigem Rauschen. »Aber um tausend Gottes willen, Herr Magister Tinte, was treiben Sie?« rief die Frau von Brakel. »Sind Sie toll geworden, Herr Magister, plagt Sie der böse Feind?« schrie der Herr von Brakel. Aber alles nicht achtend, schwang sich der Magister aus dem Milchnapf, setzte sich auf die Butterbröte hin, schüttelte die Rockschöße und wußte mit den dünnen Beinchen geschickt darüber hin zu fahren und sie glatt zu streichen und zu fälteln. Dann stärker summend schwang er sich gegen die Türe, aber er konnte nicht hineinfinden ins Haus, sondern schwankte wie betrunken hin und her und schlug gegen die Fenstern an, daß es klirrte und schwirrte. »Ha, Patron,« rief der Herr von Brakel, »das sind dumme unnütze Streiche, wart', das soll dir übel bekommen.« Er suchte den Magister bei dem Rockschoß zu haschen, der wußte ihm aber geschickt zu entgehen. Da sprang Felix aus dem Hause mit einer großen Fliegenklatsche in der Hand, die er dem Vater gab. »Nimm, Vater, nimm,« rief er, »schlag ihn tot, den häßlichen Pepser.« Der Herr von Brakel ergriff auch wirklich die Fliegenklatsche, und nun ging es her hinter dem Herrn Magister. Felix, Christlieb, die Frau von Brakel hatten die Servietten vom Tische genommen und schwangen sie, den Magister hin und hertreibend, in den Lüften, während Herr von Brakel unaufhörlich Schläge gegen ihn führte, die leider nicht trafen, weil der Magister sich hütete, auch nur einen Augenblick zu ruhen. Und wilder und wilder wurde die Jagd – Summ – Summ – Simm – Simm – Trrr – Trrr – stürmte der Magister auf und nieder – und klipp – klapp fielen hageldichter des Herrn von Brakels Schläge und huß – huß – hetzten Felix, Christlieb und die Frau von Brakel den Feind. Endlich gelang es dem Herrn von Brakel, den Magister am Rockschoß zu treffen. Ächzend stürzte er zu Boden; aber in dem Augenblick, daß der Herr von Brakel ihn mit einem zweiten Schlage treffen wollte, schwang er sich mit erneuter doppelter Kraft in die Höhe, stürmte sausend und brausend nach den Birken hin und ließ sich nicht wieder sehen. »Gut, daß wir den fatalen Herrn Magister Tinte los sind,« sprach der Herr von Brakel, »über meine Schwelle soll er nicht wieder kommen.« »Nein, das soll er nicht,« fiel die Frau von Brakel ein, »Hofmeister mit solchen abscheulichen Sitten können nur Unheil stiften, da wo sie Gutes wirken sollen. – Prahlt mit den Wissenschaften und springt in den Milchnapf! Das nenne ich mir einen schönen Magister.« – Aber die Kinder jauchzten und jubelten und riefen: »Heisa – Papa hat dem Herrn Magister Tinte mit der Fliegenklatsche eins auf die Nase versetzt, und da hat er Reißaus genommen! – Heisa – heisa!« –

Was sich weiter im Walde begab, nachdem der Magister Tinte fortgejagt worden

Felix und Christlieb atmeten frei auf, als sei ihnen eine schwere drückende Last vom Herzen genommen. Vor allem dachten sie aber daran, daß nun, da der häßliche Pepser von dannen geflohen, das fremde Kind gewiß wiederkehren und so wie sonst mit ihnen spielen würde. Ganz erfüllt von freudiger Hoffnung gingen sie in den Wald; aber es war alles still und wie verödet drin, kein lustiges Lied von Fink und Zeisig ließ sich hören, und statt des fröhlichen Rauschens der Gebüsche, statt des frohen tönenden Wogens der Waldbäche wehten angstvolle Seufzer durch die Lüfte. Nur bleiche Strahlen warf die Sonne durch den dunstigen Himmel. Bald türmte sich ein schwarzes Gewölk auf, der Sturm heulte, der Donner begann in der Ferne zürnend zu murmeln, die hohen Tannen dröhnten und krachten. Christlieb schloß sich zitternd und zagend an Felix an; der sprach aber: »Was fürchtest du dich so, Christlieb, es zieht ein Wetter auf, wir müssen machen, daß wir nach Hause kommen.« Sie fingen an zu laufen, doch wußten sie selbst nicht, wie es geschah, daß sie, statt aus dem Walde herauszukommen, immer tiefer hineingerieten. Es wurde finsterer und finsterer, dicke Regentropfen fielen herab, und Blitze fuhren zischend hin und her! – Die Kinder standen an einem dicken, dichten Gestrüpp. »Christlieb,« sprach Felix, »laß uns hier ein bißchen unterducken, nicht lange kann das Wetter dauern.« Christlieb weinte vor Angst, tat aber doch, was Felix geheißen. Aber kaum hatten sie sich hingesetzt in das dicke Gebüsch, als es dicht hinter ihnen mit häßlich knarrenden Stimmen sprach: »Dumme Dinger! – einfältig Volk – habt uns verachtet – habt nicht gewußt, was ihr mit uns anfangen sollt, nun könnt ihr sitzen ohne Spielsachen, ihr einfältigen Dinger!« Felix schaute sich um, und es wurde ihm ganz unheimlich zumute, wie er den Jäger und den Harfenmann erblickte, die sich aus dem Gestrüpp, wo er sie hineingeworfen, erhoben, ihn mit toten Augen anstarrten und mit den kleinen Händchen herumfochten und hantierten. Dazu griff der Harfenmann in die Saiten, daß es recht widrig zwitscherte und klirrte, und der Jägersmann legte gar die kleine Flinte auf Felix an. Dazu krächzten beide: »Wart' – wart', du Junge, du Mädel, wir sind die gehorsamen Zöglinge des Herrn Magister Tinte, gleich wird er hier sein, und da wollen wir euch euren Trotz schon eintränken!« – Entsetzt, des Regens, der nun herabströmte, der krachenden Donnerschläge, des Sturms, der mit dumpfem Brausen durch die Tannen fuhr, nicht achtend, rannten die Kinder von dannen und gerieten an das Ufer des großen Teichs, der den Wald begrenzte. Aber kaum waren sie hier, als sich aus dem Schilf Christliebs große Puppe, die Felix hineingeworfen, erhob und mit häßlicher Stimme quäkte: »Dumme Dinger, einfältig Volk – habt mich verachtet – habt nicht gewußt, was ihr mit mir anfangen sollt, nun könnt ihr sitzen ohne Spielsachen, ihr einfältigen Dinger! Wart' wart', du Junge, du Mädel, ich bin der gehorsame Zögling des Herrn Magister Tinte, gleich wird er hier sein, und da werden wir euch euren Trotz schon eintränken!« – Und dann spritzte die häßliche Puppe den armen Kindern, die schon vom Regen ganz durchnäßt waren, ganze Ströme Wasser ins Gesicht. Felix konnte diesen entsetzlichen Spuk nicht vertragen, die arme Christlieb war halbtot, aufs neue rannten sie davon, aber bald mitten im Walde sanken sie vor Angst und Erschöpfung nieder. Da summte und brauste es hinter ihnen. »Der Magister Tinte kommt,« schrie Felix, aber in dem Augenblick vergingen ihm auch sowie der armen Christlieb die Sinne. Als sie wie aus tiefem Schlafe erwachten, befanden sie sich auf einem weichen Moossitz. Das Wetter war vorüber, die Sonne schien hell und freundlich, und die Regentropfen hingen wie funkelnde Edelsteine an den glänzenden Büschen und Bäumen. Hoch verwunderten sich die Kinder darüber, daß ihre Kleider ganz trocken waren und sie gar nichts von der Kälte und Nässe spürten. »Ach,« rief Felix, indem er beide Arme hoch in die Lüfte emporstreckte: »ach, das fremde Kind hat uns beschützt!« Und nun riefen beide, Felix und Christlieb, laut, daß es im Walde wiedertönte: »Ach, du liebes Kind, komme doch nur wieder zu uns, wir sehnen uns ja so herzlich nach dir, wir können ja ohne dich gar nicht leben!« – Es schien auch, als wenn ein heller Strahl durch die Gebüsche funkelte, von dem berührt die Blumen ihre Häupter erhoben; aber riefen auch wehmütiger und wehmütiger die Kinder nach dem holden Gespielen, nichts ließ sich weiter sehen. Traurig schlichen sie nach Hause, wo die Eltern, nicht wenig wegen des Ungewitters um sie bekümmert, sie mit voller Freude empfingen. Der Herr von Brakel sprach: »Es ist nur gut, daß ihr da seid, ich muß gestehen, daß ich fürchtete, der Herr Magister Tinte schwärme noch im Walde umher und sei euch auf der Spur.« Felix erzählte alles, was sich im Walde begeben. »Das sind tolle Einbildungen,« rief die Frau von Brakel, »wenn euch draußen im Walde solch verrücktes Zeug träumt, sollt ihr gar nicht mehr hingehen, sondern im Hause bleiben.« Das geschah denn nun freilich nicht, denn wenn die Kinder baten: »Liebe Mutter, laß uns ein bißchen in den Wald laufen,« so sprach die Frau von Brakel: »Seht nur, geht und kommt hübsch verständig zurück.« Es geschah aber, daß die Kinder in kurzer Zeit selbst gar nicht mehr in den Wald gehen mochten. Ach! – das fremde Kind ließ sich nicht sehen, und sowie Felix und Christlieb sich nur tiefer ins Gebüsch wagten oder sich dem Ententeich nahten, so wurden sie von dem Jäger, dem Harfenmännlein, der Puppe ausgehöhnt: »Dumme Dinger, einfältig Volk, nun könnt ihr sitzen ohne Spielzeug – habt nichts mit uns artigen gebildeten Leuten anzufangen gewußt – dumme Dinger, einfältig Volk!« – Das war gar nicht auszuhalten, die Kinder blieben lieber im Hause.

Beschluß

»Ich weiß nicht,« sprach der Herr Thaddäus von Brakel eines Tages zu der Frau von Brakel, »ich weiß nicht, wie mir seit einigen Tagen so seltsam und wunderlich zumute ist. Beinahe möchte ich glauben, daß der böse Magister Tinte mir es angetan hat, denn seit dem Augenblick, als ich ihm eins mit der Fliegenklatsche versetzte und ihn forttrieb, liegt es mir in allen Gliedern wie Blei.« In der Tat wurde auch der Herr von Brakel mit jedem Tage matter und blässer. Er durchstrich nicht mehr wie sonst die Flur, er polterte und wirtschaftete nicht mehr im Hause umher, sondern saß stundenlang in tiefe Gedanken versenkt, und dann ließ er sich von Felix und Christlieb erzählen, wie es sich mit dem fremden Kinde begeben. Sprachen die denn nun recht mit vollem Eifer von den herrlichen Wundern des fremden Kindes, von dem prächtigen glänzenden Reiche, wo es zu Hause, dann lächelte er wehmütig, und die Tränen traten ihm in die Augen. Darüber konnten sich Felix und Christlieb aber gar nicht zufrieden geben, daß das fremde Kind nun davon bleibe und sie der Quälerei der häßlichen Puppen im Gebüsch und im Ententeiche bloßstelle, weshalb sie gar nicht mehr sich in den Wald wagen möchten. »Kommt, meine Kinder, wir wollen zusammen in den Wald gehen, die bößen Zöglinge des Herrn Magister Tinte sollen euch keinen Schaden tun!« So sprach an einem schönen hellen Morgen der Herr von Brakel zu Felix und Christlieb, nahm sie bei der Hand und ging mit ihnen in den Wald, der heute mehr als jemals voller Glanz, Wohlgeruch und Gesang war. Als sie sich ins weiche Gras unter duftenden Blumen gelagert hatten, fing der Herr von Brakel in folgender Art an: »Ihr lieben Kinder, es liegt mir recht am Herzen, und ich kann es nun gar nicht mehr aufschieben, euch zu sagen, daß ich ebensogut wie ihr das holde fremde Kind, das euch hier im Walde so viel Herrliches schauen ließ, kannte. Als ich so alt war wie ihr, hat es mich so wie euch besucht und die wunderbarsten Spiele gespielt. Wie es mich dann verlassen hat, darauf kann ich mich gar nicht besinnen, und es ist mir ganz unerklärlich, wie ich das holde Kind so ganz und gar vergessen konnte, daß ich, als ihr mir von seiner Erscheinung erzähltet, gar nicht daran glaubte; wiewohl ich oftmals die Wahrheit davon leise ahnte. Seit einigen Tagen gedenke ich aber so lebhaft meiner schönen Jugendzeit, wie ich es seit vielen Jahren gar nicht vermochte. Da ist denn auch das holde Zauberkind so glänzend und herrlich, wie ihr es geschaut habt, mir in den Sinn gekommen, und dieselbe Sehnsucht, von der ihr ergriffen, erfüllt meine Brust, aber sie wird mir das Herz zerreißen! – Ich fühl' es, daß ich zum letztenmal hier unter diesen schönen Bäumen und Büschen sitze, ich werde euch bald verlassen, ihr Kinder! – Haltet, wenn ich tot bin, nur recht fest an dem holden Kinde!« – Felix und Christlieb waren außer sich vor Schmerz, sie weinten und jammerten und riefen laut: »Nein, Vater – nein, Vater, du wirst nicht sterben, du wirst nicht sterben, du wirst noch lange lange bei uns bleiben und so wie wir mit dem fremden Kinde spielen!« – Aber Tages darauf lag der Herr von Brakel schon krank im Bette. Es erschien ein langer hagerer Mann, der dem Herrn von Brakel an den Puls fühlte und darauf sprach: »Das wird sich geben!« Es gab sich aber nicht, sondern der Herr von Brakel war am dritten Tage tot. Ach, wie jammerte die Frau von Brakel, wie rangen die Kinder die Hände, wie schrien sie laut: »Ach, unser Vater – unser lieber Vater!« – Bald darauf, als die vier Bauern von Brakelheim ihren Herrn zu Grabe getragen hatten, erschienen ein paar häßliche Männer im Hause, die beinahe aussahen wie der Magister Tinte. Die erklärten der Frau von Brakel, daß sie das ganze Gütchen und alles im Hause in Beschlag nehmen müßten, weil der verstorbene Herr Thaddäus von Brakel das alles und noch vielmehr dem Herrn Grafen Cyprianus von Brakel schuldig geworden sei, der nun das Seinige zurückverlange. So war denn nun die Frau von Brakel bettelarm geworden und mußte das schöne Dörfchen Brakelheim verlassen. Sie wollte zu einem Verwandten hin, der nicht fern wohnte, und schnürte daher ein kleines Bündelchen mit der wenigen Wäsche und den geringen Kleidungsstücken, die man ihr gelassen, Felix und Christlieb mußten ein gleiches tun, und so zogen sie unter vielen Tränen fort aus dem Hause. Schon hörten sie das ungestüme Rauschen des Waldstroms, über dessen Brücke sie wollten, als die Frau von Brakel vor bitterm Schmerz ohnmächtig zu Boden sank. Da fielen Felix und Christlieb auf die Knie und schluchzten und jammerten: »O, wir armen unglücklichen Kinder! nimmt sich denn keiner, keiner unsers Elends an?« In dem Augenblick war es, als werde das ferne Rauschen des Waldstroms zu lieblicher Musik, das Gebüsch rührte sich in ahnungsvollem Säuseln – und bald strahlte der ganze Wald in wunderbarem funkelndem Feuer. Das fremde Kind trat aus dem süßduftenden Laube hervor, aber von solchem blendenden Glanz umflossen, daß Felix und Christlieb die Augen schließen mußten. Da fühlten sie sich sanft berührt, und des fremden Kindes holde Stimme sprach: »O klagt nicht so, ihr meine lieben Gespielen! Lieb' ich euch denn nicht mehr? Kann ich euch denn wohl verlassen? Nein! – seht ihr mich auch nicht mit leiblichen Augen, so umschwebe ich euch doch beständig und helfe euch mit meiner Macht, daß ihr froh und glücklich werden sollet immerdar. Behaltet mich nur treu im Herzen, wie ihr es bis jetzt getan, dann vermag der böse Pepser und kein anderer Widersacher etwas über euch! – liebt mich nur stets recht treulich!« »O das wollen wir, das wollen wir!« riefen Felix und Christlieb »wir lieben dich ja mit ganzer Seele.« Als sie die Augen wieder aufzuschlagen vermochten, war das fremde Kind verschwunden, aber aller Schmerz war von ihnen gewichen, und sie empfanden die Wonne des Himmels, die in ihrem Innersten aufgegangen. Die Frau von Brakel richtete sich nun auch langsam empor und sprach: »Kinder! ich habe euch im Traum gesehen, wie ihr wie in lauter funkelndem Golde standet, und dieser Anblick hat mich auf wunderbare Weise erfreut und getröstet.« Das Entzücken strahlte in der Kinder Augen, glänzte auf ihren hochroten Wangen. Sie erzählten, wie eben das fremde

Kind bei ihnen gewesen sei und sie getröstet habe; da sprach die Mutter: »Ich weiß nicht, warum ich heute an euer Märchen glauben muß, und warum dabei so aller Schmerz, alle Sorgen von mir weichen. Laßt uns nun getrost weitergehen.« Sie wurden von den Verwandten freundlich aufgenommen, dann kam es, wie das fremde Kind es verheißen. Alles, was Felix und Christlieb unternahmen, geriet so überaus wohl, daß sie samt ihrer Mutter froh und glücklich wurden, und noch in später Zeit spielten sie in süßen Träumen mit dem fremden Kinde, das nicht aufhörte, ihnen die lieblichsten Wunder seiner Heimat mitzubringen.

»Es ist wahr,« sprach Ottmar, als Lothar geendet hatte, »es ist wahr, dein fremdes Kind ist ein reineres Kindermärchen als dein Nußknacker, aber verzeih mir, einige verdammte Schnörkel, deren tiefen Sinn das Kind nicht zu ahnen vermag, hast du doch nicht weglassen können.«

»Das kleine Teufelchen,« rief Sylvester, »das wie ein zahmes Eichhörnlein unserm Lothar auf der Schulter sitzt, kenne ich noch von alters her. Er kann sein Ohr doch nun einmal nicht verschließen den seltsamen Sachen, die das Ding ihm zuraunt!«

»Wenigstens,« nahm Cyprian das Wort, sollte Lothar, unternimmt er es, Märchen zu schreiben, doch sich nur ja des Titels: Kindermärchen enthalten! – Vielleicht: Märchen für kleine und große Kinder!«

»Oder,« nahm Vinzenz das Wort, »Märchen für Kinder und für die, die es nicht sind, so kann die ganze Welt ungescheut sich mit dem Buche abgeben und jeder dabei denken, was er will.« – Alle lachten, und Lothar schwur in komischem Zorn, daß, da die Freunde ihn nun einmal verloren gäben, er sich im nächsten Märchen rücksichtslos aller fantastischen Tollheit überlassen wolle.

Die Mitternachtsstunde hatte geschlagen. Die Freunde, wechselseitig angeregt durch allen Ernst, durch allen Scherz, der heute vorgekommen, schieden in der gemütlichsten Stimmung.

Die Brautwahl.

Die Brautwahl

eine Geschichte,
in der mehrere ganz unwahrscheinliche Abenteuer
vorkommen.

Erstes Kapitel

Welches von Bräuten, Hochzeiten, Geheimen Kanzlei-Sekretären, Turnieren, Hexenprozessen, Zauberteufeln und andern angenehmen Dingen handelt.

In der Nacht des Herbst-Äquinoktiums kehrte der Geheime Kanzlei-Sekretär Tusmann aus dem Kaffeehause, wo er regelmäßig jeden Abend ein paar Stunden zuzubringen pflegte, nach seiner Wohnung zurück, die in der Spandauerstraße gelegen. In allem, was er tat, war der Geheime Kanzlei-Sekretär pünktlich und genau. Er hatte sich daran gewöhnt, gerade während es auf den Türmen der Marien- und Nikolai-Kirchen elf Uhr schlug, mit dem Rock- und Stiefelnausziehen fertig zu werden, so daß er, in die geräumigen Pantoffeln gefahren, mit dem letzten dröhnenden Glockenschlage sich die Nachtmütze über die Ohren zog.
Um das heute nicht zu versäumen, da die Uhren sich schon zum Elfschlagen anschickten, wollte er eben mit einem raschen Schritt (beinahe war es ein behender Sprung zu nennen) aus der Königsstraße in die Spandauerstraße hineinbiegen, als ein seltsames Klopfen, daß sich dicht neben ihm hören ließ, ihn an den Boden festwurzelte.
Unten an dem Turm des alten Rathauses wurde er in dem hellen Schimmer der Reverberen eine lange hagere, in einen dunkeln Mantel gehüllte Gestalt gewahr, die an die verschlossene Ladentüre des Kaufmanns Warnatz, der dort bekanntlich seine Eisenwaren feil hält, stark und stärker pochte, zurücktrat, tief seufzte, hinaufblickte nach den verfallenen Fenstern des Turms.

»Mein bester Herr,« wandte sich der Geheime Kanzlei-Sekretär gutmütig zu dem Mann, »mein bester Herr, Sie irren sich, dort oben in dem Turm wohnt keine menschliche Seele, ja, nehme ich wenige Ratten und Mäuse und ein paar kleine Eulen aus, kein lebendiges Wesen. Wollen Sie von dem Herrn Warnatz einiges Vortreffliche in Eisen oder Stahl erstehen, so müssen Sie sich morgen wieder herbemühen.«
»Verehrter Herr Tusmann« – »Geheimer Kanzlei-Sekretär seit mehreren Jahren,« fiel Tusmann dem Fremden unwillkürlich ins Wort, ungeachtet er etwas verdutzt darüber war, von dem Fremden gekannt zu sein. Der achtete darauf aber gar nicht im mindesten, sondern begann von neuem: »Verehrter Herr Tusmann, Sie belieben sich in meinem Beginnen hier ganz und gar zu irren. Weder der Eisen- noch der Stahlwaren bin ich bedürftig, habe es auch gar nicht mit dem Herrn Warnatz zu tun. Es ist heute das Herbst-Äquinoktium, und da will ich die Braut schauen. Sie hat schon mein sehnsüchtiges Pochen, meine Liebesseufzer vernommen und wird gleich oben am Fenster erscheinen.«
Der dumpfe Ton, in dem der Mann diese Worte sprach, hatte etwas seltsam Feierliches, ja Gespenstisches, so daß es dem Geheimen Kanzlei-Sekretär eiskalt durch alle Glieder rieselte. Der erste Schlag der elften Stunde dröhnte von dem Marienkirchturm herab, in dem Augenblicke klirrte und rauschte es an dem verfallenen Fenster des Rathausturms, und eine weibliche Gestalt wurde sichtbar. Sowie der volle Laternenglanz ihr ins Antlitz fiel, wimmerte Tusmann ganz kläglich: »O du gerechter Gott im Himmel, o all ihr himmlischen Heerscharen, was ist denn das!«
Mit dem letzten Schlage und also im selbigen Augenblick, wo Tusmann, wie sonst, die Schlafmütze aufzusetzen gedachte, war auch die Gestalt verschwunden.
Es war, als hätt' die verwunderliche Erscheinung den Geheimen Kanzlei-Sekretär ganz außer sich selbst gebracht. Er seufzte, stöhnte, starrte hinauf nach dem Fenster, lispelte in sich hinein:

»Tusmann – Tusmann, Geheimer Kanzlei-Sekretär! – besinne dich doch nur! werde nicht verrückt, mein Herz! – Laß dich vom Teufel nicht blenden, gute Seele!« –

»Sie scheinen,« begann der Fremde, »von dem, was Sie sahen, sehr ergriffen worden zu sein, bester Herr Tusmann? – Ich habe bloß die Braut schauen wollen, und Ihnen selbst, Verehrter, muß dabei noch anderes aufgegangen sein.«

»Bitte, bitte,« wimmerte Tusmann, »wollen Sie mir nicht meinen schlichten Titel vergönnen, ich bin geheimer Kanzlei-Sekretär, und zwar in diesem Augenblick ein höchst alterierter, ja wie ganz von Sinnen gekommener. Bitte ergebenst, mein wertester Herr, gebe ich Ihnen selbst nicht den gebührenden Rang, so geschieht das lediglich aus völliger Unbekanntschaft mit Ihrer werten Person; aber ich will Sie Herr Geheimer Rat nennen, denn deren gibt es in unserm lieben Berlin so gar absonderlich viele, daß man mit diesem würdigen Titel selten irrt. Bitte also, Herr Geheimer Rat mögen es mir nicht länger verhehlen, was für eine Braut Sie hier zu der unheimlichen Stunde zu schauen gedachten!«

»Sie sind,« sprach der Fremde mit erhöhter Stimme, »Sie sind ein besonderer Mann mit ihren Titeln, mit ihrem Rang. Ist man dann Geheimer Rat, wenn man sich auf manches Geheimnis versteht und auch wohl nebenher guten Rat zu erteilen vermag, so kann ich wohl billigen Fugs mich so nennen. Mich nimmt es wunder, daß ein so in alten Schriften und seltenen Manuskripten belesener Mann wie Sie, wertester Herr Geheimer Kanzlei-Sekretär, es nicht weiß, daß wenn ein Kundiger – verstehen Sie wohl! – ein Kundiger, zur elften Stunde in der Nacht des Äquinoktiums hier unten an die Türe oder auch nur an die Mauer des Turms klopft, ihm oben am Fenster dasjenige Mädchen erscheint, das bis zum Frühlings-Äquinoktium die glücklichste Braut in Berlin wird.«

»Herr Geheimer Rat,« rief Tusmann wie plötzlich begeistert von Freude und Entzücken, »verehrungswürdigster Herr Geheimer Rat, sollte das wirklich der Fall sein?«

»Es ist nicht anders,« erwiderte der Fremde, »aber was stehen wir hier länger auf der Straße. Sie haben Ihre Schlafstunde bereits versäumt, wir wollen uns stracks in das neue Weinstübchen auf dem Alexanderplatz begeben. Es ist nur darum, daß Sie mehr von mir über die Braut erfahren, wenn Sie wollen, und wieder in die Gemütsruhe kommen, aus der Sie, selbst weiß ich nicht recht warum, ganz und gar herausgebracht zu sein scheinen.« –

Der Geheime Kanzlei-Sekretär war ein höchst mäßiger Mann. Seine einzige Erholung bestand, wie schon erwähnt wurde, darin, daß er jeden Abend ein paar Stunden in einem Kaffeehause zubrachte und politische Blätter, Flugschriften durchlaufend, ja auch in mitgebrachten Büchern emsig lesend ein Glas gutes Bier genoß. Wein trank er beinahe gar nicht, nur Sonntags nach der Predigt pflegte er in einem Weinkeller ein Gläschen Malaga mit etwas Zwieback zu sich zu nehmen. Des Nachts zu schwärmen, war ihm sonst ein Greuel; unbegreiflich schien es daher, daß er sich ohne Widerstand, ja ohne auch nur ein einziges Wort zu sagen, von dem Fremden fortziehen ließ, der mit starken, durch die Nacht dröhnenden Schritten forteilte nach dem Alexanderplatz.

Als sie in die Weinstube eintraten, saß nur noch ein einziger Mann einsam an einem Tisch und hatte ein großes Glas mit Rheinwein gefüllt vor sich stehen. Die tief eingefurchten Züge seines Antlitzes zeugten von sehr hohem Alter. Sein Blick war scharf und stechend, und nur der stattliche Bart verriet den Juden, der alter Sitte und Gewohnheit treu geblieben. Dabei war er sehr altfränkisch, ungefähr wie man sich ums Jahr Eintausendsiebenhundertundzwanzig bis dreißig trug, gekleidet, und daher mocht' es wohl kommen, daß er aus längst vergangener Zeit zurückgekehrt schien.

Noch seltsamer war aber wohl der Fremde anzuschauen, auf den Tusmann getroffen.

Ein großer, hagerer, dabei kräftiger, in Gliedern und Muskeln stark gebauter Mann, scheinbar in den fünfziger Jahren. Sein

Antlitz mochte sonst für schön gegolten haben, noch blitzten die großen Augen unter den schwarzen buschichten Augenbrauen mit jugendlichem Feuer hervor – eine freie offene Stirn – eine stark gebogene Adlersnase – ein fein geschlitzter Mund – ein gewölbtes Kinn – das alles hätte den Mann vor hundert andern eben nicht ausgezeichnet; während aber Rock und Unterkleid nach Art der neuesten Zeit zugeschnitten waren, gehörten Kragen, Mantel und Barett dem Ende des sechzehnten Jahrhunderts an; vorzüglich mocht' es aber wohl der eigne, wie aus tiefer schauerlicher Nacht hinausstrahlende Blick des Fremden, der dumpfe Ton seiner Stimme, sein ganzes Wesen, das durchaus gegen jede Form der jetzigen Zeit grell abstach, vorzüglich mochte es das alles sein, was in seiner Nähe jedem ein seltsames, beinahe unheimliches Gefühl einflößen mußte.
Der Fremde nickte dem Alten, der am Tische saß, zu wie einem alten Bekannten.
»Seh' ich Euch einmal wieder nach langer Zeit,« rief er, »seid Ihr noch immer wohlauf?«
»Wie Ihr mich findet,« erwiderter der Alte mürrisch, »wohl und gesund und noch zur rechten Zeit auf den Beinen, und munter und tätig, wenn es darauf ankommt!«
»Das fragt sich, das fragt sich,« rief der Fremde laut lachend und bestellte bei dem aufwartenden Burschen eine Flasche des ältesten Franzweins, der im Keller vorhanden.
»Mein bester, verehrungswürdigster Herr Geheimer Rat!« – begann Tusmann deprezierend.
Aber der Fremde fiel ihm schnell in die Rede: »Lassen wir doch jetzt alle Titel, bester Herr Tusmann. Ich bin weder Geheimer Rat noch Geheimer Kanzlei-Sekretär, sondern nichts mehr und nichts weniger als ein Künstler, der in edlen Metallen und köstlichem Gestein arbeitet, und heiße mit Namen Leonhard.«
»Also ein Goldschmied, ein Juwelier,« murmelte Tusmann vor sich hin. Er besann sich nun auch, daß er bei dem ersten Anblick des Fremden in der erleuchteten Weinstube es hätte wohl ein-

sehen müssen, wie der Fremde unmöglich ein ordentlicher Geheimer Rat sein könne, da er in altdeutschem Mantel, Kragen und Barett angetan, wie solches bei Geheimen Räten nicht üblich.

Beide, Leonhard und Tusmann, setzten sich nun hin zu dem Alten, der sie mit einem grinsenden Lächeln begrüßte.

Nachdem Tusmann auf vieles Nötigen Leonhards ein paar Gläser des gehaltigen Weins getrunken, trat Röte auf seine blassen Wangen; vor sich hinblickend, den Wein gemütlich einschlürfend, lächelte und schmunzelte er überaus freundlich, als gingen die angenehmsten Bilder in seinem Inneren auf.

»Und nun,« begann Leonhard, »und nun sagen Sie mir unverhohlen, bester Herr Tusmann, warum Sie so gar besonders sich gebärdeten, als die Braut im Fenster des Turms erschien, und was jetzt so ganz und gar Ihr Inneres erfüllt? Wir sind, Sie mögen das nun glauben oder nicht, alte Freunde und Bekannte, und vor diesem guten Mann brauchen Sie sich gar nicht zu genieren.«

»O Gott,« erwiderte der Geheime Kanzlei-Sekretär, »o Gott, mein verehrtester Herr Professor – lassen Sie mich Ihnen diesen Titel geben; denn da Sie, wie ich überzeugt bin, ein sehr wackrer Künstler sind, könnten Sie mit Fug und Recht Professor bei der Akademie der Künste sein – Also! mein verehrtester Herr Professor – vermag ich denn zu schweigen? Wovon das Herz voll ist, davon geht der Mund über! – Erfahren Sie es! – Ich gehe, wie man sprüchwörtlich zu sagen pflegt, auf Freiers Füßen und gedenke zum Frühlings-Äquinoktium ein glückliches Bräutlein heimzuführen. Konnt' es denn nun wohl fehlen, daß es mir durch alle Adern fuhr, als Sie, verehrtester Herr Professor, beliebten, mir eine glückliche Braut zu zeigen?«

»Was,« unterbrach der Alte den Geheimen Kanzlei-Sekretär mit kreischender, krächzender Stimme, »was? – Sie wollen heiraten? Sie sind ja viel zu alt dazu und häßlich wie ein Pavian.«

Tusmann erschrak über die entsetzliche Grobheit des jüdischen Alten so sehr, daß er kein Wort herauszubringen vermochte.

»Nehmen Sie,« sprach Leonhard, »dem Alten da das harte Wort nicht übel, lieber Herr Tusmann, er meint es nicht so böse, als es wohl den Anschein haben möchte. Aufrichtig gesagt muß ich aber auch selbst gestehen, wie es mich bedünken will, daß Sie etwas spät sich zur Heirat entschlossen haben, da Sie mir beinahe ein Fünfziger zu sein scheinen.«

»Auf den 9ten Oktober, am Tage des heiligen Dionysius, erreiche ich mein achtundvierzigstes Jahr,« fiel Tusmann etwas empfindlich ein. »Dem sei, wie ihm wolle,« fuhr Leonhard fort, »es ist auch nicht das Alter allein, das Ihnen entgegensteht. Sie haben bisher ein einfaches, einsames Junggesellenleben geführt, Sie kennen das weibliche Geschlecht nicht, Sie werden sich nicht zu raten, nicht zu helfen wissen.«

»Was raten, was helfen,« unterbrach Tusmann den Goldschmied, »ei, bester Herr Professor. Sie müssen mich für ungemein leichtsinnig und unverständig halten, wenn Sie glauben, daß ich blindlings ohne Rat und Überlegung zu handeln imstande wäre. Jeden Schritt, den ich tue, erwäge und bedenke ich weislich, und als ich mich in der Tat von dem Liebespfeil des losen Gottes, den die Alten Cupido nannten, getroffen fühlte, sollte da nicht all mein Dichten und Trachten dahin gegangen sein, mich für diesen Zustand gehörig auszubilden? – Wird jemand, der ein schweres Examen zu überstehen gedenkt, nicht emsig alle Wissenschaften studieren, aus denen er befragt werden soll? – Nun, verehrtester Herr Professor, meine Heirat ist ein Examen, zu dem ich mich gehörig vorbereite und wohl zu bestehen glaube. Sehen Sie, bester Mann, dieses kleine Buch, das ich, seit ich mich zu lieben und zu heiraten entschlossen, beständig bei mir trage und unaufhörlich studiere, sehen Sie es an und überzeugen Sie sich, daß ich die Sache gründlich und gescheut beginne und keinesweges als ein Unerfahrner erscheinen werde, ungeachtet mir, wie ich gestehen will, das ganze weibliche Geschlecht bis dato fremd geblieben.«

Mit diesen Worten hatte der Geheime Kanzlei-Sekretär ein kleines in Pergament gebundenes Buch aus der Tasche gezogen und den Titel aufgeschlagen, welcher folgendermaßen lautete:

»Kurzer Entwurff der politischen Klugheit, sich selbst und andern in allen Menschlichen Gesellschafften wohl zu rathen und zu einer gescheiden *Conduite* zu gelangen; Allen Menschen, die sich klug zu seyn dünken, oder noch klug werden wollen, zu höchst nöthiger Bedürfniß und ungemeinem Nutzen, aus dem Lateinischen des Herrn *Thomasii* übersetzet. Nebst einem ausführlichen Register. Frankfurt und Leipzig. In Verlag Johann Großens Erben. *1710.*«

»Bemerken Sie,« sprach Tusmann mit süßem Lächeln, »bemerken Sie, wie der würdige Autor im siebenten Kapitel, das lediglich vom Heiraten und von der Klugheit eines Hausvaters handelt, § 6 ausdrücklich sagt:

›Zum wenigsten soll man damit nicht eilen. Wer bei vollkommenem männlichen Alter heirathet, wird so viel klüger, weil er so viel weiser wird. Frühzeitige Heirathen machen unverschämte oder arglistige Leute, und werffen sowohl des Leibes, als des Gemüths Kräffte übern Hauffen. Das männliche Alter ist zwar nicht ein Anfang der Jugend, dieselbe aber soll nicht eher, als mit demselben zugleich sich enden.‹

Und dann, was die Wahl des Gegenstandes betrifft, den man zu lieben und zu heiraten gesonnen, so sagt der vortreffliche Thomasius § 9:

›Die Mittelstraße ist die sicherste, man nehme keine allzu Schöne noch Häßliche, keine sehr Reiche noch sehr Arme, keine Vornehmere noch Geringere, sondern, die mit uns gleichen Standes ist, und so wird auch bey den meisten übrigen Eigenschafften die Mittelstraße zu treffen das Beste seyn.‹

Dem bin ich denn auch gefolgt und habe mit der anmutigen Person, die ich erwählet, nach dem Rat, den Herr Thomasius im § 17 erteilet, nicht nur einmal Konversation gepfleget, weil man durch Verstellung der Fehler und Annehmung von allerhand Scheintugenden leicht hintergangen werden kann, sondern zum öftern, da es denn unmöglich ist, sich gänzlich in die Länge zu bergen.«

»Aber,« sprach der Goldschmied, »aber, mein werter Herr Tusmann, eben dieser Umgang, oder wie Sie es zu nennen belieben, diese Konversation mit den Weibern scheint mir, soll man nicht getäuscht werden auf schnöde Weise, langer Erfahrung und Übung zu bedürfen.«

»Auch hierin,« erwiderte Tusmann, »steht der große Thomasius zur Seite, indem er sattsam lehrt, wie eine vernünftige angenehme Konversation einzurichten, und wie vorzüglich, konversiert man mit Frauenzimmern, dabei einiger Scherz auf liebliche Art einzumischen. Aber Scherzreden, sagt mein Autor im fünften Kapitel, soll man sich bedienen wie ein Koch des Salzes, ja selbst der spitzigen Redensarten wie eines Gewehrs, nicht andere damit anzutasten, sondern zu unserer Beschützung, ebenmäßig als ein Igel seine Stacheln zu brauchen pfleget. Und soll man dabei als ein kluger Mann auf die Gebärden fast noch mehrt als auf die Worte regardieren, indem öfters das, was einer in Diskursen verbirget, durch Gebärden hervorbricht und die Worte gemeiniglich nicht so viel als die übrige Aufführung zu Erweckung Freund- oder Feindschaft vermögen.«

»Ich merk' es schon,« nahm der Goldschmied das Wort, »man kommt Ihnen auf keine Weise bei, Sie sind gegen alles gewappnet und gerüstet. Wetten will ich daher auch, daß Sie durch Ihr Betragen die Liebe der von Ihnen erkornen Dame ganz und gar gewonnen.«

»Ich befleißige mich,« sprach Tusmann, »nach Thomasii Rat einer ehrerbietigen und freundlichen Gefälligkeit, denn diese ist sowohl das natürlichste Merkmal der Liebe als der natürlichste Zug zur Erweckung der Gegenliebe, gleichwie das Hojanen oder Gähnen eine ganze Gesellschaft zur Nachahmung antreibt. Doch gehe ich in der allzugroßen Ehrerbietung nicht zu weit, denn ich bedenke wohl, daß, wie Thomasius lehrt, die Weiber weder gute noch böse Engel sondern bloße Menschen und zwar, den Leibes-

und Gemütskräften nach, schwächere Kreaturen sind als wir, welches der Unterschied des Geschlechts sattsam anzeiget.«

»Ein schwarz Jahr,« rief der Alte ergrimmt, »komme über Euch, daß Ihr läppisches Zeug schwatzt ohne Aufhören und mir die gute Stunde verderbt, in der ich hier mich zu erlaben gedachte nach vollbrachtem großen Werk!« –

»Schweigt nur, Alter,« sprach der Goldschmied mit erhöhter Stimme, »seid froh, daß wir Euch hier leiden; denn mit Euerm brutalen Wesen seid Ihr ein unangenehmer Gast, den man eigentlich hinauswerfen sollte. – Lassen Sie sich, wertester Herr Tusmann, durch den Alten nicht irren. Sie sind der alten Zeit hold, Sie lieben den Thomasius; was mich betrifft, so gehe ich noch viel weiter zurück, da ich nur auf *die* Zeit etwas gebe, der, wie Sie sehen, zum Teil meine Kleidung angehört. Ja, Verehrter, jene Zeit war wohl herrlicher als die jetzige, und aus ihr stammt noch jener schöne Zauber her, den Sie heute am alten Rathausturm geschaut haben.«

»Wie das, wertester Herr Professor?« fragte der Geheime Kanzlei-Sekretär.

»Ei,« fuhr der Goldschmied fort, »damals gab es gar öfters fröhliche Hochzeit auf dem Rathause, und solche Hochzeiten sahen ein wenig anders aus als die jetzigen. – Nun! manche glückliche Braut blickte damals zum Fenster heraus, und so ist es ein anmutiger Spuk, wenn noch jetzt ein luftiges Gebilde das, was sich jetzt begeben wird, weissagt aus dem, was vor langer Zeit geschehen. Überhaupt muß ich bekennen, daß damals unser Berlin bei weitem lustiger und bunter sich ausnahm als jetzt, wo alles auf einerlei Weise ausgeprägt wird, und man in der Langeweile selbst die Luft sucht und findet, sich zu langweilen. Da gab's Feste, andere Feste, als man sie jetzt ersinnen mag. Ich will nur daran denken, wie im Jahre Eintausend fünfhundert und ein und achtzig zu Okuli in der Fasten der Kurfürst Augustus zu Sachsen mit seinem Gemahl und Sohne Christian von allen anwesenden Herrn herrlich und prächtig zu Cölln eingeholt wurde mit etlichen hundert Pferden. Und die Bürger beider Städte, Berlin und Cölln, samt den Spandauischen, standen zu beiden Seiten vom Köpenicker Tore bis zum Schlosse in vollständiger Rüstung. Tages darauf gab es ein stattliches Ringrennen, bei dem der Kurfürst zu Sachsen und Graf Jost zu Barby mit mehreren vom Adel aufzogen in goldener Kleidung, hohen goldnen Stirnhauben, an Schultern, Ellenbogen und Knien mit goldenen Löwenköpfen, sonst an Armen und Beinen mit fleischfarbener Seide, als wären sie bloß gewesen, angetan, wie man die heidnischen Kämpfer zu malen pflegt. Sänger und Instrumentisten saßen verborgen in einer goldenen Arche Noahs und darauf ein kleiner Knabe mit fleischfarbener Seide bekleidet, mit Flügeln, Bogen, Köcher und mit verbundenen Augen, wie der Cupido gemalt wird. Zwei andere Knaben mit schönen weißen Straußfedern bekleidet, goldenen Augen und Schnäbeln wie Täubelein führten die Arche, in welcher, wenn der Fürst gerannt und getroffen, die Musik ertönte. Darauf ließ man etliche Tauben aus der Arche, von denen sich eine auf die spitze Zobelmütze unsers gnädigen Herrn Kurfürsten setzte, mit den Flügeln schlug und eine welsche Arie zu singen begann, gar lieblich und viel schöner, als siebenzig Jahre später unter Hofsänger Bernhard Pasquino Grosso aus Mantua zu singen pflegte, wiewohl nicht so anmutig als zu jetziger Zeit unsere Theatersängerinnen, die freilich, zeigen sie ihre Kunst, besser plaziert sind als jenes Täubelein. Dann gab es ein Fußturnier, zu dem zog der Kurfürst von Sachsen mit dem Grafen von Barby in einem Schiffe auf, das war mit gelbem und schwarzem Zeuge bekleidet und hatte ein Segel von goldenem Zindel. Und es saß hinter dem Herrn der kleine Knabe, der tages zuvor Cupido gewesen, mit einem langen bunten Rocke und spitzigem Hute von gelbem und schwarzem Zeuge und langem grauen Barte. Sänger und Instrumentisten waren ebenso gekleidet. Aber rings um das Schiff tanzten und sprangen viele Herren vom Adel her mit Köpfen und Schwänzen von Lachsen, Heringen und andern lustigen Fischen angetan, welches sich gar anmutig ausnahm. Am Abend

um die zehnte Stunde wurde ein schönes Feuerwerk angezündet, welches einige tausend Schüsse hatte, in der Gestalt einer viereckigen Festung mit Landsknechten besetzt, die alle voller Schüsse waren, und trieben die Büchsenmeister viel merkliche Possen mit Stechen und Fechten und ließen feurige Rosse und Männer, seltsame Vögel und andere Tiere in die Höhe fahren mit schrecklichem Gerassel und Geprassel. Das Feuerwerk dauerte an die zwei Stunden.« – Während der Goldschmied dies alles erzählte, gab der Geheime Kanzlei-Sekretär alle Zeichen der innigsten Teilnahme, des höchsten Wohlgefallens von sich. Er rief mit feiner Stimme: »Ei – O – Ach –« dazwischen, schmunzelte, rieb sich die Hände, rutschte auf dem Stuhle hin und her und schlürfte dabei ein Glas Wein nach dem andern hinunter.
»Mein verehrtester Herr Professor,« rief er endlich im Falsett, den ihm die höchste Freude abzunötigen pflegte, »mein teuerster, verehrtester Herr Professor, was sind das für herrliche Dinge, von denen Sie so lebhaft zu erzählen belieben, als wären Sie selbst persönlich dabei gewesen.«
»Ei,« erwiderte der Goldschmied, »soll ich denn vielleicht nicht dabei gewesen sein?«
Tusmann wollte, den Sinn dieser verwunderlichen Rede nicht fassend, eben weiter fragen, als der Alte mürrisch zum Goldschmied sprach: »Vergeßt doch die schönsten Feste nicht, an denen sich die Berliner ergötzten in jener Zeit, die Ihr so hoch erhebt. Wie auf dem Neumarkt die Scheiterhaufen dampften und das Blut floß der unglücklichen Schlachtopfer, die auf die entsetzlichste Weise gemartert alles gestanden, was der tollste Wahn, der plumpste Aberglaube nur sich erträumen konnte.«
»Ach,« nahm der Geheime Kanzlei-Sekretär das Wort, »ach, Sie meinen gewiß die schnöden Hexen- und Zauberprozesse, wie sie in alter Zeit stattfanden, mein bester Herr! – Ja, das war freilich ein schlimmes Ding, dem unsere schöne Aufklärung ein Ende gemacht hat.«
Der Goldschmied warf seltsame Blicke auf den Alten und auf

Tusmann und fragte endlich mit geheimnisvollem Lächeln diesen: »Kennen Sie die Geschichte vom Münzjuden Lippold, wie sie sich im Jahr Eintausend fünfhundert und zwei und siebenzig zutrug?«
Noch ehe Tusmann antworten konnte, fuhr der Goldschmied weiter fort: »Großen Betruges und arger Schelmerei war der Münzjude Lippold angeklagt, der sonst das Vertrauen des Kurfürsten besaß, dem ganzen Münzwesen im Lande vorstand und allemal, wenn es not tat, gleich mit bedeutenden Summen bei der Hand war. Sei es aber nun, daß er sich gut auszureden wußte, oder daß ihm andere Mittel zu Gebote standen, sich vor den Augen des Kurfürsten rein zu waschen von aller Schuld, oder daß, wie man damals sich auszudrücken pflegte, etzliche, die beim Herrn Tun und Lassen waren, mit der silbernen Büchse geschossen; genug, es war an dem, daß er als unschuldig loskommen sollte; er wurde nur noch in seinem kleinen, in der Stralauer Straße belegenen Hause von Bürgern bewacht. Da trug es sich zu, daß er sich mit seinem Weibe erzürnte, und daß diese in zornigem Mute sprach: ›Wenn der gnädige Herr Kurfürst nur wüßte, was du für ein böser Schelm bist, und was für Bubenstücke du mit deinem Zauberbuche kannst zuwege bringen, würdest du lange kalt sein.‹ Das wurde dem Kurfürsten berichtet, der ließ strenge nachforschen in Lippolds Hause nach dem Zauberbuche, das man endlich fand, und das, als es Leute, die dessen Verstand hatten, lasen, seine Schelmerei klar an den Tag brachte. Böse Künste hatte er getrieben, um den Herrn sich ganz zu eigen zu machen und das ganze Land zu beherrschen, und nur des Kurfürsten Gottseligkeit hatte dem satanischen Zauber widerstanden. Lippold wurde auf dem Neumarkt hingerichtet; als aber die Flammen seinen Körper und das Zauberbuch verzehrten, kam unter dem Gerüst eine große Maus hervor und lief ins Feuer. Viele Leute hielten die Maus für Lippolds Zauberteufel.«
Während der Goldschmied dies erzählte, hatte der Alte beide Arme auf den Tisch gestützt, die Hände vors Gesicht gehalten

und gestöhnt und geächzt wie einer, der große unerträgliche Schmerzen leidet.
Der Geheime Kanzlei-Sekretär schien dagegen nicht sonderlich auf des Goldschmieds Worte zu achten. Er war über die Maßen freundlich und in dem Augenblick von ganz andern Gedanken und Bildern erfüllt. Als nämlich der Goldschmied geendet, fragte er schmunzelnd mit süß lispelnder Stimme: »Aber sagen Sie mir nur, mein allerwertester, hochverehrtester Herr Professor, war denn das wirklich die Demoiselle Albertine Voßwinkel, die aus dem verfallenen Fenster des Rathausturmes mit ihren schönen Augen auf uns herniederblickte?«
»Was,« fuhr ihn der Goldschmied wild an, »was haben Sie mit der Albertine Voßwinkel?«
»Nun,« erwiderte Tusmann kleinlaut, »nun, du mein lieber Himmel, das ist ja eben diejenige holde Dame, die ich zu lieben und zu heiraten unternommen.«
»Herr,« rief nun der Goldschmied blutrot im ganzen Gesicht und glühenden Zorn in den feuersprühenden Augen, »Herr, ich glaube, Sie sind vom Teufel besessen oder total wahnsinnig? Sie wollen die schöne blutjunge Albertine Voßwinkel heiraten? Sie alter abgelebter armseliger Pedant? Sie, der Sie mit all Ihrer Schulgelehrsamkeit, mitsamt Ihrer aus dem Thomasius geschöpften politischen Klugheit nicht drei Schritt über Ihre eigne Nase wegsehen können? – Solche Gedanken lassen Sie sich nur vergehen, sonst könnte Ihnen noch in dieser Äquinoktialnacht das Genick gebrochen werden.«
Der Geheime Kanzlei-Sekretär war sonst ein sanfter, friedfertiger, ja furchtsamer Mann, der niemanden, wurde er auch angegriffen, ein hartes Wort sagen konnte. Zu schnöde waren aber wohl des Goldschmieds Worte, und kam noch hinzu, daß Tusmann mehr starken Wein, als er gewohnt, getrunken hatte, so konnt' es nicht fehlen, daß er, wie sonst niemals, zornig auffuhr und mit gellender Stimme rief: »Ich weiß gar nicht, wie Sie mir vorkommen, mein unbekannter Herr Goldschmied, was Sie berechtigt, mir so

zu begegnen? – Ich glaube gar, Sie wollen mich äffen durch allerhand kindische Künste und vermessen sich, die Demoiselle Albertine Voßwinkel selbst lieben zu wollen und haben die Dame porträtiert auf Glas und mir mittelst einer *Laterna magica*, die Sie unter dem Mantel verborgen, das angenehme Bildnis gezeigt am Rathausturm! – O mein Herr, auch ich verstehe mich auf solche Dinge, und Sie verfehlen den Weg, wenn Sie glauben, mich durch Ihre Künste, durch Ihre groben Redensarten einzuschüchtern!« –

»Nehmen Sie sich in acht,« sprach nun der Goldschmied gelassen und sonderbar lächelnd, »nehmen Sie sich in acht, Tusmann, Sie haben es hier mit kuriosen Leuten zu tun.«

Aber in dem Augenblick grinste statt des Goldschmieds ein abscheuliches Fuchsgesicht den Geheimen Kanzlei-Sekretär an, der, von dem tiefsten Entsetzen erfaßt, zurücksank in den Sessel.

Der Alte schien sich über des Goldschmieds Verwandlung weiter gar nicht zu verwundern, vielmehr hatte er auf einmal sein mürrisches Wesen ganz verloren und rief lachend: »Sehen Sie doch, welch hübscher Spaß; – aber das sind brotlose Künste, da weiß ich Besseres und vermag Dinge, die dir stets zu hoch geblieben sind, Leonhard.«

»Laß doch sehen,« sprach der Goldschmied, der nun wieder sein menschliches Gesicht angenommen, sich ruhig an den Tisch setzend, »laß doch sehen, was du kannst.«

Der Alte holte einen großen schwarzen Rettich aus der Tasche, putzte und schälte ihn mit einem kleinen Messer, das er ebenfalls hervorgezogen, sauber ab, zerschnitt ihn in dünne Scheiben und legte diese auf den Tisch.

Aber sowie er mit geballter Faust auf eine Rettichscheibe schlug, sprang klappernd ein schön ausgeprägtes flimmerndes Goldstück hervor, das er faßte und dem Goldschmied zuwarf. Doch, sowie dieser das Goldstück auffing, zerstäubte es in tausend knisternde Funken. Das schien den Alten zu ärgern, immer rascher

und stärker prägte er die Rettichscheiben aus, immer prasselnder zersprangen sie in des Goldschmieds Hand.
Der Geheime Kanzlei-Sekretär war ganz außer sich, betäubt von Entsetzen und Angst; endlich raffte er sich mit Gewalt auf aus der Ohnmacht, der er nahe war, und sprach mit bebender Stimme: »Da will ich mich doch den hochzuverehrenden Herren lieber ganz gehorsamst empfehlen«; sprang alsbald, nachdem er Hut und Stock ergriffen, schnell zur Tür heraus.
Auf der Straße hörte er, wie die beiden Unheimlichen hinter ihm her eine gellende Lache aufschlugen, vor der ihm das Blut in den Adern gefror.

Zweites Kapitel

Worin erzählt wird, wie eines Zigarros halber, der nicht brennen wollte, sich ein Liebesverständnis erschloß, nachdem die Verliebten schon früher mit den Köpfen aneinander gerannt.

Auf weniger verfängliche Weise als der Geheime Kanzlei-Sekretär Tusmann hatte der junge Maler Edmund Lehsen die Bekanntschaft des alten wunderlichen Goldschmieds Leonhard gemacht.
Edmund entwarf gerade an einer einsamen Stelle des Tiergartens eine schöne Baumgruppe nach der Natur, als Leonhard zu ihm trat und ohne Umstände ihm über die Schulter ins Blatt hineinsah. Edmund ließ sich gar nicht stören, sondern zweichnete emsig fort, bis der Goldschmied rief: »Das ist ja eine ganz sonderbare Zeichnung, lieber junger Mann, das werden ja am Ende keine Bäume, das wird ja ganz etwas anders.«
»Merken Sie etwas, mein Herr?« sprach Edmund mit leuchtenden Blicken. »Nun,« fuhr der Goldschmied fort, »ich meine, aus den dicken Blättern da kuckten allerlei Gestalten heraus im buntesten Wechsel, bald Genien, halb seltsame Tiere, bald Jungfrauen, bald Blumen. Und doch sollte das Ganze wohl nur sich zu je-

ner Baumgruppe uns gegenüber gestalten, durch die die Strahlen der Abendsonne so lieblich funkeln.«

»Ei, mein Herr,« rief Edmund, »Sie haben entweder einen gar tiefen Sinn, ein durchschauendes Auge für dergleichen, oder ich war in diesen Augenblicken glücklicher im Darstellen meiner innersten Empfindungen als jemals. Ist es Ihnen nicht auch so, wenn Sie sich in der Natur ganz Ihrem sehnsüchtigen Gefühl überlassen, als schauten durch die Bäume, durch das Gebüsch allerlei wunderbare Gestalten Sie mit holden Augen an? – Das war es, was ich in dieser Zeichnung recht versinnlichen wollte, und ich merke, es ist mir gelungen.«

»Ich verstehe,« sprach Leonhard etwas kalt und trocken, »Sie wollten frei von allem eigentlichen Studium sich Rast geben und in einem anmutigen Spiel Ihrer Fantasie sich erheitern und erkräften.«

»Keinesweges, mein Herr!« erwiderte Edmund, »gerade diese Art nach der Natur zu zeichnen halte ich für mein bestes, nutzenvollstes Studieren. Aus solchen Studien trag' ich das wahrhaft Poetische, Fantastische in die Landschaft. Dichter muß der Landschaftsmaler ebensogut sein als der Geschichtsmaler, sonst bleibt er ewig ein Stümper.«

»Hilf Himmel,« rief Leonhard, »auch Sie, lieber Edmund Lehsen« –

»Wie,« unterbrach Edmund den Goldschmied, »wie, Sie kennen mich, mein Herr!«

»Warum«, erwiderte Leonhard, »soll ich Sie denn nicht kennen? – Ich machte Ihre erste werte Bekanntschaft in einem Augenblick, auf den Sie sich wahrscheinlich nicht sehr deutlich besinnen werden, nämlich, als Sie soeben geboren waren. Für die wenige Welterfahrung, die Sie damals besitzen konnten, hatten Sie sich überaus sittig und klug betragen, Ihrer Frau Mama ungemein wenig Mühe gemacht und sogleich ein sehr wohlklingendes Freudengeschrei erhoben, auch heftig ans Tageslicht verlangt, das man Ihnen nach meinem Rat nicht verweigern durfte, da nach dem Ausspruch der neuesten Ärzte dieses den neugebornen Kindern nicht nur keinesweges schadet, sondern vielmehr wohltätig auf ihren Verstand, auf ihre physischen Kräfte überhaupt wirkt. Ihr Herr Papa war auch dermaßen fröhlich, daß er auf einem Beine im Zimmer herumhopste und aus der Zauberflöte sang: ›Bei Männern, welche Liebe fühlen‹ etc. Nachher gab er mir Ihre kleine Person in die Hände und bat mich, Ihr Horoskop zu stellen, welches ich auch tat. Dann kam ich noch öfters in Ihres Vaters Haus, und Sie verschmähten nicht, manche Tüte Rosinen und Mandeln aufzunaschen, die ich Ihnen mitbrachte. Nachher ging ich auf Reisen, Sie mochten damals sechs oder acht Jahr alt sein. Dann kam ich hieher nach Berlin, sah Sie und vernahm mit Vergnügen, daß Ihr Vater Sie aus Müncheberg hieher geschickt, um die edle Malerkunst zu studieren, für welches Studium in Müncheberg eben nicht sonderlicher Fond vorhanden an Bildern, Marmorn, Bronzen, Gemmen und andern bedeutenden Kunstschätzen. Ihre gute Vaterstadt kann sich darin nicht mit Rom, Florenz oder Dresden messen, wie vielleicht künftig Berlin, wenn funkelnagelneue Antiken aus der Tiber gefischt und hieher transportiert werden.« –

»Mein Gott«, sprach Edmund, »jetzt gehen mir alle Erinnerungen aus meiner frühesten Jugend lebhaft auf. Sind Sie nicht Herr Leonhard?«

»Allerdings«, erwiderte der Goldschmied, »heiße ich Leonhard und nicht anders, indessen möcht' es mich doch wundern, wenn Sie sich aus so früher Zeit meiner noch erinnern sollten.«

»Und doch«, fuhr Edmund fort, »ist es der Fall. Ich weiß, daß ich mich jedesmal, wenn Sie in meines Vaters Hause erschienen, sehr freute, weil Sie mir immer allerlei Näschereien mitbrachten und sich überhaupt viel mit mir abgaben, und dabei verließ mich nicht eine scheue Ehrfurcht, ja eine gewisse Angst und Beklommenheit, die oft noch fortdauerte, wenn Sie schon weggegangen waren. Aber noch mehr sind es die Erzählungen meines Vater von Ihnen, die Ihr Andenken in meiner Seele frisch erhalten haben. Er rühmte sich Ihrer Freundschaft, da Sie ihn mit besonderer Gewandtheit aus allerlei verdrießlichen Vorfällen und Verwickelungen, wie sie im Leben wohl vorkommen, glücklich gerettet hatten. Mit Begeisterung sprach er aber davon, wie Sie in die tiefen geheimen Wissenschaften eingedrungen, über manche verborgene Naturkraft geböten und Willkür, und manchmal – verzeihen Sie – gab er nicht undeutlich zu verstehen, Sie wären wohl am Ende, das Ding bei Lichte besehen, Ahasverus, der ewige Jude!« –

»Warum nicht gar der Rattenfänger von Hameln oder der Alte Überall und Nirgends oder das Petermännchen oder sonst ein Kobold« unterbrach der Goldschmied den Jüngling; »aber wahr mag es sein, und ich will es gar nicht leugnen, daß es mit mir eine gewisse eigene Bewandtnis hat, von der ich nicht sprechen darf, ohne Ärgernis zu erregen. Ihrem Herrn Papa habe ich in der Tat viel Gutes erzeigt durch meine geheimen Künste; vorzüglich erfreute ihn gar sehr das Horoskop, das ich Ihnen stellte nach Ihrer Geburt.«

»Nun,« sprach der Jüngling, indem hohe Röte seine Wangen überflog, »nun, mit dem Horoskop war es eben nicht so sehr erfreulich. Mein Vater hat es mir oft wiederholt, Ihr Ausspruch sei gewesen, es würde was Großes aus mir werden, entweder ein großer Künstler oder ein großer Narr. – Wenigstens hab' ich es aber diesem Ausspruch zu verdanken, daß mein Vater meiner Neigung zur Kunst freien Lauf ließ, und glauben Sie nicht, daß Ihr Horoskop zutreffen wird?«

»O ganz gewiß,« erwiderte der Goldschmied sehr kalt und gelassen, »es ist gar nicht daran zu zweifeln, denn Sie sind eben jetzt auf dem schönsten Wege, ein großer Narr zu werden.«

»Wie, mein Herr,« rief Edmund betroffen, »wie mein Herr Sie sagen mir das so gerade ins Gesicht? Sie –«

»Es liegt«, fiel ihm der Goldschmied ins Wort, »nun gänzlich an dir, der schlimmen Alternative meines Horoskops zu entgehen und ein tüchtiger Künstler zu werden. Deine Zeichnungen,

deine Entwürfe verraten eine reiche lebendige Fantasie, eine rege Kraft des Ausdrucks, eine kecke Gewandtheit der Darstellung; auf tiefe Fundamente läßt sich ein wacheres Gebäude aufführen. Laß ab von aller modischen Überspanntheit und gib dich ganz hin dem ersten Studium. Ich rühm' es, daß du nach der Würde und Einfachheit der alten deutschen Maler trachtest, aber auch hier magst du sorglich die Klippe vermeiden, an der so viele scheitern. Es gehört wohl ein tiefes Gemüt, eine Seelenkraft, die der Erschlaffung der modernen Kunst widerstehen vermag, dazu, ganz aufzufassen den wahren Geist der alten deutschen Meister, ganz einzudringen in den Sinn der Gebilde. Nur dann wird sich aus dem Innersten heraus der Funke entzünden und die wahre Begeisterung Werke schaffen, die ohne blinde Nachahmerei eines besseren Zeitalters würdig sind. Aber jetzt meinen die jungen Leute, wenn sie irgend ein biblisches Bild mit klapperdürren Figuren, ellenlangen Gesichtern, steifen eckichten Gewändern und falscher Perspektive zusammenstoppeln, sie hätten gemalt in der Manier der alten deutschen hohen Meister. Solche geistestote Nachähmler mögen dem Bauernjungen zu vergleichen sein, der in der Kirche bei dem Vaterunser den Hut vor die Nase hielt, ohne es auswendig beten zu können, angebend, wisse er auch das Gebet nicht, so kenne er doch die Melodie davon.«
Der Goldschmied sprach noch vieles Wahres und Schönes über die edle Kunst der Malerei und gab dem künstlerischen Edmund weise vortreffliche Lehren, so daß dieser, ganz durchdrungen, zuletzt fragte, wie es möglich sei, daß Leonhard so viel Kenntnis habe erwerben können, ohne selbst Maler zu sein, und daß er so im Verborgenen lebe, ohne sich Einfluß zu verschaffen auf die Kunstbestrebungen aller Art?
»Ich habe,« erwiderte der Goldschmied mit sehr mildem ernsten Ton, »ich habe dir schon gesagt, daß eine lange, ja in der Tat sehr wunderbar lange Erfahrung meinen Blick, mein Urteil geschärft hat. Was aber meine Verborgenheit betrifft, so bin ich mir be-

wußt, daß ich überall etwas seltsam auftreten würde, wie es nun einmal nicht nur meine ganze Organisation, sondern auch das Gefühl einer gewissen mir inwohnenden Macht gebietet und dies könnte mein ganzes ruhiges Leben hier in Berlin verstören. Ich gedenke noch eines Mannes, der in gewisser Hinsicht mein Ahnherr sein könnte, und der mir so in Geist und Fleisch gewachsen ist, daß ich zuweilen im seltsamen Wahn glaube, ich sei es eben selbst. Niemanden anders meine ich als jenen Schweizer Leonhard Turnhäuser zum Thurm, der ums Jahr Eintausend fünfhundert und zwei und achtzig hier in Berlin am Hofe des Kurfürsten Johann George lebte. Damals war, wie du wissen wirst, jeder Chemiker ein Alchimist und jeder Astronom ein Astrolog genannt, und so mochte Turnhäuser auch beides sein. Soviel ist indessen gewiß, daß Turnhäuser die merkwürdigsten Dinge zustande brachte und außerdem sich als tüchtiger Arzt bewies. Er hatte indessen den Fehler, seine Wissenschaft überall geltend machen zu wollen, sich in alles zu mischen, überall mit Rat und Tat bei der Hand zu sein. Das zog ihm Haß und Neid zu, wie der Reiche, der mit seinem Reichtum, ist er auch wohl erworben, eitlen Prunk treibt, sich am ersten Feinde auf den Hals zieht. Nun begab es sich, daß man dem Kurfürsten eingeredet hatte, Turnhäuser vermöge Gold zu machen, und daß dieser, sei es nun, weil er sich wirklich nicht darauf verstand, oder weil andere Gründe ihn dazu trieben, hartnäckig verweigerte, zu laborieren. Da kamen Turnhäusers Feinde und redeten zum Kurfürsten: ›Seht Ihr wohl, was das für ein verschmitzter unverschämter Geselle ist? Er prahlt mit Kenntnissen, die er nicht besitzt, und treibt allerlei zauberische Possen und jüdische Händel, die er büßen sollte mit schmachvollem Tode wie der Jude Lippolt.‹ Turnhäuser war sonst wirklich ein Goldschmied gewesen, das kam heraus, und nun bestritt man ihm vollends alle Wissenschaft, die er doch sattsam an den Tag gelegt. Man behauptete sogar, daß er all die scharfsinnigen Schriften, die bedeutungsvollen Prognostica, die er herausgegeben, nicht selbst verfertigt,

sondern sich habe machen lassen von andern Leuten um bares Geld. Genug, Haß, Neid, Verleumdung brachten es dahin, daß er, um dem Schicksal des Juden Lippolt zu entgehen, in aller Stille Berlin und die Mark verlassen mußte. Da schrien die Widersacher, er habe sich zum päpstischen Haufen begeben das ist aber nicht wahr. Er ging nach Sachsen und trieb sein Goldschmieds-Handwerk, ohne der Wissenschaft zu entsagen.« –
Edmund fühlte sich auf wunderbare Weise zu dem alten Goldschmied hingezogen, und dieser lohnte ihm das ehrfurchtsvolle Vertrauen, wie er es gegen ihn äußerte, dadurch, daß er nicht allein in seinem Kunststudium sein strenger, aber tief belehrender Kritiker blieb, sondern ihm auch in Ansehung der Bereitung und Mischung der Farben gewisse Geheimnisse, die den alten Malern zu Gebote standen, entdeckte, welche sich in der Ausführung auf das herrlichste bewährten.

So bildete sich nun zwischen Edmund und dem alten Leonhard das Verhältnis, in dem der hoffnungsvolle geliebte Zögling mit dem väterlichen Lehrer und Freunde steht.

Bald darauf begab es sich, daß an einem schönen Sommerabende bei dem Hofjäger im Tiergarten dem Kommissionsrat Herrn Melchior Voßwinkel kein einziger von den mitgebrachten Zigarren brennen wollte. Sie hatten sämtlich keine Luft. Mit steigendem Unwillen warf der Kommissionsrat einen nach dem andern an die Erde und rief zuletzt: »O Gott, hab' ich darum mit vieler Mühe und nicht unbedeutenden Kosten Zigarren direkte aus Hamburg verschrieben, damit mich die schmählichen Dinger in meiner besten Lust stören sollten? – Kann ich jetzt wohl auf vernünftige Weise die schöne Natur genießen und einen nützlichen Diskurs führen? – Es ist doch entsetzlich!«

Er hatte diese Worte gewissermaßen an Edmund Lehsen gerichtet der neben ihm stand, und dessen Zigarro ganz fröhlich dampfte.

Edmund, ohne den Kommissionsrat weiter zu kennen, zog sogleich seine gefüllte Zigarrenbüchse hervor und reichte sie freundlich dem Verzweifelnden hin mit der Bitte, zuzulangen, da er für die Güte und Brennbarkeit der Zigarren einstehe, ungeachtet er sie nicht direkte von Hamburg bekommen, sondern aus einem Laden in der Friedrichsstraße erkauft habe.

Der Kommissionsrat, ganz Freude und Fröhlichkeit, langte mit einem: bitt' ganz ergebenst, wirklich zu, und als, nur kaum mit dem brennenden Fidibus berührt, die feinen lichtgrauen Wolken aus dem angenehmen Glimmstengel oder Tabaksröhrlein, wie die Puristen den Zigarro benannt haben wollen, sich emporhäuselten, rief der Mann ganz entzückt: »O mein wertester Herr, sie reißen mich wirklich aus arger Verlegenheit! – Tausend Dank dafür, und beinahe möcht' ich unverschämt genug sein, Sie, wenn dieser Zigarro verraucht, um einen zweiten zu bitten.«

Edmund versicherte, daß er über seine Zigarrenbüchse gebieten könne, und beide trennten sich dann.

Als nun aber, da es schon ein wenig zu dämmern begann, Edmund, den Entwurf eines Bildes im Kopfe, mithin ziemlich abwesend und die bunte Gesellschaft nicht beachtend, sich durch Tische und Stühle drängte, um ins Freie zu kommen, stand plötzlich der Kommissionsrat wieder vor ihm und fragte sehr freundlich, ob er nicht an seinem Tisch Platz nehmen wolle. Im Begriff, es auszuschlagen, weil er sich hinaussehnte in den Wald, fiel ihm ein Mädchen ins Auge, das, die Jugend, Anmut, der Liebreiz selbst, an dem Tische saß, von dem der Kommissionsrat aufgestanden war.

»Meine Tochter Albertine,« sprach der Kommissionsrat zu Edmund, der regungslos das Mädchen anstarrte und beinahe vergaß, sie zu begrüßen. Er erkannte auf den ersten Blick in Albertinen das bildschöne, mit der höchsten Eleganz gekleidete Frauenzimmer wieder, das er in der vorjährigen Kunstausstellung vor einer von seinen Zeichnungen antraf. Sie erklärte mit Scharfsinn der ältern Frau und den beiden jungen Mädchen, die mit ihr gekommen, den Sinn des fantastischen Gebildes, sie ging ein auf Zeichnung, Gruppierung, sie rühmte den Meister, der das Werk geschaffen, und bemerkte, daß es ein sehr junger hoffnungsvoller Künstler sein solle, den sie wohl kennen zu lernen wünsche. Edmund stand dicht hinter ihr und sog begierig das Lob ein, das von den schönsten Lippen floß. Vor lauter süßer Angst und bangem Herzklopfen vermochte er es nicht über sich, hervorzutreten als Schöpfer des Bildes. – Da läßt Albertine den Handschuh, den sie eben von der Hand gezogen, auf die Erde fallen; schnell bückt sich Edmund, ihn aufzuheben, Albertine ebenfalls, beide fahren mit den Köpfen zusammen, daß es knackt und kracht! – »Herr Gott im Himmel,« ruft Albertine, vor Schmerz sich den Kopf haltend.

Entsetzt prallt Edmund zurück, tritt bei dem ersten Schritt den kleinen Mops der alten Dame wund, daß er laut aufquiekt, bei dem zweiten einem podagrischen Professor auf die Füße, der ein furchtbares Gebrülle erhebt und den unglücklichen Edmund zu allen tausend Teufeln in die flammende Hölle wünscht. Und aus allen Sälen laufen die Menschen herbei, und alle Lorgnetten sind auf den armen Edmund gerichtet, der unter dem trostlosen Wimmern des wunden Mopses, unter dem Fluchen des Professors, unter dem Schelten der alten Dame, unter dem Kickern und Lachen der Mädchen, über und über glühend vor Scham, ganz verzweifelt herausstürzt, während mehrere Frauenzimmer ihre Riechfläschchen öffnen und Albertinen die hoch aufgelaufene Stirn mit starkem Wasser reiben. –

Schon damals, in dem kritischen Augenblick des lächerlichen Auftritts, war Edmund, ohne doch dessen sich selbst deutlich bewußt zu sein, in Liebe gekommen, und nur das schmerzliche Gefühl seiner Tölpelei hielt ihn zurück, das Mädchen an allen Ecken und Enden der Stadt aufzusuchen. Er konnte sich Albertinen nicht anders denken als mit roter wunder Stirn und den bittersten Vorwurf, den entschiedensten Zorn im Gesicht, im ganzen Wesen.

Davon war aber heute nicht die mindeste Spur anzutreffen. Zwar errötete Albertine über und über, als sie den Jüngling erblickte,

und schien ebensosehr außer Fassung; als aber der Kommissionsrat ihn um Stand und Namen fragte, fiel sie holdlächelnd mit süßer Stimme ein, daß sie sehr irren müßte, wenn sie nicht Herrn Lehsen vor sich sähe, den vortrefflichen Künstler, dessen Zeichnungen, dessen Gemälde ihr tiefstes Gemüt ergriffen.
Man kann denken, daß diese Worte Edmunds Inneres zündend durchfuhren wie ein elektrischer Schlag. Begeistert wollte er ausbrechen in die vortrefflichsten Redensarten, der Kommissionsrat ließ es aber nicht dazu kommen, sondern drückte den Jüngling stürmisch an die Brust und sprach: »Bester! um den versprochenen Zigarro!« – Und dann weiter, während er den Zigarro, den ihm Edmund darbot, geschickt mit dem Brennstoff, der noch in der Asche des eben verrauchten enthalten, anzündete: »Also ein Maler sind Sie, und zwar ein vortrefflicher, wie meine Tochter Albertine behauptet, die sich auf dergleichen Dinge genau versteht. – Nun, das freut mich außerordentlich, ich liebe die Malerei, oder um mit meiner Tochter Abertine zu reden, die Kunst überhaupt ganz ungemein, ich habe einen wahren Narren daran gefressen! – bin auch Kenner – ja wahrhaftig ein tüchtiger Kenner von Gemälden, mir kann ebensowenig als meiner Tochter Albertine jemand ein X vor ein U machen, wir haben Augen – wir haben Augen! – Sagen Sie mir, teurer Maler, sagen Sie mir's ehrlich ohne Scheu, nicht wahr, Sie sind der wackre Künstler, vor dessen Gemälden ich täglich vorbeigehe und jedesmal stehen bleibe wohl einige Minuten lang, weil ich vor lauter Freude über die schönen Farben gar nicht loskommen kann?«
Edmund begriff nicht recht, wie es der Kommissionsrat anstellen sollte, täglich bei seinen Gemälden vorüber zu gehen, da er sich nicht erinnern konnte, jemals Aushängeschilder gemalt zu haben. Nach einigem Hin- und Herfragen kam es aber heraus, daß Melchior Voßwinkel nichts anders meinte als die lackierten Teebretter, Ofenschirme und dergleichen in dem Stobwasserschen Laden unter den Linden, die er in der Tat jeden Morgen

um elf Uhr, wenn er bei Sala Tarone vier Sardellen gegessen und ein Gläschen Danziger genommen, mit wahrem Entzücken betrachtete. Diese Kunstfabrikate galten ihm für das Höchste, was jemals die Kunst geleistet. – Das verschnupfte den Edmund nicht wenig, er verwünschte den Kommissionsrat, der mit seinem faden Wortschwall ihm jede Annäherung an Albertinen unmöglich machte.

Endlich erschien ein Bekannter des Kommissionsrats, der ihn in ein Gespräch zog. Diesen Moment nutzte Edmund und setzte sich hin dich neben Albertinen, die das gar gern zu sehen schien.

Jeder, der die Demoiselle Albertine Voßwinkel kennt, weiß, daß sie, wie gesagt, die Jugend, Schönheit und Anmut selbst ist, daß sie sich, wie die Berliner Mädchen überhaupt, nach der besten Mode sehr geschmackvoll zu kleiden weiß, daß sie in der Zelterschen Akademie singt, von Herrn Lauska Unterricht auf dem Fortepiano erhält, in den niedlichsten Sprüngen der ersten Tänzerin nachtanzt, schon eine schön gestickte Tulpe nebst diversen Vergißmeinnicht und Veilchen zur Kunstausstellung geliefert hat und, von Natur heitern aufgeweckten Temperaments, doch, zumal beim Tee, genügende Empfindsamkeit an den Tag legen kann. Jeder weiß auch endlich, daß sie mit niedlicher, sauberer Perlschrift Gedichte und Sentenzen, die ihr in Goethes, Jean Pauls und anderer geistreicher Männer und Frauen Schriften vorzüglich wohlgefallen, in ein Büchlein mit einem goldverzierten Maroquindeckel einträgt und das Mir und Mich, Sie und Ihnen niemals verwechselt.

Wohl war es natürlich, daß Albertine an der Seite des jungen Malers, dem das Entzücken der scheuen Liebe aus dem Herzen strömte, in noch höhere als in die gewöhnliche Tee- und Vorlese-Empfindsamkeit geraten mußte, und daß sie daher von Kindlichkeit, poetischem Gemüt, Lebenstiefe u. d. g. auf die artigste Weise melodisch lispelnd sprach.

Der Abendwind hatte sich erhoben und wehete süße Blüten-

düfte vor sich her, und im dichten dunkeln Gebüsch duettierten zwei Nachtigallen in den zärtlichsten Liebesklagen.
Da begann Albertine aus Fouqués Gedichten:

Ein Flüstern, Rauschen, Klingen
Geht durch den Frühlingshain,
Fängt wie mit Liebesschlingen
Geist, Sinn und Leben ein!

Kühner geworden in der tiefen Dämmerung, die nun eingebrochen, faßte Edmund Albertinens Hand, drückte sie an seine Brust und sprach weiter:

Säng' ich es nach, was leise
Solch stilles Leben spricht,
So schien' aus meiner Weise
Das ew'ge Liebeslicht. –

Albertine entzog ihm ihre Hand, aber nur, um sie von dem feinen Glacéhandschuh zu befreien und dann dem Glücklichen wieder zu überlassen, der sie eben feurig küssen wollte, als der Kommissionsrat dazwischen fuhr: »Potztausend, das wird kühl! – Ich wollte, ich hätt' einen Mantel oder einen Überrock zu mir gesteckt oder mit mir genommen, will ich vielmehr sagen. Hülle dich in deinen Shawl, Tinchen, – es ist ein türkischer, bester Maler und kostet 50 bare Dukaten. – Hülle dich wohl ein, sag' ich, Tinchen, wir wollen uns auf den Weg machen. Leben Sie wohl mein Bester.« –
Von einem richtigen Takt getrieben, griff in diesem Augenblick Edmund nach der Zigarrenbüchse und bot dem Kommissionsrat den dritten Glimmstengel an.
»O ich bitte ganz gehorsamst,« rief Voßwinkel, »Sie sind ja ein überaus artiger gefälliger Mann. Die Polizei will nicht erlauben, daß man im Tiergarten wandelnd rauche, damit man das schöne Gras nicht versenge; aber deshalb schmeckt ein Pfeifchen aber ein Zigarro nur desto schöner.«

In dem Augenblick, als der Kommissionsrat sich der Laterne nahte, um den Zigarro anzuzünden, bat Edmund leise und scheu, Albertinen nach Hause begleiten zu dürfen. Sie nahm seinen Arm, beide schritten vor, und der Kommissionsrat schien, als er hinantrat, es vorausgesetzt zu haben, daß Edmund mit ihnen nach der Stadt gehen würde.

Jeder, der jung war und verliebt, oder beides noch ist (manchem passiert das niemals), wird es sich einbilden können, daß es dem Edmund an Albertinens Seite dünkte, er gehe nicht durch den Wald, sondern schwebe hoch über den Bäumen im schimmernden Gewölk mit der Schönsten daher. –

Nach Rosalindens Ausspruch in Shakespeares »Wie es Euch gefällt« sind die Kennzeichen eines Verliebten: Eingefallene Wangen, Augen mit blauen Rändern, ein gleichgültiger Sinn, ein verwilderter Bart, lose hängende Kniegürtel, eine ungebundene Mütze, aufgeknüpfte Ärmel, nicht zugeschnürte Schuhe und eine nachlässige Trostlosigkeit in allem Tun und Lassen. Dies alles traf nun zwar bei Edmund ebensowenig zu als bei dem verliebten Orlando, aber so wie dieser die junge Baumzucht ruinierte, indem er den Namen Rosalinde in alle Rinden grub, Oden an Weißdornen hing und Elegien an die Brombeersträuche; so verdarb Edmund eine Menge Papier, Pergament, Leinwand und Farben, seine Geliebte in hinlänglich schlechten Versen zu besingen und sie zu zeichnen, zu malen, ohne sie jemals zu treffen, da seine Fantasie seine Kunstfertigkeit überflügelte. Kam nun noch der seltsam somnambule Blick des Liebeskranken und ein erkleckliches Seufzen zu jeder Zeit und Stunde hinzu, so konnte es nicht fehlen, daß der alte Goldschmied den Zustand seines jungen Freundes sehr bald erriet. Als er ihn darüber befragte, nahm Edmund gar keinen Anstand, ihm sein ganzes Herz zu erschließen.

»Ei,« rief Leonhard, als Edmund geendet, »ei, du denkst wohl nicht daran, daß es ein schlimmes Ding ist, sich in eine Braut zu verlieben: Albertine Voßwinkel ist so gut wie versprochen an den Geheimen Kanzlei-Sekretär Tusmann.«

Edmund geriet über diese entsetzliche Nachricht sogleich in ganz ungemeine Verzweiflung. Leonhard wartete sehr ruhig den ersten Paroxismus ab und fragte dann, ob er wirklich die Demoiselle Albertine Voßwinkel zu heiraten gedenke? Edmund versicherte, daß die Verbindung mit Albertinen der höchste Wunsch seines Lebens sei, und beschwor den Alten, ihm beizustehen mit aller Kraft, um den Geheimen Kanzlei-Sekretär aus dem Felde zu schlagen und die Schönste für sich zu gewinnen.
Der Goldschmied meinte, verlieben könne ein blutjunger Künstler sich wohl, aber ganz unersprießlich sei es für denselben, wenn er gleich ans Heiraten dächte. Eben deshalb habe auch der junge Sternbald zur Heirat sich durchaus nicht bequemen wollen, und er sei, soviel er wisse, bis dato unverheiratet geblieben.
Der Stich traf; denn Tiecks Sternbald war Edmunds Lieblingsbuch, und er wäre gar zu gern selbst der Held des Romans gewesen. Daher kam es denn, daß er ein gar betrübtes Gesicht schnitt und beinahe ausgebrochen wäre in herbe Tränen.
»Nun«, sprach der Goldschmied, »mag es kommen, wie es will, den Geheimen Kanzlei-Sekretär schaff' ich dir vom Halse; in das Haus des Kommissionsrats auf diese oder jene Weise zu dringen und dich Albertinen mehr und mehr anzunähern, das ist deine Sache. Übrigens können meine Operationen gegen den Geheimen Kanzlei-Sekretär erst in der Äquinoktialnacht beginnen.«
Edmund war über des Goldschmieds Zusicherung außer sich vor Freuden, denn er wußte, daß der Alte Wort hielt, wenn er etwas versprach.
Auf welche Weise der Goldschmied seine Operationen gegen den Geheimen Kanzlei-Sekretär begann, hat der geneigte Leser bereits im ersten Kapitel erfahren.

Drittes Kapitel

Enthält das Signalement des Geheimen Kanzlei-Sekretärs Tusmann, sowie die Ursache, warum derselbe vom Pferde des großen Kurfürsten herabsteigen mußte, nebst andern lesenswerten Dingen.

Eben aus dem allen, was du, mein sehr günstiger Leser! über den Geheimen Kanzlei-Sekretär Tusmann bereits erfahren, magst du den Mann wohl ganz und gar vor Augen haben nach seinem ganzen Sinn und Wesen. Doch will ich, was sein Äußeres betrifft, noch nachbringen, daß er von kleiner Statur war, kahlköpfig, etwas krummbeinig und ziemlich grotesk im Anzuge. Zu einem altväterisch zugeschnittenen Rock mit unendlich langen Schößen und einem überlangen Gilet trug er lange weite Beinkleider und Schuhe, die aber im Gehen den Klang von Kurierstiefeln von sich gaben, wobei zu bemerken, daß er nie gemessenen Schrittes über die Straße ging, vielmehr in großen unregelmäßigen Sprüngen mit unglaublicher Schnelligkeit forthüpfte, so daß oben besagte Schöße, vom Winde erfaßt, sich ausbreiteten wie ein Paar Flügel. Ungeachtet in seinem Gesicht etwas unbeschreiblich Drolliges lag, so mußte das sehr gutmütige Lächeln, das um seinen Mund spielte, doch jeden für ihn einnehmen, so daß man ihn lieb gewann, während man über seine Pedanterie, über sein linkisches Benehmen, das ihn der Welt entfremdete, von Herzen lachte. Seine Hauptleidenschaft war – Lesen! – Er ging nie aus, ohne beide Rocktaschen voll Bücher gestopft zu haben. Er las, wo er ging und stand, auf dem Spaziergange, in der Kirche, in dem Kaffeehause, er las ohne Auswahl alles, was ihm vorkam, wiewohl nur aus der ältern Zeit, da ihm das Neue verhaßt war. So studierte er heute auf dem Kaffeehause ein algebraisches Buch, morgen das Kavallerie-Reglement Friedrich Wilhelms des Ersten und dann das merkwürdige Buch: Cicero, als großer Windbeutel und Rabulist dargestellt in zehn Reden, aus dem Jahre 1720. Dabei war Tusmann mit einem ungeheuren Gedächtnisvermögen begabt. Er pflegte alles, was ihm bei dem Lesen eines Buchs auffiel, zu zeichnen und dann das Gezeichnete wieder zu durchlaufen, welches er nun nie wieder vergaß. Daher kam es, daß Tusmann ein Polyhistor, ein lebendiges Konversationslexikon wurde, das man aufschlug, wenn es auf irgend eine historische oder wissenschaftliche Notiz ankam. Traf es sich ja etwa einmal, daß er eine solche Notiz nicht auf der Stelle zu geben vermochte, so stöberte er so lange unermüdet in allen Bibliotheken umher, bis er das, was man zu wissen verlangte, aufgefunden, und rückte dann mit der verlangten Auskunft ganz fröhlich heran. Merkwürdig war es, daß er, in Gesellschaft lesend und scheinbar ganz in sein Buch vertieft, doch alles vernahm, was man sprach. Oft fuhr er mit einer Bemerkung dazwischen, die ganz an ihrem Orte stand, und wurde irgend etwas Witziges, Humoristisches vorgebracht, gab er, ohne von dem Buche aufzublicken, durch eine kurze Lache im höchsten Tenor seinen Beifall zu erkennen.

Der Kommissionsrat Voßwinkel war mit dem Geheimen Kanzlei-Sekretär zusammen auf der Schule im grauen Kloster gewesen, und von dieser Schulkameradschaft schrieb sich die enge Verbindung her, in welcher sie geblieben. Tusmann sah Albertinen aufwachsen und hatte ihr wirklich an ihrem zwölften Geburtstage, nachdem er ihr ein duftendes Blumenbukett, das der berühmteste Kunstgärtner in Berlin selbst mit Geschmack geordnet, überreicht, zum erstenmal die Hand geküßt mit einem Anstande, mit einer Galanterie, die man ihm gar nicht hätte zutrauen sollen. Von diesem Augenblick an entstand bei dem Kommissionsrat der Gedanke, daß sein Schulfreund wohl Albertinen heiraten könne. Er meinte, so würde Albertinens Verheiratung, die er wünschte, am wenigsten Umstände machen und der genügsame Tusmann sich auch mit einem geringen Heiratsgut abfinden lassen. Der Kommissionsrat war über die Maßen bequem, fürchtete sich vor jeder neuen Bekanntschaft und hielt dabei als Kommissionsrat das Geld viel mehr zu Rate als nötig. An Albertinens achtzehntem Geburtstage eröffnete er diesen

Plan, den er so lange für sich behalten, dem Geheimen Kanzlei-Sekretär. – Der erschrak erst darüber gewaltig. Er vermochte den kühnen Gedanken, zur Ehe zu schreiten, und noch dazu mit einem blutjungen bildschönen Mädchen, gar nicht zu ertragen. Nach und nach gewöhnte er sich daran, und als ihm eines Tages auf des Kommissionsrats Veranlassung Albertine eine kleine Börse, die sie selbst in den anmutigsten Farben gestrickt, überreichte und ihn dabei mit: »Lieber Herr Geheimer Kanzlei-Sekretär« anredete, entzündete sich sein Inneres ganz und gar in Liebe zu der Holden. Er erklärte sofort insgeheim dem Kommissionsrat, daß er Albertinen zu heiraten gesonnen, und da dieser ihn als seinen Schwiegersohn umarmte, sah er sich als Albertinens Bräutigam an, wiewohl der kleine Umstand vielleicht noch zu berücksichtigen gewesen wäre, daß Albertine von dem ganzen Handel zur Zeit auch nicht ein Sterbenswörtchen wußte, ja wohl nicht gut eine Ahnung davon haben konnte.

Am frühsten Morgen, als in der Nacht vorher sich das seltsame Abenteuer am Rathausturme und in der Weinstube auf dem Alexanderplatz begeben, stürzte der Geheime Kanzlei-Sekretär bleich und entstellt in des Kommissionsrats Zismmer. Der Kommissionsrat erschrak nicht wenig, da Tusmann noch niemals ihn um diese Zeit besucht hatte und sein ganzes Wesen irgend ein unglückliches Ereignis zu verkünden schien.

»Geheimer!« (so pflegte der Kommissionsrat den Geheimen Kanzlei-Sekretär abgekürzt zu benennen) »Geheimer! wo kommst du her? wie siehst du aus? was ist geschehen?«

So rief der Kommissionsrat, aber Tusmann warf sich erschöpft in den Lehnsessel, und erst, nachdem er ein paar Minuten Atem geschöpft, begann er mit fein wimmernder Stimme:

»Kommissionsrat, wie du mich hier siehst in diesen Kleidern, mit der politischen Klugheit in der Tasche, komme ich her aus der Spandauer Straße, wo ich die ganze Nacht auf und ab gerannt seit gestern punkt zwölf Uhr! – Nicht mit einem Schritt bin ich in mein Haus gekommen, kein Bette habe ich gesehen, kein Auge zugetan!« –

Und nun erzählte Tusmann dem Kommissionsrat genau, wie sich in der abgewichenen Nacht alles begeben von dem ersten Zusammentreffen mit dem fabelhaften Goldschmied an bis zu dem Augenblick, als er, entsetzt über das tolle Treiben der unheimlichen Schwarzkünstler, aus dem Weinhause herausstürzte.

»Geheimer,« rief der Kommissionsrat, »du hast deiner Gewohnheit zuwider starkes Getränk zu dir genommen am späten Abend und verfielst nachher in wunderliche Träume.«

»Was sprichst du,« erwiderte der Geheime Kanzlei-Sekretär, »was sprichst du, Kommissionsrat? – Geschlafen, geträumt sollt' ich haben? Meinst du, daß ich nicht wohl unterrichtet bin über den Schlaf und den Traum? Ich will dir's aus Nudows Theorie des Schlafes beweisen, was Schlaf heißt, und daß man schlafen kann, ohne zu träumen, weshalb denn auch der Prinz Hamlet sagt: Schlafen, *vielleicht* auch träumen. Und was es mit dem Traume für eine Bewandtnis hat, würdest du ebensogut wissen als ich, wenn du das *Somnium Scipionis* gelesen hättest und Artemidori berühmtes Werk von Träumen und das Frankfurter Traumbüchlein. Aber du liesest nichts, und daher schießest du fehl überall auf schnöde Weise.«

»Nun, nun, Geheimer,« nahm der Kommissionsrat das Wort, »ereifre dich nur nicht; ich will dir's schon glauben, daß du gestern dich bereden ließest, etwas über die Schnur zu hauen und unter schadenfrohe Taschenspieler gerietest, die Unfug mit dir trieben, als der Wein dir zu sehr geschmeckt hatte. Aber sage mir, Geheimer, als du nun glücklich zur Türe heraus warest, warum in aller Welt gingst du nicht geradezu nach Hause, warum triebst du dich auf der Straße umher?«

»O Kommissionsrat,« lamentierte der Geheime Kanzlei-Sekretär, »o teurer Kommissionsrat, getreuer Schulkamerad aus dem grauen Kloster! – Insultiere mich nicht mit schnöden Zweifeln, sondern vernimm ruhig, daß der tolle unselige Teufelsspuk erst recht losging, da ich mich auf der Straße befand. Als ich nämlich an das Rathaus komme, bricht durch alle Fenster helles blendendes Kerzenlicht, und eine lustige Tanzmusik mit der Janitscharen-, oder richtiger gesprochen, Jenjitscherik-Trommel schallt herab. Ich weiß selbst nicht, wie es geschah, daß, ungeachtet ich mich nicht einer sonderlichen Größe erfreue, ich doch auf den Zehen mich so hoch aufzurichten vermochte, daß ich in die Fenster hineinschauen konnte. Was sehe ich! – O du gerechter Schöpfer im Himmel! – wen erblicke ich! – niemanden anders als deine Tochter, die Demoiselle Albertine Voßwinkel, welche im saubersten Brautschmuck mit einem jungen Menschen unmäßig walzt. Ich klopfe ans Fenster, ich rufe: ›Werteste Demoiselle Albertine Voßwinkel, was tun Sie, was beginnen Sie hier in später Nacht!‹ – Aber da kommt eine niederträchtige Menschenseele die Königsstraße herab, reißt mir im Vorbeigehen beide Beine unterm Leibe weg und rennt damit laut lachend spornstreichs fort. Ich armer Geheimer Kanzlei-Sekretär plumpe nieder in den schnöden Gassenkot, ich schreie: ›Nachtwächter – hochlöbliche Polizei – verehrbare Patrouille – – lauft herbei – lauft herbei – haltet den Dieb, haltet den Dieb! er hat mir meine Beine gestohlen!‹ Aber oben im Rathause ist alles plötzlich still und finster geworden, und meine Stimme verhallt unvernommen in den Lüften! – Schon will ich verzweifeln, als der Mensch zurückkehrt und, wie rasend vorbeilaufend, mir meine Beine ins Gesicht wirft. Nun raffe ich mich, so schnell es in der totalen Bestürzung gehen will, vom Boden auf, renne in die Spandauer Straße hinein. Aber sowie ich, den herausgezogenen Hausschlüssel in der Hand, an meine Haustür gelange, stehe ich – ja ich selbst – schon vor derselben und schaue mich wild an mit denselben großen schwarzen Augen, wie sie in meinem Kopf befindlich. Entsetzt pralle ich zurück und auf einen Mann zu, der mich mit starken Armen umfaßt. An dem Spieß, den er in der Hand trägt, gewahre ich, daß es der Nachtwächter ist. Getröstet spreche ich: ›Teurer Nachtwächter, Herzensmann, treiben Sie mir doch gefälligst den Filu von Geheimen Kanzlei-Sekretär Tusmann dort von der Türe weg, damit der ehrliche Kanzlei-Sekretär Tusmann, der ich selbst bin, in seine Wohnung hinein kann.‹ ›Ich glaube, Ihr seid besessen, Tusmann!‹ So schnarcht mich der Mann an mit hohler Stimme, und ich merke, daß es nicht der Nachtwächter, nein, daß es der furchtbare Goldschmied ist, der mich umfaßt hält. Da übernimmt mich die Angst, die kalten Schweißtropfen stehen mir auf der Stirne, ich spreche: ›Mein verehrungswürdiger Herr Professor, verübeln Sie es mir doch nur ja nicht, daß ich Sie in der Finsternis für den Nachtwächter gehalten. O Gott! nennen Sie mich, wie Sie wollen, nennen Sie mich auf die schnödeste Weise – Monsieur Tusmann oder gar, mein Lieber, traktieren Sie mich barbarisch per Ihr, wie Sie es soeben zu tun belieben, alles, alles will ich mir gefallen lassen, nur befreien Sie mich von diesem entsetzlichen Spuk, welches ganz in Ihrer Macht steht.‹ ›Tusmann,‹ beginnt der schnöde Schwarzkünstler mit seiner fatalen hohlen Stimme, ›Tusmann, Ihr sollt fortan unangetastet bleiben, wenn Ihr hier auf der Stelle schwört, an die Heirat mit der Albertine Voßwinkel gar nicht mehr zu denken.‹ Kommissionsrat, du kannst es dir vorstellen, wie mir zumute wurde bei dieser abscheulichen Proposition. Allerliebster Herr Professor, bitte ich, Sie greifen mir ans Herz, daß es blutet. Das Walzen ist ein häßlicher, unanständiger Tanz, und eben walzte die Demoiselle Albertine Voßwinkel, und noch dazu als meine Braut, mit einem jungen Menschen auf eine Weise, daß mir Hören und Sehen verging; doch kann ich indessen von der Schönsten nicht lassen, nein, ich kann nicht von ihr lassen.‹ Kaum habe ich aber diese Worte ausgesprochen, als mir der verruchte Goldschmied einen Stoß gibt, daß ich mich sofort zu drehen beginne. Und wie von unwiderstehlicher Gewalt gehetzt, walze ich die Spandauer Straße auf und ab und halte in meinen Armen statt der Dame einen garstigen Besenstiel, der mir das Gesicht zerkratzt, während unsichtbare Hände mir den

Rücken zerbläuen, und um mich her wimmelt es von Geheimen Kanzlei-Sekretären Tusmanns, die mit Besenstielen walzen. Endlich sinke ich erschöpft, ohnmächtig nieder. Der Morgen dämmert mir in die Augen, ich schlage sie auf und – Kommissionsrat, entsetze dich mit mir, fall' in Ohnmacht, Schulkamerad! und finde mich wieder sitzend hoch oben auf dem Pferde vor dem großen Kurfürsten, mein Haupt an seine kalte eherne Brust gelehnt. Zum Glück schien die Schildwache eingeschlafen, so daß ich unbemerkt mit Lebensgefahr hinabklettern und mich davonmachen konnte. Ich rannte nach der Spandauer Straße, aber mich überfiel aufs neue unsinnige Angst, die mich dann endlich zu dir trieb.«

»Geheimer,« nahm nun der Kommissionsrat das Wort, »Geheimer, und du vermeinest, daß ich all das tolle, abgeschmackte Zeug glauben soll, was du da vorbringst? – Hat man jemals von solchen Zauberpossen gehört, die sich hier in unserm guten aufgeklärten Berlin ereignet haben sollten?«

»Siehst du,« erwiderte der Geheime Kanzlei-Sekretär, »siehst du nun wohl, Kommissionsrat, in welche Irrtümer dich der Mangel aller Lektüre stürzt? Hättest du wie ich *Haftitii*, des Rektors beider Schulen zu Berlin und Cölln an der Spree, *Microchronicon marchicum* gelesen, so würdest du wissen, daß sich sonst noch ganz andere Dinge begeben haben. – Kommissionsrat, am Ende glaube ich schier, daß der Goldschmied der verruchte Satan selbst ist, der mich foppt und neckt.«

»Ich bitte dich,« sprach der Kommissionsrat, »ich bitte dich, Geheimer, bleibe mir vom Leibe mit den dummen abergläubischen Possen. Besinne dich! – nicht wahr, du hattest dich berauscht und stiegst im Übermut der Betrunkenheit zum großen Kurfürsten hinauf?« –

Dem Geheimen Kanzlei-Sekretär traten die Tränen in die Augen über Voßwinkels Verdacht, den er sich bemühte mit aller Kraft zu widerlegen.

Der Kommissionsrat wurde ernster und ernster. Endlich, als der

Geheime Kanzlei-Sekretär nicht aufhörte zu beteuern, daß sich wirklich alles so begeben, wie er es erzählt, begann er: »Hör' einmal, Geheimer, je mehr ich darüber nachdenke, wie du mir den Goldschmied und den alten Juden, mit denen du, ganz deiner sonst sittigen und frugalen Lebensart zuwider, in später Nacht zechtest, beschrieben, desto klarer wird es mir, daß der Jude unbezweifelt mein alter Manasse ist, und daß der schwarzkünstlerische Goldschmied niemand anders sein kann als der Goldschmied Leonhard, der sich zuweilen in Berlin sehen läßt. Nun habe ich zwar nicht so viele Bücher gelesen als du, Geheimer, dessen bedarf es aber auch nicht, um zu wissen, daß beide, Manasse und Leonhard, einfache ehrliche Leute sind und nichts weniger als Schwarzkünstler. Es wundert mich ganz ungemein, daß du, Geheimer, der du doch in den Gesetzen erfahren sein solltest, nicht weißt, daß der Aberglaube auf das strengste verboten ist und ein Schwarzkünstler nimmermehr von der Regierung einen Gewerbschein erhalten würde, auf dessen Grund er seine Kunst treiben dürfte. – Höre, Geheimer, ich will nicht hoffen, daß der Verdacht gegründet ist, der in mir aufsteigt! – Ja! – ich will nicht hoffen, daß du die Lust verloren hast zur Heirat mit meiner Tochter? – daß du nun dich hinter allerlei tolles Zeug verbergen, mir seltsame Dinge vorfabeln, daß du sagen willst: ›Kommissionsrat, wir sind geschiedene Leute, denn heirate ich deine Tochter, so stiehlt mir der Teufel die Beine weg und zerbläut mir den Rücken!‹ Geheimer, es wäre arg, wenn du so mit Lug und Trug umgehen solltest.«
Der Geheime Kanzlei-Sekretär geriet ganz außer sich über des Kommissionsrates schlimmen Verdacht. Er beteuerte einmal übers andere, daß er die Demoiselle Albertine ganz ungemessen liebe, daß er ein zweiter Leander, ein zweiter Troilus in den Tod gehen für sie und sich daher als ein unschuldiger Märtyrer vom leidigen Satan sattsam zerbläuen lassen wolle, ohne seiner Liebe zu entsagen.
Während dieser Beteurungen des Geheimen Kanzlei-Sekretärs

klopfte es stark an die Tür und hinein trat der alte Manasse, von dem der Kommissionsrat vorher gesprochen.
Sowie Tusmann den Alten erblickte, rief er: »O du Herr des Himmels, das ist ja der alte Jude, der gestern aus dem Rettich Goldstücke prägte und dem Goldschmied ins Gesicht warf! – Nun wird auch wohl gleich der alte verruchte Schwarzkünstler hereintreten!«
Er wollte schnell zur Türe hinaus, der Kommissionsrat hielt ihn aber fest, indem er sprach: »Nun werden wir ja gleich hören.«
Dann wandte der Kommissionsrat sich zu dem alten Manasse und erzählte, was Tusmann von ihm behauptet, und was sich zur Nachtzeit in der Weinstube auf dem Alexanderplatz zugetragen haben sollte.
Manasse lächelte den Geheimen Kanzlei-Sekretär von der Seite hämisch an und sprach: »Ich weiß nicht, was der Herr will, der Herr kam gestern ins Weinhaus mit dem Goldschmied Leonhard, eben als ich mich erquickte mit einem Glase Wein nach mühseligem Geschäft, das bis beinahe Mitternacht gedauert. Der Herr trank über den Durst, konnte nicht auf den Füßen stehn und taumelte hinaus auf die Straße.«
»Siehst du wohl,« rief der Kommissionsrat, »siehst du wohl, Geheimer, ich hab' es gleich gedacht. Das kommt von dem abscheulichen Saufen, das du lassen mußt ganz und gar, wenn du meine Tochter heiratest.«
Der Geheime Kanzlei-Sekretär, ganz vernichtet von dem unverdienten Vorwurf, sank atemlos in den Lehnsessel, schloß die Augen und quäkte auf unverständliche Weise.
»Da haben wir's,« sprach der Kommissionsrat, »erst die Nacht durchschwärmt und dann matt und elend.«
Aller Protestationen ungeachtet mußte Tusmann es leiden, daß der Kommissionsrat ein weißes Tuch um sein Haupt band und ihn in eine herbeigerufene Droschke packte, in der er fortrollte nach der Spandauer Straße.

»Was bringen Sie Neues, Manasse,« fragte der Kommissionsrat nun den Alten.
Manasse schmunzelte freundlich und meinte, daß der Kommissionsrat wohl nicht ahnen werde, welches Glück er ihm zu verkünden gekommen.
Als der Kommissionsrat eifrig weiter forschte, eröffnete ihm Manasse, daß sein Neffe Benjamin Dümmerl, der schöne junge Mann, der Besitzer von beinahe einer Million, den man seiner unglaublichen Verdienste halber in Wien baronisiert, der nicht längst aus Italien zurückgekehrt – ja! daß dieser Neffe sich plötzlich in die Demoiselle Albertine sterblich verliebt habe und sie zur Frau begehre.
Den jungen Baron Dümmerl sieht man häufig im Theater, wo er sich in einer Loge des ersten Rangs brüstet, noch häufiger in allen nur möglichen Konzerten; jeder weiß daher, daß er lang und mager ist wie eine Bohnenstange, daß er im schwarzgelben Gesicht, von pechschwarzen krausen Haaren und Backenbart beschattet, im ganzen Wesen den ausgesprochensten Charakter des Volks aus dem Orient trägt, daß er nach der letzten bizarrsten Mode der englischen Stutzer gekleidet geht, verschiedene Sprachen in gleichem Dialekt unserer Leute spricht, die Violine kratzt, auch wohl das Piano hämmert, miserable Verse zusammenstoppelt, ohne Kenntnis und Geschmack den ästhetischen Kunstrichter spielt und den literarischen Mäzen gern spielen möchte, ohne Geist witzig und ohne Witz geistreich sein will, dummdreist, vorlaut, zudringlich, kurz, nach dem derben Ausdruck derjenigen verständigen Leute, denen er gar zu gern sich annähern möchte – ein unausstehlicher Bengel ist. Kommt nun noch hinzu, daß trotz seines vielen Geldes aus allem, was er beginnt, Geldsucht und eine schmutzige Kleinlichkeit hervorblickt, so kann es nicht anders geschehen, als daß selbst niedere Seelen, die sonst vor dem Mammon sich beugen, ihn bald einsam stehen lassen.
Dem Kommissionsrat fuhr nun freilich in dem Augenblick, wo

Manasse ihm die Absicht seines liebenswürdigen Neffen kund tat, sehr lebhaft der Gedanke an die halbe Million, die Benschchen wirklich besaß, durch den Kopf, aber auch zugleich kam ihm das Hindernis ein, welches seiner Meinung nach die Sache ganz unmöglich machen müßte.

»Lieber Manasse,« begann er, »Sie bedenken nicht, daß Ihr werter Herr Neveu von altem Glauben ist und« – »Ei,« unterbrach ihn Manasse, »ei, Herr Kommissionsrat, was tut das? – Mein Neffe ist nun einmal verliebt in Ihre Demoiselle Tochter und will sie glücklich machen, auf ein paar Tropfen Wasser wird es ihm daher wohl nicht ankommen, er bleibt ja doch derselbe. Überlegen Sie sich die Sache, Herr Kommissionsrat, in ein paar Tagen komm' ich wieder mit meinem kleinen Baron und hole mir Bescheid.«

Damit ging Manasse von dannen.

Der Kommissionsrat fing sofort an zu überlegen. Trotz seiner grenzenlosen Habsucht, seiner Charakter- und Gewissenlosigkeit empörte sich doch sein Inneres, wenn er sich lebhaft Albertinens Verbindung mit dem widerwärtigen Bensch vorstellte. In einem Anfall von Rechtlichkeit beschloß er, dem alten Schulkameraden Wort zu halten.

Viertes Kapitel

Handelt von Porträts, grünen Gesichtern, springenden Mäusen und jüdischen Flüchen.

Bald, nachdem sie bei dem Hofjäger mit Edmund Lehsen bekannt geworden, fand Albertine, daß des Vaters großes, in Öl gemaltes Bildnis, welches in ihrem Zimmer hing, durchaus unähnlich und auf unausstehliche Weise geklext sei. Sie bewies dem Kommissionsrat, daß, ungeachtet mehrere Jahre darüber vergangen, als er gemalt worden, er doch noch in diesem Augenblicke viel jünger und hübscher aussehe, als ihn der Maler

damals aufgefaßt, und tadelte vorzüglich den finstern, mürrischen Blick des Bildes, sowie die altfränkische Tracht und das unnatürliche Rosenbukett, welches der Kommissionsrat auf dem Bilde sehr zierlich zwischen zwei Fingern hielt, an denen stattliche Brillantringe prangten.
Albertinte sprach so viel und so lange über das Bild, daß der Kommissionsrat zuletzt selbst fand, das Gemälde sei abscheulich, und nicht begreifen konnte, wie der ungeschickte Maler seine liebenswürdige Person in solch ein häßliches Zerrbild habe umwandeln können. Und je länger er das Porträt anblickte, desto mehr ereiferte er sich über die fatale Sudelei; er beschloß, das Bild herunterzunehmen und in die Polterkammer zu werfen.
Da meinte nun Albertine, das schlechte Bild verdiene dies wohl, indessen habe sie sich so daran gewöhnt, Väterchens Bildnis in ihrem Zimmer zu haben, daß die leere Wand sie gänzlich stören würde in all ihrem Tun. Kein anderer Rat sei vorhanden, Väterchen müsse sich noch einmal malen lassen von einem geschickten, im genauen Treffen glücklichen Künstler, und dieser dürfe kein anderer sein als der junge Edmund Lehsen, der schon die schönsten, wohlgetroffensten Bildnisse gemalt.
»Tochter,« fuhr der Kommissionsrat auf, »Tochter, was verlangst du! Die jungen Künstler kennen sich nicht vor Stolz und Übermut, wissen gar nicht, was sie für ihre geringen Arbeiten an Geld fordern sollen, sprechen von nichts anderm als blanken Friedrichsd'oren, sind mit dem schönsten Courant, sollten es sogar neue Talerstücke sein, nicht zufrieden!«
Albertine versicherte dagegen, daß Lehsen, da er die Malerei mehr aus Neigung als aus Bedürfnis treibe, gewiß sich sehr billig finden lassen würde, und mahnte den Kommissionsrat so lange, bis er sich entschloß, zu Lehsen hinzugehen und mit ihm über das Gemälde zu sprechen.
Man kann denken, mit welcher Freude Edmund sich bereit erklärte, den Kommissionsrat zu malen, und zum hohen Entzükken stieg diese Freude, als er vernahm, daß Albertine den Kom-

missionsrat auf den Gedanken gebracht, sich von ihm malen zu lassen. Er ahnte richtig, daß Albertine auf diese Weise ihm die Annäherung an sie verstatten wollen. Ganz natürlich war es auch, daß Edmund, als der Kommissionsrat etwas ängstlich von dem zu bezahlenden Preise des Gemäldes sprach, versicherte, daß er durchaus gar kein Honorar nehmen werde, sondern sich glücklich schätze, durch seine Kunst Eingang zu finden in das Haus eines so vortrefflichen Mannes, als der Kommissionsrat sei.

»Gott!« begann der Kommissionsrat im tiefsten Erstaunen, »was höre ich? – bester Herr Lehsen – gar kein Geld, gar keine Friedrichsd'ore für Ihr Bemühen? – nicht einmal eine Entschädigung für verbrauchte Leinwand und Farben in gutem Courant?«

Edmund meinte lächelnd, diese Auslage sei zu unbedeutend, als daß davon nur im mindesten die Rede sein könne.

»Aber,« fiel der Kommissionsrat kleinlaut ein, »aber Sie wissen vielleicht nicht, daß hier von einem Kniestück in Lebensgröße« – Das sei alles gleich, erwiderte Lehsen.

Da drückte ihn der Kommissionsrat stürmisch an die Brust und rief, indem ihm die Tränen vor inniger Rührung in die Augen traten: »O Gott im Himmel! – gibt es denn auf dieser im Argen liegenden Welt noch solche erhabene uneigennützige Menschenseelen! – Erst die Zigarren, dann das Gemälde! – Sie sind ein vortrefflicher Mann oder Jüngling vielmehr, bester Herr Lehsen, in Ihnen wohnt deutsche Tugend und Biederkeit, von der, wie sie zu unserer Zeit aufgeblüht sein soll, in mehreren Schriften viel Angenehmes zu lesen. Doch glauben Sie mir, ungeachtet ich Kommissionsrat bin und mich durchaus französisch kleide, dennoch hege ich gleichen Sinn, weiß Ihren Edelmut zu schätzen und bin uneigennützig und gastfrei wie einer.« –

Die schlaue Albertine hatte die Art, wie sich Edmund bei des Kommissionsrates Antrag nehmen würde, vorausgesehen. Ihre Absicht war erreicht. Der Kommissionsrat strömte über vom Lobe des vortrefflichen Jünglings, der entfernt sei von jeder gehässigen Habsucht, und schloß damit, daß, da junge Leute, vorzüglich Maler, immer etwas Fantastisches, Romanhaftes in sich trügen, viel auf verwelkte Blumen, Bänder, die an ein hübsches Mädchen geheftet gewesen, hielten, über irgend ein von schönen Händen verfertigtes Fabrikat aber ganz außer sich geraten könnten, Albertine dem Edmund ja ein Geldbeutelchen häkeln möchte und, sei es ihr nicht unangenehm, sogar eine Locke von ihrem schönen kastanienbraunen Haar hinein tun, so aber jede etwaige Verpflichtung gegen Lehsen quitt machen könne. Er erlaube das ausdrücklich und wolle es schon bei dem Geheimen Kanzlei-Sekretär Tusmann verantworten.

Albertine, noch immer nicht von des Kommissionsrats Absichten und Plänen unterrichtet, verstand nicht, was er mit dem Tusmann wollte, und fragte auch weiter nicht darnach.

Noch denselben Abend ließ Edmund seine Malergerätschaften ins Haus des Kommissionsrates tragen, und am andern Morgen fand er sich ein zur ersten Sitzung.

Er bat den Kommissionsrat, sich im Geist in den heitersten, frohsten Moment seines Lebens zu versetzen, etwa wie ihm seine verstorbene Gattin zum erstenmal ihre Liebe versichert, oder wie ihm Albertine geboren, oder wie er vielleicht einen verloren geglaubten Freund unvermutet wieder gesehen. –

»Halt,« rief der Kommissionsrat, »halt, Herr Lehsen, vor ungefähr drei Monaten erhielt ich den Aviso aus Hamburg, daß ich in der dortigen Lotterie einen bedeutenden Gewinst gemacht. – Mit dem offnen Briefe in der Hand lief ich zu meiner Tochter! – Einen froheren Augenblick habe ich in meinem Leben nicht gehabt; *wählen* wir also denselben, und damit mir und Ihnen alles besser vor Augen komme, will ich den Brief holen und ihn wie damals offen in der Hand halten.«

Edmund mußte den Kommissionsrat wirklich in dieser Stellung malen, auf den offenen Brief aber ganz deutlich und leserlich dessen Inhalt hinschreiben:

Ew. Wohlgeb. habe ich die Ehre zu avertieren u. s. w.

Auf einem kleinen Tisch daneben mußte (so wollt' es der Kommissionsrat) das geöffnete Kuvert liegen, so daß man die Aufschrift:

Des Herrn Kommissionsrats, Stadtverordneten und
Feuerherrn Melchior Voßwinkel, Wohlgeboren
zu
Berlin

deutlich lesen konnte, und auch das Postzeichen: Hamburg, durfte Edmund nicht vergessen nach dem Leben zu kopieren. Edmund malte übrigens einen sehr hübschen, freundlichen, stattlich gekleideten Mann, der in der Tat einige entfernte Züge von dem Kommissionsrat im Gesichte trug, so daß jeder, der jenes Briefkuvert las, unmöglich in der Person irren konnte, welche das Bild vorstellen sollte.

Der Kommissionsrat war ganz entzückt über das Bild. Da sehe man, sprach er, wie ein geschickter Maler die anmutigen Züge eines hübschen Mannes, sei er auch schon etwas in die Jahre gekommen, aufzufassen wisse, und nun erst merke er, was der Professor gemeint, den er einmal in der Humanitätsgesellschaft behaupten gehört, daß ein gutes Porträt zugleich ein tüchtiges historisches Bild sein müsse. Blicke er nämlich sein Bildnis an, so falle ihm jedesmal die angenehme Historie von dem gewonnenen Lotterielos ein und er verstehe das liebenswürdige Lächeln seines Ichs, das sich auf seinem eigenen Gesicht dann abspiegle.

Noch ehe Albertine ausführen konnte, was weiter in ihrem Plane lag, kam der Kommissionsrat ihren Wünschen zuvor, indem er Edmund bat, nun auch seine Tochter zu malen.

Edmund begann sogleich das Werk. Indessen schien es mit Albertinens Bildnis gar nicht so leicht, so glücklich vonstatten gehen zu wollen, als es bei des Kommissionsrats Porträt der Fall gewesen.

Er zeichnete, löschte aus, zeichnete wieder, fing an zu malen, verwarf das Ganze, begann von neuem, veränderte die Stellung, bald war es ihm zu hell im Zimmer, bald zu dunkel etc. bis der Kommissionsrat, der so lange den Sitzungen beigewohnt, die Geduld verlor und davonblieb.

Edmund kam nun vormittags und nachmittags, und rückte auch das Bild auf der Staffelei nicht sonderlich vor, so geschah dies doch mit dem innigen Liebesverständnis, das sich zwischen Edmund und Albertinen immer fester und fester knüpfte.

Du wirst es, vielgeneigter Leser! ganz gewiß selbst erfahren haben, daß, ist man verliebt, es oftmals durchaus nötig wird, um allen Beteurungen, allen süßen, schmachtenden Worten und Redensarten, allen sehnsüchtigen Wünschen die gehörige Kraft zu geben, so daß sie eindringen mit unwiderstehlicher Gewalt ins tiefste Herz, die Hand der Geliebten zu fassen, zu drücken, zu küssen, und daß dann im Liebkosen, wie vermöge eines elektrischen Prinzips, unvermutet Lipp' an Lippe schlägt und dies Prinzip sich entladet im glühenden Feuerstrom des süßesten Kusses. Nicht allein, daß Edmund deshalb oft das Malen ganz lassen mußte, er wurde auch oft sogar gezwungen, von der Staffelei aufzustehen.

So kam es denn, daß er an einem Vormittage mit Albertinen an dem mit weißen Gardinen verzogenen Fenster stand und, um, wie gesagt, seinen Beteuerungen mehr Kraft zu geben, Albertinen umfaßt hielt und ihre Hand unaufhörlich an den Mund drückte.

Zu selbiger Stunde und zu selbigem Augenblick ging der Geheime Kanzlei-Sekretär Tusmann mit der politischen Klugheit und andern pergamentnen Büchern, worin das Angenehme mit dem Nützlichen verbunden, in der Tasche vor dem Hause des Kommissionsrates vorüber. Ungeachtet er scharf zusprang, da gerade die Uhr auf dem Punkt stand, die Stunde zu schlagen, mit der er in das Bureau einzutreten gewohnt war, hielt er doch einen

Augenblick an und warf den schmunzelnden Blick hinauf nach dem Fenster seiner vermeintlichen Braut.
Da gewahrte er wie im Nebel Albertinen mit Edmund, und ungeachtet er durchaus nichts deutlich zu erkennen vermochte, schlug ihm doch das Herz, er wußte selbst nicht warum. Eine seltsame Angst trieb ihn an, das Unerhörte zu beginnen, nämlich zu ganz ungewöhnlicher Stunde hinauf und geradezu nach Albertinens Zimmer zu steigen.
Als er hineintrat, sprach Albertine soeben sehr vernehmlich: »Ja Edmund! ewig, ewig werd' ich dich lieben!« Und damit drückte sie Edmund an seine Brust, und ein ganzes Feuerwerk von elektrischen Schlägen, wie sie oben beschrieben, begann zu rauschen und zu knistern.
Der Geheime Kanzlei-Sekretär schritt unwillkürlich vor und blieb dann starr, sprachlos, wie von der Katalepsie befallen, in der Mitte des Zimmers stehen.
Im Taumel des höchsten Entzückens hatten die Liebenden den eisenschweren Tritt der Stiefelschuhe des Geheimen Kanzlei-Sekretärs nicht vernommen, nicht gehört, wie er die Türe öffnete, wie er ins Zimmer trat, bis in dessen Mitte vorschritt.
Nun quäkte er plötzlich im höchsten Falsett: »Aber Demoiselle Albertine Voßwinkel!« –
Erschrocken fuhren die Liebenden auseinander, Edmund an die Staffelei, Albertine auf den Stuhl, wo sie behufs des Malens sitzen sollte.
»Aber,« begann der Geheime Kanzlei-Sekretär nach einer kleinen Pause, in der er Atem geschöpft, »aber Demoiselle Albertine Voßwinkel, was tun Sie, was beginnen Sie? Erst walzen Sie mit dem jungen Herrn da, den ich zu kennen nicht die Ehre habe, auf dem Rathause in tiefer Mitternacht, daß mir armen Geheimen Kanzlei-Sekretär und geschlagenen Bräutigam Hören und Sehen vergeht, und nun am hellen lichten Tage hier am Fenster hinter den Gardinen – o Gerechter! – Ist das ein ziemliches, sittiges Betragen für eine Demoiselle Braut?« »Wer ist Braut,« fuhr Alber-

tine auf, »wer ist Braut? – von wem sprechen Sie, Herr Geheimer Kanzlei-Sekretär, reden Sie!«

»O du mein Schöpfer im Himmelsthrone,« lamentierte der Geheime Kanzlei-Sekretär, »Sie fragen noch, werteste Demoiselle, wer Braut ist, von wem ich spreche? – Von wem anders kann ich denn hier jetzt reden als von Ihnen. Sind Sie denn nicht meine verehrte, im stillen angebetete Braut? Hat nicht Ihr wertester Herr Papa mir Ihre liebe, weiße, küssenswürdige Hand zugesagt schon seit langer Zeit?«

»Herr Geheimer Kanzlei-Sekretär,« rief Albertine ganz außer sich, »Herr Geheimer Kanzlei-Sekretär, entweder sind Sie schon am Vormittage in die Weinstube geraten, die Sie, wie mein Vater sagt, jetzt zu häufig besuchen sollen, oder von einem seltsamen Wahnsinn heimgesucht. Mein Vater hat, kann nicht daran gedacht haben, Ihnen meine Hand zuzusagen.«

»Allerliebste Demoiselle Voßwinkel,« fiel der Geheime Kanzlei-Sekretär ein, »bedenken Sie doch nur! – Sie kennen mich ja schon seit so vielen Jahren, bin ich denn nicht jederzeit ein mäßiger, besonnener Mann gewesen und soll jetzt auf einmal mich dem schnöden Weintrinken und ungeziemlicher Verrücktheit hingeben? Beste Demoiselle, ein Auge will ich zudrücken, schweigen soll mein Mund darüber, was hier soeben geschehen! – Alles vergeben und vergessen! – Aber besinnen Sie sich doch, angebetete Braut, daß Sie mir ja schon Ihr Jawort gaben aus dem Fenster des Rathausturms zur mitternächtlichen Stunde, und wenn Sie daher auch im Brautschmuck mit diesem jungen Herrn da stark walzten, so –«

»Sehn Sie wohl,« unterbrach Albertine den Geheimen Kanzlei-Sekretär, »sehn Sie wohl, merken Sie wohl, daß Sie unsinniges Zeug durcheinander schwatzen wie ein der Charité Entsprungener? – Gehen Sie – es wird mir bange in Ihrer Gegenwart – gehen Sie, sag' ich, verlassen Sie mich!«

Die Tränen stürzten dem armen Tusmann aus den Augen. »O Gerechter,« schluchzte er, »solche schnöde Behandlung von der verehrtesten Demoiselle Braut! – Nein, ich gehe nicht, ich bleibe so lange, bis Sie, werteste Demoiselle Voßwinkel, was meine geringe Person betrifft, zu besserer Überzeugung gekommen sind.«

»Gehen Sie!« sprach Albertine mit halb erstickter Stimme, indem sie das Schnupftuch vor die Augen gedrückt in eine Ecke des Zimmers flüchtete.

»Nein,« erwiderte der Geheime Kanzlei-Sekretär, »nein, werteste Demoiselle Braut, nach Thomasii politisch klugem Rat muß ich bleiben, ich gehe nun durchaus nicht eher bis –« Er machte Miene, Albertinen zu verfolgen.

Edmund hatte kochend vor Wut indessen an dem dunkelgrünen Hintergrunde des Gemäldes hin und her gestrichen. Nun konnte er sich nicht länger halten. »Verrückter, überlästiger Satan!« – So schrie er ganz außer sich, sprang los auf Tusmann, fuhr ihm mit dem dicken, in jene dunkelgrüne Farbe getunkten Pinsel drei, viermal übers Gesicht, faßte ihn, gab ihm, nachdem er die Tür geöffnet, solch einen derben Stoß, daß er hinausflog wie ein abgeschossener Pfeil.

Entsetzt prallte der Kommissionsrat, der eben aus der Tür gegenüber heraustreten wollte, zurück, als der grüne Schulkamerad in seine Arme stürzte.

»Geheimer,« rief er aus, »Geheimer, um des Himmels willen, wie siehst du aus?«

Der Geheime Kanzlei-Sekretär, beinahe von Sinnen über alles, was sich eben zugetragen, erzählte in kurzen, abgebrochenen Sätzen, wie Albertine ihn behandelt, was er von Edmund erlitten.

Der Kommissionsrat, ganz Ärger und Zorn, nahm ihn bei der Hand, ging mit ihm zurück in Albertinens Zimmer, fuhr los auf das Mädchen: »Was muß ich hören, was muß ich vernehmen? Führt man sich so auf, behandelt man so den Bräutigam?«

»Bräutigam?« schrie Albertine auf im jähsten Schreck.

»Nun ja,« sprach der Kommissionsrat, »Bräutigam freilich. Ich weiß gar nicht, was du dich alterierst über eine Sache, die ja längst beschlossen. Mein lieber Geheimer ist dein Bräutigam, und in wenigen Wochen feiern wir die vergnügte Hochzeit.«

»Nimmermehr,« rief Albertine, »nimmermehr heirate ich den Geheimen Kanzlei-Sekretär. Wie sollt' ich ihn denn lieben können den alten Mann – nein –«

»Was lieben, was alter Mann,« fiel ihr der Kommissionsrat ins Wort, »von Lieben ist gar nicht die Rede, sondern von Heiraten. Freilich ist mein lieber Geheimer kein leichtsinniger Jüngling mehr, aber so wie ich eben in den Jahren, die man mit Recht die besten nennt, und dabei ein rechtschaffener, gescheuter, belesener, liebenswürdiger Mann und mein Schulkamerad.«

»Nein,« sprach Albertine in der heftigsten Bewegung, indem ihr die Tränen aus den Augen stürzten, »nein, ich kann ihn nicht leiden, er ist mir unausstehlich, ich hasse, ich verabscheue ihn! – O mein Edmund –«

Und damit fiel das Mädchen ganz außer sich, beinahe ohnmächtig dem Edmund in die Arme, der sie mit Heftigkeit an seine Brust drückte.

Der Kommissionsrat, ganz erstarrt, riß die Augen weit auf, als säh' er Gespenster, dann brach er los: »Was ist das, was gewahre ich –«

»Ja,« fiel der Geheime Kanzlei-Sekretär mit kläglicher Stimme ein, »ja, die Demoiselle Albertine scheinen ganz und gar nichts von mir wissen zu wollen, scheinen eine ungemeine Inklination zu dem jungen Herrn Maler zu hegen, da sie ihn ohne Scheu küssen, mir Ärmsten aber kaum die liebe Hand reichen wollen, da ich doch bald den Trauring an dero angenehmen Goldfinger zu stecken gedenke.«

»Heda – Heda, auseinander sage ich,« schrie der Kommissionsrat und riß Albertinen aus Edmunds Armen. *Der* rief aber, daß er Albertinen nicht lassen werde und solle es ihm das Leben kosten. – »So?« sprach der Kommissionsrat mit spottendem Ton, »seht doch, eine saubere Liebesgeschichte hinter meinem Rücken! –

Schön, herrlich, mein junger Herr Lehsen, darum Ihre Uneigennützigkeit, darum die Zigarren und die Bilder. – Sich in mein Haus einzuschleichen, mit losen Künsten meine Tochter zu verführen. Feiner Gedanke, daß ich meine Tochter an den Hals hängen soll einem dürftigen, armseligen, nichtswürdigen Farbenkleckser! –«

Außer sich vor Wut über des Kommissionsrats Schimpfreden, ergriff Edmund den Malerstock, hob ihn in die Höhe; da rief mit donnernder Stimme der zur Türe hereinbrechende Leonhard: »Halt, Edmund! Keine Übereilung, Voßwinkel ist ein alberner Narr und wird sich besinnen.«

Der Kommissionsrat, erschrocken über Leonhards unvermutete Erscheinung, rief aus dem Winkel, in den er zurückgeprallt: »Ich weiß gar nicht, Herr Leonhard, wie Sie sich unterfangen können –«

Aber der Geheime Kanzlei-Sekretär war schnurstracks hinter den Sofa geflüchtet, sowie er den Goldschmied erblickt, hatte sich tief niedergeduckt und quäkte mit ängstlicher, weinerlicher Stimme: »O du Gott im Himmel! – Kommissionsrat, sieh dich vor – schweige – halt das Maul, geliebter Schulkamerad. – O du Gott im Himmel, das sind ja der Herr Professor – der grausame Ball-Entrepreneur aus der Spandauer Straße –«

»Kommt nur hervor,« sprach der Goldschmied lachend, »kommt nur hervor, Tusmann, fürchtet Euch nicht, Euch soll nichts mehr angetan werden, Ihr seid ja schon bestraft genug für Eure alberne Heiratslust, da Ihr nun Euer Lebelang ein grünes Gesicht behaltet.«

»O Gott,« schrie der Geheime Kanzlei-Sekretär ganz außer sich, »o Gott, ein grünes Gesicht immerdar! – Was werden die Leute, was werden Se. Exzellenz der Herr Minister sagen? Werden Se. Exzellenz nicht glauben, ich hätte mir aus purer, schnöder, weltlicher Eitelkeit das Gesicht grün gefärbt? – Ich bin ein geschlagener Mann, ich komme um meinen Dienst, denn nicht dulden kann der Staat Geheime Kanzlei-Sekretärs mit grünen Gesichtern – O ich Ärmster –«

»Nun, nun,« unterbrach der Goldschmied Tusmanns Klagen, »nun, nun, Tusmann, lamentiert nur nicht so sehr, es kann doch wohl noch Rat geben für Euch, wenn Ihr gescheut seid und dem tollen Gedanken, Albertinen zu heiraten, entsagt.«

»Das kann ich nicht – das soll er nicht,« so riefen beide durcheinander, der Kommissionsrat und der Geheime Kanzlei-Sekretär.

Der Goldschmied sah beide an mit funkelndem, durchbohrendem Blick; doch eben, als er losbrechen wollte, öffnete sich die Tür, und hinein trat der alte Manasse mit seinem Neffen, dem Baron Benjamin Dümmerl aus Wien. – Bensch ging gerade los auf Albertinen, die ihn zum erstenmal in ihrem Leben sah, und sprach in schnarrendem Ton, indem er ihre Hand faßte: »Ha, bestes Mädchen, da bin ich nun selbst, um mich Ihnen zu Füßen zu werfen. – Verstehen Sie! das ist nur solch eine Redensart, der Baron Dümmerl wirft sich niemanden zu Füßen, auch nicht Sr. Majestät dem Kaiser. Ich meine, Sie sollen mir einen Kuß geben.« – Damit trat er noch näher an Albertinen heran und beugte sich nieder, doch im selben Moment geschah etwas, worüber sich alle, den Goldschmied ausgenommen, tief entsetzten.

Benschs ansehnliche Nase schoß plötzlich zu einer solchen Länge hervor, daß sie dicht bei Albertinens Gesicht vorbeifahrend mit einem lauten Knack hart anstieß an die gegenüberstehende Wand. Bensch prallte einige Schritte zurück, sogleich zog sich die Nase wieder ein. Er näherte sich Albertinen, dasselbe Ereignis; kurz hinaus, hinein schob sich die Nase wie eine Baßposaune.

»Verruchter Schwarzkünstler,« brüllte Manasse, und indem er einen verschlungenen Strick aus der Tasche zog und ihn dem Kommissionsrat zuwarf, rief er: »Ohne Umstände, werfen Sie dem Kerl die Schlinge über den Hals, dem Goldschmied, mein' ich, dann ziehen wir ihn ohne Widerstand zur Tür hinaus, und alles ist in Ordnung.« – Der Kommissionsrat ergriff den Strick, statt aber dem Goldschmied warf er dem alten Juden den Strick über den Hals, und sogleich prallten beide auf in die Höhe bis an die Stubendecke und wieder herab und so immerfort herauf und herab, während Bensch sein Nasenkonzert fortsetzte und Tusmann wie wahnsinnig lachte und plapperte, bis der Kommissionsrat ohnmächtig, ganz erschöpft in den Lehnsessel niedersank.

»Nun ist's Zeit, nun ist's Zeit,« schrie Manasse, schlug an die Tasche, und mit einem Satze sprang eine übergroße abscheuliche Maus hervor und gerade los auf den Goldschmied. Aber noch im Sprunge durchstach sie der Goldschmied mit einer spitzen goldnen Nadel, worauf sie mit einem gellenden Schrei verschwand, man wußte nicht wohin.

Da ballte Manasse die Fäuste gegen den ohnmächtigen Kommissionsrat und rief, indem Zorn und Wut aus seinen feuerroten Augen sprühten: »Ha, Melchior Voßwinkel, du hast dich gegen mich verschworen, du bist im Bunde mit dem verruchten Schwarzkünstler, den du in dein Haus gelockt; aber verflucht, verflucht sollst du sein, du und dein ganzes Geschlecht hinweggenommen wie die hülflose Brut eines Vogels. Gras soll vor deiner Tür wachsen, und alles, was du unternimmst, soll gleichen dem Tun des Hungernden, der sich im Traum ersättigen will an erdichteten Speisen, und der Dales soll sich einlagern in dein Haus und wegzehren deine Habe, und du sollst betteln in zerrissenen Kleidern vor den Türen des verachteten Volks Gottes, das dich verstößt wie einen räudigen Hund. Und du sollst sein wie ein verachteter Zweig, zur Erde geworfen, und statt des Klanges der Harfen Motten deine Gesellschaft! – Verflucht, verflucht, verflucht, du Kommissionsrat Melchior Voßwinkel!« – Damit faßte der wütende Manasse den Neffen und stürmte mit ihm zur Türe hinaus.

Albertine hatte im Grausen und Entsetzen ihr Gesicht verborgen an Edmunds Brust, der sie umschlungen hielt, mit Mühe Fassung erringend.

Der Goldschmied trat nun hin zu dem Paar und sprach lächelnd

mit sanfter Stimme: »Laßt euch nur durch alle diese Narrenstreiche nicht irren. Es wird alles gut werden, ich stehe euch dafür. Aber nun ist es nötig, daß ihr euch trennt, ehe Voßwinkel und Tusmann aus ihrer Schreckenserstarrung erwachen.«
Darauf verließ er mit Edmund Voßwinkels Haus.

Fünftes Kapitel

Worin der geneigte Leser erfährt, wer der Dales ist, auf welche Weise aber der Goldschmied den Geheimen Kanzlei-Sekretär Tusmann rettet vom schmachvollen Tode und den verzweifelnden Kommissionsrat tröstet.

Der Kommissionsrat war durch und durch erschüttert von Manasses Fluch, mehr als von dem tollen Spuk, den, wie er wohl einsah, der Goldschmied getrieben. Jener Fluch war auch in der Tat gräßlich genug, da er dem Kommissionsrat den Dales über den Hals geschickt.
Ich weiß nich, ob du, sehr geneigter Leser, die Bewandtnis kennst, die es mit diesem Dales der Juden hat?
Das Weib eines armen Juden (so erzählt ein Talmudist) fand, als sie eines Tages auf den Boden ihres kleinen Hauses stieg, daselbst einen dürren, ganz ausgemergelten nackten Menschen, der sie bat, ihm Obdach zu gönnen, ihn zu nähren mit Speis' und Trank. Erschrocken lief das Weib herab und sprach wehklagend zu ihrem Mann: »Ein nackter ausgehungerter Mensch ist in unser Haus gekommen und verlangt von uns Obdach und Nahrung. Wie sollen wir aber den Fremden nähren, da wir selbst kaum unser mühseliges Leben von Tag zu Tag durchfristen.« »Ich will,« erwiderte der Mann, »hinaufsteigen zu dem fremden Menschen und sehen, wie ich ihn hinausschaffe aus unserm Hause.« »Warum,« sprach er dann zu dem fremden Menschen, »warum bist du geflüchtet in mein Haus, der ich arm bin und nicht vermag dich zu ernähren? Hebe dich fort und gehe in das Haus des Reichtums,

wo die Schlachttiere längst gemästet und die Gäste geladen sind zum Gastmahl.« »Wie kannst du,« erwiderte der Mensch, »mich forttreiben wollen aus dem Obdach, das ich gefunden? Du siehst, daß ich nackt bin und bloß, wie kann ich fortziehen in das Haus des Reichtums? Doch laß mir ein Kleid machen, das mir paßt, und ich will dich verlassen.« – »Besser ist es,« dachte der Jude, »daß ich mein Letztes daran wende, den Menschen bald fortzuschaffen, als daß er bliebe und verzehre, was ich mit Not zu erwerben vermag.« Er schlachtete sein letztes Kalb, wovon er mit seinem Weibe viele Tage hindurch sich zu nähren gedachte, verkaufte das Fleisch und schaffte von dem gelösten Gelde ein gutes Kleid an für den fremden Menschen. Als er aber hinaufging mit dem Kleide, war der Mensch, der erst klein und dürr gewesen, groß geworden und stark, so daß das Kleid ihm überall zu kurz war und zu enge. Darüber entsetzte sich der arme Jude gar sehr, aber der fremde Mensch sprach: »Laß ab von der Torheit, mich fortschaffen zu wollen aus deinem Hause, denn wisse, ich bin der Dales.« Da rang der arme Jude die Hände und jammerte und schrie: »Gott meiner Väter, so bin ich gezüchtigt mit der Rute des Zorns und elend immerdar, denn bist du der Dales, so wirst du nicht weichen, sondern, all unser Hab und Gut wegzehrend, immer größer und stärker werden.« Der Dales ist aber die Armut, die, wo sie sich einmal einnistet, niemals wieder weicht und immer mehr zunimmt. –

Entsetzte sich nun der Kommissionsrat darüber, daß ihm Manasse in der Wut die Armut auf den Hals geflucht, so fürchtete er dagegen auch den alten Leonhard, der, die seltsamen Zauberkünste abgerechnet, die ihm zu Gebote standen, auch außerdem in seinem ganzen Wesen etwas hatte, was wohl eine scheue Ehrfurcht erwecken mußte. Gegen beide, das fühlte er, konnte er nichts Sonderliches ausrichten; sein ganzer Zorn fiel daher auf Edmund Lehsen, dem er alles Unheil, was ihm widerfahren, in die Schuhe schob. Kam noch hinzu, daß Albertine ganz unverhohlen und mit entschiedener Festigkeit erklärte, wie sie Edmund über die Maßen liebe und niemals weder den alten pedantischen Geheimen Kanzlei-Sekretär noch den unausstehlichen Baron Bensch heiraten werde, so konnt' es gar nicht fehlen, daß der Kommissionsrat sich über die Gebühr erboste und den Edmund fort wünschte dahin, wo der Pfeffer wächst. Da er aber diesen Wunsch nicht so verwirklichen konnte, wie es unter der vorigen französischen Regierung geschah, welche Leute, die sie los sein wollte, in der Tat fortschickte nach dem Ort, wo der Pfeffer wächst, so begnügte er sich damit, dem Edmund ein angenehmes Billett zu schreiben, worin er all sein Gift, all seine Galle ergoß und damit endete, daß er sich nicht unterfangen solle, jemals die Schwelle seines Hauses zu betreten.

Man kann denken, daß Edmund über diese grausame Trennung von Albertinen sofort in die gehörige Verzweiflung geriet, in welcher ihn denn Leonhard fand, als er ihn seiner Gewohnheit gemäß in der Abenddämmerung besuchte.

»Was habe ich,« rief Edmund dem Goldschmied entgegen, »was habe ich nun von Euerm Schutz, von Euerm Mühen, mir die gehässigen Nebenbuhler vom Leibe zu schaffen? Durch Eure unheimlichen Taschenspielerkünste verwirrt und entsetzt Ihr alle, selbst mein holdes Mädchen, und Euer Treiben ist es allein, das mir als ein unübersteigliches Hindernis in den Weg tritt. Ich fliehe, ich fliehe den Dolch im Herzen fort nach Rom!«

»Nun,« sprach der Goldschmied, »nun, dann tätest du ja wirklich das, was ich recht von Herzen wünsche. Erinnere dich, daß ich schon damals, als du zum ersten Male von deiner Liebe zu Albertinen sprachst, dir versicherte, daß meiner Meinung nach ein junger Künstler sich wohl verlieben könne, aber nicht gleich ans Heiraten denken müsse, da dies ganz unersprießlich sei. Ich rückte dir damals halb im Scherz das Beispiel des jungen Sternbald vor Augen, aber ganz ernsthaft sage ich dir jetzt, daß, gedenkst du ein tüchtiger Künstler zu werden, du durchaus alle Heiratsgedanken dir aus dem Kopf schlagen mußt. Frei und froh ziehe in das Vaterland der Kunst, studiere in voller Begeisterung ihr innerstes Wesen, und dann erst wird dir die technische Fertigkeit, die du vielleicht auch hier erlangen kannst, etwas nützen.«

»Ha,« rief Edmund, »was für ein Tor war ich, Euch meine Liebe anzuvertrauen! Nun sehe ich es wohl ein, daß gerade Ihr, von dem ich Beistand erwarten durfte mit Rat und Tat, daß gerade Ihr, sage ich, absichtlich mir entgegen handelt und meine schönsten Hoffnungen mit hämischer Schadenfreude zerstört.« –

»Hoho,« erwiderte der Goldschmied, »hoho, junger Herr! mäßigt Euch in Euren Ausdrücken, seid weniger heftig und bedenkt, daß Ihr viel zu unerfahren seid, um mich zu durchschauen. Aber ich will Euern irren Zorn Eurer wahnsinnigen Verliebtheit zugute halten.«

»Und,« fuhr Edmund fort, »und was die Kunst betrifft, so sehe ich gar nicht ein, warum ich, da es mir dazu, wie Ihr wißt, gar nicht an Mitteln fehlt, der innigen Verbindung mit Albertinen unbeschadet, nicht nach Rom gehen und dort die Kunst studieren sollte. Ja, ich gedachte gerade dann, wenn ich Albertinens Besitz gewiß sein konnte, nach Italien zu wandern und dort ein ganzes Jahr hindurch zu verweilen, dann aber bereichert mit wahrer Kunstkenntnis zurückzukehren in die Arme meiner Braut.«

»Wie,« rief der Goldschmied, »wie, Edmund, war das in der Tat dein wirklicher, ernsthafter Vorsatz?«

»Allerdings,« erwiderte der Jüngling, »so sehr mein Inneres entbrannt ist in Liebe zu der holden Albertine, so sehr erfüllt mich doch die Sehnsucht nach dem Lande, das die Heimat meiner Kunst ist.«

»Könnet,« fuhr der Goldschmied fort, »könnet Ihr Euer treues Wort mir darauf geben, daß, wird Albertine Euer, Ihr sogleich die Reise nach Italien antreten wollt?«

»Warum sollte ich das nicht,« erwiderte der Jüngling, »da es mein fester Entschluß war und es bleiben würde, sollte das geschehen, woran ich verzweifeln muß.«

»Nun,« rief der Goldschmied lebhaft, »nun Edmund, so sei guten Mutes, diese feste Gesinnung erwirbt dir die Geliebte. Ich gebe dir mein Wort, daß in wenigen Tagen Albertine deine Braut sein soll. Daß ich das zu bewirken verstehen werde, daran magst du nicht zweifeln.«

Die Freude, das Entzücken strahlte aus Edmunds Augen. Der rätselhafte Goldschmied überließ, schnell davoneilend, den Jüngling all den süßen Hoffnungen und Träumen, die er in seinem Innern aufgeregt. –

In einem abgelegenen Teil des Tiergartens, unter einem großen Baum lag, um mit Celia in »Wie es euch gefällt« zu reden, wie eine abgefallene Eichel oder wie ein verwundeter Ritter der Geheime Kanzlei-Sekretär Tusmann und klagte sein tiefes Herzeleid den treulosen Herbstwinden.

»O Gott gerechter!« lamentierte er, »unglücklicher, bedauernswürdiger Geheimer Kanzlei-Sekretär, womit hast du all diese Schmach verdient, die dir über den Hals gekommen. Sagt denn nicht Thomasius, daß der Ehestand an Erlangung der Weisheit keinesweges hindern solle, und doch hast du schon jetzt, da du nur den Ehestand zu intendieren begonnen, beinahe deinen ganzen angenehmen Verstand verloren. Woher der entsetzliche Widerwille der werten Demoiselle Albertine Voßwinkel gegen deine geringe, aber mit löblichen Eigenschaften sattsam ausgestattete Person? Bist du etwa ein Politikus, der keine Frau haben, oder gar ein Rechtsgelehrter, der nach der Lehre des Cleobulus seine Frau, sobald sie unartig, was weniges prügeln soll, daß die Schönste deshalb eine Scheu tragen könnte, dich zu ehelichen? O Gerechter, welchem Jammer gehst du entgegen! – Warum mußt du, o geliebter Geheimer Kanzlei-Sekretär, in offne Fehde geraten mit schnöden Schwarzkünstlern und malerischen Wütrichen, die dein zartes Gesicht für ein aufgespanntes Pergament halten und mit frechem Pinsel einen wilden Salvator Rosa darauf schmeißen ohne Geschick, Haltung und Manier! Ja, das ist das ärgste! Alle meine Hoffnung hatte ich auf meinen intimen

Freund gesetzt, auf den Herrn Streccius, der in der Chemie wohlerfahren ist und in jedem Malheur zu helfen weiß, aber es ist alles vergebens. Je mehr ich mich mit dem Wasser wasche, das er mir angeraten, desto grüner werde ich, wiewohl das Grün sich in den verschiedensten Nuancen und Schattierungen ändert, so daß es bereits Frühling, Sommer und Herbst auf meinem Antlitz gewesen! – Ja, dieses Grün ist es, was mich ins Verderben stürzt, und erlange ich nicht den weißen Winter wieder, welcher die schicklichste Jahreszeit für mein Gesicht, so gerate ich in Desperation, stürze mich hier in den schnöden Froschlaich und sterbe einen grünen Tod!« –

Tusmann hatte wohl recht, so bittre Klagen auszustoßen, denn in der Tat war es arg mit der grünen Farbe seines Antlitzes, die gar nicht gewöhnliche Ölfarbe, sondern irgend eine künstlich zusammengesetzte Tinktur zu sein schien, die, in die Haut eingedrungen, durchaus nicht verschwinden wollte. Zur Tageszeit durfte der arme Geheime Kanzlei-Sekretär gar nicht anders ausgehen als mit tief in die Augen gedrücktem Hut und vorgehaltenem Schnupftuch, und selbst wenn die Dämmerung eingebrochen, wagte er es nur in gestrecktem Galopp durch die entlegenen Gassen zu rennen. Teils fürchtete er den Hohn der Straßenbuben, teils mußte er sich ängstigen, irgend jemanden aus dem Bureau, in dem er arbeitete zu begegnen, da er sich krank melden lassen.

Es geschieht wohl, daß wir das Ungemach, welches uns getroffen, stärker und tötender fühlen in der stillen schwarzen Nacht als am geräuschvollen Tage. So kam es auch, daß, sowie immer dunkler und dunkler die Wolken heraufzogen, wie schwärzer und schwärzer die Schatten des Waldes sich ausbreiteten, wie recht schauerlich verhöhnend der rauhe Herbstwind durch Bäume und Gebüsche pfiff, Tusmann, sein ganzes Elend bedenkend, in vollkommene Trostlosigkeit geriet.

Der entsetzliche Gedanke, in den grünen Froschlaich zu springen und so ein verstörtes Leben zu enden, trat dem Geheimen Kanzlei-Sekretär so lebendig in die Seele, daß er ihn für einen entscheidenden Wink des Schicksals hielt, dem er folgen müsse.

»Ja,« rief er mit gellender Stimme, indem er hastig aufsprang vom Boden, wo er sich hingelagert, »ja, Geheimer Kanzlei-Sekretär, mit dir ist es aus! – Verzweifle, guter Tusmann! – Kein Thomasius kann dich retten, fort mit dir in den grünen Tod! – Leben Sie wohl, grausame Demoiselle Albertine Voßwinkel! – Sie sehen Ihren Bräutigam, den Sie verschmäht auf schnöde Weise, niemals wieder! – Er wird sogleich in den Froschlaich springen!« –

Wie rasend rannte er fort nach dem nahe gelegenen Bassin, das in der tiefen Dämmerung anzusehen war wie ein breiter, schön bewachsener Weg, und blieb dicht am Rande stehen.

Der Gedanke an den nahen Tod mochte wohl seine Sinne zerrütten, denn er sang mit hoher durchdringender Stimme das englische Volkslied, dessen Refrain lautet: »Grün sind die Wiesen, grün sind die Wiesen,« warf dann die politische Klugheit, das Handbuch für Hof und Staat, sowie Hufelands Kunst das Leben zu verlängern in das Wasser und war eben im Begriff, mit einem tüchtigen Ansatz nachzuspringen, als er sich von hinten her mit starken Armen umfaßt fühlte.

Zugleich vernahm er die ihm wohlbekannte Stimme des schwarzkünstlerischen Goldschmieds: »Tusmann, was habt Ihr vor? Ich bitte Euch, seid doch kein Esel und macht doch nicht tolle Streiche!«

Der Geheime Kanzlei-Sekretär bot alle Kraft auf, sich aus des Goldschmieds Armen loszuwinden, indem er, kaum der Sprache mehr mächtig, krächzte: »Herr Professor, ich bin in der Desperation, und da hören alle Rücksichten auf, Herr Professor, nehmen Sie es einem desperaten Geheimen Kanzlei-Sekretär, der sonst wohl weiß, was Anstand und Sitte heischt, nicht übel, aber Herr Professor – ich sag' es unverhohlen, ich wünschte, daß Sie der Teufel hole samt Ihren Hexenkünsten, samt Ihrer Grobheit, samt Ihrem verdammten Ihr – Ihr – Ihr und Tusmann!« –

Der Goldschmied ließ den Geheimen Kanzlei-Sekretär los, und alsbald taumelte er erschöpft nieder in das hohe, durch und durch feuchte Gras.
Wähnend, er liege im Bassin, rief er: »O kalter Tod, o grüne Wiese – Adieu! – Mich ganz gehorsamst zu empfehlen, werteste Demoiselle Albertine Voßwinkel – Lebe wohl, wackrer Kommissionsrat – Der unglückliche Bräutigam liegt bei den Fröschen, die den Herrn loben zur Sommerszeit!« –
»Seht Ihr wohl,« sprach der Goldschmied mit starker Stimme, »seht Ihr wohl, Tusmann, daß Ihr von Sinnen seid und matt und elend dazu! – Zum Teufel wollt Ihr mich schicken, wie wenn ich nun selbst der Teufel wäre und Euch den Hals umdrehte hier auf der Stelle, wo Ihr wähnt, im Bassin zu liegen?«
Tusmann ächzte, stöhnte, schüttelte sich wie im stärksten Fieberfrost. –
»Aber,« fuhr der Goldschmied fort, »aber ich mein' es gut mit Euch, Tusmann, und vergebe Eurer Desperation alles, richtet Euch auf, kommt mit mir.«
Der Goldschmied half dem armen Geheimen Kanzlei-Sekretär auf die Beine. Ganz vernichtet lispelte er: »Ich bin in Ihrer Gewalt, verehrtester Herr Professor, machen Sie mit meinem geringen sterblichen Leichnam, was Sie wollen, aber meine unsterbliche Seele bitte ich ganz gehorsamst gütigst verschonen zu wollen.«
»Schwatzt nicht solch aberwitziges Zeug, sondern kommt rasch fort,« rief der Goldschmied, faßte den Geheimen Kanzlei-Sekretär unterm Arm und schritt mit ihm von dannen. Doch mitten in dem Wege, der quer durch den Tiergarten nach den Zelten führte, hielt er inne und sprach: »Halt, Tusmann! Ihr seid ganz naß und seht abscheulich aus, ich will Euch wenigstens das Gesicht abtrocknen.«
Damit holte der Goldschmied ein blendend weißes Tuch aus der Tasche und tat, wie er verheißen.
Als nun schon die hellen Laternen des Weberschen Zeltes durch

die Gebüsche funkelten, rief Tusmann plötzlich ganz erschrokken: »Um tausend Gottes willen, verehrtester Herr Professor, wo führen Sie mich denn hin? – Nicht nach der Stadt? Nicht nach meiner Wohnung? – Doch nicht etwa in Gesellschaft? unter Menschen? – Gerechter! Ich kann mich ja gar nicht blicken lassen – Ich errege ja Ärgernis – ein Scandalum« –

»Ich weiß nicht,« erwiderte der Goldschmied, »ich weiß nicht, Tusmann, was Ihr wollt mit Euerm menschenscheuen Wesen, seid doch kein Hase! Ihr müßt durchaus etwas Starkes genießen. – Vielleicht ein Glas warmen Punsch, sonst bekommt Ihr das Fieber vor Erkältung. Kommt nur mit!« –

Der Geheime Kanzlei-Sekretär lamentierte, sprach unaufhörlich von seinem grünen Gesicht, von seinem schnöden Salvator Rosa im Anlitz, der Goldschmied achtete aber nicht im mindesten darauf, sondern zog ihn fort mit unwiderstehlicher Gewalt.

Als sie nun in den erleuchteten Saal traten, bedeckte Tusmann mit dem Schnupftuch sein ganzes Gesicht, da noch ein paar Gäste an der langen Tafel speisten.

»Was habt Ihr denn,« sprach der Goldschmied dem Geheimen Sekretär ins Ohr, »was habt Ihr denn, Tusmann, daß Ihr Euer rechtschaffenes Antlitz so verhüllen wollt und verbergen?«

»Ach Gott,« stöhnte der Geheime Kanzlei-Sekretär, »ach Gott, verehrtester Herr Professor, Sie wissen es ja, mein Gesicht, das der jähzornige junge Herr Maler mit grüner Farbe überstrichen« –

»Possen,« rief der Goldschmied aus, indem er den Geheimen Kanzlei-Sekretär mit gewaltiger Faust packte und hinstellte vor den großen Spiegel am Ende des Saals und hinleuchtete mit der Kerze, die er ergriffen.

Tusmann schaute unwillkürlich hinein und konnte sich eines lauten Ach! nicht erwehren.

Nicht allein, daß die häßliche grüne Farbe gänzlich verschwunden war, Tusmanns Gesicht hatte überdies noch ein lebhafteres Kolorit erhalten als jemals, so daß er in der Tat um einige Jahre jünger aussah als sonst. Im Übermaß des Entzückens sprang der

Geheime Kanzlei-Sekretär mit beiden Füßen zugleich in die Höhe und sprach dann mit süßweinerlicher Stimme: »O Gerechter, was sehe, was erblicke ich! – Wertester, ungemein verehrter Herr Professor, das Glück habe ich gewiß Ihnen allein zu verdanken! – Ja! – nun wird die Demoiselle Albertine Voßwinkel, um derentwillen ich beinahe hinabgesprungen in den Abgrund zu den Fröschen, gewiß keinen Anstand nehmen, mich zu ihrem Gemahl zu erkiesen! – Ja, wertester Herr Professor, Sie haben mich geborgen aus tiefem Elend! – Ich fühlte sogleich eine gewisse Behaglichkeit, als Sie über mein geringes Antlitz mit dero schneeweißem Schnupftuch zu fahren beliebten. – O sprechen Sie, gewiß waren Sie mein Wohltäter?« –

»Nicht leugnen,« erwiderte der Goldschmied, »nicht leugnen will ich, Tusmann, daß ich es war, der Euch die grüne Farbe wegwusch, und Ihr könnt daraus abnehmen, daß ich gar nicht so feindlich wider Euch gesinnt bin, als Ihr es wohl vermeinen möget. Bloß Eure alberne Faselei, daß Ihr Euch von dem Kommissionsrat überreden lasset, Ihr könntet Euch noch mit einem blutjungen, hübschen Mädchen, welche aufsprudelt vor Lebenslust, verheiraten, bloß diese Faselei, sage ich, kann ich an Euch gar nicht leiden und möchte Euch, da Ihr selbst jetzt, kaum den Schabernack los, den man Euch antat, wiederum gleich ans Heiraten denkt, den Appetit dazu auf nachdrückliche Weise vertreiben, welches ganz und gar in meiner Macht steht. Doch will ich das nicht tun, sondern Euch raten, ruhig zu sein bis zum künftigen Sonntag in der Mittagsstunde, da werdet Ihr denn das Weitere hören. Wagt Ihr es, früher Albertinen zu sehen, so laß ich Euch vor ihren Augen erst tanzen, daß Euch Sinn und Atem vergeht, verwandle Euch dann in den grünsten Frosch und schmeiße Euch hier im Tiergarten in das Bassin oder gar in die Spree, wo Ihr quaken könnet bis an Euer Lebensende! – Gehabt Euch wohl! Ich habe heute noch etwas vor, das mich nach der Stadt eilen heißt. Ihr würdet meinen Schritten nicht folgen können. Gehabt Euch wohl!«

Der Goldschmied hatte recht, daß wohl keiner so leicht ihm hätte folgen können, denn als hätte er Schlemihls berühmte Siebenmeilenstiefel an den Füßen, war er mit einem einzigen Schritt, den er zur Saaltür hinaus machte, dem bestürzten Geheimen Kanzlei-Sekretär aus den Augen verschwunden. –
So mochte es denn auch geschehen, daß er schon in der nächsten Minute wie ein Gespenst plötzlich in dem Zimmer des Kommissionsrates stand und ihm mit ziemlich rauher Stimme einen guten Abend bot.
Der Kommissionsrat erschrak heftig, faßte sich jedoch bald zusammen und fragte den Goldschmied ungestüm, was er so spät in der Nacht noch wolle, er möge sich fortscheren und ihn in Ruhe lassen mit den albernen Taschenspielerstückchen, die ihm vorzugaukeln er vielleicht im Sinne habe.
»So sind,« erwiderte der Goldschmied sehr gelassen, »so sind nun die Menschen und vorzüglich die Kommissionsräte. Gerade diejenigen Personen, die sich Ihnen wohlwollend nähern, denen Sie sich zutrauensvoll in die Arme werfen sollten, gerade diese Personen stoßen Sie von sich! – Sie sind, bester Kommissionsrat, ein armer, unglücklicher, bedauernswürdiger Mann, ich komme – renne her noch in tiefer Nacht, um mich mit Ihnen zu beraten, wie vielleicht noch der tötende Schlag abzuwenden ist, der Sie eben treffen will und Sie« –
»O Gott,« schrie der Kommissionsrat ganz außer sich, »o Gott, gewiß schon wieder ein Falliment in Hamburg, Bremen oder London, das mich vollends zu ruinieren droht, o ich geschlagener Kommissionsrat – das fehlte noch« –
»Nein,« unterbrach der Goldschmied Voßwinkels Klagen, »nein, es ist hier noch von etwas anderm die Rede. Sie wollen also Albertinens Hand durchaus nicht dem jungen Edmund Lehsen geben?«
»Wie kommen Sie,« rief der Kommissionsrat, auf diesen albernen, ärgerlichen Schnack? Ich! meine Tochter dem armseligen Pinsler!«

»Nun,« sprach der Goldschmied, »er hat doch Sie und Albertinen recht wacker gemalt.«

»Hoho!« erwiderte der Kommissionsrat, »das wäre ein schöner Kauf, meine Tochter für ein paar bunte Bilder! – Ich habe ihm die Dinger ins Haus zurückgeschickt.«

»Edmund,« fuhr der Goldschmied fort, »Edmund wird, versagen Sie ihm Albertinen, sich rächen.«

»Nun,« rief der Kommissionsrat, »nun, das möcht' ich doch wissen, welche Rache der Schlucker, der Kiek in die Welt an dem Kommissionsrat Melchior Voßwinkel zu nehmen vermöchte!«

»Das will,« erwiderte der Goldschmied, »das will ich Ihnen gleich sagen, mein sehr wackrer Herr Kommissionsrat. Edmund ist eben im Begriff, Ihr liebes Bild auf würdige Weise zu retuschieren. Das fröhliche, lächelnde Antlitz verkehrt er in ein bittergrämliches, mit heraufgezogenen Brauen, trüben Augen, herunterhängenden Lippen. Stärker markiert er die Runzeln auf Stirn und Wangen, vergißt nicht die vielen grauen Haare, die der Puder verbergen soll, hinlänglich anzudeuten durch gehörige Färbung. Statt der freudigen Botschaft von dem Lotteriegewinst schreibt er die höchst betrübte Nachricht in den Brief, die Sie vorgestern erhielten, nämlich: daß das Haus Campbell et Compagnie in London falliert, und auf dem Kuvert steht: ›An den verfehlten Stadt- und Kommissionsrat‹ u. s. f., denn er weiß, daß Sie vor einem halben Jahre vergebens darnach trachteten, Stadtrat zu werden. Aus den zerrissenen Westentaschen fallen Dukaten, Taler und Tresorscheine heraus, den Verlust andeutend, den Sie erlitten. So wird das Bild dann ausgehängt bei dem Bilderhändler am Bankgebäude in der Jägerstraße.« –

»Der Satan,« schrie der Kommissionsrat, »der Halunke, nein, das soll er nicht unternehmen! – Polizei, Justiz rufe ich zu Hülfe.« –

»Haben,« fuhr der Goldschmied gelassen fort, »haben nur fünfzig Menschen eine Viertelstunde hindurch das Bild gesehen, dann dringt die Kunde davon mit tausend stärkeren Nuancen, die dieser, jener Witzbold hinzufügt, durch die ganze Stadt. Alles Lächerliche, alles Alberne, das man von Ihnen erzählt hat und noch erzählt, wird aufgefrischt mit neuen, glänzenden Farben, jeder, dem Sie begegnen, lacht Ihnen ins Gesicht, und was das Schlimmste ist, man spricht dabei unaufhörlich von dem Verlust, den Sie durch Campbells Fall erlitten, und Ihr Kredit ist hin.«

»O Gott,« rief der Kommissionsrat, »o Gott! – Aber er muß mir das Bild herausgeben, der Bösewicht, ja, das muß er morgen mit dem frühsten Tage.«

»Und,« sprach der Goldschmied weiter, »und täte er das wirklich, woran ich sehr zweifle, was würd' es Ihnen helfen? Er radiert Ihre werte Person, wie ich es erst beschrieben, auf eine Kupferplatte, besorgt viele hundert Abdrücke, illuminiert sie selbst recht *con amore* und schickt sie in die ganze Welt, nach Hamburg, Bremen, Lübeck, Stettin, ja nach London« –

»Halten Sie ein,« unterbrach der Kommissionsrat den Goldschmied, »halten Sie ein! – Gehen Sie hin zu dem entsetzlichen Menschen, bieten Sie ihm fünfzig – ja – bieten Sie ihm hundert Taler, wenn er die Sache mit meinem Bilde ganz unterläßt.« –

»Ha ha ha!« lachte der Goldschmied, »Sie vergessen, daß sich Lehsen ganz und gar nichts macht aus dem Gelde, daß seine Eltern wohlhabend sind, daß seine Großtante, die Demoiselle Lehsen, die in der Breiten Straße wohnt, ihm längst ihr ganzes Vermögen vermacht hat, das nicht weniger als bare achtzigtausend Taler beträgt!« –

»Was,« rief der Kommissionsrat erbleicht vor plötzlichem Erstaunen, »was sagen Sie – achtzig – Hören Sie, Herr Leonhard, ich glaube, Albertinchen ist ganz vernarrt in den jungen Lehsen – Ich bin nun einmal ein guter Kerl – ein weichmütiger Vater – kann keine Tränen, keinen Bitten widerstehen – Zudem gefällt mir der junge Mensch. Er ist ein tüchtiger Künstler. – Sie wissen, was die Kunst betrifft, da bin ich ein rechter Narr mit meiner

Vorliebe – Er hat hübsche Eigenschaften, der liebe, gute Lehsen – Achtzig – Nun, wissen Sie was, Leonhard, aus purer Herzensgüte geb' ich ihm meine Tochter, dem artigen Jungen!« –

»Hm,« sprach der Goldschmied, »ich muß Ihnen doch etwas Spaßhaftes erzählen. Soeben komme ich aus dem Tiergarten. Dicht an dem großen Bassin fand ich Ihren alten Freund und Schulkameraden, den Geheimen Kanzlei-Sekretär Tusmann, der darüber, daß ihn Albertine verschmäht, in wilde Verzweiflung geraten sich ins Wasser stürzen wollte. Nur mit Mühe gelang es mir, ihn von der Ausführung seines schrecklichen Entschlusses abzuhalten, indem ich ihm vorstellte, daß Sie, mein wackrer Kommissionsrat, gewiß Ihr treugegebenes Wort halten und durch väterliche Ermahnungen Albertinen dahin bringen würden, ihm unverweigerlich die Hand zu reichen. Geschieht dies nun nicht, geben sie Albertinens Hand dem jungen Lehsen, so springt Ihr Geheimer in das Bassin, das ist so gut wie gewiß. Denken Sie, was dieser entsetzliche Selbstmord des soliden Mannes für Aufsehn erregen würde? – Jeder klagt Sie – Sie allein als Tusmanns Mörder an und begegnet Ihnen mit tiefer Verachtung. Sie werden nirgends mehr zur Tafel geladen, und finden Sie sich auf irgend einem Kaffeehause ein, um Neues zu erwischen, so wirft man Sie zur Tür hinaus – die Treppe hinunter. Aber noch mehr! – Der Geheime Kanzlei-Sekretär ist hochgeachtet von allen seinen Vorgesetzten, sein Ruf als tüchtiger Geschäftsmann hat alle Bureaus durchdrungen. Haben Sie nun durch Ihren Wankelmut, durch Ihre Falschheit den Ärmsten zum Selbstmorde gebracht, so ist gar nicht daran zu denken, daß Sie jemals in Ihrem ganzen Leben noch einen Geheimen Legations-, einen Geheimen Ober-Finanz-Rat zu Hause finden sollten, die Wirklichen am allerwenigsten. Keine Behörde, deren Geneigtheit ihr Geschäft bedarf, nimmt sich hinfort Ihrer mehr im mindesten an. Von simplen Kommerzienräten werden Sie verhöhnt, Expedienten verfolgen Sie mit Mordwaffen, und Kanzleiboten drücken, Ihnen begegnend, die Hüte fester auf den

Kopf. Man nimmt Ihnen den Titel als Kommissionsrat, Stoß erfolgt auf Stoß, Ihr Kredit ist hin, Ihr Vermögen gerät in Verfall, schlechter und schlechter geht's, bis Sie zuletzt in Verachtung, Armut und Elend« –

»Hören Sie auf,« schrie der Kommissionsrat, »Sie martern mich! – Wer hätte denken sollen, daß der Geheime noch in seinen Jahren solch ein verliebter Affe sein würde! – Aber Sie haben recht. – Mag es nun gehen, wie es in der Welt will, ich muß dem Geheimen Wort halten, sonst bin ich ein ruinierter Mann. – Ja, es ist beschlossen, der Geheime erhält Albertinens Hand.« –

»Sie vergessen,« sprach der Goldschmied, »die Bewerbung des Barons Dümmerl. Sie vergessen den fürchterlichen Fluch des alten Manasse! – An diesem haben Sie, wird Bensch verschmäht, den fürchterlichsten Feind. In allen Ihren Spekulationen tritt Ihnen Manasse entgegen. Er scheut kein Mittel, Ihren Kredit zu schmälern, er benutzt jede Gelegenheit, Ihnen zu schaden, er ruht nicht, bis er Sie in Schimpf und Schande heruntergebracht hat, bis der Dales, den er Ihnen auf den Hals geflucht hat, wirklich eingekehrt ist in Ihr Haus. – Genug, Sie mögen nun Albertinens Hand diesem oder jenem der drei Freier geben, immer geraten Sie in Not, und eben deshalb nannte ich Sie vorhin einen armen, bedauernswürdigen Mann.«

Der Kommissionsrat rannte wie unsinnig im Zimmer auf und ab, rief einmal über das andere: »Ich bin verloren – ein unglücklicher Mensch, ein ruinierter Kommissionsrat – Hätt' ich nur das Mädchen gar nicht auf dem Halse. Möge sie alle der Satan davonführen, den Lehsen, den Bensch und – meinen Geheimen dazu.« –

»Nun, nun,« begann der Goldschmied, »noch gibt es wohl ein Mittel. Sie aus aller Verlegenheit zu reißen.«

»Welches,« sprach der Kommissionsrat, indem er plötzlich still stand und den Goldschmied starr anblickte, »welches? Ich gehe alles ein.«

»Haben Sie,« fragte der Goldschmied, »haben Sie in dem Theater den Kaufmann von Venedig gesehen?«

»Das ist,« erwiderte der Kommissionsrat, »das ist das Stück, in welchem Herr Devrient einen mordsüchtigen Juden spielt, Namens Shylock, dem es gelüstet nach frischem Negoziantenfleisch. – Allerdings habe ich dies Stück gesehen, aber was sollen jetzt die Possen?«

»Kennen Sie,« fuhr der Goldschmied fort, »den Kaufmann von Venedig, so werden Sie sich erinnern, daß darin ein gewisses reiches Fräulein Porzia vorkommt, deren Vater vermöge testamentarischer Verfügung die Hand seiner Tochter zum Gewinst in einer Art von Lotterie gemacht hatte. Drei Kästchen werden hingestellt, unter denen die Bewerber eins wählen und öffnen müssen. Derjenige von den Bewerbern erhält Porzias Hand, der in dem Kästchen, das er gewählt, ihr Porträt eingeschlossen findet. Machen Sie es, Kommissionsrat, als lebendiger Vater wie Porzias verstorbener. Sagen Sie den drei Freiern, daß, da Ihnen einer so lieb wäre als der andere, Sie die Entscheidung dem Zufall überlassen wollten. Drei verschlossene Kästchen werden hingestellt, den Freiern zur Wahl, und der, der Albertinens Bildnis gefunden, erhält ihre Hand.«

»Welch ein abenteuerlicher Vorschlag,« rief der Kommissionsrat. »Und ginge ich wirklich darauf ein, glauben Sie denn, werter Herr Leonhard, daß mir das im mindesten etwas helfen, daß ich mir nicht, hat auch der Zufall entschieden, den Zorn und Haß derjenigen auf den Hals laden würde, die das Porträt nicht getroffen, hinfolglich abziehen müssen?« –

»Halt,« sprach der Goldschmied, »das ist eben der wichtigste Punkt! – Sehn Sie, Kommissionsrat, ich verspreche Ihnen hiermit feierlichst, die Sache mit dem Kästchen so einzurichten, daß sich alles glücklich und friedlich enden soll. Die beiden, welche fehlgegriffen, werden in ihrem Kästchen keineswegs, wie die Prinzen von Marokko und Aragon, eine schnöde Abfertigung finden, vielmehr etwas erhalten, welches sie dermaßen befriedigt, daß sie an die Heirat mit Albertinen gar nicht mehr denken und noch dazu Sie, Kommissionsrat, für den Schöpfer eines gar nicht geahnten Glücks halten.«

»Wäre das möglich!« rief der Kommissionsrat.

»Nicht allein möglich,« erwiderte der Goldschmied, »es wird, es muß so kommen, wie ich es Ihnen sage, mein festes Wort darauf.«

Nun nahm der Kommissionsrat keinen Anstand mehr, einzugehen in des Goldschmieds Plan, und beide kamen darin überein, daß in der Mittagsstunde des nächsten Sonntags die Wahl vor sich gehen solle.

Die drei Kästchen versprach der Goldschmied herbeizuschaffen.

Sechstes Kapitel

Worin von der Art, wie die Brautwahl vor sich ging, gehandelt, dann aber die Geschichte geschlossen wird.

Man kann denken, daß Albertine ganz und gar in Verzweiflung geriet, als der Kommissionsrat sie mit der unglückseligen Lotterie, in der ihre Hand gewonnen werden sollte, bekannt machte, als alles Bitten, alles Flehen, alles trostlose Weinen nicht vermochte, ihn von dem einmal gefaßten Entschluß abzubringen. Dazu kam, daß Lehsen ihr so gleichgültig, so indolent schien, wie es keiner sein kann, der wirklich liebt, da er nicht das mindeste versuchte, sie heimlich zu sehen oder ihr wenigstens eine Liebesbotschaft zuzustecken. Am Sonnabend vor dem verhängnisvollen Sonntage, der ihr Schicksal entscheiden sollte, saß, als schon tiefe Abenddämmerung eingebrochen, Albertine einsam in ihrem Zimmer. Ganz erfüllt von dem Gedanken an das Unglück, von dem sie bedroht, kam es ihr ein, ob es nicht besser sei, einen raschen Entschluß zu fassen, schnell aus dem väterlichen Hause zu entfliehen, als das Fürchterlichste abzuwarten, zur Heirat gezwungen zu werden mit dem alten pedantischen Geheimen Kanzlei-Sekretär oder gar mit dem ekelhaften Baron Bensch. Da kam ihr aber auch plötzlich der rätselhafte Goldschmied in den Sinn und die seltsame zauberische Art, wie er den zudringlichen Bensch ihr vom Leibe gehalten. Es war ihr nur zu gewiß, daß er dem Lehsen beigestanden, und so dämmerte in ihr die Hoffnung auf, daß es eben der Goldschmied sein müsse, von dem Hülfe zu hoffen in dem kritischen Moment. Sie empfand den lebhaften Wunsch, den Goldschmied zu sprechen, und war im Innern überzeugt, daß sie sich nicht im mindesten entsetzen würde, sollte der Goldschmied sich ihr auch im Augenblick offenbaren auf gespenstige Weise.

Es geschah auch wirklich, daß Albertine nicht im mindesten erschrak, als sie gewahrte, daß das, was sie für den Ofen gehalten, eigentlich der Goldschmied Leonhard war, der sich ihr näherte und mit sanfter, sonorer Stimme folgendermaßen begann:

»Laß, mein liebes Kind! all deine Traurigkeit, all dein Herzeleid fahren. Wisse, daß Edmund Lehsen, den du wenigstens jetzt zu lieben vermeinst, wisse, daß er mein Schützling ist, dem ich mit aller Macht beistehe. Wisse ferner, daß ich es bin, der deinen Vater auf den Gedanken der Lotterie gebracht, daß ich es bin, der die verhängnisvollen Kästchen besorgt hat, und nun kannst du es dir doch wohl denken, daß niemand anders dein Bild finden wird als eben Edmund.« – Albertine wollte aufjauchzen vor Entzükken; der Goldschmied fuhr fort:

»Edmund deine Hand zu verschaffen, wäre mir auch auf andere Weise gelungen; es war mir aber daran gelegen, zu gleicher Zeit die Mitbewerber, den Geheimen Kanzlei-Sekretär Tusmann und den Baron Bensch, ganz und gar zufrieden zu stellen. Auch das wird geschehen, und ihr beide, du und dein Vater, werdet vor jeder Anfechtung der verschmähten Freier sicher sein.«

Albertine strömte über in heißen Dank. Sie wäre dem alten Goldschmied beinahe zu Füßen gesunken, sie drückte seine Hand an ihre Brust, sie versicherte, daß sie trotz aller Zauberkünste, die er treibe, ja selbst bei der gespenstigen Art, wie er auch heute abend plötzlich in ihrem Zimmer erschienen, durchaus nichts Unheimliches in seiner Nähe fühle, und schloß mit der naiven Frage, was es denn eigentlich für eine Bewandtnis mit ihm habe, wer er denn eigentlich sei?

»Ei, mein liebes Kind,« begann der Goldschmied lächelnd, »sehr schwer wird es mir zu sagen, wer ich eigentlich bin. Mir geht es so wie vielen, die weit besser wissen, wofür sie die Leute halten, als was sie eigentlich sind! – Erfahre also, mein liebes Kind, daß manche mich für niemand anders halten als für jenen Goldschmied Leonhard Turnhäuser, der in den fünfzehnhundertundachtziger Jahren am Hofe des Kurfürsten Johann George in solch großem Ansehen stand, und der, als Neid und Bosheit ihn zu verderben trachteten, verschwunden war, man wußte nicht wie und wohin. Geben mich nun solche Leute, die man Romantiker oder Fantasten zu nennen pflegt, für jenen Turnhäuser, mithin für einen gespenstischen Mann aus, so kannst du dir denken, welchen Verdruß ich von den soliden, aufgeklärten Leuten, die als tüchtige Bürger und Geschäftsmänner den Teufel was nach Romantik und Poesie fragen, auszustehen habe. Ja selbst handfeste Ästhetiker wollen mir zu Leibe, verfolgen mich wie die Doktoren und Schriftgelehrten zu Johann Georgs Zeiten und suchen mir das bißchen Existenz, das ich mir anmaße, zu verbittern und zu verkümmern, wie sie nur können.«

»Ach, mein liebes Kind, ich merk' es schon, ungeachtet ich mich des jungen Edmund Lehsen und deiner so sorglich annehme und überall wie ein echter *Deus ex machina* erscheine; so werden doch viele, die mit jenen Ästhetikern gleichen Sinnes sind, mich in der Geschichte gar nicht leiden wollen, da sie an meine wirkliche Existenz nun einmal durchaus nicht glauben können! – Um mich nur einigermaßen sicher zu stellen, habe ich niemals geradehin zugestehen mögen, daß ich der schweizerische Goldschmied Leonhard Turnhäuser aus dem sechzehnten Jahrhundert bin. Jenen Leuten bleibt es daher vergönnt, anzunehmen, ich sei ein geschickter Taschenspieler, und die Erklärung aller Spukereien, wie sie vorgekommen, in Wieglebs natürlicher Magie oder sonst aufzusuchen. Freilich habe ich in diesem Augenblick noch kein Kunststück vor, das mir kein Philidor, kein Philadelphia, kein Cagliostro nachmacht, und das als durchaus unerklärlich jenen Leuten ein ewiger Anstoß bleiben wird; indessen kann ich davon deshalb keineswegs abstehen, da es zur Vollendung der Berlinischen Geschichte, welche von der Brautwahl dreier bekannten Personen, die sich um die Hand der hübschen Demoiselle Albertine Voßwinkel bewerben, handelt, unumgänglich nötig ist. – Nun also Mut gefaßt, mein liebes Kind, stehe morgen fein früh auf, ziehe das Kleid an, das du am liebsten trägst, weil es dir am besten steht, flechte dein Haar auf in den zierlichsten Zöpfen und erwarte das übrige, wie es sich dann begeben mag, ruhig und in bescheidener Geduld.« –

Hierauf verschwand der Goldschmied, wie er gekommen.

Sonntags um die bestimmte Stunde, d. h. punkt elf Uhr, fanden sich ein der alte Manasse mit seinem hoffnungsvollen Neffen, der Geheime Kanzlei-Sekretär Tusmann und Edmund Lehsen mit dem Goldschmied. Die Freier, den Baron Bensch nicht ausgenommen, erschraken beinahe, als sie Albertinen erblickten, denn noch niemals war sie ihnen so überaus schön und anmutig vorgekommen. Jedem Mädchen, jeder Dame, die etwas hält auf geschmackvollen Anzug und zierlichen Schmuck (und wo wäre diejenige hier in Berlin zu finden, die das nicht täte), kann ich aber auch versichern, daß die Garnitur des Kleides, welches Albertine trug, von ausnehmender Eleganz, das Kleid aber gerade kurz genug war, um den niedlichen, weiß beschuhten Fuß zu zeigen, daß die kurzen Ärmel sowie der Busenstreif aus den kostbarsten Spitzen bestanden, daß die weißen französischen Glacéhandschuhe, nur was weniges über die Ellbogen heraufgestreift, den schönsten Oberarm sehen ließen, daß der Kopfputz in nichts weiter als in einem zierlichen goldenen, mit Steinen besetzten Kamm bestand, kurz, daß zu dem bräutlichen Schmuck nichts weiter fehlte als die Myrtenkrone in den dunkeln Flechten. Warum aber Albertine eigentlich viel reizender aussah als sonst, kam wohl daher, daß Liebe und Hoffnung in den Augen strahlten, auf den Wangen blühten.

In einem Anfall von Gastlichkeit hatte der Kommissionsrat ein Gabelfrühstück bereiten lassen. Mit hämischen, scheelen Blicken betrachtete der alte Manasse den gedeckten Tisch, und da der Kommissionsrat ihn einlud, zuzulangen, las man auf seinem Antlitz jene Antwort Shylocks: »Ja, um Schinken zu riechen, von der Behausung zu essen, wo euer Prophet, der Nazarener, den Teufel hineinbeschwor. Ich will mit euch handeln und wandeln, mit euch stehen und gehen, und was dergleichen mehr ist; aber ich will nicht mit euch essen, mit euch trinken, noch mit euch beten!« –

Baron Bensch war weniger gewissenhaft, denn er aß viel mehr Beefsteaks als ziemlich und schwatzte dabei sehr läppisches Zeug, wie es in seiner Art lag.

Der Kommissionsrat verleugnete in der verhängnisvollen Stunde ganz und gar seine Natur; denn außerdem, daß er rücksichtslos Madera und Portwein einschenkte, ja sogar verriet, daß er hundertjährigen Malaga im Keller habe, machte er auch, nachdem das Frühstück beendet, den Freiern die Art, wie über die Hand seiner Tochter entschieden werden sollte, in einer solchen wohlgesetzten Rede bekannt, wie man es ihm gar nicht hätte zutrauen sollen. Die Freier mußten es sich einprägen, daß nur *der* Albertinens Besitz errungen, der das Kästchen, worin ihr Bild befindlich, gewählt.

Mit dem Glockenschlage zwölf ging die Türe des Saals auf, und man erblickte in der Mitte desselben einen mit einem reichen Teppich behängten Tisch, auf welchem drei kleine Kästchen standen.

Das eine von gleißendem Gold hatte auf dem Deckel einen Kranz von funkelnden Dukaten, in dessen Mitte die Worte standen:

Wer mich erwählt, Glück ihm nach seines Sinnes Art!

Das zweite Kästchen war sehr zierlich in Silber gearbeitet. Auf dem Deckel standen zwischen mancherlei Schriftzügen fremder Sprachen die Worte:

Wer mich erwählt, bekömmt viel mehr, als er gehofft!

Das dritte Kästchen, sauber aus Elfenbein geschnitzt, trug die Aufschrift:

Wer mich erwählt, dem wird geträumte Seligkeit!

Albertine nahm Platz auf einem Lehnsessel hinter dem Tisch, ihr zur Seite stellte sich der Kommissionsrat; Manasse und der Goldschmied zogen sich zurück in den Hintergrund des Zimmers.

Als das Los entschieden, daß der Geheime Kanzlei-Sekretär Tusmann zuerst wählen sollte, mußten Bensch und Lehsen abtreten ins Nebenzimmer.

Der Geheime Kanzlei-Sekretär trat bedächtig an den Tisch, betrachtete mit Sorgfalt die Kästchen, las einmal über das andere die Inschriften. Bald fühlte er sich aber durch die schönen verschlungenen Schriftzüge, die auf dem silbernen Kästchen befindlich, unwiderstehlich angezogen. »Gerechter,« rief er begeistert aus, »welch schöne Schrift, wie angenehm paart sich hier das Arabische mit römischer Fraktur! Und ›wer mich erwählt, bekömmt viel mehr, als er gehofft‹. – Habe ich denn noch gehofft, daß Demoiselle Albertine Voßwinkel mich mit ihrer werten Hand jemals beglücken werde? Bin ich nicht vielmehr in totale Verzweiflung geraten? – Habe ich mich nicht – im Bassin – Nun! hier ist Trost, hier ist mein Glück! – Kommissionsrat! – Demoiselle Albertine – ich wähle das silberne Kästchen!« –

Albertine stand auf und reichte dem Geheimen Kanzlei-Sekretär einen kleinen Schlüssel, mit dem er sofort das Kästchen öffnete. Doch wie erschrak er, als er keinesweges Albertinens Bild, wohl aber ein kleines, in Pergament gebundenes Buch vorfand, das, als er es aufschlug, nur leere weiße Blätter enthielt.

Dabei lag ein Zettel mit den Worten:

War dein Treiben auch verkehrt,
Großes Heil dir widerfährt.
Was du findest, ist bewährt,
Ignorantiam macht's gelehrt,
Sapientiam dir's beschert!

»Gerechter,« stammelte der Geheime Kanzlei-Sekretär, »ein Buch – nein, kein Buch – gebundenes Papier statt des Bildes – alle Hoffnung zerstört. – O geschlagener Geheimer Kanzlei-Sekretär! mit dir ist es aus, rein aus! – fort in den Froschteich!« – Tusmann wollte davon, da vertrat ihm aber der Goldschmied den Weg und sprach: »Tusmann, Ihr seid nicht gescheut, kein Schatz kann Euch ersprießlicher sein als der, den Ihr gefunden! Die Verse hätten Euch schon darauf aufmerksam machen sollen. Tut mir den Gefallen und steckt das Buch, das Ihr aus dem Kästchen nahmt, in die Tasche.« – Tusmann tat es.

»Nun,« fuhr der Goldschmied fort, »nun denkt Euch ein Buch, das Ihr gern in diesem Augenblick bei Euch tragen möchtet.«

»O Gott,« sprach der Geheime Kanzlei-Sekretär verdutzt, »o Gott, unbesonnener, unchristlicher Weise warf ich Thomasii kurzen Entwurf der politischen Klugheit in den Froschteich!« –

»Faßt in die Tasche, zieht das Buch hervor,« rief der Goldschmied.

Tusmann tat, wie ihm geheißen, und siehe – das Buch war eben kein anderes als Thomasii Entwurf.

»Ha, was ist das,« rief der Geheime Kanzlei-Sekretär ganz außer sich, »o Gott, mein lieber Thomasius gerettet vor den feindlichen Rachen schnöder Frösche, die doch nimmermehr daraus Conduite gelernt!«

»Still,« unterbrach ihn der Goldschmied, »steckt das Buch wieder in die Tasche.« – Tusmann tat es.

»Denkt,« fuhr der Goldschmied fort, »denkt Euch jetzt irgend ein seltnes Werk, dem Ihr vielleicht lange vergebens nachgetrachtet, das Ihr aus keiner Bibliothek erhalten konntet.«

»O Gott,« sprach der Geheime Kanzlei-Sekretär beinahe wehmütig, »o Gott, da ich nun auch zu meiner Erheiterung bisweilen die Oper zu besuchen gesonnen, wollte ich mich vorher etwas in der edlen *Musica* feststellen und trachtete bis jetzt vergebens, ein kleines Büchlein zu erhalten, das allegorischerweise die ganze Kunst des Komponisten und Virtuosen darlegt. Ich meine nichts anders als Johannes Beers musikalischen Krieg oder die Beschreibung des Haupttreffens zwischen beiden Heroinen, als der Komposition und Harmonie, wie diese gegeneinander zu Felde gezogen, gescharmutzieret und endlich nach blutigem Treffen wieder verglichen worden.« –

»Faßt in die Tasche,« rief der Goldschmied, und vor Freude jauchzte der Geheime Kanzlei-Sekretär laut auf, als er das Buch aufschlug, das nun eben wieder Johannes Beers musikalischen Krieg enthielt.

»Seht Ihr wohl,« sprach nun der Goldschmied, »mittelst des Buchs, das Ihr in dem Kästchen gefunden, habt Ihr die reichste, vollständigste Bibliothek erlangt, die jemals einer besessen, und die Ihr noch dazu beständig bei Euch tragen könnt. Denn habt Ihr dieses merkwürdige Buch in der Tasche, so wird es, zieht Ihr es hervor, jedesmal das Werk sein, das Ihr eben zu lesen wünscht.«

Ohne auf Albertine, ohne auf den Kommissionsrat zu achten, sprang der Geheime Kanzlei-Sekretär schnell in die Ecke des Zimmers, warf sich in einen Lehnsessel, steckte das Buch in die Tasche, zog es wieder hervor, und man sah an dem Entzücken, das in seinen Augen strahlte, wie herrlich eintraf, was der Goldschmied verheißen.

Nun kam die Reihe der Wahl an den Baron Bensch. Er trat hinein, schritt nach seiner läppischen, tölpelhaften Manier geradezu los auf den Tisch, beschaute mit der Lorgnette die Kästchen und murmelte die Inschriften her. Aber bald fesselte ihn ein natürlicher unwiderstehlicher Instinkt an das goldene Kästchen mit den blinkenden Dukaten auf dem Deckel. »Wer mich erwählt, Glück ihm nach seines Sinnes Art – Nun ja, Dukaten, die sind nach meinem Sinn, und Albertine, die ist auch nach meinem Sinn, was ist da lange zu wählen und zu überlegen!« So sprach Bensch, griff nach dem goldenen Kästchen, empfing von Albertinen den Schlüssel, öffnete und fand – eine kleine saubere englische Feile! Dabei lag ein Zettel mit den Versen:

Hast gewonnen, was dein Herz
Wünschen konnt' mit wehem Schmerz.
Alles andre ist nur Scherz,
Immer vor, niemals rückwärts
Geht ein blühendes Kommerz.

»He,« rief er erbost, »was tu' ich mit der Feile? – ist die Feile ein Porträt, ist die Feile Albertinens Porträt? Ich nehm' das Kästchen und schenk' es Albertinen als Brautgabe – Kommen Sie, mein Mädchen.« –

Damit wollt' er los auf Albertinen, aber der Goldschmied hielt ihn bei den Schultern zurück, indem er sprach: »Halt, mein Herr, das ist wider die Abrede. Sie müssen mit der Feile zufrieden sein und werden es unbezweifelt sein, sobald Sie den Wert, den unschätzbaren Wert des köstlichen Kleinods, das Sie erhalten, erkannt haben, den schon die Verse andeuten. – Haben Sie einen schönen rändigen Dukaten in der Tasche?« –

»Nun ja,« erwiderte Bensch verdrießlich, »nun ja, was soll's?«

»Nehmen Sie,« fuhr der Goldschmied fort, »einen solchen Dukaten aus der Tasche und feilen Sie den Rand ab.« –

Bensch tat es mit einer Geschicklichkeit, die von langer Übung zeugte. Und siehe – noch schöner kam der Rand des Dukatens zum Vorschein, und so ging es mit dem zweiten, dritten Dukaten, je mehr Bensch feilte, desto rändiger wurden sie.

Manasse hatte bis jetzt ruhig alles, was sich begeben, mitangesehen, doch jetzt sprang er mit wildfunkelnden Augen los auf den Neffen und schrie mit hohler entsetzlicher Stimme: »Gott meiner Väter – was ist das – mir her die Feile – mir her die Feile – es ist das Zauberstück, für das ich meine Seele verkauft vor mehr als dreihundert Jahren. – Gott meiner Väter – her mit der Feile.«

Damit wollte er die Feile dem Bensch entreißen, der stieß ihn aber zurück und schrie: »Weg von mir, alter Narr, ich habe die Feile gefunden, nicht du« –

Darauf Manasse in voller Wut: »Natter – wurmstichige Frucht meines Stammes, her mit der Feile! – Alle Teufel über dich, verfluchter Dieb!« –

Unter einem Strom hebräischer Schimpfwörter krallte sich Manasse nun fest an den Baron und strengte knirschend und schäumend alle seine Kraft an, ihm die Feile zu entwinden. Bensch verteidigte aber das Kleinod wie die Löwin ihr Junges, bis zuletzt Manasse schwach ward. Da packte der Neffe den lieben Onkel mit derben Fäusten, warf ihn zur Türe hinaus, daß ihm die Glieder knackten, kehrte pfeilschnell zurück, schob einen kleinen Tisch in die Ecke des Zimmers dem Geheimen Kanzlei-Sekretär gegenüber, schüttete eine ganze Handvoll Dukaten aus und fing mit Eifer an zu feilen.

»Nun,« sprach der Goldschmied, »nun sind wir den entsetzlichen Menschen, den alten Manasse, auf immer los. Man will behaupten, er sei ein zweiter Ahasverus und spuke seit dem Jahre Eintausend fünfhundert und zweiundsiebzig umher. Damals wurde er unter dem Namen des Münzjuden Lippolt wegen teuflischer Zauberei hingerichtet. – Aber der Teufel rettete ihn vom Tode um den Preis seiner unsterblichen Seele. Viele Leute, die sich auf so etwas verstehen, haben ihn hier in Berlin unter verschiedenen Gestalten bemerkt, woher denn die Sage entsteht, daß es noch zur Zeit nicht einen, sondern viele, viele Lippolts gäbe. – Nun! – ich habe ihm, da ich auch einige Erfahrung in geheimnisvollen Dingen besitze, den Garaus gemacht!« –

Es würde dich, sehr geliebter Leser, ungemein langweilen müssen, wenn ich nun noch weitläufig erzählen wollte, was du, da es sich von selbst versteht, schon längst weißt. Ich meine, daß Edmund Lehsen das elfenbeinerne Kästchen mit der Aufschrift:

»Wer mich erwählt, dem wird geträumte Seligkeit,« wählte und darin Albertinens wohlgetroffenes Miniaturbild mit den Versen fand:

Ja du trafst es, lies dein Glück
In der Schönsten Liebesblick.
Was da war, kommt nie zurück,
So will's irdisches Geschick.
Was dein Traum dir schaffen muß,
Lehrt dich der Geliebten Kuß.

Daß ferner Edmund dem Bassanio gleich der Anweisung der letzten Worte folgte und die in glühendem Purpur errötende Geliebte an sein Herz drückte – küßte, und daß der Kommissionsrat ganz vergnügt war und glücklich über den fröhlichen Ausgang der verwickeltsten aller Heirats-Angelegenheiten.

Der Baron Bensch hatte ebenso emsig fortgefeilt als der Geheime Kanzlei-Sekretär fortgelesen. Beide nahmen von dem, was sich eben begeben, nicht eher Notiz, als bis der Kommissionsrat laut verkündete, daß Edmund Lehsen das Kästchen, worin Albertinens Porträt befindlich, gewählt, folglich ihre Hand erhalte. Der Geheime Kanzlei-Sekretär schien darüber außer sich vor Freuden, indem er nach der Art, wie er sein Vergnügen zu äußern pflegte, sich die Hände rieb, zwei, dreimal etwas weniges in die Höhe sprang und eine feine Lache aufschlug. Den Baron Bensch schien die Heirat gar nicht weiter zu interessieren; dafür umarmte er aber den Kommissionsrat, nannte ihn einen vortrefflichen Gentleman, der ihn durch das solide Geschenk der Feile ganz und gar glücklich gemacht habe, und versicherte, daß er in jedem Geschäft auf ihn rechnen könne. Dann entfernte er sich schnell.

Ebenso dankte der Geheime Kanzlei-Sekretär dem Kommissionsrat unter vielen Tränen der innigsten Rührung, daß er ihn durch das seltenste aller Bücher, welches er ihm aus seiner Bibliothek verehrt habe, zum glücklichsten aller Menschen gemacht, und folgte, nachdem er sich noch in galanter Höflichkeit

gegen Albertine, Edmund und den alten Goldschmied erschöpft, dem Baron eiligst nach.
Bensch quälte von nun an nicht mehr die literarische Welt mit ästhetischen Mißgeburten, wie er sonst getan, sondern verwandte lieber die Zeit, Dukaten abzufeilen. Tusmann fiel dagegen nicht mehr den Bibliothekaren zur Last, die ihm sonst tagelang alte, längst vergessene Bücher herbeischaffen mußten.
Nach einigen Wochen des Entzückens und der Freude ging in des Kommissionsrats Hause aber schreckliches Herzeleid los. Der Goldschmied hatte nämlich den jungen Edmund dringend ermahnt, seiner Kunst, sich selbst zur Ehre sein gegebenes Wort zu halten und nach Italien zu gehen.
Edmund, so schmerzlich ihm die Trennung von der Geliebten werden mußte, fühlte doch den dringenden Trieb, zu wallfahrten nach dem Lande der Kunst, und auch Albertine dachte, während sie die bittersten Tränen vergoß, daran, wie interessant es sein würde, in diesem, jenem Tee Briefe, die sie aus Rom erhalten, aus dem Strickkörbchen hervorzuziehen.
Edmund ist nun schon länger als ein Jahr in Rom, und man will behaupten, daß der Briefwechsel mit Albertinen immer seltener und kälter werde. Wer weiß, ob am Ende einmal gar aus der Heirat der beiden jungen Leute etwas wird. Ledig bleibt Albertine auf keinen Fall, dazu ist sie viel zu hübsch, viel zu reich. Überdies bemerkt man auch, daß der Referendarius Gloxin, ein hübscher junger Mann mit schmaler, engeingeschnürter Taille, zwei Westen und auf englische Art geknüpftem Halstuch, die Demoiselle Albertine Voßwinkel, mit der er den Winter hindurch auf den Bällen die angenehmsten Françoisen getanzt, häufig nach dem Tiergarten führt, und daß der Kommissionsrat dem Pärchen nachtrippelt mit der Miene des zufriedenen Vaters. Zudem hat der Referendarius Gloxin schon das zweite Examen bei dem Kammergericht gemacht und ist nach der Aussage der Examinatoren, die ihn in der frühsten Morgenstunde sattsam gequält,

oder wie man zu sagen pflegt, auf den Zahn gefühlt haben, welches weh tut, vorzüglich wenn der Zahn hohl, vortrefflich bestanden. Eben aus diesem Examen soll sich denn auch ergeben haben, daß der Referendarius offenbar Heiratsgedanken im Kopfe hat, da er in der Lehre von gewagten Geschäften ganz vorzüglich bewandert.

Vielleicht heiratet Albertine gar den artigen Referendarius, wenn er einen guten Posten erschwungen. – Nun! man muß abwarten, was geschieht! –

»Das ist,« sprach Ottmar, als Lothar geendet hatte, »das ist ein wunderlich tolles Ding, was du da aufgeschrieben hast. Mir will deine sogenannte Geschichte mit den unwahrscheinlichen Abenteuern vorkommen wie eine aus allerlei bunten Steinen willkürlich zusammengefügte Mosaik, die das Auge verwirrt, so daß es keine bestimmte Figur zu erfassen vermag.« »Was mich betrifft,« nahm Theodor das Wort, »so leugne ich nicht, daß ich manches in Lothars Erzählung ergötzlich genug finde, und es ist sogar möglich, daß das Ganze hätte ziemlich gut geraten können, wenn Lothar nicht unvorsichtigerweise den Hafftitz las. Die beiden spukhaften Männer aus jener Zeit, der Goldschmied und der Münzjude, mußten nun einmal hinein in die ›Brautwahl‹, es half nichts, und nun erscheinen die beiden unglückseligen Revenants als fremdartige Prinzipe, die mit ihren Zauberkräften nur auf gezwungene Weise einwirken in die Handlung. Es ist gut, daß deine Erzählung nicht gedruckt wird, Lothar, sonst würdest du schlecht wegkommen vor dem strengen Richterstuhl der Kritik.«

»Könnte,« sprach Lothar nach seiner skurrilen Art lächelnd, »könnte meine angenehme Geschichte von den seltsamen Drangsalen des Geheimen Kanzlei-Sekretärs Tusmann nicht wenigstens einem Berliner Almanach zieren? Ich würde nicht unterlassen, die Lokalität noch lokaler zu machen, einige celebre Namen hinzuzufügen und mir so den Beifall wenigstens des literarisch-ästhetischen Theaterpublikums erwerben.*) Doch nun im Ernste gesprochen, Leute! Habt ihr nicht, während ich las, manchmal recht herzlich gelacht, und sollte das nicht die Strenge eurer Kritik beugen? – Vergleichst du, Ottmar, meine Geschichte mit einer bunten willkürlich zusammengefügten Mosaik, so sei wenigstens nachgiebig genug, dem Dinge, das du wunderlich toll nennst, eine kaleidoskopische Natur einzuräumen, nach welcher die heterogensten Stoffe, willkürlich durcheinander geschüttelt, doch zuletzt artige Figuren bilden. Wenigstens für artig sollt ihr nämlich manche Figur in meiner ›Brautwahl‹ erkennen, und an die Spitze dieser artigen Personen stelle ich den liebenswürdigen Baron Bensch, der durchaus der Familie des Münzjuden Lippolt entsprossen sein muß. – Doch schon viel zu viel von meinem Machwerk, das euch nur als ein bizarrer Scherz für den Augenblick aufregen sollte. Übrigens gewahrt ihr, daß ich meinem Hange, das Märchenhafte in die Gegenwart, in das wirkliche Leben zu versetzen, wiederum treulich gefolgt bin.«

»Und diesen Hang«, begann Theodor, »nehme ich gar sehr in Schutz. Sonst war es üblich, ja Regel, alles, was nur Märchen hieß, ins Morgenland zu verlegen und dabei die Märchen der Dschehezerade zum Muster zu nehmen. Die Sitten des Morgenlandes nur eben berührend, schuf man sich eine Welt, die haltlos in den Lüften schwebte und vor unsern Augen verschwamm. Deshalb gerieten aber jene Märchen meistens frostig, gleichgültig und vermochten nicht den innern Geist zu entzünden und die Fantasie aufzuregen. Ich meine, daß die Basis der Himmelsleiter,

*) Diese Äußerung Lothars zeigt, was er schon damals im Sinne trug. Seine Erzählung, die Brautwahl, erschien nämlich in der Tat abgedruckt in dem Berliner Taschenbuch für das Jahr 1820, und es sind wirklich celebre Namen aus der Berliner Kunstwelt genannt und manche Lokalitäten hinzugefügt. Wie gerecht aber der Tadel der Freunde, beweiset der Umstand, daß die Redaktion jenes Taschenbuchs den Verfasser dringend bat, sich künftig doch im Gebiet der Möglichkeit zu halten.
D. H. [Hoffmann.]

auf der man hinaufsteigen will in höhere Regionen, befestigt sein müsse im Leben, so daß jeder nachzusteigen vermag. Befindet er sich dann, immer höher und höher hinaufgeklettert, in einem fantastischen Zauberreich, so wird er glauben, dies Reich gehöre auch noch in sein Leben hinein und sei eigentlich der wunderbar herrlichste Teil desselben. Es ist ihm der schöne prächtige Blumengarten vor dem Tore, in dem er zu seinem hohen Ergötzen lustwandeln kann, hat er sich nur entschlossen, die düstern Mauern der Stadt zu verlassen.«

»Vergiß,« sprach Ottmar, »vergiß aber nicht, Freund Theodor! daß mancher gar nicht die Leiter besteigen mag, weil das Klettern einem verständigen gesetzten Manne nicht ziemt, mancher schon auf der dritten Sprosse schwindlicht wird, mancher aber auch wohl die auf der breiten Straße des Lebens befestigte Leiter, bei der er täglich, ja stündlich vorübergeht, gar nicht bemerkt! – Was aber die Märchen der Tausendundeinen Nacht betrifft, so ist es seltsam genug, daß die mehrsten Nachahmer gerade das übersehen, was ihnen Leben und Wahrheit gibt, und was eben auf Lothars Prinzip hinausläuft. All die Schuster, Schneider, Lastträger, Derwische, Kaufleute etc., wie sie in jenen Märchen vorkommen, sind Gestalten, wie man sie täglich auf den Straßen sah, und da nun das eigentliche Leben nicht von Zeit und Sitte abhängt, sondern in der tieferen Bedingung ewig dasselbe bleibt und bleiben muß, so kommt es, daß wir glauben, jene Leute, denen sich mitten in der Alltäglichkeit der wunderbarste Zauber erschloß, wandelten noch unter uns. So groß ist die Macht der Darstellung in jenem ewigen Buch.« –

Der Abend wurde kühler und kühler. Des kaum genesenen Theodors halber fanden es daher die Freunde geraten, in den Gartensaal zu treten und statt jedes starken nervenreizenden Getränks in aller Demut und Milde Tee zu genießen.

Als die Teemaschine auf dem Tische stand und wie gewöhnlich ihr Liedchen zischte und summte, sprach Ottmar: »Wahrhaftig, keinen bessern Anlaß hätte ich finden können, euch eine Erzählung vorzulesen, die ich schon vor langer Zeit aufschrieb, und die gerade mit einem Tee beginnt. Zum voraus bemerke ich, daß sie in Cyprians Manier abgefaßt ist.«

Ottmar las:

Hoffmann. *Kunz.*

Der unheimliche Gast

Der Sturm brauste durch die Lüfte, den heranziehenden Winter verkündigend, und trieb die schwarzen Wolken vor sich her, die zischende, prasselnde Ströme von Regen und Hagel hinabschleuderten.
»Wir werden,« sprach, als die Wanduhr sieben schlug, die Obristin von G. zu ihrer Tochter, Angelika geheißen, »wir werden heute allein bleiben, das böse Wetter verscheucht die Freunde. Ich wollte nur, daß mein Mann heimkehrte.« In dem Augenblick trat der Rittmeister Moritz von R. hinein. Ihm folgte der junge Rechtsgelehrte, der durch seinen geistreichen unerschöpflichen Humor den Zirkel belebte, der sich jeden Donnerstag im Hause des Obristen zu versammeln pflegte, und so war, wie Angelika bemerkte, ein einheimischer Kreis beisammen, der die größere Gesellschaft gern vermissen ließ. – Es war kalt im Saal, die Obristin ließ Feuer im Kamin anschüren und den Teetisch hinanrükken: »Euch beiden Männern,« sprach sie nun, »euch beiden Männern, die ihr mit wahrhaft ritterlichem Heroismus durch Sturm und Braus zu uns gekommen, kann ich wohl gar nicht zumuten, daß ihr vorlieb nehmen sollt mit unserm nüchternen, weichlichen Tee, darum soll euch Mademoiselle Marguerite das gute nordische Getränk bereiten, das allem bösen Wetter widersteht.«
Marguerite, Französin, der Sprache, anderer weiblicher Kunstfertigkeiten halber Gesellschafterin des Fräuleins Angelika, dem sie an Jahren kaum überlegen, erschien und tat, wie ihr geheißen.
Der Punsch dampfte, das Feuer knisterte im Kamin, man setzte sich enge beisammen an den kleinen Tisch. Da fröstelten und schauerten alle, und so munter und laut man erst im Saal auf und nieder gehend gesprochen, entstand jetzt eine augenblickliche

Stille, in der die wunderlichen Stimmen, die der Sturm in den Rauchfängen aufgestört hatte, recht vernehmbar pfiffen und heulten.

»Es ist,« fing Dagobert, der junge Rechtsgelehrte, endlich an, »es ist nun einmal ausgemacht, daß Herbst, Sturmwind, Kaminfeuer und Punsch ganz eigentlich zusammengehören, um die heimlichsten Schauer in unserm Innern aufzuregen.« »Die aber gar angenehm sind,« fiel ihm Angelika in die Rede. »Ich meinesteils kenne keine hübschere Empfindung als das leise Frösteln, das durch alle Glieder fährt, und indem man, der Himmel weiß wie, mit offnen Augen einen jähen Blick in die seltsamste Traumwelt hineinwirft.« »Ganz recht,« fuhr Dagobert fort, »ganz recht. Dieses angenehme Frösteln überfiel uns eben jetzt alle, und bei dem Blick, den wir dabei unwillkürlich in die Traumwelt werfen mußten, wurden wir ein wenig stille. Wohl uns, daß das vorüber ist, und daß wir so bald aus der Traumwelt zurückgekehrt sind in die schöne Wirklichkeit, die uns dies herrliche Getränk darbietet!« Damit stand er auf und leerte, sich anmutig gegen die Obristin verneigend, das vor ihm stehende Glas. »Ei,« sprach nun Moritz, »ei, wenn du, so wie das Fräulein, so wie ich selbst, alle Süßigkeit jener Schauer, jenes träumerischen Zustandes empfindest, warum nicht gerne darin verweilen?« – »Erlaube,« nahm Dagobert das Wort, »erlaube, mein Freund, zu bemerken, daß hier von jener Träumerei, in welcher der Geist sich in wunderlichem, wirrem Spiel selbst erlustigt, gar nicht die Rede ist. Die echten Sturmwind-, Kamin und Punschschauer sind nichts anders als der erste Anfall jenes unbegreiflichen geheimnisvollen Zustandes, der tief in der menschlichen Natur begründet ist, gegen den der Geist sich vergebens auflehnt, und vor dem man sich wohl hüten muß. Ich meine das Grauen – die Gespensterfurcht. Wir wissen alle, daß das unheimliche Volk der Spukgeister nur des Nachts, vorzüglich gern aber bei bösem Unwetter der dunklen Heimat entsteigt und seine irre Wanderung beginnt; billig ist's daher, daß wir zu solcher Zeit irgend eines grauenhaften Besuchs gewärtig sind.« »Sie scherzen,« sprach die Obristin, »Sie scherzen, Dagobert, und auch das darf ich Ihnen nicht einräumen, daß das kindische Grauen, von dem wir manchmal befallen, ganz unbedingt in unserer Natur begründet sein sollte, vielmehr rechne ich es den Ammenmärchen und tollen Spukgeschichten zu, mit denen uns in der frühesten Jugend unsere Wärterinnen überschütteten.«

»Nein,« rief Dagobert lebhaft, »nein, gnädige Frau! Nie würden jene Geschichten, die uns als Kinder doch die allerliebsten waren, so tief und ewig in unserer Seele widerhallen, wenn nicht die widertönenden Saiten in unserm eignen Innern lägen. Nicht wegzuleugnen ist die geheimnisvolle Geisterwelt, die uns umgibt, und die oft in seltsamen Klängen, ja in wunderbaren Visionen sich uns offenbart. Die Schauer der Furcht, des Entsetzens mögen nur herrühren von dem Drange des irdischen Organismus. Es ist das Weh des eingekerkerten Geistes, das sich darin ausspricht.« »Sie sind«, sprach die Obristin, »ein Geisterseher wie alle Menschen von reger Fantasie. Gehe ich aber auch wirklich ein in Ihre Ideen, glaube ich wirklich, daß es einer unbekannten Geisterwelt erlaubt sei, in vernehmbaren Tönen, ja in Visionen sich uns zu offenbaren, so sehe ich doch nicht ein, warum die Natur die Vasallen jenes geheimnisvollen Reichs so feindselig uns gegenüber gestellt haben sollte, daß sie nur Grauen, zerstörendes Entsetzen über uns zu bringen vermögen.« »Vielleicht,« fuhr Dagobert fort, »vielleicht liegt darin die Strafe der Mutter, deren Pflege, deren Zucht wir entartete Kinder entflohen. Ich meine, daß in jener goldnen Zeit, als unser Geschlecht noch im innigsten Einklange mit der ganzen Natur lebte, kein Grauen, kein Entsetzen uns verstörte, eben weil es in dem tiefsten Frieden, in der seligsten Harmonie alles Seins keinen Feind gab, der dergleichen über uns bringen konnte. Ich sprach von seltsamen Geisterstimmen, aber wie kommt es denn, daß alle Naturlaute, deren Ursprung wir genau anzugeben wissen, uns wie der schneidendste Jammer tönen und unsere Brust mit dem tiefsten

Entsetzen erfüllen? – Der merkwürdigste jener Naturtöne ist die Luftmusik oder sogenannte Teufelsstimme auf Ceylon und in den benachbarten Ländern, deren Schubert in seinen ›Ansichten von der Nachtseite der Naturwissenschaft‹ gedenkt. Diese Naturstimme läßt sich in stillen heitern Nächten, den Tönen einer tiefklagenden Menschenstimme ähnlich, bald wie aus weiter – weiter Ferne daherschwebend, bald ganz in der Nähe schallend, vernehmen. Sie äußerst eine solche tiefe Wirkung auf das menschliche Gemüt, daß die ruhigsten, verständigsten Beobachter sich eben des tiefsten Entsetzens nicht erwehren können.«
»So ist es,« unterbrach hier Moritz den Freund, »so ist es in der Tat. Nie war ich auf Ceylon noch in den benachbarten Ländern, und doch hörte ich jenen entsetzlichen Naturlaut, und nicht ich allein, jeder, der ihn vernahm, fühlte die Wirkung, wie sie Dagobert beschrieben.« »So wirst du«, erwiderte Dagobert, »mich recht erfreuen und am besten die Frau Obristin überzeugen, wenn du erzählst, wie sich alles begeben.«
»Sie wissen,« begann Moritz, »daß ich in Spanien unter Wellington wider die Franzosen focht. Mit einer Abteilung spanischer und englischer Kavallerie biwakierte ich vor der Schlacht bei Viktoria zur Nachtzeit auf offenem Felde. Ich war, von dem Marsch am gestrigen Tage bis zum Tode ermüdet, fest eingeschlafen, da weckte mich ein schneidender Jammerlaut. Ich fuhr auf, ich glaubte nichts anders, als daß sich dicht neben mir ein Verwundeter gelagert, dessen Todesseufzer ich vernommen, doch schnarchten die Kameraden um mich her, und nichts ließ sich weiter hören. Die ersten Strahlen des Frührots brachen durch die dicke Finsternis, ich stand auf und schritt über die Schläfer wegsteigend weiter vor, um vielleicht den Verwundeten oder Sterbenden zu finden. Es war eine stille Nacht, nur leise, leise fing sich der Morgenwind an zu regen und das Laub zu schütteln. Da ging zum zweitenmal ein langer Klagelaut durch die Lüfte und verhallte dumpf in tiefer Ferne. Es war, als schwängen sich die Geister der Erschlagenen von den Schlacht-

feldern empor und riefen ihr entsetzliches Weh durch des Himmels weiten Raum. Meine Brust erbebte, mich erfaßte ein tiefes namenloses Grauen. – Was war aller Jammer, den ich jemals aus menschlicher Kehle ertönen gehört, gegen diesen herzzerschneidenden Laut! Die Kameraden rappelten sich nun auf aus dem Schlafe. Zum drittenmal erfüllte stärker und gräßlicher der Jammerlaut die Lüfte. Wir erstarrten im tiefsten Entsetzen, selbst die Pferde wurden unruhig und schnaubten und stampften. Mehrere von den Spaniern sanken auf die Knie nieder und beteten laut. Ein englischer Offizier versicherte, daß er dies Phänomen, das sich in der Atmosphäre erzeuge und elektrischen Ursprungs sei, schon öfters in südlichen Gegenden bemerkt habe, und daß wahrscheinlich die Witterung sich ändern werde. Die Spanier, zum Glauben an das Wunderbare geneigt, hörten die gewaltigen Geisterstimmen überirdischer Wesen, die das Ungeheure verkündeten, das sich nun begeben werde. Sie fanden ihren Glauben bestätigt, als folgenden Tages die Schlacht mit all ihren Schrecken daherdonnerte.«

»Dürfen wir,« sprach Dagobert, »dürfen wir denn nach Ceylon gehen oder nach Spanien, um die wunderbaren Klagetöne der Natur zu vernehmen? Kann uns das dumpfe Geheul des Sturmwinds, das Geprassel des herabstürzenden Hagels, das Ächzen und Krächzen der Windfahnen nicht ebensogut wie jener Ton mit tiefem Grausen erfüllen? – Ei! gönnen wir doch nur ein geneigtes Ohr der tollen Musik, die hundert abscheuliche Stimmen hier im Kamin aborgeln, oder horchen wir doch nur was weniges auf das gespenstische Liedlein, das eben jetzt die Teemaschine zu singen beginnt!«

»O herrlich!« rief die Obristin, » o überaus herrlich! – Sogar in die Teemaschine bannt unser Dagobert Gespenster, die sich uns in grausigen Klagelauten offenbaren sollen!« »Ganz unrecht,« nahm Angelika das Wort, »ganz unrecht, liebe Mutter hat unser Freund doch nicht. Das wunderliche Pfeifen und Knattern und Zischen im Kamin könnte mir wirklich Schauer erregen, und das

Liedchen, was die Teemaschine so tiefklagend absingt, ist mir so unheimlich, daß ich nur gleich die Lampe auslöschen will, damit es schnell ende.«

Angelika stand auf, ihr entfiel das Tuch, Moritz bückte sich schnell darnach und überreichte es dem Fräulein. Sie ließ den seelenvollen Blick ihrer Himmelsaugen auf ihm ruhen, er ergriff ihre Hand und drückte sie mit Inbrunst an die Lippen.

In demselben Augenblicke zitterte Marguerite, wie berührt von einem elektrischen Schlag, heftig zusammen und ließ das Glas Punsch, das sie soeben eingeschenkt und Dagobert darreichen wollte, auf den Boden fallen, daß es in tausend Stücke zerklirrte. Laut schluchzend warf sie sich der Obristin zu Füßen, nannte sich ein dummes ungeschicktes Ding und bat sie, zu vergönnen, daß sie sich in ihr Zimmer entferne. Alles, was eben jetzt erzählt worden, habe ihr, unerachtet sie es keinesweges ganz verstanden, innerlichen Schauer erregt; ihre Angst hier am Kamin sei unbeschreiblich, sie fühle sich krank, sie wolle sich ins Bett legen. – Und dabei küßte sie der Obristin die Hände und benetzte sie mit den heißen Tränen, die ihr aus den Augen stürzten.

Dagobert fühlte das Peinliche des ganzen Auftritts und die Notwendigkeit, der Sache einen andern Schwung zu geben. Auch er stürzte plötzlich der Obristin zu Füßen und flehte mit der weinerlichsten Stimme, die ihm nur zu Gebote stand, um Gnade für die Verbrecherin, die sich unterfangen, das köstlichste Getränk zu verschütten, das je eines Rechtsgelehrten Zunge genetzt und sein frostiges Herz erwärmt. Was den Punschfleck auf dem gebohnten Fußboden betreffe, so schwöre er, morgenden Tages sich Wachsbürsten unter die Füße zu schrauben und in den göttlichsten Touren, die jemals in eines Hoftanzmeisters Kopf und Beine gekommen, eine ganze Stunde hindurch den Saal zu durchrutschen.

Die Obristin, die erst sehr finster Marguerite angeblickt, erheiterte sich bei Dagoberts klugem Beginnen. Sie reichte lachend beiden die Hände und sprach: »Steht auf und trocknet eure Tränen, ihr habt Gnade gefunden vor meinem strengen Richterstuhl! – Du, Marguerite, hast es allein deinem geschickten Anwalt und seiner heroischen Aufopferung rücksichts des Punschflecks zu verdanken, daß ich dein ungeheures Verbrechen nicht schwer ahnde. Aber ganz erlassen kann ich dir die Strafe nicht. Ich befehle daher, daß du, ohne an Kränkelei zu denken, fein im Saal bleibest, unsern Gästen fleißiger als bisher Punsch einschenkest, vor allen Dingen aber deinem Retter zum Zeichen der innigsten Dankbarkeit einen Kuß gibst!«

»So bleibt die Tugend nicht unbelohnt,« rief Dagobert mit komischem Pathos, indem er Margueritens Hand ergriff. »Glauben Sie,« sprach er dann, »glauben Sie nur, Holde! daß es noch auf der Erde heroische Juriskonsulten gibt, die sich rücksichtslos aufopfern für Unschuld und Recht! – Doch! – geben wir nun unserer strengen Richterin nach – vollziehen wir ihr Urteil, von dem keine Appellation möglich.« Damit drückte er einen flüchtigen Kuß auf Margueritens Lippen und führte sie sehr feierlich auf den Platz zurück, den sie vorher eingenommen. Marguerite, über und über rot, lachte laut auf, indem ihr noch die hellen Tränen in den Augen standen. »Alberne Törin,« rief sie auf französisch, »alberne Törin, die ich bin! – muß ich denn nicht alles tun, was die Frau Obristin befiehlt? Ich werde ruhig sein, ich werde Punsch einschenken und von Gespenstern sprechen hören, ohne mich zu fürchten.« »Bravo,« nahm Dagobert das Wort, »bravo, englisches Kind, mein Heroismus hat dich begeistert und mich die Süßigkeit deiner holden Lippen! – Meine Fantasie ist neu beschwingt, und ich fühle mich aufgelegt, das Schauerlichste aus dem *regno di pianto* aufzutischen zu unserer Ergötzlichkeit.« »Ich dächte,« sprach die Obristin, »ich dächte, wir schwiegen von dem fatalen unheimlichen Zeuge.« »Bitte,« fiel ihr Angelika ins Wort, »bitte, liebe Mutter, lassen sie unsern Freund Dagobert gewähren. Gestehen will ich's nur, daß ich recht kindisch bin, daß ich nichts lieber hören mag als hübsche Spukgeschichten, die so recht durch alle Glieder frösteln.« »O wie mich das freut,« rief

Dagobert, »o wie mich das freut! Nichts ist liebenswürdiger bei jungen Mädchen, als wenn sie recht graulich sind, und ich möchte um alles in der Welt keine Frau heiraten, die sich nicht vor Gespenstern recht tüchtig ängstigt.« »Du behauptetest,« sprach Moritz, »du behauptetest, lieber Freund Dagobert, vorhin, daß man sich vor jedem träumerischen Schauer als dem ersten Anfall der Gespensterfurcht wohl hüten müsse, und bist uns die nähere Erklärung weshalb? noch schuldig.« »Es bleibt,« erwiderte Dagobert, »sind nur die Umstände darnach, niemals bei jenen angenehmen träumerischen Schauern, die der erste Anfall herbeiführt. Ihnen folgt bald Todesangst, haarsträubendes Entsetzen, und so scheint jenes angenehme Gefühl nur die Verlokkung zu sein, mit der uns die unheimliche Geisterwelt bestrickt. Wir sprachen erst von uns erklärlichen Naturtönen und ihrer gräßlichen Wirkung auf unsere Sinne. Zuweilen vernehmen wir aber seltsamere Laute, deren Ursache uns durchaus unerforschlich ist, und die in uns ein tiefes Grauen erregen. Alle beschwichtigende Gedanken, daß irgend ein verstecktes Tier, die Zugluft oder sonst etwas jenen Ton auf ganz natürliche Art hervorbringen könne, hilft durchaus nichts. Jeder hat es wohl erfahren, daß in der Nacht das kleinste Geräusch, was in abgemessenen Pausen wiederkehrt, allen Schlaf verjagt und die innerliche Angst steigert und steigert bis zur Verstörtheit aller Sinne. – Vor einiger Zeit stieg ich auf der Reise in einem Gasthof ab, dessen Wirt mir ein hohes freundliches Zimmer einräumte. Mitten in der Nacht erwachte ich plötzlich aus dem Schlafe. Der Mond warf seine hellen Strahlen durch die unverhüllten Fenster, so daß ich alle Möbeln, auch den kleinsten Gegenstand im Zimmer deutlich erkennen konnte. Da gab es einen Ton, wie wenn ein Regentropfen hinabfiele in ein metallnes Becken. Ich horchte auf! – In abgemessenen Pausen kehrte der Ton wieder. Mein Hund, der sich unter dem Bette gelagert, kroch hervor und schnupperte winselnd und ächzend im Zimmer umher und kratzte bald an den Wänden, bald an dem Boden. Ich fühlte, wie

Eisströme mich durchglitten, wie kalte Schweißtropfen auf meiner Stirne hervortröpfelten. Doch, mich mit Gewalt ermannend, rief ich erst laut, sprang dann aus dem Bette und schritt vor bis in die Mitte des Zimmers. Da fiel der Tropfe dicht vor mir, ja wie durch mein Inneres nieder in das Metall, das in gellendem Laut erdröhnte. Übermannt von dem tiefsten Entsetzen taumelte ich nach dem Bett und barg mich halb ohnmächtig unter der Decke. Da war es, als wenn der immer noch in gemessenen Pausen zurückkehrende Ton, leiser und immer leiser hallend, in den Lüften verschwebe. Ich fiel in tiefen Schlaf, aus dem ich erst am hellen Morgen erwachte, der Hund hatte sich dicht an mich geschmiegt und sprang erst, als ich mich aufrichtete, herab vom Bette, lustig blaffend, als sei auch ihm jetzt erst alle Angst entnommen. Mir kam der Gedanke, daß vielleicht mir nur die ganz natürliche Ursache jenes wunderbaren Klangs verborgen geblieben sein könne, und ich erzählte dem Wirt mein nächtiges Abenteuer, dessen Grausen ich in allen Gliedern fühlte. Er werde, schloß ich, gewiß mir alles erklären können und habe unrecht getan, mich nicht darauf vorzubereiten. Der Wirt erblaßte und bat mich um des Himmels willen, doch niemanden mitzuteilen, was sich in jenem Zimmer begeben, da er sonst Gefahr laufe, seine Nahrung zu verlieren. Mehrere Reisende, erzählte er, hätten schon vormals über jenen Ton, den sie in mondhellen Nächten vernommen, geklagt. Er habe alles auf das genaueste untersucht, ja selbst die Dielen in diesem Zimmer und den anstoßenden Zimmern aufreißen lassen, sowie in der Nachbarschaft emsig nachgeforscht, ohne auch im mindesten der Ursache jenes grauenvollen Klangs auf die Spur kommen zu können. Schon seit beinahe Jahresfrist sei es still geblieben, und er habe geglaubt, von dem bösen Spuk befreit zu sein, der nun, wie er zu seinem großen Schrecken vernehmen müsse, sein unheimliches Wesen aufs neue treibe. Unter keiner Bedingung werde er mehr irgend einen Gast in jenem verrufenen Zimmer beherbergen.« –

»Ach,« sprach Angelika, indem sie sich wie im Fieberfrost schüttelte, »das ist schauerlich, das ist sehr schauerlich, nein, ich wäre gestorben, wenn mir dergleichen begegnet. Oft ist es mir aber schon geschehen, daß ich, aus dem Schlaf plötzlich erwachend, eine unbeschreibliche innere Angst empfand, als habe ich irgend etwas Entsetzliches erfahren. Und doch hatte ich auch nicht die leiseste Ahnung davon, ja nicht einmal die Erinnerung irgend eines fürchterlichen Traumes, vielmehr war es mir, als erwache ich aus einem völlig bewußtlosen todähnlichen Zustande.«

»Diese Erscheinung kenne ich wohl,« fuhr Dagobert fort. »Vielleicht deutet gerade das auf die Macht fremder psychischer Einflüsse, denen wir uns willkürlos hingeben müssen. So wie die Somnambule sich durchaus nicht ihres somnambulen Zustandes erinnert und dessen, was sich in demselben mit ihr begeben, so kann vielleicht jene grauenhafte Angst, deren Ursache uns verborgen bleibt, der Nachhall irgend eines gewaltigen Zaubers sein, der uns uns selbst entrückte.«

»Ich erinnere mich«, sprach Angelika, »noch sehr lebhaft, wie ich, es mögen wohl vier Jahre her sein, in der Nacht meines vierzehnten Geburtstages in einem solchen Zustande erwachte, dessen Grauen mich einige Tage hindurch lähmte. Vergebens rang ich aber darnach, mich auf den Traum zu besinnen, der mich so entsetzt hatte. Deutlich bin ich mir bewußt, daß ich eben auch im Traum jenen schrecklichen Traum diesem, jenem, vor allen aber meiner guten Mutter öfters erzählt habe, aber nur, daß ich jenen Traum erzählt hatte, ohne mich auf seinen Inhalt besinnen zu können, war mir beim Erwachen erinnerlich.« »Dieses wunderbare psychische Phänomen«, erwiderte Dagobert, »hängt genau mit dem magnetischen Prinzip zusammen.« »Immer ärger,« rief die Obristin, »immer ärger wird es mit unserm Gespräch, wir verlieren uns in Dinge, an die nur zu denken mir unerträglich ist. Ich fordere Sie auf, Moritz, sogleich etwas recht Lustiges, Tolles zu erzählen, damit es nur mit den unheimlichen Spukgeschichten einmal ende.«

»Wie gern,« sprach Moritz, »wie gern will ich mich Ihrem Befehl, Frau Obristin, fügen, wenn es mir erlaubt ist, nur noch einer einzigen schauerlichen Begebenheit zu gedenken, die mir schon lange auf den Lippen schwebt. Sie erfüllt in diesem Augenblick mein Inneres so ganz und gar, daß es ein vergebliches Mühen sein würde, von andern heitern Dingen zu sprechen.«

»So entladen Sie sich denn«, erwiderte die Obristin, »alles Schauerlichen, von dem Sie nun einmal befangen. Mein Mann muß bald heimkehren, und dann will ich in der Tat recht gern irgend ein Gefecht noch einmal mit euch durchkämpfen oder mit verliebtem Enthusiasmus von schönen Pferden sprechen hören, um nur aus der Spannung zu kommen, in die mich das spukhafte Zeug versetzt, wie ich nicht leugnen mag.«

»In dem letzten Feldzuge«, begann Moritz, »machte ich die Bekanntschaft eines russischen Obristleutnants, Liefländers von Geburt, kaum dreißig Jahre alt, die, da der Zufall es wollte, daß wir längere Zeit hindurch vereint dem Feinde gegenüberstanden, sehr bald zur engsten Freundschaft wurde. *Bogislav*, so war der Obristleutnant mit Vornamen geheißen, hatte alle Eigenschaften, um sich überall die höchste Achtung, die innigste Liebe zu erwerben. Er war von hoher, edler Gestalt, geistreichem, männlich schönem Antlitz, seltner Ausbildung, die Gutmütigkeit selbst und dabei tapfer wie ein Löwe. Er konnte vorzüglich bei der Flasche sehr heiter sein, aber oft übermannte ihn plötzlich der Gedanke an irgend etwas Entsetzliches, das ihm begegnet sein mußte und das die Spuren des tiefsten Grams auf seinem Gesicht zurückgelassen hatte. Er wurde dann still, verließ die Gesellschaft und streifte einsam umher. Im Felde pflegte er nachts rastlos von Vorposten zu Vorposten zu reiten, nur nach der erschöpfendsten Anstrengung überließ er sich dem Schlaf. Kam nun noch hinzu, daß er oft ohne dringende Not sich der drohendsten Gefahr aussetzte und den Tod in der Schlacht zu suchen schien, der ihn floh, da im härtsten Handgemenge ihn keine Kugel, kein Schwertstreich traf, so war es wohl gewiß, daß irgend ein unersetzlicher Verlust, ja wohl gar eine rasche Tat sein Leben verstört hatte.

Wir nahmen auf französischem Gebiet ein befestigtes Schloß mit Sturm und harrten dort ein paar Tage, um den erschöpften Truppen Erholung zu gönnen. Die Zimmer, in denen sich Bogislav einquartiert hatte, lagen nur ein paar Schritte von dem meinigen entfernt. In der Nacht weckte mich ein leises Pochen an meine Stubentüre. Ich forschte, man rief meinen Namen, ich erkannte Bogislavs Stimme, stand auf und öffnete. Da stand Bogislav vor mir im Nachtgewande, den Leuchter mit der brennenden Kerze in der Hand, entstellt – bleich wie der Tod – bebend an allen Gliedern – keines Wortes mächtig! – ›Um des Himmels willen – was ist geschehen – was ist dir, mein teuerster Bogislav!‹ So rief ich, führte den Ohnmächtigen zum Lehnstuhl, schenkte ihm zwei – drei – Gläser von dem starken Wein ein, der gerade auf dem Tische stand, hielt seine Hand in der meinigen fest, sprach tröstende Worte, wie ich nur konnte, ohne die Ursache seines entsetzlichen Zustandes zu wissen.

Bogislav erholte sich nach und nach, seufzte tief auf und begann mit leiser, hohler Stimme: ›Nein! – Nein! – Ich werde wahnsinnig, faßt mich nicht der Tod, dem ich mich sehnend in die Arme werfe! – Dir, mein treuer Moritz, vertraue ich mein entsetzliches Geheimnis. – Ich sagte dir schon, daß ich mich vor mehreren Jahren in Neapel befand. Dort sah ich die Tochter eines der angesehensten Häuser und kam in glühende Liebe. Das Engelsbild gab sich mir ganz hin, und von den Eltern begünstigt, wurde der Bund geschlossen, von dem ich alle Seligkeit des Himmels hoffte. Schon war der Hochzeitstag bestimmt, da erschien ein sizilianischer Graf und drängte sich zwischen uns mit eifrigen Bewerbungen um meine Braut. Ich stellte ihn zur Rede, er verhöhnte mich. Wir schlugen uns, ich stieß ihm den Degen durch den Leib. Nun eilte ich zu meiner Braut. Ich fand sie in Tränen gebadet, sie nannte mich den verruchten Mörder ihres Geliebten, stieß mich von sich mit allen Zeichen des Abscheus, schrie auf in trostlosem Jammer, sank ohnmächtig nieder, wie vom giftigen Skorpion berührt, als ich ihre Hand faßte! – Wer schildert mein Entsetzen! Den Eltern war die Sinnesänderung ihrer Tochter ganz unerklärlich. Nie hatte sie den Bewerbungen des Grafen Gehör gegeben. Der Vater versteckte mich in seinem Palast und sorgte mit großmütigem Eifer dafür, daß ich unentdeckt Neapel verlassen konnte. Von allen Furien gepeitscht, floh ich in einem Strich fort bis nach Petersburg! – Nicht die Untreue meiner Geliebten, nein! – ein furchtbares Geheimnis ist es, das mein Leben verstört! – Seit jenem unglücklichen Tage in Neapel verfolgt mich das Grauen, das Entsetzen der Hölle! – Oft bei Tage, doch öfter zur Nachtzeit vernehme ich bald aus der Ferne, bald dicht neben mir ein tiefes Todesächzen. Es ist die Stimme des getöteten Grafen, die mein Innerstes mit dem tiefsten Grausen durchbebt. Durch den stärksten Kanonendonner, durch das prasselnde Musketenfeuer der Bataillone vernehme ich dicht vor meinen Ohren den gräßlichen Jammerton, und alle Wut, alle Verzweiflung des Wahnsinns erwacht in meinem Busen! – Eben in dieser Nacht‹ – Bogislav hielt inne, und mich wie ihn faßte das Entsetzen, denn ein lang ausgehaltener herzzerschneidender Jammerton ließ sich, wie vom Gange herkommend, vernehmen. Dann war es, als raffe sich jemand ächzend und stöhnend mühsam vom Boden empor und nahe sich schweren, unsichern Trittes. Da erhob sich Bogislav, plötzlich von aller Kraft beseelt, vom Lehnstuhl und rief, wilde Glut in den Augen, mit donnernder Stimme: ›Erscheine mir, Verruchter! wenn du es vermagst – ich nehm' es auf mit dir und mit allen Geistern der Hölle, die dir zu Gebote stehn.‹ – Nun geschah ein gewaltiger Schlag.« – In dem Augenblick sprang die Türe des Saals auf mit dröhnendem Gerassel.

– Sowie Ottmar diese Worte las, sprang auch die Türe des Gartensaals wirklich dröhnend auf, und die Freunde erblickten eine dunkle verhüllte Gestalt, die sich langsam mit unhörbaren Gei-

sterschritten nahte. Alle starrten etwas entsetzt hin, jedem stockte der Atem.
»Ist es recht,« schrie endlich Lothar, als der volle Schein der Lichter der Gestalt ins Gesicht fiel und den Freund Cyprianus erkennen ließ, »ist es recht, ehrbare Leute foppen zu wollen mit schnöder Geisterspielerei? – Doch ich weiß es, Cyprian, du begnügst dich nicht, mit Geistern und allerlei seltsamen Visionen und tollem Spuk zu hantieren, du möchtest selbst gern manchmal ein Spuk, ein Gespenst sein. Aber sage, wo kamst du so plötzlich her, wie hast du uns hier auffinden können?« »Ja! das sage, das sage!« wiederholten Ottmar und Lothar.
»Ich komme«, begann Cyprian, »heute von meiner Reise zurück, ich laufe zu Theodor, zu Lothar, zu Ottmar, keinen treffe ich an! In vollem Unmut renne ich heraus ins Freie, und der Zufall will, daß ich, nach der Stadt zurückkehrend, den Weg einschlage, der bei dem Gartenhause dicht vorbeiführt. Es ist mir, als höre ich eine wohlbekannte Stimme, ich gucke durchs Fenster und erblicke meine würdigen Serapions-Brüder und höre meinen Ottmar den ›unheimlichen Gast‹ vorlesen.«
»Wie,« unterbrach Ottmar den Freund, »wie, du kennst schon meine Geschichte?«
»Du vergissest,« fuhr Cyprian fort, »daß du die Ingredienzien zu dieser Erzählung von mir selbst empfingest. Ich bin es, der dich mit der Teufelsstimme, mit der Luftmusik bekannt machte, der dir sogar die Idee der Erscheinung des unheimlichen Gastes gab, und ich bin begierig, wie du mein Thema ausgeführt hast. Übrigens werdet ihr finden, daß, als Ottmar die Türe des Saals aufspringen ließ, ich notwendig ein Gleiches tun und euch erscheinen mußte.«
»Doch,« nahm Theodor das Wort, »doch gewiß nicht als unheimlicher Gast sondern als treuer Serapions-Bruder, der, unerachtet er mich, wie ich gern gestehen will, nicht wenig erschreckt hat, mir tausendmal willkommen sein soll.«
»Und wenn«, sprach Lothar, »er durchaus heute ein Geist sein

will, so soll er wenigstens nicht zu den unruhigen Geistern gehören, sondern sich niederlassen, Tee trinkend, ohne zu sehr mit der Tasse zu klappern, dem Freunde Ottmar zuhorchen, auf dessen Geschichte ich um so begieriger bin, da er diesmal ein ihm gegebenes fremdes Thema bearbeitet hat.«

Auf Theodor, der von seiner Krankheit her noch sehr reizbar, hatte der Scherz des Freundes in der Tat mehr gewirkt als dienlich. Er war totenbleich, und man gewahrte, daß er sich einige Gewalt antun mußte, um heiter zu scheinen.

Cyprian bemerkte dies und war nun über das, was er begonnen, nicht wenig betreten. »In der Tat,« sprach er, »ich dachte nicht daran, daß mein teurer Freund kaum von einer bösen Krankheit erstanden. Ich handelte gegen meinen eignen Grundsatz, welcher total verbietet, dergleichen Scherz zu treiben, da es sich oft schon begeben, daß der fürchterliche Ernst der Geisterwelt eingriff in diesen Scherz und das Entsetzliche gebar. Ich erinnere mich zum Beispiel« –

»Halt, halt,« rief Lothar, »ich leide durchaus keine längere Unterbrechung. Cyprian steht im Begriff, uns nach seiner gewöhnlichen Weise zu entführen in seinen einheimischen schwarzen Zauberwald. Ich bitte dich, Ottmar, fahre fort.«

Ottmar las weiter:

Hinein trat ein Mann von Kopf bis zu Fuß schwarz gekleidet, bleichen Antlitzes, ernsten, festen Blickes. Er nahte sich mit edelsten Anstande der vornehmen Welt der Obristin und bat in gewählten Ausdrücken um Verzeihung, daß er, früher geladen, so spät komme, ein Besuch, den er nicht los werden können, habe ihn zu seinem Verdruß aufgehalten. – Die Obristin, nicht fähig, sich von dem jähen Schreck zu erholen, stammelte einige unvernehmliche Worte, die ungefähr andeuten sollten, der Fremde möge Platz nehmen. Er rückte einen Stuhl dicht neben der Obristin, Angelika gegenüber, hin, setzte sich, ließ seinen Blick den Kreis durchlaufen. Keiner vermochte, wie gelähmt, ein Wort hervorzubringen. Da begann der Fremde: doppelt müsse er sich entschuldigen, einmal, daß er in so später Stunde, und dann, daß er mit so vielem Ungestüm eingetreten sei. Nicht seine Schuld sei aber auch das letzte, da nicht er sondern der Diener, den er auf dem Vorsaal getroffen, die Türe so heftig aufgestoßen. Die Obristin, mit Mühe das unheimliche Gefühl, von dem sie ergriffen, bekämpfend, fragte, wen sie bei sich zu sehen das Vergnügen habe. Der Fremde schien die Frage zu überhören, auf Margueriten achtend, die, in ihrem ganzen Wesen plötzlich verändert, laut auflachte, dicht an den Fremden hinantänzelte und immerfort kichernd auf französisch erzählte, daß man sich eben in den schönsten Spukgeschichten erlustigt, und daß nach dem Willen des Herrn Rittmeisters eben ein böses Gespenst erscheinen sollen, als er, der Fremde, hineingetreten. Die Obristin, das Unschickliche fühlend, den Fremden, der sich als eingeladen angekündigt, nach Stand und Namen zu fragen, mehr aber noch von seiner Gegenwart beängstigt, wiederholte nicht ihre Frage, verwies Margueriten nicht ein Betragen, das beinahe den Anstand verletzte. Der Fremde machte Margueritens Geschwätz ein Ende, indem er sich zur Obristin, dann zu den übrigen wendend, von irgend einer gleichgültigen Begebenheit zu sprechen begann, die sich gerade am Orte zugetragen. Die Obristin antwortete, Dagobert versuchte sich ins Gespräch zu mischen, das endlich in einzelnen abgebrochenen Reden mühsam fortschlich. Und dazwischen trillerte Marguerite einzelne Couplets französischer Chansons und figurierte, als besönne sie sich auf die neuesten Touren einer Gavotte, während die andern sich nicht zu regen vermochten. Jeder fühlte seine Brust beengt, jeden drückte wie eine Gewitterschwüle die Gegenwart des Fremden, jedem erstarb das Wort auf den Lippen, wenn er in das todbleiche Antlitz des unheimlichen Gastes schaute. Und doch hatte dieser in Ton und Gebärde durchaus nichts Ungewöhnliches, vielmehr zeigte sein ganzes Betragen den vielerfahrnen, gebildeten Weltmann. Der fremde scharfe Akzent, mit dem er Deutsch und Französisch sprach, ließ mit Recht schließen, daß er weder ein Deutscher noch ein Franzose sein konnte.

Aufatmete die Obristin, als endlich Reiter vor dem Hause hielten und die Stimme des Obristen in sich vernehmen ließ.

Bald darauf trat der Obrist in den Saal. Sowie er den Fremden erblickte, eilte er auf ihn zu und rief: »Herzlich willkommen in meinem Hause, lieber Graf! – Auf das Herzlichste willkommen.« Dann sich zur Obristin wendend: »Graf S–i, ein teurer, treuer Freund, den ich mir im tiefen Norden erwarb und im Süden wiederfand.«

Die Obristin, der nun erst alle Bangigkeit entnommen, versicherte dem Grafen mit anmutigem Lächeln, nur der Schuld ihres Mannes, der unterlassen, sie auf seinen Besuch vorzubereiten, habe er es beizumessen, wenn er vielleicht etwas seltsam und gar nicht auf die Weise, wie es dem vertrauten Freunde gebühre, empfangen worden. Dann erzählte sie dem Obristen, wie den ganzen Abend über von nichts anderm als von Spukereien und unheimlichem Wesen die Rede gewesen sei, wie Moritz eine schauerliche Geschichte erzählt, die ihm und einem seiner Freunde begegnet, wie eben in dem Augenblick, als Moritz gesprochen: ›Nun geschah ein entsetzlicher Schlag‹, die Türe des Saals aufgesprungen und der Graf eingetreten sei.

»Allerliebst!« rief der Obrist laut lachend, »allerliebst, man hat Sie, lieber Graf, für ein Gespenst gehalten! In der Tat, mir scheint, als wenn meine Angelika noch einige Spuren des Schrecks im Gesicht trüge, als wenn der Rittmeister sich noch nicht ganz von den Schauern seiner Geschichte erholen könnte, ja, als wenn sogar Dagobert seine Munterkeit verloren. Sagen Sie, Graf! ist es nicht arg, Sie für einen Spuk, für einen schnöden Revenant zu nehmen?«

»Sollte ich,« erwiderte der Graf mit seltsamem Blick, »sollte ich vielleicht etwas Gespenstisches an mir tragen? – Man spricht ja jetzt viel von Menschen, die auf andere vermöge eines besondern psychischen Zaubers einzuwirken vermögen, daß ihnen ganz unheimlich zumute werden soll. Vielleicht bin ich gar solchen Zaubers mächtig.«

»Sie scherzen, lieber Graf,« nahm die Obristin das Wort, »aber wahr ist es, daß man jetzt wieder Jagd macht auf die wunderlichsten Geheimnisse.«

»So wie,« erwiderte der Graf, »so wie man überhaupt wieder an Ammenmärchen und wunderlichen Einbildungen kränkelt. Ein jeder hüte sich vor dieser sonderbaren Epidemie. – Doch ich unterbrach den Herrn Rittmeister bei dem spannendsten Punkt seiner Erzählung und bitte ihn, da niemand von seinen Zuhörern den Schluß – die Auflösung gern missen würde, fortzufahren.«

Dem Rittmeister war der fremde Graf nicht nur unheimlich, sondern recht im Grunde der Seele zuwider. Er fand in seinen Worten, zumal da er recht fatal dabei lächelte, etwas Verhöhnendes und erwiderte mit flammendem Blick und scharfem Ton, daß er befürchten müsse, durch sein Ammenmärchen die Heiterkeit, die der Graf in den düster gestimmten Zirkel gebracht, zu verstören, er wolle daher lieber schweigen.

Der Graf schien nicht sonderlich des Rittmeisters Worte zu beachten. Mit der goldenen Dose, die er zur Hand genommen, spielend, wandte er sich an den Obristen mit der Frage, ob die aufgeweckte Dame nicht eine geborne Französin sei?

Er meinte Margueriten, die immerfort trällernd im Saal herumhüpfte. Der Obrist trat an sie heran und fragte halblaut, ob sie wahnsinnig geworden? Marguerite schlich erschrocken an den Teetisch und setzte sich still hin.

Der Graf nahm nun das Wort und erzählte auf anziehende Weise von diesem, jenem, was sich in kurzer Zeit begeben. – Dagobert vermochte kaum ein Wort herauszubringen. Moritz stand da, über und über rot, mit blitzenden Augen, wie das Zeichen zum Angriff erwartend. Angelika schien ganz in die weibliche Arbeit vertieft, die sie begonnen, sie schlug kein Auge auf! – Man schied in vollem Mißmut auseinander.

»Du bist ein glücklicher Mensch,« rief Dagobert, als er sich mit

Moritz allein befand, »zweifle nicht länger, daß Angelika dich innig liebt. Tief habe ich es heute in ihren Blicken erschaut, daß sie ganz und gar in Liebe ist zu dir. Aber der Teufel ist immer geschäftig und säet sein giftiges Unkraut unter den schön blühenden Weizen. Marguerite ist entbrannt in toller Leidenschaft. Sie liebt dich mit allem wütenden Schmerz, wie er nur ein brünstiges Gemüt zerreißen kann. Ihr heutiges wahnsinniges Beginnen war der nicht niederzukämpfende Ausbruch der rasendsten Eifersucht. Als Angelika das Tuch fallen ließ, als du es ihr reichtest, als du ihre Hand küßtest, kamen die Furien der Hölle über die arme Marguerite. Und daran bist du schuld. Du bemühtest dich sonst mit aller möglichen Galanterie um die bildhübsche Französin. Ich weiß, daß du immer nur Angelika meintest, daß alle Huldigungen, die du an Margueriten verschwendetest, nur ihr galten, aber die falsch gerichteten Blitze trafen und zündeten. – Nun ist das Unheil da, und ich weiß in der Tat nicht, wie das Ding enden soll ohne schrecklichen Tumult und gräßlichen Wirrwarr!« –

»Geh doch nur,« erwiderte der Rittmeister, »geh doch nur mit Margueriten. Liebt mich Angelika wirklich – ach! woran ich wohl noch zweifle – so bin ich glücklich und selig und frage nichts nach allen Margueriten in der Welt mitsamt ihrer Tollheit! Aber eine andere Furcht ist in mein Gemüt gekommen! Dieser fremde unheimliche Graf, der wie ein dunkles düstres Geheimnis eintrat, der uns alle verstörte, scheint er nicht sich recht feindlich zwischen uns zu stellen? – Es ist mir, als träte aus dem tiefsten Hintergrunde eine Erinnerung – fast möcht' ich sagen – ein Traum hervor, der mir diesen Grafen darstellt unter grauenvollen Umständen! Es ist mir, als müsse da, wo er sich hinwendet, irgend ein entsetzliches Unheil, von ihm beschworen aus dunkler Nacht, vernichtend hervorblitzen. – Hast du wohl bemerkt, wie oft sein Blick auf Angelika ruhte, und wie dann ein fahles Rot seine bleichen Wangen färbte und schnell wieder verschwand? Auf meine Liebe hat es der Unhold abgesehen, darum klangen

die Worte, die er an mich richtete, so höhnend, aber ich stelle mich ihm entgegen auf den Tod!« –
Dagobert nannte den Grafen einen gespenstischen Patron, dem man aber keck unter die Augen treten müsse, doch vielleicht sei auch, meinte er, viel weniger dahinter, als man glaube, und alles unheimliche Gefühl nur der besondern Spannung zuzuschreiben, in der man sich befand, als der Graf eintrat. »Laß uns«, so schloß Dagobert, »allem verstörenden Wesen mit festem Gemüt, mit unwandelbarem Vertrauen auf das Leben begegnen. Keine finstere Macht wird das Haupt beugen, was sich kräftig und mit heiterm Mut emporhebt!« –
Längere Zeit war vergangen. Der Graf hatte sich, immer öfter und öfter das Haus des Obristen besuchend, beinahe unentbehrlich gemacht. Man war darüber einig, daß der Vorwurf des unheimlichen Wesens auf die zurückfalle, die ihm diesen Vorwurf gemacht. »Konnte,« sprach die Obristin, »konnte der Graf nicht mit Recht uns selbst mit unsern blassen Gesichtern, mit unserm seltsamen Betragen unheimliche Leute nennen?« – Der Graf entwickelte in jedem Gespräch einen Schatz der reichhaltigsten Kenntnisse, und sprach er, Italiener von Geburt, zwar im fremden Akzent, so war er doch des geübtesten Vortrags vollkommen mächtig. Seine Erzählungen rissen in lebendigem Feuer unwiderstehlich hin, so daß selbst Moritz und Dagobert, so feindlich sie gegen den Fremden gesinnt, wenn er sprach und über sein blasses, aber schön geformtes ausdrucksvolles Gesicht ein anmutiges Lächeln flog, allen Groll vergaßen und wie Angelika, wie alle übrige an seinen Lippen hingen.
Des Obristen Freundschaft mit dem Grafen war auf eine Weise entstanden, die diesen als den edelmütigsten Mann darstellte. Im tiefen Norden führte beide der Zufall zusammen, und hier half der Graf dem Obristen auf die uneigennützigste Weise aus einer Verlegenheit, die, was Geld und Gut, ja was den guten Ruf und die Ehre betrifft, die verdrüßlichsten Folgen hätte haben können.

Der Obrist, tief fühlend, was er dem Grafen verdankte, hing an ihm mit ganzer Seele.

»Es ist,« sprach der Obrist eines Tages zu der Obristin, als sie sich eben allein befanden, »es ist nun an der Zeit, daß ich dir sage, was es mit dem Hiersein des Grafen für eine tiefere Bewandtnis hat. – Du weißt, daß wir, ich und der Graf, in P., wo ich mich vor vier Jahren befand, uns immer enger und enger aneinander geschlossen, so daß wir zuletzt zusammen in aneinander stoßenden Zimmern wohnten. Da geschah es, daß der Graf mich einst an einem frühen Morgen besuchte und auf meinem Schreibtisch das kleine Miniaturbild Angelikas gewahrte, das ich mitgenommen. Sowie er es schärfer anblickte, geriet er auf seltsame Weise außer aller Fassung. Nicht vermögend, mir zu antworten, starrte er es an, er konnte den Blick nicht mehr davon abwenden, er rief begeistert aus: Nie habe er ein schöneres, herrlicheres Weib gesehen, nie habe er gefühlt, was Liebe sei, die erst jetzt tief in seinem Herzen in lichten Flammen aufgelodert. Ich scherzte über die wunderbare Wirkung des Bildes, ich nannte den Grafen einen neuen Kalaf und wünschte ihm Glück, daß meine gute Angelika wenigstens keine Turandot sei. Endlich gab ich ihm nicht undeutlich zu verstehen, daß in seinen Jahren, da er, wenn auch nicht gerade im Alter vorgerückt, doch kein Jüngling mehr zu nennen, mich diese romantische Art, sich urplötzlich in ein Bild zu verlieben, ein wenig befremde. Nun schwor er aber mit Heftigkeit, ja mit allen Zeichen des leidenschaftlichen Wahnsinns, wie er seiner Nation eigen, daß er Angelika unaussprechlich liebe, und daß ich, solle er nicht in den tiefsten Abgrund der Verzweiflung stürzen, ihm erlauben müsse, sich um Angelikas Liebe, um ihre Hand zu bewerben. Deshalb ist nun der Graf hieher und in unser Haus gekommen. Er glaubt der Zuneigung Angelikas gewiß zu sein und hat gestern seine Bewerbung förmlich bei mir angebracht. Was hältst du von der Sache?«

Die Obristin wußte selbst nicht, warum des Obristen letzte

Worte sie wie ein jäher Schreck durchbebten. »Um des Himmels willen,« rief sie, »der fremde Graf unsere Angelika?«
»Fremd,« erwiderte der Obriste mit verdüsterter Stirn, »der Graf *fremd*, dem ich Ehre, Freiheit, ja vielleicht das Leben selbst verdanke? – Ich gestehe ein, daß er, im hohen Mannesalter, vielleicht rücksichts der Jahre nicht ganz für unser blutjunges Täubchen paßt, aber er ist ein edler Mensch, und dabei reich – sehr reich –«
»Und ohne Angelika zu fragen?« fiel ihm die Obristin ins Wort, »und ohne Angelika zu fragen, die vielleicht gar nicht solche Neigung zu ihm hegt, als er sich in verliebter Torheit einbildet.«
»Habe ich,« rief der Obrist, indem er vom Stuhle aufsprang und sich mit glühenden Augen vor die Obristin hinstellte, »habe ich dir jemals Anlaß gegeben, zu glauben, daß ich, ein toller, tyrannischer Vater, mein liebes Kind auf schnöde Weise verkuppeln könnte? – Aber mit euren romanhaften Empfindeleien und euren Zartheiten bleibt mit vom Halse. Es ist gar nichts Überschwengliches, das tausend fantastische Dinge voraussetzt, wenn sich ein Paar heiratet! – Angelika ist ganz Ohr, wenn der Graf spricht, sie blickt ihn an mit der freundlichsten Güte, sie errötet, wenn er die Hand, die sie gern in der seinigen läßt, an die Lippen drückt. So spricht sich bei einem unbefangenen Mädchen die Zuneigung aus, die den Mann wahrhaft beglückt. Es bedarf keiner romanesken Liebe, die manchmal auf recht verstörende Weise in euren Köpfen spukt!«
»Ich glaube,« nahm die Obristin das Wort, »ich glaube, daß Angelikas Herz nicht mehr so frei ist, als sie vielleicht noch selbst wähnen mag.«
»Was?« – rief der Obrist erzürnt und wollte eben heftig losbrechen, in dem Augenblick ging die Türe auf und Angelika trat ein mit dem holdseligsten Himmelslächeln der unbefangensten Unschuld.
Der Obrist, plötzlich von allem Unmut, von allem Zorn verlas-

sen, ging auf sie zu, küßte sie auf die Stirn, faßte ihre Hand, führte sie in den Sessel, setzte sich traulich hin dicht neben das liebe süße Kind. Nun sprach er von dem Grafen, rühmte seine edle Gestalt, seinen Verstand, seine Sinnesart und fragte dann, ob Angelika ihn wohl leiden möge? Angelika erwiderte, daß der Graf anfangs ihr gar fremd und unheimlich erschienen sei, daß sie dies Gefühl aber ganz überwunden und ihn jetzt recht gern sähe! –

»Nun,« rief der Obrist voller Freude, »nun, dem Himmel sei es gedankt, so mußt' es kommen zu meinem Trost, zu meinem Heil! – Graf S–i, der edle Mann, liebt dich, mein holdes Kind, aus dem tiefsten Grunde seiner Seele, er bewirbt sich um deine Hand, du wirst sie ihm nicht verweigern« – kaum sprach aber der Obrist diese Worte, als Angelika mit einem tiefen Seufzer wie ohnmächtig zurücksank. Die Obristin faßte sie in ihre Arme, indem sie einen bedeutenden Blick auf den Obristen warf, der verstummt das arme todbleiche Kind anstarrte. – Angelika erholte sich, ein Tränenstrom stürzte ihr aus den Augen, sie rief mit herzzerschneidender Stimme: »Der Graf – der schreckliche Graf! – Nein, nein – nimmermehr!« –

Mit aller Sanftmut fragte der Obrist einmal über das andere, warum in aller Welt der Graf ihr so schrecklich sei? Da gestand Angelika, in dem Augenblick, als der Obrist es ausgesprochen, daß der Graf sie liebe, sei ihr mit vollem Leben der fürchterliche Traum in die Seele gekommen, den sie vor vier Jahren in der Nacht ihres vierzehnten Geburtstages geträumt, und aus dem sie in entsetzlicher Todesangst erwacht, ohne sich auf seine Bilder auch nur im mindesten besinnen zu können. »Es war mir,« sprach Angelika, »als durchwandle ich einen sehr anmutigen Garten, in dem fremdartige Büsche und Blumen standen. Plötzlich stand ich vor einem wunderbaren Baum mit dunklen Blättern und großen, seltsam duftenden Blüten, beinahe dem Holunder ähnlich. Der rauschte mit seinen Zweigen so lieblich und winkte mir zu, wie mich einladend in seine Schatten. Von unsichtbarer Kraft unwiderstehlich hingezogen, sank ich hin auf die

Rasen unter dem Baume. Da war es, als gingen seltsame Klagelaute durch die Lüfte und berührten wie Windeshauch den Baum, der in bangen Seufzern aufstöhnte. Mich befing ein unbeschreibliches Weh, ein tiefes Mitleid regte sich in meiner Brust, selbst wußte ich nicht weshalb. Da fuhr plötzlich ein brennender Strahl in mein Herz, wie es zerspaltend! – Der Schrei, den ich ausstoßen wollte, konnte sich nicht der mit namenloser Angst belasteten Brust entwinden, er wurde zum dumpfen Seufzer. Der Strahl, der mein Herz durchbohrt, war aber der Blick eines menschlichen Augenpaars, das mich aus dem dunklen Gebüsch anstarrte. In dem Augenblick standen die Augen dicht vor mir, und eine schneeweiße Hand wurde sichtbar, die Kreise um mich her beschrieb. Und immer enger und enger wurden die Kreise und umspannen mich mit Feuerfaden, daß ich zuletzt in dem dichten Gespinst mich nicht regen und bewegen konnte. Und dabei war es, als erfasse nun der furchtbare Blick der entsetzlichen Augen mein innerstes Wesen und bemächtige sich meines ganzen Seins; der Gedanke, an dem es nur noch wie an einer schwachen Faser hing, war mir marternde Todesangst. Der Baum neigte seine Blüten tief zu mir herab, und aus ihnen sprach die liebliche Stimme eines Jünglings: ›Angelika, ich rette dich – ich rette dich!‹ – Aber –«

Angelika wurde unterbrochen; man meldete den Rittmeister von R., der den Obristen in Geschäften sprechen wollte. Sowie Angelika des Rittmeisters Namen nennen hörte, rief sie, indem ihr aufs neue die Tränen aus den Augen strömten, mit dem Ausdruck des schneidendsten Wehs, mit der Stimme, die nur aus der vom tiefsten Liebesschmerz wunden Brust stöhnt: »Moritz – ach, Moritz!« –

Der Rittmeister hatte eintretend diese Worte gehört. Er erblickte Angelika, in Tränen gebadet, die Arme nach ihm ausstreckend. Wie außer sich stieß er das Kaskett vom Haupte, daß es klirrend zu Boden fiel, stürzte Angelika zu Füßen, faßte sie, als sie von Wonne und Schmerz übermannt niedersank, in seine Arme,

drückte sie mit Inbrunst an seine Brust. – Der Obrist betrachtete sprachlos vor Erstaunen die Gruppe. »Ich habe geahnet,« lispelte die Obristin leise, »ich habe es geahnet, daß sie sich lieben, aber ich wußte kein Wort davon.«
»Rittmeister von R.,« fuhr nun der Obrist zornig heraus, »was haben Sie mit meiner Tochter?«
Moritz, schnell zu sich selbst kommend, ließ die halbtote Angelika sanft in den Lehnstuhl nieder, dann raffte er das Kaskett vom Boden auf, trat glutrot im Antlitz mit niedergesenktem Blick vor den Obristen hin und versicherte auf Ehre, daß er Angelika unaussprechlich, aus der Tiefe seines Herzens liebe, daß aber auch bis zu diesem Augenblick nicht das leiseste Wort, das einem Geständnisse seines Gefühls gleiche, über seine Lippen gekommen sei. Nur zu sehr habe er gezweifelt, daß Angelika sein Gefühl erwidern könne. Erst dieser Moment, dessen Anlaß er nicht zu ahnen vermöge, habe ihm alle Seligkeit des Himmels erschlossen, und er hoffe nicht von dem edelmütigsten Mann, von dem zärtlichsten Vater zurückgestoßen zu werden, wenn er ihn anflehe, einen Bund zu segnen, den die reinste, innigste Liebe geschlossen.
Der Obrist maß den Rittmeister, maß Angelika mit finstern Blicken, dann schritt er, die Arme übereinander geschlagen, im Zimmer schweigend auf und ab wie einer, der ringt, irgend einen Entschluß zu fassen. Er blieb stehen vor der Obristin, die Angelika in die Arme genommen und ihr tröstend zuredete: »Was für einen Bezug,« sprach er dumpf mit zurückgehaltenem Zorn, »was für einen Bezug hat dein alberner Traum auf den Grafen?«
Da warf sich Angelika ihm zu Füßen, küßte seine Hände, benetzte sie mit Tränen, sprach mit halb erstickter Stimme: »Ach, mein Vater! – mein geliebtester Vater, jene entsetzlichen Augen, die mein Innerstes erfaßten, es waren die Augen des Grafen, *seine* gespenstische Hand umwob mich mit dem Feuergespinst! – Aber die tröstende Jünglingsstimme, die mir zurief aus den duf-

tenden Blüten des wunderbaren Baums – das war Moritz – mein Moritz!«

»*Dein* Moritz?« rief der Obrist, indem er sich rasch umwandte, so daß Angelika beinahe zu Boden gestürzt. Dann sprach er dumpf vor sich hin: »Also kindischen Einbildungen, verstohlner Liebe wird der weise Beschluß des Vaters, die Bewerbung eines edlen Mannes geopfert!« – Wie zuvor schritt er nun schweigend im Zimmer auf und ab. Endlich zu Moritz: »Rittmeister von R., Sie wissen, wie hoch ich Sie achte, keinen liebern Eidam als eben Sie hätte ich mir gewünscht, aber ich gab mein Wort dem Grafen von S–i, dem ich verpflichtet bin, wie es nur ein Mensch sein kann dem andern. Doch glauben Sie ja nicht, daß ich den eigensinnigen tyrannischen Vater spielen werde. Ich eile hin zum Grafen, ich entdecke ihm alles. Ihre Liebe wird mir eine blutige Fehde, vielleicht das Leben kosten, doch es sei nun einmal so – ich gebe mich! – Erwarten Sie hier meine Zurückkunft!« –

Der Rittmeister versicherte mit Begeisterung, daß er lieber hundertmal in den Tod gehen als dulden werde, daß der Obrist sich auch nur der mindesten Gefahr aussetze. Ohne ihm zu antworten, eilte der Obrist von dannen.

Kaum hatte der Obrist das Zimmer verlassen, als die Liebenden im Übermaß des Entzückens sich in die Arme fielen und sich ewige unwandelbare Treue schworen. Dann versicherte Angelika, erst in dem Augenblick, als der Obrist sie mit der Bewerbung des Grafen bekannt gemacht, habe sie es in der tiefsten Seele gefühlt, wie unaussprechlich sie Moritz liebe, und daß sie lieber sterben, als eines andern Gattin werden könne. Es sei ihr gewesen, als wisse sie ja längst, daß auch Moritz sie ebensosehr liebe. Nun erinnerten sich beide jedes Augenblicks, in dem sie ihre Liebe verraten, und waren entzückt, alles Widerspruchs, alles Zorns des Obristen vergessend, und jauchzten wie frohe selige Kinder. Die Obristin, die die aufkeimende Liebe längst bemerkt und mit vollem Herzen Angelikas Neigung billigte, gab tief ge-

rührt ihr Wort, ihrerseits alles aufzubieten, daß der Obrist abstehe von einer Verbindung, die sie, selbst wisse sie nicht warum, verabscheue.
Es mochte eine Stunde vergangen sein, als die Türe aufging und zum Erstaunen aller der Graf S–i eintrat. Ihm folgte der Obrist mit leuchtenden Blicken. Der Graf näherte sich Angelika, ergriff ihre Hand, blickte sie mit bitterm, schmerzlichem Lächeln an. Angelika bebte zusammen und murmelte kaum hörbar, einer Ohnmacht nahe: »Ach – diese Augen!« –
»Sie verblassen,« begann nun der Graf, »Sie verblassen, mein Fräulein, wie damals, als ich zum erstenmal in diesen Kreis trat. – Bin ich Ihnen denn wirklich ein grauenhaftes Gespenst? – Nein! – entsetzen Sie sich nicht, Angelika! fürchten Sie nichts von einem harmlosen Mann, der Sie mit allem Feuer, mit aller Inbrunst des Jünglings liebte, der nicht wußte, daß Sie Ihr Herz verschenkt, der töricht genug war, sich um Ihre Hand zu bewerben. – Nein! – selbst das Wort des Vaters gibt mir nicht das kleinste Recht auf eine Seligkeit, die *Sie* nur zu spenden vermögen. Sie sind frei, mein Fräulein! – Selbst mein Anblick soll Sie nicht mehr an die trüben Augenblicke erinnern, die ich Ihnen bereitet. Bald, vielleicht morgen schon, kehre ich zurück in mein Vaterland!« –
»Moritz – mein Moritz,« rief Angelika im Jubel der höchsten Wonne und warf sich dem Geliebten an die Brust. Durch alle Glieder zuckte es dem Grafen, seine Augen glühten auf in ungewöhnlichem Feuer, seine Lippen bebten, er stieß einen leisen unartikulierten Laut aus. Sich schnell zur Obristin mit einer gleichgültigen Frage wendend, gelang es ihm, sein aufwallendes Gefühl niederzukämpfen.
Aber der Obrist rief einmal über das andere: »Welch ein Edelmut! – welch hoher Sinn! wer gleicht diesem herrlichen Mann! – meinem Herzensfreunde immerdar!« – Dann drückte er den Rittmeister, Angelika, die Obristin an sein Herz und versicherte lachend, er wolle nun von dem garstigen Komplott, das sie im Augenblick gegen ihn geschmiedet, nichts weiter wissen und

hoffe übrigens, daß Angelika fürder nicht mehr Leid erfahren werde von gespenstischen Augen.

Es war hoher Mittag worden, der Obrist lud den Rittmeister, den Grafen ein, das Mahl bei ihm einzunehmen. Man schickte hin nach Dagobert, der sich bald in voller Freude und Fröhlichkeit einstellte.

Als man sich zu Tische setzen wollte, fehlte Marguerite. Es hieß, daß sie sich in ihr Zimmer eingeschlossen und erklärt habe, sie fühle sich krank und sei unfähig, in der Gesellschaft zu erscheinen. »Ich weiß nicht,« sprach die Obristin, »was sich mit Margueriten seit einiger Zeit begibt, sie ist voll der eigensinnigsten Launen, sie weint und lacht ohne Ursache, ja voller seltsamer Einbildung kann sie es oft bis zum Unerträglichen treiben.« »Dein Glück,« lispelte Dagobert dem Rittmeister leise ins Ohr, »dein Glück ist Margueritens Tod!« »Geisterseher,« erwiderte der Rittmeister ebenso leise, »Geisterseher, störe mir nicht meinen Frieden.«

Nie war der Obrist froher gewesen, nie hatte auch die Obristin, manchmal wohl um ihr liebes Kind besorgt und nun dieser Sorge entnommen, sich so in tiefer Seele glücklich gefühlt. Kam nun noch hinzu, daß Dagobert in heller Fröhlichkeit schwelgte, daß der Graf, den Schmerz der ihm geschlagenen Wunde vergessend, das vollste Leben seines vielgewandten Geistes herausstrahlen ließ, so konnt' es nicht fehlen, daß alle sich um das selige Paar schlossen wie ein heitrer, herrlich blühender Kranz.

Die Dämmerung war eingebrochen, der edelste Wein perlte in den Gläsern, man trank jubelnd und jauchzend auf das Wohl des Brautpaars. Da ging die Tür des Vorsaals leise auf, und hinein schwankte Marguerite im weißen Nachtkleide, mit herabhängenden Haaren, bleich, entstellt wie der Tod. »Marguerite, was für Streiche,« rief der Obrist, doch ohne auf ihn zu achten, schritt Marguerite langsam gerade los auf den Rittmeister, legte ihre eiskalte Hand auf seine Brust, drückte einen leisen Kuß auf seine

Stirne, murmelte dumpf und hohl: »Der Kuß der Sterbenden bringt Heil dem frohen Bräutigam!« und sank hin auf den Boden.

»Da haben wir das Unheil,« sprach Dagobert leise zu dem Grafen, »die Törin ist verliebt in den Rittmeister.« »Ich weiß es,« erwiderte der Graf, »wahrscheinlich hat sie die Narrheit so weit getrieben, Gift zu nehmen.« »Um Gottes willen!« schrie Dagobert entsetzt, sprang auf und eilte hin zu dem Lehnsessel, in den man die Arme hineingetragen. Angelika und die Obristin waren um sie beschäftigt, sie besprengend, ihr die Stirn reibend mit geistigen Wassern. Als Dagobert hinzutrat, schlug sie gerade die Augen auf. Die Obristin sprach: »Ruhig, mein liebes Kind, du bist krank, es wird vorübergehen!« Da erwiderte Marguerite mit dumpfer hohler Stimme: »Ja! bald ist es vorüber – ich habe Gift!« – Angelika, die Obristin schrien laut auf, der Obrist rief wild: »Tausend Teufel, die Wahnsinnige! – Man renne nach dem Arzt – fort! den ersten besten, der aufzutreiben ist, hergebracht zur Stelle!« – Die Bedienten, Dagobert selbst wollten forteilen. – »Halt!« – rief der Graf, der bisher ruhig geblieben war und mit Behaglichkeit den mit seinem Lieblingswein, dem feurigen Syrakuser, gefüllten Pokal geleert hatte, »halt! – Hat Marguerite Gift genommen, so bedarf es keines Arztes, denn ich bin in diesem Fall der beste, den es geben kann. Man lasse mich gewähren.« Er trat zu Marguerite, die in tiefer Ohnmacht lag und nur zuweilen krampfhaft zuckte. Er bückte sich über sie hin, man bemerkte, daß er ein kleines Futteral aus der Tasche zog, etwas heraus und zwischen die Finger nahm und leise hinstrich über Margueritens Nacken und Herzgrube. Dann sprach der Graf, indem er von ihr abließ, zu den übrigen: »Sie hat Opium genommen, doch ist sie zu retten durch besondere Mittel, die mir zu Gebote stehen.« Marguerite wurde auf des Grafen Geheiß in ihr Zimmer heraufgebracht, er blieb allein bei ihr. – Die Kammerfrau der Obristin hatte indessen in Margueritens Gemach das Fläschchen gefunden, in dem die Opiumtropfen, die der

Obristin vor einiger Zeit verschrieben, enthalten waren, und das die Unglückliche ganz geleert hatte.

»Der Graf,« sprach Dagobert mit etwas ironischem Ton, »der Graf ist wahrhaftig ein Wundermann. Er hat alles erraten. Wie er Margueriten nur erschaute, wußte er gleich, daß sie Gift genommen, und dann erkannte er gar von welcher Sorte und Farbe.«

Nach einer halben Stunde trat der Graf in den Saal und versicherte, daß alle Gefahr für Margueritens Leben vorüber sei. Mit einem Seitenblick auf Moritz setzte er hinzu, daß er auch hoffe, den Grund alles Übels aus ihrem Innern wegzubannen. Er wünsche, daß die Kammerfrau bei Margueriten wache, er selbst werde die Nacht über in dem anstoßenden Zimmer bleiben, um so bei jedem Zufall, der sich noch etwa ereignen sollte, gleich bei der Hand sein zu können. Zu dieser ärztlichen Hülfe wünschte er sich aber noch durch ein paar Gläser edlen Weins zu stärken. Damit setzte er sich zu den Männern an den Tisch, während Angelika und die Obristin, im Innersten ergriffen von dem Vorgang, sich entfernten.

Der Obrist ärgerte sich über den verfluchten Narrenstreich, wie er Margueritens Beginnen nannte; Moritz, Dagobert fühlten sich auf unheimliche Weise verstört. Je verstimmter aber diese waren, desto mehr ließ der Graf eine Lustigkeit ausströmen, die man sonst gar nicht an ihm bemerkt hatte, und die in der Tat etwas Grauenhaftes in sich trug.

»Dieser Graf«, sprach Dagobert zu seinem Freunde, als sie nach Hause gingen, »bleibt mir unheimlich auf seltsame Weise. Es ist, als wenn es irgend eine geheimnisvolle Bewandtnis mit ihm habe.«

»Ach!« erwiderte Moritz, »zentnerschwer liegt es mir auf der Brust – die finstre Ahnung irgend eines Unheils, das meiner Liebe droht, erfüllt mein Innres!« –

Noch in derselben Nacht wurde der Obrist durch einen Kurier aus der Residenz geweckt. Andern Morgens trat er etwas bleich zur Obristin: »Wir werden,« sprach er mit erzwungener Ruhe, »wir werden abermals getrennt, mein liebes Kind! – Der Krieg beginnt nach kurzer Ruhe von neuem. In der Nacht erhielt ich die Ordre. Sobald als es nur möglich ist, vielleicht schon in künftiger Nacht, breche ich auf mit dem Regiment.« Die Obristin erschrak heftig, sie brach in Tränen aus. Der Obrist sprach tröstend, daß er überzeugt sei, wie dieser Feldzug ebenso glorreich enden werde als der frühere, daß der frohe Mut im Herzen ihn an kein Unheil denken lasse, das ihm widerfahren könne. »Du magst,« setzte er dann hinzu, »du magst indessen, bis wir den Feind aufs neue gedemütigt und der Friede geschlossen, mit Angelika auf unsere Güter gehen. Ich gebe euch einen Begleiter mit, der euch alle Einsamkeit, alle Abgeschiedenheit eures Aufenthalts vergessen lassen wird. Der Graf S–i geht mit euch!« – »Wie,« rief die Obristin, »um des Himmels willen! Der Graf soll mit uns gehen? Der verschmähte Bräutigam? – der ränkesüchtige Italiener, der tief im Innersten seinen Groll zu verschließen weiß, um ihn bei der besten Gelegenheit mit aller Macht ausströmen zu lassen? Dieser Graf, der mir in seinem ganzen Wesen, selbst weiß ich nicht warum, seit gestern wieder aufs neue widerwärtiger geworden ist als jemals!« – »Nein,« fiel der Obrist ihr ins Wort, »nein, es ist nicht auszuhalten mit den Einbildungen, mit den tollen Träumen der Weiber! – Sie begreifen nicht die Seelengröße eines Mannes von festem Sinn! – Der Graf ist die ganze Nacht, so wie er sich vorgesetzt, in dem Nebenzimmer bei Margueriten geblieben. Er war der erste, dem ich die Nachricht brachte vom neuen Feldzuge. Seine Rückkehr ins Vaterland ist nun kaum möglich. Er war darüber betreten. Ich bot ihm den Aufenthalt auf meinen Gütern an. Nach vieler Weigerung entschloß er sich dazu und gab mir sein Ehrenwort, alles aufzubieten, euch zu beschirmen, euch die Zeit der Trennung zu verkürzen, wie es nur in seiner Macht stehe. Du weißt, was ich dem Grafen schuldig, meine Güter sind ihm jetzt eine Freistatt, darf ich *die* versagen?« – Die Obristin konnte – durfte hierauf nichts mehr erwidern. – Der Obrist hielt Wort. Schon in der folgenden Nacht wurde zum Aufbruch geblasen, und aller namenlose Schmerz und herzzerschneidende Jammer der Trennung kam über die Liebenden.

Wenige Tage darauf, als Marguerite völlig genesen, reiste die Obristin mit ihr und Angelika nach den Gütern. Der Graf folgte mit mehrerer Dienerschaft.

Mit der schonendsten Zartheit ließ sich der Graf in der ersten Zeit nur bei den Frauen sehen, wenn sie es ausdrücklich wünschten, sonst blieb er in seinem Zimmer oder machte einsame Spaziergänge.

Der Feldzug schien erst dem Feinde günstig zu sein, bald wurden aber glorreiche Siege erfochten. Da war nun der Graf immer der erste, der die Siegesbotschaften erhielt, ja der die genauesten Nachrichten über die Schicksale des Regiments hatte, das der Obrist führte. In den blutigsten Kämpfen hatte weder den Obristen noch den Rittmeister eine Kugel, ein Schwertstreich getroffen; die sichersten Briefe aus dem Hauptquartier bestätigten das.

So erschien der Graf bei den Frauen immer wie ein Himmelsbote des Sieges und des Glücks. Dazu kam, daß sein ganzes Betragen die innigste, reinste Zuneigung aussprach, die er für Angelika hegte, daß er sich wie der zärtlichste, um ihr Glück besorgteste Vater zeigte. Beide, die Obristin und Angelika, mußten sich gestehen, daß der Obrist wohl den bewährten Freund richtig beurteilt hatte, und daß jenes Vorurteil gegen ihn die lächerlichste Einbildung gewesen. Auch Marguerite schien von ihrer törichten Leidenschaft geheilt, sie war wieder ganz die muntere gesprächige Französin.

Ein Brief des Obristen an die Obristin, dem ein Brief vom Rittmeister an Angelika beilag, verscheuchte den letzten Rest der Besorgnis. Die Hauptstadt des Feindes war genommen, der Waffenstillstand geschlossen.

Angelika schwamm in Wonne und Seligkeit, und immer war es

der Graf, der mit hinreißender Lebendigkeit von den kühnen Waffentaten des braven Moritz, von dem Glück sprach, das der holden Braut entgegenblühte. Dann ergriff er Angelikas Hand und drückte sie an seine Brust und fragte, ob er ihr denn noch so verhaßt sei als ehemals? Vor Scham hoch errötend, Tränen im Auge versicherte Angelika, sie armes Kind habe ja niemals gehaßt, aber zu innig, zu sehr mit ganzer Seele ihren Moritz geliebt, um sich nicht vor jeder andern Bewerbung zu entsetzen. Sehr ernst und feierlich sprach dann der Graf: »Sieh mich an, Angelika, für deinen treuen väterlichen Freund,« und hauchte einen leisen Kuß auf ihre Stirne, welches sie, ein frommes Kind, gern litt, da es ihr war, als sei es ihr Vater selbst, der sie auf diese Weise zu küssen pflegte.

Man konnte beinahe hoffen, der Obrist werde wenigstens auf kurze Zeit in das Vaterland zurückkehren, als ein Brief von ihm anlangte, der das Gräßlichste enthielt. Der Rittmeister war, als er mit seinem Reitknecht ein Dorf passierte, von bewaffneten Bauern angefallen worden, die ihn an der Seite des braven Reiters, dem es gelang sich durchzuschlagen, niederschossen und fortschleppten. – So wurde die Freude, die das ganze Haus beseelte, plötzlich in Entsetzen, in tiefes Leid, in trostlosen Jammer verkehrt.

Das ganze Haus des Obristen war in geräuschvoller Bewegung. Trepp auf Trepp ab liefen die in reicher Staats-Liverei geputzten Diener, rasselnd fuhren die Wagen auf den Schloßhof mit den geladenen Gästen, die der Obrist, die neuen Ehrenzeichen auf der Brust, die ihm der letzte Feldzug erworben, feierlich empfing. Oben im einsamen Zimmer saß Angelika, bräutlich geschmückt in der vollendetsten Schönheit üppiger Jugendblüte prangend, neben ihr die Obristin.

»Du hast,« sprach die Obristin, »du hast, mein liebes Kind, in voller Freiheit den Grafen S–i zu deinem Gatten gewählt. So sehr ehemals dein Vater diese Verbindung wünschte, so wenig hat er jetzt nach dem Tode des unglücklichen Moritz darauf bestanden. Ja, es ist mir jetzt, als teile er mit mir dasselbe schmerzliche Gefühl, das ich dir nicht verhehlen darf. – Es bleibt mir unbegreiflich, daß du so bald deinen Moritz vergessen konntest. – Die entscheidendste Stunde naht – du gibst deine Hand dem Grafen – prüfe wohl dein Herz – noch ist es Zeit! – Möge nie das Andenken an den Vergessenen wie ein finstrer Schatten dein heitres Leben vertrüben!«

»Niemals!« rief Angelika, indem Tränen wie Tautropfen in ihren Augen perlten, »niemals werde ich meinen Moritz vergessen, ach niemals mehr lieben, wie ich ihn geliebt. Das Gefühl, was ich für den Grafen hege, mag wohl ein ganz anderes sein! – Ich weiß nicht, wie der Graf meine innigste Zuneigung so ganz und gar gewonnen! Nein! – ich liebe ihn nicht, ich kann ihn nicht lieben, wie ich Moritz liebte, aber es ist mir, als könne ich ohne ihn gar nicht leben, ja nur durch ihn denken – empfinden! Eine Geisterstimme sagt es mir unaufhörlich, daß ich mich ihm als Gattin anschließen muß, daß sonst es kein Leben mehr hienieden für mich gibt. – Ich folge dieser Stimme, die ich für die geheimnisvolle Sprache der Vorsehung halte.« –

Die Kammerfrau trat herein mit der Nachricht, daß man Margueriten, die seit dem frühen Morgen vermißt worden, noch immer nicht gefunden, doch habe der Gärtner soeben ein kleines Briefchen an die Obristin gebracht, das er von Margueriten erhalten mit der Anweisung, es abzugeben, wenn er seine Geschäfte verrichtet und die letzten Blumen nach dem Schlosse getragen.

In dem Billett, das die Obristin öffnete, stand:

> Sie werden mich nie wiedersehen. – Ein düstres Verhängnis treibt mich fort aus Ihrem Hause. Ich flehe Sie an, Sie, die mir sonst eine teure Mutter waren, lassen Sie mich nicht verfolgen, mich nicht zurückbringen mit Gewalt. Der zweite Versuch, mir den Tod zu geben, würde besser gelingen als der erste. –

Möge Angelika das Glück genießen in vollen Zügen, das mir das Herz durchbohrt. Leben Sie wohl auf ewig. – Vergessen Sie die unglückliche Marguerite.

»Was ist das,« rief die Obristin heftig, »was ist das? Hat es die Wahnsinnige darauf abgesehen, unsere Ruhe zu verstören? – Tritt sie immer feindselig dazwischen, wenn du die Hand reichen willst dem geliebten Gatten? – Möge sie hinziehen, die undankbare Törin, die ich wie meine Tochter gehegt und gepflegt, möge sie hinziehen, nie werd' ich mich um sie kümmern.«
Angelika brach in laute Klagen aus um die verlorne Schwester, die Obristin bat sie um des Himmels willen, nicht Raum zu geben dem Andenken an eine Wahnsinnige in diesen wichtigen entscheidenden Stunden. – Die Gesellschaft war im Saal versammelt, um, da eben die bestimmte Stunde schlug, nach der kleinen Kapelle zu ziehen, wo ein katholischer Geistlicher das Paar trauen sollte. Der Obrist führte die Braut herein, alles erstaunte über ihre Schönheit, die noch erhöht wurde durch die einfache Pracht des Anzuges. Man erwartete den Grafen. Eine Viertelstunde verging nach der andern, er ließ sich nicht blicken. Der Obrist begab sich nach seinem Zimmer. Er traf auf den Kammerdiener, welcher berichtete, der Graf habe sich, nachdem er völlig angekleidet, plötzlich unwohl gefühlt und einen Gang nach dem Park gemacht, um sich in freier Luft zu erholen, ihm, dem Kammerdiener, aber zu folgen verboten.
Selbst wußte er nicht, warum ihm des Grafen Beginnen so schwer aufs Herz fiel, warum ihm der Gedanke kam, irgend etwas Entsetzliches könne dem Grafen begegnen.
Er ließ hinein sagen, der Graf würde in weniger Zeit erscheinen, und den berühmten Arzt, der sich in der Gesellschaft befand, insgeheim herausrufen. Mit diesem und dem Kammerdiener ging er nun in den Park, um den Grafen aufzusuchen. Aus der Hauptallee ausbiegend, gingen sie nach einem von dichtem Gebüsch umgebenen Platz, der, wie sich der Obrist erinnerte, der Lieb-

lingsaufenthalt des Grafen war. Da saß der Graf, ganz schwarz gekleidet, den funkelnden Ordensstern auf der Brust, mit gefalteten Händen auf einer Rasenbank, den Rücken an den Stamm eines blühenden Holunderbaums gelehnt, und starrte sie regungslos an. Sie erbebten vor dem gräßlichen Anblick, denn des Grafen hohle, düster funkelnde Augen schienen ohne Sehkraft. »Graf S–i! – was ist geschehen!« rief der Obrist, aber keine Antwort, keine Bewegung, kein leiser Atemzug! – Da sprang der Arzt hinzu, riß dem Grafen die Weste auf, die Halsbinde, den Rock herab, rieb ihm die Stirne. – Er wandte sich zum Obristen mit den dumpfen Worten: »hier ist menschliche Hülfe nutzlos – er ist tot – der Nervenschlag hat ihn getroffen in diesem Augenblick« – der Kammerdiener brach in lauten Jammer aus. Der Obrist, mit aller Manneskraft sein tiefes Entsetzen niederkämpfend, gebot ihm Ruhe. »Wir töten Angelika auf der Stelle wenn wir nicht mit Vorsicht handeln.« So sprach der Obrist, packte die Leiche an, trug sie auf einsamen Nebenwegen zu einem entfernten Pavillon, dessen Schlüssel er bei sich hatte, ließ sie dort unter Acht des Kammerdieners, begab sich mit dem Arzt nach dem Schlosse zurück. Von Entschluß zu Entschluß wankend, wußte er nicht, ob er der armen Angelika das Entsetzliche, was geschehen, verschweigen, ob er es wagen sollte, ihr alles mit ruhiger Fassung zu sagen.

Als er in den Saal trat, fand er alles in größter Angst und Bestürzung. Mitten im heitern Gespräch hatte Angelika plötzlich die Augen geschlossen und war in tiefer Ohnmacht niedergesunken. Sie lag in einem Nebenzimmer auf dem Sofa. – Nicht bleich – nicht entstellt, nein höher, frischer als je blühten die Rosen ihrer Wangen, eine unbeschreibliche Anmut, ja die Verklärung des Himmels war auf ihrem ganzen Gesicht verbreitet. Sie schien von der höchsten Wonne durchdrungen. – Der Arzt, nachdem er sie lange mit gespannter Aufmerksamkeit betrachtet, versicherte, es sei hier nicht die mindeste Gefahr vorhanden, das Fräulein befinde sich, freilich auf eine unbegreifliche Weise, in einem magnetischen Zustande. Sie gewaltsam zu erwecken, getraue er sich nicht, sie werde bald von selbst erwachen.

Indessen entstand unter den Gästen ein geheimnisvolles Flüstern. Der jähe Tod des Grafen mochte auf irgend eine Weise bekannt geworden sein. Alle entfernten sich nach und nach still und düster, man hörte die Wagen fortrollen.

Die Obristin, über Angelika hingebeugt, fing jeden ihrer Atemzüge auf. Es war, als lispele sie leise Worte, die niemanden verständlich. Der Arzt litt nicht, daß man Angelika entkleide, ja daß man sie auch nur von den Handschuhen befreie, jede Berührung könne ihre schädlich sein.

Plötzlich schlug Angelika die Augen auf, fuhr in die Höhe, sprang mit dem gellenden Ruf: »Er ist da – er ist da!« – vom Sofa, rannte in voller Furie zur Türe heraus – durch den Vorsaal – die Stiegen herab. – »Sie ist wahnsinnig,« schrie die Obristin entsetzt, »o Herr des Himmels, sie ist wahnsinnig!« – »Nein, nein,« tröstete der Arzt, »das ist nicht Wahnsinn, aber irgend etwas Unerhörtes mag sich begeben!« Und damit stürzte er dem Fräulein nach! –

Er sah, wie Angelika durch das Tor des Schlosses auf dem breiten Landweg mit hoch emporgestreckten Armen pfeilschnell fortlief, daß das reiche Spitzengewand in den Lüften flatterte und das Haar sich losnestelte, ein Spiel der Winde.

Ein Reiter sprengte ihr entgegen, warf sich herab vom Pferde, als er sie erreicht, schloß sie in seine Arme. Zwei andere Reiter folgten, hielten und stiegen ab.

Der Obrist, der in voller Hast dem Arzte gefolgt, stand in sprachlosem Erstaunen vor der Gruppe, rieb sich die Stirne, als mühe er sich, die Gedanken festzuhalten!

Moritz war es, der Angelika fest gedrückt hielt an seiner Brust; bei ihm standen Dagobert und ein junger schöner Mann in reicher russischer Generalsuniform.

»Nein,« rief Angelika einmal über das andere, indem sie den Geliebten umklammerte, »nein! niemals war ich dir untreu, mein geliebter, teurer Moritz!« Und Moritz: »Ach, ich weiß es ja! – ich weiß es ja! Du mein holdes Engelsbild. Er hat dich verlockt durch satanische Künste!« –

Und damit trug mehr, als führte er Angelika nach dem Schlosse, während die andern schweigend folgten. Erst im Tor des Schlosses seufzte der Obrist tief auf, als gewänne er nun erst seine Besinnung wieder, und rief, sich mit fragenden Blicken umschauend: »Was für Erscheinungen, was für Wunder!« –

»Alles wird sich aufklären,« sprach Dagobert und stellte dem Obristen den Fremden vor als den russischen General Bogislav von S–en, des Rittmeisters vertrautesten, innigsten Freund.

In den Zimmern des Schlosses angekommen, fragte Moritz, ohne der Obristin schreckhaftes Staunen zu beachten, mit wildem Blick: »Wo ist der Graf S–i?« »Bei den Toten!« erwiderte der Obrist dumpf, »vor einer Stunde traf ihn der Nervenschlag!« – Angelika bebte zusammen. »Ja,« sprach sie, »ich weiß es, in demselben Augenblick, als er starb, war es mir, als bräche in meinem Innern ein Kristall klingend zusammen – ich fiel in einen sonderbaren Zustand – ich mag wohl jenen entsetzlichen Traum fortgeträumt haben, denn als ich mich wieder besann hatten die furchtbaren Augen keine Macht mehr über mich, das Feuergespinst zerriß – ich fühlte mich frei – Himmelsseligkeit umfing mich – ich sah Moritz – meinen Moritz – er kam – ich flog ihm entgegen!« – Und damit umklammerte sie den Geliebten, als fürchte sie, ihn aufs neue zu verlieren.

»Gelobt sei Gott,« sprach die Obristin mit zum Himmel gerichtetem Blick, »nun ist mir die Last vom Herzen genommen, die mich beinahe erdrückte, ich bin frei von der unaussprechlichen Angst, die mich überfiel in dem Augenblick, als Angelika ihre Hand dem unseligen Grafen reichen sollte. Immer war es mir, als würde mein Herzenskind mit dem Trauringe unheimlichen Mächten geweiht.«

Der General von S–en verlangte die Leiche zu sehen, man führte ihn hin. Als man die Decke, womit der Leichnam verhüllt, hinabzog und der General das zum Tode erstarrte Antlitz des Grafen schaute, bebte er zurück, indem er laut ausrief: »Er ist es! – Bei Gott im Himmel, er ist es!« – In des Rittmeisters Arme war Angelika in sanften Schlaf gesunken. Man brachte sie zur Ruhe. Der Arzt meinte, daß nichts wohltätiger über sie kommen könne als dieser Schlaf, der die bis zur Überspannung gereizten Lebensgeister wieder beruhige. So entgehe sie gewiß bedrohlicher Krankheit.

Keiner von den Gästen war mehr im Schlosse. »Nun ist es,« rief der Obrist, »nun ist es einmal Zeit, die wunderbaren Geheimnisse zu lösen. Sage, Moritz, welch ein Engel des Himmels rief dich wieder ins Leben.«

»Sie wissen,« begann Moritz, »auf welche meuchelmörderische Weise ich, als schon der Waffenstillstand geschlossen, in der Gegend von S. überfallen wurde. Von einem Schuß getroffen, sank ich entseelt vom Pferde. Wie lange ich in tiefer Todesohnmacht gelegen haben mag, weiß ich nicht. Im ersten Erwachen des dunklen Bewußtseins hatte ich die Empfindung des Fahrens. Es war finstre Nacht. Mehrere Stimmen flüsterten leise um mich her. Es war Französisch, was sie sprachen. Also schwer verwundet und in der Gewalt des Feindes! – Der Gedanke faßte mich mit allen Schrecken, und ich versank abermals in tiefe Ohnmacht. Nun folgte ein Zustand, der mir nur einzelne Momente des heftigsten Kopfschmerzes als Erinnerung zurückgelassen hat. Eines Morgens erwachte ich zum hellsten Bewußtsein. Ich befand mich in einem saubern, beinahe prächtigen Bette mit seidenen Gardinen und großen Quasten und Troddeln verziert. So war auch das hohe Zimmer mit seidenen Tapeten und schwer vergoldeten Tischen und Stühlen auf altfränkische Weise ausstaffiert. Ein fremder Mensch schaute mir, ganz hingebeugt, ins Gesicht und sprang dann an eine Klingelschnur, die er stark anzog. Wenige Minuten hatte es gewährt, als die Türe aufging und zwei Männer hineintraten, von denen der bejahrtere ein altmodisch gesticktes Kleid und das Ludwigskreuz trug. Der jüngere

trat auf mich zu, fühlte meinen Puls und sprach zu dem ältern auf Französisch: ›Alle Gefahr ist vorüber – er ist gerettet!‹
Nun kündigte sich mir der Ältere als den Chevalier von T. an, in dessen Schloß ich mich befände. Auf einer Reise begriffen, so erzählte er, kam er durch das Dorf gerade in dem Augenblick, als die meuchelmörderischen Bauern mich niedergestreckt hatten und mich auszuplündern im Begriff standen. Es gelang ihm, mich zu befreien. Er ließ mich auf einen Wagen packen und nach seinem Schloß, das weit entfernt aus aller Kommunikation mit den Militärstraßen lag, bringen. Hier unterzog sich sein geschickter Haus-Chrirurgus mit Erfolg der schwierigen Kur meiner bedeutenden Kopfwunde. Er liebe, beschloß er, meine Nation, die ihm einst in der verworrenen, bedrohlichen Zeit der Revolution Gutes erzeigt, und freue sich, daß er mir nützlich sein könne. Alles, was zu meiner Bequemlichkeit, zu meinem Trost gereichen könne, stehe mir in seinem Schloß zu Diensten, und dulden werde er unter keiner Bedingung, daß ich ihn früher verlasse, als bis alle Gefahr, die meine Wunde sowohl als die fortdauernde Unsicherheit der Straßen herbeiführe, vorüber sei. Er bedauerte übrigens die Unmöglichkeit, meinen Freunden zurzeit Nachricht von meinem Aufenthalt zu geben.
Der Chevalier war Witwer, seine Söhne abwesend, so daß nur er allein mit dem Chirurgus und zahlreicher Dienerschaft das Schloß bewohnte. Ermüden könnt' es nur, wenn ich weitläufig erzählen wollte, wie ich unter den Händen des grundgeschickten Chirurgus immer mehr und mehr gesundete, wie der Chevalier alles aufbot, mir das einsiedlerische Leben angenehm zu machen. Seine Unterhaltung war geistreicher und sein Blick tiefer, als man es sonst bei seiner Nation findet. Er sprach über Kunst und Wissenschaft, vermied aber, so wie es nur möglich war, sich über die neuen Ereignisse auszulassen. Darf ich's denn versichern, daß mein einziger Gedanke Angelika war, daß es in meiner Seele brannte, sie in Schmerz versunken zu wissen über meinen Tod! – Ich lag dem Chevalier unaufhörlich an, Briefe von mir zu besor-

gen nach dem Hauptquartier. Er wies das von der Hand, indem er für die Richtigkeit der Besorgung nicht einstehen könne, zumal der neue Feldzug so gut als gewiß sei. Er vertröstete mich, daß er, sowie ich nur ganz genesen, dafür sorgen werde, mich, geschehe auch was da wolle, wohlbehalten in mein Vaterland zurückzubringen. Aus seinen Äußerungen mußt' ich beinahe schließen, daß der Krieg wirklich aufs neue begonnen, und zwar zum Nachteil der Verbündeten, was er mir aus Zartgefühl verschwiege.

Doch nur der Erwähnung einzelner Momente bedarf es, um die seltsamen Vermutungen zu rechtfertigen, die Dagobert in sich trägt.

Beinahe fieberfrei war ich schon, als ich auf einmal zur Nachtzeit in einen unbegreiflichen träumerischen Zustand verfiel, vor dem ich noch erbebe, unerachtet mir nur die dunkle Erinnerung daran blieb. Ich sah Angelika, aber es war, als verginge die Gestalt in zitternden Schimmer, und vergebens ränge ich darnach, sie festzuhalten. Ein anderes Wesen drängte sich dazwischen und legte sich an meine Brust und erfaßte in meinem Innersten mein Herz, und in der glühendsten Qual untergehend, wurde ich durchdrungen von einem fremden wunderbaren Wonnegefühl. – Andern Morgens fiel mein erster Blick auf ein Bild, das dem Bette gegenüber hing, und das ich dort niemals bemerkt. Ich erschrak bis in tiefster Seele, denn es war Marguerite, die mich mit ihren schwarzen lebendigen Augen anstrahlte. Ich fragte den Bedienten, wo das Bild herkomme und wen es vorstelle? Er versicherte, es sei des Chevaliers Nichte, die Marquise von T., und das Bild habe immer da gehangen, nur sei es von mir bisher nicht bemerkt worden, weil es erst gestern vom Staube gereinigt. Der Chevalier bestätigte dies. So wie ich nun Angelika wachend, träumend erschauen wollte, stand Marguerite vor mir. Mein eignes Ich schien mir entfremdet, eine fremde Macht gebot über mein Sein, und in dem tiefen Entsetzen, das mich erfaßte, war es mir, als könne ich Margueriten nicht

lassen. Nie vergesse ich die Qual dieses grauenhaften Zustandes.
Eines Morgens liege ich im Fenster, mich erlabend in den süßen Düften, die der Morgenwind mir zuweht; da erschallen in der Ferne Trompetenklänge. – Ich erkenne den fröhlichen Marsch russischer Reiterei, mein ganzes Herz geht mir auf in heller Lust, es ist, als wenn auf den Tönen freundliche Geister zu mir wallen und zu mir sprechen mit lieblichen tröstenden Stimmen, als wenn das wiedergewonnene Leben mir die Hände reicht, mich aufzurichten aus dem Sarge, in dem mich eine feindliche Macht verschlossen! – Mit Blitzesschnelle sprengen einzelne Reiter daher – auf den Schloßhof! – Ich schaue herab – ›Bogislav! – mein Bogislav‹ schrie ich auf im Übermaß des höchsten Entzückens! – Der Chevalier tritt ein, bleich – verstört – von unverhoffter Einquartierung – ganz fataler Unruhe stammelnd! – Ohne auf ihn zu achten, stürze ich herab und liege meinem Bogislav in den Armen! –
Zu meinem Erstaunen erfuhr ich nun, daß der Friede schon längst geschlossen und der größte Teil der Truppen in vollem Rückmarsch begriffen. Alles das hatte mir der Chevalier verschwiegen und mich auf dem Schlosse wie seinen Gefangenen gehalten. Keiner, weder ich noch Bogislav, konnten irgend ein Motiv dieser Handlungsweise ahnen, aber jeder fühlte dunkel, daß hier irgend Unlauteres im Spiel sein müsse. Der Chevalier war von Stund' an nicht mehr derselbe, bis zur Unart mürrisch, langweilte er uns mit Eigensinn und Kleinigkeitskrämerei, ja, als ich im reinsten Gefühl der Dankbarkeit mit Enthusiasmus davon sprach, wie er mir das Leben gerettet, lächelte er recht hämisch dazwischen und gebärdete sich wie ein launischer Grillenfänger.
Nach achtundvierzigstündiger Rast brach Bogislav auf, ich schloß mich ihm an. Wir waren froh, als wir die altväterische Burg, die mir nun vorkam wie ein düstres unheimliches Gefängnis, im Rücken hatten. – Aber nun fahre du fort, Dagobert, denn

recht eigentlich ist nun an dir die Reihe, die seltsamen Ereignisse, die uns betroffen, fortzuspinnen.«

»Wie mag,« begann Dagobert, »wie mag man doch nur das wunderbare Ahnungsvermögen bezweifeln, das tief in der menschlichen Natur liegt. Nie habe ich an meines Freundes Tod geglaubt. Der Geist, der in Träumen verständlich aus dem Innern zu uns spricht, sagte es mir, daß Moritz lebe, und daß die geheimnisvollen Bande ihn irgendwo umstrickt hielten. Angelikas Verbindung mit dem Grafen zerschnitt mir das Herz. – Als ich vor einiger Zeit herkam, als ich Angelika in einer Stimmung fand, die mir, ich gestehe es, ein inneres Entsetzen erregte, weil ich wie in einem magischen Spiegel ein fürchterliches Geheimnis zu erblicken glaubte – ja! da reifte in mir der Entschluß, das fremde Land so lange zu durchpilgern, bis ich meinen Moritz gefunden. – Kein Wort von der Seligkeit, von dem Entzücken, als ich schon in A. auf deutschem Grund und Boden meinen Moritz wiederfand und mit ihm den General von S–en.

Alle Furien der Hölle erwachten in meines Freundes Brust, als er Angelikas Verbindung mit dem Grafen vernahm. Aber alle Verwünschungen, alle herzzerschneidende Klagen, daß Angelika ihm untreu worden, schwiegen, als ich ihm gewisse Vermutungen mitteilte, als ich ihm versicherte, daß es in seiner Macht stehe, alles Unwesen auf einmal zu zerstören. Der General von S–en bebte zusammen, als ich den Namen des Grafen nannte, und als ich auf sein Geheiß, sein Antlitz, seine Figur beschrieben, rief er aus: »Ja, kein Zweifel mehr, er ist es, er ist es selbst.« –

»Vernehmen Sie,« unterbrach hier der General den Redner, »vernehmen Sie mit Erstaunen, daß Graf S–i mir vor mehreren Jahren in Neapel eine teure Geliebte raubte durch satanische Künste, die ihm zu Gebote standen. Ja, in dem Augenblick, als ich ihm den Degen durch den Leib stieß, erfaßte sie und mich ein Höllenblendwerk, das uns auf ewig trennte! – Längst wußte ich, daß die Wunde, die ich ihm beigebracht, nicht einmal gefährlich gewesen, daß er sich um meiner Geliebten Hand beworben, ach!

– daß sie an demselben Tage, als sie getraut werden sollte, vom Nervenschlag getroffen niedersank!« –

»Gerechter Gott,« rief die Obristin, »drohte denn nicht wohl gleiches Schicksal meinem Herzenskinde? – Doch wie komme ich denn darauf, dies zu ahnen?«

»Es ist,« sprach Dagobert, »es ist die Stimme des ahnenden Geistes, Frau Obristin, die wahrhaft zu Ihnen spricht.«

»Und die gräßliche Erscheinung,« fuhr die Obristin fort, »von der uns Moritz erzählte an jenem Abende, als der Graf so unheimlich bei uns eintrat?«

»Es fiel,« nahm Moritz das Wort, »es fiel, so erzählte ich damals, ein entsetzlicher Schlag, ein eiskalter Todeshauch wehte mich an, und es war, als rausche eine bleiche Gestalt in zitternden, kaum kenntlichen Umrissen durch das Zimmer. Mit aller Kraft des Geistes bezwang ich mein Entsetzen. Ich behielt die Besinnung, mein Bogislav war erstarrt zum Tode. Als er nach vielem Mühen zu sich selbst gebracht wurde vom herbeigerufenen Arzt, reichte er mir wehmütig die Hand und sprach: ›Bald – morgen schon enden meine Leiden!‹ – Es geschah, wie er vorausgesetzt, aber wie die ewige Macht des Himmels es beschlossen, auf ganz andere Weise, als er es wohl gemeint. Im dicksten wütendsten Gefecht am andern Morgen traf ihn eine matte Kartätschenkugel auf die Brust und warf ihn vom Pferde. Die wohltätige Kugel hatte das Bild der Ungetreuen, das er noch immer auf der Brust trug, in tausend Stücken zersplittert. Leicht war die Kontusion geheilt, und seit der Zeit hat mein Bogislav niemals etwas Unheimliches verspürt, das verstörend in sein Leben getreten sein sollte.«

»So ist es,« sprach der General, »und selbst das Andenken an die verlorne Geliebte erfüllt mich nur mit dem milden Schmerz, der dem innern Geist so wohl tut. – Doch mag unser Freund Dagobert nur erzählen, wie es sich weiter mit uns begab.«

»Wir eilten,« nahm Dagobert das Wort, »wir eilten fort von A. Heute in der frühesten Morgendämmerung trafen wir ein in dem kleinen Städtchen P., das sechs Meilen von hier entfernt. Wir gedachten einige Stunden zu rasten und dann weiter zu reisen geradesweges hieher. Wie ward uns, meinem Moritz und mir, als aus einem Zimmer des Gasthofes uns Marguerite entgegenstürzte, den Wahnsinn im bleichen Antlitz. Sie fiel dem Rittmeister zu Füßen, umschlang heulend seine Knie, nannte sich die schwärzeste Verbrecherin, die hundertmal den Tod verdient, flehte ihn an, sie auf der Stelle zu ermorden. Moritz stieß sie mit dem tiefsten Abscheu von sich und rannte fort.« – »Ja,« fiel der Rittmeister dem Freunde ins Wort, »ja, als ich Marguerite zu meinen Füßen erblickte, kamen alle Qualen jenes entsetzlichen Zustandes, den ich im Schlosse des Chevaliers erlitten, über mich und entzündeten eine nie gekannte Wut in mir. Ich war im Begriff, Margueriten den Degen durch die Brust zu stoßen, als ich, mich mit Gewalt bezähmend, davonrannte.«

»Ich hob,« fuhr Dagobert fort, »ich hob Margueriten von der Erde auf, ich trug sie in das Zimmer, es gelang mir, sie zu beruhigen und in abgerissenen Reden von ihr zu erfahren, was ich geahnet. Sie gab mir einen Brief, den sie von dem Grafen gestern um Mitternacht erhalten. Hier ist er!«

Dagobert zog einen Brief hervor, schlug ihn auseinander und las:

Fliehen Sie, Marguerite! – Alles ist verloren! – Er naht, der Verhaßte. Alle meine Wissenschaft reicht nicht hin gegen das dunkle Verhängnis, das mich erfaßt am höchsten Ziel meines Seins. – Marguerite! ich habe Sie in Geheimnisse eingeweiht, die das gewöhnliche Weib, das darnach strebte, vernichtet haben würden. Aber mit besonderer geistiger Kraft, mit festem, starkem Willen ausgerüstet, waren Sie eine würdige Schülerin des tieferfahrnen Meisters. Sie haben mir beigestanden. Durch Sie herrschte ich über Angelikas Gemüt, über ihr ganzes inneres Wesen. Dafür wollt' ich Ihnen das Glück des Lebens bereiten, wie es in Ihrer Seele lag, und betrat die geheimnisvollsten, gefährlichsten Kreise, begann Operationen, vor denen ich oft mich selbst entsetzte. Umsonst! – fliehen Sie, sonst ist Ihr Untergang gewiß. – Bis zum höchsten Moment trete ich kühn der feindlichen Macht entgegen. Aber ich fühl' es, dieser Moment gibt mir den jähen Tod! – Ich werde einsam sterben. Sowie der Augenblick gekommen, wandre ich zu jenem wunderbaren Baum, unter dessen Schatten ich oft von den wunderbaren Geheimnissen zu Ihnen sprach, die mir zu Gebote stehen. Marguerite! – entsagen Sie für immer diesen Geheimnissen. Die Natur, die grausame Mutter, die abhold geworden den entarteten Kindern, wirft den vorwitzigen Spähern, die mit kecker Hand an ihrem Schleier zupfen, ein glänzendes Spielzeug hin, das sie verlockt und seine verderbliche Kraft gegen sie selbst richtet. – Ich erschlug einst ein Weib in dem Augenblick, als ich wähnte, es in der höchsten Inbrunst aller Liebe zu umfangen. Das lähmte meine Kraft, und doch hoffte ich wahnsinniger Tor noch auf irdisches Glück! – Leben Sie wohl, Marguerite! – Gehen Sie in Ihr Vaterland zurück. – Gehen Sie nach S. Der Chevalier von T. wird für Ihr Glück sorgen. – Leben Sie wohl! –

Als Dagobert den Brief gelesen, fühlten sich alle von innerm Schauer durchbebt.

»So muß ich,« begann endlich die Obristin leise, »so muß ich an Dinge glauben, gegen die sich mein innerstes Gemüt sträubt. Aber gewiß ist es, daß es mir ganz unbegreiflich blieb, wie Angelika sobald ihren Moritz vergessen und sich ganz dem Grafen zuwenden konnte. Nicht entgangen ist mir indessen, daß sie sich fast beständig in einem exaltierten Zustande befand, und eben dies erfüllte mich mit den quälendsten Besorgnissen. Ich erinnere mich, daß sich Angelikas Neigung zum Grafen zuerst äußerte auf besondere Weise. Sie vertraute mir nämlich, wie sie beinahe in jeder Nacht von dem Grafen sehr lebhaft und angenehm träume.«

»Ganz recht,« nahm Dagobert das Wort, »Marguerite gestand mir ein, daß sie auf des Grafen Geheiß Nächte über bei Angelika zugebracht und leise, leise mit lieblicher Stimme ihr des Grafen Namen ins Ohr gehaucht. Ja, der Graf selbst sei manchmal um Mitternacht in die Türe getreten, habe minutenlang den starren Blick auf die schlafende Angelika gerichtet und sich dann wieder entfernt. – Doch bedarf es jetzt, da ich des Grafen bedeutungsvollen Brief vorgelesen, wohl noch eines Kommentars? – Gewiß ist es, daß er darauf ausging, durch allerlei geheime Künste auf das innere Gemüt psychisch zu wirken, und daß ihm dies vermöge besonderer Naturkraft gelang. Er stand mit dem Chevalier von T. in Verbindung und gehörte zu jener unsichtbaren Schule, die in Frankreich und Italien einzelne Glieder zählt und aus der alten P-schen Schule entstanden sein soll. – Auf seinen Anlaß hielt der Chevalier den Rittmeister fest in seinem Schlosse und übte an ihm allerlei bösen Liebeszauber. – Ich könnte weiter eingehen in die geheimnisvollen Mittel, vermöge der der Graf wußte, sich des fremden psychischen Prinzips zu bemeistern, wie sie Marguerite mir entdeckte, ich könnte manches erklären aus einer Wissenschaft, die mir nicht unbekannt, deren Namen ich aber nicht nennen mag aus Furcht mißverstanden zu werden – doch man erlasse mir dieses wenigstens für heute.« – »O für immer,« rief die Obristin mit Begeisterung, »nichts mehr von dem finstern unbekannten Reich, wo das Grauen wohnt und das Entsetzen! – Dank der ewigen Macht des Himmels, die mein liebes Herzenskind gerettet, die uns befreit hat von dem unheimlichen Gast, der so verstörend in unser Haus trat. – Man beschloß, andern Tages nach der Stadt zurückzukehren. Nur der Obrist und Dagobert blieben, um die Beerdigung des Grafen zu besorgen.

Längst war Angelika des Rittmeisters glückliche Gattin. Da geschah es, daß an einem stürmischen Novemberabend die Familie mit Dagobert in demselben Saal am lodernden Kaminfeuer saß wie damals, als Graf S–i so gespenstisch durch die Türe hineinschritt. Wie damals heulten und pfiffen wunderliche Stimmen durcheinander, die der Sturmwind in den Rauchfängen aus dem Schlafe aufgestört. »Wißt ihr wohl noch,« fragte die Obristin mit

leuchtenden Blicken – »erinnert ihr euch noch?« – »Nur keine Gespenstergeschichten!« rief der Obrist, aber Angelika und Moritz sprachen davon, was sie an jenem Abende empfunden, und wie sie schon damals sich über alle Maßen geliebt, und konnten nicht aufhören, des kleinsten Umstandes zu erwähnen, der sich damals begeben, wie in allem nur der reine Strahl ihrer Liebe sich abgespiegelt, und wie selbst die süßen Schauer des Grauens sich nur aus liebender sehnsüchtiger Brust erhoben, und wie nur der unheimliche Gast, von den gespenstischen Unkenstimmen verkündigt, alles Entsetzen über sie gebracht. »Ist es,« sprach Angelika, »ist es, mein Herzens-Moritz, denn nicht so, als wenn die seltsamen Töne des Sturmwindes, die sich eben jetzt hören lassen, gar freundlich zu uns von unserer Liebe sprächen?« »Ganz recht,« nahm Dagobert das Wort, »ganz recht, und selbst das Pfeifen und Zirpen und Zischen der Teemaschine klingt gar nicht im mindesten mehr graulich sondern, wie mich dünkt, ungefähr so, als besänne sich das darin verschlossene artige Hausgeistlein auf ein hübsches Wiegenlied.«
Da barg Angelika das in hellen Rosenflammen aufglühende Antlitz im Busen des überglücklichen Moritz. *Der* schlang aber den Arm um die holde Gattin und lispelte leise: »Gibt es denn noch hinieden eine höhere Seligkeit als diese?«

»Ich merk' es wohl,« sprach Ottmar, als er die Erzählung geendet hatte und die Freunde in mürrischem Stillschweigen verharrten, »ich merk' es wohl, ihr seid von meinem Geschichtlein eben nicht sonderlich erbaut. Wir wollen daher nicht weiter viel darüber reden, sondern es der Vergessenheit hingeben.«
»Das beste, was wir tun können,« erwiderte Lothar.
»Und doch,« nahm Cyprian das Wort, »und doch muß ich meinen Freund in Schutz nehmen. Zwar könntet ihr sagen, daß ich in gewisser Art Partei bin, da Ottmar zu seinem Gericht manches Gewürz von mir empfing und diesmal ganz eigentlich in meiner Küche kochte, mir also gar kein Urteil anmaßen darf, indessen

GAVARNI.
BREVIERE. ET. NOVION. SC.

werdet ihr doch selbst, wollt ihr nicht, echte Radamanthen, alles schonungslos verdammen, zugestehen müssen, daß manches in Ottmars Erzählung für serapiontisch gelten kann, wie zum Beispiel gleich der Anfang« –

»Ganz recht,« unterbrach Theodor den Freund, »die Gesellschaft bei der Teemaschine mag für lebendig gelten, sowie manches andere im Verlauf der Geschichte, aber aufrichtig gestanden, mit dergleichen gespenstischen unheimlichen Gestalten wie der fremde Graf sind wir schon ein wenig stark geschoren worden, und es möchte schwer fallen, ihnen noch fürder Neuheit und Originalität zu geben. Der fremde Graf gleicht dem Alban in dem Magnetiseur (ihr kennt die Geschichte), so wie überhaupt diese Erzählung mit Ottmars seiner eigentlich dieselbe Basis hat. Ich möchte daher sowohl unsern Ottmar als dich, mein Cyprianus, bitten, dergleichen Unholde künftig ganz aus dem Spiel zu lassen. Ottmarn wird das möglich sein, dir, Cyprian, aber, glaub' ich, niemals.

Eine Vampir-Geschichte

»Es ist,« nahm Cyprian das Wort, »es ist mir bei dem Gespräch über den Vampirismus eine gräßliche Geschichte eingefallen, die ich vor langer Zeit entweder las oder hörte. Doch glaube ich beinahe das letztere, denn wie ich mich erinnere, setzte der Erzähler hinzu, daß die Geschichte sich wirklich zugetragen, und nannte die gräfliche Familie und das Stammhaus, wo sich alles begeben. Sollte die Geschichte dennoch gedruckt und euch bekannt sein, so fallt mir nur gleich in die Rede, denn es gibt nichts Langweiligeres, als sich längst bekannte Dinge auftischen zu lassen.« – »Ich merke,« sprach Ottmar, »daß du wieder etwas sehr Tolles und Greuliches zu Markte bringen wirst; denke wenigstens an den heiligen Serapion, sei so kurz, als du nur vermagst, um unsern Vinzenz zu Worte kommen zu lassen, der, wie ich merke, schon ungeduldig darauf harrt, uns das längst versprochene Märchen mitzuteilen.«

»Still, still,« rief Vinzenz. »Nichts Besseres kann ich mir wünschen, als daß Cyprian einen rechten schwarzen Teppich als Hintergrund aufhänge, auf dem dann die mimisch-plastische Darstellung meiner bunten und, wie ich meine, genugsam bockspringenden Figuren sich ganz hübsch ausnehmen muß. Darum beginne, o mein Cyprianus, und sei düster, schrecklich, ja entsetzlich, trotz dem vampirischen Lord Byron, den ich nicht gelesen.«

»Graf Hyppolit,« so begann Cyprian, »war zurückgekehrt von langen weiten Reisen, um das reiche Erbe seines Vaters, der unlängst gestorben, in Besitz zu nehmen. Das Stammschloß lag in der schönsten, anmutigsten Gegend, und die Einkünfte der Güter reichten hin zu den kostspieligsten Verschönerungen. Alles, was der Art dem Grafen auf seinen Reisen, vorzüglich in England, als reizend, geschmackvoll, prächtig aufgefallen, sollte nun vor seinen Augen noch einmal entstehen. Handwerker und Künstler, wie sie gerade nötig, fanden sich auf seinen Ruf bei ihm ein, und es begann alsbald der Umbau des Schlosses, die Anlage eines weitläufigen Parks in dem größten Stil, so daß selbst Kirche, Totenacker und Pfarrhaus eingegrenzt wurden und als Partie des künstlichen Waldes erschienen. Alle Arbeiten leitete der Graf, der die dazu nötigen Kenntnisse besaß, selbst, er widmete sich diesen Beschäftigungen mit Leib und Seele, und so war ein Jahr vergangen, ohne daß es ihm eingefallen, dem Rat eines alten Oheims gemäß in der Residenz sein Licht leuchten zu lassen vor den Augen der Jungfrauen, damit ihm die schönste, beste, edelste zufalle als Gattin. Eben saß er eines Morgens am Zeichentisch, um den Grundriß eines neuen Gebäudes zu entwerfen, als eine alte Baronesse, weitläufige Verwandte seines Vaters, sich anmelden ließ. Hyppolit erinnerte sich, als er den Namen der Baronesse hörte, sogleich, daß sein Vater von dieser Alten immer mit der tiefsten Indignation, ja mit Abscheu gesprochen und manchmal Personen, die sich ihr nähern wollen, gewarnt, sich von ihr fernzuhalten, ohne jemals eine Ursache der Gefahr anzugeben. Befragte man den Grafen näher, so pflegte er zu sagen, es gäbe gewisse Dinge, über die es besser sei zu schweigen als zu reden. So viel war gewiß, daß in der Residenz dunkle Gerüchte von einem ganz seltsamen und unerhörten Kriminalprozeß gingen, in den die Baronesse befangen, der sie von ihrem Gemahl getrennt, aus ihrem entfernten Wohnort vertrieben, und dessen Unterdrückung sie nur der Gnade des Fürsten zu verdanken habe. Sehr unangenehm berührt fühlte sich Hyppolit durch die Annäherung einer Person, die sein Vater verabscheut, waren ihm auch die Gründe dieses Abscheus unbekannt geblieben. Das Recht der Gastfreundschaft, das vorzüglich auf dem Lande gelten mag, gebot ihm indessen, den lästigen Besuch anzunehmen. Niemals hatte eine Person, ohne im mindesten häßlich zu sein, in ihrer äußern Erscheinung solch einen widerwärtigen Eindruck auf den Grafen gemacht als eben die Baronesse. Bei dem Eintritt durchbohrte sie den Grafen mit einem glühenden Blick, dann schlug sie die Augen nieder und entschuldigte ihren Besuch in beinahe demütigen Ausdrücken. Sie klagte, daß der Vater des Grafen, von den seltsamsten Vorurteilen befangen, die ihm gegen sie feindlich Gesinnte auf hämische Weise beizubringen gewußt, sie bis in den Tod gehaßt und ihr, unerachtet sie in der bittersten Armut beinahe verschmachtet und sich ihres Standes schämen müssen, niemals auch nur die mindeste Unterstützung zufließen lassen. Endlich, ganz unerwartet in den Besitz einer kleinen Geldsumme gekommen, sei es ihr möglich geworden, die Residenz zu verlassen und in ein entferntes Landstädtchen zu fliehen. Auf dieser Reise habe sie dem Drange nicht widerstehen können, den Sohn eines Mannes zu sehen, den sie eines ungerechten unversöhnlichen Hasses unerachtet stets hochverehrt. – Es war der rührende Ton der Wahrheit, mit dem die Baronesse sprach, und der Graf fühlte sich um so mehr bewegt, als er, weggewandt von dem widrigen Antlitz der Alten, versunken war in den Anblick des wunderbar lieblichen anmutigen Wesens, das mit der Baronesse gekommen. Die Baronesse schwieg; der Graf schien es nicht zu bemerken, er blieb stumm. Da bat die Baronesse, es ihrer Befangenheit an diesem Orte zu verzeihen, daß sie dem Grafen nicht gleich bei ihrem Eintritt ihre Tochter Aurelie vorgestellt. Nun erst gewann der Graf Worte und beschwor, rot geworden bis an die Augen in der Verwirrung des liebeentzückten Jünglings, die Baronesse, sie möge ihm vergönnen, das gutzumachen, was sein Vater nur aus Mißverstand verschulden können, und vorderhand es sich auf seinem Schlosse gefallen lassen. Seinen besten Willen beteuernd, faßte er die Hand der Baronesse, aber das Wort, der Atem stockte ihm, eiskalte Schauer durchbebten sein Innerstes. Er fühlte seine Hand von im Tode erstarrten Fingern umkrallt, und die große knochendürre Gestalt der Baronesse, die ihn anstarrte mit Augen ohne Sehkraft, schien ihm in den häßlich bunten Kleidern eine angeputzte Leiche. ›O mein Gott, welch ein Ungemach gerade in diesem Augenblick!‹

So rief Aurelie und klagte dann mit sanfter herzdurchdringender Stimme, daß ihre arme Mutter zuweilen plötzlich vom Starrkrampf ergriffen werde, daß dieser Zustand aber gewöhnlich ohne Anwendung irgendeines Mittels in ganz kurzer Zeit vorüberzugehen pflege. Mit Mühe machte sich der Graf los von der Baronesse, und alles glühende Leben süßer Liebeslust kam ihm wieder, als er Aureliens Hand faßte und feurig an die Lippen drückte. Beinahe zum Mannesalter gereift, fühlte der Graf zum erstenmal die ganze Gewalt der Leidenschaft, um so weniger war es ihm möglich, seine Gefühle zu verbergen, und die Art, wie Aurelie dies aufnahm in hoher kindlicher Liebenswürdigkeit, entzündete in ihm die schönsten Hoffnungen. Wenige Minuten waren vergangen, als die Baronesse aus dem Starrkrampf erwachte und, sich des vorübergegangenen Zustandes völlig unbewußt, den Grafen versicherte, wie sie der Antrag, einige Zeit auf dem Schlosse zu verweilen, hoch ehre und alles Unrecht, das ihr der Vater angetan, mit einemmal vergessen lasse. So hatte sich nun plötzlich der Hausstand des Grafen verändert, und er mußte glauben, daß ihm eine besondere Gunst des Schicksals die einzige auf dem ganzen Erdenrund zugeführt, die als heißgeliebte angebetete Gattin ihm das höchste Glück des irdischen Seins gewähren könne. Das Betragen der alten Baronesse blieb sich gleich, sie war still, ernst, ja in sich verschlossen und zeigte, wenn es die Gelegenheit gab, eine milde Gesinnung und ein jeder unschuldigen Lust erschlossenes Herz. Der Graf hatte sich an das in der Tat seltsam gefurchte totenbleiche Antlitz, an die gespenstische Gestalt der Alten gewöhnt, er schrieb alles ihrer Kränklichkeit zu, sowie dem Hange zu düstrer Schwärmerei, da sie, wie er von seinen Leuten erfahren, oft nächtliche Spaziergänge machte durch den Park nach dem Kirchhofe zu. Er schämte sich, daß das Vorurteil des Vaters ihn so habe befangen können, und die eindringlichsten Ermahnungen des alten Oheims, das Gefühl, das ihn ergriffen, zu besiegen und ein Verhältnis aufzugeben, das ihn über kurz oder lang ganz unvermeidlich ins Verderben stürzen werde, verfehlten durchaus ihre Wirkung. Von Aureliens innigster Liebe auf das lebhafteste überzeugt, bat er um ihre Hand, und man kann denken, mit welcher Freude die Baronesse, die sich, aus tiefer Dürftigkeit gerissen, im Schoße des Glücks sah, diesen Antrag aufnahm. Die Blässe und jener besondere Zug, der auf einen schweren innern unverwindlichen Gram deutet, war verschwunden aus Aureliens Antlitz, und die Seligkeit der Liebe strahlte aus ihren Augen, schimmerte rosicht auf ihren Wangen. Am Morgen des Hochzeitstages vereitelte ein erschütternder Zufall die Wünsche des Grafen. Man hatte die Baronesse im Park unfern des Kirchhofes leblos am Boden auf dem Gesicht liegend gefunden und brachte sie nach dem Schlosse, eben als der Graf aufgestanden und im Wonnegefühl des errungenen Glücks hinausschaute. Er glaubte die Baronesse nur von ihrem gewöhnlichen Übel befallen; alle Mittel, sie wieder zurückzurufen ins Leben, blieben aber vergeblich, sie war tot. Aurelie überließ sich weniger den Ausbrüchen eines heftigen Schmerzes, als daß sie verstummt, tränenlos durch den Schlag, der sie getroffen, in ihrem innersten Wesen gelähmt schien. Dem Grafen bangte für die Geliebte, und nur leise und behutsam wagte er es, sie an ihr Verhältnis als gänzlich verlassenes Kind zu erinnern, welches erfordere, das Schickliche aufzugeben, um das noch Schicklichere zu tun, nämlich des Todes der Mutter unerachtet den Hochzeitstag so viel nur möglich zu beschleunigen. Da fiel aber Aurelie dem Grafen in die Arme und rief, indem ihr ein Tränenstrom aus den Augen stürzte, mit schneidender, das Herz durchbohrender Stimme: ›Ja – Ja! – um aller Heiligen, um meiner Seligkeit willen, ja!‹ – Der Graf schrieb diesen Ausbruch innerer Gemütsbewegung dem bittern Gedanken zu, daß sie verlassen, heimatslos nun nicht wisse wohin, und auf dem Schlosse zu bleiben doch der Anstand verbiete. Er sorgte dafür, daß Aurelie eine alte würdige Matrone zur Gesellschafterin erhielt, bis nach wenigen Wochen aufs neue der Hochzeitstag herankam, den weiter kein böser Zufall unterbrach, sondern der Hyppolits und Aureliens Glück krönte. Aurelie hatte sich indessen immerwährend in einem gespannten Zustande befunden. Nicht der Schmerz über den Verlust der Mutter, nein, eine innere, namenlose, tötende Angst schien sie rastlos zu verfolgen. Mitten im süßesten Liebesgespräch fuhr sie plötzlich, wie von jähem Schreck erfaßt, zum Tode erbleicht, auf, schloß den Grafen, indem ihr Tränen aus den Augen quollen, in ihre Arme, als wolle sie sich festhalten, damit eine unsichtbare feindliche Macht sie nicht fortreiße ins Verderben, und rief: ›Nein – nimmer – nimmer!‹ – Erst jetzt, da sie verheiratet mit dem Grafen, schien der gespannte Zustand aufgehört, jene innere entsetzliche Angst sie verlassen zu haben. Es konnte nicht fehlen, daß der Graf irgendein böses Geheimnis vermutete, von dem Aureliens Inneres verstört, doch hielt er es mit Recht für unzart, Aurelien darnach zu fragen, solange ihre Spannung anhielt und sie selbst darüber schwieg. Jetzt wagte er es leise darauf hinzudeuten, was wohl die Ursache ihrer seltsamen Gemütsstimmung gewesen sein möge. Da versicherte Aurelie, daß es ihr eine Wohltat sei, ihm, dem geliebten Gemahl, jetzt ihr ganzes Herz zu erschließen. Nicht wenig erstaunte der Graf, als er nun erfuhr, daß nur das heillose Treiben der Mutter allen sinnverstörenden Gram über Aurelien gebracht. ›Gibt es‹, rief Aurelie, ›etwas Entsetzlicheres, als die eigne Mutter hassen, verabscheuen zu müssen?‹ Also war der Vater, der Oheim von keinem falschen Vorurteil befangen, und die Baronesse hatte mit durchdachter Heuchelei den Grafen getäuscht. Für eine seiner Ruhe günstige Schickung mußte es nun der Graf halten, daß die böse Mutter an seinem Hochzeitstage gestorben. Er hatte dessen kein Hehl; Aurelie erklärte aber, daß gerade bei dem Tode der Mutter sie sich von düstern furchtbaren Ahnungen ergriffen gefühlt, daß sie die entsetzliche Angst nicht verwinden können, die Tote werde erstehn aus dem Grabe und sie hinabreißen aus den Armen des Geliebten in den Abgrund. Aurelie erinnerte sich (so erzählte sie) ganz dunkel aus ihrer früheren Jugendzeit, daß eines Morgens, da sie eben aus dem Schlafe erwacht, ein furchtbarer

Tumult im Hause entstand. Die Türen wurden auf- und zugeworfen, fremde Stimmen riefen durcheinander. Endlich als es stiller geworden, nahm die Wärterin Aurelien auf den Arm und trug sie in ein großes Zimmer, wo viele Menschen versammelt, in der Mitte auf einem langen Tisch ausgestreckt lag aber der Mann, der oft mit Aurelien gespielt, sie mit Zuckerwerk gefüttert, und den sie Papa genannt. Sie streckte die Händchen nach ihm aus und wollte ihn küssen. Die sonst warmen Lippen waren aber eiskalt, und Aurelie brach, selbst wußte sie nicht warum, aus in heftiges Weinen. Die Wärterin brachte sie in ein fremdes Haus, wo sie lange Zeit verweilte, bis endlich eine Frau erschien und sie in einer Kutsche mitnahm. Das war nun ihre Mutter, die bald darauf mit Aurelien nach der Residenz reiste. Aurelie mochte ungefähr sechzehn Jahre alt sein, als ein Mann bei der Baronesse erschien, den sie mit Freude und Zutraulichkeit empfing wie einen alten geliebten Bekannten. Er kam oft und öfter, und bald veränderte sich der Hausstand der Baronesse auf sehr merkliche Weise. Statt daß sie sonst in einem Dachstübchen gewohnt und sich mit armseligen Kleidern und schlechter Kost beholfen, bezog sie jetzt ein hübsches Quartier in der schönsten Gegend der Stadt, schaffte sich prächtige Kleider an, aß und trank mit dem Fremden, der ihr täglicher Tischgast war, vortrefflich und nahm teil an allen öffentlichen Lustbarkeiten, wie sie die Residenz darbot. Nur auf Aurelien hatte diese Verbesserung der Lage ihrer Mutter, die diese offenbar dem Fremden verdankte, gar keinen Einfluß. Sie blieb eingeschlossen in ihrem Zimmer zurück, wenn die Baronesse mit dem Fremden dem Vergnügen zueilte, und mußte so armselig einhergehen als sonst. Der Fremde hatte, unerachtet er wohl beinahe vierzig Jahre alt sein mochte, ein sehr frisches jugendliches Ansehen, war von hoher schöner Gestalt, und auch sein Antlitz mochte männlich schön genannt werden. Demunerachtet war er Aurelien widrig, weil oft sein Benehmen, schien er sich auch zu einem vornehmen Anstande zwingen zu wollen, linkisch, gemein, pöbelhaft wurde. Die

Blicke, womit er aber Aurelien zu betrachten begann, erfüllten sie mit unheimlichem Grauen, ja mit einem Abscheu, dessen Ursache sie sich selbst nicht zu erklären wußte. Nie hatte bisher die Baronesse es der Mühe wert geachtet, Aurelien auch nur ein Wort über den Fremden zu sagen. Jetzt nannte sie Aurelien seinen Namen mit dem Zusatz, daß der Baron steinreich und ein entfernter Verwandter sei. Sie rühmte seine Gestalt, seine Vorzüge und schloß mit der Frage, wie er Aurelien gefalle. Aurelie verschwieg nicht den innern Abscheu, den sie gegen den Fremden hegte, da blitzte sie aber die Baronesse an mit einem Blick, der ihr tiefen Schreck einjagte, und schalt sie ein dummes einfältiges Ding. Bald darauf wurde die Baronesse freundlicher gegen Aurelien, als sie es jemals gewesen. Sie erhielt schöne Kleider, reichen modischen Putz jeder Art, man ließ sie teilnehmen an den öffentlichen Vergnügungen. Der Fremde bemühte sich nun um Aureliens Gunst auf eine Weise, die ihn nur immer widerwärtiger ihr erscheinen ließ. Tödlich wurde aber ihr zarter jungfräulicher Sinn berührt, als ein böser Zufall sie geheime Zeugin sein ließ einer empörenden Abscheulichkeit des Fremden und der verderbten Mutter. Als nun einige Tage darauf der Fremde in halbtrunknem Mut sie auf eine Art in seine Arme schloß, daß die verruchte Absicht keinem Zweifel unterworfen, da gab ihr die Verzweiflung Manneskraft, sie stieß den Fremden zurück, daß er rücklings überstürzte, entfloh und schloß sich in ihr Zimmer ein. Die Baronesse erklärte Aurelien ganz kalt und bestimmt, daß, da der Fremde ihren ganzen Haushalt bestritte und sie gar nicht Lust habe, zurückzukommen in die alte Dürftigkeit, hier jede alberne Ziererei verdrießlich und unnütz sein werde; Aurelie müsse sich dem Willen des Fremden hingeben, der sonst gedroht, sie zu verlassen. Statt auf Aureliens wehmütiges Flehen, statt auf ihre heißen Tränen zu achten, begann die Alte, in frechem Spott laut auflachend, über ein Verhältnis, das ihr alle Lust des Lebens erschließen werde, auf eine Art zu sprechen, deren zügellose Abscheulichkeit jedem sittlichen Gefühl Hohn sprach, so daß Aurelie sich davor entsetzte. Sie sah sich verloren, und das einzige Rettungsmittel schien ihr schleunige Flucht. Aurelie hatte sich den Hausschlüssel zu verschaffen gewußt, die wenigen Habseligkeiten, die dringendste Notwendigkeit erforderte, zusammengepackt und schlich nach Mitternacht, als sie die Mutter in tiefem Schlaf glaubte, über den matt erleuchteten Vorsaal. Schon wollte sie leise, leise hinaustreten, als die Haustüre rasselnd aufsprang und es die Treppe hinaufpolterte. Hinein in den Vorsaal, hin zu Aureliens Füßen stürzte die Baronesse, in einen schlechten schmutzigen Kittel gekleidet, Brust und Arme entblößt, das greise Haar aufgelöst, wild flatternd. Und dicht hinter ihr her der Fremde, der mit dem gellenden Ruf: ›Warte, verruchter Satan, höllische Hexe, ich werd' dir dein Hochzeitmahl eintränken!‹ sie bei den Haaren mitten ins Zimmer schleifte und mit dem dicken Knittel, den er bei sich trug, auf die grausamste Weise zu mißhandeln begann. Die Baronesse stieß ein fürchterliches Angstgeschrei aus, Aurelie, ihrer Sinne kaum mächtig, rief laut durch das geöffnete Fenster nach Hülfe. Es traf sich, daß gerade eine Patrouille bewaffneter Polizei vorüberging. Diese drang sogleich ins Haus. ›Faßt ihn,‹ rief die Baronesse, sich vor Wut und Schmerz krümmend, den Polizei-Soldaten entgegen, ›faßt ihn – haltet ihn fest! – schaut seinen bloßen Rücken an! – es ist –‹ Sowie die Baronesse den Namen nannte, jauchzte der Polizei-Sergeant, der die Patrouille führte, laut auf: ›Hoho – haben wir dich endlich, Urian!‹ Und damit packten sie den Fremden fest und schleppten ihn, so sehr er sich sträuben mochte, fort. Dem allem, was sich zugetragen, unerachtet hatte die Baronesse Aureliens Absicht doch sehr wohl bemerkt. Sie begnügte sich damit, Aurelien ziemlich unsanft beim Arm zu fassen, sie in ihr Zimmer zu werfen und dieses dann abzuschließen, ohne weiter etwas zu sagen. Andern Morgens war die Baronesse ausgegangen und kam erst am späten Abend wieder, während Aurelie, in ihr Zimmer wie in ein Gefängnis eingeschlossen, niemanden sah und hörte, so daß sie den ganzen Tag zubringen mußte ohne Speise und

Trank. Mehrere Tage hintereinander ging das so fort. Oft blickte die Baronesse sie mit zornfunkelnden Augen an, sie schien mit einem Entschluß zu ringen, bis sie an einem Abend Briefe fand, deren Inhalt ihr Feude zu machen schien. »Aberwitzige Kreatur, du bist an allem schuld, aber es ist nun gut, und ich wünsche selbst, daß die fürchterliche Strafe dich nicht treffen mag, die der böse Geist über dich verhängt hatte.« So sprach die Baronesse zu Aurelien, dann wurde sie wieder freundlicher, und Aurelie, die, da nun der abscheuliche Mensch von ihr gewichen, nicht mehr an die Flucht dachte, erhielt auch wieder mehr Freiheit. – Einige Zeit war vergangen, als eines Tages, da Aurelie gerade einsam in ihrem Zimmer saß, sich auf der Straße ein großes Geräusch erhob. Das Kammermädchen sprang hinein und berichtete, daß man eben den Sohn des Scharfrichters aus – vorbeibringe, der wegen Raubmord dort gebrandmarkt und nach dem Zuchthause gebracht, seinen Wächtern auf dem Transport aber entsprungen sei. Aurelie wankte, ergriffen von banger Ahnung, an das Fenster, sie hatte sich nicht betrogen, es war der Fremde, der, umringt von zahlreichen Wachen, auf dem Leiterwagen fest angeschlossen, vorübergefahren wurde. Man brachte ihn zurück zur Abbüßung seiner Strafe. Der Ohnmacht nahe, sank Aurelie zurück in den Lehnsessel, als der furchtbar wilde Blick des Kerls sie traf, als er mit drohender Gebärde die geballte Faust aufhob gegen das Fenster. – Immer noch war die Baronesse viel außer dem Hause, Aurelien ließ sie aber jedesmal zurück, und so führte sie von manchen Betrachtungen über ihr Schicksal, über das, was Bedrohliches ganz unerwartet, plötzlich sie treffen könne, ein trübes trauriges Leben. Von dem Kammermädchen, das übrigens erst nach jenem nächtlichen Ereignis in das Haus gekommen, und der man nun erst wohl erzählt haben mochte, wie jener Spitzbube mit der Frau Baronesse in vertraulichem Verhältnis gelebt, erfuhr Aurelie, daß man in der Residenz die Frau Baronesse gar sehr bedaure, von einem solchen niederträchtigen Verbrecher auf solche verruchte Weise getäuscht worden zu sein.

Aurelie wußte nur zu gut, wie ganz anders sich die Sache verhielt, und unmöglich schien es, daß wenigstens die Polizeisoldaten, welche damals den Menschen im Hause der Baronesse ergriffen, nicht, als diese ihn nannte und den gebrandmarkten Rükken angab als gewisses Kennzeichen des Verbrechers, von der guten Bekanntschaft der Baronesse mit dem Scharfrichtersohn überzeugt worden sein sollten. Daher äußerte sich denn auch jenes Kammermädchen bisweilen auf zweideutige Weise darüber, was man so hin und her denke, und daß man auch wissen wolle, wie der Gerichtshof strenge Nachforschung gehalten und sogar die gnädige Frau Baronesse mit Arrest bedroht haben solle, weil der verruchte Scharfrichtersohn gar Seltsames erzählt. – Aufs neue mußte die arme Aurelie der Mutter verworfene Gesinnung darin erkennen, daß es ihr möglich gewesen, nach jenem entsetzlichen Ereignis auch nur noch einen Augenblick in der Residenz zu verweilen. Endlich schien sie gezwungen, den Ort, wo sie sich von schmachvollem, nur zu gegründeten Verdacht verfolgt sah, zu verlassen und in eine entfernte Gegend zu fliehen. Auf dieser Reise kam sie nun in das Schloß des Grafen, und es geschah, was erzählt worden. Aurelie mußte sich überglücklich, aller böser Sorge entronnen fühlen; wie tief entsetzte sie sich aber, als, da sie in diesem seligen Gefühl von der gnadenreichen Schickung des Himmels zur Mutter sprach, diese, Höllenflammen in den Augen, mit gellender Stimme rief: ›Du bist mein Unglück, verworfenes heilloses Geschöpf, aber mitten in deinem geträumten Glück trifft dich die Rache, wenn mich ein schneller Tod dahingerafft. In dem Starrkrampf, den deine Geburt mich kostet, hat die List des Satans‹ – hier stockte Aurelie, sie warf sich an des Grafen Brust und flehte, ihr es zu erlassen, das ganz zu wiederholen, was die Baronesse noch ausgesprochen ihn wahnsinniger Wut. Sie fühle sich im Innern zermalmt, gedenke sie der fürchterlichen, jede Ahnung des Entsetzlichsten überbietenden Drohung der von bösen Mächten erfaßten Mutter. Der Graf tröstete die Gattin, so gut er es vermochte, unerachtet er selbst sich von

kaltem Todesschauer durchbebt fühlte. Gestehen mußte er es sich, auch ruhiger geworden, daß die tiefe Abscheulichkeit der Baronesse doch, war sie auch gestorben, einen schwarzen Schatten in sein Leben warf, das ihm sonnenklar gedünkt.
Kurze Zeit war vergangen, als Aurelie sich gar merklich zu ändern begann. Während die Totenblässe des Antlitzes, das ermattete Auge auf Erkrankung zu deuten schien, ließ wieder Aureliens wirres, unstetes, ja scheues Wesen auf irgendein neues Geheimnis schließen, daß sie verstörte. Sie floh selbst den Gemahl, schloß sich bald in ihr Zimmer ein, suchte bald die einsamsten Plätze des Parks, und ließ sie sich dann wieder blicken, so zeugten die verweinten Augen, die verzerrten Züge des Antlitzes von irgendeiner entsetzlichen Qual, die sie gelitten. Vergebens mühte sich der Graf, die Ursache von dem Zustande der Gattin zu erforschen, und aus der völligen Trostlosigkeit, in die er endlich verfiel, konnte ihn nur die Vermutung eines berühmten Arztes retten, daß bei der großen Reizbarkeit der Gräfin all die bedrohlichen Erscheinungen eines veränderten Zustandes nur auf eine frohe Hoffnung der beglückten Ehe deuten könnten. Derselbe Arzt erlaubte sich, als er einst mit dem Grafen und der Gräfin bei Tische saß, allerlei Anspielungen auf jenen vermuteten Zustand guter Hoffnung. Die Gräfin schien alles teilnahmslos zu überhören, doch plötzlich war sie ganz aufmerksam, als der Arzt von den seltsamen Gelüsten zu sprechen begann, die zuweilen Frauen in jenem Zustande fühlten, und denen sie ohne Nachteil ihrer Gesundheit, ja ohne die schädlichste Einwirkung auf das Kind nicht widerstehen dürften. Die Gräfin überhäufte den Arzt mit Fragen, und dieser wurde nicht müde, aus seiner praktischen Erfahrung die ergötzlichsten, drolligsten Fälle mitzuteilen. ›Doch‹, sprach er, ›hat man auch Beispiele von den abnormsten Gelüsten, durch die Frauen verleitet wurden zu der entsetzlichsten Tat. So hatte die Frau eines Schmieds ein solch unwiderstehliches Gelüste nach dem Fleisch ihres Mannes, daß sie nicht eher ruhte, als bis sie ihn einst, da er betrunken nach

Hause kam, unvermutet mit einem großen Messer überfiel und so grausam zerfleischte, daß er nach wenigen Stunden den Geist aufgab.‹

Kaum hatte der Arzt diese Worte gesprochen, als die Gräfin ohnmächtig in den Sessel sank und aus den Nervenzufällen, die dann eintraten, nur mit Mühe gerettet werden konnte. Der Arzt sah nun, daß er sehr unvorsichtig gehandelt, im Beisein der nervenschwachen Frau jener fürchterlichen Tat zu erwähnen.

Wohltätig schien indessen jene Krise auf den Zustand der Gräfin gewirkt zu haben, denn sie wurde ruhiger, wiewohl bald darauf ein ganz seltsames starres Wesen, ein düstres Feuer in den Augen und die immer mehr zunehmende Totenfarbe den Grafen in neue gar quälende Zweifel über den Zustand der Gattin stürzte. Das Unerklärlichste dieses Zustandes der Gräfin lag aber darin, daß sie auch nicht das mindeste an Speise zu sich nahm, vielmehr gegen alles, vorzüglich aber gegen Fleisch, den unüberwindlichsten Abscheu bewies, so daß sie sich jedesmal mit den lebhaftesten Zeichen dieses Abscheues vom Tische entfernen mußte. Die Kunst des Arztes scheiterte, denn nicht das dringendste, liebevollste Flehen des Grafen, nichts in der Welt konnte die Gräfin vermögen, auch nur einen Tropfen Medizin zu nehmen. Da nun Wochen, Monate vergangen, ohne daß die Gräfin auch nur einen Bissen genossen, da es ein unergründliches Geheimnis, wie sie ihr Leben zu fristen vermochte, so meinte der Arzt, daß hier etwas im Spiele sei, was außer dem Bereich jeder getreu menschlichen Wissenschaft liege. Er verließ das Schloß unter irgendeinem Vorwande, der Graf konnte aber wohl merken, daß der Zustand der Gattin dem bewährten Arzt zu rätselhaft, ja zu unheimlich bedünkt, um länger zu harren und Zeuge einer unergründlichen Krankheit zu sein, ohne Macht zu helfen. Man kann es sich denken, in welche Stimmung dies alles den Grafen versetzen mußte; aber es war dem noch nicht genug. – Gerade um diese Zeit nahm ein alter treuer Diener die Gelegenheit wahr, dem Grafen, als er ihn gerade allein fand, zu entdecken, daß die Gräfin jede Nacht das Schloß verlasse und erst beim Anbruch des Tages wiederkehre. Eiskalt erfaßte es den Grafen. Nun erst dachte er daran, wie ihn seit einiger Zeit jedesmal zur Mitternacht ein ganz unnatürlicher Schlaf überfallen, den er jetzt irgendeinem narkotischen Mittel zuschrieb, das die Gräfin ihm beibringe, um das Schlafzimmer, das sie, vornehmer Sitte entgegen, mit dem Gemahl teilte, unbemerkt verlassen zu können. Die schwärzesten Ahnungen kamen in seine Seele; er dachte an die teuflische Mutter, deren Sinn vielleicht erst jetzt in der Tochter erwacht, an irgendein abscheuliches ehebrecherisches Verhältnis, an den verruchten Scharfrichterknecht. – Die nächste Nacht sollte ihm das entsetzliche Geheimnis erschließen, das allein die Ursache des unerklärlichen Zustandes der Gattin sein konnte. Die Gräfin pflegte jeden Abend selbst den Tee zu bereiten, den der Graf genoß, und sich dann zu entfernen. Heute nahm er keinen Tropfen, und als er seiner Gewohnheit nach im Bette las, fühlte er keineswegs um Mitternacht die Schlafsucht, die ihn sonst überfallen. Demunerachtet sank er zurück in die Kissen und stellte sich bald, als sei er fest eingeschlafen. Leise, leise verließ nun die Gräfin ihr Lager, trat an das Bett des Grafen, leuchtete ihm ins Gesicht und schlüpfte hinaus aus dem Schlafzimmer. Das Herz bebte dem Grafen, er stand auf, warf einen Mantel um und schlich der Gattin nach. Es war eine ganz mondhelle Nacht, so daß der Graf Aureliens in ein weißes Schlafgewand gehüllte Gestalt, unerachtet sie einen beträchtlichen Vorsprung gewonnen, auf das deutlichste wahrnehmen konnte. Durch den Park nach dem Kirchhofe zu nahm die Gräfin ihren Weg, dort verschwand sie an der Mauer. Schnell rannte der Graf hinter ihr her, durch die Pforte der Kirchhofsmauer, die er offen fand. Da gewahrte er im hellsten Mondesschimmer dicht vor sich einen Kreis furchtbar gespenstischer Gestalten. Alte halbnackte Weiber mit fliegendem Haar hatten sich niedergekauert auf den Boden, und mitten in dem Kreise lag der Leichnam eines Menschen, an dem sie zehrten mit Wolfesgier. – Aurelie war unter ihnen! – Fort stürzte der Graf in wildem

Grausen und rannte besinnungslos, gehetzt von der Todesangst, von dem Entsetzen der Hölle, durch die Gänge des Parks, bis er sich am hellen Morgen, im Schweiß gebadet, vor dem Tor des Schlosses wiederfand. Unwillkürlich, ohne einen deutlichen Gedanken fassen zu können, sprang er die Treppe herauf, stürzte durch die Zimmer, hinein in das Schlafgemach. Da lag die Gräfin, wie es schien, in sanftem, süßem Schlummer, und der Graf wollte sich überzeugen, daß nur ein abscheuliches Traumbild oder, da er sich der nächtlichen Wanderung bewußt, für die auch der von dem Morgentau durchnäßte Mantel zeugte, vielmehr eine sinnetäuschende Erscheinung ihn zum Tode geängstigt. Ohne der Gräfin Erwachen abzuwarten, verließ er das Zimmer, kleidete sich an und warf sich aufs Pferd. Der Spazierritt an dem schönen Morgen durch duftendes Gesträuch, aus dem heraus muntrer Gesang der erwachten Vögel ihn begrüßte, verscheuchte die furchtbaren Bilder der Nacht; getröstet und erheitert kehrte er zurück nach dem Schlosse. Als nun aber beide, der Graf und die Gräfin, sich allein zu Tische gesetzt und diese, da das gekochte Fleisch aufgetragen, mit den Zeichen des tiefsten Abscheus aus dem Zimmer wollte, da trat die Wahrheit dessen, was er in der Nacht geschaut, gräßlich vor die Seele des Grafen. In wildem Grimm sprang er auf und rief mit fürchterlicher Stimme: ›Verfluchte Ausgeburt der Hölle, ich kenne deinen Abscheu vor des Menschen Speise, aus den Gräbern zerrst du deine Ätzung, teuflisches Weib!‹ Doch sowie der Graf diese Worte ausstieß, stürzte die Gräfin laut heulend auf ihn zu und biß ihn mit der Wut der Hyäne in die Brust. Der Graf schleuderte die Rasende von sich zur Erde nieder, und sie gab den Geist auf unter grauenhaften Verzuckungen. – Der Graf verfiel in Wahnsinn.«

»Ei,« sprach Lothar, nachdem es einige Augenblicke still gewesen unter den Freunden, »ei, mein vortrefflicher Cyprianus, du hast vortrefflich Wort gehalten. Gegen deine Geschichte ist der Vampirismus ein wahrer Kinderspaß, ein drolliges Fastnachtsspiel zum Totlachen. Nein, alles darin ist scheußlich interessant und mit *Asa foetida* so überreichlich gewürzt, daß ein überreizter Gaumen, dem alle gesunde natürliche Kost nicht mehr mundet, sich daran sehr erlustieren mag.«

»Und doch,« nahm Theodor das Wort, »hat unser Freund gar manches verschleiert und ist über anderes so schnell hinweggeschlüpft, daß es nur eine vorübergehende schreckhaft schauerliche Ahnung erregt, wofür wir ihm dankbar sein wollen. Ich erinnere mich nun wirklich, die gräßlich gespenstische Geschichte in einem alten Buche gelesen zu haben. Alles darin war aber mit weitschweifiger Genauigkeit erzählt, und es wurden vorzüglich die Abscheulichkeiten der Alten recht *con amore* auseinandergesetzt, so daß das Ganze einen überaus widerwärtigen Eindruck zurückließ, den ich lange nicht verwinden konnte. – Ich war froh, als ich das garstige Zeug vergessen, und Cyprian hätte mich nicht wieder daran erinnern sollen, wiewohl ich gestehen muß, daß er so ziemlich an unsern Schutzpatron, den heiligen Serapion, gedacht und uns tüchtige Schauer erregt hat, wenigstens beim Schluß. Wir wurden alle ein wenig blaß, am mehrsten aber der Erzähler selbst.«

Hoffmanns Wirklichkeit oder die Fremdheit des Vertrauten

»Den wahren Zusammenhang unsers ganzen Seins bilden, denk' ich, die Torheiten, die wir begehen, bereuen und wieder begehen, so daß unser Leben ein toller Spuk scheint, der uns, unser eigenes Ich rastlos verfolgt, bis er uns zu Tode neckt und hetzt.«

»Der Zusammenhang der Dinge«

Das vielverschrieene Grauenhafte, das Unheimliche, Gespenstische und Phantastische bei Autoren wie E. T. A. Hoffmann, aber ebenso E. A. Poe, zuweilen auch bei G. de Nerval, wozu noch einiges aus dem Werk von Jean Paul zu zählen wäre, stellt sich nicht einfach als frühe Form der heute wieder aufgelebten und beliebten Horror-Literatur dar, sondern in notwendig historischer Sicht auch als Bemühung, das wieder einzubringen, was bürgerliche Vernunft als eine ordnende Vernünftigkeit aus Leben und Welt planmäßig auszugrenzen bemüht war. Die fast rebellisch zu nennenden neuen, romantischen Formen dichterischer Subjektivität hängen nicht nur abstrakt mit der sogenannten romantischen Ironie zusammen, sondern sind Erscheinungsweisen kritischer Reflexion. Es handelt sich nicht allein um emotionale Abwehr des in der bürgerlichen Gesellschaft entfalteten Vernunftprinzips und der in dieser Entfaltung schon wieder sichtbar werdenden Widersprüche, sondern auch schon um unmittelbare Kritik an dem bereits bis zur Entfremdung der menschlichen Verhältnisse geronnenen Zustand dieser Gesellschaft, ihrem Menschenbild, ihren Vorstellungen von Sitte, Natur und Kunst.

Abstraktion von Gesellschaft ist nicht selten die Antwort auf abstrakte Gesellschaftlichkeit, Subjektivität nur zu oft das Resultat der Trennung von Innerlichkeit – als möglicher Freiheit – und äußerer Welt als dem Zwang der bürgerlichen Lebensverhältnisse und ihrer Institutionen. Aufklärung und der Vernunftbegriff eines über sich selbst und die eigenen Bedingtheiten keineswegs aufgeklärten Denkens finden hier ihren Widerstand, ihre Kritik, von der aus sich Subjektivität neu zu begründen sucht. Macht von Ohnmacht in der Innerlichkeit wird erkennbar, aber schon in einer subjektiven Innerlichkeit, die als ›gebrochen‹ bezeichnet werden kann. Von hier aus wäre eine Korrektur an der nur realistisch wie auch der psychoanalytisch ausgerichteten Interpretation Hoffmannscher Erzählungen möglich.

Welchen Wert, welche Bedeutung hat also das Wunderbare, der scheinbare Rückzug auf das Phantastische, das Märchenhafte, die weltentlarvende, schichtenabhebende Kraft der Imagination? Es ist ja nicht so, um eines der gängigsten Vorurteile anzuführen, daß hier, bei Hoffmann etwa, die Flucht in das Reich der Imagination sich vollzieht, daß das Phantastische einbricht in den Alltag oder einfach willkürliche Poetisierungen geleistet werden, die der Autor selbst schon im Erzählen wieder vernichtet – was man mit Friedrich-Schlegel-Zitaten wieder geistreich im Sinne einer Theorie belegen könnte und auch bedeutsam machen dürfte. Im Gegenteil: es steckt das Phantastische, Unheimliche, Grauen wie Hoffnung, schon in der Wirklichkeit selbst.

Die scheinbar rational erkannte, geordnete und gegliederte Welt löst sich an der Oberfläche gewissermaßen vor dem durchdringenden Blick auf und enthüllt sich als geheimnisvoll, von Zaubern durchzogen, von Gesetzen und Widersprüchen gekennzeichnet, die die der Vernunft jedenfalls nicht sind. Der Alltag selbst ist schon das Geheimnisvolle, aber nicht im Sinn eines jüngeren Realismus, den man aus Hoffmanns später Erzählung »Des Vetters Eckfenster« meint ablesen zu können. Nur ist dieses Geheimnis nicht einem jeden erkennbar, wird es dies aber dem einen oder dem anderen, so ist diese Hinter-Welt des Wunderbaren und Geheimnisvollen das vollkommen Selbstverständliche, geradeso selbstverständlich wie das Paralogische und Absurde bei Kafka. Deshalb gibt es für den Erzähler Hoffmann in seiner Rolle als Erzähler keine Überraschungen. Dieser Grad von Selbstverständlichkeit ist Ergebnis der Intention und Darstel-

lungskraft (statt Kunst) des Erzählers, für den diese höhere und doch reale Welt als die des poetischen Prinzips, der Kunst selbst, der Musik insbesondere, in Gegensatz tritt zur ›eigentlich wirklichen Welt‹, zum bürgerlichen Alltag, zu jenem Lebensprinzip, das um des wägbaren Nutzens willen das Lebendige reduziert und unterdrückt, mit dem Lebendigen aber die Freiheit und mit der Freiheit den Widerspruch. Hier scheint allein der Künstler den Zwängen der gesellschaftlichen Welt sich noch entziehen zu können – aber um welchen Preis! Vereinsamung, Demütigung und Wahnsinn harren seiner.
E. T. A. Hoffmann ist eben nicht allein der Zeitgenosse Goethes, Napoleons und Hegels, sondern auch, und das ist wichtig für sein Werk geworden, der Zeitgenosse Jean Pauls und Beethovens, aber auch der von William Blake und Heinrich Füssli. Er ist schließlich auch der eines Malers wie Goya, den er offenbar nicht gekannt hat, der ihn aber, man denke an die »Desastros de la Guerra«, an die »Caprichios« und die »Proverbios« vermutlich noch stärker getroffen haben würde als Jacques Callot. Es ist Goya, der eines seiner berühmtesten Blätter mit der absichtsvoll mehrdeutigen Unterschrift versieht: »El sueño de la razón produce monstruos« – »Der Traum der Vernunft gebiert Ungeheuer.« Nicht wenige seiner gespenstischen und grotesken, seiner dämonisch-realistischen Figuren könnten unschwer Eingang finden in die Welt der Hoffmannschen Erzählungen.

Nicht allein Edgar Allan Poe und Gérard de Nerval sind, wie man weiß, stark von Hoffmann beeinflußt worden, auch der frühe Balzac, nicht zuletzt Baudelaire, der in der »Prinzessin Brambilla« den »Katechismus der modernen Ästhetik« finden wollte. Neben Heine ist Hoffmann bis heute einer der meistgelesenen, heißt meistübersetzten Autoren deutscher Sprache im Ausland. Seltsam kontrastiert damit allerdings die Wirkung, die er in Deutschland selbst, der Widerhall, den er bei seinen Landsleuten gefunden hat. Denn obwohl viel gelesen und zweifellos in star-

kem Maße von Heranwachsenden, hat er im ganzen doch mehr Ablehnung als Zustimmung gefunden.
Der greise Goethe, der Byron, Cooper, Montaigne liest, an Ruhe und Ordnung sich erfreut, notiert unter dem 21. Mai 1827 in seinem kargen Tagebuch: »Hoffmanns Leben. Den goldnen Becher angefangen zu lesen. Bekam mir schlecht; ich verwünschte die goldenen Schlängelein.« Auch an anderer Stelle spricht Goethe wieder, aufrichtig besorgt, vom Einfluß dieser »krankhaften Werke«.
Im ersten Teil seiner in jenen Jahren ausgeführten Vorlesungen über Ästhetik bemerkt Hegel: »Vorzüglich jedoch ist in neuerster Zeit die innere haltlose Zerrissenheit, welche alle widrigsten Dissonanzen durchgeht, Mode geworden und hat einen Humor der Abscheulichkeit und eine Fratzenhaftigkeit der Ironie zuwege gebracht, in der sich Theodor Hoffmann z. B. wohlgefiel.« Wenig später nennt er Hoffmann zusammen mit Kleist, nicht ganz zu Unrecht, aber eben doch nur unter der klassizistischen Forderung, aus dem Bereich der Kunst seien »dunkle Mächte grade zu verbannen, denn in ihr ist nichts dunkel, sondern alles klar und durchsichtig, und mit jenen Übersichtigkeiten ist nichts als der Krankheit des Geistes das Wort geredet und die Poesie in das Nebulose, Eitle und Leere hinübergespielt, wovon Hoffmann und Heinrich von Kleist [...] Beispiele liefern. Der wahrhaft ideale Charakter«, so fügt er erläuternd hinzu, habe »nichts Jenseitiges und Gespensterhaftes, sondern wirkliche Interessen, in welchen er bei sich selbst ist, zu seinem Gehalte und Pathos. Besonders das Hellsehen ist in der neueren Poesie trivial und gemein geworden.«
Das mag als Behauptung einer klassizistisch ausgerichteten Ästhetik noch hingehen, es ist aber überraschend, daß von den Zeitgenossen, die der Romantik zuzurechnen sind, kaum sehr viel anders geurteilt wird. Jean Paul hat nun allerdings zu den »Phantasiestücken in Callots Manier« die Vorrede geschrieben, sie ist aber doch recht distanziert zu nennen: er meint, der Titel lautete

wohl besser »Kunstnovellen«, denn, so erklärt er gleich, »Callot's Maler- oder vielmehr Dicht-Manier herrscht weder mit ihren Fehlern, noch, einige Stellen ausgenommen, mit ihren Größen im Buche«. Der sanfte Tadel wird durch ein nicht nur recht verhaltenes Lob wieder ausgeglichen: »In seiner dunkeln Kammer (camera obscura) bewegen sich an den Wänden heftig und farbenecht die koketten Kleister- und Essigaale der Kunst gegeneinander, und beschreiben schmalzend ihre Kreise. In rein-ironischer und launiger Verkleinerung sind die ekeln Kunstliebeleien mit Künsten und Kunstliebhabern zugleich gemalt; der Umriß ist scharf, die Farben sind warm, und das ganze voll Seele und Freiheit.« So verwendet nach den Worten Jean Pauls der Künstler, der aus Liebe zur Kunst in den Haß auf die Menschen gerät, »die Rosenkränze der Kunst als Dornenkronen und Stachelgürtel zum Züchtigen«. Nicht ohne Vergnügen erkennt Jean Paul Satire, Ironie, Humor und Laune auf gleichsam britischen Wegen.

Gewisse Vorbehalte Jean Pauls kann man begreifen: er fühlt sich in wachsendem Maße von diesem neu auftretenden Autor nachgeahmt. Die »Ansichten aus der neu-poetischen Schule« sagten ihm keineswegs immer zu, läßt er den Verleger im Zusammenhang mit diesem rezensierenden Vorwort wissen. Einige Jahre später heißt es dann ganz entschieden: »Hoffmann, obwohl der Nachahmer meines Komischen, ist doch kein Freund meines Ernstes und vielleicht keiner von mir, weil ich ihn in der Vorrede nicht genug gelobt.« Kurz nach dem Tode Hoffmanns heißt es dann, dieser habe sich zuletzt »aus dem poetischen Wahnsinn in einen wirklichen hineingeschrieben. Sein Floh ist nicht wie der physische ein Miniaturelephant, sondern ein Insekt, das gutes Blut absaugt.« Hier klingt nun wieder der Vorwurf des Krankhaften an, der fortan immer wieder erhoben werden sollte.

»Aus dem Meer der deutschen Leihbibliotheken«, so bemerkt wenig später Ludwig Börne, ragten Hoffmanns Schriften hervor wie »tröstende, liebliche Eilande«. Man freue sich an ihnen und glaube sich gerettet aus der Flut; aber, und nun erscheint der Pferdefuß, ist die Gefahr vorbei, dann stellen sich die realen Bedürfnisse, und das heißt Hunger und Durst, wieder ein. Man muß erkennen: »da rieselt keine Quelle, und so schöne Früchte uns auch locken, sie sind uns fremd, wir wagen die giftdrohenden nicht zu berühren. Wir dringen tiefer ins Land, da kommen von allen Seiten mit gräßlichem Geheule die wilden Bewohner, mit Pfeilen und Wurfspießen bewaffnet, auf uns zu. Überreste verzehrter Menschenopfer erfüllen uns mit Schauer. Wir fliehen entsetzt an den Strand zurück und vertrauen uns der greulichen Wasserwüste von neuem an.« Willkür ohne Heiterkeit, Mangel an Besonnenheit findet Börne in den »Serapionsbrüdern«. So regiert diese Erzählungen und Märchen »eine abwärts gekehrte Romantik, eine Sehnsucht nach einem tieferen, nach einem unterirdischen Leben, die den Leser anfröstelt und verdrießlich macht«. Die hier sichtbar werdende Phantasie ist für Börne keine »hellaufflammende, schaffende, sondern eine rotglühende, zersetzende«. Es fehlt ihr der »regelnde Verstand«. Hoffmanns Gestalten will er mit den ihre Glieder abwerfenden Marionetten vergleichen, und das Licht, in dem sie agieren, »kommt nur von Irrwischen, Blitzen und Feuersbrünsten. Man hört in dieser öden, herbstlichen, welken Natur keinen Ton eines frischen, gesunden, lebenskräftigen Wesens, man hört nur das Gewinsel der Kranken und Sterbenden, und das Geschrei der Eulen, die um Äser schwirren.«

Den Wert poetischer Werke will der Rezensent den »Serapionsbrüdern« absprechen; sie seien hingegen wissenschaftlich interessant: »Es ist ein Lehrbuch mit den schönsten Bildnissen geziert, es ist der elegante Pinsel, es ist die Epopöe des Wahnsinns. Ein lobenswertes Unternehmen, wenn es lobenswert ist, den menschlichen Geist, der nachtwandelnd an allen Gefahren unbeschädigt vorübergeht, aufzuwecken, um ihn vor dem Abgrunde zu warnen, der zu seinen Füßen droht.« (»Die Serapionsbrüder« 1820.)

Hier spricht der Menschenverstand, der sich zufrieden für gesund erklärt. Heinrich Heine hat Ähnliches gesagt, aber er hat nicht als Sachwalter des gesunden Menschenverstandes gesprochen, als er Hoffmann im zweiten Buch seiner »Romantischen Schule« sehr knapp und mit Novalis zusammen behandelt. Hoffmann, so lesen wir hier, habe überall nur Gespenster gesehen, »sie nickten ihm entgegen aus jeder chinesischen Teekanne und jeder Berliner Perücke; er war ein Zauberer, der die Menschen in Bestien verwandelte und diese sogar in königlich preußische Hofräte; er konnte die Toten aus den Gräbern hervorrufen, aber das Leben selbst stieß ihn von sich als einen trüben Spuk. Das fühlte er; er fühlte, daß er selbst ein Gespenst geworden; die ganze Natur war ihm jetzt ein mißgeschliffener Spiegel, worin er, tausendfältig verzerrt, nur seine eigne Totenlarve erblickte; und seine Werke sind nichts anders als ein entsetzlicher Angstschrei in zwanzig Bänden«.

Heine will Hoffmann überhaupt nicht zur sogenannten Romantischen Schule zählen, er macht darauf aufmerksam, daß er mit den Brüdern Schlegel und ihren Tendenzen keine Berührung gehabt habe. Nur als Gegensatz zu Novalis will er ihn aufführen, der in Frankreich minder bekannt sei als E. T. A. Hoffmann. In Deutschland hingegen, so erläutert er den französischen Lesern, »ist jetzt Hoffmann keineswegs ein vogue, aber er war es früher. In seiner Periode wurde er viel gelesen, aber nur von Menschen, deren Nerven zu stark oder zu schwach waren, als daß sie von gelinden Akkorden affiziert werden konnten. Die eigentlichen Geistreichen und die poetischen Naturen wollten nichts von ihm wissen«. Diesen sei vielmehr Novalis wichtiger gewesen, der ihm, Heine, nun wieder als weniger bedeutend erscheint, weil er an ihm einen bestimmten Realitätsgehalt vermissen muß; bei beiden freilich sei die Poesie »eigentlich eine Krankheit« gewesen. Nicht der Kritiker, der Arzt solle darüber urteilen, so sei geäußert worden, die »Purpurglut« in den Hoffmannschen Phantasiestücken sei »nicht die Flamme des Genies, sondern des Fiebers«, erklärt er boshaft. Hier also urteilt er genau wie Börne, auf den er sich offenkundig in seiner Anspielung bezieht, aber er ist ehrlich genug, noch etwas hinzuzufügen, eine Frage nämlich, die den Vorwürfen die Spitze abbricht: »Aber haben wir ein Recht zu solchen Bemerkungen, wir, die wir nicht allzusehr mit Gesundheit gesegnet sind? Und gar jetzt, wo die Literatur wie ein großes Lazarett aussieht?«

So überraschend die gegen Hoffmann vorgebrachten Einwände sind, sie sind doch noch überboten worden durch das, was Eichendorff in seiner »Geschichte der poetischen Literatur Deutschlands« dazu zu sagen für nötig hielt. Es ergibt sich also, daß in jenen Jahrzehnten, von einigen selbstironischen Bemerkungen Büchners abgesehen, die seinen eigenen, zeitweise exzentrischen Zustand beleuchten sollten, eigentlich nur ein bedeutender Künstler der spätromantischen Epoche den Erzähler Hoffmann mit huldigender Zustimmung zu zitieren vermochte: Robert Schumann. Für Wilhelm Grimm etwa war »dieser Hoffmann« ganz einfach widerwärtig mit all seinem Geist und Witz. Das spricht vielleicht für Hoffmann.

Eichendorff bemerkt, nicht ohne Herablassung, nachdem er von Platen gesprochen hat, man sehe die Romantik nach ihrem geistigen Abfall ihren Flug aus erstrebter oder auch errungener Höhe »immer rascher und tiefer bis zum Gemeinen wieder hinabsenken«. Das religiöse Element löse sich von der Phantasie, und so werde diese, als isolierte, zu Spielerei oder Verzerrung. Die Kluft zwischen beiden erscheint dann als Zerrissenheit, wofür eben Hoffmann ihm das treffendste Beispiel bietet. Anstatt wie Clemens Brentano, der bekanntlich fromm wurde, das Dämonische in sich zu bekämpfen, habe Hoffmann es wie mit mißverstandenem Pflichtgefühl großgezogen, ja gehätschelt und gehegt. Eichendorff wirft ihm Dilettantismus in Kunst und Leben vor: »Musik, Malerei, Poesie, ja selbst die Liebe trieb er eigentlich nur als Dilettant«, heißt es; die Vielseitigkeit seiner Begabung wird als nachteilig erkannt und zum Vorwurf erhoben.

Statt die Klassiker zu lesen, habe er sich mit Rousseau abgegeben, den »Confessions« vor allem, mit Wieglebs Magie, und Kant habe er nicht verstanden. Das alles erklärt Eichendorff durch den »Mangel an Tiefe des wahren dichterischen Gefühls«. Deshalb – und hier erkennt er gerade die Modernität Hoffmanns – habe er sich vor dem Zustand der Begeisterung gehütet und auch für die freie Natur durchaus keinen Sinn besessen; ihre verborgenen Stimmen wußte er allein »in ihrem Conflicte mit der Unnatur, d. h. mit einer gesellschaftlichten Verbildung, also eigentlich nur den Mißklang, aufzufassen«. Für einen Augenblick wird hier die Abneigung hellsichtig. Doch was er richtig erkennt, weiß Eichendorff nicht richtig zu deuten.

Die »schwachgestimmte Innerlichkeit mußte notwendig gar oft in ihr Falset, in vage Schwärmerei, umschlagen«, fährt Eichendorff fort und kommentiert eine Zusammenstellung von Zitaten mit dem Satz: »Sein ganzes Leben war im Grunde nur ein geistreiches Capriccio ohne eigentlichen Inhalt.« So wartete auf ihn, gerecht wohl, in einer geordneten Welt, der Untergang: er verpuffte sein Feuerwerk von Witz und Phantasie, er trieb die Kunst schließlich nur noch, um seine Weinrechnungen begleichen zu können; »er schrieb um zu trinken, und trank um zu schreiben«. So war dieser Erzähler eben, weil er den Kreis, »den Religion und Sitte um uns ziehen, freventlich überschritten hatte«, den Mächten außerhalb dieses Kreises verfallen, den Gespenstern und Kobolden, dem »ordinären Spuk«, mit dem er spielen wollte und der sich dann im Gegenteil seiner nach und nach bemächtigte.

So endete er glücklos, und seine Werke blieben abgerissen, fragmentarisch, die von ihm gedichteten friedlichen Zustände sind eben »nur *gemacht*, fast alles endigt mit einer schrillenden Dissonanz«. Hätte er sich selbst überwunden, so würde er, wie einige Erzählungen zeigen, mehr geleistet haben, es war sein Mangel mehr ein ethischer als ein literarischer, meint der nun gesunde, fromme und moralisch gesinnte alte Eichendorff. Und

weil sein Hauptmangel ein ethischer war, so ist es seiner Ansicht nach »keineswegs zufällig, daß die ganz unmoralische sogenannte Romantik in Frankreich ihn fast ausschließlich als ihren deutschen Vorfechter anerkennt«. (1857)
Fast möchte man meinen, Eichendorff wolle sich schon gegen den zerrissenen und wahnsinnigen Nerval, gegen den gespenstischen Poe und vor allem gegen den satanischen Dichter der »Fleurs du Mal« wenden. Auch hier würde er sich bekreuzigt haben und entsetzt »das letzte aufflackernde Knistern der Flamme, die bereits allen Inhalt verzehrt hatte«, erkennen. Es bleibt dann in der Tat nichts als »der endliche Sprung aus dieser Phantasterei zu dem neuesten Nihilismus«, der, so gesehen, »kaum etwas Befremdendes« mehr haben kann.
Das ist als Charakterisierung erstaunlich, und es lohnt sich wohl, darauf hinzuweisen, zumal diese Stimme, die so heftig wie keine andere die Vorwürfe häuft und vorträgt, so gut wie nicht bekannt ist. Der grimme Gervinus konnte nicht strenger urteilen, zumal er sich z. T. fast wörtlich an Eichendorff anschließt (oder dieser gar an ihn?): »Auch Er war ein durchaus krankhaftes Wesen, und er that das Seinige, um eine vielleicht von Geburt an zerrüttete Natur völlig zu zerstören«, lautet der Richtspruch in der »Geschichte der deutschen Dichtung«. Auch hat dieser Mann ein »grundsätzlich lüderliches Leben« geführt und nicht beachtet, daß Mäßigkeit ihm für Geist und Körper eher wären zuträglich gewesen. Sein Leben und sein Ende erscheint so als eine »schauderhafte Warnungstafel, wie seine Schriften«. Die Zerrbilder des Lebens wurden seine bevorzugten Gegenstände, Gespräche über Religion, Staat, Politik habe er gehaßt – aber kein Wort fällt über Hoffmanns mutige Haltung während der Demagogenverfolgung nach den Karlsbader Beschlüssen!
Nicht einmal seine Bücher hat Hoffmann anständig gewählt und studiert, er blieb offenbar ungebildet, denn »das Wenige, was er las, war nach den Eigenheiten seines zerstörten Wesens gewählt: spanische Poesie, Wiegleb's Magie, Rousseau's Geständnisse,

Rameau's Neffe, Jean Paul«. Hier klingt, was bei Eichendorff Vorwurf und Entsetzen war, bereits als Verachtung wider. Man sieht gleichzeitig, wie auch da, wo man von Goethes Kunsturteilen Abstand nahm, die Vorwürfe gegen Hoffmann, z. T. auch gegen Jean Paul, nicht nur lebendig blieben, sondern noch gesteigert wurden.

Denn auch Wolfgang Menzel schreibt in jenen Jahren in seiner »Deutschen Dichtung« über den Rückfall der Romantik in den Dämonismus und geht dabei ausführlich auf Hoffmann ein. Er charakterisiert ihn als nervös und überreizt, als habituellen Trinker »und etwas unheimlich in seinem Leben wie in seinen Schriften. Er wußte nicht wie Jean Paul und Tieck die rege Einbildungskraft mit der Wirklichkeit auszusöhnen«. Daß dies auch an der Wirklichkeit liegen kann, fällt diesen Kritikern nicht ein, doch erkennt Menzel immerhin, daß die alltägliche Wirklichkeit selbst schon bei Hoffmann unnatürlich und fremdartig wird, daß Hoffmann eben deshalb nicht immer das gemeine Leben als das Gewisse, die Träumereien seiner Jünglinge und Enthusiasten als Wahn verstehe, sondern dieses Verhältnis geradezu umkehre; so wird die Traumwelt gleichsam natürlich, Hofräte und Professoren aber erscheinen als Gespenster. Hoffmann gilt weiter als »höchst interessantes Moment« in der psychologischen Entwicklung der modernen Literatur. Menzel erklärt auch, warum er weder populär noch zufrieden mit sich selbst habe werden können: der Gegenwart entfliehend, vermochte er doch nicht »die alte Heimath der Nation« wiederzufinden. In ihm konzentriert sich so »die ganze Dissonanz der deutschen Nation«. (1859)

Überblickt man eine solche Zusammenstellung, so kann man sich nicht damit begnügen, festzustellen, es sei im allgemeinen, als ob der Kater Murr eine Komposition von Kreisler rezensierte. Die Einhelligkeit der Ablehnung, der Zusammenhang von ästhetischem und moralischem Urteil stimmt nachdenklich, und man gelangt zu dem Schluß, kein deutscher Schriftsteller, nicht einmal Heine, sei in solchem Maße verworfen, ja verunglimpft worden. Die von Hoffmann hervorgerufene Beunruhigung scheint falsch erklärt und lediglich moralisch begründet worden zu sein. Hoffmann war offenbar mehr oder doch etwas anderes als nur ein Widerpart klassizistischer Kunstauffassung; Dissonanz und Verzerrung, Phänomene des Absonderlichen und des Häßlichen müssen als störend, ja als bedrohlich empfunden worden sein. Die Abwehrhaltung ist zu offenkundig und bedarf gewiß ihrerseits noch einer ausführlichen, nicht moralischen, sondern historischen Erklärung.

Soweit es sich überblicken läßt, hat erst in der zweiten Hälfte des 19. Jahrhunderts, eigentlich erst an seinem Ende, eine positive Bewertung des Erzählwerks von E. T. A. Hoffmann eingesetzt; Hermann Hesse gibt hierfür in seinem »Hermann Lauscher« ein schwaches Beispiel in Form eines Pastiche. Es kann sein, daß die veränderte Einstellung bereits eine Folge der Wirkung war, die Hoffmann in Frankreich hatte ausüben können und die nun, mit dem neuen Einfluß französischer Literatur auf Deutschland zusammen, eine Art Rückübernahme begünstigte. Die vielseitige Begabung erscheint nun nicht mehr als bloßer Dilettantismus, man wird auf Hoffmanns Musikschriftstellerei aufmerksam, würdigt sein Eintreten für Beethoven. Die Bedeutung der »Lebensansichten des Katers Murr, nebst fragmentarischer Biographie des Kapellmeisters Johannes Kreisler« (1820/22) wird erkannt; die Kreisler-Gestalt selbst gewinnt an Gewicht, so gegenüber ihrer Vorform, Wackenroders Josef Berglinger. Die deutsche Musiker-Gestalt scheint hier vorgegeben zu sein, eine Figur neben Faust und Werther von weltweiter Wirkung und auf ihre Weise wiederum ›typisch deutsch‹. Die Wirkung Hoffmanns in Frankreich hat die Augen dafür geöffnet, daß Hoffmann nicht so sehr der Geschichte der Psychopathologie als vielmehr der Weltliteratur angehört.

Man erinnert sich nun wieder, daß Carlyle und Walter Scott auf ihn aufmerksam gemacht hatten, daß 1832 bereits ein Sammelband mit Übersetzungen in Frankreich erschienen war, daß Gautier ihn volkstümlich in Frankreich nennen konnte, er sei es mehr als in Deutschland, denn alle Welt liest ihn. In Frankreich wird er sogar mit Abbé Prévost, mit Le Sage, ja mit Cervantes und Boccaccio verglichen. Für Gérard de Nerval ist Deutschland »Teutonia, unser aller Mutter, das Land Goethes und Schillers, die Heimat Hoffmanns«.

Aber die Wirkung Hoffmanns ist nicht auf die französische Romantik bis hin zu Baudelaire beschränkt geblieben, der Surrealismus wäre zu nennen und in der Musik nicht allein Jacques Offenbach; Christian Andersen ist ihm verpflichtet, und schließlich sind es die großen Russen, die ihn vermutlich zuerst in französischer Übersetzung kennengelernt haben: Puschkin, Lermontov, Gogol, natürlich auch Dostojewski, dann auch Lev Lunc und seine Freunde im Februar 1921, als die »Serapionsbrüder von Petrograd«.

In Deutschland selbst kann man schließlich außer Schumann noch Richard Wagner nennen; Wilhelm Hauffs »Memoiren des Satan« sind von Hoffmann nicht ganz unabhängig, auch Gottfried Keller bezieht sich gelegentlich auf ihn. Die Wirkungsgeschichte, wie fragmentarisch hier auch vergegenwärtigt, lehrt immerhin, daß Hoffmann weithin rezipiert worden ist – »Nußknacker und Mausekönig« ist ein bekanntes Kinderbuch in Japan – aber gerade in Deutschland nicht auf hervorragende Weise. Und wenn sich Sigmund Freud dem umstrittenen Erzähler zuwendet, so geschieht dies zur Erhellung der Struktur des Unheimlichen im Hinblick auf den »Sandmann«. »In der Tat«, läßt Freud uns wissen, »hat die Phantasiebearbeitung des Dichters die Elemente des Stoffes nicht so wild herumgewirbelt, daß man ihre ursprüngliche Anlage nicht wiederherstellen könnte«. Das geschieht nun durch den Interpreten, der das Unheimliche dieser Erzählung auf die Ängste des Kastrationskomplexes zurückzuführen vermag. Freud drängt damit von der psychologisch nur

oberflächlichen Erklärung weg, das Unheimliche bestehe darin, daß eine imaginäre oder intellektuelle Unsicherheit hergestellt wird. Hoffmann erfährt so aus gegebenem Anlaß eine Würdigung als »der unerreichte Meister des Unheimlichen in der Dichtung«. Dabei ist nun das Unheimliche die Akkumulation und Steigerung einzelner Angstmomente, in denen das zuvor noch Vertraute sich entbirgt, aus seiner bis dahin bewahrten Heimlichkeit heraustritt. (1919)
Doch ist Hoffmann hier vor allem Belegmaterial und seine hohe Bewertung vom Thema und seiner Durchführung begründet. Freud hat es sich versagt, auf die Struktur der Imaginationen und Träume genauer einzugehen und etwa das Phantasieren bei Hoffmann, nicht die Motive des Phantastischen, genauer zu untersuchen. Hier aber liegt ein weiteres Moment der romantischen Modernität dieses Erzählers verborgen.
Wer sich ihr zuwendet, wird manche Anregung von der französischen Forschung aufnehmen können. In der einst berühmten Sondernummer der »Cahiers du Sud« über die deutsche Romantik (1937) findet sich auch ein Beitrag über Hoffmann, eine Charakteristik, die gerade die Seiten verdeutlicht, die Hoffmann mit Nerval verbinden. Daß seine Inspiration nicht das Leben poetisiert, um es leben zu können, daß sie es vielmehr preisgibt und verneint, weil sie sich nur dort, wo uneingeschränkt das geistige Prinzip regiert, glaubt entfalten zu können, wird von Raymonde Vincent richtig erkannt. Hoffmann poetisiert nicht den Alltag, wie sehr dies auch zuweilen den Anschein haben mag, er findet vielmehr im Alltag die Verkleidung des Phantastischen und Wunderbaren, so daß sein Erzählen, will man diesen Gedanken weiter verfolgen, eigentlich eher ein, zuweilen satirisch gefärbtes, Entlarven als ein falsches Verklären heißen müßte.
Damit würde sich aber auch die Funktion der Träume von der üblichen unterscheiden, Traum wäre nicht mehr bloß das Mittel, sich über die Welt hinwegzuheben, Welt zu fliehen, zu verleugnen. »Er scheint sich auf ein Abenteuer ohne Mysterium einzu-

lassen, und schon ist man unmerklich fortgerissen bei dieser offenkundigen Einfachheit«, erklärt Albert Béguin in seinem Buch »L'âme romantique et le rêve«. Personen, Gegenstände, die ganze Umwelt, alles wird durchsichtig und enthüllt unvorbereitet »seine doppelte und dreifache Bedeutung«. Oder das Gegenteil setzt ein: die Dinge werden ungreifbar, bedrohlich, grimassenhaft, beschwert von Erinnerungen: »Der Traum taucht inmitten des gegenwärtigen Lebens und dennoch sehr konkret auf: er bohrt ungeheure Löcher hindurch, die auf die unsichtbare Welt der Kunst oder die dunklen Gefilde des Alptraums sich öffnen«. Béguin wendet sich auch nachdrücklich gegen die einseitige und clichéhaft gewordene Festlegung Hoffmanns auf das Geisterhafte und Gespenstische; seiner außerordentlichen Gabe, mit der er Schauder und Entsetzen zu vermitteln weiß, zum Trotz solle man nicht annehmen, daß er sich einfach, aus Spielerei, darin gefallen habe, Geschichten zum Fürchten zu erzählen. Warum also?

Gespenster und Vampire sind ihm nichts anderes als »Verkörperungen persönlicher, sehr tiefer Zwänge«. So erblickt Hoffmann in den plötzlichen Entfesselungen der sonst im Menschen schlummernden Kräfte und ihrer schreienden Dissonanzen zur alltäglichen Welt, die vor allem banal ist, Zeichen, die die Weite unseres wirklichen Daseins enthüllen. Hier scheinen Kräfte am Werk zu sein, die unser rationales Verstehen weit übersteigen. In dieser Welt ist nichts natürlich, muß sich der Kapellmeister Kreisler von Meister Abraham belehren lassen.

Béguin unterscheidet zwei Aspekte im Werk Hoffmanns: dem Mythos der Kunst, der höchsten Erkenntnis, der Botschaftentragenden Träume widersetzen sich die Motive von Sünde, Schrecken und Alptraum. Aber nirgends bei Hoffmann, und dies unterscheidet ihn von Tieck und Novalis, die beide auf ihn eingewirkt haben, nirgends wird der Wunsch nach einem neuen, einem künftigen Paradies vernehmbar, nirgends bemerkt man eine magische Anstrengung, die vorgibt, eine zweite goldene

Epoche vorwegzunehmen. Historische Hoffnung wie paradiesisches Erinnern bleiben bei Hoffmann ausgeklammert. Sie scheinen also – für ihn – hinter oder über dieser sichtbaren Welt heimlich und unentdeckt zu schlummern. Ihre heimliche Gegenwart bewahrt ihn vielleicht davor, sich völlig der Verzweiflung hinzugeben. Im Traum und in der Kindheit, wie in der Erzählung »Das fremde Kind«, wird diese verstellend-verstellte, nur scheinbar natürliche Welt zuweilen durchsichtig, und jene andere, sie überlagernde, tritt hervor, bedrohlich oder heilsam, denn auch sie ist von Kämpfen und Bedrohungen nicht frei, von Auseinandersetzungen gefährdet, die unter mannigfacher Vermummung sich in der Welt des Alltags wiederholen. »Ach, Mama«, so ruft das kleine Mädchen, das mit dem fremden Kind hat spielen dürfen, bis der trockene Magister seine Welt zu stören kam, »ach! – der Herr Magister Tinte ist kein Herr Magister, das ist der Gnomenkönig Pepser, eigentlich aber eine abscheuliche große Fliege, die eine Perücke trägt und Schuhe und Strümpfe.«

Was den Kindern noch zugänglich ist, erfährt der Erwachsene im Traum oder in der Vision, dem Dichter scheint es sich zu erschließen. Der Traum wird so zum Tor oder doch zum Schlüssel. Hier gilt die Mahnung Nervals aus der »Aurelia«: »Wenn eure Träume logisch sind, dann sind sie eine offene Tür, aus Elfenbein oder Horn, auf die äußere Welt.«

Genaugenommen sollte man also nicht, wie das meist geschieht, von einer kühnen Mischung des Realen und Phantastischen bei Hoffmann sprechen, sondern vom sogenannten Realen als der im Erzählen entschleierten Verkleidung des Phantastischen, das als das eigentlich Reale erscheint.

Der Dualismus von Realem und Phantastischem ist kein objektiver, sondern nur die Folge der subjektiven Erlebnisweise dessen, der erfahren muß, daß diese Entschleierung keine endgültige ist, daß sie mißlingen, daß sie verhindert werden kann. Der

Philister, der Bürger, ist derjenige, der in die Welt der Nützlichkeit und kurzsichtig entworfenen Zwecke eingespannt, wie der Hund Achilles im »Kater Murr« seine Kette schon gar nicht mehr entbehren möchte, der sie für vornehmen Zierat hält und dem sich das Phantastische, das Reich Atlantis, das überall, bei Dresden oder in fernen Kontinenten, in Indien oder auch dicht bei Bergamo liegt, nicht mehr erschließt. Im Gegenteil muß er, ganz konsequent, das Verlangen nach jenem Wunderreich, den Umgang mit seinen sonderbar verkleideten Abgesandten für Wahnsinn halten, ja als bedrohlich empfinden. Umgekehrt erscheint dem romantischen Künstler das Treiben dieser Welt, die offenbar nur besteht, um so, wie sie ist, erhalten zu bleiben, als sinnlos: »Da sitzen bleiche Gesichter vor großen unförmlichen Pulten, und nur das Geräusch des Blätterns in den großen Büchern, das Klappern des gezählten Geldes, einzelne unverständliche Laute unterbrechen die düstre Stille, in die alles arbeitend versunken. Und was für Arbeit? – Wozu alles Sinnen, alles Schreiben? – Damit sich nur die Geldstücke im Kasten mehren, damit nur des Fafners unheilbringender Hort immer mehr funkle und gleiße! – [...] Was hält mich ab, mich loszureißen von der verhaßten Lebensweise? –« (»Der Artushof«)
Dieser sinnlos-gespenstischen Tätigkeit steht bei Hoffmann das Bemühen des Künstlers gegenüber, der noch meinen kann, nicht für Verzehr und Verkehr allein zu produzieren, sondern einem anderen, zugleich natürlichen und spirituellen Daseinsgesetz zu gehorchen, einem Gesetz, das eigentlich Freiheit bedeutet, Freiheit vom Zwang entfremdender Arbeit zur bloßen Reproduktion des Lebens. Das aber ist, wie Hoffmann aus eigener Erfahrung nur allzu gut weiß, ein Irrtum. Der hochstrebende Künstler muß seine idealischen Werke auch loswerden, muß sie lesen, aufführen, spielen oder sehen lassen, und dafür wird er entlohnt oder in mäzenatische Fürsorge genommen. Andererseits hat aber auch die Welt der Arbeit und des täglichen Verdienstes in Handel und Verwaltung eine Beziehung zur Kunst – nur ist es

nicht die des Künstlers: die Kunst erscheint ihr als Entspannung und Unterhaltung, Zerstreuung, Verschönerung und Beruhigung nach den strengen Forderungen der täglichen Geschäfte. Nicht das Phantastische und das Wirkliche berühren sich zunächst, sondern Kunstwelt und Arbeitswelt. Doch wo dies geschieht, da entstehen, wie es Kreisler erfährt, Konflikte. »Der Zweck der Kunst überhaupt ist doch kein anderer, als dem Menschen eine angenehme Unterhaltung zu verschaffen und ihn so von den ernsteren oder vielmehr den einzigen ihm anständigen Geschäften, nämlich solchen, die ihm Brot und Ehre im Staat erwerben, auf eine angenehme Art zu zerstreuen, so daß er nachher mit gedoppelter Aufmerksamkeit und Anstrengung zu dem eigentlichen Zweck seines Daseins zurückkehren, d. h. ein tüchtiges Kammrad in der Walkmühle des Staats sein und (ich bleibe in der Metapher) haspeln und sich trillern lassen kann. Nun ist aber keine Kunst zur Erreichung dieses Zwecks tauglicher, als die Musik.« (»Kreisleriana«) Sie ist es vor allem, weil sie nicht, wie die Lektüre eines literarischen Werkes vielleicht noch, es läßt sich nicht immer vermeiden, zum Nachdenken auffordert. Die Reaktion auf solche Einsicht ist, wie bei Hoffmann auch biographisch der Fall gewesen, meist ein satirisches Verhalten von jener rebellischen Art, wie es Jean Paul in der Leibgeber-Gestalt seines »Siebenkäs« vorgeprägt und der romantischen Generation vermittelt hatte. Kreisler empfiehlt, kunstbegabten Kindern ihre Pläne frühzeitig durch Geistesdiät und konsequente Unterrichtung wieder auszureden und das verirrte Subjekt auf den rechten Weg zu bringen, »so daß es am Ende eine rechte Verachtung gegen Kunst und Künstler spürt, die als wahres Remedium gegen jede Exzentrizität nie weit genug getrieben werden kann«.
Ist Kunst und Phantasiewelt hier, Banalität und Alltag dort ein Themenbereich Hoffmanns, so ist ein zweiter der, welcher sich aus dem Kontrast von bürgerlichem Leben, wie anspruchsvoll auch immer, und künstlerischer Existenz ergibt, aufs überzeugendste verflochten und gespiegelt in den »Lebensansichten des

Katers Murr«, die von einer fragmentarischen Kreisler-Biographie »in zufälligen Makulaturblättern« eher unterbrochen als begleitet werden. Beide Themenkreise aber verschlingen sich in den Märchen Hoffmanns, die als Kunstmärchen meistens zugleich Märchen und durchgehend allegorisch sind, aber auch dort noch standhalten, wo man nach mehr fragen möchte als nach der phantastischen Fabel. In »Der goldene Topf« und »Prinzessin Brambilla« vor allem ist Hoffmann ganz auf der Höhe seiner artistischen Absichten, sie waren es, die Baudelaire entzückten, hier fand er einen Vorklang der Moderne.

Mit den Kategorien der frühromantischen Kunsttheorie sind sie nicht hinreichend zu erfassen, und selbst wo sie romantischen Begriffen verpflichtet zu sein scheinen, muß man sie doch von diesen wieder absetzen. Die Erfahrung verdinglichten Daseins wird hier in einer Phantastik sichtbar, die scheinbar völlig subjektiv ist, dennoch enthalten die Märchen eine Kunstanschauung, die von der Frage nach der Möglichkeit von Kunst in dieser so beschaffenen Welt nicht abzulösen ist. Deshalb ist die Beziehung zur Realität eher negativ zu bestimmen: bürgerliche Welt erscheint als aufgenommen, um in der Wiedergabe verzerrt oder entlarvt zu werden. Karikatur und Groteske sind die Merkmale dieses Hoffmannschen ›phantastischen Realismus‹. Denn dieser Realismus ist es, dem es gelingt, das Absurde, Unverständliche und Unheimliche schon in der Wirklichkeit selbst aufzustöbern. Das so verstandene phantastische Erzählen enthüllt nicht die Grenzen, sondern vielmehr die Widersprüche und Gebrochenheit der welt-bürgerlichen Rationalität, deren Verkrustungen hier ironisch zersetzt werden.

Von einer Versöhnung freilich kann nicht die Rede sein, sie taucht nur als geborgter Schein und als Zitat bei Hoffmann auf, den Bruch, der die Welt bezeichnet, enthält so auch das Kunstwerk, in dem auf Idealisierung verzichtet wird.

Freilich heißt es in einer Tagebuchnotiz vom August 1814: »Der innere Poet arbeitet und überflügelt den *Criticus* und den äußeren

Bildner«, was man (mit W. Segebrecht) so verstehen kann, daß nicht der Erzähler über den Musikkritiker und den Zeichner den Sieg davonträgt, sondern daß damit eine Rangfolge der Aufgaben für die Kunst festgelegt werden soll, in der Kritik und Darstellung der äußeren Wirklichkeit unentbehrlich sind, aber vom ›inneren Poeten‹ gelenkt werden müssen. Diese »Überflügelung« ist dann das Ziel in aller Kunst, unabhängig von ihren Formen und Gattungen.

Liest man aber die Stelle, wie es das Tagebuch auch nahelegt, als autobiographisch, so würde sie einfach bedeuten, daß Hoffmann sich seiner Entwicklung zum Erzähler nun voll bewußt geworden ist – die anderen Bereiche wären dann zurückgetreten. Die Deutung Segebrechts ist kühn und entspricht nicht dem ersten Eindruck, der von einer solchen Notiz ausgeht, könnte aber dennoch richtig sein. Denn man kann dann die gängige Vorstellung vom allmählichen Zu-sich-Finden des Dichters widerlegen statt sie zu bestätigen, weil Hoffmann sich immer schon als Künstler fühlte und vielleicht nur zwischen den Gattungen schwankte. Ist die Notiz autobiographisch, dann ist sie nur eine Einsicht, ein Geständnis, versteht man sie aber anders, dann wird sie zu einem poetologischen Grundsatz. Die schriftstellerischen Werke sind dann ›nur‹ mögliche Verlautbarungen einer im Prinzip schon vorgegebenen Kunstabsicht. Daß es dabei an kritischer Einsicht nicht gefehlt hat, zeigt sich schon in den Reflexionen, die den »Phantasiestücken« vorangestellt sind, und in den Kommentaren der vorgeschobenen Erzählfiguren aus den »Serapionsbrüdern«, wie sehr, was sie vorzubringen haben, auch immer wieder einem enthusiastisch-affirmativen Ton verfällt. »Kein Meister hat so wie Callot gewußt«, heißt es, »in einem kleinen Raum eine Fülle von Gegenständen zusammenzudrängen, die, ohne den Blick zu verwirren, nebeneinander, ja ineinander heraustreten, so daß das Einzelne, als Einzelnes für sich bestehend, doch dem Ganzen sich anreiht.«

Man geht wohl nicht fehl, wenn man hierin eine zwar dem Meister Callot huldigende Bemerkung sieht, aber doch zugleich – oder eben deshalb –, denn er will ja in Callots Manier arbeiten – auch eine für die eigenen Arbeiten gültige Zielsetzung vermutet. Das Verschiedenartige soll kombiniert, das Einzelne zum Ganzen verbunden werden, ohne Verwirrung dabei entstehen zu lassen. Hoffmann will nicht auf Einzelheiten festgelegt werden, er will seine Arbeiten jeweils als Ganzes verstanden wissen. Das klingt angesichts der Dissonanzen und Diskrepanzen fast wie eine Entschuldigung, jedenfalls weiß man, daß Hoffmann nicht immer dieser Intention entsprechend gelesen worden ist. Es würde aber der Auffassung entsprechen, daß von einem dauernden Zusammenstoß zwischen Wunderwelt und Alltag nicht die Rede sein sollte, daß vielmehr jene sich hinter diesem verbirgt und im Erzählen wie durch Entschleierung hervortritt. Deshalb spielt die »Prinzessin Brambilla« hier in der Gegenwart, in Rom und gleichzeitig in einer imaginären Theater- und Phantasiewelt, deshalb ist der »Goldene Topf«, paradox genug, ein »Märchen aus der neuesten Zeit«.

Der Geheime Kanzleisekretär Tusmann muß erleben, wie zwei altmodisch gekleidete Gäste am Tisch der Weinstube ihm von Begebenheiten, die zwei-, dreihundert Jahre zurückliegen, so berichten, als wäre es für sie gestern, und mit einer Anteilnahme, als wären sie Zeugen und Beteiligte gewesen. Als er sich schließlich geäfft fühlt und aufbegehren will, muß er sich warnen lassen mit Worten, die nichts erklären und doch geheimnisvoll-bedrohlich klingen: »Nehmen Sie sich in acht [...], nehmen Sie sich in acht, Tusmann, Sie haben es hier mit kuriosen Leuten zu tun.« Das erfährt er allerdings im Lauf der Erzählung immer deutlicher, und so ist auch »Die Brautwahl« ein »Märchen aus der neuesten Zeit«.

Doch ist Kunst nicht immer nur das Ziel, sondern zuweilen auch der Inhalt, das Thema des Hoffmannschen Erzählwerks. Man muß bei einem Autor, der so wenig theoretische Äußerungen von sich gegeben hat, die Poetik nicht aus den Briefen und Tagebüchern, sondern besser aus den Werken selbst erschließen: die Reflexionen des Erzählers werden zu Gestalten, zu Erzählfiguren, faßbar in Situationen wie im Dialog. Die Probleme werden anschaulich, »Anschauung in vollkommener Gestalt«, die im Innern aufgegangen sein muß, ist das Ziel Hoffmanns, er leiht es aus an seine »Serapionsbrüder«. Es gibt, so heißt es in ihren kommentierenden Gesprächen, »eine innere Welt und die geistige Kraft, sie in voller Klarheit, in dem vollendetsten Glanze des regesten Lebens zu schauen, aber es ist unser irdisches Erbteil, daß eben die Außenwelt, in der wir eingeschachtelt sind, als der Hebel wirkt, der jene Kraft in Bewegung setzt. Die innern Erscheinungen gehen auf in dem Kreise, den die äußeren um uns bilden, und den der Geist nur zu überfliegen vermag in dunklen geheimnisvollen Ahnungen, die sich nie zum deutlichen Bilde gestalten.«

Geistige Klarheit, Anerkennung der äußeren Welt und ihrer produktiven Einwirkungen, das ist nicht eben das, was man bei Hoffmann stets zu finden meinte. Und doch ist davon die Rede, daß der Verstand die Phantasie beherrschen solle, keinesfalls aber darf er sich an ihre Stelle drängen. Man muß sich wohl hüten, Hoffmann als bloße Beute seiner Imaginationen sich vorzustellen. Er ist besonnen genug und bedient sich seines Kunstverstandes mit Erfolg – und Ironie.

Andererseits muß man nicht denken, es sei die Ironie seiner in der Gegenwart angesiedelten Alltagsmärchen, in »Meister Floh«, »Das fremde Kind«, in »Die Königsbraut«, »Klein Zaches« oder »Die Brautwahl«, das Resultat überlegter Anwendung poetologischer Reflexionen von F. Schlegel oder Novalis. Ironisiert wird ja nicht eigentlich die Form dieser »Märchen für Kinder und für die, die es nicht sind«, sondern, wie auch im »Kater Murr«, das naive, unangefochtene Selbstverständnis, das eitel-vernünftige Bei-sich-Sein, die spannungslose Zufriedenheit, die gespenstische Sicherheit des bürgerlichen Daseins, auch dort, wo es sich, wie im »Kater Murr« ästhetisch-literarisch gibt. Dagegen steht nun auch Kreisler keineswegs in seiner Kunst gefestigt da, wie etwa der Einsiedler Serapion, dem »die Erkenntnis der Duplizität« abhanden gekommen war, so, als könne Kreisler nun eine richtige oder höhere gegen eine falsche und niedere Sicherheit setzen. Dies wäre zu einfach.

Kreisler ist satirisch-witzig wie Jean Paulsche Figuren es zuweilen sind, und hier gilt wohl die Bemerkung von Novalis, daß es in wirklich heiteren Seelen keinen Witz gebe, Witz zeige ein gestörtes Gleichgewicht an. Etwas anderes ist es – vielleicht – mit dem Humor: ihn muß man nicht in der Kreisler-Gestalt, im Rat Krespel oder anderen Figuren zu finden versuchen, sondern eher in der Haltung des Erzählers, der sich zuweilen auch als bloßer Herausgeber zeigt, dem zufällig literarisch-biographische Materialien in die Hand gekommen sind. Und wenn man schon, wie manche das möchten, von der ›versöhnenden‹ Rolle des Humors sprechen will, dann liegt sie dort, wo der Herausgeber oder Erzähler durch sein Verfahren Atlantis und Dresden, Johannes Kreisler und Kater Murr, das fremde Feenkind und Magister Tinte gegeneinanderstellt, ausgleicht und das groteske Einzelne sinnvoll in das Ganze integriert.

Damit ist Hoffmann auch weit über das nur kurz-episodische und sentimentalische Verfahren Wackenroders – in der Berglinger-Biographie – hinaus. Empfindsamkeit in romantischer Färbung, ein Hauptkennzeichen des jugendlichen Wackenroder, charakterisiert wohl einzelne Gestalten in Hoffmanns Erzählungen, ihre Andacht, ihren Enthusiasmus, ihre Redeweise, ist aber für den Erzähler selbst nur ein Kunstmittel. Man muß sich hüten, wie man so gerne getan, in jedem Wort des Erzählwerks Bekenntnisse des Autors zu suchen. Wo das Selbstporträt durchschimmert, ist es durch autobiographische Hinweise gewissermaßen legitimiert, und da ist, wie im Kreisler, wenn nicht der ganze Hoffmann, so doch eine Phase oder eine Möglichkeit seiner künstlerischen Entwicklung aufgehoben.

Hoffmann selbst hat, wo es sinnvoll erschien, immer wieder die

Gelegenheit benutzt, sich fast unmittelbar auszusprechen. Nur hat man als Deutung fremder Werke lesen wollen, was seine eigenen Grundsätze waren. So heißt es, um noch einmal auf die »Phantasiestücke« zurückzukommen, von Callot, daß überlegene Kunstrichter wohl Einwände gegen Komposition und Lichtverteilung erheben könnten, aber er gehe auch über den eigentlichen Bereich der Malerei, über das ihm eigene Genre, schon hinaus, »oder vielmehr seine Zeichnungen sind nur Reflexe aller der fantastischen wunderlichen Erscheinungen, die der Zauber seiner überregen Fantasie hervorrief. Denn selbst in seinen aus dem Leben genommenen Darstellungen, in seinen Aufzügen, seinen Bataillen usw. ist es eine lebensvolle Physiognomie ganz eigener Art, die seinen Figuren, seinen Gruppen – ich möchte sagen etwas fremdartig Bekanntes gibt«.
Dieses ›fremdartig-Bekannte‹ – eine Formulierung, die auf Novalis' Forderung vom Fremdmachen des Vertrauten zurückweist, ist romantisches Prinzip und vor allem Kunstmittel E. T. A. Hoffmanns. Es ist nicht allein Mittel, sondern auch schon wieder Thema seines Erzählwerks, am deutlichsten vielleicht in der »Prinzessin Brambilla«. Vertraute Befremdung charakterisiert aber auch die Hoffmannschen Helden – nicht allein den »Ritter Gluck«. So heißt es im »Meister Floh«: »Pepusch hatte ein reizbares melancholisches Temperament; in jedem Genuß spürte er zu sehr den bittern Beigeschmack, der freilich aus dem schwarzen stygischen Bächlein kommt, das durch unser ganzes Leben rinnt [...].« Hier klingt, wieder einmal, Jean Paul sehr deutlich an.
Wo das Vertraute fremd, Fremdes plötzlich anziehend-vertraut werden kann, darf von einer strengen Duplizität, wie Hoffmann das nennt, Duplizität der Welten, von harten Zusammenstößen nicht mehr die Rede sein. Viel schlimmer: das sanfte unmerkliche Durcheinandergleiten, die sich verschiebenden Übergänge stiften die Verwirrung und zuweilen auch den Schrecken in Hoffmanns Werken, Hoffmanns Welt. So heißt es denn auch in

den »Kreisleriana« von einem Brief, dem eine genaue Adresse nicht beizugeben ist: »Abzugeben in der Welt, dicht an der großen Dornenhecke, der Grenze der Vernunft.«

Ralph-Rainer Wuthenow

insel taschenbücher
Alphabetisches Verzeichnis

Die großen Detektive it 101
Diderot: Die Nonne it 31
Eichendorff: Aus dem Leben eines Taugenichts it 202
Eisherz und Edeljaspis it 123
Fabeln und Lieder der Aufklärung it 208
Der Familienschatz it 34
Ein Fisch mit Namen Fasch it 222
Flaubert: Ein schlichtes Herz it 110
Fontane: Der Stechlin it 152
Fontane: Effi Briest it 138
le Fort. Leben und Werk im Bild it 195
Caspar David Friedrich: Auge und Landschaft it 62
Manuel Gassers Köchel-Verzeichnis it 96
Gasser: Tante Melanie it 192
Gebete der Menschheit it 238
Das Geburtstagsbuch it 155
Geschichten der Liebe aus 1001 Nächten it 38
Gespräche mit Marx und Engels (2 Bände) it 19/20
Goethe: Dichtung und Wahrheit
(3 Bände in Kassette) it 149/it 150/it 151
Goethe: Die Leiden des jungen Werther it 25
Goethe: Die Wahlverwandtschaften it 1
Goethe: Faust (1. Teil) it 50
Goethe: Faust (2. Teil) it 100
Goethe: Hermann und Dorothea it 225
Goethe: Italienische Reise it 175
Goethe: Maximen und Reflexionen it 200
Goethe: Reineke Fuchs it 125
Goethe: Tagebuch der italienischen Reise it 176
Goethe: West-östlicher Divan it 75
Grandville: Bilder aus dem Staats- und Familienleben
der Tiere (2 Bände) it 214
Grimmelshausen: Courasche it 211
Hauff-Märchen (2 Bände in Kassette) it 216/it 217
Hebel: Kalendergeschichten it 17
Heine: Aus den Memoiren des Herren von
Schnabelewopski it 189
Heine: Buch der Lieder it 33
Heras: Am Anfang war das Huhn it 185
Hesse: Dank an Goethe it 129
Hesse: Geschichten aus dem Mittelalter it 161
Hesse: Hermann Lauscher it 206
Hesse: Kindheit des Zauberers it 67
Hesse: Leben und Werk im Bild it 36
Hesse: Piktors Verwandlungen it 122

Mäusegeschichten it 173
Melville: Moby Dick it 233
Michelangelo: Handzeichnungen und Dichtungen it 147
Michelangelo. Leben und Werk it 148
Minnesinger it 88
Mirabeau: Der gelüftete Vorhang it 32
Montaigne: Essays it 220
Mordillo: Das Giraffenbuch it 37
Mordillo: Das Giraffenbuch 2 it 71
Mordillo: Träumereien it 108
Morgenstern: Alle Galgenlieder it 6
Mörike: Die Historie von der schönen Lau it 72
Mozart: Briefe it 128
Musäus: Rübezahl it 73
Mutter Gans it 28
Die Nibelungen it 14
Nietzsche: Also sprach Zarathustra it 145
Novalis. Dokumente seines Lebens it 178
Orbeliani: Die Weisheit der Lüge it 81
Orbis Pictus it 9
Oskis Erfindungen it 227
Ovid: Ars Amatoria it 164
Paul: Des Luftschiffers Gianozzo Seebuch it 144
Petzet: Das Bildnis des Dichters it 198
Phaïcon 1 it 69
Phaïcon 2 it 154
Pocci: Kindereien it 215
Polaris 1 it 30
Polaris 2 it 74
Polaris 3 it 134
Pöppig: In der Nähe des ewigen Schnees it 166
Potocki: Die Handschrift von Saragossa (2 Bände) it 139
Rabelais: Gargantua und Pantagruel (2 Bände) it 77
Die Räuber vom Liang Schan Moor (2 Bände) it 191
Reden und Gleichnisse des Tschuang Tse it 205
Rilke: Ausgesetzt auf den Bergen des Herzens it 98
Rilke: Das Buch der Bilder it 26
Rilke: Duineser Elegien / Die Sonette an Orpheus it 80
Rilke: Geschichten vom lieben Gott it 43
Rilke: Neue Gedichte it 49
Rilke: Das Stunden-Buch it 2
Rilke: Wladimir, der Wolkenmaler it 68

Rilke: Leben und Werk im Bild it 35
Rilke: Zwei Prager Geschichten it 235
Rousseau: Macaire it 249
Der Sachsenspiegel it 218
Schadewaldt: Sternsagen it 234
Scheerbart: Rakkóx der Billionär it 196
Schiller: Der Geisterseher it 212
Schiller: Leben und Werk it 226
Schlote: Das Elefantenbuch it 78
Schlote: Fenstergeschichten it 103
Schmögner: Das Drachenbuch it 10
Schmögner: Ein Gruß an Dich it 232
Schmögner: Das unendliche Buch it 40
Schopenhauer: Aphorismen zur Lebensweisheit it 223
Schumacher: Ein Gang durch den
Grünen Heinrich it 184
Schwab: Sagen des klassischen Altertums
(3 Bände in Kassette) it 127
Scott: Im Auftrag des Königs it 188
Shakespeare: Sonette it 132
Shaw-Brevier it 159
Sindbad der Seefahrer it 90
Sonne, Mond und Sterne it 170
Sophokles: Antigone it 70
Sophokles: König Ödipus it 15
Stendhal: Rot und Schawrz it 213
Stendhal: Über die Liebe it 124
Stevenson: Die Schatzinsel it 65
Storm: Am Kamin it 143
Swift: Ein bescheidener Vorschlag ... it 131
Swift: Gullivers Reisen it 58
Tillier: Mein Onkel Benjamin it 219
Toepffer: Komische Bilderromane
(2 Bände in Kassette) it 137
Tolstoj: Die großen Erzählungen it 18
Tolstoj: Kindheit, Knabenalter, Jünglingsjahre it 203
Tschechow: Die Dame mit dem Hündchen it 174
Turgenjew: Väter und Söhne it 64
Der Turm der fegenden Wolken it 162
Twain: Huckleberry Finns Abenteuer it 126
Twain: Tom Sawyers Abenteuer it 93
Voltaire: Candide it 11
Voltaire: Sämtliche Romane und Erzählungen
(2 Bände) it 209/it 210
Voltaire: Zadig it 121